Louise Doughty, geboren 1963, schreibt Romane, Hörspiele und unterrichtet Kreatives Schreiben. Ihre Bücher erscheinen in 30 Ländern, wurden für renommierte Preise ausgezeichnet und nominiert (u. a. Dagger Award, Orange Prize) und verfilmt. Die britische Autorin und Journalistin lebt mit ihrer Familie in London.

Was die Nacht verschweigt in der Presse:

»Doughty seziert gekonnt die Abgründe menschlicher Beziehungen.« *Evening Standard*

»Unglaublich berührend und packend.« *Sunday Express*

»Ein faszinierender psychologischer Thriller.« *Daily Express*

»Louise Doughty ist eine brillante Erzählerin, die weiß, wie sie Hochspannung erzeugt.« *The Times*

Außerdem von Louise Doughty lieferbar:

Ein Schritt zu weit
Dunkle Wasser

LOUISE DOUGHTY

WAS DIE NACHT VERSCHWEIGT

ROMAN

Aus dem Englischen von Astrid Arz

PENGUIN VERLAG

Die Originalausgabe erschien 2019
unter dem Titel *Platform 7*
bei Faber & Faber, London.

FSC www.fsc.org MIX Papier aus verantwortungsvollen Quellen FSC® C014496

Klimaneutral* Druckprodukt ClimatePartner.com/14044-1912-1001

Penguin Random House Verlagsgruppe FSC® N001967

1. Auflage 2022

in der Penguin Random House Verlagsgruppe GmbH,
Neumarkter Straße 28, 81673 München
Redaktion: Christine Gerstacker
Umschlaggestaltung: www.buerosued.de
Umschlagabbildung: plainpicture/David Carreno Hansen/
www.buerosued.de
Gesamtherstellung: GGP Media GmbH, Pößneck
Printed in Germany
ISBN 978-3-328-10851-1
www.penguin-verlag.de

für Andrea Levy

Your body is a star,
Unto my thought.
But stars are not too far
And can be caught –
Small pools their prisons are.

Dein Leib scheint wie ein Stern
Auf meine Gedanken.
Doch Sterne sind nicht so fern
Und lassen sich fangen –
Kleine Teiche schließen sie ein.

Song, Isaac Rosenberg

ERSTER TEIL

1

Es ist vier Uhr morgens. Der Bahnhof ist leer, doch ich bin nicht allein. Ich bin nie allein.

Es gibt die anderen und jetzt auch den Mann.

Außer mir hat ihn bislang noch niemand gesehen.

Um diese Zeit der Finsternis liegen alle sieben Bahnsteige im nüchternen Schein der Notbeleuchtung. Hin und wieder, wenn ein Güterzug durchfährt, ertönen ein lang gezogenes Kreischen und Rattern; dann kehrt wieder Stille ein, nur unterbrochen von ein paar sich kabbelnden Tauben auf Bahnsteig fünf.

Unten zwischen Gleis zwei und drei schnürt ein einsamer Fuchs, klein und seidenglatt, am Gleis entlang. Er hält an, wittert mit erhobener Schnauze die eisige Luft und springt lässig und geschmeidig auf Bahnsteig zwei. Als er eine Laterne streift, leuchtet sein Fell kurz rotbraun auf, ehe er wieder im Dunkeln untertaucht.

Zwei Leute vom Reinigungspersonal in grellorangen Hosen und Jacken ziehen von Bahnsteig zu Bahnsteig, sehen nach dem Rechten, bevor die ersten Pendler eintreffen. Im Büro der Bereitschaftsteamleitung schlürfen der Kundendienstmanager und ein Wachmann ihren Tee, während sie auf die Monitore der Videoüberwachung starren. So leer der Bahnhof von Peterborough nachts auch sein mag, schläft er doch nie, nicht richtig. Der letzte Zug nach London fährt erst um 23.47 Uhr, aber wenn man nach Edinburgh will, muss man allerspätestens einen um 20.16 Uhr erwischen. Richtung Osten geht es um 21.18 Uhr nach Stansted, nach Westen um 21.59 Uhr nach Birmingham. Der Bahnhof von Peterborough hockt in Englands Mitte wie eine Spinne im Netz, und genau wie eine Spinne registriert er jede Bewegung, auch wenn er noch so reglos zu verharren scheint.

Da der Frühzug nach London um 3.25 Uhr abgeht, ist der Bahnhof nur gut drei Stunden für Reisende geschlossen. Der Kundendienstmitarbeiter hat nach dem letzten Zug Feierabend, nur der Manager schiebt die ganze Nacht Dienst. Häufig hält ein Güterzug zum Fahrerwechsel an Gleis sieben – rückseitig ist dem Bahnhof ein Betriebshof angegliedert. Fracht wird natürlich rund um die Uhr auf der Schiene befördert.

Der Wachmann, der in dieser einen Nacht Dienst hat, heißt Dalmar. Er ist äußerst gewissenhaft. Seine Hauptaufgabe ist es, dem Kundendienstmanager zu assistieren, doch er muss den Bahnhof auch alle zwei Stunden auf verdächtige Objekte hin abgehen: jeden der sieben Bahnsteige, die Wartebereiche und Toiletten. Auch wenn Dalmar noch nie etwas Verdächtiges gefunden hat, hat er das GUT-Prinzip (Glasklar? Unbemerkt? Typisch?) verinnerlicht. Dalmar ist aus Somalia; Großbritannien hat ihm vor zwölf Jahren Asyl gewährt, und in seinen Träumen wird er von den Bomben verfolgt, die er nie finden wird. Er ist stolz darauf, dass es zu seinen Aufgaben zählt, die britischen Bürger vor Sprengstoffattentaten zu bewahren, auch wenn sie wohl genau ebensolche noch am ehesten von ihm erwarten. Manchmal wünscht er sich, er würde etwas entdecken, um sich für sein Asyl erkenntlich zu zeigen, doch das ist ein so schlimmer Wunsch, dass er ihn sich gleich wieder verbietet. Und was passieren würde, wenn etwas versteckt wäre und er es nicht fände, ist zu schrecklich, als dass er auch nur daran denken könnte. Sich vor etwas fürchten und es zugleich herbeiwünschen: Macht ihn das kreuzunglücklich oder zum glücklichsten, lebendigsten Menschen überhaupt?

In dieser einen Nacht ist Dalmar gut drauf. Er hat soeben den Securitycheck beendet, jedes Kästchen auf dem Papier abgehakt und das Klemmbrett an seinen Nagel im Teamleitungsbüro auf Bahnsteig eins zurückgehängt. Jetzt plaudert er mit dem aktuellen Kundendienstmanager, dem kleinen, gemütlichen Tom. Dalmar überlegt, sich um eine Ausbildung für den Kundenservice zu bewerben. Schon vor seiner Auswanderung konnte er sehr gut Englisch; jetzt spricht er absolut fließend, hat aber noch Hemmungen. Tom hat ihn dazu ermutigt. »Fang im Zugverkehr an, Dalmar«, sagt er immer, »auf jeden Fall auf der Schiene, in den Zügen ist viel mehr los. Fünf Jahre, dann lässt du dich in einen Bahnhof versetzen. Man verdient gut, mit Zulagen und allem.«

Beim Reden trinken Tom und Dalmar Tee aus Maxi-Tassen. Zwischendurch blicken sie, unbewusst abwechselnd, auf die Videoüberwachung, das neue System, das rund um die Uhr neun verschiedene Bahnhofsbereiche erfasst, alle in Vollfarbe HD auf einem großen Flachbildschirm. Tom interessiert sich besonders für die Fahrradstellplätze: Immer in den Monaten vor Weihnachten geht die Diebstahlrate durch die Decke. Tom ist selbst Radfahrer und hat Mitleid mit den Bestohlenen. Nichts macht ihm mehr Spaß, als loszustürzen und einen zu stellen, der sich mit Bolzenschneider an einem Fahrradschloss zu schaffen macht, auch wenn er einfach in der Dienststelle der British Transport Police, der Bahnpolizei, auf der anderen Straßenseite anrufen und es denen überlassen könnte.

Heute Abend ist es allerdings ruhig: kein Fahrraddieb, noch keine Betrunkenen – es ist erst Dienstag. Mit Betrunkenen ist normalerweise ab Donnerstag zu rechnen, wenn sie die frühen Morgenzüge nach Hause nehmen. Sie kommen allein oder zu zweit, Männer und Frauen, zu dünn angezogen und bibbernd, direkt aus Peterboroughs schicksten Nachtclubs. Entweder Arm in Arm oder einander anrempelnd, torkeln sie auf die Bahnsteige. Unweigerlich knickt irgendwann einer klappmesserartig in der Hüfte ab, geht in Haarnadelform und erbricht platschend ganze Pfützen mitten auf den Bahnsteig. Zum Glück ist das das Problem der Reinigungsleute. Im Winter muss Tom allerdings auch schon mal Schnee schippen und Streusand ausbringen; wenn direkt vor dem morgendlichen Stoßverkehr ein Schneesturm loslegt, bleibt ihm nichts anderes übrig. Seiner Meinung nach könnten die Bahnsteige von Peterborough wirklich eine Überdachung vertragen.

Wenn es nicht die Betrunkenen sind, sind es die mit den psychischen Problemen. In letzter Zeit hat es ein paar Vorfälle mit einer Frau mittleren Alters gegeben, die der Bahnpolizei bekannt ist, offensichtlich eine schlaflose Irre, die sich im Bahnhof herumtreibt, sobald er aufmacht, und die frühen Pendler belästigt. In braunem Mantel über bodenlangem Nachthemd und Gummistiefeln stapft sie umher und tippt sich mit zwei Fingern in einer »Hast du mal ’ne Kippe«-Geste an die Lippen, wenig aussichtsreich, wenn man bedenkt, dass Rauchen in Bahnhöfen seit 2007 verboten ist. Gelegentlich springt ein Obdachloser über den Sicherheitszaun – es ist nicht schwer, in den Bahnhof einzudringen –, aber Tom bemerkt ihre Silhouetten meistens auf dem Überwachungsmonitor, noch bevor sie auf dem Bahnsteig landen, stürzt raus und brüllt über die Gleise, dass er die Bahnpolizei holt, wenn sie nicht durch den Hauptausgang verschwinden. Da gibt es nie Ärger. Bei richtiger Eiseskälte kann es vorkommen, dass Tom ein Auge zudrückt – solange er die Gestalt auf dem Monitor erkennt – und sie eine Zeit lang in einem Wartehäuschen unterkriechen lässt, bis sie der diensthabende Wachmann entdeckt. Er weiß, das sollte er nicht tun, aber in manchen Nächten bringt er es einfach nicht übers Herz.

Heute Nacht passiert allerdings nichts von alledem. Es herrscht Ruhe. Das einzig Interessante auf den Überwachungsvideos ist der Fuchs, der den Bahnhof nach allem Müll absucht, in dem sich ein Krümel zu fressen finden könnte, wobei er in der Ecke des einen Kamerabilds verschwindet und wie durch Zauberhand in einem anderen wiederauftaucht.

Tom und Dalmar, ins Gespräch über Dalmars berufliche Zukunft vertieft, werfen nur ab und an einen Blick auf die Bildschirme – so kommt es, dass sie weder den Fuchs noch den Mann sehen. Nur ich, die ich mich aus purer Langeweile im Büro herumdrücke und ihnen zuhöre, sehe den Mann in den Bahnhof kommen und die Treppe zur Fußgängerüberführung mit Zugang zu den Gleisen ansteuern. Ich weiß auf Anhieb, wo er hinwill: zu Gleis sieben.

Bahnsteig sieben ist neu. Er wurde anscheinend vor vier Jahren gebaut – die Mitarbeiter reden immer noch davon, wie störend sich das auf den Betrieb auswirkte. Man hätte doch meinen können, der Bahnhof von Peterborough sei groß genug gewesen – aber nein, die mussten sich natürlich beweisen und anbauen, noch zwei Bahnsteige dort, wo mal das alte Gütergleis und das Abstellgleis für Flugaschetransporte gewesen waren. Dieser Teil des Bahnhofs ist am weitesten vom Eingang, vom Büro der Bereitschaftsteamleitung und dem Kunden-Infostand entfernt. Selbst wenn dem Mann die Bezeichnungen diverser Stellen der Bahnhofsverwaltung nicht geläufig sind, weiß er doch, dass er auf Bahnsteig sieben am weitesten weg vom Bahnhofspersonal ist. Der Haupteingang öffnet sich um drei Uhr morgens für die Handvoll Fahrgäste, die den ersten Zug Richtung Süden nehmen – hauptsächlich Zugpersonal auf dem Weg zur Arbeit –, und zwar von Gleis eins. Um diese Zeit gibt es für niemanden einen vernünftigen Grund, sich in der Gegend von Gleis sieben aufzuhalten. Hier fährt der erste Personenzug um 6.10 Uhr nach Birmingham New Street. Wenn er den nehmen will, ist er verdammt früh dran.

Als ich ihn finde, sitzt er auf der Metallbank etwa auf Dreiviertelhöhe des Bahnsteigs, der entfernten Bank, die der Zugangsrampe am nächsten liegt, der ruhigste Teil des ganzen Bahnhofs. Er führt ins Nirgendwo, man sucht ihn nur auf, wenn man dort sein will – oder nirgends.

Er ist um die sechzig, ein kräftiger, hünenhafter Mann, das sehe ich ihm selbst im Sitzen an. Mittlerweile habe ich Übung darin, den Körperbau von Leuten abzuschätzen, ihre Maße und ihr Gewicht mit meinem gemächlichen Blick zu taxieren. Er trägt eine dicke, altmodische Jacke, früher sagte man Donkeyjacke dazu, dunkelblau mit Lederbesatz. Nie ganz so warm wie erhofft, diese Jacken, und seine gebückte Haltung lässt vermuten, dass sie ihm auf die Schultern drückt, als stünde sie für alles Schwere in seinem Leben, das ihn belastet.

Aber warum sollte schließlich irgendwer fröhlich aussehen, der an einem stockfinsteren, eiskalten Novembermorgen im Bahnhof von Peterborough am Ende von Bahnsteig sieben auf einer Metallbank sitzt?

Ich beobachte ihn noch ein wenig. Er hockt vollkommen still auf der Bank, mit Blick auf die Gleise. Seine schwarze Wollmütze hat er über beide Ohren gezogen, einen meergrünen Schal um die untere Gesichtspartie geschlungen. Mit hochgezogenen Schultern hat er die Hände so in die Taschen gesteckt, dass die Ellenbogen zu beiden Seiten spitzwinklig abstehen. Man sieht es ihnen nicht immer an. Man sollte meinen, dass ich sie mit meinem Überblick aus meilenweiter Entfernung herauspicken könnte. Nicht unbedingt – auf Bahnhöfen treiben sich die unterschiedlichsten Typen herum. Neben Krankenhauswarteräumen und Arbeitsämtern gehören sie zu den wenigen Orten, an denen jemand stundenlang sitzen kann, ohne zum Weitergehen aufgefordert zu werden. Jeder wartet dort auf etwas: Das Etwas kommt, das Etwas geht, wie Ebbe und Flut – warum sollte eine Einzelperson auf einer Bank irgendwem auffallen? Manchmal haben sie eine Tüte auf dem Boden abgestellt, oder sie spielen an ihrem Handy herum. Dass dieser hier weder Tüte noch Handy hat, bestärkt mich erst recht in der Annahme, was er vorhat.

Selbst wenn ich mich vor ihn begebe, sehe ich nicht sein ganzes Gesicht, nur das Stück zwischen den Rändern von Schal und Mütze. Er hat eine großporige Knollennase und wässrige Augen. Mit ausdruckslosem Gesicht starrt er vor sich hin – doch was nach Verzweiflung oder

Verstörtheit aussieht, könnte einfach eine körperliche Reaktion auf die Kälte sein. Ich beobachte ihn minutenlang. An seinem Gebaren ändert sich nichts. Er hat einen ziemlich glasigen Blick – daher weiß ich es sicher, und dieses Wissen fühlt sich bleiern an.

Ich schaue mich um. Er wird Tom und Dalmar auffallen oder vielleicht jemandem vom Putzpersonal. Seit ich erkannt habe, was für einer er ist, sticht er für mich heraus wie ein bunter Hund.

Aber der hier ist ein Schlauer, der vorausdenkt. Er hat sich Gleis sieben ausgesucht. Dort gibt es keinen Kiosk – der Snackwagen kommt erst in zwei Stunden in den Warteraum, und die Bank, die er genommen hat, wird von der geschlossenen Seite des Wartehäuschens verdeckt. Ob er das wohl weiß, es ausgespäht hat, vielleicht auf einem Erkundungsgang? Auf Bahnsteig sieben herrscht gähnende Leere. Die Sozialwohnungsbauten, die jenseits von Brachland und Schrottplatz herüberschauen, sind dunkel, mit zugezogenen Vorhängen. Daneben liegt der riesige Hof des Gebrauchtwagenhändlers, doch jetzt, mitten in der Nacht, sind die Türgitter der Lagerhalle herabgelassen. Weit und breit ist keiner da; niemand hätte einen Grund, ihn zu sehen. Diese kalte Bank, dieser Bahnsteig haben nur auf ihn gewartet. Er ist nicht der Erste, der das denkt.

An der Mauer der Zugangsrampe hängt eine Überwachungskamera – am äußersten Ende des Bahnsteigs, neben dem roten Signallicht, genau auf die Bank ausgerichtet, auf der der Mann sitzt. Ich sehe nach, ob das Licht an ist: Ja, sie ist eingeschaltet, aber entweder sind Tom und Dalmar weiter ins Gespräch vertieft, oder Dalmar dreht noch eine Runde, und Tom spielt Scrabble auf seinem Handy, wie auch sonst manchmal, wenn Dalmar auf Kontrollgang ist. Seine Erfahrung mit Dalmars Gewissenhaftigkeit wiegt ihn in trügerischer Sicherheit.

Ich fixiere den Mann: immer noch dieser wässrige starre Blick. *Sieh dich um*, denke ich, *schau auf. Sieh genau hin.* Dann siehst du den kleinen Vogel auf der Dachkante des Toilettenhäuschens, der still ist, aber in Erwartung der Morgenröte mit den Flügeln schlägt, auch wenn es bis dahin noch lange zu dauern scheint, was auch stimmt. Mit einem Aufblicken könntest du bemerken, dass sich der Himmel weit hinter den Sozialblöcken darauf vorbereitet – auch wenn die Dunkelheit noch nicht weicht, dünnt sie aus, und, schau nur, sie harrt des Lichts, das da kommen wird. Nicht Licht siehst du dann, sondern die Möglichkeit von Licht. Und dir wird klar: Wie finster auch immer die Nacht war, es gibt stets einen neuen Tag.

Wenn ich doch nur sprechen könnte, zumindest flüstern. Dann könnte ich diesem Mann ins Ohr zischeln: *Glaub mir, du hast etwas Furchtbares vor – wie furchtbar, geht dir erst auf, wenn du das Gleichgewicht verlierst und es kein Zurück mehr gibt. Dann werden sie dir in den Sinn kommen, die Menschen in deinem Leben, ihre Gesichter, und in diesem letzten verhängnisvollen Moment merkst du, dass es ein entsetzlicher Fehler ist, das Allerschlimmste, was du überhaupt tun konntest. Also, eins ist gewiss – genau in der Sekunde, in der deine Füße den Bahnsteig verlassen haben, wirst du es dir anders überlegen.*

Ich stehe direkt vor ihm – kann er meine Anwesenheit nicht spüren? *Du musst schon an mir vorbei*, denke ich, voll und ganz darauf konzentriert, dass er die Macht meiner Gedanken zu spüren bekommt. Normalerweise sehe ich den Leuten an, was sie denken oder spüren, doch als ich in diese wässrigen Augen blicke, ist ihre Teilnahmslosigkeit erschreckend: Er denkt oder fühlt überhaupt nichts. Sein Entschluss steht fest. Und dann kommt es zu seiner ersten Bewegung: Mit beiden Händen zieht er sich die Oberkante des Schals über die Nase und den Mantelkragen etwas höher um den Schal. *Du mummelst dich noch ein gegen Kälte?*, will ich ihn anschreien. *Herrgott noch mal, in einer Minute wirst du gar nichts mehr spüren.*

Er steht von der Bank auf und wendet den Kopf ein wenig nach links. Er hat etwas Entferntes gehört. Es ist sein Schicksal; noch weit weg, donnert es bereits auf ihn zu: ein Güterzug. Güterzüge sind furchtbar: grausam, schwer, endlos – bei langsamer Fahrt sieht es aus, als brauchten sie Stunden, um den Bahnhof zu passieren. Wenn die Lokomotive schon längst außer Sicht ist, scheint das andere Ende immer noch meilenweit entfernt zu sein. Man kann kaum glauben, dass da jemals ein Lokführer im Führerstand war.

Der Mann stapft etwa einen Meter vor, bis er nahe an der Bahnsteigkante steht, über den Blindenleitstreifen aus gerilltem Gummi hinaus, über die gelbe Linie. Ich weiche zurück, bleibe aber zwischen ihm und dem Gleis. Jetzt sind wir einander gegenüber. Wie ein Gehbehinderter schlurft er zentimeterweise vor, aber ich weiß ja, dass keine Körperbehinderung hinter dem Unwillen seines Körpers steckt, sich der Kante weiter zu nähern. Sein Körper weiß besser als sein Geist, wie entsetzlich das ist; er will ihn schreiend zur Vernunft bringen. Warum hört er nicht auf ihn? Jede Faser spannt sich an, um vor dem Abgrund zurückzuweichen.

Jetzt schwankt der Mann etwas. Immer noch sind nur seine Augen zu sehen, die groß und blass sind, tränenglänzend. Warum hat ihn noch niemand bemerkt? Ich sehe mich im Bahnhof um, als könnte ich meine Gedanken so laut und panikartig werden lassen, dass sie Dalmar oder Tom herbeirufen, und dabei höre ich den Zug näher kommen – und auch er hört es. Ich sehe mich wieder nach ihm um, und er hält den Kopf so, dass er nach links das Gleis entlangsieht, und wir hören beide den donnernden, polternden Güterzug immer näher kommen, den Lärm, und sehen die beiden leuchtend gelben kreisrunden Scheiben seiner Spitzenlichter, weit weg und geisterhaft, an den Rändern verschwommen, aber innen fest, drohend, wie sie im Dunkeln auf uns zurasen.

Ich höre einen Schrei aus der Richtung der alten Bahnsteige, drehe mich um und sehe Dalmar jenseits der Gleise auf Bahnsteig fünf. Endlich. Der Mann steht mit dem Rücken zu ihm, doch Dalmar hat ihn entdeckt und kann sehen, dass er viel näher als erlaubt an der Kante von Bahnsteig sieben steht. Armer Dalmar. Er steht wie festgewurzelt da. Er ist dichter an der Rampe als an der Treppe und muss wissen, dass die Zeit nicht reicht, um die Überführung zu nehmen, rauf-, rüber- und wieder runterzurennen, bevor der Güterzug einfährt. Bestimmt hat er mit seinem Funkgerät Tom verständigt, einen Nothaltauftrag abzusetzen, aber ich höre das Grollen des Güterzugs lauter und lauter werden – es ist ein schneller, voll beladener Zug auf der Durchfahrt –, wer weiß, ob ihn das Nothaltsignal rechtzeitig aufhalten oder ob der Lokführer ihn abbremsen könnte? Tom wird den Ruf mit zitternden Händen absetzen. Ist diesem Mann nicht klar, was er den beiden antut, von seiner eigenen Familie ganz zu schweigen?

Aus lauter Verzweiflung hält sich Dalmar beide Hände trichterförmig an den Mund und brüllt: »Hallo! Sir! Sir, Sie da drüben!«

Der Mann dreht sich nicht um.

Dalmar schwingt die Arme hin und her, schiebt den Mann pantomimisch von der Bahnsteigkante. Er legt die Hände wieder an den Mund und ruft erneut: »Hey! Sir, Sie da drüben!« Ich höre das verzweifelte Keuchen in seiner Stimme, wie gebrochen sein Zuruf endet, und stelle mir vor, wie er später bei der amtlichen Untersuchung schildert, dass er quer über die Gleise gerufen hat, weil es ihm die einzige Möglichkeit schien, den Mann auf sich aufmerksam zu machen, nur um von Schuldgefühlen zerfressen zu werden, die Tat des Mannes damit ausgelöst zu haben. Was nicht zutrifft. Ich habe bislang drei Männer gesehen, die kurz davor waren – und in letzter Minute einen Rückzieher gemacht haben. Dieser ist anders; nicht ansprechbar von Gefühlen und Gedanken. Sein Entschluss steht fest.

Ich drehe mich wieder zu ihm um, als eben der Zug auf uns zudonnert, die kalte Luft mit seinem wuchtigen Stahlgehäuse und seinem Getöse erfüllt, mit seinen grauen Schotterhaufen in rostroten Containern. Der Mann kippt in unnatürlich steifer Haltung vornüber, wie ein gefällter Baum. Ohne auch nur das mindeste Schwanken hält er sich vollkommen gerade, stürzt durch mich hindurch aufs Gleis, genau bei Einfahrt des Zuges. Die Schwerkraft erfasst ihn. Im Fall rudert er nicht mal mit einem Arm.

2

Tut es weh, tot zu sein? Natürlich nicht. Man spürt weder Hunger noch Kälte, wird niemals müde – doch körperlos sein fühlt sich an wie betäubt sein. Am besten kann ich es so erklären: Kennst du diesen Zustand, wenn du mitten in der Nacht aufwachst, zur Toilette musst, aufstehst und durch den Flur gehst? Wenn du wach bist, aber nicht richtig wach. Dein Körper reagiert automatisch, und du verschwendest keinen Gedanken daran, während du die Tür zum Bad aufschiebst. Manchmal kannst du dich nicht mal mehr dran erinnern, bis die Person, mit der du das Bett teilst, am Morgen grummelt: *Du hast mich letzte Nacht wach gemacht, als du aufgestanden bist. Ich hab ewig gebraucht, um wieder einzuschlafen.* Und du sagst: *Echt? Ich bin nachts aufgestanden? Ganz sicher?* Dieses Gefühl, dieser Zustand wie in Trance, wach, aber nicht ganz wach, so sieht es bei mir aus.

Wenn man kein fest umrissenes Ich mehr hat, wird einem erst klar, an was für ein plumpes, forderndes Ding man gefesselt war: all diese Bedürfnisse, wie schwer sie ins Gewicht fielen. Das Schlimme ist, dass die tranceartige Verfassung auch meine Gedanken umfasst. Ich kann mich nicht erinnern, wer ich war. Ein Mensch mit Gedächtnisverlust würde vielleicht sagen: *Ich will nur wissen, wer ich bin* – ich weiß, wer ich bin, ich bin ein Gespenst, unsichtbar und stumm, nichts als Bewusstsein. Ich will wissen, wer ich war.

Neulich habe ich eine Mutter gesehen, die vor ihrem Kind kniete, während sie auf Bahnsteig drei warteten: eine grauhaarige Frau, das Kind ein kleines Mädchen um die drei in dunkelblauem Dufflecoat mit Knebelverschlüssen aus Holzimitat. Die kniende Mutter zog dem Kind die Strickmütze etwas tiefer in die Stirn und steckte ihm den Pony drunter. Die Kleine hielt ganz still, während ihre Mutter diese winzige überflüssige Geste vollführte, und lächelte dann – ein selbstzufriedenes Lächeln, wie ich fand: das Lächeln eines Kindes, das sich geliebt und geborgen weiß, weil seine Mutter mit Bestimmtheit ihm gehört.

Die Mutter gab dem Kind ein Küsschen auf die Nase, bevor sie aufstand, und ich erkannte plötzlich etwas wieder, wie wenn man mit einer Taschenlampe in einen Tunnel leuchtet. In dem Alter wurde ich geliebt. Ich hatte einen Pony, als ich klein war. Meine Mutter kürzte ihn mir immer, indem sie mir die Haare zwischen zwei Fingern von der Stirn abhielt und dann ganz langsam und vorsichtig an der Außenkante ihrer Finger entlangschnitt. Danach ließ sie die Stirnfransen los, sagte »mach die Augen zu« und schnitt alles Überstehende nach. Schließlich spitzte sie den Mund und hauchte mir auf Stirn, Augen und Nase, um die kleinen losen Härchen wegzupusten.

Wenn man keinen Körper hat, ist die Zeit nicht mehr gleichmäßig oder beständig: Sie dehnt und verbiegt sich, faltet sich zusammen. Aus einem Augenblick, in dem man jemanden einen Bahnsteig entlanggehen sieht, wird ein Jahrzehnt. Zwei Jahre vergehen wie im Flug. Es ist ein bisschen, wie auf eine elektronische Anzeigetafel zu schauen: Manchmal starrt man gefühlte Stunden die Buchstaben und Zahlen an, die den Zug symbolisieren, auf den man wartet, und nichts passiert. Dann wieder scheint die Anzeige von zwanzig Minuten bis zur Einfahrt des Zuges direkt zu der Ankündigung umzuspringen, dass er in zwei Minuten kommt, jetzt aber dalli. So ist mein ganzes Leben. Leben – das Wort gebrauche ich im weitesten Sinne. *Meine ganze Zeit* träfe es eher. Ich habe kein Leben mehr – nur Zeit.

Letzte Woche wurden die Uhren zurückgestellt. Eine verlorene Stunde; eine gewonnene Stunde – wenn wir die Stunde im Frühjahr verlieren, wird von uns erwartet, dass wir uns auf den Sommer freuen: die längeren Abende, Vogelgesang und all das, aber eine verlorene Stunde ist eine ganze Stunde, die fehlt. Was, wenn man in dieser Stunde den Lottoschein gekauft hätte, der einem das Leben verwandelt hätte, oder seiner einzig wahren Liebe begegnet wäre? Was, wenn es die Stunde war, in der man die beste Entscheidung seines Lebens getroffen hätte? Diese Stunde kriegt man nie wieder, sie ist weg – wenn man sechsundneunzig Jahre alt wird, hat man ganze vier Tage verloren. Die Stunde, die man im Winter dazugewinnt, ist nicht die verlorene Frühjahrsstunde, die wiederkehrt. Diese Stunde ist kein Geschenk. Sondern die Zeit bricht auf, sie schwillt an und klafft auseinander, weit genug, dass alles Mögliche rauskriecht. Am nächsten Tag überfällt einen um fünf Uhr nachmittags die Dunkelheit, und es fühlt sich jäh an, selbst wenn man damit gerechnet hat. Schon treiben Dinge ihr Unwesen, die zuvor nicht da waren, und vor einem erstreckt sich der lange britische Winter. Von da an wird es nur immer dunkler. Und um vier Uhr morgens ist es am allerdunkelsten.

Sie lassen nicht mal den 6.10-Uhr-Zug nach Birmingham ausfallen. So läuft das nicht.

Sobald Tom die Meldung an das Notfallmanagement durchgegeben hat, wird der Zugverkehr angehalten. Als Nächstes ruft er die Bahnpolizei im kleinen Backsteinbau neben dem Parkhaus an, weil er sie kennt und ihre Durchwahlnummer hat. Sie sind keine Minute vom Bahnhofshaupteingang entfernt.

In dieser Nacht ist der einzige Wachhabende Police Constable Lockhart (Vater aus dem schottischen Midlothian, Mutter aus Southall, London). Sein Sergeant, der zuvor da war, ist um drei Uhr morgens gegangen, sodass PC Lockhart bis zum Eintreffen der Morgenschicht um sieben allein ist. Um diese Zeit passiert normalerweise sehr wenig, also macht er, was alle Polizisten tun, wenn kein Sergeant oder Inspector in der Nähe ist: die Füße auf den Schreibtisch hoch und den Kopf an die Rückenlehne legen. Er hat die Augen geschlossen, umfasst eine Tasse Instantkaffee mit beiden Händen, hat sie auf seiner Schutzweste abgestellt. Er denkt an eine junge Frau, Veena, die mit seinem Cousin Randeep in Leicester verlobt und, wie er findet, die schönste Frau ist, die er je gesehen hat. Sie ist Zahnarzthelferin, und obwohl er sie nie bei der Arbeit erlebt hat, stellt er sie sich immerzu in ihrem weißen Kittel vor. In seinen Träumen ist der Kittel immer makellos sauber, und das lange glänzende Haar fällt ihr wasserfallartig über Rücken und Schultern. Um vier Uhr an diesem einen Morgen denkt er an Veena in ihrem weißen Kittel, fragt sich, ob er sie ewig lieben wird, und wenn ja, wie peinlich das wäre, weil er dazu verdammt ist, ihr auch noch in Jahrzehnten auf Familienfeiern zu begegnen.

Dann klingelt das Telefon, und es ist Tom, der atemlos in den Hörer keucht: »Wer ist da? Wer ist dran? Peter?«

Peter Barker ist der Inspector, ein alter Freund von Tom. Die beiden spielen in einer Ukulele-Band.

»Nein, ich bin's, Akash«, sagt PC Lockhart, auch wenn er die Stimme am anderen Ende der Leitung nicht erkennt – Tom kennt er nur vom Sehen. »PC Lockhart, wie kann ich Ihnen helfen?«

»Schienensuizid auf Gleis sieben«, sagt Tom.

PC Lockhart richtet sich kerzengerade in seinem Stuhl auf und knallt die Kaffeetasse so schwungvoll hin, dass der Inhalt auf seinen Schreibtisch überschwappt. »Haben Sie es der Leitstelle gemeldet?«

»Ja.«

»Gut, okay, bin schon unterwegs«, sagt Lockhart.

Blitzartig stürmt er aus seinem Büro und rennt über den Bahnhofsvorplatz. Tom wartet an den Bahnsteigsperren auf ihn, das Gesicht maskenhaft verzerrt vor Panik.

Im Vorbeirennen sagt Lockhart: »Bahnhof schließen, sofort!«

Tom nickt.

Lockhart rennt zur Treppe, nimmt zwei Stufen auf einmal. Beim Überqueren der Fußgängerbrücke spricht er in sein Funkgerät und erfährt, dass Kollegen aus Milton Keynes und Nottingham unterwegs sind – die Truppe aus Nottingham war gerade irgendwo zwischen Corby Glen und Market Deeping, warum auch immer, braucht also nicht lange, aber die Kollegen aus Cambridgeshire werden trotzdem zuerst vor Ort sein. Während er die Treppenstufen zu Bahnsteig sieben hinunterhastet, streift er sich die Gummihandschuhe über.

Der Bahnsteig ist leer, und er entdeckt Dalmar nicht gleich, doch dann sieht er ihn am anderen Ende knien, nicht weit von der Zugangsrampe. Er hat sich beide

Hände krampfhaft vor den Mund geschlagen, aber beim Näherkommen hört Lockhart ihn etwas murmeln, vielleicht ein Gebet oder eine Reihe von Entsetzensrufen. Er wiegt sich etwas hin und her. Der junge Polizist geht zu dem Wachmann hinüber und legt ihm eine Hand auf die Schulter. Er weiß nicht, wie er heißt. Er beugt sich runter und sagt: »Schon gut, Kumpel, Hilfe ist unterwegs, ist ja schon gut.« Komisch, dass er Kumpel zu ihm gesagt hat, denkt er später, wo der Mann bestimmt zehn Jahre älter ist als er; ein bisschen anmaßend von ihm. Er wollte ihn nur trösten.

Er schaut nach rechts die Gleise hoch, in die Midland-Dunkelheit, die den Güterzug verschluckt hat. Irgendwo weiter weg wird er hoffentlich zum Stehen gekommen sein, obwohl es einer mit hundert Stundenkilometern und voller Ladung war, der könnte meilenweit gekommen sein – falls der Lokführer den Suizid überhaupt bemerkt und sofort abgebremst hat. Lockhart braucht unbedingt so rasch wie möglich die Aussage des Fahrers.

»Haben Sie es beobachtet?«, sagt er sanft zu Dalmar, und der nickt wortlos. »War irgendwer sonst in der Nähe, auf dem Bahnsteig, drumherum?«, fragt Lockhart, und Dalmar schüttelt den Kopf, immer noch stumm, die Hände immer noch krampfhaft vor den Mund geschlagen, die Augen schwimmen in Tränen. Der Mann steht unter Schock, denkt Lockhart; seine vollständige Aussage kann er später aufnehmen. Dann blickt Lockhart aufs Gleis runter und sieht, was Dalmar sieht.

Die Polizeieinheit aus Cambridgeshire trifft mit Taschenlampen ein und leuchtet damit nach unten, links, rechts, oben und wieder nach unten. Lockhart behält einen von ihnen da und schickt die anderen beiden los, um Tom beim Absichern des Bahnhofs zu helfen, auch wenn nur eine Handvoll Leute abgewimmelt werden muss. Die ersten Sanitäter vom Rettungsdienst sind zur Stelle, können aber auch nicht viel machen. Die neunzig Minuten haben angefangen – so viel Zeit gibt die Bahn der British Transport Police, um die Leichenteile so vom Gleis zu schaffen, dass der Zugverkehr wieder aufgenommen werden kann. Ihre Spezialisten vom Reinigungsdienst sind unterwegs.

Lockhart wartet, dass die aus Nottingham mit dem Leichensack eintreffen. Es sind zwei Polizisten und ein Sergeant, und er war noch nie so dankbar, einen höherrangigen Vorgesetzten vor sich zu haben. Der Sergeant springt sofort aufs Gleis runter und sagt: »Runter mit Ihnen, Junge, schon okay, ich sag Ihnen, was zu tun ist. Erst kommen die großen Teile dran. Haben Sie das schon mal gemacht?«

Lockhart schüttelt den Kopf. Der Sergeant lächelt ihm onkelhaft zu. »Atmen Sie durch den Mund. Halten Sie sich in meiner Nähe. Wir arbeiten zusammen. Ich heb die schweren Teile, Sie halten den Sack für mich auf, okay? Wenn wir fertig sind, schicken wir die beiden hier damit das Gleis lang.«

Als sie den Leichensack beladen haben und die anderen beiden Polizisten damit das Gleis entlang aufgebrochen sind, die Taschenlampen unterwegs von einer zur anderen Seite schwenkend, klettern er und der freundliche Sergeant wieder auf Bahnsteig sieben hoch und warten auf das Reinigungsteam.

»Haben Sie irgendeine Ahnung, wie er da unten hingeraten ist?«, fragt der Sergeant. »Ist er vom Bahnsteig gesprungen, oder war er schon im Gleisbett?«

PC Lockhart schüttelt den Kopf. »Es ist kein Problem, von dort drüben reinzukommen«, mit einem Arm zeigt er auf den Güterbahnhof, »aber er kann auch einfach vorne reinspaziert sein. Auf den Überwachungsvideos wird es drauf sein.«

Das Funkgerät des Sergeants knistert. Er hält es sich ans Ohr und sagt dann: »Sie haben den Lokführer.«

Das Spezialreinigungsteam besteht aus zwei Männern in wasserdichten orangen Jacken mit weißen Gesichtsmasken und schwarzen Gummistiefeln. Als sie ins Gleisbett steigen, knackt es wieder im Funkgerät des Sergeants, und er sagt zu Lockhart, dass die Polizisten aus Nottingham mit dem Leichensack am Eingang warten. Sie gehen zu zweit hinüber, packen zu viert jeder an einem Griff an, gehen nach rechts aus dem Bahnhof raus und bis ans andere Ende des Parkplatzes. So sind sie außer Sichtweite etwaiger Pendler, die vielleicht einen frühen Zug nehmen möchten – die Leute suchen sich immer die Stellplätze, die dem Bahnhof am nächsten sind.

Lockhart hat noch nie einen Leichensack getragen. Im Unterschied zu einer Tragbahre ist er wackelig. Am anderen Ende des Parkplatzes setzen sie ihn auf dem Boden ab und warten auf den kleinen schwarzen Transporter des Bestattungsinstituts Dignity. Der Sergeant ruft im Empfang des städtischen Krankenhauses von Peterborough an, um sicherzustellen, dass Träger da sein werden, wenn Dignity ankommt, um den Leichensack zu übernehmen und in die Pathologie zu bringen.

Bis jetzt hat Lockhart sich sehr gut gehalten, aber während sie in der Eiseskälte warten, merkt er, dass ihm auf einmal die Knie schlottern, und sagt sich: Jetzt bloß nicht schlappmachen. Mit gerade mal vierundzwanzig, davon zweieinhalb Dienstjahre, war er noch nie einer der Tapfersten, konnte wenig mit dem Galgenhumor anfangen, der unter den meisten Kollegen ein Gemeinschaftsgefühl erzeugt – aber er wird es doch sicher schaffen, aufrecht stehen zu bleiben und nicht vor den anderen in die Knie zu sacken?

Der Sergeant – dessen Name Lockhart entgangen ist – beendet den Anruf im Krankenhaus und sagt nach einem Blick auf ihn: »Machen Sie, dass Sie zurückkommen, Junge, wir übernehmen ab hier. Bestimmt haben Sie genug anderes zu tun.« Lockhart wendet sich ab, ohne ihnen die Hand zu geben oder zu danken, denn sie sollen nicht spitzkriegen, dass er sich jetzt, da die akute Aufregung vorbei ist, kaum noch auf den Beinen halten kann. Auf dem Rückweg zum Bahnhof zieht er die eisige Nachtluft in langen Atemzügen in die Lunge, aber langsam, stolz, dass er weder umgekippt ist noch sich übergeben musste; dass er nicht geweint hat.

Als die ersten Fahrgäste zum 6.10-Uhr-Zug nach Birmingham New Street eintreffen, ist der Bahnhof wieder geöffnet. Etwa fünfzehn Leute erwarten den Zug auf Bahnsteig sieben. Nur einer von ihnen, einer stellvertretenden Kundendienstleiterin unterwegs zu einem überregionalen Gesundheits- und Sicherheitsinfo-Gruppentreffen in Leicester, fällt auf, dass der Bahnsteigboden frisch abgespritzt ist und entlang der Schienen Sand gestreut wurde.

PC Lockhart steht in der unaufgeräumten Küche seiner Dienststelle und macht sich noch einen Kaffee, diesmal aber voll drei gehäufter Teelöffel Zucker, als einer von der Nottingham-Truppe anklopft, eintritt und Lockhart einen kleinen durchsichtigen Plastik-Asservatenbeutel reicht, darin ein von einem linierten Notizblock gerissener beschrifteter Zettel. »Der Chef sagt, das hier soll bei Ihnen bleiben, für den zuständigen Untersuchungsrichter«, sagt er. »Als wir die Schienen abgegangen sind, war da der Mantel, hatte sich um ein Vorderrad gewickelt. Wir haben ihn abgeschnitten. Das hier war in der linken Tasche. Sonst nichts, kein Ausweis. Wir haben gesucht und nichts gefunden.«

Der Kollege aus Nottingham geht. Lockhart legt das Plastiktütchen auf die Arbeitsplatte und streicht es glatt. Er kann die Schrift auf dem Zettel durch die Tüte lesen. Blauer Kuli, ziemlich ordentlich. Das ist so ein Zettel, der bei der gerichtlichen Untersuchung eine Rolle spielen wird. Falls sich kein Angehöriger zur Bestätigung findet, wird ein Schriftsachverständiger bezeugen, dass die Schrift mit einem Einkaufszettel übereinstimmt, der in der Wohnung des Mannes gefunden wurde, und der Text allem Anschein nach nicht unter Zwang zu Papier kam.

Auf dem Zettel steht: *Das hier und alles andere tut mir sehr leid. Bitte kümmert euch um Mutton, denn er ist ein guter Hund und besser als sein Herrchen. Vorsicht mit Zucker, nicht mal Bananen sind okay. Ich möchte, dass mein Besitz an den Tierärztlichen Dienst für Bedürftige geht, nicht an den Oxfam*

PC Lockhart starrt auf den Zettel. Hinter Oxfam fehlt der Punkt, und er fragt sich, ob die Nachricht unvollständig ist. An den Oxfam-Laden? Rührend, dass der Mann an seinen Hund gedacht hat. Dann also weder Frau noch Kinder. Damit fühlt sich Lockhart schon ein klein wenig besser.

Trotzdem darf er keine voreiligen Schlüsse ziehen; zuallererst muss er versuchen, möglichst rasch etwaige nahe Angehörige ausfindig zu machen, damit sie verständigt werden können. Und die Überwachungsvideos aus dem Bahnhofsbereich gleich auswerten. Wenn der Mann den Vordereingang genommen hat, muss es eine deutliche Aufnahme seines Gesichts beim Reinkommen geben. In der Pathologie werden sie dem Leichnam die Fingerabdrücke nehmen – er hat genug gesehen, um zu wissen, dass es in diesem Fall zumindest möglich sein wird –, doch wer weiß, ob es einen Treffer geben wird. Die DNA werden sie auch testen und per toxikologischem Befund zu klären versuchen, ob der Mann Alkohol oder irgendwelche illegalen Substanzen im Blut hatte, aber manchmal geht das nicht. Wenn nicht genügend Körperflüssigkeit für einen Test vorhanden ist.

Ich überlasse es PC Lockhart, Eintragungen in seinen Notizblock zu machen, die erledigten Aufgaben zu protokollieren und die anstehenden aufzulisten, und begebe mich zurück zum Bahnhof.

Der Lokführer ist im Büro der Bereitschaftsteamleitung. Er ist ein sehr kleiner älterer Herr, vermutlich kurz vor der Rente, der einen zerbrechlichen Eindruck macht. Er brabbelt drauflos – erst später, denke ich, wird ihm einfallen, dass er es fast ohne einen solchen Vorfall durch all seine Dienstjahre geschafft hätte. Er erzählt dem engelsgeduldigen Tom, der zu jedem seiner Sätze nickt, seine Geschichte. »Man weiß nicht, was es ist«, wiederholt er ständig. »Man weiß es einfach nicht, oder? Man weiß es nicht. Könnte alles Mögliche sein, ein runtergefallenes Stück Dach oder, oder Beton. Oder ein Hund oder sonst was. Man denkt sich nicht, dass es, na ja, ein Mensch sein könnte, also da denkt man gar nicht dran. Es geht so schnell, man weiß nicht, was es ist.«

Dalmar sitzt bei den beiden. Bisher hat er noch nichts gesagt, sich nur an seiner Tasse Tee festgehalten. Der Zugführer ist jetzt für alle die Hauptperson, doch er weiß, wenn der erst mal abgefertigt und nach Hause gebracht ist, wird sich die Aufmerksamkeit ihm zuwenden. Er dürfte auch nach Hause gehen, wenn er wollte, aber es kommt ihm nicht richtig vor, darum zu bitten. Erst vor zwei Stunden war ein Mann im Bahnhof, der nie mehr nach Hause gehen wird.

Während er dem Lokführer zuhört und Tom beim Nicken zusieht, wird Dalmar plötzlich schlecht, so als wäre es im Büro sehr heiß geworden und alles darin ins Schwanken geraten. In seinem Kopf wimmeln die Gedanken – das letzte Mal, als ihm so etwas passiert ist, war er gerade aus dem Bahnhof raus gewesen. Er hatte eine Magen-Darm-Grippe gehabt und erst kurz zuvor die Erlaubnis erhalten, früher Schluss zu machen. Was ist nur los mit ihm? Letztes Mal war er zwar nicht Augenzeuge, aber trotzdem hat er das Gefühl, dass etwas an ihm Katastrophen anzieht, so als wäre er eine Gefahr für andere. *Man weiß nicht, was es ist.* Genau das hat er früher auch mal gedacht. Damals, als er einen Kopf auf dem Wasser treiben sah, wie er sich immer weiter entfernte, immer weniger wie etwas Menschliches und immer mehr wie ein Gegenstand aussah. Doch es war kein Gegenstand, sondern der Kopf einer Frau, die rief. Wann genau hört ein Mensch auf, ein Mensch zu sein, und wird zu einem unbelebten Gegenstand? Die meisten Leute meinen, der Punkt sei erreicht, wenn der Tod eintritt, doch Dalmar weiß, dass es nötigenfalls lange vorher passieren kann, damit andere Leute den Anblick ertragen. Plötzlich wirft Dalmar heftig seinen Kopf hin und her, und Tom und der Lokführer unterbrechen sich und blicken zu ihm rüber.

Er steht auf. Die Metallbeine des Stuhls scharren über den Boden. »Entschuldigung, ich muss mal kurz raus.«

Draußen wendet er sich nach rechts und geht die paar Schritte auf Bahnsteig eins bis zur Treppe. Er bleibt stehen, eine Hand am Geländer, wie jemand, der Gleichgewichtsstörungen hat, dreht sich dann um und lässt sich auf die dritte Stufe von unten sinken. Die Handgelenke auf die Knie gestützt, die Hände herabhängend, lässt er den Kopf sacken. Nach und nach treffen Fahrgäste ein, die von den Vorfällen der Nacht nichts ahnen. Im Lauf der nächsten Stunde wird es hell, und die Hauptstoßzeit beginnt. Die Kollegen werden sich natürlich untereinander verständigen, und man wird auf ihn zukommen und von ihm hören wollen, was passiert ist. Die Frauen werden ihn mitfühlend ansehen, die Männer ihm auf die Schulter klopfen. Melissa, die Bahnhofsvorsteherin, wird ihn in ihr Büro bitten und behutsam und verständnisvoll fragen, ob er sich freinehmen möchte oder professionelle Hilfe braucht. Alle werden freundlich zu ihm sein.

Dalmar ist nicht auf Freundlichkeit aus. Er will nur auf der Treppe sitzen. In seinem Bestreben, nicht an den Mann zu denken, ist ihm etwas anderes eingefallen, an das er nicht denken will: die Bootsfahrt, der hohe Seegang, die unartikulierten Rufe der Frau. Während das Boot weitertrieb, waren ihre Schreie immer noch zu hören, ihr Kopf ein kleiner werdender Ball, dann nur noch ein Punkt, schließlich ganz weg. Doch Dalmar kam es so vor, als hörte er die Schreie immer noch von weit her übers Meer hallen, lauter als das Klatschen des Wassers gegen den fragilen Bootsrumpf, selbst als das große Schiff längsseits aufragte und sie hochgehievt wurden. Selbst als sie auf dem großen Schiff weiterfuhren, wo die mächtigen Motoren im Maschinenraum das Deck unter seinen Füßen vibrieren ließen und die Frau längst außer Sicht war. Die Leute schreien um ihr Leben, jede Faser ihres Seins verlangt danach. So ist der Mensch nun mal beschaffen, sich danach zu verzehren, mit beiden Händen daran zu klammern, selbst wenn es einem zwischen den Fingern zerrinnt.

Eine Weiße in Hosenanzug mit Regenmantel darüber steigt die Treppe hoch und wirft im Vorbeigehen einen ganz kurzen Blick auf Dalmar, als fragte sie sich, wieso ein Wachmann eigentlich hier herumsitzt, wo der doch weiß Gott genug anderes zu tun hat. Zwölf Jahre lang hat sich Dalmar alle erdenkliche Mühe gegeben, in diesem Land unsichtbar zu sein, doch in dem Moment ist es ihm egal, wie viele Fahrgäste ihn auf der Treppe sitzen sehen oder ihn, so wie sonst üblich, einfach übersehen. Er denkt an die Sinnlosigkeit und Verschwendung: all die Leute, die er im Lauf der Jahre gekannt hat, die alles dafür gegeben hätten, am Leben zu bleiben; die Frau, ihre Schreie, selbst als der Punkt ihres Kopfes hinter den Wellenkämmen außer Sicht war. Warum sollte irgendwer freiwillig sein Leben hergeben? Was für eine Sünde. Was für eine Verschwendung.

Dalmars breite Schultern heben und senken sich einmal heftig. Er weint tränenlos. Seine Tränen hat er vor vielen Jahren aufgebraucht, doch die Trauer in ihm hebt und senkt immer noch seine Brust, schnürt ihm die Kehle zusammen. Er schließt die Augen und kneift sich mit

Daumen und Zeigefinger einer Hand in den Nasenrücken, um die Tränen einzudämmen, die fließen würden, wenn sie könnten. Er ist froh, dass er aus dem Büro gegangen ist, bevor das hier passiert ist. Was für eine Verschwendung!

Ich sitze neben Dalmar auf der Treppenstufe, und wenn ich könnte, würde ich auch weinen, aber um ihn, nicht um den Mann. Mit dem kann ich kein Mitleid empfinden, so verzweifelt und ausweglos seine Lage auch gewesen sein muss, dafür nimmt Dalmar mich zu sehr mit – das restliche Bahnpersonal natürlich auch, doch etwas in Dalmar weckt in mir eine Sehnsucht, den Wunsch, ihm Sicherheit zu geben, im Wissen, dass ich das Gleiche von ihm erwarten kann: diesem großen sanften Mann, der aus mir unbegreiflichen Gründen so streng mit sich selbst ist.

Und so warten wir nebeneinander auf die nahende Morgendämmerung: ein Gespenst, das keiner sehen kann, und ein Wachmann, der zumeist übersehen wird.

3

Ich lasse Dalmar auf der Treppe zurück und begebe mich durch die Bahnsteigsperren und einmal quer durch die Bahnhofshalle nach draußen. Der Nachthimmel hellt auf, wandelt sich von Dunkelblau mit Wolkenfetzen in ein blasses, schmuddeliges Grau, die Schichten weniger scharf umrissen, Wolken und Hintergrund ineinander übergehend. Auch die Straßenlaternen, die in der Schwärze der Nacht so dottergelb leuchten, verblassen, verlieren an Leuchtkraft. Die Nacht ist klar konturiert, die Morgendämmerung unscharf. Warum sagen wir, dass der Tag anbricht und die Nacht heraufzieht? Tageslicht zieht ebenso herauf, so kommt es mir jedenfalls an diesem Morgen vor: Der Tag rafft sich auf, unwillig und diesig-trüb.

Draußen vor dem Bahnhof warten drei Taxis in einer Reihe, mit laufendem Motor, damit sich die Fahrer warm halten. Am Kreisverkehr hinter dem Taxistand hat sich vor dem Pendlerparkplatz eine Autoschlange gebildet. Hinter mir plärren die sich wiederholenden Zugansagen. Etwa zwanzig Fahrgäste warten in der kleinen Halle, die erhobenen Gesichter den elektronischen Anzeigetafeln zugewandt. Eine Gruppe Jungen in weinroten Blazern auf dem Schulweg verlässt quasselnd den Bahnhof, und etwas an ihrem Anblick stupst ebenso wie die Mutter mit Kind meine Erinnerung an – doch im nächsten Moment ist das schon wieder vorbei. Der Tag legt an Geschwindigkeit zu, während der Himmel aufklart, bis irgendwann gegen acht Uhr der Punkt erreicht ist, da sich alle miteinander, so ungern auch immer, damit abfinden müssen, dass sie wach sind.

Was für eine Beleidigung dieser stinknormale Tagesanbruch ist – niemand hier weiß, dass ein Mensch gestorben ist. Sie werden später davon erfahren, aus den sozialen Medien, den Fernsehnachrichten oder dem *Peterborough Telegraph*, »Vertrauenswürdige Nachrichten seit 1948«. Doch vorerst schreitet der Morgen ganz wie gewohnt voran.

Ich finde heraus, wie es nach mir gewesen sein muss.

Melissa trifft kurz vor acht ein. Sie ist früh dran, wurde bestimmt zu Hause benachrichtigt. Um vier Uhr morgens werden sie sie nicht angerufen haben, das wäre sinnlos gewesen, aber wahrscheinlich frühmorgens, sobald sie aufgestanden sein konnte. Melissa ist die Bahnhofsvorsteherin, der Oberboss, könnte man sagen. Sie ist so eine junge Frau, welche die Männer einer bestimmten Generation als niedliches Mädel bezeichnen würden, obwohl sie Mitte dreißig ist. Sie hat mit achtzehn bei der Bahn angefangen, das habe ich sie einmal zu Tom sagen gehört; genau wie er im Kundendienst (auch wenn sie ihm verschwiegen hat, dass sie von klein auf eine Überfliegerin war und studiert hätte, wenn die Parkinson-Erkrankung ihres Vaters nicht gewesen wäre). Sie ist zierlich, pfiffig, Respekt einflößend. Die Männer gesetzten Alters im Bahnhof, manche gut einen Kopf größer als sie, würden alles für sie tun.

Mit klappernden Absätzen kommt sie in ihrem dunkelblauen Wollmantel angestiefelt, das blonde Haar zu einem adretten Pferdeschwanz gebunden, einen dicken Schal um den Hals gewickelt. Sie nickt den beiden Angestellten am Infostand zu; natürlich hat es sich herumgesprochen, und alle sind heute Morgen ernst, statt wie sonst zu scherzen und zu lächeln. Auf Bahnsteig eins wendet sie sich mit einer eleganten Linksdrehung ihrem Büro zu, das hinter dem Bäckereistand der West Cornwall Pasty Company versteckt ist.

Drinnen wickelt sich Melissa den Schal vom Hals – das dauert, weil er sehr lang und mehrfach um ihren Hals gewunden ist wie eine Python. Ihre Mutter hat ihn ihr letztes Weihnachten gestrickt und ihr dieses Jahr passende Pulswärmer versprochen. Sie hängt den Mantel auf und zieht ihre rote Außendienstjacke über. Zuerst will sie mit den Mitarbeitern reden, sich davon überzeugen, dass bei ihnen alles in Ordnung ist, dann zu Gleis sieben gehen und sich umschauen. Hauptsächlich, um zu überprüfen, dass nichts mehr von dem nächtlichen Vorfall zu sehen ist, aber auch als eine Geste, eine Art letzte Ehrerweisung von ihrer Seite. Es ist das Mindeste, was sie für ihre Mitarbeiter tun kann, ein paar Minuten dort zu stehen und sich auszumalen, wie es für sie gewesen sein muss.

Das letzte Mal, als so etwas passiert ist, kamen die Eltern später an, mit vor Elend verquollenen Gesichtern, klammerten sich an einen kleinen Strauß Rosen, weiß und rosa, hübsch und geschmackvoll, den sie am Bahnsteigende niederlegen wollten. Sie waren mit ihrer Trauerbegleiterin gekommen, einer unerfahrenen Polizistin, die noch nie mit einem Schienensuizid zu tun gehabt hatte. Melissa musste die drei in ihr kleines Büro mitnehmen, wo es nicht einmal Sitzgelegenheiten für alle gab. Sie schafften es, einen Extrastuhl reinzuquetschen, damit beide Eltern Platz nehmen konnten, dann hatte sich Melissa auf die Schreibtischkante gehockt, während die Trauerbegleiterin an der Tür lehnte. Letztere übernahm das Reden, während die Eltern zustimmend nickten. Sie verstünden alle, dass es nicht unproblematisch sei, sagte sie. Sie wollten nichts Auffälliges – keinen ausladenden Kranz, keine Plüschtiere oder Botschaften –, sie wollten ihrer Tochter nur an der Stelle, wo sie gestorben war, die letzte Ehre erweisen.

Melissa ließ die Trauerbegleiterin ausreden und sagte dann ruhig und leise, dass es nicht infrage käme, so leid es ihr tue. Jedes Gedenken, und sei es auch nur das Niederlegen von Blumen auf dem Bahnsteig, sei wegen der Gefahr von Nachahmungstaten ausgeschlossen. »Selbst die Presse muss mit ihrer Berichterstattung zurückhaltend sein«, sagte sie. »Wir weisen sie ständig darauf hin, wie sensibel das ist. Auch die Fernsehsender mit ihren Spielfilmen und so weiter. Es gibt Richtlinien. Es tut mir furchtbar leid.« Ihren Ärger auf die Trauerbegleiterin, die sich in der Sache nicht zuerst an sie gewandt, sondern den Eltern falsche Hoffnungen gemacht hatte, was möglich sein könnte, schluckte sie runter.

Es war ein mühsames Gespräch gewesen. Die Eltern hatten es mit ihrem Verständnis nur noch schlimmer gemacht, hatten langsam genickt, und der Schmerz stand ihnen in die maskenhaft starren Gesichter geschrieben. »Natürlich …«, hatte der Vater heiser flüsternd erwidert, sich dann geräuspert und deutlicher weitergeredet: »Natürlich. Ja. Das verstehen wir.« Die Trauerbegleiterin hatte Melissa über ihre Köpfe hinweg einen bösen Blick zugeworfen.

Und dann, als wäre alles nicht schon schlimm genug für sie gewesen, hatten die beiden den Bahnhof verlassen müssen, den Strauß immer noch bei sich. Als sie fort waren, konnte Melissa den Gedanken nicht abschütteln, was sie wohl damit machen würden, wenn sie nach

Hause kamen, die Blumen in eine Vase stellen oder wegwerfen. Noch lange danach machte sie sich Vorwürfe, dass sie keine Kompromisslösung vorgeschlagen hatte – etwa die Blumen am Infostand abzugeben, irgendwo, wo es in Ordnung und normal wäre, Blumen zu haben.

Ich hatte Eltern. Sie sind zum Bahnhof gekommen.

Melissa streicht sich das Haar glatt, zieht den Pferdeschwanz aus der Jacke und macht sich seufzend bereit, in die Kälte hinauszutreten. Das war damals ungewöhnlich, eine junge Frau in ihrem Alter. Sie hofft wirklich, dass dieser Mann besser in die Statistik passt. Traurig, aber wahr: Die älteren Männer, nun ja, haben oft niemanden. Da kommt fast nie wer.

Trotz ihrer relativen Jugend seit bald zwanzig Jahren im Dienst hat Melissa schon alles nur Erdenkliche erlebt. Einmal der Mitarbeiter, der sich bei Biggleswade auf die Schienen legte, nachdem er wegen Alkoholproblemen entlassen worden war; dann der Mann, der in Newark von der Brücke sprang und nach der Oberleitung griff – der überlebte, trotz, wie es beschönigend hieß, lebensverändernder Verletzungen. Eine Woche darauf war Melissa hier in Peterborough gerade noch rechtzeitig aus ihrem Büro gekommen, um sechs junge Frauen einer Junggesellinnenabschiedsparty auf Bahnsteig eins torkeln zu sehen, die einen Zug nach London erwischen wollten; zwei von ihnen hielten Bündel pinkfarbener Heliumballons an sehr langen Schnüren fest. »Holen Sie die Ballons sofort runter!«, rief sie ihnen zu, so laut, dass sich die anderen Fahrgäste und Kollegen auf dem Bahnsteig zu ihr umdrehten. Sie stiefelte auf die Frauen zu und wandte sich an die werdende Braut, die ein pinkes Satin-Cocktailkleid mit weißem Schleier und lila Doc

Martens trug. »Was glauben Sie, woraus die Dinger bestehen?«, fuhr Melissa sie an. »Aluminium! Das ist Metall! Metall leitet Strom!«

Als sie sich abwandte, hörte sie die jungen Frauen kichern und dann eine von ihnen laut sagen: »Die Scheiß-Spaßpolizei ist hinter uns her, Mädels.« Womit sie Melissa provozieren wollte, sich umzudrehen und sie zurechtzuweisen. Die jungen Frauen lachten alle aufgesetzt, wiehernd, und Melissa ging in ihr Büro und schloss die Tür hinter sich. Da saß sie an ihrem Schreibtisch, den Kopf in den Händen, und dachte an den Augenblick, als der junge Mann von der Brücke in Newark gesprungen war, direkt vor ihr, mit weit aufgerissenem Mund, während er mit einer Hand nach dem Oberleitungsdraht gegriffen hatte. Der Blitz; die schockierten Gesichter der Leute, die unten auf dem Bahnsteig warteten; wie eine ältere Dame zu ihr gesagt hatte, während der Krankenwagen vom Bahnhof losfuhr: »Der junge Mann kommt doch wieder auf die Beine, oder? Warum haben Sie ihn nicht aufgehalten?«

Sanitäter, Polizisten, Feuerwehrleute – sicher, die haben häufiger mit Notfällen zu tun, aber bei Eisenbahnern kommt es auch vor, und eine halbe Stunde später müssen sie einem Erste-Klasse-Passagier erklären, wie leid es ihnen tut, dass sein Wunschmenü im Speisewagen ausgegangen ist. Manchmal fragt sich Melissa, warum sie nicht einfach die Stewardessenausbildung gemacht hat. Fluggäste stellen wenigstens einen Zusammenhang zwischen ihrer Wahl der Beförderungsart und plötzlichem Tod her.

Melissa will gerade gehen – hat sogar schon die Hand nach der Türklinke ausgestreckt –, als das Telefon auf ihrem Schreibtisch klingelt. Wider besseres Wissen geht sie ran und bereut es umgehend.

»Melissa! Was für ein Glück, dass ich dich erwische …«

Simon. Er arbeitet bei einer regionalen Nachrichten-Website, ist der Sohn eines Stadtrats und kommt gerne vor dem *Peterborough Telegraph* an Neuigkeiten ran. In der Oberstufe war Melissa mal acht Monate lang mit ihm zusammen. Seither macht er auf alte Freundschaft, und sosehr sie sich auch müht, ihm schonend beizubringen, dass sie ihn nicht leiden kann, ist es ihr einfach nie ganz gelungen, ihn abzuschütteln.

»Simon, ich hab heute Vormittag viel um die Ohren …«

»Ich weiß, hab davon gehört, leg nicht auf. Als Aufhänger stell ich mir vor: *Zweite Leiche in zwei Jahren auf Gleis sieben. Wann greift die Bahndirektion endlich ein?* Was meinst du? Eigentlich sind es anderthalb Jahre, aber zwei kommt in Suchabfragen besser.«

»Bin ich die Bahndirektion?«

»Wem der Schuh passt, Süße.«

»Simon, wende dich an die Pressestelle.« Melissa legt auf.

Wie genau sollten sie »eingreifen«? Sie tun schon alles, was sie können. Sie haben Überwachungskameras, Bahnsteigsperren. Früher sind die Leute von der Crescent Bridge gesprungen, bevor an beiden Enden Metallplatten angebracht wurden, aber wenn es sich jemand in den Kopf gesetzt hat, ist die Person nicht davon abzubringen, das weiß jeder. Das Schienennetz lässt sich nicht abschotten. Wenn man die Bahnhöfe absichert und auf jedem Bahnsteig Wachpersonal postiert, würden die Leute einfach ins offene Gelände rauswandern, machen sie ja ohnehin schon. Melissa versucht vergeblich, keine feindseligen Gefühle gegen den Mann aufkommen zu lassen, der es letzte Nacht getan hat. Sie weiß, dass Fachleute, Behörden, andere Leute an die Trauer und Qual denken würden, die den Mann zu etwas so Furchtbarem getrieben haben, aber es liegt in ihrer Verantwortung, an die Trauer und Qual ihrer Mitarbeiter und all der anderen zu denken, die sie kennt, die hinter ihm aufräumen müssen.

Zweite Leiche in zwei Jahren. Stimmt schon, Gleis sieben wird vom Pech verfolgt, aber so eine Schlagzeile unterstellt rundheraus, dass es zum alljährlichen Ereignis würde. Eine Verzerrung der Tatsachen. Simons Website – sie kann sich nicht mal an den Namen erinnern – wird vom örtlichen Gewerbe unterstützt und finanziert sich durch eine Klickrate, die für Werbung ausreicht, und sie weiß, dass die Artikel darauf auch schon mal in den RSS-Feeds erscheinen. Jedenfalls wird zwischen den beiden Todesfällen wohl kaum eine Verbindung bestehen, und zwei in anderthalb Jahren dürften statistisch nicht weiter ins Gewicht fallen.

Natürlich liegt sie richtig damit, dass zwischen den beiden Todesfällen keine Verbindung besteht; das kann ich mit Sicherheit sagen, denn der erste davon war ich, und ich glaube nicht, dass ich den Mann nach mir schon mal irgendwo gesehen habe – jedenfalls klingelt da nichts bei mir, so wie zuvor, als ich die Mutter mit ihrem Kind oder die Schuljungen in ihren weinroten Blazern sah.

Und doch habe ich ein komisches Gefühl, während ich Melissa beobachte, ihre Absätze über Bahnsteig eins klappern höre und sie im Teamleitungsbüro verschwinden sehe, und frage mich, ob der Mann und ich durch irgendein Ereignis oder eine Beziehung miteinander verknüpft sind, die ich vergessen habe. Warum sonst sollte mich sein Selbstmord so mitnehmen? Nur weil er mich auf etwas stößt, an das ich lieber nicht denken möchte: meinen Tod? Erst jetzt habe ich aus Melissas Erinnerung erfahren, dass meine Eltern in ihrem Büro sehr still dasaßen, während sie ihnen behutsam und taktvoll erklärte, warum sie keine Blumen auf dem Bahnsteig ablegen durften. Ich habe sie kurz durch ihre Augen gesehen. Ich würde mich so gerne selbst an meine Eltern erinnern: Sie sahen wie nette Leute aus, alle beide.

Melissa betritt das Teamleitungsbüro, aber die Kollegen von der Nachtschicht sind schon weg. Sie wird sie am Spätnachmittag zu Hause anrufen – jetzt nicht, falls sie schlafen. Sie wird bald ihre reguläre Einsatz-Nachbesprechung bekommen. Sie geht die Treppe hoch, um sich auf Bahnsteig sieben umzusehen. Auf halbem Weg über die Brücke hält sie ein Fahrgast an, grauhaarig, im Anzug, und beschwert sich: »Wissen Sie, wie langsam der Aufzug ist? Da verpasst man glatt seinen Zug, wenn man auf den wartet! Können Sie nicht Ihrem Chef Bescheid sagen, dass er was dagegen unternimmt?«

Sie entgegnet: »Das tut mir sehr leid, Sir, wir werden uns der Sache annehmen. Hoffentlich kriegen wir das in Kürze behoben.« Der Mann, der seinem Ärger Luft gemacht hat, geht mit großen Schritten weiter. Er sieht kräftig und gesund aus und hat nicht einmal Gepäck dabei. Unterm Strich kommt es ihr unwahrscheinlich vor, dass er den Aufzug wirklich gebraucht hat; bestimmt hat er sich mehr über seine eigene Faulheit geärgert als über die Fahrstuhlmechanik im Bahnhof von Peterborough.

Als Melissa die Treppe zu Bahnsteig sieben runtergeht, merkt sie, dass sie langsamer wird. Nicht dass es noch etwas zu sehen gäbe – nein, sie verspürt inneren Widerstand dagegen, sich ihren eigenen Fantasiebildern zu stellen. Im Lauf der Jahre hat sie genug zu sehen bekommen, um sich im Geiste ziemlich anschauliche Vorstellungen machen zu können.

Am Ende von Bahnsteig sieben steht PC Akash Lockhart und starrt aufs Gleis hinab. Melissa geht auf ihn zu. Sie mag Lockhart; er sieht ziemlich gut aus, der große schlanke Typ, bisschen ernst. Sie hat gehört, wie ihn die anderen Polizisten aufziehen, weil er ein Online-Masterstudium in Kriminalistik und Einsatzleitung drüben in Leicester absolviert. Ihr war nicht klar, dass man einen Masterabschluss in diversen Aspekten der Polizeiarbeit ablegen kann, aber offensichtlich geht es.

Während sie näher kommt, nickt er ihr zu, was sie mit einem Nicken erwidert. Sie stehen nicht weit von der Zugangsrampe, ein Stück abseits der meisten Fahrgäste, die auf den 8.24-Uhr-Zug nach Liverpool Lime Street warten. Eine oder zwei Minuten stehen sie so da und sehen nach unten, zeitweilig vereint in respektvollem Schweigen.

»Hatten Sie gestern Nacht Dienst?«, fragt Melissa schließlich.

In dem Moment ertönt das laute, langsame Kreischen eines Güterzugs hinter ihnen auf Gleis sechs, und Lockhart wartet mit der Antwort. Es dauert, bis der Güterzug durchgefahren ist und wieder Ruhe einkehrt; dann sagt er: »Ja, genau.«

»Sollten Sie dann jetzt nicht weg sein?«, erwidert sie. Sie stehen immer noch nebeneinander, starren immer noch nach unten, als könnte das Gleisbett, das Stück Boden zwischen den Schienen, Antworten bereithalten.

»Doch, wahrscheinlich schon«, antwortet er.

Sie bleiben noch etwas nebeneinanderstehen, dann sagt Lockhart: »Sie wissen sicher von der Frau, die letztes Jahr hier gestorben ist?«

Gott, du nicht auch, denkt Melissa.

»Bisschen vor meiner Zeit, aber hat sich irgendwer mal ... na ja, das angesehen, also wo sie herkam, wer sie war?«

»Natürlich«, sagt Melissa. Ist das sein Ernst? Natürlich hat man sich das angesehen. Es gab eine Untersuchung. Was meint er?

»Ich mein bloß, es ist halt, sie war nicht die typische Kandidatin, oder?«, sagt er. Sein Masterstudium ist beim Modul über Viktimologie angekommen, Opferforschung. »Junge Frauen nehmen normalerweise Tabletten und neigen weniger zu Spontantaten. Irgendwie eine komische Todesart für eine wie sie.«

»Bei ihr waren psychische Probleme bekannt, es war zu Vorfällen mit Polizeieinsatz gekommen, und es gab einen Abschiedsbrief.« Ihr ist nicht ganz klar, was dieser Lockhart denn noch will.

Offenbar weiß er es selbst nicht so genau. Er nimmt die Mütze ab, kratzt sich am Hinterkopf, setzt sie wieder auf. Bewegt ein wenig die Schultern, als würde es ihn unter der Schutzweste jucken. Vielleicht ist er bloß müde. »Ja, stimmt schon«, sagt er. »Aber ich mein ja bloß: Es war nicht so ganz das Übliche, mehr nicht.«

Melissa zuckt die Schultern. »Die eine so, die andere so, nehme ich an.« Sie merkt selbst, wie herzlos sich das anhört, und bereut es, kennt Lockhart aber nicht gut genug, um es vor ihm zurückzunehmen. Soll er sie eben für kaltschnäuzig halten.

Lockhart wendet sich ab. »Tja, ich sollte mir besser meine Notizen ansehen. War 'ne lange Nacht.«

Melissa und ich sehen ihm nach. Normalerweise hat Lockhart einen beschwingten, zwanglosen Gang, den eines jungen Mannes, der sich wohl in seiner Haut fühlt und der noch an Pflicht und Gerechtigkeit glaubt – kaum vorstellbar, dass er jemals ein zynischer Sergeant oder Inspector wird: Er ist einer dieser jungen Männer, die aussehen, als kämen sie nie in ein gesetzteres Alter. Aber heute schleppt er sich den Bahnsteig entlang zurück – nur die Bezeichnung »schleppend« trifft auf seinen Gang zu. Es war wirklich eine sehr lange Nacht.

Leyla. Dieser Name kommt mir genau in dem Augenblick in den Sinn, als ich den jungen Lockhart weggehen sehe.

Da sehe ich etwas vor mir, ein Bild in Gedanken: eine Frau Mitte siebzig, die auf einer Bettkante sitzt. Mit abgewandtem Kopf blickt sie zu einem Fenster, einem Rechteck aus fahlem Licht, das schwach schimmernd einfällt. Sie hat ein Nachthemd an. Sie friert.

Ist das Leyla?

Melissa bleibt noch ein paar Minuten nach Lockharts Verschwinden auf Bahnsteig sieben und blickt auf die Schienen. Wenn sie in ihr Büro auf Bahnsteig eins zurückgeht, muss sie mit ihrem Tagesprogramm weitermachen – sie läuft viel im Bahnhof herum oder muss zu Sitzungen an anderen Standorten der Bahn. All das wartet auf sie, und dazu die Nachbearbeitung dieses Vorfalls, die Mitarbeitergespräche, die E-Mails an die Zentrale, der Bericht, den sie schreiben muss. Sie sollte hier nicht dumm herumstehen, vor allem nicht, wenn Fahrgäste sie sehen können. Aber etwas in ihr sträubt sich dagegen, zurückzugehen und sich wieder in die Alltagshektik zu stürzen. Sie braucht noch ein paar Minuten, um sich innerlich bei dem Mann dafür zu entschuldigen, dass sie sich über seine Tat geärgert und genervt reagiert hat. Das erscheint ihr das Mindeste.

Melissa macht ruckhaft auf dem Absatz kehrt – in Gegenrichtung zu Lockhart, denn sie will über die Zugangsrampe in ihr Büro zurückgehen. Ich bleibe auf Bahnsteig sieben.

Ich glaube, ich weiß, was mit mir los ist: Der Tod des Mannes weckt die Erinnerung an mich selbst. Vielleicht ist das mein Weg zurück, also in mein Leben, dazu, wer oder was ich war, bevor ich starb. Der Tod des Mannes hat etwas losgetreten.

Ich denke an sein Gesicht. Ich war so dicht dran, als ich in diese großen wässrigen Augen sah. Ich denke, wie getrübt seine Gedanken waren. Normalerweise nehme ich wahr, was die Leute denken und fühlen, doch der hatte dichtgemacht, als ich ihn ansah. Ich denke an das Kältegefühl, das mich ergriff, als er durch mich hindurchfiel, so eisig, dass es sich anfühlte wie ätzender Hohn, und weiß mit Sicherheit, dass ich nicht das Gleiche getan habe wie er, was auch immer Melissa Lockhart vorhin erzählt hat. Ich habe mich nicht von Bahnsteig sieben gestürzt.

Doch was sonst ist mit mir passiert?

Die Zeit treibt dahin. Bald ist helllichter Tag, und das dicke Wolkenknäuel, mit dem der Himmel bedeckt war, hat sich verzogen. Wie von Zauberhand kommt die Sonne heraus – wer hätte damit gerechnet, nach so einem widerspenstigen Morgengrauen? Während ich auf den Warteraum zuschwebe, treten zwei junge Frauen zusammen raus, halten auf Bahnsteig sieben an und bleiben wortlos nebeneinander stehen, die Gesichter dankbar und wie im Gebet gen Himmel gewandt: Wintersonne, wer hätte das gedacht; jedes Mal wieder ein Geschenk.

Mitten am Vormittag, unter der Woche: Wie still der Bahnhof wird, jetzt, da die Stoßzeit vorbei ist. Die Pendler sind verschwunden. Der Himmel ist klar und blau, die Luft angenehm. Um die Mittagszeit wird es sich zeitweilig nahezu balsamisch anfühlen.

Auf Bahnsteig sieben kann ich heute keine Eisenbahnfans entdecken. Ich mag sie inzwischen ganz gern. Die meisten kenne ich vom Sehen; ich bewundere ihre Hingabe und ihren Wissensdrang: Philosophie für die Massen. Viele von ihnen sind mit dem Bahnpersonal per Du, und sie werden sich Sorgen um sie machen, wenn sie von dem Vorfall erfahren. Anders als die meisten Fahrgäste kämen sie nie im Leben darauf, unverschämt zu den Mitarbeitern zu sein. Sie wissen besser als die meisten, womit sich diese Leute tagtäglich rumzuschlagen haben.

Ein halbes Dutzend Fahrgäste sitzt im Wartehäuschen. Der junge Mann mit dem Kaffee-Servierwagen spielt klirrende Technomusik, zu leise, als dass irgendwer sie richtig hören könnte, aber laut genug, um alle zu stören. Vier der sechs Leute haben ohnehin Ohrhörer auf, fünf von ihnen schauen stirnrunzelnd auf ihre Handys. Von Zeit zu Zeit plärrt der Lautsprecher. Die Passagiere werden ermahnt, alle ihre persönlichen Gegenstände stets bei sich zu führen. Nicht einfach *Lassen Sie bitte Ihr Gepäck nicht aus den Augen*, sondern führen Sie *alle* Ihre persönlichen Gegenstände *stets* bei sich.

Nicht lange nach dieser Durchsage erfolgt die gereizte Aufforderung, der Besitzer des Koffers auf Bahnsteig sechs möge unverzüglich dorthin zurückkehren. Die sechste Person im Warteraum, die einzige ohne Handy oder Ohrhörer, eine ältere Frau mit weißen Locken und dicken Brillengläsern – die archetypische kleine alte Dame – steht am Getränkewagen und kippt sich Zucker in den Kaffee. Bei dieser Durchsage sieht sie sich um und begreift, dass die körperlose Stimme doch tatsächlich sie meint. Sie runzelt die Stirn, sichtlich verärgert über die öffentliche Rüge. Den Koffer auf Bahnsteig sechs hat sie durch die Glaswand des Wartehäuschens bestens im Blick, und sie weiß, dass er keinen Sprengstoff, sondern Socken und Pullover enthält – sie ist unterwegs zu einem Besuch bei Sohn und Schwiegertochter mit neugeborenem Baby in Sheffield. Zu ihrem Verdruss haben sie den Kleinen Ivan genannt.

Den Kaffeebecher fest im Griff, geht die ältere Dame raus, um sich neben ihren Koffer zu stellen, auf dass er nicht beschlagnahmt und von einem Kampfmittelentschärfer der kontrollierten Sprengung zugeführt werden möge. Sie fand es nicht nötig, ihn mitzunehmen, weil sie wusste, dass er keine Wertsachen enthielt – Portemonnaie, Handy und Führerschein stecken allesamt in der feinen Lederhandtasche an ihrer Schulter. Welcher Dieb, der etwas auf sich hält, würde ihre Socken wollen? Sich auf das Augenmaß und den gesunden Menschenverstand von Kleinkriminellen zu verlassen, birgt zwar gewisse Risiken, wenn es um den Schutz des Privateigentums geht, aber mit dieser Strategie ist sie nicht die Einzige.

Keiner der fünf Reisenden, die noch im Wartehäuschen zwischen Bahnsteig sechs und sieben sitzen, hat sich auch nur umgesehen, weder bei der Durchsage noch um zu beobachten, wie die alte Dame ihren verdächtigen Koffer wieder an sich nimmt. Die Warnungen sind so zahlreich und Terroristenanschläge so selten, dass die Leute das eine nicht mehr mit dem anderen verbinden – die gehäuften Durchsagen nimmt niemand mehr ernst.

Ganz gleich, wie oft es angesagt wird – je öfter man es zu hören bekommt, desto weniger kann man es sich vorstellen. Es muss einem schon einmal ein jähes Unglück zugestoßen sein, damit man den Sinn von Vorsichtsmaßnahmen einsieht. Solange man nicht selbst erlebt hat, wie brutal die Gewalt aus heiterem Himmel zuschlagen kann, kommt es einem unvorstellbar vor, dass man selbst plötzlich davon getroffen wird. So wie die Leute keine rasenden Motorradfahrer anzeigen, melden sie keine Koffer auf Bahnsteigen. Zum einen ist es die Banalität, zum anderen die Unvorstellbarkeit – und dazwischen klafft ein Abgrund, in den unsere Fantasiebilder purzeln.

Der Vormittag neigt sich seinem Ende entgegen, und auch wenn die Sonne scheint, reicht es mir jetzt mit Gleis sieben. Ich habe lange genug zum Mietblock rübergesehen, dem Gebrauchtwagenhändler, dem fernen Marschland der Fens im Hintergrund. Langeweile: Tag und Nacht, immer wieder der monotone Reigen dieser zweieiigen Zwillinge – immer das Gleiche. Wenn das Leben nichts weiter ist oder sich als nichts weiter erweist denn als ein Warten auf den Tod, warum kürzen es dann nicht mehr Leute ab? Ich würde es tun, wenn ich könnte, aber als Tote kann man nicht mehr Selbstmord begehen, da sind mir also die Hände gebunden.

Ich kann es mir nicht leisten, mich dem Trübsinn hinzugeben – so viel habe ich mittlerweile begriffen. Wenn man in meinem Zustand Depressionen bekommt, kann es richtig unangenehm werden. Ich will versuchen, den Lebenden Bosheiten ins Ohr zu flüstern, um sie anzustacheln, stellvertretend für mich zu handeln.

Ich will mich am Eingang aufhalten. Dort gibt es ein Café, auch wenn es keinen abgetrennten Bereich hat, sondern bloß zur kleinen Bahnhofshalle gehört. Passend zur Jahreszeit heißt es Pumpkin Café, Kürbiscafé, auch wenn es den Namen das ganze Jahr über trägt. Hier ist es netter als drüben auf der anderen Seite, wo die Leute nichts anderes machen, als auf Züge zu warten oder sich umzubringen. Im Pumpkin Café wird natürlich auch reichlich gewartet. Man kann mit seinem Styroporbecher voll Tee und gutem Blick auf die elektronische Anzeigetafel auf einem Metallstuhl sitzen und bei Bedarf in Erfahrung bringen, dass der 17.32-Uhr-Zug nach Spalding pünktlich ist und *mit Halt in: Spalding* fährt. Nicht alle sind ganz so pünktlich. Der 17.24-Uhr-Zug nach Manchester hat *Einfahrt um: 17.25 Uhr*.

Zu dieser Tageszeit haben sich ein halbes Dutzend Leute unter den zehn Monitoren aufgestellt, die die Anzeige bilden, orange Buchstaben auf schwarzen Bildschirmen. Die Leute blicken die ganze Zeit mit in den Nacken gelegten Köpfen nach oben, während sie dastehen, als würden ihnen lebenswichtige Informationen entgehen, wenn sie wegschauen – etwa eine sekundenbruchteillange Benachrichtigung, dass ihr Zug ausfällt, die nur einmal kurz aufflackert. So andächtig, wie die aussehen, drängt sich mir der Eindruck auf, dass sich die Bahn eine Chance entgehen lässt. Nicht auszudenken, was sie diesen Köpfen alles an Wissen eintrichtern könnten statt einfach bloß Abfahrtzeiten!

Der Tag vergeht. Nachmittags kommt es im Bahnhof von Peterborough zu keiner richtigen Rushhour; um diese Tageszeit fließt der Verkehr in Gegenrichtung. Dann, wenn das Licht abnimmt und der Abend heraufzieht, fahren die Pendlerzüge ein und spucken Trauben von Leuten aus, die nacheinander durch die Bahnsteigsperren strömen. Die einen gebeugt und stirnrunzelnd, niedergedrückt von dem Stress ihres Arbeitstags, aber gar nicht so wenige hocherhobenen Hauptes, mit offenen, erleichterten Gesichtern. Sie sind fast zu Hause. Die Sperren werden in diesem Bahnhof fast immer offen gelassen – es ist ein Portal. Hier ist die Trennlinie zwischen Tod und Nachleben durchlässig. Wenn ich mir die Leute so ansehe, kann ich nur staunen, dass sie es offenbar noch nicht gemerkt haben. Ich war einmal genau wie sie, doch jetzt verblüfft und ärgert es mich, wie dermaßen eilig es alle haben. Denkt drüber nach, möchte ich ihnen – von meiner höheren Warte aus – sagen, jetzt glaubt ihr, es ginge nur um den Weg zur Arbeit und zurück, aber eines Tages werdet ihr erkennen, dass ihr hier nach Belieben auf die andere Seite wechseln könnt.

Ich wüsste gern, ob es in all den anderen Ländern auf der Welt andere Portale gibt – vielleicht hat jedes Land, jede Kultur eine eigene Variante? Es wäre ja wohl vermessen anzunehmen, so etwas gäbe es nur hier. Obwohl, vielleicht auch nicht; vielleicht ist dieses wirklich das einzige im gesamten bekannten Universum. Der Bahnhof von Peterborough: die einzige Stelle, an der man hinüberwechseln kann.

Die Menschenströme verebben, lassen nach. Die breiten Schiebetüren zum Ausgang, die auf den Bahnhofsvorplatz hinausführen, stehen dauerhaft offen, und ohne den Damm wartender Körper wird es rasch kalt in Bahnhofshalle und Café. Am Serviceschalter schlägt ein junger Mitarbeiter die Hände zusammen und lacht mit der hinter ihm sitzenden jungen Frau – nur wenige Stunden, und die gedrückte Stimmung im Team hat sich verflüchtigt. Ein Mann mittleren Alters mit elegantem Wollmantel und sehr großer Brille sagt zu dem jungen Mann: »Entschuldigung, wo finde ich die Bar?« In seinem Diensteifer wird der junge Mann plötzlich ernst und zeigt auf den Kühlschrank gegenüber der Theke des Pumpkin Cafés. Der Mann geht hin und mustert das bescheidene Angebot an Bier und Wein in kleinen Flaschen, wie irritiert von der mageren Auswahl. Während er im Stehen seine Wahl trifft, dreht sich die ältere blonde Frau um, die ich oft hinter dem Tresen sehe – Stacey heißt sie –, hält einen Teller hoch und ruft mit lauter nasaler Stimme: »Salami-Panini!« In der Wiederholung hört es sich wie der Schrei eines exotischen Vogels an. *Salahmipanienie!*

Ich gehe zum Haupteingang raus – an Tagen wie diesen kann die Abenddämmerung verlockend sein. Bei Sonnenuntergang überzieht ein Leuchten den Bahnhof und seine Umgebung. Seit der Zeitumstellung ist es ab vier Uhr nachmittags bloß noch eine Stunde bis zum Dunkelwerden, aber nach unserem diesigen, mürrischen Anfang war es ein Wintertag mit klarem blauem Himmel. Jetzt schimmert die Luft golden. Bald wird der Glanz erlöschen, aber eine kurze Weile breitet er sich aus und überzieht die Backsteinmauer des Parkhochhauses dem Bahnhof gegenüber. Neben dem Great Northern Hotel bilden die schwarzen Stämme und das gelbe Laub der Bäume einen hübschen Kontrast zur dunkelblauen Farbe der Crescent Bridge und zur kleinen aprikosenfarben angehauchten Wolke, die weiter entfernt am Himmel erscheint. Das alles zieht mich immer noch in seinen Bann, erscheint mir umso schöner, da ich um seine Vergänglichkeit weiß. Beinahe könnte ich glauben, dass es am Übergang des Tages erst in den Abend, dann in die Nacht nichts zu fürchten gibt.

Rechts von mir leert sich der Parkplatz, während Pendler in ihre Autos steigen, nach Hause fahren. Links von mir macht die Straße einen Bogen, und der große Waitrose-Supermarkt ist hell erleuchtet, Männer und Frauen schieben Metallwagen rein und raus. Gegenüber vom Bahnhof sieht der Backsteinbau der Britischen Bahnpolizei wie ein Hexenhäuschen mitten in einem Gewerbe-Wald aus. PC Lockhart fehlt mir. Er gehört zu meinen Lieblingen. Mal sehen, wann er wieder Dienst hat; je nachdem, ob er am Beginn oder Ende seiner Zeit mit Nachtschichten war und ob Inspector Barker ihm vorschlagen wird, sich freizunehmen.

In der Abenddämmerung bleibe ich noch etwas, bis sich das Licht ganz verzieht. Noch ein Nachmittag geht über in den Abend und in eine weitere lange Nacht. Ich wende mich wieder dem Bahnhof zu, durchquere die Wartehalle und passiere die Sperren, zurück zur nächsten Zeitstrecke – ohne Form und Ziel, nur in Dunkelheit gehüllt.

Unten an der Treppe zur Fußgängerüberführung, genau da, wo ich heute Morgen neben Dalmar gesessen habe – an den ich heute oft denken musste –, sehe ich einen Mann. Er wendet mir den Rücken zu. Er trägt eine dicke dunkelblaue Jacke, eine Donkeyjacke. Einfach nie so warm wie erhofft, diese Dinger.

Langsam dreht er sich um. Er hat eine schwarze Wollmütze auf und einen meergrünen Schal um die untere Gesichtshälfte hochgezogen. Aus seinen wässrigen Augen starrt er mich an und sagt in leicht spöttischem Tonfall: »Ach je, Lisa, hast du gedacht, du wärst die Einzige?« Dann geht er weiter die Treppe hoch, über die Brücke, mir aus den Augen.

Mein Name war Lisa.

ZWEITER TEIL

4

Es ist Freitagvormittag, drei Tage nach dem Tod des Mannes mit der Donkeyjacke; 10.12 Uhr, um genau zu sein – durch diesen Aufenthalt in einem Bahnhof bin ich etwas pedantisch geworden, was Uhrzeiten angeht.

Meist treibe ich mich jetzt in der Wartehalle und dem Pumpkin Café herum, wo es etwas mehr zu sehen gibt: Leute, die gebracht oder abgeholt werden – oder die fast nichts machen, davon sind immer reichlich vorhanden. Die Eingangshalle eines Bahnhofs ist nicht bloß ein Ort, an dem Leute auf ihren Zug warten; hier warten sie aufs Leben. Ehrlich gesagt, seit dem Mann mit der Donkeyjacke, tja, ich weiß auch nicht, habe ich eine gewisse Scheu vor den Bahnsteigen.

Die Menschenmassen der Rushhour sind überstanden, das Café ist leer bis auf ein älteres Paar, das auf den Barhockern am Tresen sitzt, die Anzeigetafel im Blick, und einen jungen Mann an einem der runden Metalltischchen in der Nähe der verglasten Wand, mit Blick auf den Bahnhofsvorplatz. Draußen ist es so grau, wie es sich gehört. Ein paar Regentropfen fallen an die Glasscheibe, bleiben haften und rutschen dran herunter.

Am Tisch des jungen Mannes gibt es nur einen Stuhl, auf dem sitzt er – wahrscheinlich haben die Leute die anderen Stühle an Nachbartische gestellt, um sich dazuzusetzen. Es gibt noch vier leere Tische, aber ich ahne instinktiv, dass sich der junge Mann diesen mit dem einen Stuhl ausgesucht hat, damit sich niemand neben ihn setzen kann. Das habe ich auch immer so gemacht, fällt mir auf, und schon empfinde ich ein Zugehörigkeitsgefühl.

Ich treibe mich schon länger hier herum, habe ihn aber nicht kommen sehen; er scheint wie aus dem Nichts aufgetaucht zu sein. Als ich ihn bemerke, sitzt er schon in voller Größe da. Er hat einen Styroporbecher mit Kaffee vor sich und rührt geistesabwesend mit so einem kleinen Plastikstäbchen darin herum, führt die Bewegung viel länger aus, als nötig wäre, um zwei Flüssigkeiten miteinander zu vermischen. Stur vor sich hin starrend, bewegt er das Stäbchen, als verschaffte ihm die kreisende Bewegung Trost, oder wie selbstvergessen. Die Zeit vergeht.

Erst halte ich ihn für einen Pendler, der einen Vormittagszug nimmt – vielleicht spät anfängt, weil er abends arbeitet, oder zu einer besonderen Sitzung an einem anderen Ort fährt. Es liegt an dem Anzug, den er trägt: Der schreit einfach nach *Bürohengst*. Ich sehe ihm ein Weilchen beim Umrühren zu. Er zieht das Plastikstäbchen aus dem Kaffee, klopft es fein säuberlich und leise am Becherrand ab und legt es auf die Papierserviette am Tisch. Dieser junge Mann fährt nirgendshin, denke ich. Wenn man auf einen Zug wartet, um damit wegzufahren oder jemanden abzuholen – schließlich bin ich weltweit führende Expertin für Leute, die auf Züge warten –, sieht man ständig auf die Anzeigetafel. Doch dieser Mann hat die ganze Zeit, die ich ihn beobachte, nicht einen Blick auf die Zuganzeige oder die Bahnsteigsperren geworfen.

Ich sehe mir an, wie er seine Umgebung ignoriert, und denke, dass ich weiß, wie sich diese Eigenheit von ihm anfühlt, dieses Warten auf nichts. Ich schwebe hinüber, um ihn mir näher anzusehen.

Aus der Nähe sehe ich, dass sein Anzug ein etwas glänzendes Finish hat, und frage mich, ob es daran liegt, dass er billig oder teuer ist. Ersteres scheint mir wahrscheinlicher, weil er auch schlecht sitzt, an den Hüften zu weit, das Jackett schlabbert – entweder das, oder der junge Mann hat in letzter Zeit stark abgenommen. Er sieht mittelgroß aus, die hellen Haare ziemlich kurz geschnitten, na ja, aschblond und braun gemischt, dunkle Augen, Hakennase, ziemlich groß, aber nicht hässlich. Vielleicht haben seine Gesichtszüge etwas Habichtartiges, oder womöglich habe ich auch nur deshalb den Eindruck, weil er so reglos dasitzt. In vielerlei Hinsicht ist er unscheinbar – wenn man auf der Straße an ihm vorbeieilen würde, würde man ihn kaum bemerken –, doch da er stillhält und ich den Vorzug genieße, unsichtbar zu sein, lohnt eine nähere Untersuchung seines Äußeren. Und genau genommen habe ich wenig anderes zu tun. Und schon weiß ich es: Es sind die hellen Haare und dunklen Augen, besser gesagt die Kombination von beidem. Damit funktioniert es genauso wie mit schwarzen Haaren und blauen Augen, dieser fesselnde Augenblick, wenn man stutzt und länger, als höflich wäre, hinsehen muss, um herauszufinden, was genau das Außergewöhnliche ist. Die hellen Strähnen in seinem Haar sind aschblond, nicht richtig blond, und seine Augen eher klein und von einem sehr dunklen Braun, fast schwarz. Es sind Augen, die immer so wirken, als blickten sie in weite Fernen.

Wie er wohl heißt? Ich entscheide mich für Caleb. Keine Ahnung, warum – etwas so Altmodisches, dass es schon wieder modern ist, scheint auf ihn zu passen; etwas Biblisches, das mit einem Konsonanten endet. Während ich ihn im Blick behalte, gebe ich ihm den Namen, als könnte ich über ihn verfügen.

Der Kaffee im Becher vor ihm wird kalt – er starrt weiter vor sich hin –, bis sein Blick plötzlich scharf wird und er die Leute wahrnimmt, die durch die Eingangshalle eilen. Er setzt sich etwas aufrechter hin, als hätte er sich zu etwas entschieden.

Mit der Linken zieht er ein Handy aus der Jackentasche, tippt auf ein paar Tasten und hält es sich ans Ohr. Auf Antwort wartend, schürzt er die Lippen und sagt dann ins Telefon: »Hi, ich bin's, hast du meine Mail bekommen?« Er redet ziemlich leise, ich muss nahe rangehen, um ihn zu verstehen.

Nach kurzer Pause schnieft er theatralisch.

»Ja, echt ätzend, das kann man wohl sagen ...« Mit einem leisen Schnauben, nicht ganz Lachen, deutet er Belustigung an. »Jaah ... genau ... hab ich mir auch gedacht, besser als alle im ganzen Haus anstecken, stimmt schon.«

Ah, denke ich, er lügt. Interessant.

»Na ja, bin bloß eben runter, Paracetamol nachkaufen ... Nein, nein, die kann ich nicht ab ... Ach, grade fällt mir ein, was ich noch sagen wollte, Jonathan wird die Bewertungskriterien brauchen ... Ja ... genau ... hab ich mir gedacht. Ich kann das Zeug mailen, wenn ich wieder zu Hause bin, aber wenn das Meeting um halb elf anfängt, braucht er es dann nicht vorher?«

Er hört sich eine Weile die Antwort an.

»Okay, das ist toll, spitze ... Na klar, ich leg mich gleich wieder ins Bett. Orangensaft und Paracetamol ... Weiß nicht ... bin mir nicht sicher ... also jetzt grad nicht, es geht mir ziemlich ... Ich kann von zu Hause aus das Update machen, das krieg ich am Montag hin, falls ich dann noch nicht wieder reinkomme, es dauert ja nicht allzu lange, geht das in Ordnung? Gut ... okay ... Kannst du das mit Anil für mich klarmachen?«

Er bewegt das Telefon etwas, und ich höre eine Frauenstimme, ein kurzes Lachen, auch wenn ich die Worte nicht verstehe.

»*Gregory*, nicht dein Ernst!«, sagt er und pariert das Gelächter mit einem weiteren belustigten Schnauben. »Also sag Bescheid, wenn Anil deshalb womöglich, du weißt schon, Probleme kriegt, ja? Denn ich bin einfach …«, noch eine Pause. »Nein, nicht im Morgenmantel, ganz so hinüber bin ich noch nicht. Ich hab meinen Parka über den Schlafanzug gezogen.«

Mehr gackerndes Lachen, dann Sprechen.

»Genau, gleich wieder ins Bett. Versprochen. Bis dann, okay, tschüs … tschüs …« Er beendet das Gespräch, lässt das Handy wieder in die Tasche gleiten.

Das war haarscharf, ehe eine Durchsage losplärrt, die weibliche Roboterstimme, ein klein wenig asynchron, wo die austauschbaren Versatzstücke in die Vorlage eingefügt werden: *Der Zug um ZEHN UHR ACHTZEHN nach EDINBURGH hat voraussichtlich SECHS Minuten Verspätung. Etwaige Unannehmlichkeiten bitten wir zu entschuldigen.* Da hat nicht viel gefehlt, und er wäre aufgeflogen.

Aha, unser Mann ist also ein Lügner, denke ich: ein unverfrorener Lügner, dreist oder leichtsinnig. Er hat sich getraut, im Büro anzurufen und zu behaupten, er würde in den nächsten Eckladen gehen, während die Geräuschkulisse der Bahnhofshalle ihn jederzeit hätte verraten können. Vermutlich hatte er vor, zur Arbeit zu fahren, als er heute Morgen hier ankam, hat es sich aber aus unerfindlichen Gründen anders überlegt, sich einen Becher Kaffee geholt und hier gesessen und vor sich hin gestarrt – wie lange? Und er sorgt auch noch für den Fall vor, dass er am kommenden Montag fehlen wird, als könne er sich bereits denken, dass er es auch dann nicht durch die Bahnsteigsperren schaffen wird. Wie faszinierend.

Irgendwas stimmt hier nicht. Er wirkt nicht wie jemand, der sich gerade aus bloßer Faulheit vor der Arbeit drückt. Sonst hätte er sich heute Morgen beim Aufstehen nicht den Anzug angezogen und sich auf den Weg zum Bahnhof gemacht. Etwas hat ihn ausgebremst, als er hier ankam, ein unsichtbares Kraftfeld, das ihn daran hinderte, zu den Bahnsteigen durchzugehen, ähnlich wie das, das mich an den Bahnhof fesselt. Bei seiner Ankunft kam er nicht weiter als bis zum Café in der Bahnhofshalle, dem Niemandsland zwischen Bahnhof und dem Rest der Welt, dann war Schluss.

Caleb bricht in Tränen aus.

Es sind Männertränen, versteht sich – und der Ausbruch ist auch sehr männlich. Nur weil ich ihn direkt ansehe, fällt es mir überhaupt auf – der Mann am Tisch hinter ihm glaubt wahrscheinlich, er hätte nur geniest. Es geschieht wie ein Ausatmen, ein ziemlich geräuschvolles Ausstoßen von Luft, und er birgt das Gesicht in den Händen wie in einer Papiertüte, in der er sich verstecken könnte. Dass er weint, weiß ich nur, weil seine Schultern kaum merklich zucken und ich eine Träne – eine richtige Träne – sein Kinn hinabrinnen sehe.

Was war der Auslöser? So jäh und hemmungslos, wie es ihn überkommt, kann es nur ein Kummer sein, den er fest in sich verschlossen hält – in solch einem Ausstoßen von Luft bricht sich etwas Aufgestautes Bahn, wie wenn ein übervoller Ballon platzt. Es war also durchaus ein ernst gemeinter Versuch, zur Arbeit zu gehen, er konnte das nur nicht durchziehen.

Warum geht es einem so zu Herzen, wenn erwachsene Männer weinen? Ich denke an Dalmars Trauer zu Beginn der Woche, wie das in mir den Wunsch weckte, ihn zu trösten – ein Wunsch, den man unachtsamerweise leicht mit Liebe verwechseln könnte, solch eine Sehnsucht erweckt er, und diesem jungen Mann gegenüber empfinde ich ähnlich. Er hält die Schultern gleich wieder still, nimmt die Hände vom Gesicht, schnappt sich die Papierserviette vom Tisch – das Plastikstäbchen fällt mit leisem Klirren runter – und wischt sich heftig übers ganze Gesicht, die Nase, die plötzlich geröteten Wangen. Dann wendet er den Blick ab und sieht seitlich durch die verglaste Wand auf den Bürgersteig hinaus, wo Leute darauf warten, dass sie abgeholt werden, oder rasch eine rauchen. Die drei Männer und die eine Frau draußen wenden ihm allesamt den Rücken zu, er kann also rausschauen, ohne dass sein Gesicht gesehen wird. Nur ich sehe es. Dieser junge Mann ist tief betrübt, so unglücklich, dass er unmöglich zur Arbeit fahren kann, und so überzeugend er auch eben am Telefon simuliert hat, kennt er sich doch gut genug, um zu begreifen, dass es Anfang nächster Woche noch nicht vorbei sein könnte.

Er stöhnt kurz auf, so leise, dass nur ich es hören kann, aber wie aus tiefster Seele, als hätte er sich hier hingesetzt, weil er es nirgends sonst aushält, und gerade gemerkt, dass es hier auch nicht besser ist. Er steht auf – die metallenen Stuhlbeine kratzen abscheulich über den Boden, ein Kreischen, dass einem die Haare zu Berge stehen –, nimmt den Wegwerfbecher, die Serviette und das Plastikstäbchen und bringt alles zum Mülleimer am Caféeingang. Wie rührend: Selbst in seiner Trauer und Verzweiflung ist er noch rücksichtsvoll genug, hinter sich aufzuräumen. Er wendet sich zum Bahnhofsausgang. Mein Herz hängt sich an ihn.

Ich sehe dich, möchte ich sagen. *Ich habe verstanden.* Wie selten kommt es vor, dass man sich auf Anhieb jemandem so verbunden fühlt? Es passiert vielleicht ein-, zweimal, wenn man Glück hat – im ganzen Leben zweimal, dass man jemanden sieht, und etwas macht Klick, und man denkt sich: ja genau, *du*. Soweit ich mich erinnern kann, geht es dabei nur ums Timing. Sich verlieben ist wie *Reise nach Jerusalem* – wenn die Musik aufhört, lässt man sich so schnell wie möglich auf den nächstbesten Stuhl fallen und hofft, dass man sich dabei nicht wehtut. Ich erinnere mich gut an den Herzschmerz, als ich Anfang, Mitte zwanzig war, wie ich mich nach gleichaltrigen Männern sehnte, die einfach noch nicht bereit waren, und wie weh es tat, wenn man ein paar Jahre oder gar Monate später hörte, dass sie sich für eine andere entschieden hatten, und man sich dachte, warum sie und nicht ich? Sie ist weder hübscher noch netter als ich. Na ja, so habe ich es mir damals gern vorgestellt: An mir liegt es ja wohl nicht, es war bloß schlechtes Timing. Es ist mir ein paarmal nacheinander passiert, vielleicht erklärt das ja …

Caleb geht durch die Schiebetür, die immer automatisch offen steht. Ich sehe zu, wie er sich nach rechts wendet, am Taxistand vorbeigeht und am kleinen Kreisverkehr die Straße überquert. Und weiter, vorbei an der Bahnpolizei, an dem jungen Mann, der am anderen Ende der Straße im Schneidersitz dahockt und bettelt, weil er weiß, dass das nicht mehr im Zuständigkeitsbereich der Bahnpolizei, sondern schon in dem der Polizei des Landkreises Cambridgeshire liegt und die Bahnpolizei ihn also nicht vertreiben kann. Ich warte noch ab, ob Caleb die Treppe zum Fußgängerübergang hochgeht, der zum Shoppingcenter führt, doch stattdessen biegt er nach rechts ab, zur Unterführung. Vielleicht wird er über die Crescent Bridge laufen und die Thorpe Road entlanggehen; ist das nicht, wo ich …

Ein Taxi umrundet den Kreisverkehr, kommt auf mich zu, nimmt mir die letzte Sicht auf ihn.

Ein kleiner roter Karton von der Sorte, wie sie in billigen Schnellrestaurants für Chicken Nuggets verwendet werden, trudelt im Taxi-Kielwasser über die Straße, überschlägt sich leise aufditschend ein ums andere Mal.

Eine Frau in orangefarbenem Hosenanzug, von sattem Orange, schlendert die Straße entlang zum Bahnhof und bleibt stehen, um sich die Schachtel vor die Füße trudeln zu lassen, ehe sie sie anlächelt und weitergeht. Unter dem orangen Blazer trägt sie ein grünes T-Shirt, und sie geht mit ausgestellten Füßen, selbstbewusst, die Jackenschöße flattern, das weiße Haar in einem wippenden Bob, zwischen den Fingern eine lässig herabbaumelnde Zigarette, halb geraucht und halb vergessen; eine Geste, die besagt, sie könne jederzeit daran ziehen, wenn ihr danach sei, weshalb sie keinen Drang mehr verspüre.

Als das Taxi und die Frau weg sind, ist Caleb außer Sichtweite. Eine Beinahe-Erinnerung ist mit ihm verschwunden. Ganz oben in meinen Gedanken hat sich sein Schmerz gehalten und darunter ein anderer Beiklang, ein mir eigenes Gefühl, das ich nur als etwas wie freudige Erregung bezeichnen kann. *Caleb, lass mich nicht hier zurück. Etwas hat dich hierher zum Bahnhof gezogen, und du kannst nicht ganz reingehen, aber ich kann nicht weg von hier. Wir sind uns an den Bahnsteig-*

sperren begegnet. Weißt du nicht, wie romantisch Liebe an einer Absperrung sein kann? Verlass mich nicht. Tu's nicht.

Meine Lisa unter der Laterne, meine einzige Marleen. Das hat er mir an meinem Geburtstag vorgesungen, vor allen anderen, auf dem niedrigen Tisch stehend. Mein Gesicht im Spiegel, später am selben Abend, die Wange runter zerlaufenes Augen-Make-up und die geballte Selbsterkenntnis in meinem Blick – das muss der Moment gewesen sein, als ich es wusste.

Nachdem Caleb fort ist, tanzen meine Gedanken. »Caleb …«, sage ich mir vor, übe, es leise und getragen auszusprechen, während ich vor dem Bahnhof umherschwebe und mich frage, ob es wohl möglich wäre, dass er wiederkommt. »Caleb …«, mit so tiefer Stimme wie nur möglich.

Mit einem Mal bin ich so glücklich. Alles kehrt zu mir zurück, menschliche Gefühlsregungen – ah, dieses Gefühl, jemanden zu begehren, genauso angenehm und zwiespältig, wie wenn man sich an einer schwer erreichbaren Körperstelle kratzt. Der süße Schmerz, die schmerzliche Süße: sich nach einer Person sehnen, die einem fehlt. Jetzt fällt mir das alles mit voller Schärfe wieder ein. Ich mache kehrt, zurück in den Bahnhof und zum Raum mit den Fahrkartenschaltern. Ich schleiche mich hinter eine Frau am Ende einer kurzen Schlange vor dem mittleren Schalter. »*Caaaaah … leb …*«, flüstere ich ihr ins Ohr, und sie bewegt stirnrunzelnd den Kopf – sie hat etwas gehört, nur ein leises Flattern, so flüchtig wie eine Fliege, die an ihrem Ohr vorbeisummt, aber komisch, es klang nach einer menschlichen Stimme. Ich wirbele wieder herum. Erfolg!

Wieder draußen im Pumpkin Café ruhe ich mich auf der Theke aus, während die beiden Frauen dahinter ein wenig aufräumen und plaudern. Keine Kunden warten, nur zwei Gäste sitzen an den Tischen. Nach der Rushhour kommt das Personal dazu, einmal über die Geräte und Oberflächen zu wischen, bevor es wieder voll wird.

Sie tragen ihre Namensschilder: Die eine ist Stacey, die Salahmipanienie-Dame; die andere heißt Milada. Stacey kenne ich ziemlich gut, eine etwas in die Jahre gekommene Blondine mit grauen Ansätzen und der Tendenz, die Toast-Sandwiches anbrennen zu lassen. Milada ist jung, neu, ich habe sie erst ein paarmal gesehen. Sie hat einen zarten, blassen Teint und sehr schmale Lippen, so farblos, dass sie sich kaum vom übrigen Gesicht abheben. Ich würde mich so gern mit ihnen über Caleb unterhalten. Männer sind Staceys Lieblingsthema – wie oft ich mir das schon angehört habe. Auch jetzt geht es bei ihr gerade darum. Sie redet im gleichen nachsichtigen, wenig überraschten Ton von Männern, wie die Leute vom Wetter reden – halt eine Art feste Größe, nicht wegzudenken. Gut geeignet für harmloses Geplauder, wenn es nichts Wichtigeres zu besprechen gibt.

»Also *der* ist mal was fürs Auge …«, sagt sie zu Milada. »Lächelt nicht viel, wer weiß, warum. Aber da ist echt was dran an dem, der kommt gut, wenn's irgendwo Ärger gibt, meinst du nicht? Nicht so wie die Typen hier, die einen auf dicke Hose machen, und dabei weiß man genau, wenn's Ärger gibt, ziehen sie den Schwanz ein. Der ist bestimmt ganz anders, nach außen hin so voll ruhig, aber lässt sich nichts bieten.« Sie schnaubt kurz. »Aber dem hätt ich nicht schlecht was zu bieten.« Stirnrunzelnd hebt sie den Deckel des Sandwichtoasters an und späht hinein, als erwarte sie etwas Bestimmtes – ein Toastbrot oder Panini, das seine Zeit abgesessen hat. Aber er ist leer, und mit einem Kopfschütteln klappt sie den Deckel wieder zu. »*Den* würd ich nicht von der Bettkante schubsen und wenn er im Bett Chips essen würde.«

Milada wischt schwungvoll mit einem Lappen über das Stahlrohr, das aus der Kaffeemaschine ragt. Sie hält inne und sieht Stacey an.

Die lacht kurz auf, etwas unfreundlich, finde ich. »Das ist ein Ausdruck, Milada, es heißt, du weißt schon, dass man nichts gegen Sex mit jemand hätte, bloß weil er, na ja, eine Kleinigkeit falsch macht wie zum Beispiel im Bett Chips essen und alles vollkrümeln.«

Milada spitzt die dünnen Lippen und schüttelt mit hochgezogenen Augenbrauen energisch den Kopf, ehe sie weiterwischt. »Englische Männer machen so was? Im Bett Chips essen?«

»Und Toast. Fernsehen gucken sie dabei auch gern. Mir ist noch kein Mann untergekommen, der keinen Fernseher im Schlafzimmer wollte.«

»Mir fehlt Mähren«, sagt Milada seufzend. »Die Berge und Wälder um mein Dorf. Manchmal. Der Schnee fehlt mir nicht.«

»Die Männer fehlen dir«, sagt Stacey mitfühlend. »Nette Kerle aus der Gegend, wo du herkommst, sag ich immer. Handwerklich geschickt, praktisch veranlagt. Dieser da ist jedenfalls kein Engländer, auch wenn er jetzt in England lebt, glaub ich.« Stacey muss Dalmar meinen, und mir fällt wieder ein, was für eine Sehnsucht ich nach ihm empfand. Seine Körpermasse hat etwas Tröstliches,

Fett und Muskeln gleichmäßig verteilt; er ist höflich, nicht aggressiv, und wirkt zurückhaltend. Sie hat keinen schlechten Geschmack.

Dalmar spricht nie mit den Kollegen über sein Privatleben – mit den Frauen im Bahnhof redet er überhaupt nie. Selbst zu Tom, der in einer Nachtschicht gern stundenlang von seiner Schwiegermutter und ihren beiden Windhunden quasselt, die er nicht leiden kann, sagt Dalmar nie ein Wort über sich und sein Leben. Hoffentlich gibt es irgendwo darin Liebe für ihn.

Ich wünschte, ich könnte mit Stacey und Milada reden. Wie gern ich mich auf die Theke hocken und zu ihnen sagen würde: »Hey, habt ihr den jungen Typ im grauen Anzug gesehen, den blonden? Ich finde, der hat so was, kommt einem irgendwie verwundet vor. Sodass man meint, man könnte es für ihn wieder einrenken, einen neuen Menschen aus ihm machen.« Sie würden mich mit meinem Florence-Nightingale-Komplex aufziehen, und wir hätten alle ein bisschen was zu lachen.

Stattdessen lausche ich weiter Staceys Geschnatter, während ich mich in meiner Unfähigkeit zum Austausch rückwärts von ihnen wegschiebe. Sie hat eine viel lautere Stimme als Milada. Ich höre, wie sie den Namen ihrer Kollegin ausspricht: Mi-*lar*-da. Dabei heißt es *Mi*-lada; ich habe schon zweimal gehört, wie sie sie korrigiert hat, ohne Erfolg, doch diesmal unterbricht sich Stacey, wendet den Kopf und sagt: »Ah, sorry, Schätzchen, *Mi*-lada … will versuchen, es mir zu merken.«

Milada erwidert: »Schon okay, es hört sich nett an. Italiener sagen auch Mi*lar*da.« Das sagt sie mit einem kleinen verstohlenen Lächeln, was mir verrät, dass sie eher an einen ganz speziellen Italiener denkt als an Italiener im Allgemeinen; aber von diesem einen wird sie Stacey nichts erzählen, weil er ihr etwas bedeutet. Über ihn redet man nicht wie übers Wetter.

Drei Leute sind in der Bahnhofshalle, zwei Frauen und ein Mann, die alle nach oben auf die elektronische Anzeigetafel starren und auf Antworten warten, aber ob jeder auf seine eigene oder alle drei auf eine, lässt sich unmöglich feststellen.

5

Es setzt mir zu, dass ich nicht mit Stacey und Milada über Männer tratschen kann. Beim Zuhören ist mir wieder eingefallen, wie es mir damit ging – mit Männern, meine ich, wie süß und verwirrend sie waren, wie gut es mit ihnen lief, solange man berücksichtigte, dass manche von ihnen über ein begrenztes Gefühlsspektrum verfügten. Es ging immer ums Haushalten mit eigenen Erwartungen, darum, nicht zu viel von ihnen zu verlangen oder zu hoffen, dass einer von ihnen einem alles gibt.

Caleb und Dalmar: Ich weiß, dass ich mich nach jedem von ihnen auf andere Art sehne. Caleb ist das Objekt meiner Träume, der Junge aus der Schule, wegen dem ich auf dem Heimweg einen Drei-Kilometer-Umweg in Kauf nahm, nur um an einer Stelle im Park vorbeizukommen, wo ich ihn einen Monat zuvor gesehen hatte. Er erfüllt einen mit einem Gefühl, das sich nur als Obsession bezeichnen lässt. Als junger Mensch kennt man sich nicht gut genug, um zu verstehen, dass es Begierde ist. Man weiß nur, dass man sich nach seinem Anblick verzehrt. Meine Gefühle für Dalmar sind anders – eine eher freundschaftliche Sehnsucht. Ich will ihn retten, weil ich weiß, dass er mich dann auch retten wird. Bei Caleb habe ich das Gefühl, ihm nahe zu sein, nur ohne dass er mich hören kann. Bei Dalmar ist es, als sähe ich ihn von Weitem und würde versuchen, auf ihn zuzulaufen, während er weggeht.

Die Dinge kehren bruchstückhaft zu mir zurück, Ansichten und Gefühle – Bilder wie das von der älteren Frau, die auf der Bettkante sitzt. Stacey und Milada im

Gespräch miteinander zu sehen, löst etwas in mir aus: Rosaria liegt auf einem Sofa auf dem Rücken und balanciert ein Glas Wein auf dem Bauch. Sie umfasst den Stiel ganz lässig mit einer Hand, und der Wein schwappt im Glas, während sie redet. Sie schaut zur Decke, die andere Hand über den Augen, und flüstert mit rauchiger Stimme: »Oh, meine Brust, meine Brust …« Es klingt, als würde sie weinen, doch sie lacht. Dann setzt sie sich rasch auf und sagt: »Das hast du nicht *wirklich* zu ihm gesagt?! Sag, dass es nicht wahr ist«, und vergisst beim Aufrichten das Weinglas, das von ihrem Bauch auf den Teppich rutscht; zum Glück ist es Weißwein, aber wir springen beide kreischend auf, lachen dann, als wäre es das Komischste von der Welt, ein Glas Wein umzuschmeißen, und krabbeln auf allen vieren auf dem Teppich herum, lachend und fluchend, umschleichen einander wie Katzen.

Ich hatte eine Freundin, die Rosaria hieß? Ach wirklich?

Da weiß ich es. Ich war sechsunddreißig, als ich starb. Ich hieß Lisa. Ich wusste, wie man Männerblicke erwidert, mit dieser Mischung aus Reserviertheit und einem Hauch von Interesse. Dann kam Matty – und ich erwiderte einmal zu oft seinen Blick.

Matty – wie ein Blitz aus heiterem Himmel. Es geschah auf einem rutschigen Gehweg. Manchmal spürt man kurz vor dem Stolpern und Fallen, was gleich passiert, und kann sich einen Moment lang wappnen, während man das Gleichgewicht verliert. Diesmal nicht. Da eilte ich also nach der Arbeit nach Hause, flotten Schrittes und hungrig, in Gedanken noch bei dem Mädchen in meiner neuen neunten Klasse, die, wie ich erst seit Kurzem wusste, Legasthenikerin war – eine Suranne. Es war erst die zweite Woche im neuen Schuljahr. Ich stellte mich noch auf die neue Klasse ein und sie sich auf mich, aber Suranne war mir von Anfang an als rotzfrech und störrisch aufgefallen, und jetzt war ich bemüht, meine Voreingenommenheit gegen sie zu überwinden, nach allem, was ich über ihre Lernschwierigkeiten erfahren hatte. So ist das mit dem Unterrichten: Sie sind schwierig, und man mag sie nicht; dann stellt sich raus, dass sie nicht ohne Grund schwierig sind, und man hat nicht nur gegen ihre Schwierigkeiten, sondern auch gegen die eigene Abneigung anzukämpfen. Ich dachte gerade, dass aller Voraussicht nach andere, noch unerkannte Probleme zu ihrer Legasthenie hinzukamen, aber auch, dass das ihre Unverschämtheit und Übellaunigkeit nur zum Teil erklärte. Schließlich kann jemand ohne Weiteres Lernschwierigkeiten haben *und* eine kleine dumme Kuh sein.

Das war ein absolut unpassender Gedanke für eine erfahrene Oberschullehrerin, besonders im Monat September. Bis zum nächsten Juli war es schließlich noch furchtbar lange hin. Gerade als ich mich selbst wegen dieser Ungehörigkeit zur Ordnung rief, rutschte ich plötzlich wie zur Strafe zur Seite weg aus, so rasch, als hätte eine Hand vom grasbewachsenen Seitenstreifen nach mir geangelt, während ich die Thorpe Road entlangging, mich am Knöchel gepackt und die Füße unter mir weggezogen. Eine dünne Laubdecke, mehr nicht, eine schleimige Schicht aus den zuletzt gefallenen Blättern, bis zur Unkenntlichkeit platt gedrückt von den Schuhen, die an dem Herbsttag darüber gelaufen waren. Ich landete schwungvoll so auf der Seite, dass rechter Arm, Schulter und Hüfte zusammen den Aufprall abfingen. Doch den linken Knöchel erwischte es am schlimmsten, er knallte mit der Innenseite auf und prallte mit solcher Wucht von einer hochstehenden Gehwegplatte ab, dass mir vor Schmerz kurz schwarz vor Augen und dann anfallartig übel wurde.

Zwei Passanten, ein Mann und eine Frau mittleren Alters, eilten mir zu Hilfe, an jedem Ellenbogen einer, einander ins Wort fallend mit »Alles in Ordnung mit Ihnen?« und »Das war aber ein böser Sturz!«

»Ja, ja, natürlich, alles bestens, danke, mir geht's wirklich gut …« In dem Augenblick galt meine Hauptsorge der Peinlichkeit.

Meine Tasche war noch zu und unversehrt, zum Glück, denn sie war vollgestopft mit einem Vokabeltest, den ich bis zum nächsten Tag korrigieren musste – auch das tun wir Kindern heutzutage an, sie zum Auftakt des Schuljahrs Tests schreiben zu lassen, damit sich die, die nicht ganz so leicht mitkommen, gleich von Anfang an so richtig wertlos vorkommen. Manchmal hielt ich auf dem Nachhauseweg Mappen mit Schülerklausuren in den Armen, um meine Tasche nicht zu überladen – wenn ich es diesmal so gemacht hätte, wären die Buchstabierversuche der Klasse 9R mittlerweile nach Longthorpe unterwegs gewesen, an den Rädern eines durchfahrenden Sattelschleppers haftend.

Ich humpelte nach Hause. Und tat mir selber leid. Beim Abendessen vor dem Fernseher legte ich den Fuß mit einer Tüte tiefgefrorenem Mais, in ein Geschirrtuch gewickelt, auf dem Sofa hoch. Mir wurde wieder ein wenig schlecht. Ich ging früh ins Bett.

Am nächsten Morgen schlug ich die Decke zurück, setzte mich auf und starrte den Knöchel an. Auf meinem

Fuß vermischten sich Grün- und Lilatöne in ungeahnten Farbnuancen, und er war doppelt so groß wie normalerweise.

Ich rief Adrian an, meinen Fachbereichsleiter. »Klingt nach einem Bruch«, knurrte er. »Hast du mal versucht, den Fuß zu belasten?«

»Ich musste ins Bad hüpfen«, sagte ich.

»Ach Gottchen«, seufzte er. »Wenn du an Krücken kommst, muss ich schauen, ob ich dein Klassenzimmer verlegen kann.« Er war kein herzloser Mensch, sondern sogar ein sehr guter Fachbereichsleiter, aber wir hatten nun mal erst die zweite Schuljahreswoche. Einen ungünstigeren Zeitpunkt hätte ich mir nicht aussuchen können. »Lass dich untersuchen und ruf mich, sobald es geht, zurück.«

Ich rief ein Taxi zur städtischen Poliklinik – 6,50 Pfund für einen Weg, für den ich keine zehn Minuten zu Fuß gebraucht hätte, wenn ich hätte laufen können. Ich tat mir furchtbar leid, wie ich da im Wartezimmer der Unfallambulanz saß. Und noch mehr, als ein Röntgenbild ergab, dass der Knöchel nicht gebrochen, nur verstaucht war, mit »schweren Prellungen«, sodass ich nicht mal einen Gips vorzuweisen hatte. Sie sagten, ich solle nach Hause gehen, mich ein paar Tage ausruhen und den Knöchel hochlegen.

Draußen, im warmen Septemberlicht mit seinem rotgoldenen Schimmer, wartete ich auf ein Taxi derselben Firma für die Rückfahrt. Statt mir zu sagen, wie viel Zeit zum Lesen und Korrigieren ich haben würde, dachte ich daran, wie unscheinbar der Verband aussah. Mit rausgezogenen Schnürsenkeln hätte ich den Fuß in den Turnschuh zwängen können, war aber mit dem Schuh in einer

Hand zum Ausgang gehopst, weil ich wollte, dass die Passanten meine Verletzung bemerkten. Etwas wie zeitverzögerte Erschöpfung machte sich bemerkbar, und ich ärgerte mich, dass man mir so gar keine Tapferkeitsmedaille verliehen hatte. Ich kam nicht drauf, ob mir noch immer schlecht war oder ob ich mich nur ein wenig einsam fühlte – manchmal lässt sich das kaum voneinander unterscheiden. »Ein paar Tage ausruhen« würde Adrian ziemliche Probleme bereiten – die Vertretung, die sie einmal für mich kommen ließen, als ich im Sommerhalbjahr auf Fortbildung war, war in Tränen aufgelöst aus meiner Klasse geflüchtet. Die Mädchen hatten bei ihr das mit dem Summen durchgezogen: Eine von ihnen summt heimlich, still und leise vor sich hin, und die anderen fallen nach und nach ein. Die Lehrerin dreht durch bei dem Versuch, die Anführerin zu entdecken. Diese Suranne würde jede Vertretung binnen fünf Minuten auseinandernehmen.

Wenn ich nach Hause komme, rufe ich Mum an, dachte ich. Sie wird ein bisschen die Krise kriegen und mir Suppe bringen wollen, und dann kann ich mich aufregen und darauf bestehen, dass ich keine Hilfe brauche. Es gibt Zeiten, da fühlt man sich schon gleich etwas besser, wenn einen die eigene Mutter mit ihrem Bemuttern nervt.

Da stand ich also und wartete draußen vor der Tür, unbequem an die raue Ytong-Wand gelehnt, und dachte, dass meine Zehen kalt und hässlich aussahen, wie sie so aus dem Verband hervorschauten – nicht einmal die Socke hatte ich mir wieder drübergezogen. Aus den Augenwinkeln sah ich einen Mann an mir vorbei ins Haus gehen. Er kam mir vage groß vor, ein schlanker Körper in einem dunkelgrauen Mantel, schwarzes Haar mit einer einzelnen silbernen Strähne, blasses Gesicht. Als er vorüberging, spürte ich seinen Blick auf mir: graue Augen, registrierte ich, die mich offen ansahen. Ich erwiderte den Blick, sah dann weg.

»Tag«, sagte er.

Keine Ahnung, wie man die reglose Entsprechung von Zusammenzucken nennen könnte – ein Nichtzucken, ein innerliches Zucken –, wie auch immer, so ging es mir. Nachdem er schon an mir vorbei auf das Haus zugegangen war, stand er plötzlich vor mir. Ich hatte ihn aus den Augenwinkeln beobachtet, doch dann baute er sich vor mir auf.

Mein verletzter Knöchel machte mir Mut. Er verlieh mir Autorität.

»Tag«, erwiderte ich. »Sie kommen mir bekannt vor.« Das stimmte nicht, und wir wussten es beide.

Er deutete mit dem Kinn nach unten auf meinen Knöchel.

»Prellung?«

»Schlimm verstaucht. Hab schon gedacht, er wär gebrochen.«

»Schon beim Röntgen gewesen?« Mit professionell begutachtendem Blick schaute er auf den Knöchel runter.

»Sind Sie Arzt?«

»Ja.« Er bückte sich und schob den Saum meiner grauen Jogginghose nach oben, um sich den verbundenen Knöchel anzusehen. »Sie werden noch eine ganze Weile an keinem Marathonlauf teilnehmen.«

Lahm gab ich zur Antwort: »Ich werde wohl auf Hilfe angewiesen sein.«

Er richtete sich auf und sah mich an. »Haben Sie zu Hause jemanden, der Ihnen hilft?« Er sah mir in die

Augen, als er das fragte – ja, graue Augen mit einem Stich ins Grüne.

In einem Tonfall, der sich schüchtern anhörte, antwortete ich: »Nein, ich wohne allein.« Meine Güte, Lisa, du bist so was von schamlos, dachte ich.

Als ich ihm diese wichtige Tatsache über mich eröffnete, kam mein Taxi hinter ihm zum Stehen; am Steuer saß derselbe Fahrer, der mich zweieinhalb Stunden zuvor zur Poliklinik gefahren hatte.

»Matthew«, sagte der junge Mann. »Die Leute sagen Matty zu mir. Der darf hier nicht halten, ich helfe Ihnen besser beim Einsteigen. Geben Sie mir Ihre Telefonnummer.« Nichts davon war eine Frage.

Ein Wachmann trat vom Klinikeingang vor und sagte zum Fahrer: »Sie dürfen dort nicht halten, hab ich Ihnen doch gesagt, nur Krankenwagen.«

Der Fahrer hatte das Fenster runtergelassen. Der Wachmann und er hatten offensichtlich eine Vorgeschichte. »Mensch, Kumpel, ich transportier doch auch Verletzte. Du stehst hier bloß den ganzen Tag rum.«

»Hau ab«, antwortete der Wachmann.

Der Fahrer schloss das Fenster, warf mir einen bösen Blick zu und hackte mit einem Finger wütend in Richtung einer etwa fünfzig Meter entfernten Stelle zum Be- und Entladen, ehe er mit jaulendem Motor Gas gab.

»Ich helfe Ihnen«, sagte Matthew und hielt mich am Ellenbogen.

Da spürte ich eine weiche Berührung an meinem verletzten Knöchel. Unten sah ich eine schwarz-weiße Katze, die sich in den Kopf gesetzt hatte, ausgerechnet in dem Moment eine Acht um meine Füße zu beschreiben: vielleicht eine Krankenhauskatze oder eine aus der neuen

Wohnsiedlung auf der anderen Straßenseite. Für eine Streunerin sah sie zu wohlgenährt aus. Vielleicht war es eine Gespensterkatze, die es nicht wirklich gab, die Katze, die in Märchen mit einer Botschaft oder Warnung auftaucht und sich anschließend in Luft auflöst.

Ich bückte mich, um sie zu streicheln – sie reckte sich mir entgegen, drückte ihren Kopf von unten gegen meine flache Hand und hob mit den Vorderpfoten vom Bürgersteig ab. Der junge Mann mit der einen Silbersträhne in den dunklen Haaren fasste mich immer noch am Ellenbogen. Er stand ziemlich nahe von mir. Ich spürte, wie mir die Haare ins Gesicht fielen, wusste, dass er sich das Schauspiel ansah, und stockte kurz, um mir einzugestehen, wie gerne ich mich so ansehen ließ. Im Kopf sah ich mir zu, wie mir jemand zusah.

Das machte ich ziemlich oft – vielleicht machen es alle Frauen. Wir wissen, dass wir ständig von anderen betrachtet werden, und lernen, uns mit ihren Augen zu sehen. Wir beobachten uns in Spiegeln, in den Fenstern von Bussen und Zügen; begutachten uns in Schaufensterscheiben, wenn wir die Straße entlanggehen. Selten genug sind wir uns unseres Aussehens nicht bewusst. Manchmal – eigentlich sogar ziemlich oft –, wenn ich mit Mitte zwanzig mit einem Freund im Bett war, brauchte ich mir bei einer unerfahrenen Berührung bloß seine Hand auf meiner nackten Brust anzusehen oder die Augen zu schließen und mir mich durch seine Augen vorzustellen, um erregt zu sein. Immer war es das Bild meines eigenen Körpers vor meinem inneren Auge, das mich erregte.

Ich bückte mich, um eine Katze zu streicheln, und wusste, dass dieser Mann, der mich am Ellenbogen hielt, zusah, wie mir dabei die Haare ins Gesicht fielen, und die

Vorstellung, dass er auf meinen Kopf hinabsah, erregte mich.

»Sie wissen ja, damit bekunden die nicht ihre Zuneigung …«, sagte er. Mit leiser Stimme.

Die Katze drückte mit dem Kopf fordernd gegen meine Handfläche. Unter dem matten Glanz ihres Fells spürte ich ihren Schädelknochen. Sie sperrte das Maul zu einem pinken Dreieck auf und gab einen einzelnen Protestlaut von sich.

Im Tonfall eines Menschen, der eine harmlose, aber sachkundige Warnung ausspricht, fuhr er fort: »Sie markieren einen mit ihrem Geruch, um anderen Katzen mitzuteilen, dass sie da waren und dass man zu ihrem Revier gehört.«

Ich richtete mich auf und sah ihn an. Er hielt mich immer noch am Ellenbogen fest, das Gesicht nahe an meinem.

»Es ist kein Liebesbeweis«, sagte er, »sondern besitzergreifend.«

Wenn ich diesen Augenblick rückgängig machen könnte, seinen Blick an jenem Tag vor der Poliklinik nicht erwidert oder mich nicht gebückt hätte, um die Katze zu streicheln; wenn der Taxifahrer ein paar Minuten früher oder später gekommen wäre; wenn ich mir den Knöchel gebrochen und in der Unfallchirurgie mit Eingipsen aufgehalten worden wäre; wenn mein Fachbereichsbeleiter mich nicht gebeten hätte, mich alsbald untersuchen zu lassen; wenn ich an einem nassfeuchten Nachmittag auf meinem Heimweg von der Arbeit nicht auf diesem glitschigen Stück Bürgersteig ausgerutscht wäre … Wenn irgendeins dieser winzigen Ereignisse nicht eingetreten wäre, sodass die Kette unterbrochen worden wäre, die dazu führte, dass ich an jenem einen Donnerstag dastand, während Matthew an mir vorbeikam, dann wäre ich jetzt noch am Leben.

Ich hatte alles noch vor mir. Wer weiß, mit wie vielen Männern ich geschlafen, wie viele ich geliebt hätte. Vielleicht wären Caleb und ich uns im wirklichen Leben begegnet, wären ein Paar geworden – das würde seine besondere Anziehung auf mich erklären: Vielleicht ist er der Mann, der mir bestimmt war? Vielleicht hätte ich ein Kind mit ihm gehabt: ein kleines Mädchen mit blondem Haar und Pony in der Stirn, den ich ihr zu Hause mit einer schmalen scharfen Schere geschnitten und ihr dabei zugeflüstert hätte: »Mach die Augen zu«, und sie hätte die Augen auch danach fest zugelassen, damit ich mich zu ihr hinabbeugen und ihr behutsam aufs Gesicht hauchen konnte, um die kleinen feinen Härchen wegzupusten.

Stattdessen wurde ich im Bahnhof von Peterborough getötet und komme jetzt nicht mehr von hier weg. Niemand von den Leuten, die hier arbeiten – Dalmar, Tom, PC Lockhart und Inspector Barker, Stacey, Milada und Melissa –, und von all den vielen, die wie Caleb hier durchkommen, niemand von denen wird mich je kennenlernen, höchstens in Form einer Anekdote, von der sie gehört haben, die Frau, die gestorben ist – oder als kühlen Windstoß an ihren Ohren, eine unerwartete Brise, die so an einem vorbeifegt, dass man sich umschaut und die Leere um einen registriert, ein wenig überrascht, denn man hätte schwören können, dass da gerade jemand etwas geflüstert hat. Doch wenn man sich umdreht, ist da nichts und niemand als die kalte Luft.

6

Begegnen sich zwei; sie verliebt sich in ihn; einziges Problem: Sie ist tot.

Das ganze Wochenende lungere ich herum und warte auf den Montag, denke an Caleb und versuche dahinterzukommen, was ihm fehlt – was für ein Typ Mensch er wäre, wenn er glücklich wäre. Einen flüchtigen Eindruck davon hat mir sein Telefonat verschafft: dass er zu Scherzen aufgelegt sein kann, sich Gedanken um andere macht. Vielleicht interpretiere ich zu viel hinein – schließlich kann ich mich nur auf spärliche Informationen berufen –, aber er kommt mir wie jemand vor, der im Grunde seines Wesens … nett ist. Nach was für einem schwachen Kompliment sich das anhört – das heißt, bis man nicht-nett am eigenen Leib erfahren hat.

Samstags ändert sich die Zusammensetzung des Publikums im Bahnhof: tagsüber mehr Kinder, abends mehr Nachtschwärmer. Morgens kommen die Besucher aus den Ortschaften im Umland, den Midlands, Norfolk und Suffolk, weil sie ins Queensgate Shoppingcenter wollen, das ziemlich groß und spannend ist, wenn man in einer Kleinstadt wohnt. In Gegenrichtung strömen die Einwohner von Peterborough durch den Bahnhof, die nach London fahren, weil das Queensgate Shoppingcenter so klein und langweilig ist. Alles eine Frage der Perspektive.

Irgendwie muss ich mir etwas einfallen lassen, wie Caleb und ich die Kluft zwischen uns überbrücken und miteinander kommunizieren können. Ich weiß, dass ich aus einem bestimmten Grund im Bahnhof von Peterborough festsitze und er aus einem bestimmten Grund von ihm angezogen wird, ihn aber nicht betreten kann. Ich kann ihn sehen und hören, aber er mich nicht; er weiß nicht mal, dass es mich gibt. Da kann man wohl sagen, dass es an mir ist, den ersten Schritt zu tun.

Wenn ich seine Geschichte doch nur weiterverfolgen könnte, aber sobald ich vom Bahnhofsvorplatz aus weiterkommen möchte, stoße ich an eine Art unsichtbare Schranke. Warum das so sein muss, verstehe ich nicht – müsste ich mich als Geist nicht überall frei bewegen können? Zur Bahnpolizei komme ich rüber, dem kleinen Backsteingebäude, das zu viktorianischen Zeiten das Haus des Bahnhofsvorstehers war, und kann es sogar betreten, drinnen den Polizisten beim Pfefferkuchenessen zusehen. Wenn ich wollte, könnte ich den ganzen Tag im Schneidersitz auf Inspector Barkers Schreibtisch hocken. Aber ich komme nicht an dem Bettler vorbei, der auf der anderen Straßenseite sitzt, und nicht auf die Brücke, die zum Shoppingcenter führt, oder in die Unterführung runter. Links vom Bahnhof ist meine Welt sogar noch begrenzter: Ich kann weder ins Great Northern Hotel noch auch nur in die Nähe des Supermarkts Waitrose. Komisch, wie verlockend ein Supermarkt sein kann, wenn man ewig in keinem mehr war. Eine Tüte Möhren erscheint mir geradezu betörend – wie gern ich wieder mal eine sehen würde! Sicher sind sie immer noch orangefarben.

Auf der anderen Bahnhofsseite, jenseits von Gleis sieben, gehören Güterbahnhof und Abstellgleise zu meiner beschränkten Welt. Diesen Teil bekommt die Allgemeinheit nie zu sehen: die Zufahrtsstraße von der Thorpe Road, die steil nach unten führt, das Eisentor, die schmutzig grau aufragenden leer stehenden Schuppen aus viktorianischer Zeit mit noch tief in die Erde eingebetteten eisernen Gleisen und die Bauwagen, in denen die Lokführer Pause machen, die Hände um Teetassen gelegt, genau wie die Bahnpolizisten auf der anderen Seite, die Mitarbeiter im Kundenserviceteam auf Gleis eins und Arbeiter überall auf der Welt. Es ist immer noch eine überwiegend männliche Welt, eine aus Männern mit Stahlkappenschuhen, Warnwesten und Schutzhelmen, eine Welt, die ich als junge Frau nie zu Gesicht bekam und die ich vielleicht ein wenig einschüchternd gefunden hätte, doch in Geistergestalt wachse ich über mein Geschlecht hinaus. Jetzt bin ich jedem dieser Kerle gewachsen. Ein angenehmer Gedanke.

Ich habe überall ausprobiert, wie weit ich komme. Es gibt eine richtige Grenze. Vor lauter Rastlosigkeit und Langeweile bin ich schon so weit, gelegentlich – alle paar Tage – daran entlangzupatrouillieren. Wie eine einsame Kuh auf der Weide, die am elektrischen Zaun entlangwandert, ohne ihn je zu berühren.

Außerdem setze ich als gegeben voraus, dass ich trotz freien Umherschwebens im ganzen Bahnhof von Peterborough unmöglich in den 12.18-Uhr-Zug nach Whittlesea oder den um 16.46 Uhr nach Welwyn Garden City einsteigen kann. Auch wenn ich nie wirklich versucht habe, einen abfahrenden Zug zu nehmen. Irgendwie erscheint mir das unvorstellbar übergriffig – jenseits aller mir bekannten Regeln, was mir erlaubt ist. Und so lande ich wieder auf Anfang, in der Bahnhofshalle, sehe die Leute kommen und gehen und überblicke die Straße. Noch ein sonniger Wintertag. Die Crescent Bridge wird blau angestrahlt. Am Great Northern Hotel, dem Bahnhofseingang direkt gegenüber, wurden die Kürbisse von den Eingangsstufen entfernt und die orangefarbene Gaze vom Eisengeländer gewickelt. Es ist zwar erst November, aber durchs Barfenster ist gerade mal so noch ein lebensgroßer Plastikweihnachtsmann neben einem Plastikweihnachtsbaum zu erkennen, in eine Ecke neben den Breitwandfernseher gequetscht, der Fußballspiele zeigt. Der Weihnachtsmann grinst mit dicken Backen und einer Nickelbrille mit runden Gläsern. Er hält die Hand mit einem Plastikgeschenk ausgestreckt. Manche Sitten und Gebräuche der Lebenden kommen mir mittlerweile ziemlich merkwürdig vor.

Einmal habe ich mit meiner Klasse über die Vorhölle gesprochen, den Limbus, ob das etwas wie ein Zwischenaufenthalt für Leute sei, die nicht gut genug seien, in den Himmel zu kommen, aber nicht böse genug für die Hölle, oder ob man da bloß stecken bliebe, wenn man noch nicht bereit sei, die Erde zu verlassen, weil man noch etwas Unerledigtes unter den Lebenden zu erledigen habe. Ich versuchte, ihnen mittelalterliche Vorstellungen von Sühne und Erlösung zu erklären, wie man durch eine bestimmte Anzahl an Gebeten der Hinterbliebenen erlöst werden konnte. Irgendwann wurde die Diskussion richtig lebhaft, aber als ich mit Dante anfing, reichte es ihnen, und Anna in der hintersten Reihe legte die Stirn aufs Pult und ließ die Arme beidseitig herabbaumeln, was Zohra als Aufforderung nahm, sie mit einem Bleistift in den Oberarm zu piksen, worauf Anna wütend hervorstieß: »Scheiße, das hat wehgetan. Miss, das hat wehgetan!«

Da sagte ich: »Wer hat *Der Sturm* gelesen oder gesehen?«, und alle stöhnten auf. Ich drehte mich um und schrieb an die Tafel: *Die Hölle ist leer, und alle Teufel sind hier.* Das war einer der seltenen Momente, in denen ich ein kollektives Lächeln aus ihnen rauskitzeln konnte. Selbst Suranne, selbst Ludmilla lächelten.

Es wird ein scheußlich langes Wochenende. Ich begebe mich zur Wache der Bahnpolizei, gerade als Inspector Barker im Zivilfahrzeug eine der beiden Parklücken davor belegt. Auf dem Beifahrersitz hat er eine Ukulele-Tasche. Bestimmt ist er zu einer Probe unterwegs und will nur rasch etwas in der Dienststelle abholen.

Ich habe ihn und Tom über Ukulelen reden hören, oder Ukes, wie sie sie nennen. Sie üben jeden Samstagnachmittag mit einer Band, und vor dem Bierfest im Juli und dem Weihnachtskonzert kommen ein paar Abende unter der Woche hinzu. Ich weiß, dass sie beide mit Vintage-Sopraninstrumenten angefangen haben wie die meisten in ihrer Band, aber Inspector Barker hat sich kürzlich eine Uluru Concert geleistet. Er hat zwar schon ziemlich viel darüber geredet, sie aber bislang weder Tom noch sonst einem aus der Band gezeigt. Denn dann werden sie sie natürlich ausprobieren wollen – das ist unvermeidlich, doch ein Weilchen will er sie noch ganz für sich allein haben. Allerdings haben ihn alle danach gefragt, und heute ist der Tag, an dem er versprochen hat, sie zur Probe mitzubringen. Seine Mahagoni-Luna-Pearl hat er auch dabei, nur für den Fall, dass er es doch nicht über sich bringt, die Uluru ins Pub mitzunehmen.

Ich gehe mit Inspector Barker rein. Er wendet sich nach links in den Pausenraum, sodass die beiden Polizisten am Tisch, Akash Lockhart und ein anderer, mir unbekannter junger Mann, aufschrecken. Zwischen sich auf dem Tisch haben sie eine Familienpackung Haferkekse.

Sie ist aufgerissen, und die Kekse liegen kreuz und quer herum wie umgefallene Dominosteine. Alles ist voller Krümel. Lockhart streckt eine Hand aus, um die Krümel wegzufegen, weil der Chef zur Tür herein ist, und Barker erinnert sich etwas wehmütig an die Zeiten, als junge Polizeibeamte aufsprangen, wenn jemand seines Ranges den Raum betrat.

»Weitermachen, Jungs«, sagt Inspector Barker, »ich hol bloß meine Instrumententasche.« Er geht zu seinem Spind in einer Ecke des Pausenraums, öffnet die Metalltür und holt eine schwarze Tasche heraus, deren Klappe oben mit Klettverschluss befestigt ist. Seine wunderschöne neue Uke, die Uluru, ist auch im Spind, doch mit einem Blick darauf weiß er, dass er sich heute nicht dazu durchringen kann, sie ins Pub mitzunehmen. Er schließt die Spindtür und lässt sie drinnen. Vorerst behält er sie im Dienst, weil er es der Gattin noch nicht so richtig beigebracht hat. In letzter Zeit gab es zu Hause etwas dicke Luft, ziemlich viel Streit sogar, vor allem um Geld. Zwei Tage nachdem er die neue Ukulele gekauft hat, ging die Spülmaschine kaputt, und sie sind sich noch nicht einig, ob sie sie reparieren lassen oder ob das Gerät zu alt ist und sie es gut sein lassen und sich eine neue im Elektromarkt besorgen sollen. Er findet, die Anschaffung lohne sich kaum noch, jetzt, wo sie nur noch zu zweit sind, und sie sagt, er hat gut reden, er steht ja nicht an der Spüle. Also lässt er die Uluru erst mal in seinem Arbeitsspind. Schließlich geht es in einer guten Ehe nur um den richtigen Zeitpunkt, wenn man mit schlechten Nachrichten rausrücken muss.

»Geht ihr rüber zum 13.46-Uhr-Zug?« Der Fußballverein Peterborough United, besser bekannt als The Posh, hat am Nachmittag ein Heimspiel gegen Southend United, und wegen Baustellen auf der M11 werden mehr Fans als sonst am Bahnhof erwartet.

»Sir«, sagt Lockhart.

»Wie viele schicken uns die aus Milton Keynes rüber?«, fragt Inspector Barker. Er ist außer Dienst, es ist nicht sein Problem, aber einer wie Inspector Barker hat nie so ganz dienstfrei. Weil sie in der Bahnpolizei von Peterborough nicht genug Leute für einen Zug voller Fußballfans haben, wird an Spieltagen immer etwas umdisponiert, je nachdem, wo die Gäste herkommen. Was in den höheren Rängen regelmäßig zu gewissen Spannungen führt.

»Sechs, Sir, und Dawson und Bowles sind schon drüben. Wir gehen gleich hin«, erwidert Lockhart. Sergeant Dawson, die an diesem Nachmittag Dienst hat, ist für ihren rauen Umgangston bekannt, dafür, dass sie einen einknickenden Betrunkenen so herzhaft anschnauzen kann, dass der sich gerne mal vom schlagartigen Hochschnellen einen Hexenschuss holt. Bowles ist ein großer, hagerer Polizist, der nach Architekt oder Töpfer oder sonst einem künstlerisch angehauchten Beruf aussieht, während er einen schwarzen Gürtel in irgendwas hat und Männer, die doppelt so schwer sind wie er, im Handumdrehen zu Boden ringen kann. Im Umgang mit Fußballfans sind beide ein Gewinn.

»Irgendwelche Vorkommnisse auf der Strecke?« Er erkundigt sich danach, wie sich die anreisenden gegnerischen Fans im Zug aufführen.

»Uns ist nichts bekannt, Sir.«

»In Ordnung.«

Lockhart und sein Kollege können es kaum erwarten, dass der Inspector geht, und Barker weiß es. Er ist vom alten Schlag, kann es nicht lassen, seine Autorität herauszustellen, selbst gegenüber diesen Jungs, die er für gute Jungs hält. Als er Lockhart ansieht, werden seine Gesichtszüge etwas weicher – ihm fällt ein, dass der vor nicht mal einer Woche Leichenteile vom Gleis geräumt hat.

»Wie geht's Ihnen, junger Mann?«, sagt er. Weil ihre Verbindungsbeamtin im Untersuchungsgericht längerfristig mit Rückenschmerzen krankgeschrieben ist, hat Barker Lockhart gebeten, den Papierkram zu erledigen. Der Bursche zeigt zwar Arbeitseifer, aber Barker fragt sich doch, ob es eine gute Idee war. Der ist nicht nur eifrig, sondern auch etwas verweichlicht. Zu viel Studium.

Lockhart beeilt sich zu erwidern: »Gut, Sir, danke der Nachfrage«, doch das ist eine Standardantwort, die reflexartige Reaktion eines jungen Polizisten, der lieber sterben würde, als einem Vorgesetzten irgendwelche Schwächen zu beichten.

Barker lehnt an der Arbeitsplatte, die Instrumententasche noch in der Hand. »Und, was wissen wir über den Letzten?« Nähere Angaben kann er sich sparen.

Lockhart sagt: »Thomas Warren, zweiundsechzig Jahre, geschieden, allein lebend. Und gegen ihn wurde ermittelt.«

Sein Kollege fragt: »Weswegen?«

»Zurückliegender sexueller Missbrauch«, antwortet Lockhart.

Barker richtet sich auf und klemmt sich die Tasche unter den Arm. »Na, dann hat er den Steuerzahlern eine Menge Geld gespart. Dem hier werden wir nicht allzu viele Tränen hinterherweinen, was?«

»Wohl kaum, Sir«, sagt der andere Polizist.

Als sich Barker Richtung Tür aufmacht, sagt Lockhart: »Sir, kann ich Sie eben noch was fragen?«

Barker dreht sich um und bedeutet ihm wortlos, dass er sich damit beeilen soll, denn wenn *er* sich jetzt nicht ranhält, kommt er zu spät zur Probe, bei dem Samstagsverkehr und allem.

»Diese Frau, die sich vor anderthalb Jahren vor den Zug geworfen hat. Der Zugführer hat sie erst gesehen, als sie schon im Gleisbett war; ich hab das rechtsmedizinische Gutachten gelesen. Aber wissen Sie, was keinen Sinn ergibt? Warum ist sie hintenrum durch den Güterbahnhof gegangen statt vorne durch den Eingang wie Thomas Warren? Sie ist über zwei Zäune geklettert. Schon komisch, oder?«

Barker sagt: »Ja …«, und denkt sich, vielleicht sollte sich der junge Mann mehr Gedanken darüber machen, ob ISIS den Bahnhof von Peterborough ins Visier nimmt, als darüber, ob sich eine Verrückte vor einen Zug geworfen hat, weil ihr Freund sie abserviert hat oder was auch immer.

»Ich weiß auch nicht, es ist bloß …«

Barkers skeptischer Gesichtsausdruck bremst Lockhart aus.

»Der Untersuchungsrichter ist zu einem eindeutigen Beschluss gekommen. Nicht wirklich eine Stelle, wo man aus Versehen landet, oder?«

»Hat irgendwer eine viktimologische Untersuchung veranlasst?«

»Das nehme ich doch an«, erwidert Barker. »Fragen Sie bei der Kripo nach. Sie hatte wohl eine Vorgeschichte, labile Persönlichkeit.«

»Kann ich es mir mal ansehen?«, fragt Lockhart etwas

zögerlich. Einen abgeschlossenen Fall auszugraben, riecht immer nach Kritik am damaligen Ermittlungsverfahren. Er weiß das und weiß, dass sein Chef es weiß.

Leyla.

Barker macht sich da keinen Kopf. Er ist erst seit einem Jahr hier Inspector, hat kurz nach Lockhart angefangen, das mit der jungen Frau war also vor seiner Zeit. Er hat kein Problem damit, wenn Lockhart Fernsehkommissar spielen will; das wollen alle Berufsanfänger immer mal wieder. Bis sie mit der Zeit da rauswachsen. Ihm fällt ein, dass er jetzt wirklich Lust auf eine Hähnchen-und-Chorizo-Teigtasche von der West Cornwall Pasty Company hätte; die sind so lecker gewürzt, und er fragt sich, ob die Zeit reicht, um sich rasch auf Bahnsteig eins eine zu holen. Das Dumme ist nur, dass er sie dann am Steuer essen müsste und folglich das ganze Auto mit Blätterteig vollkrümeln würde. Da würde die Gattin ausrasten.

»Natürlich«, sagt Barker, »nur zu.« Er mag Lockhart, bisschen links angehaucht und alles, der mit seinen ganzen Studienabschlüssen, aber im Grunde seines Herzens ein guter Junge.

Als Barker weg ist, widmen sich Lockhart und sein Kollege wieder den Keksen. Während Lockhart einen am Rand anknabbert, überlegt er, ob er sich nach ein paar Jahren in ein anderes Sachgebiet versetzen lassen soll, zur Staatspolizei, sich zum Detective ausbilden lassen und die höhere Laufbahn anstreben, sich um Aufnahme in eine Mordkommission bewerben soll. Nichts gegen die Bahnpolizei; in seiner Abteilung C herrscht ein kollegialer Umgangston, schließlich gibt es nur viertausend von ihnen im ganzen Land – er möchte mal sehen, wie Scotland Yard mit so einem Zahlenverhältnis bessere Arbeit leisten würde –, und die Aufstiegschancen sind nicht schlecht. Aber er fragt sich halt schon, wo er sich in zehn Jahren sehen möchte.

Er nippt an seinem Kaffee, und der Kollege sagt: »Keine Ahnung, wie du die Pisse nach 'ner halben Stunde noch runterkriegst. Da überläuft's mich.«

Lockhart schweigt dazu – er mag seinen Kaffee lauwarm.

Die beiden jungen Männer schweigen sich an. Sie denken beide an den Zug voll Fußballfans, der gerade in Stevenage abgefahren ist und auf sie zurollt.

Ich sehe an Lockharts Kopf vorbei auf die Karte an der Wand. Sie ist an jeder Ecke mit dicken Batzen Blu-Tack-Klebekitt befestigt, an den Kanten mit kleineren Stücken, als wäre Blu-Tack rationiert worden, nachdem die Ecken saßen. Fettige Flecken zeichnen sich durch das Papier ab. Darauf ist der Bahnhof zu sehen, stark vergrößert, mit Umgebung. Um den Bahnhof wurde mit blauem Stift eine Linie gezogen. Diese Begrenzung umfasst den Güterbahnhof und die Abstellgleise dahinter, Parkhaus und Bahnpolizeigebäude davor, nicht jedoch den Waitrose-Supermarkt oder das Great Northern Hotel. Inspector Barker hat eine ähnliche Karte an der Wand seines Büros im ersten Stock; eine hübschere, kleinere. Immer wenn ich mir die Karten ansehe, beunruhigt mich das seltsamerweise. Vielleicht aus demselben Grund, aus dem mir immer plötzlich der Name *Leyla* einfällt, wenn ich Lockhart ansehe: die kurz aufblitzenden Bilder, die ich manchmal im Kopf habe, das von der älteren Frau, die im Nachthemd auf einer Bettkante sitzt.

Ich verziehe mich nach draußen, schwebe ein wenig auf dem Bahnhofsvorplatz auf und ab, döse vor mich hin, und als ich wieder zu mir komme, lungere ich immer noch vor dem Bahnhof herum, die Fußballfans waren schon da und sind wieder weg, und bald wird es dunkel.

Die Abenddämmerung, eine schwierige Zeit, kommt immer und immer wieder. Die Dunkelheit macht mir nichts aus. Nachts weiß man, woran man ist, so einfach ist das: Es ist Nacht. Selbst wenn man die Nacht nicht mag – was nicht auf mich zutrifft, nicht mehr –, bedeutet die Tatsache, mittendrin zu sein, dass sie schon vorübergeht. Man braucht bloß bis zum Morgengrauen durchzuhalten.

Die Abenddämmerung ist anders. Anfangs, wenn das Licht allmählich abnimmt, könnte es einfach am bedeckten Himmel liegen – wir wissen alle, wie deprimierend graue Tage sind. Doch es wird immer düsterer, als würde der Himmel einem sagen, sieh hin, es ist nicht bloß bedeckt, Dummkopf, es wird *dunkel.* Dieses seltsame Zwielicht vor Einbruch der Nacht – das mag ich gar nicht. Obwohl die Laternen angehen, wird die Welt verschwommen: Es gibt keine hellen und dunklen Töne mehr, nur einen grauen Schleier über allem, wie Nebel oder Dunst oder als hätte man einen Belag auf der Netzhaut. Die Häuserkanten werden unscharf; sogar die Leute wirken konturlos, wie sie an einem vorbeieilen. Ständig muss man die Augen zusammenkneifen.

Die Kunden mit kleinen Kindern kommen von Queensgate rüber und bringen ihren Nachwuchs – klein und quengelig, hungrig und müde – zurück in ihre Heimatstädte. Andere werden später über die Brücke kommen – um diese Jahreszeit bleiben die Läden einige Zeit nach

Dunkelwerden geöffnet. Diejenigen, die zum Shoppen nach London gefahren sind, kommen noch lange nicht wieder. Sie werden sich unter die Clubgänger mischen. Hunderte und Aberhunderte von Leuten werden kommen und gehen, alle einfach durch mich durchmarschieren. Keiner von ihnen wird Caleb sein.

Während es am Bahnhof von Peterborough dunkel wird, lasse ich mich um den Eingang treiben, spüre die Unendlichkeit und will einfach nur das eine oder das andere sein, nicht in dieser Düsternis gefangen, nicht hier. Meine Traurigkeit ist zurückgekehrt, und ich brauche noch eine Dosis Caleb, um sie zu lindern. Ob er wohl am Montag kommen, ob er wieder versuchen wird, zur Arbeit zu fahren? Wenn ja, und er schafft es wieder nicht und hockt im Café, können wir ein bisschen miteinander abhängen, und ich lasse mir etwas einfallen, wie ich mich mit ihm an dieser Schranke, diesem blinden Fleck zwischen den Lebenden und den Toten, austauschen kann.

Es passiert an der Ecke des Parkhauses. Ich bin wieder etwas rausgeschwebt und hocke oben auf der Doppeltelefonzelle gegenüber vom Taxistand. Komisch, dass es diese Telefonzellen immer noch gibt, aber vielleicht wäre es aufwendiger, sie zu entfernen, mit den ganzen Kabeln und allem, als sie stehen zu lassen. Ich weiß noch, wie ich sie vor Jahren benutzt habe, als Teenager, wie die geschlossene Zelle immer die Kälte zu halten schien und es drinnen nach schalem Zigarettenrauch roch. Während ich das denke, die Käufer beobachte und über die Straße zum Queensgate Shoppingcenter sehe, fällt mir etwas auf – kein Mensch, definitiv ein Ding. Wie lässt es sich beschreiben? Ein graues Wesen, graugrün, mit wulstigem Kopfende und peitschendem Schwanz, wie ein großes

Komma oder eine Riesenkaulquappe, aber mit unscharfen Konturen, das durch den obersten, sechsten Stock des Parkhochhauses gleitet, sich einfach dort ganz oben über das gelbe Metallgeländer beugt und etwas im Wind schwankt, wie die Rauchsäule eines Feuers, nur fester. Ich weiß auf Anhieb, instinktiv – und es überläuft mich kalt –, dass ich das Wesen irgendwoher kenne.

Seltsam, dass ich so bleiern, so entsetzt darauf reagiere – man sollte doch meinen, ich würde mich freuen, mit Sicherheit zu wissen, dass ich nicht allein bin unter all diesen warmen fleischigen Menschenwesen, die hektisch ihren Geschäften nachgehen und mich nicht mal sehen können. Doch nachdem ich das Wesen eine Weile angestarrt habe, packt mich ein Gefühl, das ich als Angst beschreiben würde, wenn ich zu Angst fähig wäre. Ich bin tot – was habe ich zu befürchten? Und doch weiß ich eins, auch wenn ich nicht weiß, was das graue Geschöpf ist: Es sieht zu mir herüber, und es steckt voller Arglist.

Es gibt noch andere dort draußen, und ich weiß genau, dass das graue Ding so sicher im Parkhaus feststeckt wie ich im Bahnhof. Ich wende mich wieder der Bahnhofshalle zu. Da überquert eine Frau in orangem Hosenanzug mit grünem T-Shirt vor mir die Straße. Sie trägt das weiße Haar in einem wippenden Bob und hält eine Zigarette locker zwischen den Fingern einer Hand. Mitten auf der Straße bleibt sie wegen einer kleinen roten Pappschachtel stehen, die vor ihr aufditscht und über die Straße trudelt. Ich haste an ihr vorbei durch die Sperren in die Sicherheit von Bahnsteig eins.

Ich bin nicht allein.

DRITTER TEIL

7

Es ist Montag. Ich bin noch vor Tagesanbruch in der Eingangshalle und sehe dem Bahnpersonal zu, das mit kleinen Tanzschritten auf und ab geht und sich die Arme um den Oberkörper schlägt wie Sportler, die sich aufwärmen. An der Einfahrt zum Parkplatz bildet sich eine Autoschlange. Die Zeit dehnt sich aus, verlangsamt sich. Die ersten Fahrgäste strömen wie in Zeitlupe durch die Bahnhofshalle. Dann gibt es einen Knacks, Lautsprechergeplärr, und sie legen einen Zahn zu. Irgendwann lässt der Ansturm nach. Männer und Frauen kommen nacheinander, einige, aber nicht alle in Eile, weil sie spät dran sind. Auf einmal ist es heller Tag. Das war's mit dem Berufsverkehr. Die Eingangshalle leert sich, und die Eisenbahner können herumstehen und plaudern. Von Caleb keine Spur.

Vielleicht war er wirklich krank. Was hat er am Freitag seiner Arbeitskollegin gesagt? Ein Virus. Die können einen tagelang außer Gefecht setzen. Vielleicht hat er am Wochenende den Fehler gemacht auszugehen, sich gedacht, er hätte das Ärgste überstanden, und seinen Zustand verschlimmert. Ist uns das nicht allen schon passiert? Dann fällt mir wieder ein, wie überzeugt ich war, dass ihm körperlich nichts fehlte, und ich bekomme es ein wenig mit der Angst zu tun. Was, wenn er nie wiederkommt? Wenn er in seiner Wohnung auf dem Boden liegt, nicht ganz bei Bewusstsein, und niemanden hat, der ihn vermisst oder den Notruf wählt? Oder wenn er einfach so von Peterborough weggezogen ist? Zum Beispiel nach St. Neots. Dann werde ich ihn nie wiedersehen.

Am Dienstagmorgen warte ich wieder, doch auch wenn noch so viele Pendler durch die Bahnhofshalle strömen, Caleb ist nicht darunter. Ich bin von sieben bis zehn Uhr morgens da und beobachte jeden, der durch die Schiebetür kommt. Er kann sich unmöglich an mir vorbeistehlen.

Wenn nötig, werde ich die ganze Woche um diese Zeit hier sein und die darauffolgende Woche auch. Ich habe ja sonst nichts zu tun.

Es ist mitten am Vormittag. Ich gebe auf und verziehe mich in Melissas Büro. Den Rest des Tages hocke ich mich auf ihre Schreibtischkante, während sie ihre E-Mails und Telefonate erledigt. In Gedanken schwatze ich auf sie ein. *Du bist so alt wie ich, Melissa, wie kommt's, dass du am Leben bist und ich nicht? Du wirkst so gut organisiert. Verrätst du mir deinen Trick?*

Ich bin immer noch da, als gegen fünf Uhr nachmittags ihr Handy klingelt. Es leuchtet an seinem Platz auf der Tischplatte auf, und das lächelnde Gesicht einer Frau Mitte sechzig erscheint im Hintergrund der Buchstaben: *Mum*.

Es schmerzt mich, das zu sehen.

Melissa geht gleich ran. »Hallo«, sagt sie und lehnt sich auf ihrem Bürostuhl zurück. »Ja, klar, nein, ich kann sie später anrufen, wenn du möchtest ... na klar, kein Problem, sicher.« Dann kommt es zu einer langen Pause, in der die Mutter sagt, was sie zu sagen hat, und Melissa zur Decke hochschaut, sich tiefer in den Stuhl verkriecht. Mit zuckenden Lippen verzieht sie den Mund zu einem nachsichtigen Lächeln. Schließlich antwortet sie: »Echt jetzt, Mum, das ist kein ... Nein, ich mach mir überhaupt keine Sorgen. Na ja, er ist nett, aber ich weiß ehrlich nicht, wie viel mir das ausmacht ... Na, ist das nicht ein Glück für mich?« Sie wirft einen Blick auf die Wanduhr über ihrem Schreibtisch. »Mum, ich muss gleich in eine Besprechung ... ja, klar, ja, kein Problem, natürlich ... tschüs ... tschüs. Ich dich auch. Tschüs.«

Immer noch lächelnd, legt sie das Handy auf den Tisch zurück. Ich finde ihre Nachsicht rührend. Ihre Mutter ist offensichtlich eine von denen, die einen kleinen alltäglichen Vorwand zum Anrufen nutzen, wenn sie sich um etwas ganz anderes Sorgen machen, und sich dann nicht bremsen können, von dem ganz anderen zu reden. Keine Ahnung, ob ich so geduldig geblieben wäre, wenn meine Mutter angefangen hätte, mein Singledasein zu beklagen, während ich noch mitten im Dienst gewesen wäre.

Es war eins der seltenen Male, dass ich meine Mutter meinen Vater anfahren sah. Wir tranken Tee in der Küche. Ich hatte gerade mit Ian Schluss gemacht – na ja, wir hatten uns weniger Knall auf Fall getrennt als es allmählich auslaufen lassen, aber ich hatte den Ausdruck »Schluss gemacht« verwendet, weil es einfacher war, als meinen Eltern zu erklären, dass jemand, mit dem mich nie viel mehr als eine Freundschaft plus verbunden hatte, jetzt nur noch ein Freund war und wir beide nicht allzu unglücklich damit waren. Dad füllte die Kanne mit dem Wasserkocher auf, der immer leckte, und verkündete fröhlich: »Mensch, du musst dich ranhalten, Mädchen, dein Verfallsdatum läuft ab.«

»George!«, rief Mum von der anderen Küchenseite, wo sie mit einem blauen Mikrofasertuch die Fläche um das Kochfeld wischte. »Wie kannst du so was Gemeines sagen!«

Schulterzuckend nickte mein Vater in die Richtung, wo ich am Küchentisch saß. »Ach was, sie weiß doch, dass es bloß Spaß ist.«

Ach ja?, dachte ich, sagte aber nichts.

Es ist neun Uhr abends. An diesem Tag habe ich es schon längst aufgegeben, aber wie es der Zufall so will, kehre ich Bahnsteig eins gerade den Rücken, um mich wieder nach draußen zu begeben – und da ist er, kommt durch die offenen Bahnsteigsperren direkt auf mich zu.

Caleb. *Scheiße, wo bist du gewesen?*

Ich spüre diese kleine Schockwelle, die einen erfasst, wenn jemand, den man unbedingt treffen möchte, unversehens auftaucht: achtzig Prozent Freude und zwanzig Prozent Irritation. Was macht er um diese Zeit am Bahnhof? Diesmal trägt er nicht seinen Arbeitsanzug, sondern Jeans, Turnschuhe und eine graue Steppjacke mit dunkelrotem Schal, lose um den Hals gelegt. Er sieht ganz anders aus als bei unserer ersten Begegnung, gehört zu den Männern, die ohne ihren Anzug wie verwandelt sind. Er bewegt sich jetzt auch anders, zielstrebig. Obwohl ich ihm ins Gesicht sehe und ihn auf Anhieb wiedererkenne, habe ich das seltsame Gefühl, dass er ein vollkommen anderer Mensch sein könnte.

Und doch weiß ich sofort, dass etwas nicht stimmt – dass es noch schlimmer ist als beim ersten Mal, als er im Pumpkin Café am Tisch vor sich hin weinte. Er hat zwar ein ähnliches Gesicht aufgesetzt wie letzte Woche, blickt aber tiefgründiger, ernster drein, mit schärfer ausgeprägten Falten, was bestimmt nicht nur am Einfall des Kunstlichts liegt. Seine Miene ist maskenhaft erstarrt. Er hastet durch die Bahnsteigsperren, als liefe er bei normaler

Geschwindigkeit Gefahr zu verweigern. Er will da jetzt auf Biegen und Brechen durch, wie wenn Pferd und Reiter es noch ein letztes Mal mit einem Hindernis aufnehmen wollen, an dem sie zuvor gescheitert sind. Bei seinen starren Gesichtszügen denke ich: O nein, er ist wirklich krank.

Reflexhaft weiche ich zur Seite aus, um ihn vorbeizulassen. Er wendet sich nach rechts zur Treppe, stolpert aber. Um ein Haar stößt er sich ein Knie an der Stufe, kann sich gerade noch rechtzeitig mit einem Griff ans Geländer retten. Das Stolpern kommt so überraschend, dass er kurz wie angewurzelt stehen bleibt, wie eine halb kniende Skulptur etwa von Michelangelo. Der Mann in einem weiten Wollmantel, der direkt hinter Caleb die Treppe hinaufhastet, muss eine Notbremsung einlegen, um nicht mit ihm zusammenzustoßen. Der im Wollmantel ist viel größer und hätte ihn bestimmt umgerannt, wenn er sich nicht in letzter Sekunde gebremst hätte; er verdreht die Augen, als er ihm ausweicht. Caleb ist im Weg.

Ich stelle mich so vor Caleb, dass ich sein Gesicht aus nächster Nähe betrachten kann, und was ich da sehe, erschreckt mich: Es ist schwer gezeichnet. Bei unserer letzten Begegnung war seiner Verzweiflung wenigstens noch Resignation und sogar ein bisschen Humor beigemengt. Da war das Telefonat, ein lebhafter Austausch mit einem anderen Menschen. Selbst als er weinte, war es eine kurze, ruhige Trauer. Dies ist etwas vollkommen anderes: echte und zerrüttete Verzweiflung.

Er verharrt kurz in halb kniender Stellung, kaum merklich schwankend, wie im Fahrtwind, den der vorbeieilende Rest der Menschheit erzeugt. Niemand außer mir könnte diese Bewegung wahrnehmen, sie spüren trifft es vielleicht eher: seine Gedanken, die hin und her schwappen wie Wasser in einem Eimer, der sich bewegt. *Mein Lieber.* Der Ausdruck kommt mir in den Sinn. Er ist mir lieb. *Was hast du?* Dann schiebt er sich hoch und steigt die Treppe zur Fußgängerüberführung weiter rauf, jetzt langsamer, fast widerstrebend, und mich befällt eine unsagbare Kälte. Ich weiß, wohin er geht. Er ist unterwegs zu Gleis sieben.

Nicht. Ich denke klar und deutlich das eine Wort, während ich ihm folge, und verfluche meine Sprachlosigkeit: Nein, nicht du, Caleb. Das erklärt alles: wie traurig er neulich war, warum er Angst hatte, zu den Bahnsteigen durchzugehen. Er wusste, was für ein Schicksal ihn dort erwartete. Er machte nicht blau. Sondern rettete das eigene Leben. Nein, bitte nicht, Caleb, tu's *nicht.*

Doch während ich ihm folge, kommt mir ein Gedanke, so groß und finster, dass ich davon aufschwelle. *Wenn Caleb sich auf Gleis sieben von der Bahnsteigkante stürzt, kriege ich endlich Gesellschaft. Wenn ich ihn nicht daran hindere, wird er körperlos, und dann könnte er vielleicht mir gehören.*

Ich stelle mir vor, dass er wie ich wäre. Ich stelle mir die Ewigkeit vor. Und wie rein unsere Liebe wäre, wenn es uns nicht mehr gäbe und wir nur noch einander angehörten.

Doch wer weiß, was dann geschieht, wenn Caleb in den nächsten paar Minuten stirbt? Ich habe keine Ahnung, warum ich hier gefangen anstatt einfach nur tot bin. Wer weiß schon, ob er zu mir käme oder nicht? Er könnte endgültig verschwinden. Dann würde ich ihn nie wiedersehen. Was wäre mir lieber – das Risiko eingehen und darauf hoffen, dass er mir gehört? Oder ihn am

Leben lassen und mir sagen, wie kurz auch immer er den Bahnhof aufsucht, ich bekäme ihn wenigstens hin und wieder zu sehen?

Wie würde sich die wahre Liebe entscheiden? Wie fühlt sich wahre Liebe an? *Wen man liebt, den lässt man gehen.* Wer auch immer sich den Spruch ausgedacht hat, war nie im Bahnhof von Peterborough gefangen.

Mit gesenktem Kopf geht er über die Fußgängerbrücke, nicht allzu schnell, aber mit einem gewissen energischen Rhythmus in seinen Schritten. Er lässt sich nicht vom Kurs abbringen; und selbst wenn ich die Macht hätte, es zu versuchen – tja, ich habe vor einer Woche mein Bestes gegeben, und wozu das geführt hat, sieht man ja. Als er sich zum Treppenabstieg wendet, trifft ihn der Windstoß aus den Fens mit voller Wucht und wirft ihn mit hochstehenden Haaren etwas zurück. Ich hoffe, dass es wie eine Dosis Ernüchterung wirkt, wie Eiswasser, doch er stapft mit gesenktem Kopf weiter.

Am Fuß der Treppe angekommen, geht er bis ans andere Ende des Bahnsteigs, zu der einsamen Metallbank. Diese Bank, unter dem gottähnlichen Auge der Überwachungskamera, scheint magnetische Anziehungskraft auf die Einsamen und Verzweifelten zu haben. Nicht zu fassen – mein Schwarm, mein blonder Jüngling, der einzig schöne Anblick im verdammt unschönen Bahnhof von Peterborough, strebt der Unterwelt zu, der Welt der Düsternis, des Leids und Elends für all jene, die man zurücklässt. Wie verheerend muss der eigene Schmerz sein, dass man das Leben eines jeden Menschen zerstört, der einen liebt? *Nicht.* Wenn ich könnte, würde ich es jetzt schreien. All die, denen du etwas bedeutest, werden nie, niemals drüber wegkommen.

Er setzt sich auf die Bank, abgewandt von den Fahrgästen am anderen Ende des Bahnsteigs, vornübergebeugt, als friere er, was wohl der Fall sein wird. Bald darauf greift er in seine Jackentasche und zieht eine Zigarettenpackung heraus.

Wie, er *raucht*? Ich bin enttäuscht von ihm. Wenn man sich unbedingt umbringen will, warum dann auf so langsame Art, bei der man auch noch eklig riecht? Außerdem ist es verboten. Fünfzig Pfund Strafe, an Ort und Stelle. Offensichtlich ist der Gesetzesverstoß jetzt seine geringste Sorge. Immer noch vorgebeugt, hält er ein Einwegfeuerzeug hoch und zündet die Zigarette an.

So krass ich das auch missbillige, gibt es mir doch auch ein Fünkchen Hoffnung. Damit zögert er sein Vorhaben doch schließlich hinaus? Deutet es auf Zweifel hin, auf den Wunsch, es sich anders zu überlegen? Oder ist es bloß die Henkersfluppe vor dem Abschied? So oder so wird sein Rauchen gleich entdeckt werden und andere auf ihn aufmerksam machen – wer auch immer im Teamleitungsbüro ist, sieht es auf den Monitoren, oder der Geruch zieht über den Bahnsteig und alarmiert am anderen Ende irgendjemanden mit Aufpassermentalität.

Dann, plötzlich, nachdem er eine Zeit lang fest daran gezogen, die Zigarette aber erst halb aufgeraucht hat, lässt er sie fallen und zertritt sie mit dem Absatz – alles ist so schnell vorbei, dass niemand etwas gemerkt hat.

Mit einem Griff in die Jackentasche zückt er sein Handy, und ich denke, ja, ja, gut so. Er wird jemanden anrufen – vielleicht eine Person, mit der er sich früher am Tag heftig gestritten hat, und jetzt wird er sich entschuldigen oder eine Entschuldigung verlangen –, was auch immer, er wird sich bemühen, es wieder einzurenken, das Drama, das der letzte Strohhalm war und ihn hierhergetrieben hat. Oder vielleicht braucht man, wenn man in seiner Verfassung ist, bloß den Klang einer anderen Stimme, und wenn es ein Anrufbeantworter ist, die Stimme deiner Mutter, die sagt: »Wir können gerade nicht ans Telefon gehen, bitte hinterlassen Sie eine Nachricht nach dem Piepton.« Vielleicht reicht das schon, um jemanden von einem Vorsatz abzubringen, von dem er zwar felsenfest überzeugt ist, den er aber in Wahrheit doch gar nicht ausführen will.

Er tätigt weder diesen Anruf noch einen anderen oder überhaupt irgendeinen. Sondern starrt mit ausdruckslosem, gleichgültigem Blick auf das Handydisplay, ehe er das Gerät in die Tasche zurückgleiten lässt, und ich sehe plötzlich mit Schrecken den Detective Sergeant vor mir, der das Handy in der Hand halten und sich durch seine Nachrichten und die Kontaktliste scrollen wird – natürlich nur, wenn es nicht unter die Zugräder kommt. *Nicht.* Das würde ich ihm schreiben, wenn ich könnte. *Bitte, bitte tu's nicht.*

Oder doch. Und dann gehörst du mir.

Da sehe ich die Möglichkeit vor mir, dass ich über sein Schicksal entscheiden könnte. Vielleicht – wer weiß? – bin ich dazu hier. Vielleicht läuft es so. Bestimmt ist das illusorisch – woher sollte ich schon die Macht dazu haben, doch ich kann den Gedanken nicht abschütteln. Leute, die einen missglückten Selbstmordversuch hinter sich haben, berichten manchmal, sie hätten kurz vorher Stimmen gehört, die sie anstachelten. *Mach's, Dummkopf, aus dir wird ja doch nie was. Ohne dich wird die Welt ein besserer Ort sein.* Wenn ich Caleb wirklich wollte oder mir eine Chance auf ihn ausrechnete, könnte ich mich jetzt runterbeugen und ihm ins Ohr flüstern, genau wie letzte Woche der Frau in der Fahrkartenschlange. Sie hat mich bestimmt gehört.

Ich halte mich vor ihm in der Luft. Will ich, dass er lebt oder stirbt? Wenn ich ihn leben lasse, wird er sein eigenes Leben weiterführen – vielleicht heiraten, wenn er nicht schon verheiratet ist, Kinder kriegen, arbeiten, sich vergnügen, alt werden. Und all das ohne … Er wird nicht mal an mich denken, weil er ja gar nicht weiß, dass es mich gibt. *Na los, Caleb, mach schon … Warum nicht? In einem Lidschlag wird alles vorbei sein. Du wirst ihnen nicht fehlen. Sie machen sich nichts draus. Ein Augenblick, mehr braucht es dazu nicht.*

Auf Bahnsteig sieben ist es sehr ruhig. Es ist kalt, und weil das Wartehäuschen noch geöffnet ist, sind die meisten Wartenden dort drin, dafür ist es ja da. Nur drei Leute stehen draußen. Ich sehe eine Frau mittleren Alters etwas näher als die anderen beiden, die mit leicht missbilligendem Stirnrunzeln hierherblickt. Vielleicht hat sie ihn rauchen gesehen, oder der Rauchgeruch ist den Bahnsteig entlanggezogen. Ich denke, *Herrgott noch mal, sei nicht so verdammt britisch, geh dich schon beschweren.* Doch da ist niemand, bei dem man sich beschweren könnte, der Zug hat noch nicht Einfahrt, und sie wendet sich ab. Sie hat andere Sorgen als einen jungen Mann, der gegen die Regeln verstößt, und denkt sich bestimmt *Was für ein schrecklicher Mensch,* und nicht *Ein junger Mann in Bedrängnis.*

Und dann höre ich es, noch weit entfernt: Rumpeln und Rattern. Es kommt im Dunkeln angefahren – ein Güterzug, der mit seinem verhängnisvoll anschwellenden Geräuschpegel sekündlich näher kommt. Dieser ist langsamer als der andere, der vor einer Woche den Mann überfahren hat – ich höre ein schrilles Quietschen wie von einem das Rumpeln und Rattern begleitenden Instrument –, doch ich sehe immer noch die zwei leuchtend gelben Scheinwerfer, genau wie zuvor, weit weg und geisterhaft, an den Rändern wabernd, aber mit festem Kern in der Mitte, auf uns zukommen.

Caleb steht von der Bank auf. Er geht ganz ruhig an die Bahnsteigkante, schiebt sich nicht zentimeterweise voran wie der ältere Mann – vielleicht hat er Mut gefasst, ist noch fester entschlossen. Während ich mich über ihm in der Schwebe halte, schreit meine eine Hälfte *Nein*, und die andere denkt *Ja … ja!* Der Güterzug setzt seine rumpelnde Annäherung fort. Es ist ein langes, mächtiges Ungeheuer aus schmutzig weißen, dunkel ockerfarbenen und moosgrünen MAERSK-Containern in endlos kreischender Abfolge. Ja, er ist langsamer, aber auch enorm groß und massig und nicht auf Tempo angewiesen, um seine Arbeit zu erledigen.

Caleb steht jetzt haargenau an der Bahnsteigkante. Er beugt sich vor.

Güterzüge treten in drei Akten auf. Im ersten Akt sind sie in weiter Ferne, noch kaum hörbar, dann, im zweiten, erfüllen sie die Luft mit Metall und Lärm, mit ihrer eigenen Absolutheit. Im dritten Akt sind sie fort, das rückwärtige Ende des letzten Wagens noch fingernagelgroß und weit weg, und man hat nur noch den metallischen Geruch in der Nase, das verhallende Tosen im Ohr.

Der zweite Akt hat angefangen. Der Zug kommt angebraust, mit mehr Tempo, als ich gedacht hätte – auf diese Nähe ist er riesig und ohrenbetäubend.

Calebs Nase wird vom vorbeiratternden Zug beinahe seitlich gestreift. All das harte Metall, das vorüberrast –

und Caleb, so weich und menschlich, Fleisch und Knochen, die Haare vom Fahrtwind zurückgezerrt, das blasse Gesicht brutal freigelegt, wie es sich mit geblähten Nasenlöchern rötet: Es ist ein entsetztes Gesicht, bar jeden Ausdrucks, nackt und bloß und so verletzlich, mir so lieb in all seiner Blöße, und da geht mir auf: Ich liebe ihn. Ich habe mich in einen wirklichen Menschen verliebt, lebendig und leibhaftig, und würde alles tun, um ihn zu beschützen. Es ist mir egal, dass er mich nie kennenlernen wird, wenn er weiterlebt. Soll er mich ruhig allein hier zurücklassen; solange er nur wohlbehalten bleibt, habe ich nichts dagegen. Nie und nimmer würde ich mir wünschen, dass er zu Schaden kommt, nur damit ich ihn haben kann. Das wäre keine Liebe.

Jetzt ist der Zug verschwunden. Nichts als leere Luft bleibt an seiner Stelle zurück, kalte Nachtluft, als hätte es den Güterzug nie gegeben, als gäbe es den Tod als solchen nicht.

Caleb schwankt fast unmerklich, ehe er stocksteif stehen bleibt, wie schockgefroren ob der Endgültigkeit dessen, was er fast getan hätte. Genau der Moment, den er jetzt gerade erlebt, hätte die erste Minute sein können, in der er nicht mehr auf der Welt wäre. Er wendet sich von der Kante ab, Richtung Treppe. Mit schleppendem Schritt schlurft er über den Bahnsteig zurück, vorbei am Wartehäuschen, an der missbilligenden Frau, die ihn keines Blickes würdigt. Ich fühle mich genauso erschöpft, wie er aussieht. Als hätte ich meine gesamte Gedankenenergie darauf verwendet, ihn von seinem Vorsatz abzubringen, beziehungsweise – um ehrlich zu sein – auf den inneren Kampf, ob ich ihn davon abbringen sollte oder nicht. Habe ich ihn zurückgehalten? Ich weiß, dass ich keine festen Körper bewegen kann, aber kann ich unwissentlich Gedanken beeinflussen? Verfüge ich jetzt über diese Macht?

Sein Gesicht sieht so verheert aus wie zuvor, nur müder. Ich bin es wohl doch nicht gewesen. Er sieht nicht wie ein Mann aus, der eine Eingebung hatte – bloß wie einer, der es nicht bis zur letzten Konsequenz durchziehen konnte.

Er geht über die Fußgängerbrücke. Eine Frau, die einen Doppelbuggy schiebt, schenkt ihm ein müdes Lächeln. Einer ihrer kleinen Schützlinge – Zwillingsbrüder – schläft. Der andere wirft sich im Hohlkreuz gegen die Sitzschale, gegen die Gurte, und brüllt, das Gesicht aufgequollen im Wunsch, sich zu befreien. Die Frau, die den Buggy schiebt, sieht Caleb mit diesem Lächeln an, das Frauen aufsetzen, wenn ihre Kinder sich danebenbenehmen: *Ich weiß, aber was soll ich machen?* Als Caleb nicht darauf reagiert, setzt sie wieder eine neutrale Miene auf.

Und vielleicht liegt es an diesem kleinen Nicht-Blickwechsel, dass ich das Besondere an Caleb erkenne. Die Frau mit dem Buggy hat einen Kommunikationsversuch unternommen, dann aber aufgegeben, als sie Calebs Gesichtsausdruck sah. Nicht weil er unhöflich oder böse gewesen wäre – er verzog keine Miene –, sondern weil ihr in dem Moment klar wurde, dass sie seine Züge nicht richtig gedeutet hat. Es war nur ein Gedankensplitter, den sie schon wieder vergessen haben wird, wenn sie auf den Aufzugknopf drückt, aber er hat auch mir zu der Einsicht verholfen, dass ich Caleb nicht richtig verstanden habe. Ich habe ihn intensiver beobachtet als jeden anderen Menschen, den ich mir ansah, und doch bleibt mir ein Rätsel, was in seinem Kopf vorgeht.

Ich denke noch etwas darüber nach, und mit der Zeit erscheint es mir immer einleuchtender und klarer. Meistens weiß ich, was die Leute denken, oder kann es zumindest erahnen. Nicht so, dass ich ihre Gedanken lesen könnte – Hunderte von Leuten ziehen tagtäglich durch diesen Bahnhof, was gäbe das für eine Kakofonie. Aber wenn ich den Polizisten Lockhart ansehe, weiß ich, was ihn bedrückt. Wenn ich Tom sehe, ist mir klar, dass er mit gewissem Neid an Inspector Barkers neue Ukulele denkt und sich fragt, wann er sie ihm zeigen wird. Melissa ist so aufgeweckt, so ehrgeizig, das strahlt ihr Gesicht aus. Ich weiß mit Sicherheit, dass sie überlegt, sich fürs überregionale Management zu bewerben, und sich Sorgen macht, weil sie dann viel unterwegs sein wird, wie ihre Mutter wohl damit klarkommt. Und Dalmar: Der ist von einer Eigenschaft durchdrungen, die nur besitzt, wer lange genug gelitten und überlebt hat, um sein Leid nicht wichtig zu nehmen: einer überwältigenden Trauer gepaart mit der Fähigkeit, Tag für Tag weiterzumachen. Dalmar hat furchtbare Dinge gesehen, die Menschen ihren Mitmenschen antaten, konnte aber entkommen und weiß, dass er in Sicherheit ist. Doch er steckt noch immer tief in etwas drin, in einer ganz bestimmten Art von Trauer, wie Rückenschmerzen, nur in Gedanken.

Aber Caleb? Keine Ahnung. Ich beobachte ihn. Aus dem, was er tut, ziehe ich Rückschlüsse darauf, was er denkt oder vorhat, aber nicht mit mehr Intuition als jeder normale Sterbliche. Etwas an ihm legt mein besonderes Einfühlungsvermögen lahm.

Hat mich das zu ihm hingezogen? Und ich dachte, es wäre die angedeutete Hakennase, seine gewisse Wachsamkeit – die er natürlich mit mir gemeinsam hätte. Ich dachte, es hätte an seiner Marotte gelegen, die Jackenärmel etwas hochzuschieben, als es im Café warm wurde; eine sinnlose Geste, anders als bei einem Pulli oder Kapuzenshirt, das man bis zum Ellenbogen hochkrempeln kann. Die Jackenärmel rutschten einfach wieder zurück, gaben davor aber kurz den Blick auf seine Handgelenke frei: die Knochen, die Armbehaarung, mittelbraun, die Hände, die etwas zu groß für seinen kompakten Körperbau wirken. Seine Handgelenke; Calebs Handgelenke. Wenn man mich fragt, sind Handgelenke ein unterschätzter Bestandteil männlicher Attraktivität. Mit anderen Worten: Ich hatte angenommen, dass Caleb so in etwa die gleiche Anziehungskraft auf mich ausübte, die mich als lebendes, atmendes Menschenwesen mit einem Körper angesprochen hätte. Doch jetzt weiß ich, dass es weit mehr ist als das.

Ich folge ihm über die Fußgängerbrücke. Und denke, vielleicht war es so: Als ich Caleb ansah, ihm beim Telefonieren zuhörte, sein Mienenspiel beobachtete, dachte ich, ich würde ihn kennen – während ich in Wirklichkeit keine Ahnung hatte, was er dachte, und genau das war es, was mich zu ihm hinzog und mein Verlangen weckte.

Und dann kommt mir ein niederschmetternder Gedanke. Der letzte Mensch, dessen Miene ich nicht deuten konnte, war der, der sich vor einer Woche um vier Uhr morgens von Bahnsteig sieben gestürzt hat, der Mann in der Donkeyjacke, der mit seinem wässrigen Blick schwankend dastand, das halbe Gesicht vom Schal bedeckt. Was ihn und Caleb womöglich miteinander verbindet, ist die Tiefe ihrer speziellen Ausprägung des Elends. Doch in mir sträubt sich alles dagegen. Es würde bedeuten, dass Caleb wiederkäme, zurück zu Gleis sieben.

Die Bahnsteigsperren sind offen. Caleb geht durch, vor aller Augen wie ein ganz normaler Mann, der soeben einen Bahnhof verlässt. Auf dem Vorplatz bleibt er kurz stehen, legt sich dann eine Hand aufs Herz. Denkt er jetzt noch mal darüber nach? Ein leichtes Stirnrunzeln zeigt sich. Ach, es ist nur das Handy in seiner Brusttasche, das wieder vibriert. Diesmal holt er es gar nicht raus. Er geht die Straße runter, überquert den Mini-Kreisverkehr und steuert auf die Unterführung zu. In Bahnhofsnähe gibt es etliche Unterführungen, die Frauen allein nach Einbruch der Dunkelheit meiden. Diese ist die erste; auf dem Weg liegt das Parkhaus auf der einen Seite, auf der anderen der Zaun, der den Bahnhof abgrenzt, ehe der Fußweg steil in die niedrige Unterführung abfällt. Fröhliche Farbe und Graffiti können die Düsterkeit und den Uringestank nicht übertünchen.

An eine Wand drückt sich die in einen Schlafsack gekauerte Gestalt eines Obdachlosen. Caleb geht vorbei, ohne ihn zu beachten. Als ich noch am Leben war, war mir diese Unterführung selbst bei Tageslicht ein Graus: wie niedrig sie ist, wie der Verkehr oben drüberpoltert, der Hall, mit dem winzige Tropfen Feuchtigkeit von den Wänden rieseln. Caleb scheint von alldem nichts zu bemerken, in Gedanken versunken geht er weiter.

Erst als er an die Stufen zur Cowgate kommt, merke ich, was los ist. Ich folge ihm, beobachte ihn, achte genau darauf, ob sein Schritt irgendwann unbeschwerter wird, wenn ihm aufgeht, dass er noch am Leben ist und diese Tatsache an sich etwas Wunderbares ist. Ich frage mich, wo er wohl wohnt – natürlich angenommen, dass er auf dem Nachhauseweg ist. Ich denke an die Gegenden hier in der Nähe. Viele junge Berufstätige sind aus Peterborough raus in die Vorstädte oder das Umland gezogen – Peterborough ist weniger eine eigene Stadt als vielmehr eine Anhäufung von Kleinstädten, verbunden durch Umgehungsstraßen –, aber wenn er täglich vom Bahnhof aus pendelt, wohnt er vielleicht in fußläufiger Entfernung, in einer dieser Straßen zwischen Parkway und dem Back River. Er biegt nach rechts ab in die Priestgate, und als er um die Ecke geht, sehe ich Hundekacke auf dem Bürgersteig, die er auch sieht und der er ausweicht. Ich freue mich sehr für ihn, dass er nicht reingetreten ist – das hätte einem schlimmen Tag wirklich die Krone aufgesetzt –, und da erst fällt es mir auf, was ich gleich hätte bemerken müssen, wenn ich nicht so abgelenkt davon gewesen wäre, Calebs Weg durch die Unterführung und die Treppe rauf zu verfolgen und mir zu überlegen, wo er wohl wohnt: Zum ersten Mal seit meinem Tod habe ich den Bahnhof verlassen.

Die Liebe hat mich befreit.

8

Als frisch aus meiner Gefangenschaft im Bahnhof von Peterborough befreites Gespenst habe ich nichts Eiligeres zu tun, als zur Stalkerin zu werden.

Caleb geht die Priestgate entlang am Museum vorbei, vorbei an der Spielhalle, die *Goldtopf-Glück – 500 £ Gewinn!* verspricht. Auf der anderen Straßenseite sitzt ein Obdachloser auf der Bordsteinkante, vornübergebeugt, die Arme auf die Knie und den Kopf auf beide Arme gestützt, als schliefe er. Die Kapuze seiner großen schmutzigen Daunenjacke ist so weit hochgezogen, dass sein Kopf ganz darin verschwindet. Er hält zwar vollkommen still, aber etwas an seiner Haltung kommt mir lauernd vor. Ohne ihn zu beachten, geht Caleb weiter. Ich schaue genauer hin und frage mich, ob der Mann einer von uns ist – schließlich bin ich nicht allein.

Caleb biegt in die Bridge Street ein, passiert das Rathaus mit seinen imposanten Säulen und die Läden, die jetzt über Nacht alle geschlossen sind. Die paar Wetterfesten, die sich auch zu dieser Stunde noch draußen herumtreiben, kämpfen sich zielstrebig durch die eisige Kälte. Er kommt am TK Maxx vorbei und drückt auf den Knopf, um den Bourges Boulevard zu überqueren, legt etwas an Tempo zu, als er am Amtsgericht vorbeikommt, und steigt abwärts in noch eine Doppelunterführung. Mir fällt wieder ein, wie man sich als Fußgängerin im Zentrum von Peterborough fühlt: Wo man auch ist, man befindet sich immer auf der falschen Seite einer mehrspurigen Schnellstraße. Nachdem er am Lido-Freibad vorbei ist, geht er jetzt langsamer, entspannter, so als komme er wieder zu sich und freue sich auf zu Hause. Auf der Bishop's Road passiert er den Langzeitparkplatz und den Spielplatz der kleinen Bewohner der gegenüberliegenden Häuser, die eine viel befahrene Hauptstraße überqueren müssen, und biegt dann links ein in die Star Road. Der Name Star Road sagt mir irgendetwas – etwas Unangenehmes –, doch ich schiebe das Gefühl beiseite und konzentriere mich auf Caleb. Gleich nach dem Panj Tani Store geht er um noch zwei Ecken, bis er in einer Straße landet, die von langen Reihen von Neubauten gesäumt ist, lauter kleine Doppelhaushälften, den heruntergekommenen viktorianischen Arbeiterhäusern in der Nachbarschaft nachempfunden, nur ohne deren historischen Charme. Aber die Häuser sind sauber und gepflegt, und im Unterschied zu den älteren Bruchbuden in der Gegend ist keins davon mit Brettern verrammelt.

Als er in diese Straße einbiegt, wird seine Haltung noch entspannter und sein Schritt kaum merklich beschwingter. Zu Hause: Was auch immer das bedeuten mag – selbst in unseren allertrübsten Zeiten, solchen wie jenen, die Caleb heute Abend durchgemacht hat, sagt es uns etwas, ruft es instinktiv ein Gefühl von Behaglichkeit hervor; hier sind meine Sachen, die Objekte, die ich um mich versammelt habe und die mir bestätigen, wer ich bin. Hier ist mein Reich.

Aha, hier wohnt Caleb also? Auch wenn es ganz danach aussieht, dass ich seine Gedanken nicht lesen kann, werde ich ihn anderweitig auskundschaften. Erst jetzt spüre ich, wie einsam ich war, wie sehr es mich nach Kontakt zu jemand anderem verlangt.

Das Erste, was ich über Caleb erfahre: Er heißt nicht Caleb.

Als er in seine Straße einbiegt, ruft eine Frauenstimme: »Andrew!« Es ist eine hohe Stimme mit melodischem Klang. »*An*drew!« Das ist mein erster Hinweis.

Die Stimme kommt von der anderen Straßenseite derselben Kreuzung. »Andrew!« Er blickt sich um und nickt. Das ist mein zweiter Hinweis.

Gleich darauf dreht er sich wieder um und geht mit gesenktem Kopf weiter, als hoffe er, die Frau in dem Glauben lassen zu können, sich geirrt zu haben.

»An*drew*!« Er bleibt stehen. Lässt die Schultern hängen. Wendet sich um. Kein Zweifel: Er heißt ganz und gar nicht Caleb.

Im Winterdunkel kommt eine junge Frau, ungefähr in seinem Alter, quer über die Straße auf ihn zu. Ich sehe sie deutlich, als sie den schütteren Grünstreifen unter den parallelen Lichtbündeln eines hohen Laternenmastes kreuzt. Sie ist mittelgroß und hager, knochig, mit hohen Wangenknochen, spitz hervortretenden Ellenbogen und Knien. Obwohl sie Hose und Mantel anhat, erkenne ich, dass sie den Typ Körper hat, den meine Mutter eine Hungerharke nannte. Ihre Haut ist sehr blass, fast schon durchscheinend, makellos, spannt aber über den Gesichtsknochen – vielleicht hat sie irgendeine schwere Krankheit, Magersucht oder womöglich sogar Krebs, oder vielleicht war sie auch schon immer so, eine junge Frau, deren innere Spannungen sich in ihrer straff gespannten Haut niederschlagen. Sie hat eine hohe Stirn und die sehr feinen braunen Haare zu einem Pferdeschwanz zusammengefasst, der bei jedem ihrer Schritte wippt. Ihr Gesicht wirkt so schutzlos, mit einem so verletzlichen Ausdruck, dass ich zurückschrecke.

Andrew ist umgekehrt, als sähe er endlich ein, dass es kein Entkommen gibt, und während sie näher kommt, hebt er beide Handflächen und tätschelt die Luft, als versuche er, die Wucht ihres Zorns abzumildern. An einer Schulter trägt sie eine große weiche Tasche, die schwer an einem langen Riemen hängt. Ich wüsste gern, ob sie ihm die gleich um die Ohren klatschen wird.

Stattdessen bleibt sie stehen, schnaufend vor Anstrengung, und wirft ihm aus großen Augen einen vernichtenden Blick zu. »Wolltest du einfach *weitergehen*?«, sagt sie in ungläubig quiekendem Tonfall. »Im Ernst? Mich einfach ignorieren? Scheiße, wo warst du, warum bist du nicht ans Telefon gegangen?«, fährt sie mit weinerlicher kindlicher Stimme fort. »Ich hab dir *Nachrichten* aufgesprochen. Wo warst du?«

Ich weiß, wo er war: im Bahnhof von Peterborough. Nur nicht, warum.

Jetzt stehen sie einander gegenüber, mit etwa drei Meter Abstand. Andrew ist weiter vom Licht entfernt, sein Gesichtsausdruck verschwimmt im Dunkeln. Er blickt zu Boden, dann wieder zu ihr.

Sie atmet immer noch rasch und flach, die schmalen Schultern zucken. »Warum? Ich hab dir auch Nachrichten hinterlassen, selbst wenn du nicht, nicht mit mir …«, sie keucht wie den Tränen nahe, »reden wolltest, selbst wenn du es nicht über dich gebracht hast … hättest du eine Nachricht schicken, wenigstens irgendwie reagieren können. Ich fass es nicht, wie du so sein kannst …«

Da blickt er auf, sodass ein wenig Licht auf seinen Kopf fällt, doch seinen Gesichtsausdruck kann ich immer noch nicht erkennen. Trotzdem spüre ich intuitiv, dass er freundlich sein will.

Wahrscheinlich sollte ich auch eine gewisse Sympathie verspüren. Wer, wenn nicht ich, sollte wissen, dass Andrew genau der Typ Mann ist, dem eine junge Frau verfallen kann. Es ist seine Unergründlichkeit: die Anzeichen von Güte und Freundlichkeit hinter dem Eindruck, dass er mit etwas Schwierigem ringt. Was durchaus sein mag, doch mein Gefühl sagt mir, dass er selbst nie schwierig werden wird, ganz gleich, was für Schwierigkeiten ihm zu schaffen machen. Anders als so viele Männer wird er seine Wut nie an anderen auslassen. Er ist der Typ junger Mann, der Frauen zu dem Spruch verleitet: *Ich weiß, was du durchmachst. Lass uns das gemeinsam durchstehen.*

»Schau mal, Ruth«, sagt er, immer noch mit ausdrucksloser Miene, »vielleicht sollten wir uns einfach damit abfinden, dass wir unterschiedlich an die Sache rangehen. Wir sind zwei verschiedene Menschen, ich sag ja nicht, dass das eine richtig und das andere falsch ist, nur dass wir verschieden sind, mehr nicht.«

»Und das ist alles?« Ihre Stimme rutscht in eine noch schrillere Tonlage. »Echt jetzt, mehr hast du mir nicht zu sagen?« Das grenzt schon an Hysterie.

Er geht auf sie zu. »Nein, natürlich nicht. Ich mach mir was aus dir, Ruth, das weißt du doch. Es ist total schwer für uns beide.«

Das nimmt ihr den Wind aus den Segeln. Ihre Schultern sacken ab. Es sieht aus, als fiele sie in sich zusammen, falls jemand so Dürres wie sie überhaupt noch schrumpfen kann.

»Das weiß ich doch«, sagt sie, die Stimme eine Tonlage tiefer. »Ignorier mich einfach nicht, okay? Ist es nicht so schon schwer genug? Du musst mich an dich ranlassen …«

Sie stehen vor seinem Haus oder – wohl eher – seiner Wohnung, falls er nicht zu einem Freund unterwegs ist, aber wie hätte sie ihn dann abpassen können?

Mit einem ihrer schlaff herabhängenden Arme zeigt sie jetzt auf die Reihe schmucker kleiner Doppelhaushälften. »Lass uns, weiß auch nicht, was vom Imbiss holen oder so?« Netter Versuch, sich selbst einzuladen.

Da schüttelt er heftig den Kopf, energischer, als ich es von ihm erwartet hätte. »Ich bin einfach nicht dazu bereit, okay? Bloß weil ich … Was du getan hast, war einfach nicht richtig, und ich wollte nicht – also weißt du, echt jetzt. Sorry, aber du musst dich einfach irgendwann mal damit abfinden, dass wir zwei verschiedene Menschen sind, statt mir immer weiter zuzusetzen mit etwas, was ich nicht will, also wirklich, wieso kannst du das nicht einfach mal einsehen?«

Ihr Gesicht ist verzerrt vor Enttäuschung. »Ach, fick dich doch!«, faucht sie und macht kehrt, wobei ein Absatz geräuschvoll über das Pflaster scharrt. Nach ein paar Schritten wendet sie sich noch mal um, und obwohl sie jetzt außerhalb des Lichtkegels ist, kann ich ihre herben Züge noch sehen, die eingefallenen Wangen, den enttäuschten Ausdruck in ihren weit aufgerissenen Augen. »Du bist nicht der Einzige, der drunter leidet, Andrew. Es geht nicht bloß um deine Befindlichkeit«, sagt sie. »Du könntest es leichter für uns beide machen statt schlimmer.«

»Es wird nie leicht sein«, entgegnet er ohne Zorn, »genau darum geht's, und ich kann nicht so tun, als ob es von einem Häppchen zu essen und etwas Geplauder auch nur das kleinste bisschen besser wird.«

»Ich hab nicht leicht gesagt, sondern leicht*er*!«, ruft sie ihm über die Schulter zu, während sie in der Nacht verschwindet und sich das Scharren ihrer Absätze im Dunkeln verliert.

Etwas an diesem Wortwechsel sagt mir, dass die beiden lange miteinander zu tun hatten – etwas an der Verbohrtheit, mit der sich ein kompliziertes und bestimmt wichtiges Argument binnen kürzester Zeit auf den Unterschied zwischen einem Adjektiv und seiner Steigerungsform herunterbrechen ließ. Wenn man mich fragt, ist diese Beziehung noch lange nicht beendet: das Davonpreschen mitten im Streit, die Annahme, dass es – dazu passt sein resigniertes Seufzen – sehr viel mehr zu sagen gibt. Vielleicht haben sie sich gar nicht getrennt. Vielleicht hat er sie nur ein wenig sattbekommen und versucht, sich ein wenig zurückzuziehen, weil ihm irgendetwas anderes zu schaffen macht. *Was du getan hast?* Wie auch immer, sie reagiert genau falsch, mit Klammern und Telefonterror; warum lässt sie ihm nicht etwas mehr Freiraum? So weckt man bestimmt keine Sehnsucht im anderen, wenn man auf die Tour immer weitermacht. Hört auf mich, die selbst ernannte Beziehungsexpertin.

Andrew bleibt nur ganz kurz stehen, greift dann in seiner linken Jackentasche nach dem Schlüsselbund. Obwohl ich mir nun schon seit geraumer Zeit den Luxus leiste, ununterbrochen Lebende zu beobachten, bleibt es mir nach wie vor ein komplettes Rätsel, wie Männer ohne Handtaschen auskommen. Er biegt auf den Fußweg zu einem der Häuser ein, einem netten Backsteinkasten, linke Hälfte eines Doppelpacks in einem vermutlich kostengünstig errichteten Ensemble, einem dieser Siedlungsprojekte mit niedrigem Kaufpreis, weil die Wände aus Pappe sind und man dem Nachbarn jeden Morgen beim Abhusten zuhört. Ach ja und der Stromzähler Münzen verschlingt wie ein hungriges Kleinkind Kartoffelringe aus der Tüte.

Anstatt die Vordertür aufzuschließen, geht Andrew seitlich ums Haus und durch ein Törchen in ein Gartenviereck hinter dem Haus. Ein Bewegungsmelder springt an und zeigt eine Miniterrasse und schlichten Rasen, von hohen Holzlatten umzäunt. Andrew geht zur Terrasse, bückt sich und inspiziert genau unter dem Außenlicht eine leere Plastikschüssel, ehe er sich abwendet und das vom Bewegungsmelder in weißes Licht getauchte Gärtchen durchquert. Er öffnet die Tür eines sehr kleinen gepflegten Schuppens.

Wenig später kommt er mit einer Plastiktüte in der Hand heraus. Er geht zur Schüssel und kippt etwas Kleines und Dunkles aus der Tüte darüber aus. Dann zerknüllt er die Tüte in einer Hand und schlägt wieder den Weg ein, um das Haus durch die Vordertür zu betreten. Wenig später taucht er in der Küche auf und schaltet das Licht an, zieht aber nicht die Vorhänge vor die Terrassentür, sodass ich ihm zusehen kann, wie er herumfuhrwerkt und sich sein Abendessen zubereitet. Seine Küche ist so schlicht und einfach wie der Garten: Schranktüren in diesem braunen Landhausküchenimitat-Stil, Boden aus billigem Holzlaminat. Soweit ich sehen kann, keinerlei Deko bis auf ein paar Kühlschrankmagnete an Fotos von ihm und Ruth. Dennoch keinerlei Anzeichen von Zusammenwohnen, weder eine vergessene Haarbürste auf einer Arbeitsfläche noch Gummistiefel oder Gartenclogs in Frauengröße neben einem Paar ramponierter Männerturnschuhe an der Terrassentür.

Andrew geht hin und her, öffnet und schließt Küchenschränke stellt einen Topf mit Wasser auf den Herd – ich würde mein Leben drauf verwetten, wenn ich noch eins hätte, dass er sich Nudeln kocht. Während das Wasser heiß wird, holt er sich eine Schüssel und füllt sie mit Cornflakes, gießt etwas Milch drüber, stellt sich an die Terrassentür und sieht in den Garten, während er sie isst. Cornflakes als Vorspeise – haben wir das nicht alle schon gemacht.

Selbst als er aufgegessen hat, bleibt er dort stehen, Löffel und Schüssel in der Hand. Allmählich nervt mich das etwas. Es kommt mir fast so vor, als würde er mich anstarren – dabei starrt er nur mit leerem Blick vor sich hin in den Garten, sieht natürlich durch mich hindurch. *Dein Aug zeigt mein und meines dein Gesicht* ... Ich denke an all die vielen Male, in denen Leute sich in Zug- und Busfenstern spiegeln: Was, wenn jemand auf der anderen Seite der Glasscheibe wäre, der mit seinem Gesicht das eigene spiegelt? Wenn einen aus dem eigenen Spiegelbild jemand anderes ansähe? Denn während man in der Annahme, nur sich selbst zu sehen, seine Miene ganz offen und unverstellt ließ, hat einem die ganze Zeit jemand anderes die Gedanken gelesen? Aus der Nähe wirkt Andrews Blick leer. Ob er wohl an sein Gespräch mit Ruth denkt? Sein Gesicht verrät keinerlei Bedrängnis. Er lässt seinen Gedanken freien Lauf – und ich bin die ganze Zeit nahe genug dran, um die winzigen Verästelungen der Äderchen im Weiß seiner Augen zu sehen.

Es ist friedlich, hat etwas Halluzinatorisches, jemanden zu beobachten, der fälschlich danach aussieht, als würde er den Blick erwidern. Es hilft gegen mein Einsamkeitsgefühl. Ich will nicht, dass er sich abwendet, und er offenbar auch nicht. *Andrew* ... Ich probiere es mit seinem richtigen Namen. Ja, es wird damit gehen. Andrew.

Ich beginne, mir unsere vielen möglichen Gemeinsamkeiten vor Augen zu halten. Dieses Mal würde ich es langsam angehen lassen. Wir würden lange Pub-Gespräche führen, in denen er mir alles über seine Beziehung mit der Hungerharke erzählen und ich teilnahmsvoll zuhören und nicken, sogar etwas geheuchelte weibliche Solidarität bekunden und ihm die ganze Angelegenheit aus ihrer Perspektive zu bedenken geben würde. Er würde sich überlegen, was für ein netter Mensch ich wäre, wie ausgeglichen und vernünftig. Ein paar Wochen lang würden wir uns so treffen, und ich würde mich die ganze Zeit zurückhalten, ihm nicht mal einen langen Blick zuwerfen oder die Hand aufs Knie legen. Ich würde den richtigen Moment abpassen. Irgendwann würde er nämlich den ersten unbeholfenen Annäherungsversuch machen, bei ihm zu Hause, über einer Tasse Tee, und wenn wir zu seinem minimalistisch schlichten Schlafzimmer taumeln würden, wäre er zunächst überrascht, dann erregt von meiner Erregung. Die Wucht des Ganzen würde ihn erst einholen, wenn ich rittlings auf ihm säße und ihm das Hemd aufknöpfen würde, um seine flache weiße Brust zu betrachten und mittendrin innezuhalten, um mich hinabzubeugen und das Salz von seinem Schlüsselbein zu lecken.

Die Küche hinter ihm füllt sich mit Dampf vom kochenden Wasser, aber er dreht sich immer noch nicht um. So als würde er auf etwas warten oder hätte Angst, mit einer Bewegung irgendeinen Bann zu brechen. Du lieber Himmel, denke ich, *spürt* er mich etwa? Plötzlich wage ich mich auch nicht mehr zu rühren. Und ich wüsste gern, ob er etwa mich ansieht. Kann es sein, dass er bei dem Wasserdampfnebel hinter sich und dem Nachtdunkel draußen die verschwommenen Umrisse einer Frau im Glas seiner Terrassentür erkennt und davon ebenso fasziniert ist, wie ich von ihm fasziniert bin? Ich schaue und hoffe, schaue und hoffe … doch er blickt starr durch mich hindurch nach hinten in den Garten, und irgendwann wende ich mich um.

Da passiert es. Es zeigt sich.

Es kriecht. Es schnüffelt. Mit kleinen wippenden Bewegungen schiebt es sich aus der hintersten Ecke zur Terrasse vor. Und Andrew bleibt reglos stehen, als hätte er Angst, es zu erschrecken, und er sieht einem kleinen Igel mit schrumpeligen dunkelgrauen Pfoten und beweglicher Schnauze zu, wie er über die gesprenkelten Betonplatten wackelt, zu was für einer Mischung aus toten Schnecken und Insekten Andrew auch immer in die Schüssel gefüllt hat. Mir geht das Herz auf, weil er den Igel gefüttert hat, bevor er das Wasser für sein eigenes Abendessen aufsetzte, obwohl er hungrig genug war, um Cornflakes zu essen. Es ist eiskalt draußen, und Andrew hat, noch bevor er ins Haus ging, den Igel gefüttert.

9

Am nächsten Tag fährt Andrew – wie ich ihn jetzt wohl nennen muss, obwohl ich immer noch finde, dass Caleb besser zu ihm passt – wieder zur Arbeit. Er reiht sich in die Pendlerschar ein. Kurz nach halb acht Uhr morgens kommt er am Bahnhof an, nimmt in seinem weit sitzenden Anzug rasch die Treppen zu Gleis sechs und wartet auf den Zug nach Stowmarket. Wo er wohl aussteigt: Whittlesea, March ... Bury St. Edmunds? Das wäre eine ziemliche Strecke. Bestimmt macht er irgendwas mit Buchhaltung oder EDV – er kommt mir eher tüchtig als kreativ vor. Er ist ein höflicher Pendler: tritt zurück, um Leute aussteigen zu lassen, lässt der Frau neben sich mit einer Geste den Vortritt. Obwohl es freie Sitzplätze gibt, bleibt er im Gepäckraum zwischen zwei Waggons stehen, zieht sein Handy aus der Anzugtasche und spielt unbekümmert darauf herum, für mich ein Hinweis, dass seine Strecke relativ kurz sein muss. Der Schaffner knallt die Türen zu, und Andrew steht noch da, vor aller Augen wie ein ganz normaler junger Mann auf dem Weg zur Arbeit.

Ich beobachte ihn durch das Türfenster, während der Zug auf die Abfahrt wartet. Er sieht aus wie jemand, der die täglichen Ärgernisse des Lebens einfach auf sich einprasseln und von sich abperlen lässt, wie Regentropfen von einer Wachstuchjacke. Man könnte meinen, seine größte Sorge sei, für welches Craft-Bier er sich im Pub entscheiden soll oder ob er am Samstag den Squashcourt zur besten Zeit reserviert bekommt. Nur ich allein weiß, dass ihn eine unglückliche Liebesgeschichte fast dazu gebracht hätte, sich vor den Zug zu werfen.

Das Ende von Andrews Zug schrumpft zu einem kleinen schwarzen Rechteck, dann einem Punkt, und weg ist es … Je öfter ich an die hagere, kreischende Ruth denke, desto weniger mag ich sie mit ihrem Geklammer und ihrem Gefühlsüberschuss. Offenbar lädt sie ihr eigenes Leid völlig gedankenlos auf ihn ab – und bringt ihn damit noch um.

Die ganze Woche sehe ich mir Andrews Tagesablauf, seine Routinen an. Offenbar macht er zu flexiblen Zeiten Feierabend, passiert aber allabendlich zügig die Bahnsteigsperren, völlig unverändert im Vergleich zu morgens. Äußerlich ist ihm keinerlei Müdigkeit anzusehen – wenn überhaupt, macht er einen entschlosseneren Eindruck, so als triumphiere er ein klein wenig, dass er wieder einen Tag geschafft hat. Soweit ich es erkennen kann, scheint vom Bahnhof nichts Abschreckendes mehr auf ihn auszustrahlen. Entweder er hat seine Dämonen besiegt, oder er will sich jetzt nicht mehr damit befassen.

Allerdings ist ihm anzusehen, was ihn seine Tapferkeit kostet. Ich glaube immer noch, dass ich helfen könnte, wenn ich nur eine Idee hätte, wie ich zu ihm durchdringen kann.

Da fällt mir ein, dass er bestimmt nicht erst seit gestern diesen Arbeitsweg hat – und doch habe ich ihn erst bemerkt, als er kurz nach der Tat des einen Mannes im Café saß, als hätte das mitanzusehen mein Wahrnehmungsvermögen geschärft und Andrews Unglück ihn von der Menge abgesetzt.

Da geht er nun also Tag für Tag durch die Sperren, trottet eine Treppe hoch und die nächste wieder runter zu Gleis sechs. Die ganze Woche sehe ich mir das an, und kein einziges Mal blickt er sich während des Wartens auf den 7.49-Uhr-Zug Richtung Stowmarket nach Gleis sieben um.

Jeden Tag, während er arbeitet, gehe ich auf Erkundungstour. Mir sind schließlich keine Grenzen mehr gesetzt. Ganz Peterborough steht mir offen.

Nachdem ich so lange im Bahnhof eingesperrt war, will ich im näheren Umfeld beginnen und den Radius meiner Welt nach und nach ausweiten. Ich fange mit dem Supermarkt Waitrose an.

Er ist riesengroß. Ich hatte vergessen, wie riesig. Als ich hineingehe, gegen Mittag, ist er fast leer, bis auf einige Frauen mit Kleinkind im Einkaufswagen und ein paar Rentnerpärchen. Gleich beim Reinkommen springen mich Zucker und Fett an. Seit wann gibt es Donuts in so vielen verschiedenen Geschmacksrichtungen: Zitronenglasur, Himbeerglasur, salzige Karamellglasur? Es sind nicht nur die Donuts. Ich klappere die Gänge ab. Eissoße gibt es mit Geschmack nach Buttertoffee, Belgischen Pralinen, Himbeercoulis und – meine Lieblingssorte – Alphonso-Mango, Passionsfrucht und Yuzu. Was ist eine Yuzu? Unterscheidet sich eine Alphonso-Mango maßgeblich von jeder anderen Mangosorte – will sagen, schmeckt sie tatsächlich anders, wenn sie mit Passionsfrüchten, Yuzus und einer Wagenladung Zucker abgefüllt wird? Und sagt Mrs. Barker, wenn ihr Mann, der Inspector, mit gewöhnlicher Mangosoße zu Hause ankommt: »Also wirklich, Peter, diese Mangosoße kann ich unmöglich auf mein Eis geben. Du weißt doch, ich mag nur Alphonso-Mangos«; oder vielleicht: »Wo sind meine Yuzus?«

Reis: Original-Basmati, brauner Basmati, weißer Basmati und Quinoa. Wildreis – der macht bestimmt weitaus mehr Spaß als einfacher Reis, und wenn man den wilden satthat, kann man immer noch zu aromatisch und locker-flockig zurückkehren. Neben den Reispackungen stehen die Päckchen mit Mikrowellenreis für die Leute, denen Reiskochen zu viel Umstände macht. Und daneben Päckchen mit etwas, das Blumen-Reis heißt, Reis aus Blumenkohl für die Leute, denen Reiskochen nicht nur zu umständlich ist, sondern die auch gar keinen Reis mögen.

Wann wurde dieses überwältigende Warenangebot erforderlich, von normal ganz zu schweigen? Für mich war es früher mal normal. Ich war früher eine Person, die durch solche Regalreihen schlenderte und sich nichts dabei dachte. Wie kommt es, dass man sich unserer leiblichen Bedürfnisse und Wünsche mit solcher Akribie und in schier endloser Vielfalt annimmt und es doch so schwer ist, Hilfe zu bekommen, wenn wir traurig sind? Wo ist das Supermarkt-Warenangebot dafür?

Hinter einem niedrigen Raumteiler, bestehend aus dem Zeitschriftenregal, liegt eine Kantine, leer bis auf ein einsames Rentnerpaar, das sich an den bodentiefen Fenstern gegenübersitzt. Beide haben auf dem Tisch vor sich die Tagessuppe, heute Mangold-Spinat, und schräg geschnittene Baguettescheiben. Wortlos bestreichen sie die mit Butter, ehe sie sich die grüne Suppe in die Münder löffeln, den Blick stur geradeaus, durch den anderen hindurch. Über ihren Köpfen dudelt leise Fahrstuhlmusik. Ich beobachte sie eine Weile und frage mich, ob sie sich wohl lieben oder hassen – oder vielleicht beides –, ob sie schweigen, weil sie sich zurzeit nur wütend anfauchen würden, oder ob sie einfach nur lieber in geselligem Schweigen gemütlich beieinandersitzen.

Dann gehe ich weiter, um mir meinen Verdacht hinsichtlich Möhren bestätigen zu lassen: Sie sind natürlich von einem noch knalligeren Orange, als ich in Erinnerung hatte.

Auf meinem Weg nach draußen mache ich einen Schlenker vorbei an der Salatbar, schaue der Reihe nach in die Salatbehälter und frage mich, warum in so vielen von ihnen Kidneybohnen sind.

Als Nächstes kommt das Queensgate Shoppingcenter dran, und zwar zuerst das Warenhaus John Lewis – ja, ich weiß, das lässt auf eine gewisse Fantasielosigkeit schließen, aber diese kleinen Ausflüge haben etwas unglaublich Spannendes, wenn man so lange darauf verzichten musste; das Banale kommt einem aufregend vor, wenn man lange davon ausgeschlossen war. Vielleicht kann ich nicht recht glauben, dass die Welt immer noch so ist, wie sie war. Meine Wirklichkeit gehört mir allein, und doch ist sie immer noch da, die alte Wirklichkeit, wie sie so vor sich hin trudelt, und es freut und kränkt mich gleichermaßen.

John Lewis erstreckt sich offenbar über weitaus mehr Etagen, als ich in Erinnerung hatte, und keine davon sieht nach Erdgeschoss aus. Ich schwebe rauf und runter, von einer Abteilung zur anderen. Hunderte von Lippenstiften an den Kosmetiktischen. Wie konnte ich mich je entscheiden? Und was soll überhaupt die ganze Sache mit unseren Mündern? Wie wichtig sie sind, die Münder von Frauen, meine ich – nicht weil wir sie zum Reden brauchen, so viel steht fest. Wenn wir uns die Lippen schminken, annoncieren wir Küsse, nicht Gespräche – dabei ist mir noch nie ein Mann begegnet, der Lippenstift küssen wollte. Lippenstift ist also ein Paradox, Einladung und Hemmnis zugleich. Kein Wunder, dass Männer manchmal so schwierig sein können – sie sind halt einfach unheimlich verwirrt. Wenn ich mir das so ansehe, bin ich richtig froh und erleichtert, wie einfach ich es jetzt habe: das reine Bewusstsein, einfacher geht's wirklich nicht.

In der Elektronikabteilung stehen riesige Fernseher in langen Reihen, alle mit derselben Aufnahme eines Wals, der gemächlich durch ein tief-, aber strahlend blaues Meer schwimmt. Der Wal sieht aus, als schwimme er schon ewig und habe noch unendlich viel Zeit vor sich, wie er sich träge im leuchtenden Wasser hin und her wendet. Er hält den Kopf etwas erhoben, als habe er die Hoffnung noch nicht aufgegeben, etwas Wichtiges zu erblicken. *Ich weiß, wie dir zumute ist, Kumpel*, sage ich innerlich zu dem Wal. Seine diversen Ausführungen wenden sich auf dem Bildschirm mir zu und nicken – langsam und anmutig bewegen sich die Riesenschädel auf und ab. Wir nehmen einander zur Kenntnis, der Wal und ich. Ich wünsche ihm alles Gute und ziehe weiter.

Danach gehe ich runter in die Schuhabteilung und treibe mich dort etwas rum, sehe zu, wie Frauen ihre Fersen in High Heels stecken, als probierten sie einen Traum von sich selbst an, in dem sie bewundert und begehrt werden. Hier muss ich nicht bleiben – ich könnte überallhin, und nach fast zwei Jahren Gefangenschaft gibt es so vieles zu erkunden. Ich beschließe, bei jedem Ausflug ein kleines Stück weiterzugehen, die Stadt auszukundschaften – früher oder später muss ja wohl irgendetwas oder irgendwer meinem Gedächtnis auf die Sprünge helfen.

Der einzige Ort, den ich meiden werde, ist das Parkhaus. Ich weiß, was auch immer dort drin ist, ist arglistig. Seltsam: Es gibt noch andere wie mich, aber das undefinierbare Geschöpf in dem Parkhaus unterscheidet sich von uns. Ein Gespenst ist die Vergangenheit eines Menschen, die in einer unendlichen Gegenwart feststeckt. Das graue Wesen auf Ebene sechs ist etwas anderes. Es fühlt sich mehr wie eine Vorwarnung an – eher eine böse Zukunft als eine unglückliche Vergangenheit; oder vielleicht beides.

Eines Tages schwebe ich, während das Licht schwindet, aus dem Queensgate Center raus auf den Cathedral Causeway und spaziere durch die Fußgängerzone zur Bridge Street. Es ist ein düsterer Novembertag, der Himmel ist mit einer dicken Wolkendecke verhangen, die an diese großen dicken Wattetücher erinnert, die man in Krankenhäusern bekommt – bei dem Gedanken spielt sich am Rande meiner Erinnerung ein Film ab, ich sehe mich selbst auf einem harten Bett auf dem Rücken liegen, den Kopf auf etwas Weichem, über mir ein weißer Plastikbogen, während ich in das Gerät geschoben werde und eine Stimme in meine Ohren sagt: »Wie geht es dir, Lisa? Alles gut? Denk dran, es wird ziemlich laut.«

Die Leute um mich herum haben es nicht eilig, daher nehme ich an, dass es nicht besonders kalt ist: Alle wirken ziellos. Selbst der abgemagerte braune Hund, der immer im Kreis um die Bänke in der Mitte der Fußgängerzone trottet, macht einen unentschiedenen Eindruck. Vielleicht sind sämtliche Einwohner von Peterborough verlorene Seelen; vielleicht enden irgendwann alle hier.

Vielleicht ist selbst der Hund eine Spukgestalt. Aber wenn das so ist, warum redet dann niemand mit mir?

Um meine These zu überprüfen, stelle ich mich direkt vor eine Frau, die aus der Buchhandlung WHSmith kommt. Sie ist Mitte vierzig. Ihr Haar ist frühzeitig weiß geworden und hängt ungebändigt in schulterlangen Locken herab – es steht ihr gut mit ihrem bräunlichen Teint und den großen dunklen Augen. Sie hat eine kleine randlose Brille auf, trägt eine schwarze Lederjacke. Ich beobachte sie, während sie auf mich zukommt. Mit ruhigem Gesichtsausdruck starrt sie vor sich hin. Mit einer Hand umklammert sie ihr Telefon; ohne es anzusehen, hält sie sich so daran fest, als fürchte sie zu fallen, wenn sie losließe. Ich lese ihre Gedanken, als sie durch mich hindurchgeht. *Wann ruft sie zurück?*

Ich drehe mich um und beobachte den Rücken der Frau, die sich leicht vorgeneigt rasch von mir entfernt, das Handy immer noch fest im Griff. Sie hat nichts gespürt, als sie durch mich durchging, nicht mal einen Schauder.

Ich biege um die Ecke und bin da. Die Weinstube liegt auf halbem Weg zur Linken, The New Place, »Der neue Laden«, ein Name, der bei der Eröffnung nach einer tollen Idee aussah. Ich kenne das Lokal. Ich drücke mich draußen rum und spähe durchs Fenster. Natürlich kann mich nichts davon abhalten reinzugehen, doch ich schaue lieber durchs Fenster, so wie ich Andrew lieber durch seine Schiebetür beobachtet habe. Hier bin ich schon öfter gewesen, das weiß ich.

Ist das ein Schuppen nach Andrews Geschmack? Würde ich ihn hier drin antreffen, wenn ich eines Abends vorbeikäme, mit Ruth, die beiden um ein rundes Ecktischchen hockend, wo sie ihm mit ernster Stimme ihre

Liebe haarklein auseinandersetzt und sich von seiner Ehrlichkeit und Vernunft vom Kurs abbringen lässt? Ich bin mir da nicht sicher. Es ist ein bisschen abgehoben, etwas überambitioniert. Andrew wirkt auf mich nicht wie so ein Yuppie-Typ, sondern bodenständiger, mehr der Mann vom Pub um die Ecke als einer, der Weinstuben frequentiert.

Und dann sehe ich: mich auf dem Boden an der Theke, auf dem Rücken, mit zuckenden Beinen, trommelnden Absätzen, und Matty neben mir, wie er sich hastig aus einem grauen Parka schält.

Während ich zur Ruhe und allmählich wieder zu Bewusstsein komme, faltet Matty den Parka und hebt behutsam mit einer Hand meinen Kopf an, um die Jacke darunterzuschieben. Die Leute im Umkreis starren mit Vollmondgesichtern auf mich herab, und Matty, der neben mir kniet, schaut zu ihnen hoch und sagt: »Nein danke, wirklich nicht nötig.«

Ich erinnere mich an meine körperlichen Empfindungen, als ich zu Bewusstsein kam, wie sich der Holzboden unter mir schwammig anfühlte, meine Beinmuskeln von oben bis unten schmerzten, lauter Sterne in meinem Kopf.

Wenn ich jetzt einen Körper hätte, würde ich beim Reingucken die Handflächen gegen die Glasscheibe pressen, während ich mein noch lebendes Selbst dort auf dem Boden sähe. Ich würde aufjaulen: *Lauf weg!*

Nach meinen Ausflügen lande ich immer wieder im Bahnhof. Er ist meine Pforte, meine Brücke von einer zur anderen Existenzform. Sind Pforten und Brücken normalerweise nicht in beide Richtungen begehbar?

Eines Morgens sehe ich, wie Dalmar nach einer weiteren Nachtschicht aus dem Bereitschaftsteambüro auf Bahnsteig eins kommt. Er passiert die Bahnsteigsperren in gleichmäßigem Tempo, langsam und unauffällig – für einen massigen Mann hat ers raus, wie man keinem je in die Quere kommt. Während er durch die Bahnhofshalle dem Ausgang zustrebt, kommt ein junger Kollege namens Bob gerade rein. Bob ist sehr klein und weißblond, mit dem fröhlichen Auftreten desjenigen, der in der Schule gehänselt wurde und seither allzeit bereit ist, sich mit Selbstironie gegen Aggressionen zur Wehr zu setzen. Er klatscht Dalmar mit einer Hand auf den Oberarm, und ich sehe, wie der sich beherrschen muss, um nicht zurückzuzucken.

»Hey, Alter«, sagt Bob.

»Guten Morgen, Bob«, entgegnet Dalmar höflich, dem wieder einfällt, wie er junge Männer ständig »Alter« zueinander sagen hörte, als er neu im Land war und sich dachte, in England würden aber viele Aldo heißen.

»Ab nach Hause?«, fragt Bob, obwohl es höchst unwahrscheinlich ist, dass Dalmar nach einer Nachtschicht woanders hinwill. Auch daran hat Dalmar sich gewöhnen müssen, wie gern die Engländer Fragen stellen, auf die die Antwort von vornherein feststeht oder unnötig ist. Irgendwie mag er diese Gewohnheit inzwischen, sieht ihre Vorzüge. Ein praktisches Ablenkungsmanöver.

»Ja …«

»Okay, hast du einen weiten Weg, musst du den Bus nehmen, heftiger Verkehr …« Bob rattert seine Fragen wie Aussagen runter. Der Verkehr wird kaum heftiger sein als an jedem anderen Tag, aber Verkehr ist wie Wetter, er gehört zum Harnisch.

»Nicht zu weit«, und ich spüre Dalmars Anspannung. »Bis dann.«

Er wendet sich ab. Interessant, denke ich, warum muss er ein Geheimnis um seine Adresse machen? Ich folge ihm.

Dalmar wendet sich zum Bahnhof raus nach links, doch anstatt Waitrose anzusteuern, dreht er rechts ab über den Parkplatz und auf das Brewery Tap zu. Ob er wohl zum Frühschoppen will? Doch er geht am Pub vorbei weiter und über die Bright Street, und da verstehe ich, warum er mit seinem Wohnsitz hinterm Berg hält. Weil er so nahe am Bahnhof wohnt. Die Straßen hier in der Gegend gelten als die finstere Ecke der Stadt. Früher hat hier mal die weiße Arbeiterschicht gewohnt, in Winzreihenhäusern, ursprünglich für Eisenbahner und Streckenarbeiter errichtet; meine Großeltern sind in der Russell Street aufgewachsen. Dann, in meiner Jugend, wurde es auf diese gedankenlos-rassistische Art mancher Leute »Pakiland« genannt. Dort hatte es ein paar Pubs gegeben, die Alkohol an Minderjährige ausschenkten. Einer meiner Mitschüler schaffte es, im Hen House an der Lincoln Road ganze drei Achtzehnter-Geburtstag-Partys zu feiern. Die meisten asiatischen Migrantenfamilien brachten es im Taxi- und Minicab-Geschäft zu etwas und zogen nach und nach in die Vororte, und jetzt wohnt dort ein Mix aus weißer Arbeiterschicht, Afrikanern und Osteuropäern. Hier tut sich ein Mikrokosmos jahrzehntelanger britischer Einwanderungsgeschichte auf. Natürlich ist es genau die Wohngegend für jemanden wie Dalmar, was er aus ebendiesem Grund vor seinen Kollegen nie zugeben wird.

Dalmar geht die Gladstone Street entlang. Zu dieser frühen Stunde ist es still. Die Häuser haben Erkerfenster, von deren Rahmen die Farbe abblättert, dazu meist leuchtend weiße PVC-Türen und alte Satellitenschüsseln. Dalmar geht an einem Haus mit verbarrikadierten Fenstern vorbei, die rissig-gezackten Glasstücke dahinter noch zu sehen, und bemerkt, dass ein Metallgitter über die Tür geschraubt wurde. Er denkt, dass auch dieses Haus mit der Zeit seine leuchtend weiße PVC-Tür bekommen wird, von der Sorte, die sich schwer eintreten lässt. In dieser Gegend wird viel mit Drogen gehandelt, da ist die Gefahr, dass einem wer die Tür eintritt, größer als die, auf der Straße überfallen zu werden – hier werden Häuser ausgeraubt, nicht Leute; Pech nur, wenn es sich bei den Bewohnern um eine ganz normale Familie aus Indien, Rumänien oder Sierra Leone handelt, die ihre Kinder großziehen will. Am Ende der Straße kommt er an dem einzigen ansprechenden Gebäude in diesem Viertel vorbei, der Moschee mit ihrer rot-goldenen Backsteinfassade und den großen grünen Fenstern. Im Vorübergehen neigt Dalmar den Kopf, und ich sehe etwas wie Beschämung in seiner Geste, als glaubte er, dieser Ort, diese Gemeinschaft stünde ihm nicht zu. Warum denkt er so etwas von sich?

Nach der Moschee biegt er rechts ein, dann an der Kreuzung links, und ein paar Häuser weiter schließt er mit einem kleinen Messingschlüssel an einem zusammengebundenen Stück Schnur, an dem noch ein silberfarbener Schlüssel hängt, eine der leuchtend weißen PVC-Türen auf. Wie rührend, dass er sich keinen Schlüsselring leisten kann – oder ihn, wenn er es kann, als unnötigen Luxus betrachtet, wo sich ein Stück Bindfaden, das er bei der Arbeit im Büro gefunden hat, ebenso gut durch die Löcher in den Schlüsseln fädeln und verknoten lässt.

Der Flur ist ein kleines Rechteck, vermutlich nachträglich eingebaut, um dieses winzige Vierzimmerhaus in vier einzeln vermietbare Zimmer umzuwandeln, zwei unten und zwei oben. Geradeaus geht es in ein kleines Treppenhaus, rechterhand sind zwei Türen. Dalmar wendet sich nach rechts und öffnet mit dem kleineren Silberschlüssel die Tür zum ehemaligen Wohnzimmer oder Salon.

Gar nicht mal so übel, sein Zimmer. Er hat das Erkerfenster; an der gegenüberliegenden Wand ein Einzelbett und einen kleinen Fernseher auf einem Tisch vor dem ehemaligen Kamin – die einzige Heizquelle, die ich sehe, ist ein kleiner Ölofen. An der anderen Wand steht ein alter billiger Kleiderschrank, die eine Tür offen – ich sehe auf den ersten Blick, dass diese Tür nie richtig schließt. Auf dem Kaminsims über dem Tisch ist ein kleiner Vorrat an Lebensmitteln aufgebaut: ein ungeöffnetes Schnittbrot, eine Schachtel Frühstücksflocken, drei Dosen Tomaten und eine Mehrfachpackung Thunfisch, in der zwei Dosen fehlen. Daneben steht ein lindgrüner Wasserkessel mit Rostkruste um den Boden. Vermutlich gibt es in einem Hinterzimmer eine Gemeinschaftsküche mit mehr Kochutensilien, aber die wird winzig sein und kein Ort, an dem man sein Essen gern unbeaufsichtigt lässt – oder gar nicht vorhanden. Schließlich wird der Eigentümer so viele Räume wie nur möglich vermieten wollen. Wahrscheinlich befindet sich irgendwo im ersten Stock ein kleines Bad, aber es sieht ganz nach einem solchen Haus aus, in dem ohne Weiteres jemand in der Badewanne schlafen könnte.

Alles in dem Zimmer ist sauber und ordentlich. Auf dem dünnen beigefarbenen Teppichboden sind zwar alte

Flecken, aber weder Krümel noch Staub zu sehen. Sosehr sich Dalmar mit seinem bescheidenen Gehalt auch einschränken muss, er hat sich nicht aufgegeben. Er geht zum Bett hinüber, setzt sich – für einen Sessel ist kein Platz – und lässt die Schultern hängen. Er schaut kummervoll drein.

Nach ein, zwei Minuten zieht er eine Tüte Kartoffelchips mit Thai-Hähnchen-Geschmack aus seiner großen Manteltasche. Er öffnet die Tüte und macht sich langsam und systematisch ans Verzehren, steckt sich die Chips mit einer Hand einen nach dem anderen in den Mund, ohne sich besonderen Genuss anmerken zu lassen. Irgendwann kommt die Hand leer aus der Tüte zurück. Er schaut runter, als wäre er überrascht, dass er aufgegessen hat. Chips erscheinen mir keine ausreichende Mahlzeit nach einer ganzen Nachtschicht zu sein, aber vielleicht ist es seine Lieblingssorte. Hoffentlich bekommt er noch etwas Anständiges in den Magen, ehe er sich zum Schlafen am Tag hinlegt.

Es klopft leise an der Tür. Dalmar schließt die Augen.

Es klopft wieder. Dalmar steht auf, faltet die Chipstüte ordentlich zusammen, lässt sie in den Metalleimer unter dem Tisch fallen, greift nach einem Geschirrtuch, das neben dem Fernseher liegt, und wischt sich damit die Hände, ehe er zur Tür geht.

Draußen steht eine Frau Mitte vierzig, die krausen braunen Haare mit grauen Strähnen durchsetzt und von einem Haargummi im Nacken zusammengehalten. Sie ist farblos, knochig, aber ihr Gesicht hat etwas Charakteristisches mit der hageren Nase, den schmalen Lippen und dem wachsamen Blick aus weit auseinanderstehenden Augen. Mir scheint, sie könnte aus Osteuropa oder dem Nahen Osten sein – etwas Undefinierbares haftet ihr an –, sie sieht für mich nach einer Frau aus, aus der eine Schönheit hätte werden können, wenn sie in irgendeiner Phase ihres Lebens Zugang zu Geldquellen gehabt hätte. So, wie die Dinge liegen, werden die Leute über sie als Kleinkind wohl gesagt haben: »Aus der wird mal ein Hingucker, wenn sie groß ist.« Während sie heute sagen: »Wetten, die war in ihrer Jugend ein heißer Feger.« Irgendwo dazwischen hat sie ihre Chance verpasst.

Die Frau streicht sich mit der rechten Hand eine krause Locke hinters Ohr, eine Geste, die auf Verlegenheit schließen lässt.

»Angela«, sagt Dalmar höflich. Das hört sich alles andere als begeistert an.

»Dalmar«, kontert Angela. Dann zögert sie, als müsse sie überlegen, warum sie überhaupt geklopft hat, oder als sei ihr die Botschaft, die sie überbringt, ein wenig peinlich. »Mr. Chadha hat angerufen, er muss Freitagmorgen hier rein. Möchten Sie mir Ihren Schlüssel dalassen, wenn Sie dann zur Arbeit müssen? Ich bin den ganzen Tag da?« Sie hat sich dieses lästige fragende Anheben der Stimme am Satzende angewöhnt, genau wie viele meiner Schülerinnen. Jugendlichen kann ich es nachsehen, aber an einer erwachsenen Frau finde ich es unmöglich. Warum sich unsicherer anhören, als man ist?

Ich sehe Dalmar zögern. Mr. Chadha – bestimmt der Vermieter – muss seine eigenen Nachschlüssel zu jedem Zimmer haben. Aber er will Angela nicht kränken, indem er ihr Angebot ausschlägt, und so kurzfristig kann er seine Schichten unmöglich umlegen, dass er am Freitagmorgen da ist. Dann hat er wieder Tagschicht.

»Okay, danke«, sagt Dalmar. »Sehr freundlich von Ihnen.«

»Ich rühr auch nichts an«, versichert Angela hastig.

»Nein, nein, natürlich nicht, ich hab nicht, ich hätte nicht gedacht …« Gibt Dalmar so übereifrig zur Antwort, dass das Gegenteil zu vermuten ist.

Angela wird rot, als sei sie gekränkt. »Gut, na dann …«, sagt sie und wendet sich halb ab, dann wieder um. »Wenn Sie natürlich lieber …«

»Nein, nein, das wäre toll, um welche Uhrzeit soll ich …?«

»Ach, klopfen Sie einfach irgendwann nach sieben Uhr morgens«, sagt sie und lacht unvermittelt auf. »Dann bin ich angezogen!«

Jetzt wird es Dalmar so peinlich, dass er ihr die Tür vor der Nase zumacht. Er geht von der Tür zum Tisch, nimmt die Fernbedienung in die Hand, schaltet den Fernseher an – eine Frau, die sich in Nahaufnahme sehr energisch die Zähne putzt –, schaltet ihn gleich wieder aus, geht zum Bett zurück und setzt sich, den Oberkörper mit angewinkelten Armen abgestützt, den Kopf an die Wand gelehnt. Er bewegt den Kopf nur einen Zentimeter nach vorn und lässt ihn so zurückplumpsen, dass er sich selbst eine kleine Kopfnuss verpasst, als würde er sich für seine eigene Unbeholfenheit, Dummheit strafen, dafür, dass er die Frauen nach zwölf Jahren in diesem eiskalten grauen Land immer noch unmöglich findet – wie die sich aufführen, das würde sich nicht mal die allerdreisteste in seiner alten Heimat herausnehmen, und wie schnell sie dann sauer werden, wenn man sie beim Wort nimmt. Damit kann er einfach nichts anfangen.

Mit seinen Arbeitskollegen hat er ziemlich erfolgreich

unverbindliche Bekanntschaften geknüpft, hat gelernt, ihre Sprachmuster und Gesten nachzuahmen. Samstags geht er zum Markt, und einmal im Monat hilft er beim Gärtnern in einem Altenpflegeheim, um der Gemeinde etwas zurückzugeben. Aber mit den Frauen kann er immer noch nicht reden.

Wobei, das stimmt nicht ganz. In London hatte er eine kurze Zeit lang eine Freundin, eine zehn Jahre jüngere Weiße, die er im Arbeitsamt kennengelernt hatte. Sie hieß Susan, und sie gingen ein paar Monate lang miteinander – na ja, gingen trifft es nicht ganz, sie gingen ja nie irgendwohin, weil sie beide abgebrannt waren. Sie blieben in seinem Hostelzimmer, das diesem, in dem er jetzt wohnt, ähnelte. Zu ihr gingen sie nie, weil sie bei einer Freundin auf dem Sofa übernachtete, die offenbar einen Haufen Kinder hatte. Er war dankbar für den Sex und sie anscheinend auch, obwohl sie hinterher oft weinte und ihm nicht sagen wollte, was los war. Geredet hatten sie allerdings nicht viel, und er hatte genug von ihr bekommen, vor allem davon, wie wichtig es ihr vorkam, dass sie noch nie zuvor mit einem Schwarzen und er noch nie mit einer Weißen geschlafen hatte, als ob es in ihrer Beziehung nur darum ginge; er hatte es satt, dass sie nicht mal zusammen fernsehen konnten, ohne dass sie ihm erzählte, wie schlimm sie es fand, dass manche Leute Rassisten waren, und dass sie kein Problem mit den Migranten habe.

Als sie das erste Mal miteinander geschlafen hatten und danach nebeneinanderlagen, hob sie seine Hand von seiner Brust ab und hielt sie hoch, und er wusste, dass sie seine Handfläche betrachtete, die unterschiedliche Pigmentierung der Falten und weichen Fleischpolster, und dachte sich, dass er ihr das vielleicht verzeihen würde; doch dann ertappte er sie immer mal wieder dabei, wie sie ihn im Bett musterte, manchmal wenn sie sich beide schlafend stellten, und ärgerte sich, was für ein Gewese sie darum machte. Da mochte er sie immer weniger, was mit der Zeit an seiner Selbstachtung als Mann nagte: mit einer Frau zu schlafen, aus der er sich eigentlich nichts machte, nur weil er ab und zu einen anderen Körper an seinem spüren wollte. Es ging ihm gegen die Ehre. Er hatte damit gerechnet, dass sie weinen würde, als er Schluss machte, doch stattdessen setzte sie ein gefasstes Gesicht auf und sagte leise, sie verstünde. Sie sagte, sie habe leicht reden, dass es auf die Unterschiede zwischen ihnen nicht ankäme, sie sähe ja, dass es für ihn nicht okay sei, und vielleicht werde er nie wirklich eine Frau lieben, die nicht seinen Hintergrund habe. Da hätte er sie am liebsten gegen die Wand geknallt, doch er ließ es und bedankte sich für ihr Verständnis, auch wenn sie komplett danebenlag.

Und das war alles. Einmal wäre er fast zu einer Prostituierten gegangen, so verzweifelt war ihm an seinem Tiefpunkt zumute gewesen, aber der Gedanke, wie sehr er sich hinterher dafür hassen würde, hielt ihn davon ab. Natürlich gab es immer noch Pornos – davon waren die jungen Männer im Hostel alle besessen –, doch da machte er lieber die Augen zu und dachte an zu Hause, an Aasiya, die er geliebt hatte, und Najimo, die er nicht geliebt, mit der er aber den besten Sex überhaupt gehabt hatte, weil es verboten gewesen war – es war wie Shushumow frisch aus der Pfanne knuspern, kross, heiß und zuckrig, als stopfte man sich den ganzen Mund damit voll, gierig –, und beiden Frauen war gemein, dass sie sich in seinen

Armen so weich, so gut angefühlt hatten. Najimo, wie laut die gewesen war, mit ihrem wiehernden Lachen, aber in seinen Armen war sie dahingeschmolzen. Manchmal konnte einem die Vergangenheit reichen, verglichen mit den Enttäuschungen der Gegenwart.

Da schließt Dalmar die Augen, lehnt seinen Kopf an die Wand zurück und lässt die Erinnerungen wie einen alten Kinofilm, der sich abnutzt, durch seinen Kopf laufen; die Bewegungen der Leute darin werden allmählich ruckelig, die Farben der Landschaft immer ausgeblichener von Hitze und Sonne. Eines Tages, denkt er, wird nichts mehr davon übrig sein. Das war das Dumme beim Ansehen. Wenn man zu genau hinsah, entdeckte man entweder das wahre Wesen der Dinge – oder sie verschwanden ganz. Dalmar schläft auf dem Bett ein, obwohl er noch Schuhe und Jacke an und noch nicht mal die Vorhänge zugezogen hat.

Es stimmt mich traurig, ihn so unbedacht einnicken zu sehen. Hoffentlich steht er noch mal auf, zieht sich aus und die Vorhänge zu und geht richtig ins Bett, bevor er in tiefen Schlaf fällt. Mir gefällt die Vorstellung gar nicht, dass er ein, zwei Stunden in all seinen Klamotten unruhig vor sich hin döst, dann aufwacht und merkt, dass er allein ist. Wenn er mit einer wie Angela zusammen wäre, würde sie ihm sagen: »Schlaf jetzt nicht ein, du Dussel, sonst geht's dir nachher mies. Zieh die Schuhe aus und leg dich ins Bett.«

Ist es nicht komisch? Wenn wir eine Person haben, die uns so was sagt, ärgern wir uns über sie. Wir grummeln sie an. Wir haben ja keine Ahnung, wie sehr uns so eine Person fehlen würde, die ein bisschen an uns rummeckert, wenn es sie nicht gäbe – Ärger ist eine Spielart der Liebe und Liebe das Saatbeet, in dem er gedeiht. Wenn uns die Person egal wäre, würden wir uns nicht über sie ärgern.

Was gäbe ich darum, am Küchentisch meiner Eltern sitzen zu können und mir mit verdrehten Augen die gleichen nervtötenden Sprüche anhören zu müssen, die sie seit Jahrzehnten von sich geben – lieber Himmel, was sind sie mir auf die Nerven gegangen –, und während ich Dalmar beim Einschlafen zusehe und daran denke, wie sehr ich mich über meine Eltern geärgert habe, fällt es mir wieder ein, durch ihn, mein Leben nämlich, in Gänze: meine Eltern, mein Freundeskreis, meine Arbeit, meine Wohnung – alles.

Wo fange ich an? Damit, wie ich angefangen habe.

VIERTER TEIL

10

Es gibt ein Foto von meinen Eltern und mir, zu dritt zusammen in irgendeinem Urlaub – wo, weiß ich nicht mehr, und ich bin mir auch nicht sicher, wie alt ich damals war. Ich sehe aus wie in dieser Phase zwischen Baby und Kleinkind, ein unförmiger Klopper von einem Kind, das bald laufen lernen wird, bis dahin vorerst noch wabbelige Speckröllchen an sämtlichen Gliedmaßen und um Hals und Nacken hat. Zeit meines Lebens hatte ich ein paar solche kleinen Dickerchen auf dem Arm. Sie sind daunenweich, aber schwer wie ein Klotz.

Wir sind auf irgendeinem Feld, das nach freier Natur aussieht, oben vage Wölkchen über dem tiefblauen Himmel, unten langes windgepeitschtes Gras. Meine Eltern stehen da, und mein Vater trägt mich mit dem Gesicht nach vorn, sodass wir alle in die Kamera schauen, die vermutlich auf einer Mauer oder einem Zaun aufgebaut ist, mit Selbstauslöser, einer von denen, die surren und klicken – nach dem damaligen Stand der Technik. Trotz Wind sieht es nach einem heißen Tag aus. Meine Mutter trägt ein leichtes Sommerkleid und Halbschuhe mit Söckchen, mein Vater lange Hosen und ein Hemd mit aufgekrempelten Ärmeln. Ich stecke in einem kuriosen Strickensemble, Hose mit passendem Jäckchen – bestimmt von einer älteren Verwandten erstanden oder angefertigt. Ich möchte mir lieber nicht vorstellen, meine Mutter hätte gutes Geld dafür ausgegeben. Das Farbfoto muss um 1980 herum entstanden sein, könnte aber in Schwarz-Weiß ebenso gut aus den Fünfziger-, Vierziger-, ja sogar Dreißigerjahren sein. Wir sind ein zeitloses Trio.

10

Es gibt ein Foto von meinen Eltern und mir, zu dritt zusammen in irgendeinem Urlaub – wo, weiß ich nicht mehr, und ich bin mir auch nicht sicher, wie alt ich damals war. Ich sehe aus wie in dieser Phase zwischen Baby und Kleinkind, ein unförmiger Klopper von einem Kind, das bald laufen lernen wird, bis dahin vorerst noch wabbelige Speckröllchen an sämtlichen Gliedmaßen und um Hals und Nacken hat. Zeit meines Lebens hatte ich ein paar solche kleinen Dickerchen auf dem Arm. Sie sind daunenweich, aber schwer wie ein Klotz.

Wir sind auf irgendeinem Feld, das nach freier Natur aussieht; oben jagen Wolken über den tiefblauen Himmel, unten langes windgepeitschtes Gras. Meine Eltern stehen da, und mein Vater trägt mich mit dem Gesicht nach vorn, sodass wir alle in die Kamera schauen, die vermutlich auf einer Mauer oder einem Zaun aufgebaut ist, mit Selbstauslöser, einer von denen, die surren und klicken – nach dem damaligen Stand der Technik. Trotz Wind sieht es nach einem heißen Tag aus. Meine Mutter trägt ein leichtes Sommerkleid und Halbschuhe mit Söckchen, mein Vater lange Hosen und ein Hemd mit aufgekrempelten Ärmeln. Ich stecke in einem kuriosen Strickkostüm, Hose mit passendem Jäckchen – bestimmt von einer älteren Verwandten erstanden oder angefertigt. Ich möchte mir lieber nicht vorstellen, meine Mutter hätte gutes Geld dafür ausgegeben. Das Farbfoto muss um 1980 herum entstanden sein, könnte aber in Schwarz-Weiß ebenso gut aus den Fünfziger-, Vierziger-, ja sogar Dreißigerjahren sein. Wir sind ein zeitloses Trio.

Mein Vater hält mich, trägt auf einem starken Unterarm mein Gewicht und hat den anderen um meinen Bauch gelegt. Er kippt mich nach vorn, damit ich in die Kamera lache. Ich recke mich nach meiner Mutter und lange mit einem Patschehändchen nach ihrem Gesicht. Sie sieht mich mit strahlenden Augen an. Der Wind fährt uns allen dreien in die Haare. Obwohl wir im Bild festgehalten sind, steckt es voller Bewegung – unser im Augenblick eingefangenes Stillhalten trägt Bewegtheit in sich. Würde man dieses Fotos etwas länger betrachten, es genau untersuchen, es würde einem alles Wissenswerte über unser kleines Familiendreieck verraten.

Wahrscheinlich hätte ich meine Eltern verstanden, wenn ich im Lauf meines Lebens Kinder bekommen hätte, und wäre dahintergestiegen, wieso sie im Alltag so anstrengend auf mich wirken konnten und sich all die vielen Jahre des Ärgerns am Ende doch zu Jahren der Liebe summierten.

Eines Tages waren meine Mutter und ich in der Küche. Ich war noch jung genug, um auf der Arbeitsplatte zu sitzen, baumelte mit den Beinen und trommelte mit den kleinen Fersen gegen die Schranktüren darunter.

»Lass das, Schätzchen«, sagte sie.

»Warum?«, fragte ich. Ich lutschte an zwei Fingern, die ich aus dem Mund nehmen musste, um die Frage zu stellen. Gleich danach kamen sie wieder rein.

Meine Mutter stand an der Spüle, beide Arme verkürzt von Spülmittelschaum, und drehte und wendete mit dumpfem Schwappen eine Auflaufform aus Jenaer Glas. Das Wasser muss sehr heiß gewesen sein, weil Dampf daraus aufstieg. Erinnere ich mich wirklich daran? Da war ich doch noch so jung.

»Mum hat Kopfweh. Es stört mich ein bisschen«, sagte Mum. (Ich weiß noch genau, Mum, nicht Mummy, also war ich vielleicht älter als gedacht.)

»Stör ich dich?«, fragte ich versonnen und ganz zufrieden. Es war eine philosophische Frage.

»Nein, Schätzchen.« Das sanfte Lächeln meiner Mutter: Darin war sie gut.

»Aber ich mach dich müde.« Als sie mich am Vorabend ins Bett gebracht und ich sie angebettelt hatte, im Zimmer zu bleiben, hatte sie geantwortet: »Ach, Lisa, jetzt ist Schlafenszeit, Mummy ist müde …« Darauf zu bestehen, dass *ich* einschlafen sollte, weil *sie* müde war, war wieder mal ein typisches Beispiel mangelhafter Logik. Erwachsene! Mit denen konnte man einfach nicht vernünftig reden.

»Na ja«, sagte sie und wendete weiter die gläserne Auflaufform unter Wasser, sodass diese ab und zu den Schaum durchstieß wie ein Wal, der an die Meeresoberfläche kommt. »Es liegt wirklich nicht an dir, aber manchmal ist Muttersein halt ermüdend.«

»Es dauert lange.« Damit meinte ich, dass sie ewig lange Mutter sein würde, genau genommen meine Mutter, und ich immer ihr Kind. Ich konnte mir nicht vorstellen, jemals erwachsen zu werden – das war genauso undenkbar, wie mich in eine Fee oder Eidechse zu verwandeln. Keins von beidem kam mir sehr viel wahrscheinlicher vor als die Aussicht, je im Leben ein Geschöpf wie mein Vater oder meine Mutter zu werden.

Meine Mutter lächelte wieder. »Eins ist komisch«, sagte sie, »wenn man eine Mummy ist: Die Tage vergehen langsam, aber die Jahre rasend schnell.«

Das, dachte ich, war genau so ein Quatsch, wie Erwachsene ihn gerne von sich gaben.

Sie ging zu Boden. Es geschah ganz undramatisch – sie ließ sich einfach fallen, ohne Aufhebens oder Vorankündigung –, im einen Moment stand sie neben mir, die Hände im heißen Wasser mit Spülmittelschaum, im nächsten lag sie auf dem Boden.

Es war nicht das erste Mal, und ich wusste, was zu tun war. »Dad!!!!« Meine Stimme kam als kurzes hohes Kreischen raus, ein unüberhörbarer Schrei nach Aufmerksamkeit. Es war ein Samstag, und mein Vater war im Garten. Ich konnte ihn durch die offene Hintertür sehen.

»Dad!!! Mummy ist *hin*gefallen!«

Er stutzte kurz und verarbeitete mit offenem Mund die Neuigkeit, ehe er den Weg hochgerannt kam.

Eine meiner Schulfreundinnen, Assia, war die Erste, die ein Kind bekam. »Mensch, Lisa«, sagte sie, als ich sie besuchte, um mir sie und ihr neugeborenes Töchterchen anzusehen – ein winziges zerknautschtes Würmchen, so rot, dass es schon fast lila aussah, erbost, auf die Welt gebracht worden zu sein –, »du machst dir keine Vorstellung. Ganz ehrlich, wenn du erst selber ein Kind hast, verzeihst du deinen Eltern *alles*.«

Das hörte sich in meinen Ohren etwas dick aufgetragen an, aber wie konnte ich mir ein Urteil anmaßen?

Wir saßen auf Assias Sofa. Sie hatte einen Sitzring untergelegt, den sie im Krankenhaus bekommen hatte. Ihr Gesicht war verquollen und von der ganz feinen Schweißschicht überzogen, die von Schmerzen, nicht von Hitze herrührt. Das zerknautschte Würmchen in ihren Armen gab ein quietschendes Hicksen von sich. Assia, das Gesicht zur Grimasse verzogen, rüttelte es in beiden Armen auf und ab. Es war aufreibend, meine Freundin mit ihrem Baby auch nur anzusehen – das Quietschen, das Rütteln, das Grimassieren. Offenkundig war es für beide eine gewaltige Anstrengung, am Leben zu sein.

Ich war erst zehn Minuten da und hatte noch den Mantel an. Ich stellte ihr ein paar höfliche Fragen nach der Geburt – wie sie gewesen sei? Assia antwortete ausgiebig, kein anatomisches Detail auslassend. Dann sagte sie: »Ach was soll's, und wie geht's dir?«

Ich legte los mit einer Anekdote über ein paar Zehntklässlerinnen, die beinahe das Chemielabor abgefackelt hatten, wusste aber, dass sie mir nicht zuhörte. Ich überlegte, ob ich wohl aufstehen, aus dem Mantel schlüpfen und ihr anbieten sollte, eine Tasse Tee oder Kaffee zu machen, da sie Schmerzen hatte und erschöpft war. Wahrscheinlich schon, dachte ich. Das Geschenk mit Karte, das ich mitgebracht hatte, lag noch eingepackt auf einem Beistelltischchen. Immerhin hatten wir da noch etwas vor uns.

Assia hielt den Blick beim Sprechen auf ihr Baby gesenkt. »Sei mir nicht böse, Lis, aber kannst du in ungefähr fünf Minuten gehen?«

Mir war nicht gleich klar, was sie meinte, bis mir aufging, dass sie mich hinauskomplimentierte. »Natürlich, kein Problem«, sagte ich und stand auf, »ich kann jetzt gehen.« Ich erwartete, von ihr zu hören: Sorry, nein, setz dich wieder, erzähl mir mehr aus deinem Leben.

Stattdessen sagte sie: »Danke. Du wirst es verstehen, wenn du dran bist, echt, sorry, aber du wirst schon sehen.«

So wie die Dinge lagen, spaltete sich meine Jahrgangstruppe ab Anfang bis Ende zwanzig in zwei Lager: die mit Kindern und die ohne. Die zweite Gruppe fand die erste selbstgefällig, die erste die zweite oberflächlich – die Wahrheit war weniger fest umgrenzt, durchlässiger. In der zweiten Gruppe gab es Paare mit verzweifeltem Kinderwunsch. Wenn wir uns alle zum Grillen oder Picknicken trafen, starrten sie die Babys an wie entsicherte Handgranaten. In der ersten Gruppe gab es Väter und manchmal auch Mütter, die auch mal eine Nacht mit den Kinderlosen durch die Clubs zogen und sich wilder aufführten denn je, bevor sie Eltern wurden, auf der Tanzfläche windmühlenartig mit den Armen ruderten und Signale all dessen aussendeten, was sie sich und anderen beweisen mussten.

Mit den Hochzeiten im Freundeskreis hatte es angefangen, da war ich Mitte zwanzig, es erreichte seinen Höhepunkt mit siebenundzwanzig, achtundzwanzig und flaute dann allmählich ab, mit gelegentlich hinterherhinkenden entfernteren Bekannten. Die Ehe veränderte manche meiner Freundinnen, besonders die Frühverheirateten. Eben waren sie noch Teenager gewesen, so mein Eindruck, meine Gefährtinnen im Mädchenland, dann brauchte ich nur einmal zu blinzeln, und schon waren sie Frauen. Ich neidete ihnen ihre Verwandlung nicht, hatte nur ein etwas mulmiges Gefühl, dass ich vielleicht auch eines Tages eine Frau werden sollte. Vielleicht. Nichts überstürzen.

Die Erste war Virginia; sie heiratete einen Börsenmakler in der Londoner City, Alex oder so ähnlich. Virginia und ich waren eine Zeit lang auf der King's School im Schulorchester gewesen, wo ich sehr schlecht Flöte und sie ziemlich gut Oboe gespielt hatte. Ihre Eltern waren allerdings auch nicht wohlsituierter als meine – sie wohnte um die Ecke von mir in Dogsthorpe und kam wie ich aus einer Arbeiterfamilie mit dem Ehrgeiz, das Kind in die Mittelschicht aufsteigen zu sehen. Nach den Orchesterproben gingen wir zusammen nach Hause, obwohl wir uns eigentlich nicht viel zu sagen hatten. Sie war still, sanft, mit mittelbraunem Haar in diffusen Stufen – ein Schnitt, den sie sich anscheinend in all den Jahren, die ich sie kannte, rauswachsen ließ. Klar, ich mochte sie, aber cool war sie nicht. Wenn man von mir verlangt hätte, ihre Zukunft vorauszusagen, hätte ich auf Bibliothekarin getippt oder Angestellte einer Bausparkasse – oder vielleicht Sachbearbeiterin im Wohnungsamt.

Nicht zuletzt in finanzieller Hinsicht verbesserte sie sich jedenfalls durch ihre Heirat. Die Hochzeit war offenbar ein ganz großes Event, in einer Kapelle in der Londoner City, mit Empfang auf einem Themse-Schiff, alles spendiert von seiner Familie. Ich war eingeladen, sagte aber ab. Ich war fünfundzwanzig, noch neu im Beruf, und wohnte nolens volens bei meinen Eltern, eine Situation, die ich mir für die paar Monate nach dem Studienabschluss vorgestellt hatte und aus der locker mal eben ein paar Jahre geworden waren. Meine daraus resultierende Unselbstständigkeit und Trägheit konnte ich nur damit rechtfertigen, dass ich jeden Penny für die Anzahlung auf meine eigene Wohnung zurücklegte. Eine Hochzeit in London hieß Zugtickets hin und zurück, ein schickes Outfit und eine Nacht im Hotel – von einem angemessen großzügigen Geschenk ganz zu schweigen. Es war einfach nicht drin.

So kam es, dass ich die frisch vermählte Virginia mit ihrem Mann erst ein Jahr darauf wiedersah, auf der

Hochzeit einer anderen Freundin, drüben in Yaxley. Ich wartete in einem Grüppchen vor der Kirche St. Peter, da fuhren Virginia und Alex in einem Jaguar vor. Alles drehte sich nach ihnen um. Als sie aus dem Auto stiegen, sagte eine Frau ganz in meiner Nähe ungläubig: »Ist das *Virginia*?«

Virginia schritt auf uns zu, strahlend, stylish und schlank, in einem legeren Seiden-Shiftkleid, dunkelgrau, und Slingpumps mit niedrigen Absätzen, das kurze blonde Haar hinter die Ohren gekämmt, an denen zwei große Gehänge baumelten. Wir anderen trugen Hüte – und mir war sofort klar, dass die anderen genau wie ich merkten: Unsere Hüte waren ordinär und affig, wenn nicht gar lächerlich.

Während Virginia lächelnd auf uns zukam, breitete sie die langen schlanken Arme aus, und mir fiel die hübsche gelbe Clutch auf, die an einem schmalen Riemen von ihrem Handgelenk baumelte – genau die Handtasche, die Smartphone, Kreditkarte, vielleicht einen Lipliner und ein Tübchen Lipgloss enthält, mehr nicht. Ich hätte mich für eine Handtasche entschieden, die zu Kleid und Schuhen passte, doch auch das wäre falsch gewesen – im Nu ging mir das Falsche all meiner Entscheidungen auf. Blitzartig traf mich die Erkenntnis, dass Handtaschen entweder sehr klein oder sehr groß sein sollten und dass die mittelgroße an meiner Schulter mit Zeugs wie Geldbörse, Schminktäschchen, einer Ersatzstrumpfhose und Papiertaschentüchern so lächerlich war wie mein Hut. Virginia kam immer noch lächelnd auf mich zu und umarmte mich wortlos zur Begrüßung, umweht von einem Hauch Zitrusduft. Ihre Umarmung war herzlich, und mir fiel wieder ein, dass ich sie immer gemocht hatte, dass sie sich in der Schule nie zu einer der Cliquen oder den Lästerschwestern gesellt hatte. Ungefähr so musste es sein, wenn man von einem unbedeutenderen Mitglied des Königshauses begrüßt wurde und zu seiner eigenen Überraschung feststellte, um was für eine nette Person es sich dabei handelte.

Ihr Mann Alex kam hinter ihr den Weg hoch, flotten Schrittes, und checkte, ganz dem Klischee entsprechend, unterwegs sein Mobiltelefon. Ich war auf den ersten Blick gegen ihn – dieser arrogante Schnösel in seinem schicken Maßanzug und den hochglanzgewienerten Schuhen. Beim Empfang fiel mir auf, dass er die Brautjungfern nicht aus den Augen lassen konnte, bildschöne vierzehnjährige Zwillinge mit Blumen im Haar. Ich war nicht die Einzige, die es bemerkte – und Virginia wurde selbst so langsam etwas gereizt.

Irgendwann musste ich mal an die Luft, trat aus dem Festsaal an der Hauptstraße – das hier war nun mal keine Hochzeit in der Londoner City – dorthin, wo die Raucher standen, und kam mit einer anderen Freundin ins Gespräch, Charlene. »Gott, hast du gesehen, wie er Orla praktisch ins Dekolleté gefallen ist?«, sagte Charlene. »Virginia ist doch so umwerfend, warum bleibt sie an dem Typen kleben?« Wir kicherten miteinander, wussten aber natürlich die Antwort und überspielten mit unserem Gekicher Neid und Heuchelei. Charlene trug einen Hosenanzug, vermutlich von Next oder H&M. Ich ein lila Kleid von Marks & Spencer, von dem ich hoffte, dass es nicht wie ein lila Kleid von Marks & Spencer aussah. Wie gerne hätten wir beide eine Garderobe gehabt, die unserer Jugend, unserem Aussehen gemäß gewesen wäre, konnten uns das aber unmöglich leisten – zumindest zeitweilig hätten wir uns mit Alex arrangiert, wenn wir dafür Virginias Seiden-Shiftkleid und diese Ohrringe bekommen hätten, die aussahen wie mal eben in letzter Minute aus einer Holzkiste gegrabbelt. Und, na ja, auch wenn Alex vor anderen Leuten ein bisschen wie ein Arsch rüberkam, war er vielleicht hinter verschlossenen Türen ein Charmebolzen. Wusste man's?

Ich weiß noch, wie ich dachte: Wir schließen doch alle solche Deals ab. Was für ein Leben werde ich mit diesem Menschen führen? Schließlich sind alle Beziehungen ein Balanceakt, bei dem jeder am anderen Ende einer Wippe hockt. Dein Mann schnarcht. Deine Frau lässt nasse Handtücher auf dem Boden rumliegen. Aber er bringt dir jeden Morgen den Tee ans Bett. Sie ist eine tolle Köchin. Alle Bündnisse, Verträge, Partnerschaften haben ihre Vor- und Nachteile, ihre Abogebühren.

Als ich Matty am Eingang zur Unfallchirurgie der städtischen Poliklinik begegnet bin, mit dem schimpfenden Wachmann und der Vorwarnungskatze, war ich fünfunddreißig und er einunddreißig. Ich war Lehrerin, er Arzt. Wie sich herausstellte, mochten wir beide Kino und italienisches Essen, waren beide noch nie in Venedig gewesen und wollten wirklich gern hin. Beide fanden wir Leute langweilig, die von ihren Weizen- oder Kuhmilchallergien schwafelten. Wir waren beide nicht auf Facebook – er drückte sich vor seinen Patienten, ich mich vor meinen Schülerinnen – und tauschten uns darüber aus, wie unsere Freunde uns deshalb nervten, weil sie es einfach nicht verstanden. Mir hatte es die weiße Strähne an seiner linken Schläfe angetan, ein schmaler Dachsstreifen im Kontrast zum dunklen Haar; er sagte, er sei sich unschlüssig, ob meine Augen grün oder braun seien, und müsse sie sich noch sehr viel länger ansehen, um sich entscheiden zu können. Das ist nun mal das Paradox bei körperlicher Anziehung: wie universell unsere Gedanken genau an dem Punkt sind, wenn sie uns besonders individuell erscheinen.

Bei unserem ersten Date in dem Restaurant, das unser Lieblingsitaliener werden sollte, fütterte er mich mit seiner Gabel. Als ich über etwas redete, legte er mir mitten im Satz eine Hand auf den linken Oberarm und sagte: »Ich liebe deine Schultern, sie sind sehr elegant.«

Ich schwieg. Wie die meisten Frauen hatte ich nie gelernt, ein Kompliment anders als selbstironisch anzunehmen.

»Noch dazu hast du auf jeder Körperseite eine«, fuhr er fort und wandte sich wieder seinem Essen zu, »wie schlau von dir.«

»Ja, wenn ich eins bin, dann symmetrisch«, gab ich zurück, und er warf mir einen Blick zu, als sei ich das geistreichste Geschöpf der Welt.

Er wollte gleich meinen Freundeskreis kennenlernen. Er sagte, er wolle wissen, wie ich ticke.

Meine Leute – womit ich die Freundinnen in meinem Bekanntenkreis meine – waren absolut begeistert, wie sie mir ständig versicherten. Bei allen anderen war es nur eine Frage der Zeit.

Nicht lange nachdem Matty und ich zusammengekommen waren, führten Rosaria und ich ein Telefongespräch. Ich ging gerade zur Schule. Ich war früh aufgebrochen, weil es ein schöner Tag war, an dem ich es mir leisten konnte, unterwegs zu quatschen, zu trödeln. Rosaria war an einer Bushaltestelle. Sie arbeitete als Catering-Managerin einer Pharmafirma drüben im Gewerbepark von Orton.

Es war Montagmorgen. Sie hatte mich für ein Update angerufen. Ist das nicht mit das Beste an einem neuen Flirt oder einer Beziehung, seiner besten Freundin davon zu berichten? Später kommt die Phase, in der sich die Loyalitäten verschieben und es einem nicht ganz richtig erscheint, hinter seinem Rücken über ihn zu reden; aber zu diesem Zeitpunkt, als Mattys Stellenwert in meinem Leben noch so unklar war, hatte ich keine Hemmungen, munter drauflos vom Leder zu ziehen.

Ich hatte ihr erzählt, dass Matty und ich im Kino gewesen und dann zu mir gegangen waren und uns eine Flasche Wein geteilt hatten. »Und, was weiter …?«

»Rosie!«

»Nein, was weiter?«, verlangte sie mit vergnügt kreischender Stimme, und ich stellte mir vor, wie die anderen Leute an der Haltestelle sie ansahen. Bei Rosaria war alles ungefiltert – bei einem Glas Wein unter vier Augen verhielt sie sich haargenau so wie in einer Schlange beim Warten auf den 20er-Bus nach Orton Southgate. »Sag's mir, sag's mir jetzt!«

»Tja, also wenn du so fragst, ja …«

»Und?«

»Was, *und*?«

»Und wie war's?«

Ich legte eine Kunstpause ein. Ich war von der Thorpe Road abgebogen. Die Vögel sangen. »Fantastisch …«

Ein Kreischen von ihr. Ich schnitt genüsslich auf, und ihr gefiel, dass ich es genoss.

»Ach na ja, weißt du, er ist Arzt. Sagen wir einfach, er bringt gewisse anatomische Vorkenntnisse mit …« Das war keine Übertreibung.

Wir brachen in einiges Kichern und Prusten aus, die reinsten Schulmädchen – kein richtiges Lachen, sondern diese kindischen Laute, die man nur mit einer engen Vertrauten ausstößt. Ich stellte mir vor, wie sie sich vor Kichern bog, während sie auf so einem schmalen Metallbrett von einer Bank hockte, diese kalten rutschigen Dinger an Bushaltestellen, so designt, damit Obdachlose sich nur ja keine ganze Nacht darauf um die Ohren hauen können.

»Bitte, bitte sag, dass er ein Stethoskop umhatte …«

»Nein … aber …«

»Was, was?«

»Ich sag's nicht!«

Irgendwann hatte Matty auf dem Rücken auf meinem Bett gelegen, ich saß rittlings auf ihm, und während ich mich langsam mit ihm in mir vor und zurück wiegte, hatte er mir eine ausgestreckte Hand sanft an die Kehle gelegt und mir in die Augen gesehen. Wir tauschten tiefe Blicke aus. Ich war mir nicht sicher, was er vorhatte, aber ich muss schon sagen, dass er meine volle Aufmerksamkeit hatte. Mit der anderen Hand umfasste er mein Handgelenk, die Fingerspitzen nebeneinander auf der Innenseite, den Daumen auf der Rückseite. An meiner Kehle verstärkte er den Druck. Ich lächelte ihm zu, wiegte mich immer noch vor und zurück. »Was machst du da?«, fragte ich.

Er erwiderte das Lächeln, ohne mich auch nur eine Sekunde aus den Augen zu lassen, und sagte sanft: »Ich fühl dir den Puls.«

Das war ein Moment von solcher Komplexität, dass ich es meiner Freundin nicht erklären konnte, denn in seine Einzelteile zerlegt, hörte es sich entweder banal oder gruselig an. Ich saß rittlings auf ihm: na und? Er fühlte mir den Puls: klingt nach Arztroman. Er hatte die Hand an meiner Kehle: Hm, das könnte ein wenig besorgniserregend sein. Aber natürlich war es keine der einzelnen Gesten, sondern die Kombination, und wie langsam und präzise er sie ausführte, mit welcher Intensität er dabei auf mich konzentriert war. Nichts davon ließ sich in einem Tratsch am Telefon erklären. Ich war mir nicht sicher, ob es sich überhaupt erklären ließ – es war ein bisschen, wie wenn man einen Witz wiederholt, den man bei einem Comedy-Auftritt gehört hat: Man muss dabei gewesen sein.

Rosaria war schlau genug, ihre eigenen Schlüsse zu ziehen. »Mädel, damit sagst du also, oder besser: sagst du nicht, dass der Sex *schmutzig* war.«

»Rosie, wie viele Leute stehen da genau neben dir?«

»Nein, schon okay, ich bin jetzt im Bus. Oberdeck.« Ihre Stimme war immer noch sehr laut. Na ja, dachte ich, wenigstens hält sie die anderen Fahrgäste am Montagmorgen auf dem Weg zur Arbeit bei Laune. »Du kennst ja den Spruch, Süße, nicht? Schmutziger Sex, schmutzige Streitereien.«

»Ha, also von unserem ersten Streit sind wir noch weit entfernt, will ich doch hoffen!«

»Weißt du noch, Mart?« Martin war ein Ex-Militär, mit dem Rosaria im Vorjahr eine Weile zusammen gewesen war. Sie hatten sich auf Tinder getroffen und laut ihrem Bericht fantastischen Sex gehabt – irgendwas mit einer Küchenarbeitsplatte sei zu Bruch gegangen –, aber sich am Ende auch gegenseitig Geschirr an die Köpfe geworfen. Nach ihrer Trennung hatte sie einen vollen Abend lang bei mir zu Hause geheult wie ein Schlosshund und war am nächsten Tag drüber weg gewesen. So war Rosie.

»Du hast mir gesagt, dass er toll war und dass du nicht eine Minute davon bereust.«

»Na ja, ich weiß, ganz ehrlich, ich meine, du kannst dich für oder gegen die milde Variante entscheiden. Ich würde ja immer scharf gewürzt nehmen, es sei denn natürlich, man will was Ernstes, dann lässt man sich schon am besten auf mild ein. Kriegt Kinder mit 'nem Milden. Du beklagst dich seit deiner Trennung von Ian übers Singledasein. Bist du nicht meine Milde-Kinder-Freundin?«

So liefen unsere Gespräche oft ab – sie die Wilde, Ungezügelte, ich die eher Brave, Konservative –, aber wie die meisten Freundinnen ordneten wir einander auf freundliche, nett gemeinte Art bestimmten Stereotypen zu. Für mich stand fest, dass Rosie eines Tages in den Hafen einer braven Ehe einlaufen würde, und trotz meiner gelegentlichen Einsamkeitsschübe war ich mir ebenso sicher, dass diese Aussicht bei mir viel unwahrscheinlicher war.

Mit fester Bindung und Familiengründung hatte ich es nicht so. Ich war fünfunddreißig. Wenn ich auf eine eigene Familie aus gewesen wäre, hätte ich sie schon längst gegründet. Und dann die ganze Sache mit dem netten oder bösen Jungen – man wollte seinen Eltern einen netten jungen Mann vorstellen können, aber die bösen Jungs waren sexy. So lief das bei mir nicht. Matty hatte tadellose Manieren – bei unserem ersten Date zog er mir sogar den Restaurantstuhl unterm Tisch hervor. Bestimmt hätte ich keine Probleme, ihn meinen Eltern vorzustellen, wenn es so weit war. Aber der Sex war, nun ja, man konnte es nicht anders sagen: ein bisschen schmutzig. Beides gefiel mir ungemein: Ich war fest entschlossen, das Beste aus beiden Welten zu bekommen.

Ich feixte, während ich mit dem Handy am Ohr die leere Straße entlangging, und dachte an Rosaria oben im Doppeldeckerbus, wie sich die anderen Fahrgäste, Augen stur geradeaus, ihre Ausführungen über die relativen Vorzüge von mildem in Vergleich zu scharfem Sex anhörten. Ich stellte mir vor, wer diese anderen Fahrgäste wohl waren: eine seriöse bebrillte Dame mittleren Alters, den Mund zu einem katzenarschartigen missbilligenden Flunsch verzogen; ein entgeisterter Rentner; vielleicht noch zwei Schuljungen mit gespitzten Ohren – und eine sehr alte Frau ganz hinten, die sich an ihre Jugend erinnerte und seitwärts gewandt still vor sich hin lächelte.

In der Anfangszeit redete er gern nach dem Sex. An ein Gespräch erinnere ich mich besonders gut. Wir lagen nebeneinander, noch heiß und verschwitzt – noch nicht wieder zugedeckt. Wir lagen in der herkömmlichen Stellung, die mir am liebsten ist, er auf dem Rücken, ich mit dem Kopf auf seiner Schulter und einem Arm über seiner Brust. Manchmal – eigentlich sogar ziemlich oft – schlafen Männer zu diesem Zeitpunkt ein, wobei ich mir immer ein wenig verlassen vorkomme. Matty blieb wach, jedenfalls damals, und streichelte mir geistesabwesend mit einer Hand die Haare, immer mal wieder eine Handvoll anhebend und wieder fallen lassend.

In einer späteren Phase unserer Beziehung sollte er zu mir sagen: *Direkt nach dem Sex sagen die Leute immer die Wahrheit, weißt du, dann sind sie schutzlos.* Doch jetzt sagte er nur nachdenklich: »Verrat mir zwei Dinge. Sag mir, auf was du am stolzesten bist und wofür du dich am meisten schämst, also von allem, was du je gemacht hast.«

Noch nie zuvor hatte mir ein Mann solch eine Frage gestellt. Ich muss mich korrigieren: zwar nicht nie zuvor, aber noch nie nach dem Sex. Sie ließ die anderen Männer, mit denen ich zusammen gewesen waren, klein und ichbezogen erscheinen. Ich hatte keine böse Vorahnung – mir gefiel, dass er mich erforschen wollte. Er war eben erst in mir *gewesen* und wollte doch noch weiter in mich vordringen, mein Innenleben erkunden.

Ich überlegte kurz. Ich wollte eine ehrliche Antwort geben, keine ausweichende. »Am stolzesten bin ich wohl ... auf mein Verhältnis zu meinen Schülerinnen, darauf zu wissen, dass ich meine Arbeit hin und wieder gut hinkriege. Manchmal gibt es da so Lichtblicke, wenn jemand schwierig ist oder zu Hause Probleme hat, dann kann man schon helfen, ihnen was Gutes beibringen, und ich weiß ja, dass ich nicht Leben rette, so wie du, aber gelegentlich fühlt es sich so an, als ob man wem auf die richtige Bahn geholfen hat, jedenfalls so ein bisschen.«

Darauf schwieg er, ließ es vielleicht sacken, oder er dachte über seine eigene Arbeit nach. Ich fürchtete schon ein wenig, es könnte anmaßend von mir gewesen sein, unsere Arbeitswelten miteinander zu vergleichen – schließlich rettete er *tatsächlich* Leben.

»Und das andere ...?«, sagte er schließlich mit leiser Stimme.

Wieder nahm ich die Frage ernst. Ich hatte fest vor, ehrlich zu ihm zu sein. Ich war gerade auf bestem Wege, mich zu verlieben.

»Eines Tages bin ich eine Straße langgegangen …« Ich zögerte.

»Und weiter?«, sagte er. Im Zimmer war es sehr ruhig. Es war ein Sonntagnachmittag und schönes Wetter mit einem lauen Lüftchen, daher hatte ich das kleine Fenster offen gelassen, und die Gardine bauschte sich dagegen, atmete aus. Nicht mehr lange, und wir würden frieren und die Decke wieder hochziehen.

»Eines Tages bin ich eine Straße langgegangen, es war Sommer, nicht dieser Sommer, sondern letztes Jahr. Es war Sommer, aber die Straße war leer. Ich war unterwegs zum Showcase-Kino, hab diese Abkürzung aus der Stadtmitte hinter dem Dom genommen, und ich hatte es ziemlich eilig, weil ich spät dran war zu einer Verabredung.«

»Mit deinem Freund?«

»Nein, einer Freundin, ich hab mich also beeilt, weil wir Tickets für diesen Thriller hatten, den ganz großen über das, ach ich weiß nicht mehr. Jedenfalls wollten wir vorher was trinken gehen …« Dafür hatte ich schon immer ein ziemlich erbärmliches Gedächtnis – Namen; von Filmen, Büchern, Fernsehsendungen – und auch von Leuten. Ich habe nie herausgefunden, ob es mit meinem Leiden zu tun hat oder einfach noch etwas anderes ist. Im Arbeitsleben kann ich es kompensieren, indem ich mir immer alles genau notiere – im privaten Bereich habe ich mich einfach daran gewöhnt, halt etwas schusselig zu sein.

»… und ich war gerade, weißt du, na ja, ich war fast da, ging die Star Road lang, dachte an nichts Bestimmtes, und genau da schaute ich zu einem dieser Häuser hoch. Es war ein Reihenhaus, du kennst ja diese kleinen zweistöckigen Vierzimmerschachteln, sah von außen etwas heruntergekommen aus, abblätternde Farbe und verwilderter Vorgarten, aber du weißt ja, wie es ist.« Beim Reden fiel mir wieder ein, dass ich auf der Star Road war, weil ich einen Umweg gemacht hatte. Ich wollte ins Kino, nachdem ich zuvor im Zentrum ein paar Besorgungen gemacht hatte. Es war ein schöner sonniger Tag, und ich ärgerte mich ein wenig, dass ich mich mit meiner Freundin Katie zu einer frühen Vorstellung verabredet hatte, wo wir doch in diesem Sommer so selten solche Tage hatten. Wenn wir Tickets für die Abendvorstellung genommen hätten, könnten wir irgendwo in der Sonne etwas trinken. Also dachte ich mir, statt die Bishop's Road wollte ich den Weg für Fußgänger und Radfahrer entlang der Boongate nehmen. Der verlief abseits der Straße, auch wenn man den Verkehrslärm noch hören konnte. Auf der anderen Seite wuchs einiges an Grünzeug – nicht genug, um einem die Illusion eines Spaziergangs im Grünen zu verschaffen, aber es war ruhiger und angenehmer als auf der Hauptstraße. Ich hatte gerade die Star Road überquert, und vor mir bog der Fußgängerweg nach rechts ab, außer Sicht. Ich wusste, dass der Kreisverkehr nicht weit hinter dieser Kurve lag, aber auch, dass man dort kurzzeitig außer Sichtweite der Häuser und der Straße war – und genau da sah ich weiter vorn auf dem Weg einen Mann, in Gegenrichtung, aber stillstehend, der mich mit unmissverständlich abschätzendem Blick anstarrte. Er war barfuß, mit dreckigen Füßen. In einer Hand hielt er eine Dose, aber da sie in seiner lose herabhängenden Hand baumelte, muss sie wohl leer gewesen sein. Sein braunes Haar war struppig; er sah runzelig aus, aber ich konnte sein Alter nicht einschätzen. Er starrte mich an, die Lippen schlaff, feucht, und ich reagierte sofort so, wie jede andere Frau in meiner Lage reagiert hätte – drehte nach rechts ab und ging selbstsicheren Schrittes die Straße entlang weiter, von ihm weg. Mist, dachte ich, jetzt komme ich zu spät. Das erzählte ich Matty nicht, so wie Frauen solche kleinen Anekdoten Männern oft nicht erzählen – weil Männer einem häufig das Problem erklären wollen. Warum hattest du mitten am Tag Angst? Warum bist du nicht einfach an ihm vorbeigegangen? Warum warst du überhaupt auf diesem Weg, wo du doch gewusst hast, dass er abgelegen ist? Zu Matty sagte ich also bloß, dass ich es eilig hatte.

»Als ich an einem dieser Häuser links von mir vorbeiging, eins mit diesen billigen Schiebefenstern, und normalerweise würde ich nicht hochgucken, ich weiß nicht, warum da gerade, aber etwas muss meinen Blick auf sich gezogen haben, ich weiß auch nicht, da sah ich nur ganz kurz das Gesicht einer Frau an einem der Fenster im ersten Stock.« Ich hielt wieder inne und befragte meine Erinnerung. Ich hatte ein klares Bild im Kopf. Zu meinem Leidwesen. »Sie war zu weit weg, als dass ich erkennen konnte, wie alt sie war, aber sie war eine erwachsene Frau, kein Kind oder so, und ich konnte ihren Gesichtsausdruck sehen, glaube ich jedenfalls, nämlich entsetzlich verängstigt, mit weit aufgerissenen Augen und offenem Mund. Wir sahen uns in die Augen.«

Wir schwiegen beide, während er auf die Fortsetzung wartete. Die Hand, die mit meinem Haar spielte, war zur Ruhe gekommen.

»Ich hab sie nur sehr kurz gesehen, bloß eine Sekunde, aber das Seltsame daran war, dass ihr Gesicht ganz unten im Fenster auftauchte, direkt über dem Fensterbrett, nicht weiter oben. Ich hab sie ganz kurz gesehen, bis über ihr eine Hand erschien und den Vorhang zuzog, da war sie weg.«

Wieder Schweigen.

»Das war's«, sagte ich, »das war alles, mehr ist nicht passiert.«

»Was hast du gemacht?«, fragte Matty irgendwann.

»Nichts«, sagte ich. »Ich bin weitergegangen. Ich war spät dran zu meiner Verabredung.« Als ich das sagte, war mir ein wenig schlecht, vor allem vor Scham, aber auch, weil ich mich fragte, ob er jetzt weniger von mir halten würde, weil ich mir absolut sicher war, dass Matty in derselben Situation nicht weitergegangen wäre. Die meisten anderen Leute schon, aber Matty nicht.

»Als ich am Kino angekommen bin, hab ich zu meiner Freundin gesagt, Katie, hab ich gesagt, na ja, ich hab's ihr erzählt, aber da war ich mir schon nicht mehr so sicher, was ich überhaupt gesehen hatte, und das hab ich ihr gesagt und sie gefragt, ob ich was hätte unternehmen sollen, und sie hat gesagt, da war bestimmt nichts, und dann, jedenfalls hält man sich da am besten raus.«

Nun folgte ein sehr langes Schweigen. Ich fragte mich schon, ob er eingeschlafen war.

Irgendwann sagte ich: »Und was ist mit dir, auf was bist du am stolzesten, und wofür schämst du dich am meisten?«

Er antwortete direkt, stürzte sich mit einem kurzen selbstironischen Schnauben in seine Geschichte, und jeder Anflug von Beklommenheit, der mich gestreift haben konnte, verflog. »Als ich acht war«, sagte er, und seine Hand griff wieder nach meinen Haarsträhnen, ließ sie zwischen seinen Fingern fallen, »bekamen wir in der Schule ein Projekt zur Aufgabe, ein richtig langes, ich glaube, es ging um heimische Vögel, daran sollten wir jede Woche arbeiten, du weißt schon, einen Vogel pro Woche oder so, und in der letzten Woche vor den Ferien sollten wie die Arbeiten vor dem Rausgehen alle der Lehrerin aufs Pult legen. Na ja, ich hatte meine natürlich nicht gemacht, denn ich war ein kleiner Faulpelz, also hab ich mich aus der Klasse geschlichen, ohne der Lehrerin was aufs Pult zu legen, und die ganzen Ferien hab ich mir Sorgen gemacht über den ersten Schultag danach und was sie wohl zu mir sagen würde. Erst als ich an dem Tag in die Klasse ging, bin ich auf die Lösung gekommen.« Er bekam einen Hustenanfall, der mich von seiner Schulter abschüttelte, und ich setzte mich auf, damit er etwas hochkommen konnte.

»Und?«, sagte ich auffordernd, als wir uns beide wieder hinlegten.

»Tja, also ich hab gewartet, bis die Lehrerin alle Projektarbeiten ausgeteilt hatte, und mich dann gemeldet, und die Lehrerin meinte, ja, Matthew?, und ich hab gesagt: ›Miss, wo ist meine?‹«

»Nicht wirklich …«

»O doch, und sie hat gesagt, oh, das tut mir leid, Matthew, ich habe alle zurückgegeben, vielleicht hab ich deine zu Hause vergessen, es tut mir ja so leid, ich seh heute Abend nach und bring sie morgen mit, versprochen, und ich hab gar nichts mehr zu ihr gesagt, und am nächsten Tag, als sie da war, kam sie auf dem Pausenhof zu mir und hat sich doch echt vor mich hingekniet und gesagt, wie leid es ihr täte, sie hätte den ganzen Abend überall in ihrem ganzen Haus gesucht, aber meine Arbeit nirgends finden können … Am nächsten Elternabend hat sie sich sogar bei meinen Eltern dafür entschuldigt, dass sie sie verloren hätte.«

Ich richtete mich auf einen Ellenbogen gestützt auf: »Matthew! Das ist furchtbar!«

Er lächelte. »Ja, das ist mir tatsächlich ein bisschen unangenehm. Miss Harrington. Dabei mochte ich sie sogar richtig gern.«

Erst am nächsten Wochenende fiel mir ein, ihn zu fragen: »Ach, du hast mir ja noch gar nicht gesagt, worauf du am stolzesten bist …« Wir lagen wieder im Bett, aber vor dem Sex, nicht danach, und er packte mich bei den Armen, hielt sie mir über dem Kopf fest, schob sich zwischen meine Knie, ließ den Mund an meinen Hals sinken und drang mit einem raschen, festen Stoß in mich ein, von dem mein Kopf gegen das Kopfende ruckte, während er murmelte: »Was denkst du denn …?« Wenn er erregt war, bekam ich nie eine ernst gemeinte Antwort auf eine Frage aus ihm heraus, das hatte ich bald genug kapiert.

Zu einem späteren Zeitpunkt unserer Beziehung sollte ich an sein Schweigen zurückdenken, nachdem ich ihm meine Geschichte erzählt hatte: Star Road, von dem kleinen Reihenhaus mit der abblätternden Farbe auf den Fenstersimsen, der Frau am Fenster an einem Sommertag und ihren entsetzt aufgerissenen Augen, als unsere Blicke sich begegneten. Ich sollte dieses Schweigen mit seinen damaligen Gedanken füllen und damit, dass ich meine Ehrlichkeit bereute. Zuletzt sollte ich jedes einzelne Mal bereuen, da ich ehrlich zu Matty gewesen war, und dazu meine eigene Dummheit, nicht erkannt zu haben, dass er Ehrlichkeit hortete, sie für sich behielt, so wie eine Katze unter ein Bett kriecht, um den Gartenvogel zu verstecken, den sie im Maul hat.

11

Mattys SMS kam eines Samstagmorgens um zehn an. Er arbeitete an dem Tag, aber wir waren am Abend verabredet – wir gingen seit sechs Wochen miteinander aus. Ich wusste schon, was es bedeutete, mit einem Assistenzarzt zusammen zu sein. »Ich komm um sieben Uhr abends bei dir vorbei« hieß: »Mit Glück schaffe ich es um zehn.« Und »Ich ruf dich gleich zurück« konnte heißen: »Wir sprechen uns zwei Tage nicht mehr.« Damals machte es mir nichts aus. Wenn er endlich kam, fiel er über mich her wie ein Verhungernder über ein Brathähnchen. Das Warten zahlte sich immer aus.

Wo bist du jetzt?

Ich schrieb zurück: *Zu Hause, lass mir ein Bad einlaufen, warum? Hab gedacht, du arbeitest heute?*

Ich wurde richtig aufgeregt, stellte mir vor, er käme gleich vorbei. Ich bürstete mir das Haar, legte etwas dezentes Make-up auf, obwohl ich gerade in die Wanne wollte, und musterte prüfend meinen Schlafanzug, Shorts mit Top, blau und weiß paspeliert. Befand ihn für annehmbar schnuckelig, um damit an die Tür zu gehen. Ich putzte mir die Zähne.

Er antwortete nie.

An dem Abend waren wir zu einem Treffen in der Stadt verabredet. Er konnte es nicht leiden, wenn ich zu spät kam, und ich war so auf ihn versessen, dass ich zu früh da war, acht Minuten, um genau zu sein, und mich an die Außenwand vor dem Burger King lehnte, wo hellgelbes Licht die gestressten Shopper am Long Causeway beschien. Wir wollten zu Spaghettini, wo wir bei unserem ersten Date gewesen waren – Matty nannte es »unser« Restaurant. Als er angerufen hatte, um mich zum Essen einzuladen, hatte er sich nach meinem Lieblingsessen erkundigt. Pasta, hatte ich nach gewissem Zögern zugegeben – das war weder besonders cool noch modern, und irgendwo befürchtete ich, dass er etwas gegen Kohlenhydrate haben könnte. Er hatte erwidert: »Ein Glück, ich *steh* auf Pasta.«

Ich wartete – die acht Minuten waren rum, dann noch fünf, dann zehn. Ich überlegte, wie ich aussehen wollte, wenn er ankam. Wenn ich ein Knie anhob, den Fuß an die Mauer hinter mich gestützt, ließ mich das lässig oder leicht angesäuert aussehen? Ich war nicht sauer. Ich war verrückt nach ihm und wollte unbedingt lässig aussehen. Ich studierte eingehend mein Handy. Damit Matty mich zuerst sah, aus der Ferne, beim Näherkommen, und merkte, dass ich nicht nach ihm Ausschau hielt. Ich wollte, dass er sich beim Näherkommen auf den Moment freute, wenn ich aufblicken und ihn sehen würde. Ich wollte, dass er mir entgegensah, wenn sich unsere Blicke kreuzten.

Ein Trupp von vier Kerlen polterte aus der Tür des Burger King, laut, einander anrempelnd. Sie verscheuchten eine Schar magerer Tauben, die auf die Gehwegplatten einpickten. Die Tauben flogen zeternd in die Luft. Ich rückte etwas nach links ab, weiter weg von der Tür.

Als mein Telefon klingelte, nahm ich an, Matty wollte mir Bescheid geben, dass er unterwegs war.

Ian.

Ian war mein Freund vor Matty. Wir hatten uns vor einem halben Jahr getrennt, weniger getrennt als in verschiedene Richtungen bewegt – selbst »bewegt« klingt noch zu stark, weil etwas von Absicht und Antrieb drinsteckt. Wir waren ein paar Monate mehr oder weniger halbherzig zusammen gewesen; hatten bei fünf oder sechs Gelegenheiten absolut akzeptablen Sex gehabt – von der Sorte, die Rosaria als mild bezeichnen würde. Wir waren nicht gut darin gewesen, einander SMS zu schreiben oder zwischendurch anzurufen, und die Abstände zwischen unseren Treffen waren immer länger geworden, bis zu dem gemeinsamen Kaffeetrinken eines Samstagnachmittags im März, als er gesagt hatte: »Übrigens, ich hab eine Freundin. Hab mir gedacht, du solltest es wissen.«

Die menschliche Eitelkeit – so vorhersehbar, so allgegenwärtig: Obwohl ich nicht unbedingt scharf auf Ian gewesen war, hatte es mir einen Stich versetzt – was für einen? Einen schmerzlichen wäre etwas zu viel gesagt. Vielleicht war ich gekränkt, ein flüchtiges Gefühl, wie ich wusste, auch wenn ich es in dem Moment spürte. Ian nicht zu wollen, hielt mich nicht davon ab zu wollen, dass er mich wollte.

»Ach?«, sagte ich. »Wo habt ihr euch kennengelernt?«

»Weihnachtsfeier«, sagte er, »in meiner Firma. Sie ist freiberufliche Consultant.«

Eigentlich waren wir beide zu Weihnachten noch zusammen gewesen – wir hatten uns im Januar getroffen und in seinem hübschen Junggesellenhaus in Werrington übernachtet. Im Garten hatte er Meerschweinchen in Käfigen. Außerdem besaß er mehrere Chinohosen.

»Ich hab mir gedacht, du solltest es wissen«, wiederholte er. »Am Sonntag war ich mit ihr bei Pete und Mariam, von daher …« Pete und Mariam waren Verwandte von ihm. Mariams Bruder Rashid war Kunst-Fachbereichsleiter an meiner Schule.

Ich zuckte die Schultern und sagte: »Verfolgst du den Pistorius-Prozess? Unfassbar.«

Seither hatten wir keinen Kontakt mehr gehabt, weshalb ich seinen Anruf mit gewisser Überraschung registrierte, während ich an einem Oktoberabend in zunehmender Dunkelheit vor Burger King auf Matty wartete.

»Hallo, Fremder.« An dem Tag war ich guter Laune.

»Hey, Ian hier …« Weiß ich doch, dachte ich. »Hör mal, hoffentlich ist es okay, dass ich nach so langer Zeit anrufe, aber ich brauch mal deine Hilfe, muss dich nur rasch um Rat fragen, mehr nicht.« Das sprudelte alles überstürzt aus ihm raus, wie um zu verhindern, dass ich seinen Grund anzurufen falsch verstehen könnte, und mir fiel wieder ein, dass er zu den Männern gehörte, die sich vorstellen, jede Singlefrau über dreißig müsse ganz wild darauf sein, Kinder von ihm zu bekommen, und dass er ihnen besser gleich zu Anfang reinen Wein einschenken sollte, weil er ein anständiger Kerl war. Es war irgendwie rührend, weil einem massenhaft Männer mit Vergnügen etwas vorgaukeln, aber ein bisschen selbstgefällig war es auch. »Gilly und ich, sie ist jetzt bei mir eingezogen, Gilly und ich wollen nach Amsterdam, und weißt du noch, du hast mal gesagt, du hast eine Kollegin, die dort über Airbnb was vermietet, weißt du noch?«

»Anita, ja klar, soll ich dir ihre Kontaktdaten schreiben?«

»Ah, das wär echt nett von dir, danke! Hey, wie geht's dir überhaupt so?« Er war keiner von den Ekeltypen, Ian. Viele Männer hätten bloß eine SMS oder E-Mail geschrieben, ohne so zu tun, als wollten sie wissen, wie es mir ging.

»Ach, mir geht's gut, richtig gut. Bin grade in der Stadt und warte auf meinen neuen Kerl, der sich verspätet, ein Arzt.« Ich konnte es nicht lassen, das noch einzuflechten.

»Cool, spitze. Wie geht's deiner Familie?« Ich hatte vergessen, dass ich ihn meinen Eltern vorgestellt hatte.

»Gut, na ja, du weißt schon.«

»Ach Gott, ja, weißt du noch, die Arthritis von meiner Mum?« Das war ein stehender Witz zwischen uns gewesen. Ians verwitwete Mutter, der ich nie begegnet war, war fest davon überzeugt, Arthritis zu haben, auch wenn die Ärzte anderer Meinung waren. »Sie sagt, dass sie Tante Jean damit angesteckt hat. Der erste bekannte Fall von viraler Arthritis.«

Ich lachte, ein offenes, ehrliches Lachen, während mir wieder einfiel, was ich an Ian gemocht hatte: seinen trockenen Humor, seine Anekdoten. Wir waren nie so richtig verrückt nacheinander gewesen, hatten aber Spaß zusammen gehabt, er war eine richtig angenehme Samstagabend-Begleitung gewesen. Ich sollte mich darum kümmern, ihn irgendwann mal wiederzusehen, dachte ich.

Während unseres Gesprächs hatte mein Telefon gesummt. Wahrscheinlich Matty, der mir sagen wollte, dass er sich verspätete – oder den Treffpunkt ändern wollte. Damit hatte ich nach sechs Wochen schon so meine Erfahrung. »Hey, ich muss Schluss machen«, sagte ich, »aber ich schick dir Anitas Nummer, sie macht das bestimmt immer noch, probier's einfach aus.«

»Klar, toll, danke. Vielleicht sollten wir mal zusammen was trinken gehen. Dann stell ich dir Gilly vor.«

»Sicher, machen wir ein Doppel-Date, da steht er drauf!« In meiner Stimme schwang Sarkasmus mit, aber das entging Ian. Er war mehr der direkte Typ.

»Cool, schreib mir ein paar Terminvorschläge.«

Wir wussten beide, dass es nie dazu kommen würde.

Als ich meine SMS durchsah, hatte ich eine Nachricht von Matty. *Zwanzig Min Kuss.*

Ich verzog über mich selbst das Gesicht. Da hatte ich gerade ein Telefonat abgewürgt, nur um zu erfahren, dass es weitere zwanzig Minuten dauern würde. Wir hatten Ende Oktober, die kühle Luft verhieß nichts Gutes. Der September war kalt und nass gewesen, aber in den letzten paar Wochen war die Sonne noch mal rausgekommen, gerade rechtzeitig zur Goldfärbung der Blätter, wie um uns alle zu foppen, bevor wir in den Winter geschickt wurden. Ich war zu dünn angezogen für die Jahreszeit, mit einem kurzärmeligen Top mit U-Ausschnitt und einer dünnen roten Jeansjacke; die Farbe stand mir. Matty kam immer zu spät, konnte das aber bei mir nicht leiden, und ich dachte mir, ich hätte es besser wissen müssen. Ich musste dran denken, mich mit ihm nur für drinnen zu verabreden. Kurz vor Wintereinbruch waren Straßenecken keine gute Idee.

Noch eine SMS. *Gib mir 'ne halbe Stunde.* Nicht einmal ein Küsschen zur Entschuldigung.

Also gut, den Teufel würde ich tun und eine halbe Stunde vor Burger King stehen bleiben. Ich wollte jetzt ins Café Nero gehen, falls es noch aufhatte, und ihm schreiben, dass er mich dort treffen sollte.

Weil ich noch auf das Handy sah, als ich mich von der Hauswand löste und nach rechts wandte, stieß ich fast mit ihm zusammen.

Er war ganz nah, direkt vor mir, ein kaltes Lächeln im Gesicht, und als ich vor Überraschung etwas zusammenzuckte, sagte er: »Wo soll's denn wohl hingehen?«

»Ach, hallo du!«, sagte ich, befremdet von seinem Tonfall, und küsste ihn.

Er erwiderte den Kuss knapp und schroff, presste die Lippen auf meine und wich gleich wieder zurück. »Mit wem hast du geredet?«

Ich lächelte. »Netter Versuch, Mister, wie wär's mit: Entschuldige die Verspätung?«

»Ich bin nicht zu spät dran. Du warst zu früh.«

Ich hob mit abgeknickter Hand den linken Arm, tat so, als sähe ich auf meine Uhr, obwohl ich keine trug. »Du hast halb sechs gesagt.«

»Ja, aber du warst vor halb sechs da.«

»Woher weißt du das?«

Er streckte die Hand aus, griff sich eine Faust voll Haare an meinem Hinterkopf und schob mein Gesicht so nah an seins heran, dass sich unsere Nasen fast berührten. »Du gehörst mir, klar? Ich weiß alles.«

Ich lächelte immer noch. Er machte doch sicher Witze? Alberte herum?

Da wandte er sich ab, steckte die Hände in die Taschen und ging auf dem Long Causeway weg. Ich hinterher, fast im Laufschritt, um ihn einzuholen, und nahm seinen Arm, bremste ihn etwas ab. »Du hast mich also die ganze Zeit beobachtet und nichts gesagt?«

»Wie wär's, wenn du mich erst mal fragst, wie es in der Arbeit war?«, schoss er zurück.

Ich versuchte immer noch, aus seinem Tonfall schlau zu werden. Unterdessen fragte ich beiläufig: »Wie war dein Tag?«

Er verzog keine Miene. »In Ordnung.«

»Was hast du gemacht?«

»Nichts Besonderes.«

Und so ging unser ganzes Gespräch unterwegs ins Spaghettini weiter.

Ich wartete, bis wir bestellt hatten, damit er sich etwas beruhigen konnte. Dabei überlegte ich, wie es mir ging, wenn ich von der Arbeit nach Hause kam: dieses Gefühl von Erleichterung, allein zu wohnen, denn wenn da jemand wäre, der mit mir reden oder Aufmerksamkeit von mir verlangen würde, bevor ich meine Tasse Tee mit einem Keks zu mir genommen hätte, käme ich in Versuchung, demjenigen eine Axt in den Schädel zu rammen. Er war direkt aus der Arbeit gekommen und hatte einen schlimmen Tag hinter sich. Ich wollte abwarten, bis er bereit war, es mir zu erklären. Währenddessen spielte ich mit einer Zuckerschale auf dem Tisch, rührte mit dem Teelöffelchen darin die weißen Kristalle um, bis er seine Hand auf meine legte.

Weil es sich wie eine versöhnliche Geste anfühlte, sah ich ihn an. Ich vermutete, dass er mir nun gleich erklären würde, warum er mir geschrieben hatte, er würde sich verspäten, während er bereits da war. Von wo aus hatte er mich beobachtet und warum?

»Also«, sagte er mit noch so einem knappen, schmallippigen Lächeln. »Mit wem hast du geredet?«

»Mit einem, den ich kenne«, erwiderte ich rasch und wich seinem Blick aus.

»Was für einem?«

»Was meinst du damit?«

»Du hast gelacht. Was für einer? Ein Ex-Freund. Stimmt doch, oder?«

Seufzend zog ich meine Hand unter seiner weg und lehnte mich mit leicht gerunzelter Stirn auf dem Stuhl zurück, als ginge mir eine Befragung in diesem Stil zu weit, während ich es insgeheim genoss. Das war es also: Matty war eifersüchtig!

Ich überlegte, ihn bei der Frage, mit wem ich gesprochen hatte, anzulügen, sah aber ein, dass es keine gute Idee war. Weil er mir nämlich die Lüge anmerken würde und seine Eifersucht davon neue Nahrung bekäme.

Ich fragte mich, wo Matty sich wohl versteckt hatte – allzu nah konnte es nicht gewesen sein, sonst hätte ich ihn gesehen; also hatte er nicht hören können, was ich am Telefon sagte, mich nur lachen gesehen. Ich antwortete ihm selbstgefällig, als hätte ich irgendeinen Trumpf in der Hand.

»Wenn du es unbedingt wissen musst, das war mein Ex-Freund, Ian.«

»Aha«, sagte er leichthin. »Den hast du noch nie erwähnt.«

»Du hast mich nie nach ihm gefragt.«

»Ich muss also fragen? Weil das die einzige Methode ist, irgendwelche Informationen aus dir rauszukriegen?«

»Ich meine, ich hab ihn nicht bewusst unerwähnt gelassen, er war unwichtig.«

»Du hast ihn nicht erwähnt. Das würden die meisten Leute ja wohl als unerwähnt gelassen bezeichnen, oder etwa nicht?«

»Im Prinzip schon, ja, aber bei dir hört es sich an wie ...«

»Und was hast du sonst noch unerwähnt gelassen?«

»Nichts. Ich meine, ich hab gar nichts unerwähnt gelassen, wovon denn zum Beispiel?«

»Fangen wir bei Ian an, dem geheimnisvollen Ex-Freund.«

»Was möchtest du gern wissen?«

»Wann warst du mit ihm zusammen?«

»Anfang des Jahres.«

»Aha, wie weit am Anfang?«

»Wir haben uns im Frühling, Frühsommer getrennt, wohl doch eher Frühling, ich weiß es nicht mehr.«

»Wie praktisch. Er ist also ein frisch Verflossener.«

»Wenn du damit meinst, dass er dein direkter Vorgänger ist, dann hast du damit recht, ja.«

»Und trotzdem hast du ihn nie erwähnt.«

»Schau mal, er war nicht so besonders wichtig.«

»Hast du es dir zur Gewohnheit gemacht, mit Männern zu schlafen, die dir nicht so wichtig sind?«

»Nein.«

»Also war er doch ein kleines bisschen wichtig.«

»Na ja, ich war eine Zeit lang mit ihm zusammen, wird also wohl schon so gewesen sein.«

»Hat er deine Eltern getroffen?«

»Ja, ein Mal, glaube ich.«

»Ein- oder zweimal, du weißt es nicht mehr?«

»Einmal wahrscheinlich oder zweimal.«

»Du hast ihn also deinen Eltern vorgestellt, du hast mit ihm geschlafen, er war wichtig.«

»So wichtig nun auch wieder nicht …«

»Nicht so wichtig, aber du hast ihn deinen Eltern vorgestellt und vor mir geheim gehalten.«

»Ich hab ihn nicht geheim gehalten.«

»Du hast ihn bloß unerwähnt gelassen; obwohl du direkt vor unserem Treffen mit ihm geredet hast, hast du ihn trotzdem nicht erwähnt.«

»Es war wirklich kein wichtiges Gespräch.«

»Also ein unwichtiges Gespräch mit einem unwichtigen Mann, aber wichtig genug, um es vor mir geheim zu halten. Wie oft redest du mit ihm?«

Aha, dachte ich, noch ein Trumpf in meiner Hand. Matty beugte sich über den Tisch vor und sah mich an, und die Intensität in seinen grauen Augen erregte mich. Ich erwiderte den Blick, ganz bewusst, aus geweiteten Augen. Ich stand ihm in nichts nach. Dem würde ich's zeigen. »Tja, es war unser erstes Gespräch seit der Trennung.« Da hatte er's!

Kurze Pause. Matty lehnte sich zurück, den Blick erst ab-, dann wieder mir zugewandt, mit noch so einem schmallippigen Lächeln. »Du führst also dein erstes Gespräch mit deinem Ex-Freund nach eurer Trennung, während du auf mich wartest, und lachst dir einen Ast, erzählst mir aber immer noch nichts davon?«

»Matthew …« War das wirklich sein Ernst? Veräppelte er mich?

»Nein, schon gut, kein Problem …«

Ein sehr dünner Kellner kam mit zwei ausladenden weißen Schalen: übersichtliche Spaghettihäuflein, umgeben von einem absurd breiten Rand. Mit ernstem Gesicht setzte er sie simultan vor jedem von uns ab, ehe er mit ortsüblichem Akzent sagte: »Parmigiano, Leutchen?«

Ich sah belustigt Matty an und wartete, dass er meinen Blick erwiderte, doch er betrachtete die Spaghetti Vongole auf seinem Teller und sagte irgendwie verkniffen: »Für mich nicht, danke, aber für sie. Und wir hätten gern etwas schwarzen Pfeffer.«

Schweigend saßen wir da, während der Ober wegging und mit einer Glasschüssel geriebenem Parmesan wiederkam, den er langsam und sorgfältig über meine Nudeln streute. Er stellte die Schüssel zwischen uns auf den Tisch, ging wieder – wir starrten auf unsere Teller – und kehrte mit einer Pfeffermühle aus dunklem Holz wieder, von der Größe einer kleinen Statue auf einem Marktplatz. Während er sie über unseren Tellern drehte, fielen unten kohlschwarze Pfefferbrocken heraus, und die Mahlzähne quietschten wie die Eisenräder eines sehr alten Zuges, der sich langsam knarzend in Bewegung setzt. Ich fühlte mich plötzlich in den Ernst der Lage versetzt, so als hätte ich bei unserem vorherigen Wortwechsel etwas Wichtiges überhört, das ich wissen müsste, das aber meiner Aufmerksamkeit entgangen war. Das Quietschen der Pfeffermühle ging mir durch Mark und Bein. Als mir klar wurde, dass der Ober erst auf ein Zeichen von uns aufhören würde, hob ich eine Hand.

Der Kellner ging, und ich steckte die Gabel in meine Spaghetti, drehte sie und fragte leichthin: »Wie ist die Woche bei dir gelaufen?«

»Okay«, antwortete Matthew. »Am Mittwoch ändert sich mein Dienstplan. Dann hab ich fünf Tage Spätschicht.« Eine Pause kam auf. »Und bei dir?«

Ich nickte mit vollem Mund. Ich hatte Spaghetti Carbonara genommen, die sämig und sahnig waren. Ich schluckte einen großen Bissen runter und merkte zu spät, dass ich nicht gut genug gekaut hatte. »Gut, sogar richtig gut. Ich hab mit diesem einen Mädchen geredet …«, und ich erzählte ihm das Neueste von meiner besonders schwierigen Schülerin. Sie konnte Englisch überhaupt nicht leiden – oder vielleicht auch einfach nur mich nicht –, und sagte gern Sachen wie »Bücher sind langweilig«, oder »Ich versteh nicht, warum wir den ganzen erfundenen Quatsch lesen müssen, was bringt das?«.

Beim Zuhören schien Matty sich ein wenig zu fangen. »Wie ist sie in den naturwissenschaftlichen Fächern?«, fragte er.

»Besser, glaube ich«, sagte ich, »deshalb versuch ich rauszukriegen, ob sie ein Problem mit mir hat. Ich hab gefragt, und ihre anderen Fachlehrer haben nichts an ihr auszusetzen.«

»Vielleicht ist sie einfach eine Frühentwicklerin, müsste sich früher spezialisieren können, als ihr das zulasst.«

»Na ja, vielleicht, aber vorher muss sie wenigstens den Englischstoff dieser Klasse draufhaben.«

»Möchtest du am Wochenende diesen Termin mit mir machen?«

»Ach wirklich, bist du dir sicher?« Ich berührte ihn mit einer Hand am Arm. Er hatte freiwillig angeboten, am Berufsberatungstag der Oberstufe vorbeizukommen und etwas über den Arztberuf zu erzählen. Für ihn war es eine große Sache, das anzubieten – mittlerweile wusste ich, dass seine freien Tage kostbar waren, aber er hatte Lust, die jungen Leute zum Medizinstudium zu ermutigen.

»Klar«, sagte er spontan.

Den restlichen Abend hielt er sich zurück. Ich plauderte unverdrossen weiter. Während wir auf die Rechnung warteten, sagte ich: »Warum hast du mir heute Morgen geschrieben und gefragt, wo ich war?« Das fühlte sich rätselhafterweise nach Eindringen in gefährliches Terrain an, doch er zuckte nur mit den Achseln.

»Weil ich es wissen wollte.«

Wir gingen zum Pub. Es war immer noch mitten am Abend, zur geschäftigsten Zeit: voll, laut. Zwei junge Männer in Jeans und T-Shirt standen von einem kleinen Tisch bei der Tür auf, als wir reinkamen. Ich war ganz in ihrer Nähe, während sie sich in ihre Jacken warfen, und signalisierte anderen Leuten, die schon länger im Pub warteten, mit meiner Körpersprache, dass ich dem Tisch am nächsten stand und die beiden zuerst gesehen hatte. Matty ging unsere Getränke holen, ein Pint für ihn und ein kleines Glas Bier für mich. Als ich Platz genommen hatte, beobachtete ich ihn in der Menge am Tresen, wo er sich in eine Lücke quetschte. Er machte einen Witz oder eine Bemerkung in Richtung der jungen Frau, die ihn bediente, und sie warf lachend den Kopf in den Nacken und lehnte sich schräg von der Theke weg, während sie am Zapfhahn zog. Dann wandte sie sich mit seinem Glas in der Hand wieder ihm zu, und er beugte sich zu ihr vor und sagte ihr etwas aus nächster Nähe, was sie diesmal statt mit Lachen mit einem schüchternen kleinen Lächeln quittierte. Als er mit unseren Getränken zu mir rüberkam, schien sich seine Laune gebessert zu haben.

Danach gingen wir zu mir. Während ich mit dem Schlüssel am Haustürschloss herumnestelte, lehnte er den Kopf an meine Schulter und sagte: »O Gott, heute war der reinste Albtraum. Ich bin so was von müde.«

Ich wandte mich ihm zu, küsste ihn auf den Kopf und sagte: »Na komm, müdes Kerlchen, bringen wir dich nach oben.«

Die automatische Treppenhausbeleuchtung war kaputt. Drinnen fuhr ich rasch herum, um die schwere Haustür abzufangen – die Nachbarin unten würde wie aus der

Pistole geschossen rauskommen, wenn ich die Tür zuknallen ließe; sie beschwerte sich ständig. Ich nahm Matty an der Hand, und zusammen schlichen wir uns auf Zehenspitzen die Treppe rauf. In meiner Etage fiel mir der Schlüsselbund runter, und wir prusteten los. »Pssst …«, machte ich, während ich ihn in meine Wohnung schob.

»Selber pssst …«, sagte er und schob mich in Richtung Schlafzimmer. Wir waren beide müde, doch das war für uns kein Hinderungsgrund. In dieser Phase unserer Beziehung konnte uns Müdigkeit von nichts abhalten.

Beim Einschlafen dachte ich an unser Gespräch im Restaurant und wie normal der restliche Abend verlaufen war. Mit was für einem verwirrenden Mann ich doch zusammen war. *Ich wollte es wissen.* Wie er mich ausfragte, wie viel er von mir verlangte, selbst seine plötzliche kurze Erschöpfung, als ich die Haustür aufgeschlossen hatte – all das waren doch sicher Beweise für seine Gefühlslage? War es nicht ein unumgänglicher Schritt in jeder Beziehung, der Punkt, wenn man über seine letzte Beziehung redet? Und hatten nicht alle ein bisschen ein komisches Gefühl, was die direkten Vorgänger in der Liebe anging – weil sie die Messlatte waren, nach der man beurteilt wurde?

Mattys vorige Freundin hieß Helen. Das fand ich während meines ersten Besuchs bei ihm heraus, in einer großen offenen Wohnung in einem Neubau in Krankenhausnähe, die er sich mit Richard, einem anderen Assistenzarzt, teilte. Richard war untersetzt, breitschultrig und dunkelhaarig; er war der Eigentümer, Matty sein Mieter. Sie mochten sich nicht besonders, das merkte ich gleich. Zu der Zeit arbeitete Matty noch in der Notaufnahme, und wegen ihrer Schichtdienste waren Richard und er nur sehr selten zur gleichen Zeit da. Richard begegnete mir überhaupt nur dieses erste Mal, als ich vorbeikam und Matty uns in der Küche einander vorstellte und uns allen Pulverkaffee machte. Während er Wasser in die Tassen goss, führten Richard und ich etwas Small Talk, bis er mir einen langen Blick zuwarf und sagte: »Und du bist also die Neue?«

In dieser eigenartigen Bemerkung knisterte es förmlich vor seltsamer, mir unverständlicher, aufgesetzt humoriger Feindseligkeit. Ich fragte mich, ob es ein missglückter Anbiederungsversuch war, dieses Männerding, das sie gern Geplänkel nennen und das darauf hinausläuft, das Gegenüber mit einem Stock anzupiksen, um zu sehen, wie es reagiert, und es einordnen zu können. Im Lauf der Jahre hatte ich junge Männer oft genug dabei beobachten können, ob in der Schule, in Uni-Kneipen oder vor Pubs. Den einen Moment nahmen sie einander zum Spaß in den Schwitzkasten, den anderen schlugen sie sich gegenseitig k.o.

Auch wenn es zwischen uns dreien zu keiner körperlichen Auseinandersetzung kam, schien die Möglichkeit dazu im Raum zu stehen. Matty stierte Richard an, als er ihm seine Tasse Kaffee reichte. Richard stierte zurück. Es war ein eigenartig männlicher Blickwechsel, schweigend, aber beredt. Ohne ein weiteres Wort drehte Richard sich um, ging mit der Kaffeetasse in sein Zimmer und schloss die Tür hinter sich.

Ich sah Matty mit hochgezogenen Augenbrauen an. Der hob die rechte Hand, formte mit den Spitzen von Zeigefinger und Daumen ein O und schüttelte die Hand:

Arschloch. Wir sahen beide erst auf Richards geschlossene Tür, dann wieder einander an und lächelten. Noch so einer dieser kleinen Meilensteine, die Paare in der Anfangsphase erreichen – der erste verschwörerische Moment, sich hinter dem Rücken eines anderen Blicke zuwerfen und die gegenseitige Verbundenheit bestätigen.

Wir gingen mit unserem Kaffee in Mattys Zimmer. In Fensternähe stand ein alter Sessel, in den ich mich etwas schwer sinken ließ: Er hing knarzend durch. Ich fand mich tiefer als erwartet wieder, die Handtasche noch an der Schulter und die Kaffeetasse in beiden Händen. Matty ging zu seinem Schrank und schob die Türen auf. Er schälte sich aus dem Hemd, das er anhatte, und pfefferte es aufs Bett, ehe er seine Hemden an den Bügeln durchstöberte – wir waren bei ihm, damit er sich nach der Arbeit umziehen konnte, denn wir wollten ausgehen. Ich trank meinen Kaffee und versuchte, mich unauffällig im Zimmer umzusehen. Es war lang und schmal, lichtdurchflutet und hatte doch etwas von einer Gefängniszelle, nüchtern, mit kahlen Wänden. Es sah nach einem Provisorium aus – ich verstand, warum er lieber zu mir kam. Seine Bettwäsche war grau, die Wände weiß. Alles wirkte ein wenig steril.

Ich betrachtete seinen Rücken, wie er so vor dem offenen Schrank stand, die sehnigen Schultern, während er die Arme bewegte. Er war groß und von durchschnittlicher Statur, doch etwas Festes, Straffes ging von ihm aus, eine gezügelte Kraft. Mit seinem durchdringenden Blick aus grauen Augen wirkte er ständig auf dem Sprung, wie eine große Raubkatze. Nie waren seine Bewegungen so hektisch oder linkisch wie meine. Ich starrte auf sein linkes Schulterblatt. Ich wollte diese Schulter küssen. Ich hatte das Gefühl, er wusste, dass ich seine Schulter ansah, und kostete es aus – er ließ sich Zeit mit der Hemdenwahl. Die seichten Vertiefungen beidseits der Wirbelsäule, wie diese schattigen Stellen nach unten abtauchten und im Bund seiner Arbeitshose verschwanden, der dicke Ledergürtel, der teuer aussah, dunkelbraun und abgetragen … Meine Güte, dieser Gürtel machte mich scharf mit seiner Männlichkeit.

Dann sah ich auf dem Fensterbrett, direkt neben meinem Kopf, ein gerahmtes Foto von ihm und einer jungen Frau Arm in Arm. Ansonsten fanden sich dort ein Handspiegel, ein Kulturbeutel, eine Schachtel Kosmetiktücher, aber keine weiteren Fotos. Ich nahm es in die Hand und sah es mir genau an. Es wirkte wie auf einer Betriebsfeier oder einem anderen Arbeits-Event aufgenommen, einer Weihnachts- oder Silvesterparty. Matty hatte etwas Glitzerfolie über einem Ohr und ein einfältiges Grinsen im Gesicht. Die junge Frau trug ein Cocktailkleid aus hellblauem Chiffon, altmodisch für ihr Alter oder womöglich retro – vielleicht war es eine Zwanzigerjahre-Mottoparty. Sie hatte einen Kopfschmuck an ihren blonden Pony gesteckt, weißer Tüll mit einer Feder. Das feine Haar war stufig geschnitten. Ich dachte mir – ziemlich hämisch –, dass sie zwar auf konventionelle Art jung und hübsch war, man ihr aber schon ansehen konnte, wie sie als reifere Frau daherkommen würde, der Typ, der sich zum Vorstand der Gesamtelternvertretung wählen ließ. Sie wirkte forsch und kompetent, wie eine, die Lebensmittel bereits am Ablauftag des Verfallsdatums wegwirft.

»Wer ist das?«, fragte ich, und Matty wandte sich um.

Er lächelte, und mir kam der absurde Gedanke, er könnte das Foto an dem Morgen bewusst als Blickfang platziert haben, in dem Wissen, dass ich vorbeikommen würde. Er verdrehte die Augen, mit dem gleichen überdrüssig-ironischen Ausdruck wie vorhin, als er die *Arschloch*-Geste hinter dem Rücken seines Mitbewohners gemacht hatte. »Das Auslaufmodell. Meine Ex.«

»Warum hast du noch ein Foto von ihr auf dem Fensterbrett?«

Er hörte sich ungezwungen an. »Hast du ein Problem damit?«

»Nein, natürlich nicht.«

Ich dachte an unser Gespräch beim Italiener vor knapp zwei Wochen. Und überlegte mir, dass ich keine Sekunde auf die Idee gekommen war, ihm das Recht darauf streitig zu machen, als er mich nach Ian ausgefragt hatte.

»Bin bloß neugierig, mehr nicht. Hab dich noch nie mit Flitter am Ohr gesehen. Sie sieht nett aus.«

Da lächelte er mich an, mit diesem wissenden, unter die Haut gehenden Lächeln, das er mir ab und zu – nicht oft genug – schenkte; ein Lächeln, von dem ich nie genug kriegen konnte. Es signalisierte mir, dass ich etwas besonders Liebenswertes gemacht hatte, das ihn belustigte, und dass es seine Lieblingsbeschäftigung war, von mir belustigt zu werden. »Na ja, so nett kann sie nun auch wieder nicht gewesen sein, oder? Sonst wär ich ja noch mit ihr zusammen.« Er kam zu mir, bückte sich, küsste mich auf die Nasenspitze und ging dann zu seinem Schrank zurück.

»Wie heißt sie?« Bei dieser Frage stellte ich das Foto aufs Fensterbrett zurück. Er hatte mich schon dabei ertappt, wie ich es länger ansah, als mein Stolz eigentlich zugelassen hätte.

»Helen«, antwortete er, während er ein Poloshirt aus

dem Schrank zog und es hochhielt. »Meinst du, ich hab noch Zeit zu duschen?«

»Kommt ganz drauf an, wie schnell du bist.«

»Sie war eigentlich ein bisschen verrückt«, sagte er und zog sich das Hemd über den Kopf. »Irgendwie neurotisch, rasend eifersüchtig, konnte ziemlich schwierig werden …« Er knöpfte seine Arbeitshose auf, zog sie aus und warf sie auf das abgelegte Hemd. Seine Boxershorts waren dunkelblau, mit Eichhörnchenmuster. Nicht die Art von Unterhose, die ein Mann sich selbst kaufen würde. Sondern das Weihnachtsgeschenk einer Freundin.

»Ach …«, machte ich in mitfühlendem, ermunterndem Tonfall, bemüht, mein Interesse neutral klingen zu lassen.

»Genau«, sagte er, setzte sich auf die Bettkante und zog sich eine Jeans an. »Sie ist durchgedreht, wenn sie mitgekriegt hat, dass ich eine SMS bekam, *wer schreibt dir da* und das ganze Theater.«

Ich gab ein unverfängliches Murmeln von mir.

»Das Blöde ist, wenn eine erst mal auf dem Trip ist, kriegt man sie mit nichts wieder runter. Egal, was man sagt … Ich bin nach einer Zwölf-Stunden-Schicht nach Hause gekommen, und sie hat mir vorgeworfen, mit einer anderen zusammen gewesen zu sein. Echt jetzt, da hat man zwölf Stunden am Stück Leute zusammengeflickt und sich mit den ganzen Aggressionen, der Kotze und allem rumgeschlagen, und dann wird einem ausgerechnet so was vorgeworfen …« Er schüttelte den Kopf, und ich dachte, oje, wie rücksichtslos von ihr. »Einmal ist sie im Krankenhaus aufgekreuzt, um sich davon zu überzeugen, wo ich war. Schade, ich hab sie gemocht, aber sie war einfach so unsicher …« Er verlor sich in Gedanken. »Sie konnte ja nichts dafür. Nicht jede bringt das Verständnis auf.« Er stand auf, um sich die Jeans hochzuziehen, wandte sich mir zu und schenkte mir noch eins seiner strahlenden Lächeln; diesmal weniger belustigt, mehr bewundernd. »Das mag ich so an dir.«

Ich nahm einen Schluck Kaffee. »Dass ich nicht verrückt bin?«

»Dass du Augenmaß behältst. Du bist Lehrerein, du weißt, wie es ist, wenn Menschen dich brauchen. Sie hat Pressearbeit gemacht, hatte keinen Schimmer vom öffentlichen Dienst, null Ahnung, wie es im Gesundheitswesen zugeht.« Ich spürte Stolz in mir aufsteigen. Ich besaß Augenmaß – das hatte mir noch keiner zuvor bescheinigt. Ich hatte das Gefühl, dass mir die Wichtigkeit davon eben erst aufging und in was für ein gutes Licht mich diese Tatsache setzte. Von einem Mann wie Matty, der wahrhaftig Leben rettete, in seine Sparte eingestuft zu werden! Schon sonnte ich mich in dem Gefühl, auch ich gehörte zu der Sorte Leute, die Menschenleben retteten.

Er stand auf, ging raus, kam gleich darauf mit Turnschuhen in der Hand zurück und setzte sich wieder auf die Bettkante. Unterdessen linste ich noch mal nach dem Foto, das ich aufs Fensterbrett zurückgestellt hatte, zu mir gedreht. Matty und Helen lehnten die Köpfe aneinander. Sie sahen glücklich aus. In dem Moment hätte ich gern einen Haufen Fragen gestellt. Wie habt ihr euch getrennt, hast du Schluss gemacht, und wenn ja, wie? Wie lange ist es her? Auslaufmodell … heißt das, sie wohnt in Peterborough oder woanders? Warum hast du *immer* noch ein gerahmtes Foto von ihr auf dem Fensterbrett? Und – am wichtigsten – hast du noch Kontakt zu ihr?

Während des Spaghettiessens hatte er mich mit Fragen bombardiert – aber bei ihm war es offenbar etwas anderes: Es ließ ihn leidenschaftlich erscheinen, verrückt nach mir. Wenn ich ihm lauter solche Fragen stellte, machte es mich unsicher, klammernd.

Matty ging wieder raus und kam in einem Ledermantel wieder, in der einen Hand seinen Arztkittel, mit der anderen die Taschen nach Schlüssel, Handy, Brieftasche absuchend. Plötzlich versetzte es mir einen Stich, während er sich bückte, um die Turnschuhe neu zu binden, und die Schnürsenkel jeweils mit einem scharfen Ruck fester zog – und ich sehnte mich so sehr nach der Lockerheit, Ungezwungenheit, wie ich sie mit Freundinnen zusammen erlebte, den Gesprächen, die mit ihnen möglich sind, wenn man einfach nur seinen Gedanken freien Lauf lässt, ohne Sorge, dass diese Frau womöglich nicht mehr mit einem befreundet sein will, wenn sie merkt, dass man sie wirklich mag. War es zu viel verlangt, einen Mann zu wollen, der wie eine Freundin sein sollte? Ich begehrte Männerkörper, wollte aber Frauenköpfe.

Vermutlich warf es kein gutes Licht auf mich, Männer und Frauen so in ein Schema einzuteilen; es kam mir wie eine Schwäche vor. Wie würde ich es aufnehmen, wenn ein Mann etwas Vergleichbares nur aus seiner Warte gesagt hätte?

Matty setzte sich auf und klatschte sich mit beiden Händen auf die Knie. »Okay, gehen wir. Wir wollen doch den Vorspann nicht verpassen.«

Ich hatte die Kaffeetasse noch in Händen. Ich nahm einen letzten Schluck, ehe ich sie aufs Fensterbrett neben das gerahmte Foto stellte. Er sollte beide zugleich sehen, später. Ich wollte, dass er meine Tasse wegnahm, halb voll mit kaltem Kaffee, und sah, dass der weiße Rand mit dem unverkennbaren Abdruck meines mattbeigen Lippenstifts verschmiert war – eine Farbe, die ihm bei unserem letzten Date ein Kompliment wert gewesen war. Ich wollte, dass er an mich erinnert wurde, wenn er das Foto an seinen angestammten Platz zurückstellte und Helen ansah. Vielleicht würde er, wenn auch nur unbewusst, einen Vergleich ziehen. Ich war das neue Modell. Ich hatte die Oberhand.

»Na klar, das Beste vom Ganzen«, sagte ich, stützte mich mit beiden Händen am niedrigen knarzenden Sessel ab und schob mich nach oben. »Auf geht's.«

Im Sitzen hatte mein Körperschwerpunkt tief gelegen, und mit meinem schwachen Gleichgewichtssinn verschätzte ich mich, wie viel Kraft ich zum Aufstehen brauchte. Nach ein paar Zentimetern plumpste ich mit peinlich berührtem Auflachen zurück – wie ungeschickt von mir. Matthew drehte sich um und sagte: »Na komm schon, Trampelchen!«, und als ich ihm eine Hand hinhielt, packte er sie und hievte mich, nicht allzu sanft, aus der innigen Umarmung des Sessels hoch. »Also wirklich«, sagte er und zog mich dicht an sich, einen Arm um meine Taille gelegt. Er drückte seinen Mund auf meinen, und meine Lippen öffneten sich sanft und willig, unsere Zungen umspielten sich, und ich spürte, wie sich mein Körper an seinen schmiegte, Unterleib an Unterleib. Er machte sich los und murmelte mit leisem Knurren: »Du hörst besser jetzt sofort damit auf, Zuckerschnute, sonst kommen wir nie im Leben in diesen Film.«

Er wandte sich zur Tür, meine Hand fest in seiner, und als wir aus dem Zimmer gingen, warf ich noch einen Blick zurück auf das Foto von Helen und ihm und reckte das Kinn. Was spielte es für eine Rolle, ob Matty ihr Bild noch hatte oder nicht? Warum sollte irgendwer eifersüchtig auf eine Ex sein, selbst wenn es die direkte Vorgängerin war? Der Vergleich fiel ja wohl doch immer zu eigenem Gunsten aus? Auf dem ganzen Weg aus der Wohnung und durchs Treppenhaus hielt Matty meine Hand fest in seiner, ließ erst los, als wir an der Beifahrertür seines Autos anhielten, die er mir zum Einsteigen aufhielt. Bevor ich reinschlüpfte, legte ich ihm eine Hand an die Wange und küsste ihn ganz kurz auf den Mund, mit winzig kleinen aufreizenden Zungenstößen zwischen seinen Zähnen. Wetten, dass Helen nicht gemacht hat, was ich mache, dachte ich, womit weder ihre noch meine Arbeit gemeint waren.

12

Einen Monat später, im November, zogen wir zusammen – das heißt, er zog bei mir ein. Er sagte, er sei das ganze Jahr in Peterborough WG-Bewohner gewesen – ein andermal, dass er erst seit vier Monaten bei Richard untergekommen sei. Er hatte eine kleine Eigentumswohnung in Südostlondon, in einem Vorort namens Brockley, die er vermietete. Was nur vernünftig war, denn für seine nächste Assistenzarztstelle konnte er überallhin versetzt werden – bis man fertiger Facharzt war, gab es nun mal keinerlei Sicherheit, weshalb er die Wohnung in London noch nicht verkaufen und sich hier etwas kaufen wollte, bevor er sich sicher war, dass er blieb. *Und bist du es jetzt?*, wollte ich fragen, ließ es aber bleiben. Er hatte deutlich genug gemacht, dass sein Leben provisorisch war – so war das nun mal in seinem Beruf, und nicht alle hatten dafür Verständnis. Ich wollte verständnisvoll sein. Ich wollte *Die verständnisvolle Freundin* sein.

Wir redeten nie ausdrücklich über Pläne zusammenzuziehen – er verbrachte nur immer mehr Zeit bei mir, wenn er dienstfrei hatte. Ich wohnte allein, er teilte sich die Unterkunft mit dem grantigen Richard mit seinen sarkastischen Bemerkungen, es bot sich also an. Ich hatte ihm wegen seiner unberechenbaren Arbeitszeiten einen Schlüssel gegeben. Eines Abends in seinem Auto – er setzte mich zu Hause ab, bevor er zu einer Nachtschicht aufbrach – sagte er: »Ich weiß echt nicht, warum ich für die Bude Miete abdrücke, bloß um meine Sachen bei einem Typen unterzustellen, den ich nicht mal mag.«

Ich zuckte die Achseln. »Dann lass es doch.« Wie siegessicher ich mich nach der Bemerkung fühlte; wie unverkrampft das rüberkam. »Wenn du deinen Kram zu mir rüberbringst, sparst du wenigstens etwas Geld.« Ich hielt den Blick nach vorn gerichtet, als ich das sagte. Er hatte unsere letzten drei Dates wegen der Arbeit platzen lassen, und ich hatte peinlich genau darauf geachtet, mich nicht aufzuregen, fest entschlossen, anders zu sein als die verrückte Helen – obwohl es mich natürlich doch aufgeregt hatte. In der Woche hatte er sich zu unserer Acht-Uhr-Verabredung in einem Pub um zwei Stunden verspätet. Ich dachte mir, dass es nichts ausmachen würde, wann er nach Hause käme, wenn wir zusammenwohnten, dann wäre ich halt einfach da und käme mit meinem Klausurenkorrigieren weiter. Ach, was für gedankliche Pirouetten wir doch drehen, wenn wir jemanden nur wollen.

Deinen Kram. Wie clever von mir. So als zöge gar nicht er ein, bloß seine Klamotten.

Er sagte erst mal nichts, und ich fragte mich schon, ob ich mich zu weit aus dem Fenster gelehnt, die Karten zu früh aufgedeckt hatte. »Meinst du, du würdest damit klarkommen?«, fragte er leise, ernst.

»Mit was, mit deinen unberechenbaren Schichtplänen und dass du die ganze Zeit erledigt bist und nie weißt, wann du nach Hause kommst?«

»Nein …«, sagte er nachdenklich. »Damit, dass ich dir in jeder Sekunde, die ich da *bin*, das Hirn aus dem Schädel vögele.«

Meine Eltern klingelten eines Sonntags pünktlich um zehn, genau wie angekündigt. Ich sah noch die Kleiderstapel durch, die ich auf dem Bett aufgetürmt hatte, um

Platz zu schaffen: ein Stapel für Oxfam, einer zum Behalten und noch einer für die Grauzone dazwischen, der wahrscheinlich in Plastiktüten gestopft auf dem Schrank landen würde, bis ich mich dazu durchringen konnte, auch den zu entsorgen. Matty war im Wohnzimmer, und als es klingelte, hörte ich ihn die Wohnungstür öffnen und die Treppe runterlaufen. Ich trat in den Hausflur und hörte ihn sagen: »Nur hereinspaziert, Mr. E.!«

Ich sah an Matty vorbei die Treppe runter. Mein Vater trug zwei Kommodenschubladen, unter jedem Arm eine.

Matty lief die Treppe runter, um sie ihm abzunehmen. »Wo ist die Chefin?«, fragte er.

»Holt die anderen Schubladen aus dem Kofferraum«, antwortete Dad kopfschüttelnd, womit er Matty bedeutete, dass eine Schubladenübergabe auf halbem Weg nach oben nicht wirklich der Mühe wert war.

»Das ist doch nichts für Sie, Sie hätten uns anrufen sollen.« Als Matty das sagte, hörte man ein Klappern weiter unten im Treppenhaus, und Mums Kopf tauchte auf. Unbeholfen hielt sie die anderen beiden Schubladen fest.

»Also wirklich, gute Frau«, sagte Matty und lief mit großen Schritten die Treppe runter. »So geht das aber nicht. Die geben Sie mir, und Sie gehen rauf und helfen Lisa beim Wasseraufsetzen.« Eine Rangelei um die Schubladen setzte ein, Mum etwas nervös von Mattys Ritterlichkeit. Ritterlichkeit war noch nie eine besondere Stärke meines Vaters gewesen, und sie konnte nichts damit anfangen.

Ich ging ein paar Treppenstufen runter, aber Mum hatte sich schon an Matty und Dad vorbeigequetscht, kam zu mir rauf und scheuchte mich in die Wohnung zurück. »Na los«, sagte sie, »die Männer wollen offenbar, dass wir ihnen das Feld überlassen.«

Ich setzte wie gewünscht Wasser auf. »Dad muss gleich weiter zu Onkel Jim, wenn wir fertig ausgeladen haben«, sagte Mum, während ich mit der roten Cafetière, die sie mir zu Weihnachten geschenkt hatten, Kaffee machte. Eigentlich wäre mir eine Tasse Tee lieber gewesen, aber ich wollte ihnen eine Freude damit machen, dass ich sie benutzte. »Ich kann auf einen Kaffee bleiben.«

Dad und Onkel Jim gingen sonntagvormittags zum Bowling. Dann blieb Mum zu Hause und kochte das Mittagessen – auch wenn sie nur noch zu zweit waren, gab es meist Sonntagsbraten.

Während Mum und ich in der Küche Kaffee tranken, baute Matty die Kommode im Schlafzimmer wieder zusammen. »Lis!«, rief er nach einer Weile durch die Wohnung. »Möchtest du kommen und nachsehen, ob es so stimmt?«

Mum und ich gingen beide zum Schlafzimmer durch und hielten uns an unseren Tassen fest. »Ganz sicher, dass du keinen Kaffee willst, Matthew?«, fragte Mum mit äußerst besorgter Stimme.

»Nee, schon in Ordnung, danke«, sagte Matty und dann zu mir: »Willst du sie auch bestimmt hier haben? Soll ich nicht lieber die Nische ausmessen?«

Da standen wir nun zu dritt im Schlafzimmer und sahen uns um, als wären die Möbelstücke Blumen in einer Vase, die sich leicht anders arrangieren ließen, nicht etwa sperrige Dinger, die weder zueinander- noch so richtig in das Zimmer passten, in dem sie standen. Ich hatte kurz eine Vision des ganzen Hauses, das Matty und ich eines Tages haben konnten, wenn er Facharzt war und ich diese Bude und er seine Wohnung in Brockley verkaufte, wo auch immer das verdammt noch mal war. Dann hätten wir Einbauschränke mit Spiegeltüren. Mit einem Mal strahlte das Wort »Einbauschränke« einen geradezu poetischen Reiz auf mich aus.

Matty kratzte sich am Hinterkopf. »Aber du kannst natürlich auch stattdessen den Schrank in die Nische stellen, das könnte gehen. Ich kann gerne Maß nehmen.«

»Das können Sie nicht allein machen, Matthew!«, rief meine Mum. »Warten Sie, bis George wiederkommt und hilft.«

Er ist nicht allein, dachte ich. Ich bin da.

»Was meint die Dame des Hauses?«, fragte mich Matty. »Kommode hier oder dort?«

»Versuchen wir's erst mal da«, sagte ich und zeigte hin, »und schauen, wie es aussieht.«

»Alles klar.«

Als Mum und ich in die Küche zurückgingen, sagte sie: »Er kann doch nicht ständig alles hin und her rücken, ganz nach deiner Lust und Laune, weißt du, du solltest ihn nicht schikanieren.«

Matty brauchte ein paar Minuten, um die Kommode an die richtige Stelle zu schieben und die Schubladen reinzustecken. Als er in die Küche kam, sagte Mum: »Matthew, Sie sind ein Genie.«

Er zwinkerte mir verschwörerisch zu, ohne dass meine Mutter es sehen konnte, und sagte: »Jetzt möchte ich wohl doch einen Kaffee.«

Eine halbe Stunde später saßen wir drei in Mattys Auto und fuhren Mum nach Hause. Sie hatte gesagt, dass sie gerne zu Fuß gehen würde, aber Matty wollte nichts davon wissen. »Draußen ist es eiskalt heute, Sie können unmöglich laufen!« Mum saß auf dem Beifahrersitz, ich hinten, links hinter ihr, den Kopf ans Seitenfenster gelehnt. Von dem Gespräch zwischen Matty und Mum bekam ich Kopfschmerzen.

»Nein, es steht Ihnen, wirklich, mir gefällt's. Da frage ich mich doch glatt, wie Lisa wohl mit kurzen Haaren aussehen würde.«

Mum betätschelte ihren Kopf, fühlte nach, ob ihre Frisur noch Volumen hatte. Allzu oft kam sie nicht zum Friseur. »Also ich war mir da nicht so sicher. Wenn man in mein Alter kommt …«

»Das Wort ›Alter‹ will ich überhört haben!«

Ich dachte mir, wie leicht junge Männer es haben. Wie interessant es wäre, es auszuprobieren, bloß eine Woche lang oder so, wenn einem überall alles hoch angerechnet wird und man allein schon für Lächeln und normale Höflichkeit Lob erntet – oder dafür, dass man die Schubladen in ein Möbel steckt.

»Wie geht es mit der Arbeit? Haben Sie dieses Wochenende Dienst?«

»Nein. Kann sogar sein, dass ich bald von der Notaufnahme wegkomme. Also dann auch von diesem Dienstplan mit Frühschicht, Spätschicht, Nachtschicht im Turnus.«

Ich beugte mich vor. »Davon hast du mir nichts gesagt.«

Er warf einen Blick in den Rückspiegel. »Na ja, es steht noch nicht fest. Ich wollte eigentlich warten, bis es sicher ist, und dich damit überraschen. Ich weiß ja, dass es nicht leicht für dich ist.« Ich erinnerte mich nicht, mich je über seinen Dienstplan beschwert zu haben. »Irgendwann kommt die Zeit«, fuhr er fort, »da möchte man etwas mehr Normalität in den Verhältnissen, regulärere Arbeitszeiten ... andere Prioritäten.«

Meine Mutter warf ihm einen Seitenblick zu. Er sah immer noch mich an, dann wieder auf die Straße und merkte es nicht – ich schon. Ach, Mum, hör einfach auf, dachte ich.

»Was haben Sie vor?«, fragte Mum.

Er drehte am Lenkrad, um in die Straße vor der Sackgasse einzubiegen. »Unfallchirurgie. Als Assistenzarzt in der Notaufnahme wäre ich dann immer noch in Rufbereitschaft.«

Da schoss ein verschwommener silbriger Fleck auf uns zu, und das Seitenfenster, an das ich mich eben noch gelehnt hatte, gab erst nach und knallte mir dann gegen den Kopf. Im selben Moment passierten drei andere Dinge: Meine Mutter rief laut schnaufend »Ooh!«, während sich der Beifahrer-Airbag entfaltete. Matty rief: »Ach du Scheiße!« Es gab einen Riesenknall.

Im nächsten Augenblick saß ich immer noch an meinem Platz auf der Rückbank, aber mir brummte der Schädel. Unser Auto stand schräg zur Fahrbahn. Matty sprang mit einem Satz vom Fahrersitz raus.

Ich sah zur Seite. Links von uns stand ein kleines graues Auto in einem anderen schrägen Winkel; der Fahrer war über dem Steuer zusammengesackt. Ich konnte nicht erkennen, wie alt oder jung er war, sah nur die kahle Stelle an seinem Hinterkopf.

Matty zog am Griff meiner Tür, aber sie ging nicht auf. »Alles in Ordnung mit dir?«, fragte er mich durchs Fenster. Ich sah ihn an. Ein langer schräger Sprung in der Scheibe teilte sein Gesicht in zwei Hälften. Ich nickte.

»Bist du bestimmt nicht verletzt?« Ich schüttelte langsam den Kopf, der immer noch brummte.

»Und Sie, Madame?«, sagte er ruhig zu Mum.

»Ja, ja, mir fehlt nichts«, quiekte Mum mit etwas höherer Stimme als sonst.

Ich sah zu, wie Matty zum anderen Auto rannte. Inzwischen hatte sich der Fahrer am Steuer aufgesetzt. Er war vielleicht Ende fünfzig, mit schütterem Haar. Mit schmerzverzerrtem Gesicht hielt er die Augen geschlossen, die Lippen fest zusammengepresst. Seine Fahrertür hing aus den Angeln. Matthew griff nach innen und umfasste mit beiden Händen den Hals des Fahrers.

Ich blieb ein Weilchen ganz still sitzen. Obwohl ich Matty gesagt hatte, ich sei nicht verletzt, ging ich erst noch jeden Teil meines Körpers durch, bevor ich mich bewegte. Ich versuchte, meine Fußsohlen nacheinander anzuheben, um zu sehen, ob die Beine es noch taten, und bewegte den Kopf langsam hin und her. Unterdessen beobachtete ich Matty. Er redete mit dem Fahrer, ohne dass ich ihn verstehen konnte, und hielt den Hals des Mannes noch mit beiden Händen umfasst. Hinter Matty und dem Auto stand ein jugendliches Pärchen auf dem Bürgersteig. Der Junge gaffte mit offenem Mund Matty an. Das Mädchen telefonierte.

»Alles in Ordnung mit dir, Lisa?« Die Stimme meiner Mutter klang immer noch schrill.

»Ja, sorry, Mum, bin bloß etwas benommen. Und du?«

»Mir geht's gut. Ist dir auch wirklich nichts passiert? Sollen wir aussteigen oder auf Matty warten?«

»Aussteigen, glaube ich.«

Als ich an meinem Türgriff zog, funktionierte er auch von innen nicht. Ich schnallte mich ab und rutschte vorsichtig quer über den Rücksitz, um auf der anderen Seite rauszukommen.

Mum und ich standen neben dem jungen Pärchen auf dem Grünstreifen, als ein Krankenwagen um die Ecke bog und hielt. Am Steuer saß eine junge Frau. Der Sanitäter, der vom Beifahrersitz sprang, war groß, gut über eins achtzig, etwa Mitte fünfzig, und strahlte Autorität aus. Als er sich dem Auto näherte, wo Matty noch mit beiden Händen den Hals des Mannes umfasst hielt, sagte er: »Okay, junger Mann, ab hier übernehmen wir.«

Ohne Gewese oder Aufregung sagte Matty: »Ich bin Arzt. Holen Sie die Halskrause.«

Meine Mum sagte leise: »Das Hähnchen muss in die Röhre. Dein Dad kann jeden Moment wiederkommen.«

Matty legte die Halskrause an, ehe er die Sanitäter den Fahrer aus dem Wagen holen, auf eine Bahre legen und in den Krankenwagen schieben ließ. Wir sahen alle bei der Abfahrt zu, und dann kam Matty zu uns. »Ich warte auf die Polizei, damit sie das Unfallgeschehen aufnehmen«, sagte er. »Bring du deine Mum nach Hause und flöß ihr Tee mit Zucker ein. Zwei Stück Zucker für jede von euch, das ist eine ärztliche Anweisung. Okay?«

Wir nickten beide tapfer. Matty sah mich an. »Deine Absencen, wurden die irgendwann mal von einem Aufprall verursacht?« Ich schüttelte langsam den Kopf.

Er schaute von einer zur anderen, jeder von uns in die Augen. Dann zwinkerte er meiner Mutter zu und sagte: »Verzeihen Sie meine Ausdrucksweise vorhin, Mrs. E.«

Ich warf ihm ein mattes Lächeln zu und wünschte mir, ich hätte eine kleine Verletzung davongetragen, natürlich nichts Schlimmes, aber ausreichend, um Matty aus seinem Dienstmodus zu holen und mich in den Mittelpunkt seiner Aufmerksamkeit zu befördern. Dann schalt ich mich für meine Eifersucht auf einen Mann, der sich allem Anschein nach einen Halswirbel angeknackst hatte.

Matty neigte sich mir zu, legte mir beide Hände ganz sanft auf die Schultern und küsste mich auf den Scheitel. »Wirklich alles in Ordnung mit dir, ganz bestimmt?«, flüsterte er.

Ich nickte wieder.

Mum sagte: »Ach, Matthew, ich weiß nicht, was wir ohne Sie gemacht hätten.«

Wir waren keine zweihundert Meter vom Haus meiner Eltern entfernt, aber Mum und ich gingen langsam die Sackgasse entlang. Sie hakte sich bei mir unter oder vielleicht ich mich bei ihr. Eine Nachbarin kam aus der Hausnummer vierundvierzig und fragte: »Bridget, alles in Ordnung mit dir?«

Mum antwortete ein wenig steif: »Ja, es geht gut, danke, meine Tochter ist hier.«

Im Haus setzte ich Mum aufs Sofa, ging in die Küche und stellte fest, dass meine Beine wie verrückt zitterten, die Muskeln um die Knochen schlotterten, während ich im kleinen Küchenschlauch herumfuhrwerkte. Ich füllte den stets lecken Wasserkocher und stellte ihn an. Jetzt bloß nicht das Bewusstsein verlieren, wo ich mich doch um Mum kümmern sollte. Ich stellte ihr den Backofen an, damit er sich aufheizte. Ich wusste, dass sie mit ihrem Mittagessensprogramm loslegen würde, sobald sie den Tee getrunken hatte.

Matty musste Dad telefonisch im Bowlingclub aufgespürt haben, denn zwanzig Minuten später, als wir beide noch Tee tranken, hörten wir seinen Schlüssel in der Tür.

Er stand auf der Schwelle zum Wohnzimmer, sah uns an und sagte: »Also, ich hab davon gehört.«

Mum brach in Tränen aus.

Als wir an dem Abend früh nach Hause kamen, entdeckte ich einen blauen Fleck an meiner linken Schläfe, klein, aber ausgeprägt, mit leichter Schwellung, der ganz danach aussah, als könnte er sich noch auf das Gesicht ausbreiten. Ich ging auf Matthew zu, stellte mich vor ihn hin, hielt die Haare nach hinten, um es ihm zu zeigen, und verzog – ein wenig theatralisch – das Gesicht, während er es sich ansah. Mit schwachem Lächeln sagte er: »Du wirst es überleben.«

Wir waren nicht besonders hungrig, aber ich machte uns Sandwichtoasts und redete beim Essen über alles, was ich vom Unfall gesehen hatte und wie es mir damit ging; so wie normalerweise üblich, wollte ich den ganzen Vorfall noch mal durchsprechen, wie um mir die Geschichte zurechtzulegen, sie zur Anekdote gerinnen zu lassen. Matthew tat mir den Gefallen, zu nicken und ab und zu eine Bemerkung fallen zu lassen, aber ich spürte, dass er nicht wirklich bei der Sache war. Vielleicht fand er, dass ich zu lange darauf herumritt. Schließlich war es läppisch im Vergleich zu dem, was er tagtäglich um sich hatte. Niemand war gestorben; Mum und ich waren unverletzt; der andere Fahrer hatte ein schweres Schleudertrauma, sein Auto Totalschaden. Was mit Mattys Autos war, würde sich noch herausstellen.

Wir nahmen uns jeder ein Glas Wein mit zum Sofa, und während er sich hinfläzte und nach der Fernbedienung griff, ging ich in die Küche zurück, um Tee zum Wein zu machen. Als ich wiederkam, war Matty eingeschlafen, mit leicht gerunzelter Stirn; ein Bein hing vom Sofa, mit dem Fuß auf dem Boden. Sein Weinglas stand auf dem Boden, und ich ging hin, hob es auf und stellte es auf einen Untersetzer auf dem Couchtisch. Ich nahm im Sessel gegenüber Platz und sah ihm beim Schlafen zu. Dabei kam es mir so vor, als sähe ich seine Arbeit in der Notaufnahme mit neuen Augen, wie viel Adrenalin dabei freigesetzt wurde, und erkannte, wie es sein musste, wenn es später nachließ und sein Blut wieder in ruhigeren Bahnen floss. Während ich in diesem Sessel saß, im Hintergrund eine Antiquitäten-Sendung mit abgestelltem Ton, nahm ich mir fest vor, verständnisvoller zu sein.

War es wirklich das Bedürfnis, mehr Verständnis für ihn aufzubringen – oder der nicht ganz so selbstlose Gedanke, den mir der kleine Unfall eingeflüstert hatte: Wenn etwas passiert, kann dieser Mann mich beschützen? Wie tief das in unserer DNA verankert, wie verführerisch es ist – gibt es auch nur eine einzige Frau auf dieser Welt, die nicht von klein auf weiß, dass Dinge und Menschen ihr gefährlich werden können? Die Vorstellung, die Verantwortung für unsere persönliche Sicherheit an jemand anderen abzutreten – fällt es uns in unseren müden, tränenreichen Stunden nicht viel zu schwer, das nicht zu wollen? Wir sind alle irgendwann erschöpft, Männer und Frauen gleichermaßen, habe alle unsere schwachen Momente – und geht es Männern nicht auch so, wie damals, als Matty mir den Kopf auf die Schulter legte, während ich nach unserem Abend im Spaghettini die Haustür aufschloss? Was war das anderes als der Wunsch, sich mir zu überantworten, jedenfalls kurzzeitig?

Vielleicht hatte ich meine eigene kleine verzögerte Schockreaktion, obwohl ich mit nichts als einer Minibeule am Kopf davongekommen war – bei meiner Krankengeschichte war selbst eine Minibeule für mich angstbesetzt. In Wahrheit war ich ein wenig enttäuscht, dass Matty zu Hause nicht mehr Aufhebens um mich gemacht hatte, und auf einmal war auch ich ganz erschlagen von den Ereignissen eines Tages, der so normal angefangen hatte, mit einer Kommode und Kaffeekochen für meine Mum, einer kurzen Autofahrt und Geplauder über eine Frisur – vielleicht erschlagen von einer plötzlichen Erkenntnis: Ich liebte diesen Mann, der in mein Leben getreten war, mit seiner Unberechenbarkeit, seinen seltsamen Stimmungsschwankungen und überraschenden Schwächen, und das würde nie einfach sein, denn wenn man jemanden liebte, der mit Leben und Tod befasst, dessen Arbeitsalltag ein ständiges Auf und Ab von Dramatik und Adrenalin war, musste man mit dem Strom schwimmen, mit seinem Strom, so viel war mir mittlerweile klar. Mit seinen eigenen kleinen Dramen konnte man nicht gegen die Höhen und Tiefen des anderen anstinken. Es war wie in einem Boot bei hohem Seegang. Man musste den Bug zum Wellenkamm hin ausrichten und sich von der Strömung mitreißen lassen.

Ich war stolz auf mich, dass mir dieser Vergleich eingefallen war. Das mit den Wellen hatte ich auf einer Seekajakfahrt mit einer Gruppe von Freunden aus meinem B.A.-Pädagogik-Seminar gelernt, ein Wochenendabenteuer, an dem ich im Geiste von Überwinde-deine-Ängste leichtsinnigerweise teilgenommen hatte. Ich fand es von Anfang bis Ende schrecklich, besonders den Rückweg bei immer stärkerem Wellengang. Wenn die Wellen ansteigen, darf man nicht in Panik geraten, und man darf sich nie breitseits von ihnen erwischen lassen, sonst kentert man. Nimm allen Mut zusammen, richte den Bug zum ansteigenden Wellenkamm hin aus und erklimme ihn, selbst wenn die vordere Spitze deines Kajaks nach oben gerissen wird, bis sie gen Himmel ragt. Ich hatte damals Angst und hatte jetzt Angst, aber ich war eine fünfunddreißigjährige Oberschullehrerin, hatte genug von meinem langweiligen Leben und konnte es mir nicht leisten, mir ein halbes Jahr für eine Australien- oder Indienreise freizunehmen. Matty sollte als mein Ersatzabenteuer herhalten.

Hinterher ist man immer schlauer. Vielleicht habe ich damals nichts dergleichen gedacht, während ich Matty beim Schlafen zusah und davon träumte, vor Autounfällen beschützt zu werden, wenn ich bei ihm blieb. Vielleicht dachte ich nichts außer: Ja, der ist es. Er. Vielleicht ließ ich mich als Frau ohne Führerschein, die weder auf Bäume klettern noch Ski fahren oder sonst irgendeine den Gleichgewichtssinn fordernde Aktivität ausüben konnte, einfach zu leicht von körperlicher Kompetenz beeindrucken. Können wir jemals wirklich wissen, warum wir uns für die eine und nicht die andere Person entscheiden?

Matty regte sich im Schlaf, öffnete kurz die Augen, warf mir ein halb waches Lächeln zu und breitete die Arme für mich aus. Ich stand glücklich auf, quetschte mich in den Spalt zwischen ihm und der Sofarückenlehne, halb auf ihm liegend, und er legte mir die Arme um die Schultern. Dicht aneinandergeschmiegt, hielten wir einander im Arm und dösten ein Weilchen vor uns hin.

Nach ungefähr einer halben Stunde richtete er sich etwas auf, mich noch im Arm. Unser Tee war kalt geworden, aber er griff nach seinem Weinglas, hob den Kopf unbeholfen an, um einen Schluck zu nehmen, und stellte es auf den Tisch zurück.

»Gott«, sagte er, die Stimme heiser vom Schlaf, »mir fällt gerade ein, dass ich morgen nach Nottingham muss, ein Ein-Tages-Seminar.«

Ich streichelte seinen Arm und dachte, er sollte nie vom Sofa aufstehen, geschweige denn nach Nottingham fahren, und dass mir dieses Kuscheln mit ihm noch besser gefiel als Sex. Er seufzte.

»Wann musst du raus?«, fragte ich.

»Früh«, sagte er. »Ich muss mir den Zugfahrplan ansehen, gib mir mal rasch dein Handy.«

»Wo ist deins?«, fragte ich, während ich meins aus der Tasche zog.

»Da drüben«, sagte er. Er wedelte mit einer Hand in Richtung Küchentheke, ehe er mich etwas fester an sich zog, einen Arm noch um meine Schulter, und den Kopf runterbeugte, um mich aufs Haar zu küssen, während ich mit einer Hand mein Telefon entsperrte.

»Nimmst du immer noch die gleiche Nummer wie bei deiner PIN?«, fragte er. Er meinte meine Geldautomaten-PIN.

»Na ja, ich weiß …«, sagte ich. Er hatte mich schon früher dafür getadelt und dafür, dass ich für alles dasselbe Passwort benutzte, aber ich hatte ein so schlechtes Gedächtnis, dass ich mich einfach nicht drauf verlassen konnte, mir lauter verschiedene Passwörter und Zahlen zu merken.

»Du legst es ja regelrecht drauf an, dass dir jemand deine Identität stiehlt«, sagte er, als ich ihm mein Handy reichte.

13

Manche Leute brauchen Aufregung mehr als alles andere, mehr als Liebe, Geld oder Sex – und nichts ist aufregender als die Anfangsphase einer Beziehung. Deshalb verlieben sich manche seriell, um sich diese frühen Schmetterlinge im Bauch zurückzuholen. Wenn man danach mit jemandem zusammenbleibt, wodurch ersetzt man das dann? Vielleicht durch ein Eifersuchtsdrama – oder durch Untreue, den siamesischen Zwilling der Eifersucht? Oder durch Krach und Streit – davon kann man sich ähnlich lebendig fühlen wie in der frühen Verliebtheitsphase. Wenn man sich eine Nadel in die Daumenkuppe sticht, fühlt man sich schließlich auch lebendig.

In Beziehungen sind wir alle über kurz oder lang zu schmerzhafter Klarsicht verurteilt. Hinterher kommt einem so vieles offensichtlich vor, doch für Liebende sind die Fingerzeige immer mehrdeutig.

Eines Nachts sagte ich einfach so zu Matty, ohne dass ich auf etwas Bestimmtes hinauswollte: »Wir sollten ein bisschen öfter ausgehen, uns aufraffen. Wir wollen doch nicht zu sehr im eigenen Saft schmoren.«

Wir waren im Schlafzimmer. Er war schon im Bett, mit seinem Laptop; ich zog mich aus. Er schaute auf. »Was soll das heißen?«, fragte er.

Ich sah mich nicht mal nach ihm um. Ich inspizierte gerade meine Zehen. »Ich mein ja bloß, wir wollen doch nicht zu doll in Alltagstrott verfallen, so wie …«

»Wie wer?«

Ich zögerte. Ich hatte sagen wollen: »wie ein altes Ehepaar«, doch das hätte sich falsch angehört. Ich wollte mit Matthew ein Paar sein, egal ob verheiratet oder nicht, bloß alt sein wollte ich nicht. Eigentlich hatte es mich ein wenig überrascht, wie gern er zu Hause blieb, nachdem er bei mir eingezogen war. Er hatte erklärt, seine Arbeit sei so stressig, dass es ihm lieber sei, wenn wir zu zweit daheimblieben, und das verstand ich vollkommen, aber meine Arbeit war auch stressig, und ich ging trotzdem noch gern aus, wenn möglich. Wie sich herausstellte, gab er auch nicht gern Geld aus. Warum dafür zahlen, einen Film zu sehen, und dann knusperte jemand neben einem geräuschvoll Popcorn aus einem XXL-Becher, wenn man am eigenen Fernseher jede Menge Filme umsonst gucken und sich den Ärger sparen konnte? Warum essen gehen, wo er doch ein guter Koch war – was stimmte – und es zu Hause viel besser hinbekam? Nichts davon war zur Sprache gekommen, bevor wir zusammenzogen.

»Sag schon, wie wer?«, insistierte er. Der Klang seiner Stimme warnte mich, dass wir auf einen Streit zusteuerten. Es war Schlafenszeit, und wir mussten beide am nächsten Tag zur Arbeit. Ich ging nicht darauf ein, aber er ließ nicht locker. »Du sagst, dass du gelangweilt bist, dass du mich ein bisschen langweilig findest.«

Da drehte ich mich lächelnd zu ihm um. »So ein Quatsch. Natürlich bist du nicht langweilig, alles andere als das.«

Er blickte wieder auf seinen Laptop. »Hat sich aber so angehört.«

»Stimmt aber nicht.«

Ich stand vom Bett auf, nahm die abgelegten Kleider und ging damit zum Wäschebehälter neben der Kommode.

Er schrieb seine E-Mail weiter und redete beim Tippen. »Du hast gesagt, dass es toll war, mit Neesha auszugehen. Du hast gesagt, es war mal eine nette Abwechslung, statt mit mir zu Hause vor dem Fernseher zu versacken.«

Neesha war eine alte Freundin aus der ersten Schule, in der ich unterrichtet hatte, St. Peter's draußen in Gunthorpe. Wir hatten unser Referendariat zusammen abgeleistet. Mit einer Gruppe aus dieser Schule, Neesha, Karen, Michael, Samira, traf ich mich ein- oder zweimal im Jahr, aber letzte Woche war ich mit Neesha allein verabredet gewesen. Es war so eine Art Freundschaft, die vielleicht nicht für wöchentliche Treffen gereicht hätte, aber im Einpaarmal-im-Jahr-Modus sehr gut lief. Es stimmte, es hatte Spaß gemacht, mit ihr auszugehen – es war das erste Mal seit längerer Zeit, dass ich nach der Arbeit mit einer Freundin etwas trinken gewesen war.

»Das hab ich nicht gesagt. Es wäre nicht nett von mir gewesen.«

»O doch. Du weißt es nur nicht mehr, weil du knülle warst.«

Ich war nicht betrunken nach Hause gekommen. Ich hatte ein, zwei Gläser Wein getrunken, war vielleicht etwas beschwipst gewesen, aber Neesha war genau wie ich keine große Trinkerin. Wir hatten sehr viel mehr geredet als getrunken.

»Matty, das hab ich garantiert nie gesagt.«

Er unterbrach das Getippe und sah mich an. »Du hast immer gesagt, was für ein schlechtes Gedächtnis du hast, woher willst du es also so genau wissen?«

Uns darum zu streiten, was ich gesagt hatte, wo ich mich nicht erinnern konnte, etwas Derartiges gesagt zu haben, kam mir ziemlich bescheuert vor. Ich seufzte.

»Netter als mit mir zusammen sein, hast du gemeint. Bestimmt ist es ein bisschen langweilig, nicht wahr, jedenfalls für dich, mit mir auf dem Sofa zu kuscheln und einen Film zu gucken? Komisch, Helen hat sich beschwert, dass wir nie auf dem Sofa gekuschelt haben, aber dir scheint es nicht besonders zu gefallen.«

Dass er sich auf Helen berief, fand ich unnötig, ließ es aber so stehen.

»Sei nicht albern. Natürlich kuschle ich total gern auf dem Sofa, so wie alle, bloß dass ...«

»Bloß dass du lieber mit einer Freundin ausgehst.«

Da ging ich zu ihm rüber, schob ihm sanft den Laptop vom Schoß, küsste ihn fest auf den störrischen Mund und sagte energisch: »Sei nicht albern. Und jetzt ist Schlafenszeit.«

Im Bett, Licht aus und einander den Rücken zugewandt, lag ich eine Zeit lang wach in dem Gefühl, mich nicht entspannen zu können, bis ich seine tieferen Atemzüge hörte und dachte, dass ich nie gesagt hatte, mit Neesha ausgehen sei eine nette Abwechslung, statt mit ihm zu Hause zu versacken, ganz sicher nicht. Selbst wenn es stimmte, so taktlos wäre ich nicht gewesen.

Am nächsten Tag checkte ich mein Handy, während ich zur Arbeit ging. Ich scrollte mich zu meinem SMS-Wechsel mit Neesha durch. Auf dem Nachhauseweg von unserem Kneipenabend hatte ich ihr geschrieben: *Danke, hat Spaß gemacht! Nette Abwechslung, statt immer zu Hause vorm TV zu versacken, lass uns das öfter machen!!! Liebe Grüße*

Ich hatte das Handy fast immer in der Tasche, nicht weil ich etwas zu verbergen gehabt hätte, sondern einfach so. Nur wenn ich schlief oder wenn es zum Aufladen eingestöpselt war, trug ich es nicht bei mir, aber dann war es gesperrt.

Matty überwachte also mein Handy. Ich konnte meine PIN ändern – aber wenn er mich dann fragte: *Warum hast du deine PIN geändert?* Würde es nicht so aussehen, als ob ich etwas zu verbergen hätte? Was doch in Wirklichkeit gar nicht der Fall war; wenn er also unbedingt meine SMS mitlesen wollte, warum ihn dann nicht lassen? Würde ihm das nicht viel mehr Sicherheit geben, als wenn ich mich so verhielt, als wäre ich an etwas schuldig, das ich mir gar nicht vorzuwerfen hatte?

Ich musste unwillkürlich lächeln, während ich das Telefon in meine Manteltasche zurückgleiten ließ und zur Arbeit weiterging – an dem Tag war es kalt und windig, und die Böen wehten mir alle paar Minuten Haarsträhnen quer übers ganze Gesicht. Ich hätte eine Mütze aufsetzen sollen. Matty: Wer hätte gedacht, dass ein Mann mit so selbstbewusstem, charmantem Auftreten insgeheim so unsicher sein konnte? Mir fiel ein, wie scharf er darauf gewesen war, meine Eltern, meine Freunde kennenzulernen – dass er immer wissen wollte, wenn ich ohne ihn irgendwo hinging, wann ich wiederkam und wie ich nach Hause kam, selbst bei Tageslicht. Wir hatten ein wenig über seine früheren Freundinnen geredet – mit Mitte zwanzig hatte es wohl eine Lorna gegeben, die er sehr geliebt hatte und die ihn mit seinem besten Freund betrogen hatte oder etwas in der Art. So viel Selbstvertrauen – und so ein großes Anlehnungsbedürfnis. Er hatte mir nie eine Liebeserklärung gemacht, und wir hatten das Thema Heirat oder Kinder bewusst ausgeklammert, für all das war es noch viel zu früh – und doch wollte er alles über mich wissen. Daraus schloss ich, dass er stärker auf mich fixiert war, als er sich selbst je eingestehen würde. Das war doch eigentlich ziemlich süß, oder? Es hatte keinen Sinn, es zum Thema zu machen – aber vielleicht würde ich in Zukunft besser aufpassen, was für SMS ich anderen Leuten schrieb.

An diesem Wochenende wachte ich am Samstagmorgen vor ihm auf. Samstags schliefen wir normalerweise miteinander, bevor wir zusammen frühstückten, vermutlich wie die meisten Paare. Ich lag eine Weile still und wartete, ob er sich regte, merkte aber an seinen Atemzügen, dass er noch fest schlief. Nachts war es heiß gewesen, und ich fühlte mich klebrig, mit ungewaschenen Haaren, also schlüpfte ich aus dem Bett und ging ins Bad.

Die Dusche war nur über der Badewanne installiert, mit einem dicken durchsichtigen, mit Goldfischen bedruckten Vorhang. Das andere, wonach ich mich außer Einbauschränken sehnte, war eine richtige Duschkabine oder eine Nasszelle, auch wenn ich nicht so recht wusste, was eine Nasszelle eigentlich war.

Ich schloss leise die Badezimmertür hinter mir und drehte das Wasser auf, damit es heiß wurde, während ich pinkelte. Ich stieg in die Wanne und ließ mir das Wasser über den Kopf rinnen. Als ich das Shampoo ausspülte, dachte ich, der Lüftungsventilator wird Matty geweckt haben. Ich kletterte vorsichtig aus der Wanne, zog den Vorhang aber wieder so zu, dass das Wasser weiter dagegenprasselte. Ich drehte am Griff und öffnete die Tür nur so weit, dass ich ins Schlafzimmer sehen konnte. Die Vorhänge waren noch zugezogen, aber im schummrigen Licht sah ich, dass Matty wach war und auf meiner Bettseite saß, mit dem Rücken zu mir und etwas vorgebeugt.

Mein Handy wurde noch aufgeladen – ich sah, wo das Kabel vom Nachttisch zur Steckdose in der Wand führte –, aber aus Mattys Haltung und dem Schnurverlauf konnte ich schließen, dass er es in der Hand hielt.

Ich wich von der Tür zurück und ging wieder unter die Dusche. Ich wollte nicht, dass er mich dabei ertappte, wie ich ihn ertappte.

Ich ließ mir Zeit mit Duschen, putzte mir übergründlich die Zähne und zupfte die Augenbrauen. Als ich aus der Wanne stieg und die Schlafzimmertür öffnete, waren die Vorhänge aufgezogen und der Raum taghell, die Daunendecke in der Bettmitte zu einem voluminösen Haufen aufgebauscht. Kein Matty weit und breit. Mein Handy lag wieder auf dem Nachttisch, in genau dem gleichen Winkel, in dem ich es hingelegt hatte. Ich sah es mir an, während ich mit einem kleinen Handtuch meine Kopfhaut rubbelte. Ich wusste, was Rosaria sagen würde – das ginge gar nicht, dass er es sich ansah, dass ich mir so ein Verhalten nicht bieten lassen sollte. Ich stellte mir vor, wie ich in fröhlichem Tonfall sagte: »Was hast du mit meinem Handy gemacht?«, und versuchte, mir seine Reaktion auszumalen. Ich hab deinen Bildschirmschoner bewundert? Wollte es mal in der Hand wiegen? Ich wusste, dass er mit einer Gegenfrage antworten würde. »Du hast mir hinterherspioniert?« Oder vielleicht: »Na und, dann hab ich mir eben dein Handy angesehen. Hast du ein Problem damit?«

Ich rubbelte weiter mit dem Handtuch an meiner Kopfhaut herum, viel fester als nötig. Davon verhedderten sich meine Haare bloß. Später würde ich kräftig mit dem Lockenkamm durchgehen müssen, um sie zu entwirren. Wie auch immer Matthew auf meine Frage reagierte, er würde gekränkt sein. Es würde zu Streit führen. Wollte ich das, wo es doch eigentlich nicht so wichtig war, ob er sich mein Handy ansah oder nicht?

Manche Ereignisse führen zu einer Kurve in der Fahrbahn, aber so unmerklich, dass man erst später denkt, ja, wie konnte es mir entgangen sein, dass die Straße an der Stelle abschwenkte, dass ich am Beginn einer langsamen langen Abweichung stand, die mich in eine vollkommen andere Richtung führen sollte?

Vorsichtig auftretend, suchte ich im Schlafzimmer meine Kleidungsstücke für den Tag zusammen, als ob jemand dort drin ein Glas zerbrochen hätte und ich mir nicht sicher wäre, ob der Teppichboden ordentlich gesaugt wurde. Matty war in der Küche, ich hörte ihn. Das Radio lief. Er summte dazu, unmelodisch und zerstreut, wie es seine Art war, als sei er mit den Gedanken ganz woanders und folgte nur mit halbem Ohr der Melodie. Plötzlich rief er: »Lisa!«

»Ja-a …«, rief ich zurück und wickelte mich etwas fester ins Handtuch.

»Lisa …« Er rief noch meinen Namen, als er ins Schlafzimmer kam. »Ah, gut, du bist fertig.« Er war nackt bis auf eine Schürze, eine dunkelblaue, die mir meine Eltern vor Jahren zu Weihnachten geschenkt hatten. Sie musste zusammengeknüllt weit hinten in einer Schublade gelegen haben – ich hatte ganz vergessen, dass ich sie besaß. Es war ein so überraschender Anblick, dass ich einfach lächeln musste.

»Was?«, sagte er zurückgrinsend. »Was?«

Ich zeigte auf die Schürze.

»Oh«, machte er und sah wie selbst überrascht an sich hinab. »Danach wollte ich dich gerade fragen!«

»Was?«

»Wie viele Eier du möchtest?«

»Du machst mir Frühstück?« Ich bekam den etwas ungläubigen Klang nicht aus meiner Stimme, obwohl er mir zuvor schon oft genug Frühstück gemacht hatte. Es lag daran, dass ich gerade ganz anders an ihn gedacht hatte, und hier steuerte er diesen Gedanken gegen, als hätte er sie erraten.

Er kam durchs Schlafzimmer auf mich zu und küsste mich auf die feuchte Nase. »Ja, ich mach dir Frühstück, Dummerchen. Mmm, du riechst gut. Schmeiß dich in den Kimono, denn ich brate jetzt gleich die Spiegeleier, und alles andere ist fertig. Eins oder zwei?«

»Zwei, bitte.«

Er ging ins Bad, pinkelte und kehrte in die Küche zurück. Ich machte das Bett und trocknete mich ab, steckte mir das feuchte Haar mit einer Klammer hoch. Als ich mir den Kimono umgebunden hatte, nahm ich mein Handy in die Hand und sah es mir an – entsperrte es mit der PIN und wischte mich durch. Alles war genau wie vorher; nichts fehlte, und da waren keine SMS oder WhatsApp-Konversationen, die ihm gegen den Strich gehen konnten; also wirklich, wo war das Problem, wenn er es sich hin und wieder ansah? Ich steckte es in meine Kimonotasche. Der Kimono war aus dünner weißer Baumwolle und nicht ganz blickdicht, das war mir bewusst – genau aus dem Grund hatte ich ihn mir in der Woche vor Matthews Einzug bei Marks & Spencer ausgesucht. Meinen grauen Fleece-Bademantel mit Kapuze hatte ich zu Staubtüchern zerschnitten.

Als ich in die Küche kam, setzte Matthew gerade die Spiegeleier auf Scheiben getoasteten Sauerteigbrots. An einer Tellerseite lagen hübsch aufgefächerte Avocadoscheiben, und als ich mich setzte, beugte er sich vor und legte je zwei Scheiben knusprigen Prosciutto erst quer über meine Eier, dann über seine. Ich hatte noch nie zuvor einen Freund gehabt, der auch nur einen Gedanken daran verschwendete, wie man Essen auf einem Teller anrichten konnte.

Er wandte sich ab, stellte die Pfanne zum Abkühlen zurück auf den Herd, wandte sich dann wieder mir zu und griff mir so ins Haar am Hinterkopf, dass ich ihm das Gesicht zukehrte. Er küsste mich fest. Dann setzte er sich und sagte: »Iss auf, bevor es kalt wird. Das Frühstück ist übrigens als Vorspiel gedacht.«

Ich senkte das Messer auf ein knuspriges Schinkenstück, das knisternd brach und in den weichen Eidotter eindrang. Ich schnitt in eine Brotscheibe und führte, von Matty beobachtet, die volle Gabel zum Mund. Ich sah ihn an, während ich mir die Gabel in den Mund schob und genießerische Laute von mir gab. Der Gürtel meines neuen weißen Kimonos saß lose. Ich wusste genau, was ich tat.

Er griff nach einem Gürtelende, um daran zu ziehen, und ich klopfte ihm tadelnd mit dem flachen Messer auf die Knöchel – zu spät, der Kimono ging auf.

»Autsch«, sagte er und schüttelte die Hand. »Das ist häusliche Gewalt!«

»Und was ist mit Aufessen, bevor es kalt wird?«

»Mist ...«, murrte er, griff aber zu seiner Gabel.

Wir aßen schweigend und ließen uns dabei die ganze Zeit gegenseitig nicht aus den Augen, und ich dachte, dass ich nach dem Frühstück aufstehen, zu ihm rübergehen, die Schürze anheben und mich rittlings auf ihn setzen würde und dass er wusste, was ich vorhatte, und dass es mir Spaß machte, ihn warten zu lassen.

Er aß auf und griff nach dem Telefon, das neben seinem Teller lag. Mich packte die Enttäuschung. Echt jetzt? Er drückte auf ein paar Tasten. Ich senkte den Blick auf meinen Teller.

Als er sein Handy auf den Tisch zurücklegte, vibrierte meins in meiner Kimonotasche. Ich sah es mir an. Es war eine SMS von Matty. *Dein Stuhl oder meiner? Küsse*

Ich schrieb zurück: *Deiner. Küsse.* Er schob seinen Teller beiseite und wischte sich großspurig mit dem Handrücken über den Mund, ehe er den Stuhl herumdrehte, um mir Platz zu machen.

Ein paar Tage später, saß ich gerade lesend auf dem Sofa. Er saß mir gegenüber im Sessel, die Füße auf dem Couchtisch. Er hatte aus einer Bierflasche getrunken und ein paar Arbeits-E-Mails auf seinem Laptop geschrieben, immer mal wieder drauflosgetippt, während er ihn aufgeklappt auf dem Schoß hatte. Irgendwann schaute ich auf und merkte, dass er mich anstarrte. Ich setzte zu einem Lächeln an, das ich nie beendete, weil ich in dem Moment, als meine Lippen sich mechanisch verzogen, spürte, dass er nicht zurücklächeln würde.

»Totenblässe, Kälte, Leichenstarre, Totenflecken.«

»Wie bitte?«, fragte ich. Ich wartete immer noch auf sein Lächeln.

Er griff zu seiner Bierflasche und führte sie an den Mund, während er mich im Blick behielt, ließ den Inhalt in großen Schlucken die Kehle hinabrinnen, sodass sein

Adamsapfel auf und ab hüpfte, während der ganze restliche Körper vollkommen stillhielt. Er stellte die Flasche wieder ab, klappte den Laptop zu. »Die Stadien des Todes, was mit einem Leichnam passiert, meine ich, nicht dass dir das was sagen würde.« Der letzte Satz seiner Bemerkung klang offen verächtlich.

Ich fragte mich, ob er betrunken war. So oder so wollte ich nicht mehr in seinem Blickfeld sitzen. Dazu war ich nicht in der Stimmung. Ich stand auf und legte mein Buch weg. Als ich auf dem Weg ins Bad an ihm vorbeiging, packte er mich am Handgelenk und bremste mich ab. Er hielt es fest gepackt. Ich wollte ihn fragen: »Bist du betrunken?«, traute mich aber nicht.

»Hast du dich je gefragt«, sagte er, mein Handgelenk locker hin und her schwenkend, »wie es wäre, eine Leiche zu ficken?«

Ich entzog meinen Arm seinem Griff und sagte: »Nein, und ich finde, wer so was macht, der ist abartig und pervers.« Er ließ mich los.

In jener Nacht im Bett sagte er: »Lieg still. Na los. Mach die Augen zu. Mach einfach nichts. Stell dich tot.«

»Matthew ...«, protestierte ich.

»Mach schon«, sagte er, »du gehörst mir, vergiss das nicht, mach, was man dir sagt.« Er wendete mich sanft auf den Rücken und begann, meine Arme und Beine zu arrangieren, streckte meine Beine lang aus und legte mir die Arme zu beiden Seiten an den Rumpf. Kaum war er damit fertig, als ich, von einem Lachkrampf geschüttelt, losprustete, und plötzlich lachte auch er, und ich kam aus der Stellung, in der er mich so sorgfältig positioniert hatte, und wälzte mich auf die Seite, und er schubste mich an und sagte: »Verdammter Mist, Schnucke, als Leiche bist du zu nichts zu gebrauchen! So viel zu: Mach, was man dir sagt!«

Ich machte »ts, ts!« und wälzte mich auf ihn.

Und wir hatten Sex, ganz normal, einfach nur ein Mann und eine Frau um die dreißig, die Liebe machten, nacheinander kamen, sich hinterher im Arm hielten, und als wir einander so im Arm hielten, dachte ich, Gott sei Dank. Und dann dachte ich, ich darf keine Paranoia kriegen bloß wegen der Sache mit dem Handy und weil er mich ausspioniert. Ist es nicht eigentlich total süß von ihm, so ein Interesse zu bekunden? Jetzt bloß keine Paranoia.

14

Es war Sonntag, und ich war mittags bei meinen Eltern zum Bratenessen eingeladen – allein; Matty hatte eine Notaufnahmeschicht im Krankenhaus und war noch vor Morgengrauen aufgebrochen. Meine Eltern und ich hatten uns bei Tisch hauptsächlich über seine neuen Aufgaben in der Unfallchirurgie unterhalten und darüber, was wohl sein nächster Schritt sein würde, ob er bei der Orthopädie bleiben oder vielleicht zur Anästhesie wechseln würde. Meine Eltern waren natürlich sehr angetan von Mattys Beruf, und ich hatte mich schon öfter gefragt, ob da wohl die Vorstellung mit reinspielte, auf ihre alten Tage könnte es praktisch sein, einen Arzt zum Schwiegersohn zu haben. Matty war der strebsame Knabe aus gutem Hause, den sie sich immer für mich erträumt hatten. Sein Vater war auch Arzt. Seine Mutter töpferte und arbeitete in Teilzeit als Friedensrichterin. Es gab eine Schwester bei der BBC. Er war sogar in Surrey aufgewachsen. Was wollten sie mehr?

Matty hatte mich seinen Eltern noch nicht vorgestellt – schließlich wohnten wir noch nicht lange zusammen. Ich fragte mich, ob wir zu Weihnachten nach Surrey fahren würden, doch das hing ganz von Mattys Dienstplan ab.

Wir hatten aufgegessen, saßen noch am Küchentisch und waren zu Kaffee übergangen. Würde ich den Nachmittag über bleiben, säßen wir jetzt mit unseren Tassen im Wohnzimmer, doch ich hatte meinen Eltern schon gesagt, dass ich bald wieder losmusste – ich hatte bis Montag einen Stapel Klausuren zu korrigieren. Es stimmte, aber es war auch eine Ausrede. Ich wollte nicht den ganzen Nachmittag bleiben, obwohl es bis dahin durchaus nett und gemütlich gewesen war, soll heißen, diverse kritische Momente ausgeblieben waren. Meine Mutter hatte nicht gefragt, ob ich einen neuen Pulli trug, und zwar in einem Tonfall, der mir unmissverständlich zu verstehen gab: *Sollten Matty und du nicht besser für einen Hauskauf sparen, statt Geld für Klamotten rauszuschmeißen?* Mein Vater hatte sich nicht im Stuhl aufgesetzt, in sich hineingehorcht und tief aus dem Bauch heraus gerülpst – zu dem Ritual gehörte, dass meine Mutter jedes Mal ihren Teller so fest auf den Tisch knallen ließ, dass die Soße überschwappte. Ich hatte zu keinem Zeitpunkt der Mahlzeit die Augen verdreht.

Da nichts davon passiert war, war es für einen Sonntagmittag bei meinen Eltern angenehm und entspannt zugegangen. Das Essen hatte uns geschmeckt – das Lamm hatte, in den Worten meines Vaters, hingehauen; »Das Lamm haut hin!«, beim Kauen grinsend. Meine Mutter hatte angeregt von ihrem neuen Pilateskurs berichtet. Dieses eine Mal war es mir gelungen, den aufsteigenden Ärger in Schach zu halten, den ich oft verspürte, wenn ich mit den beiden zusammenkam.

Ich stand vom Tisch auf. »Muss mal«, sagte ich. »Ich zieh mir den Mantel an und komm mich verabschieden, bleibt sitzen.«

Die Toilette unten war neben der Garderobe. Als ich im Flur stand und an meinem Schal zerrte, hörte ich Dad leise sagen: »Ja, vielleicht. Aber sie ist kein junger Hüpfer mehr.«

Manchmal, wenn man jemanden belauscht, verrät einem der Klang der Stimme genau, was für ein Gesicht derjenige macht. Ich stand im Flur meines Elternhauses. Sie warteten in der Küche auf meinen Abschied, und noch bevor ich überhaupt gegangen war, besprachen sie meine Beziehung mit Matty und ob wir wohl dazu kommen würden, ihnen das Enkelkind zu schenken, nach dem sie sich so sehnten. Es machte mir nichts aus, dass sie dieses Gespräch führten, das war ihr gutes Recht, aber konnten sie nicht damit warten, bis ich zur Tür heraus war?

Kamen sie je auf den Gedanken, dass mein Einzelkinddasein nicht automatisch die Verpflichtung mit sich brachte, ihre Gene weiterzuvererben? Konnten sie sich nicht vorstellen, dass ich meine eigene Meinung zu dem Thema hatte, dass ich möglicherweise noch keine Kinder oder überhaupt keine wollte?

Sie ist kein junger Hüpfer mehr.

Beide wurden ruhig – oder eher still –, als ich wieder reinkam. Ich ging direkt auf meinen Vater zu, weil ich so sauer war, dass ich wusste, wenn ich nicht gleich zu ihm ging und es hinter mich brachte, würde ich ihm vermutlich gar keinen Abschiedskuss geben können.

»Bleib sitzen«, sagte ich, als er sich halb aufrichtete, und wir umarmten uns unbeholfen, ich schlang von hinten die Arme um ihn und küsste ihn oben auf den Kopf, er tätschelte meinen Unterarm, als ich ihm den kurz um die Brust legte. Er setzte sich wieder, und ich ging um den Tisch herum zu meiner Mutter und sagte: »Da fällt mir ein, ich hab vergessen, der Katze Futter ins Treppenhaus zu stellen.« Die Nachbarin unter uns, Mrs. Abaza, hatte eine dürre dreifarbige Katze, die kläglich wimmernd durchs ganze Treppenhaus strich, und wir hatten uns angewöhnt, sie zu füttern. Und zwar heimlich, denn von Mrs. Abaza wollte man lieber nicht beim Füttern ihrer

Katze erwischt werden – sie beschwerte sich ständig, dass wir zu viel Müll in die Gemeinschaftstonnen werfen und außerdem auch noch mit den Türen knallen würden. Wenn wir an ihr vorbeigingen, fegte sie gern den Hausflur mit einem altmodischen Borstenbesen und warf uns böse Blicke zu. Matty nannte sie *Die verrückte Katzenfrau.*

»Tschüs, Schätzchen«, rief meine Mutter hinter mir her, als ich in den Flur hinausstürmte und die Haustür aufriss, etwas verdattert, wie mir schien, von meinem energischen Aufbruch.

»Tschüs!« Die Stimme meines Vaters klang fröhlicher.

»Tschüs, danke, tschüs!«, rief ich zurück.

In sinnloser Hast stapfte ich die Sackgasse hoch. Meine Eltern. Es war zum Verrücktwerden, wie gut sie es meinten. Ich kam wir vor wie mit dreizehn, als einziger aufsässiger Teenager im Haus, ohne ein Geschwister, mit dem ich das Türenknallen und die Wut teilen konnte – ach, all die gegen mich selbst gekehrte Verzweiflung, wie ich mir in meinem Zimmer auf die eigenen Oberschenkel getrommelt hatte, fuchsteufelswild und kochend vor Frust. *Warum war ich ich?*

Da fiel mir auf, dass ich fast noch nie mit einem von beiden allein zusammen gewesen war, nicht mal jetzt als seit Jahren endgültig Erwachsene. Meine Eltern boten immer eine einheitliche Front. Natürlich sahen sie sich selbst nicht als meine Widersacher, sie liebten mich, aber es fühlte sich trotzdem so an: sie gegen mich. Sie waren vor meiner Geburt acht Jahre lang zu zweit allein gewesen und hatten die letzten zwölf Jahre zu zweit allein gelebt, seit ich von zu Hause ausgezogen war. Ich war bloß eine kleine Abweichung von der Norm. Wir waren keine Familie. Sie waren ein Ehepaar mit Kind.

Als ich in die Dogsthorpe Road einbog, stolperte ich über eine lose Betonplatte im Pflaster. Ich strauchelte kurz, verrenkte mir das Knie, fluchte leise vor mich hin. Es fing zu regnen an.

Es war ein langer Fußweg, auf den ich mich gefreut hatte, bis ich gehört hatte, wie meine Eltern über mich redeten, und der Regen angefangen hatte. Manchmal kam Matty mich abholen, wenn ich meine Eltern allein besuchen ging – zugegeben, es war nett, einen Freund mit Auto zu haben, der mich bereitwillig irgendwo hinbrachte und wieder abholen kam –, doch er war ins Krankenhaus gefahren, und ich erwartete ihn erst später zurück.

Als ich ankam, sah ich zu meiner Überraschung sein Auto vor dem Haus parken. Ich hatte gedacht, dass er eine Ganztagschicht hätte, aber vielleicht war es nur ein halber Tag, und ich hatte ihn falsch verstanden.

Beim Aufschließen der Wohnungstür schlug mir sehr warme miefige Heizungsluft entgegen, und ich sah Matty in T-Shirt und Boxershorts auf dem Sofa, in den Nachrichtenteil der *Sunday Times* vertieft.

»Puh, hier drin ist ja eine Höllenhitze«, grummelte ich, während ich mir den Schal vom Hals wickelte und den Mantel aufknöpfte. Die Wohnung war zu klein für einen Flur – man kam aus dem Treppenhaus direkt ins Wohnzimmer, wo gleich links eine Garderobe an der Wand befestigt war. Seit wir sie zu zweit benutzten, quoll sie über vor Jacken und Mänteln. Darunter stapelten sich regelmäßig haufenweise Schuhe, ganz gleich, wie oft ich sie paarweise anordnete und zurechtrückte.

Ich ging zum Sofa und ließ mich mit einem derartigen Plumps aufs andere Ende fallen, dass es erbebte. »Meine

Eltern …«, setzte ich an, ein Ächzen in den wenigen Worten gefangen, das seufzend herauswollte.

Matty ließ die Zeitung sinken. Er sah mich über den Rand an und gab kühl und einsilbig seinen Kommentar dazu ab: »Mach uns eine Tasse Tee.«

Ich war so schlechter Laune, dass ich, ohne zu zögern oder gar nachzudenken, glattweg vom Leder zog: »Mach doch selber, ich hab mich beim Mittagessen so über meine Eltern geärgert, und überhaupt bin immer ich es, die den Tee macht …« Noch während dieser Worte verflüchtigte sich meine Laune und wurde von etwas anderem ersetzt – aber was? Der Einsicht, dass ich mich verquatscht hatte, weil ich müde und sauer war?

Matty antwortete nicht. Er klappte die Zeitung zu, faltete sie hübsch ordentlich, drehte sie um und legte sie an seinem Sofaende auf den Couchtisch. Dann beugte er sich immer noch wortlos zu mir vor.

Er streckte eine Hand aus, und ich dachte schon, er wollte meine Wange streicheln, mich fragen, was los war und ob ich darüber reden wollte.

Doch er griff nach meinem Gesicht, so, dass seine Finger das weiche Fleisch meiner Wange an vier Stellen eindellten und der Daumen an der anderen Seite gegen meinen Kieferknochen drückte. Instinktiv versuchte ich, mich seinem Griff zu entwinden, doch er hielt mich fest und kam mit dem Gesicht nah an meins heran. Seine Miene war ausdruckslos, aber trotzdem wandte ich den Blick ab, senkte ihn und wandte ihn ab, sodass ich sein Gesicht nur noch verschwommen wahrnahm.

Mit vollkommen beherrschter Stimme sagte er: »Ich hab heute Morgen das Gesicht eines Kindes genäht. Davon wird eine Narbe zurückbleiben, genau hier.« Er stieß mein Gesicht leicht an. »Sie war sechs. Ist aus einem Doppelstockbett auf die Heizung gefallen. Und du stöhnst rum, wie schlimm es ist, dich zu Mittag von deinen Eltern mit Braten bekochen zu lassen. Was ist los, was genau war daran so furchtbar? Die Kartoffeln nicht nach deinem Geschmack zubereitet?«

Er schubste noch einmal kurz mein Gesicht, ließ es los und stand vom Sofa auf.

»Matty …«, sagte ich in verwirrtem und beschwichtigendem Tonfall. »Ich hab's nicht so gemeint.«

Er sah auf mich runter. Ich wich in die Polster zurück. Nach einem leisen verächtlichen, zwischen den Zähnen hervorgestoßenen »Ts« sagte er: »*Ich* hab's nicht so gemeint. Du solltest dich selber hören. Ich, ich, ich. Es geht immer nur um dich, was?« Damit ging er ins Schlafzimmer und knallte die Tür hinter sich zu.

Ich blieb ein Weilchen sitzen und versuchte, mir über das soeben Geschehene klar zu werden. Dann stand ich auf, ging in die Kochecke und stellte den Wasserkocher an. Ich wärmte seine Tasse vor, so, wie er es mochte. Und dachte an das lange Bad, das ich an dem Morgen genommen hatte, bevor ich zu meinen Eltern gegangen war, während Matty wahrscheinlich einen Krankenhausflur entlanggelaufen war.

Es war seltsam, in meiner eigenen Küche mir selbst fremd zu sein, mich mit stinknormalem Teekochen zu befassen und mich selbst dabei zu beobachten, wie ich etwas anderes dachte, als ich fühlte.

Matty redete den ganzen restlichen Sonntag nicht mehr mit mir, nicht einmal, als ich ihm eine Tasse Tee ins Schlafzimmer brachte und sie leise auf seinen Nachttisch stellte. Ich ging ins Wohnzimmer zurück und machte in der Wohnung sauber, während er im Schlafzimmer blieb. Ich räumte ein paar Schränke aus, kochte ein Abendessen – Spaghetti Bolognese, obwohl ich noch satt war vom Braten und mir ein Toastbrot völlig gereicht hätte. Ich darf nicht egoistisch sein, dachte ich. Ich habe heute etwas Gutes zu essen bekommen, aber Matty nicht. Er aß schweigend.

Mein Stolz verbot es mir, ihn zu bitten, mit mir zu reden und eine Erklärung zu verlangen, was ich Furchtbares getan hatte, aber nach dem Essen ging ich ins Bad, schloss die Tür hinter mir und weinte ein wenig. Wir sahen zusammen fern, schwiegen uns immer noch an. Wir gingen ins Bett, er immer noch wortlos. Er murmelte nicht einmal Gute Nacht, als er sein Licht ausmachte, und ich traute mich nicht.

Am Morgen blieb er im Bett liegen, als ich aufstand. Ich zog mich hastig an. Und überlegte, ihm einen Zettel auf die Küchentheke zu legen, auf dem – was stand? Dass es mir leidtat? Wie konnte es mir leidtun, wenn ich nicht begriff, was ich getan hatte?

Mir fiel wieder ein, wie überrascht ich kurz gewesen war, ihn beim Nachhausekommen in T-Shirt und Boxershorts vorzufinden. Er musste geduscht haben, nachdem er von der Arbeit gekommen war. Ich fragte mich sogar kurz, ob er überhaupt in der Arbeit gewesen war, schüttelte dann aber den Kopf auf meinem Weg zur Schule. Warum sollte er mich anlügen und warum diese schlimme Geschichte mit dem genähten Kindergesicht erfinden? Drehte ich allmählich durch?

Es gehört zu den Vorzügen des Lehrerinnenberufs, dass man so sehr mit seinen Schülerinnen beschäftigt ist, so darauf achtet, dass sie das Gebäude nicht abfackeln und dabei vielleicht sogar noch etwas lernen, dass einem nicht viel Zeit zum Grübeln bleibt, wie das Wochenende eigentlich war. Kurz vor der Mittagspause hatte ich allerdings eine Freistunde, und kaum war die Klasse zur Tür heraus, ließ ich mich wie erschlagen auf meinen Stuhl am Pult fallen, während mir Gedanken daran, was tags zuvor zu Hause passiert war, durch den Kopf schwirrten. Warum hatte er den Rest des Tages kein Wort mehr mit mir gesprochen? Selbst wenn ich etwas absolut Verkehrtes gesagt oder nicht gesagt hatte – hatte ich es verdient, derart mit Schweigen gestraft zu werden?

Ich stand auf. Beschäftigung half, und zum Glück hatte ich genug zu tun. Ich ging zum Sekretariat, um mit Lynda über Jane zu reden, eine Schülerin, die an dem Vormittag aus meinem Unterricht gelaufen war. Sie hatte sich in Lyndas Büro gesetzt und weinend von ihr verlangt, ihre Mutter anzurufen. Ich wollte mehr darüber erfahren, bevor ich mit Janes Klassenlehrerin sprach.

Als ich wieder zum Gehen gewandt in Lyndas Tür stand, sah ich aus ihrem Fenster einen Lieferanten quer über den Parkplatz auf den Eingang zukommen; in seiner Hand schwankte ein Blumenstrauß. Es war ein kurzer breiter Strauß, einer von denen mit wassergefüllter Zellophanblase und einer Kuppel aus Blüten – ich erkannte Pfingstrosen und Rosen, manche runden Knospen noch nicht erblüht –, rosa und lila Farben und dieses harte glänzende Grünzeug an kräftigen Zweiglein, das Floristen rund ums Jahr irgendwo herkriegen, immergrüne Blätter.

Der Bote sah nicht glücklich aus mit seinem Auftrag. Der Himmel war mit einer dicken Schicht sehr hellgrauer Wolken verhangen, und wie so oft im Dezember nieselte es. Jeden Augenblick würde die Mittagspausenglocke bimmeln. Mit einer gewissen Vorahnung, dass der Strauß für mich sein könnte, verabschiedete ich mich von Lynda und ging durch den Flur zurück, weg vom Sekretariat, wo der Mann den Strauß Lynda übergeben und sie »Ach, sie war gerade noch hier« sagen und ihn zum Lehrerzimmer bringen würde. Später sollte ich mich fragen, warum ich mich gesträubt hatte, ihr die Mühe zu ersparen und die Blumen gleich selbst entgegenzunehmen – und mir sagen, weil es mir peinlich gewesen sei, mit einem Strauß in der Hand durch das Schülerinnengetümmel in den Fluren zu gehen, obwohl ich wusste, dass es nicht ganz so einfach war. Instinktiv löste diese Lieferung nicht die eigentlich damit beabsichtigte überwältigende Freude in mir aus, sondern eine seltsame Mischung aus Beklommenheit und Erleichterung.

Natürlich war ich noch keine zehn Minuten im Lehrerzimmer, als Lynda mit dem Strauß und der Bemerkung dazu ankam: »Uijuijui! Da ist aber jemand ganz weit oben auf der Beliebtheitsskala!« Sie ließ die Blumen auf den Couchtisch zwischen den zwei Reihen dicker Polstersessel am Fenster fallen. Das Wasser schwabbelte im Zellophan, und die Blüten leuchteten rosa und lila. Mir kam kurz der verrückte Gedanke, dass der Strauß, wie er so dalag, lebendig war und mich beobachtete. Lynda pflückte das kleine Kärtchen in seinem Miniumschlag aus der Spalte in dem Plastikstab, der im Strauß steckte, und überreichte es mir schwungvoll.

»Heimlicher Verehrer?«, sagte Jenny, die Erdkunde gab, mit einem Nicken Richtung Strauß, und die anderen Kolleginnen und Kollegen im Raum sahen sich lächelnd um.

Alle beobachteten, wie ich den Umschlag öffnete.

Danke, dass du es mit mir aushältst. Ich liebe dich. Matthew. Kuss

Die Blumengrüße, die Sträußen beigegeben werden, sollen persönlich sein und werden doch in einer fremden Handschrift verfasst. Die zwei »t« in *Matthew* waren eng aneinandergequetscht, und ich hatte nur den einen Gedanken: Das ist nicht seine Schrift, das ist nicht er.

Jenny stand neben mir und linste schamlos auf das Kärtchen. »Ooh«, tönte sie, »was bist du für ein Glückspilz! Ich weiß echt nicht, wann mir zuletzt jemand Blumen geschickt hat.«

Das Lehrerzimmer hatte sich zur Mittagspause gefüllt.

»Heimlicher Verehrer?«, fragte Benjamin, der Fachbereichsleiter für Wirtschaftskunde.

»Genau, was ich gesagt hab«, stellte Jenny fest.

»Nein«, sagte ich lächelnd, »das ist Matthew.«

»Warum schickt er dir Blumen in die Arbeit?«

Verdammt noch mal, wollte ich sagen, ein einziger Blumenstrauß, und schon ist meine Beziehung Gesprächsthema Nummer eins? Doch dafür sind Blumenlieferungen natürlich da, nicht nur die Empfängerin, sondern auch ein größeres Publikum soll etwas davon haben.

Noch ein paar Leute mehr scharten sich um mich, gurrten vor Begeisterung, gaben Kommentare ab und verkündeten, was für ein Glück ich doch hatte, dass mein Freund so romantisch war – der ist ja so was von verrückt nach dir, Lisa.

Nicht jeder im Lehrerzimmer drängte sich mit bewundernden Worten um mich. Auf der anderen Zimmerseite lehnte Amy Brampton, die in meinem Alter war und wie ich Englisch unterrichtete, an der Arbeitsplatte mit den zwei Wasserkochern und aufgereihten Behältern mit Tee und Instantkaffee. Wir waren ähnlich weit auf der Karriereleiter und mussten künftig unweigerlich um Beförderungen konkurrieren – in dieser Hinsicht war sie meine Rivalin. Sie hatte einen blassen Teint und rötliche Haare und war ziemlich versnobt. Aus dem einen oder anderen Grund gingen wir uns gegenseitig auf die Nerven – das hatte ich Matthew erzählt. Mit ausdrucksloser, unbeeindruckter Miene sah sie sich an, wie ich im Mittelpunkt stand, und da auf einmal begann ich, mich über die Blumen zu freuen, als hätte Matty es getan, um ihr eins auszuwischen.

Auf einem der Polstersessel neben der kleinen Schar von Bewunderern saß Bernice Chumunga, eine Förderunterrichtskoordinatorin kurz vor dem Ruhestand mit dichten grauen Locken und lebhaftem sarkastischem Blick.

Sie schaute einmal kurz auf, ehe sie sich wieder den Aufzeichnungen widmete, die sie las, und in den Raum hinein die Bemerkung fallen ließ: »Wenn mein Mann mir Blumen in die Arbeit schicken würde, würde ich wissen wollen, was er angestellt hat.«

»Also *wirklich*«, rügte Jenny sie mit einem Lächeln, »Bernice!« Beide kicherten, und die kleine Ansammlung löste sich auf.

Da fiel mir ein, dass ich Matthew besser gleich sofort eine Dankes-SMS schreiben sollte.

Es war Anfang Dezember. Die Baumstämme waren schwarz und kahl. Zu dieser Jahreszeit war es kalt und dunkel auf meinem Heimweg von der Schule. Zusätzlich zu meiner Tasche mit Klausuren musste ich den Blumenstrauß tragen, was gar nicht so einfach war: Die Zellophanblase war zu schwabbelig, um ihn daran festzuhalten, und ich musste einen Arm um den Strauß legen, um ihn zu stützen, ohne die Stängel zu zerdrücken. Auf halbem Weg wünschte ich, ich hätte einfach eine Vase im Lehrerzimmer genommen und die Blumen dort gelassen – bis mir einfiel, dass ich es dann Matthew hätte erklären müssen.

In der Wohnung stieg ich aus den Schuhen, ließ meine Schultertasche fallen und steckte die Blumen sofort in eine Vase. Ich stellte den schön gebundenen Strauß ans Ende der Küchentheke, damit er ihn gleich beim Reinkommen sah. Ich wusch mir die Hände: Händewaschen war Matty sehr wichtig. Ich war keine gute Köchin, so wie er, hielt mich eher an einfache Hausmannskost, aber jetzt bereitete ich ein Risotto mit Garnelen zu, das er mochte. Irgendwo im Kühlschrank war eine Tüte Salat. Ich holte sie hervor, riss sie auf und gab mich mit den Blättern ab. Ließ sie nacheinander in die Salatschüssel fallen und sortierte die schlaffen, farblosen aus.

Gerade war ich mit Tischdecken fertig, da hörte ich Matthews Schlüssel in der Tür. Ich ging gleich zu ihm, legte ihm eine Hand an die Wange, küsste ihn und sagte: »Danke, sie sind wunderschön. Haben für ziemliches Aufsehen im Lehrerzimmer gesorgt.«

Er sah erst die Blumen, dann mich an. »Gut so.«

An dem Abend saß ich lesend im Bett, als er in seinen Boxershorts aus dem Bad kam und neben mir unter die Decke kroch. Er nahm mir das Buch aus der Hand, klappte es unbesehen zu und warf es über mich hinweg, sodass es auf dem Boden landete. Dann näherte er sich mir, und ich wandte mich ihm zu, erwartete Sex, doch stattdessen fasste er mir mit einer Hand unters Kinn und hielt es so fest, dass ich mich nicht rühren konnte. Zwei Finger der anderen Hand presste er seitlich gegen meinen Kieferknochen. »Da hast du einen Nerv«, sagte er.

»Aua«, machte ich.

»Er heißt branchiales Motoneuron und gehört zum Nervensystem des Gesichts. Wenn man gleichzeitig darauf und auf den Hinterkopf drückt, kann man einen Menschen völlig ausschalten. Den Nerv kann man mit einer bestimmten Technik manipulieren: mit der Daumenkuppe, nicht dem Nagel. Mit dem Nagel wird er eher gebrochen als gedrückt, was höllische Schmerzen verursachen soll.« Ich versuchte, den Kopf zu bewegen, doch er wurde von der anderen Hand festgehalten. »Denk dran, ich weiß alles über dein Nervensystem.«

Er ließ mich los, wandte sich ab und langte nach seinem Telefon auf dem Nachttisch.

Ich lachte kurz auf. »Meine Güte, bringen sie euch das im Medizinstudium bei? Ehrlich, Matty, also wirklich …« Beim Reden dehnte ich den Kiefer. Alles war binnen ein oder zwei Sekunden vorbei gewesen. »Im Ernst, manchmal kommt es mir vor, als wolltest du mir demonstrieren, wie du als schlechter Mensch sein könntest.« Ich sagte das leichthin, immer noch ein Glucksen in der Stimme. Darauf achtete ich. Ich lehnte mich aus dem Bett und hob mein Buch vom Boden auf, klappte es wieder auf, dehnte immer noch den Kiefer.

Er saß weiter abgewandt da, mit dem Rücken zu mir, und sah auf sein Handy. »Vielleicht bin ich ein schlechter Mensch«, antwortete er.

FÜNFTER TEIL

15

Es war Januar: fünf Monate, seit Matthew und ich uns kennengelernt hatten, zwei, seit wir zusammengezogen waren – die trostlosesten Tage überhaupt: Monatsmitte, Weihnachten längst vorbei und der grausige Februar vor uns. Dunkel, dunkler, am dunkelsten, so sieht es in der Vorweihnachtszeit aus, aber da wird das von bunten Lichtern und Partys mit roter und grüner Deko aufgehübscht. Dann landen wir alle am anderen Ende der Feiertage und stöhnen, o nein, nicht schon wieder Januar. Wir haben uns alle gegenseitig satt und sind pleite.

Mein Geburtstag ist am 29. Januar – keine gute Jahreszeit zum Kinderkriegen, wie meine Mutter mir oft genug erläutert hat. In dem Winter, in dem ich zur Welt kam, hatten sie einen alten Boiler, der ständig kaputtging. Sie hat mir beschrieben, wie schwer es für sie war, mich nachts zu stillen, ihr Gefühl, als einziger Mensch auf der ganzen weiten Welt wach und diesem kleinen Monster ausgeliefert zu sein, das aus nichts als Gier bestand. Es muss sie tief geprägt haben. Noch in meiner Jugend sagte sie an besonders kalten Wintertagen: »Ach, das erinnert mich an die Zeit mir dir als Neugeborenes, Lisa!« Auf meine ichbezogene Art war ich ein wenig gekränkt – schließlich hatte *sie* mich bekommen, sie hatte es so gewollt. Erst später, als ich meine eigene Wohnung und dazu meine eigenen Gründe hatte, in den frühen Morgenstunden des Winters wach zu liegen, auch wenn ich kein Baby zu stillen hatte, verstand ich besser, was sie meinte: wie tief sich Kälte und Einsamkeit in einen einfressen, wie sich das anfühlt.

Nicht lange nach dem Kauf meiner Wohnung hatte ich eine Phase mit Schlafstörungen, warum auch immer. Damals wurde ich gegen vier Uhr morgens wach, mit schlaffem Körper, aber munterem Gedankenkarussell im Kopf, gegen das ich erfolglos ankämpfte. Es waren immer eigenartig philosophische Gedanken: Wer war ich? Was für ein Leben führte ich eigentlich? Warum war mein Leben nicht anders, genauer gesagt, warum war ich nicht anders? Manchmal hatte ich ein merkwürdig schwebendes Gefühl, als hätte ich mich von meinem Körper gelöst und bestünde nur noch aus Gedanken.

Irgendwann sah ich dann doch ein, dass ich wohl wirklich bei Bewusstsein war, wenn ich mich so fühlte, als bestünde ich aus nichts als Bewusstsein. Dann stand ich auf, machte mir eine Tasse Tee, ging damit wieder ins Bett und las eine Weile, um mich von all den existenziellen Gedanken abzulenken, die sich in meinem Schädel tummelten. Da saß ich dann also im Bett, Leselampe an und ein Buch auf dem Schoß, und blickte angestrengt geradeaus, um ja nicht den digitalen Wecker auf meinem Nachttisch anzusehen. Tagsüber neige ich gar nicht zu solch einer Innenschau, nur nachts. Wie wohl jeder weiß, der es erlebt hat, dreht man sich dabei hoffnungslos im Kreis.

Die Minuten, dann die Stunden tickten immer weiter … 4.30, 4.40, dann 5.10, dann erst 5.13, 5.55 – bis schließlich sechs Uhr morgens erreicht war. Offensichtlich sollte ich die ganze Nacht wach bleiben, aber wenigstens würde die ganze Nacht irgendwann ein Ende haben … schließlich entspannte ich mich, legte versuchsweise Tasse und Buch aus der Hand, als wäre es riskant, machte das Licht aus, kuschelte mich unter die Decke, das Kissen unter meinem Kopf aufgebauscht und zerdrückt … und dann … tauchte ich in eine Welt ein, in der keine Gedanken möglich waren, jedenfalls keine bewussten. Bilder schon, wie man sie in Träumen sieht, ohne Sinn und Verstand, Gesprächsfetzen – manchmal nicht mal das. Manchmal war es nur die herrliche Schwärze des Schlafs: was für ein seliges Gefühl kurz vor dem Wegnicken, endlich – solange ich nicht zu angestrengt grübelte, wie ich jetzt einschlafen und später wieder wach werden könnte. Wenn ich endlich einschlief, empfand ich normalerweise nichts als vollkommensten Frieden.

Das Klingeln meines Weckers um sieben riss mich regelmäßig aus dem Tiefschlaf. Mich wach und aus dem Bett zu bekommen, war kein bisschen leichter als der umgekehrte Vorgang wenige Stunden zuvor.

Es war nur eine Phase. Als ich Matty kennenlernte, hatte ich schon seit Jahren weder Schlafstörungen noch irgendwelche epileptischen oder nicht-epileptischen Absencen gehabt. Seit meinem sechsundzwanzigsten Lebensjahr war ich die Epilepsie-Diagnose losgeworden, und meine unspezifischen Blackouts traten nur noch ganz selten auf; der letzte war zwei Jahre her. Ich war gesund. Ich machte zwar kaum richtigen Sport, ging aber viel zu Fuß und war in der Arbeit ständig auf den Beinen. Ich ernährte mich vernünftig, hatte Freunde und Hobbys. Zu dem Zeitpunkt meines Lebens, als ich Matthew Goodison kennenlernte, ging es mir so gut wie noch nie.

In dem Jahr wurde ich sechsunddreißig – komische Zahl: Ist man Mitte oder Ende dreißig? Bei einer Singlefrau kommt es auf diesen Unterschied an, jedenfalls in anderer Leute Augen. Ich hatte noch nie ein großes Trara um meinen Geburtstag gemacht, aber etwas am Zusammensein mit Matty gab mir grünes Licht, diesmal mehr auf die Tube zu drücken; einfach noch so ein kleiner Vorteil, der einem in einer Beziehung erwächst. Zu der Zeit hatte ich ihn den meisten meiner Freundinnen und Kollegen vorgestellt. Wir galten als festes Paar. Unwillkürlich musste ich an all die Jahre denken, in denen ich tapfer allein eine kleine Runde zusammentrommeln und tags darauf tapfer allein aufwachen und den Abend mit mir selbst noch mal Revue passieren lassen musste. Diesmal hatte ich jemanden, mit dem ich hinterher heimgehen und den ich am nächsten Tag fragen konnte: Hast du mit dem und dem geredet?

Ich reservierte die drei Tische im Vorderraum des New Place – kein separates Nebenzimmer, sondern den Gästebereich vor der Theke mit einem Erkerfenster, ein paar sehr niedrigen Couchtischen und etlichen Sofas –, der restliche Gastraum lag am anderen Ende eines kurzen Flurs auf der Gebäuderückseite. Etwa vierzehn oder fünfzehn Freundinnen und Kollegen von mir waren da, auch mein Fachbereichsleiter Adrian kam mit seiner Frau. Die beiden waren die ältesten Gäste; meine Eltern, die ich nicht eingeladen hatte, wollte ich am Wochenende treffen. Ich hatte bei einem Angebot zugegriffen: drei Flaschen Wein kaufen, die vierte gratis dazu, also hatte ich vier weiße und vier rote genommen und drei Platten mit Frittiertem bestellt: Hähnchenbruststreifen, Zucchini im Backteig, Ringe aus etwas Weißem und Zähem – Zwiebeln oder vielleicht auch Tintenfisch. Solange das alles frisch und heiß aus der Küche hereingebracht wurde, schmeckte es lecker, aber schon nach zehn Minuten Auskühlen überhaupt nicht mehr, weshalb die Platten auf den niedrigen Tischen herumstanden und darauf warteten, dass alle betrunken genug wurden, das Zeug trotzdem zu essen. Außerdem gab es eine große blaue Schüssel voll Miniwürstchen mit Honig-Senf-Kruste, deren Geschmack nicht von der Temperatur abhing und von denen ich am Ende ein Dutzend verdrückte. Als der von mir bestellte Wein zur Neige ging, sorgten andere Leute für Nachschub. Da saß ich mittlerweile auf einem Sofa und hielt Hof. Es war zwar ein Donnerstag, doch das schien keinen zu stören, am wenigsten mich.

Mit alkoholischen Getränken habe ich es nicht so. Es war noch nie meine Stärke. Wenn man epileptische Anfälle hat, ist dringend davon abzuraten – meine Mutter trank fast nie, höchstens mal ein Glas Brandy zu Weihnachten, während mein Vater sich an sein gelegentliches Glas Starkbier hielt. Ich war nicht mit der Weinkultur meiner Freundinnen und ihrer Eltern aufgewachsen, und obwohl ich es hin und wieder probierte, hatte ich Trinken für mich auf die lange Liste von Dingen gesetzt, die ich teils ein wenig fürchtete und teils ein wenig verachtete.

Alle brachten mir Karten und Geschenke, was nett war, auch wenn die Geschenke überwiegend sinnlos waren: Duftkerzen zum Einreihen ins Spalier unbenutzter Duftkerzen an meinem Badewannenrand; ein Set verschiedenfarbig gemusterter Bleistifte mit passendem Notizbuch; ein Kochbuch, das ich schon hatte. Ich wusste, irgendwann würde es Torte geben. Rosaria war schon ein paarmal am Tresen gewesen und hatte vielsagend genickt und geflüstert.

Damals kannten die meisten aus der Gruppe Matty schon. Während ich als Partykönigin auf dem Sofa thronte, unterhielt er sich auf der anderen Seite des Raums mit Rosarias Stiefschwester Jasmine, einer Krankenschwester, die in der Klinik arbeitete. Sie war sechsundzwanzig. Zwar war sie nicht so hübsch wie Rosaria, hatte aber etwas, auf das Männer ansprachen und andere Frauen nicht, eine kokette Pseudoschüchternheit: sich mit großen Augen die Haare aus dem Gesicht streichen und sich jünger geben, als man ist. Sie trug einen schulterfreien schwarzen Pulli, der ihre glatte Haut zur Geltung brachte, und das dunkle Haar in einem verwuschelten Nackenknoten. Immer mal wieder löste sich eine Strähne aus dem störrischen Knoten und fiel ihr ins Gesicht, sodass sie sie hinter ihre goldenen Kreolen zurückwerfen musste. Bei der Häufigkeit, mit der das geschah, konnte es sich nicht um ein Missgeschick handeln. Matty hielt eine Bierflasche in der Hand und lächelte ihr zu. Sie hatten den ganzen Abend miteinander geredet. Ich hatte mir vorgenommen, es nicht zu beachten.

Jemand brachte eine Flasche Roséwein, den ich nicht vertrage, aber ich trank trotzdem davon, als der weiße alle war. Die Torte kam, von einer grinsenden jungen Frau hoch in die Luft gehalten und vom Barmann überwacht. Wie sich herausstellte, hatte Rosaria sie am Nachmittag liefern lassen. Sie hatte sie eigens von den polnischen Bäckern bestellt, die ihre Torten gerne mit Glasur-Rosenknospen und frischen Erdbeeren garnierten. Neun Kerzen waren darauf.

»Warum neun?«, kreischte ich, nachdem ich sie ausgeblasen hatte, während alle noch jubelten und klatschten.

»Drei und sechs!«, rief Rosaria und zeigte auf ihre Anordnung. »Drei und sechs, du Dussel!«

Das »Happy Birthday«-Singen hatte alle zum Grölen gebracht. Zwei der Jungs, Jamie und Lemmy, begannen, mit den Füßen zu trampeln und zu johlen. »Rede!«, rief Gillian, eine Geschichtslehrerin aus der Schule, die mir immer etwas langweilig vorgekommen war, die aber noch betrunkener war als alle anderen, und das wollte etwas heißen. Sie war den ganzen Abend auf den Beinen gewesen, und jedes Mal wenn ich zu ihr hinsah, schien sie in Schräglage zu geraten. Sie hatte es auf Jamie abgesehen und fasste ihn immerzu am Arm, ließ ihre Hand dort liegen und zog sie dann abrupt weg, so als wäre es ihr selbst eben erst aufgefallen. Ich hatte das ungute Gefühl, dass sie zu der Sorte Frauen gehörte, die so mit gut aussehenden Schwulen flirteten, dass sie sich eher auf deren als auf eigene Kosten amüsierten.

Jamie und Lemmy änderten ihren Sprechchor jetzt laut klatschend in »Li-sa! Li-sa! Li-sa!« Mit zwei Fingern im Mund pfiff Lemmy schrill. Matty und Jasmine sahen es sich beide lächelnd und kopfschüttelnd an.

Ich sträubte mich, schüttelte so nachdrücklich den Kopf, dass mir schlecht wurde, und nahm einen großen Schluck Wein, um nicht reden zu müssen. Reden aus dem Stegreif hatte ich noch nie gut hinbekommen. Mir war schwummerig und komisch, und ich bekam panikartig Furcht vor einem Blackout, die ich aber mit dem Gedanken unterdrücken konnte, dass ich schon auf einem Sofa saß und es also nichts machen würde. Und Matty war ja da, er würde damit klarkommen. Seit ich mit ihm zusammen war, hatte ich einen Anfall gehabt, im November, in genau dieser Weinbar, und natürlich hatte Matty geglänzt. Ich verließ mich komplett darauf, dass er sich um mich kümmerte, wenn etwas passierte – hauptsächlich deswegen war es mir dieses eine Mal gelungen, mich an meinem Geburtstag zu entspannen und mir ein paar Gläser zu genehmigen. Alle sahen mich an, klatschten und lächelten.

Matty schob sich an Jamie und Lemmy vorbei und stieg auf den Couchtisch vor meinem Sofa. Die junge Frau hatte die Torte abgeräumt, um sie in Stücke zu schneiden, aber einer Platte mit erkaltetem Frittierten, die noch da war, kam er gefährlich nahe. Mehrere Leute, die Weingläser am Tischrand abgestellt hatten, brachten sie rasch in Sicherheit.

Alle wurden still und sahen Matty an. Würde er eine Rede halten? Matty blickte auf mich herab, reckte beide Arme in die Luft und begann zu singen.

»Draußen vor der Schule, vor dem großen Tor, dort steht eine Ampel, und da steh ich davor …«

Seine Stimme klang etwas abgehackt, aber die Töne traf er perfekt. Bei den ersten Takten tuschelten die Bedienungen noch miteinander, wurden dann aber rasch still. Alle sahen ihn an, nicht zuletzt ich – ich konnte kaum glauben, was für eine gute Stimme er hatte. Er konnte wirklich singen. »*… Dort wollen wir uns wiedersehn, das Schuljahr lang will ich dort stehn …*« Die junge Frau kam mit einer neuen ovalen Alu-Servierplatte wieder, auf der sie Tortenstücke arrangiert hatte, jedes in seiner eigenen Serviette. Von Matthews Gesang überrascht, blieb sie auf der Schwelle stehen.

Jamie sorgte für Musikbegleitung, indem er durch aufeinandergepresste Lippen wie auf einem tiefen Blechblasinstrument prustete. Adrians Frau, die neben ihm stand, fiel mit quakigen hohen Tönen in den Gesang ein und murmelte, wenn sie den Text nicht hinbekam. »Lili Marleen« gehört zu diesen alten Melodien, die offenbar eine

Menge Leute mitsummen können, auch wenn sie den Text nicht kennen. Wenn man Eltern oder Großeltern hat, die in Kriegszeiten in diesem Land aufwuchsen, ist es irgendwie im kollektiven Unterbewussten verankert, vielleicht von alten Filmen, die an Wochenenden im Fernsehen liefen: schwarz-weiße Kriegsschmonzetten. Laternenlicht. Verlorene Liebe. Barrikaden.

Inzwischen summten noch ein paar andere mit. Gillian hatte ihre Versuche eingestellt, Jamie am Arm anzufassen, und starrte Matty an. Ebenso Jasmine, mit offenem Mund, die zusätzlich den Leuten links und rechts von ihr großäugige Blicke zuwarf, wie um Bestätigung heischend. Nur ich wusste, warum Matty es tat: um mich vor der auf mich einstürmenden allgemeinen Aufmerksamkeit zu retten. *Na also*, dachte ich.

Bei der Schlusszeile, den Blick unverwandt auf mich gerichtet, wurde er lauter und fiel in ein Tremolo: »*Meine Lisa aus dem Lehrerzimmer, meine ein-zi-ge Mar-leen!*« Das »*leen*« war eine ganze Oktave höher – er traf sauber die letzte Note. Mittlerweile hielt er mit erhobenen Ellenbogen beide Hände an die Brust gedrückt. In dieser Pose verharrte er.

Nach kurzer Stille brachen alle in Begeisterungsstürme aus. Ein junger Mann hinter dem Tresen rief, die Hände zu einem Trichter geformt: »Bravo, Kumpel, bravo!« Meine Freunde jubelten und klatschten. Rosaria, links von mir, schubste mich so mit der Schulter an, dass ich zur Seite wegkippte. Alle sahen mich an, als erwarteten sie, dass ich in Tränen ausbrach. Matty blickte auf mich runter und verneigte sich.

Die Einzige außer mir, die nicht mitjubelte, war Rosarias Cousine Elena, die rechts von mir saß. Ich kannte

Elena nicht besonders gut, sie schloss sich nur selten unserer Gruppe an – sie war sehr klein, hatte einen dunklen Teint und gehörte zu den Leuten, die den Mund nur dann aufmachen, wenn sie etwas zu sagen haben. Ich mochte sie sehr gern: Manchmal kam es mir so vor, als zöge ich sie Rosaria vor, die eine meiner besten Freundinnen war. Der Tumult verebbte, und alle nahmen noch einen Schluck oder sahen sich um wie in Erwartung des nächsten Programmpunkts, als überlegten sie, was für eine Unterhaltung ihnen wohl als Nächstes geboten werden könnte. Matty stand noch auf dem niedrigen Tisch. Elena sagte nachdenklich zu mir, aber den Blick geradeaus, wie an die ganze Gesellschaft gerichtet: »Wie das wohl sein mag, mit ihm zusammen zu sein?« Es klang vollkommen ernst; etwas daran versetzte mich in leichte Panik, und ich sah Matty an.

Laut verkündete ich: »Ah, es ist der reinste Albtraum, wenn du nur wüsstest!« Alle sahen mich an, und Matty zog belustigt die Augenbrauen hoch. »Es ist, wie mit einem riesigen Welpen zusammen zu sein!«

Matty hüpfte vom Couchtisch runter und mir vor die Füße, ließ beide Hände an erhobenen Armen wie Pfoten herabbaumeln und machte Männchen. Mit lauten Bell- und Schnüffellauten stürzte er sich auf mich und leckte mich seitlich am Hals, während ich ihn kreischend abzuwehren versuchte.

Laut und fröhlich zerstreute sich die Gruppe. Rosaria lehnte sich zurück. Ich schubste ihn lachend von mir weg. Alles johlte und klatschte. Elena stand auf und ging zur Toilette.

Die Feier löste sich in Einzelgespräche auf. Matthew rutschte von mir runter und kniete sich vor mich hin, da ich immer noch auf dem Sofa versackt war. Er nahm mein Gesicht in beide Hände und zog mich an sich, drückte mir einen fetten Schmatz auf den Mund, sagte: »Herzlichen Glückwunsch!«, und schob mich wieder von sich. Er rappelte sich auf und sah sich nach seinem Glas um. Am anderen Ende des Raums hatte Jasmine sich abgewandt, stand mit dem Rücken zu uns und plauderte mit Lemmy.

Ich hatte das Gefühl, dass ich mich unter die Leute mischen und mit allen quatschen sollte, wusste aber, ich würde ins Schwanken geraten, wenn ich aufstand. Da war es sicherer, ich blieb, wo ich war. Elena kam wieder, nahm aber nicht mehr auf dem Sofa Platz, also rutschten Rosaria und ich etwas näher zusammen, und ich legte ihr den Kopf auf die Schulter und murmelte hinter meinem Haar hervor: »Danke für die Torte ... Das war schbitze ...«

»Du hast noch gar nichts davon gegessen, Dummi«, sagte sie, beugte sich so weit vor, dass ihr mein Kopf von der Schulter rutschte, und griff zu einem in Serviette verpackten Stück. »Da«, sagte sie, strich mir die Haare aus dem Gesicht und steckte es mir zu. »Runter damit. Gegen die Unterzuckerung.« Dann flüsterte sie laut zischend, den Mund nahe an meinem Ohr: »Im Ernst, er ist *verrückt* nach dir. So was hab ich noch nie gesehen.« Mit zugekniffenem Mund summte sie den Hochzeitsmarsch.

»Hör bloß auf!« Lachend schubste ich sie von mir weg.

Später ging ich zur Toilette, inzwischen schlimm betrunken. Bei anderen Feiern hatte ich nur so getan als ob, hatte mit den Wölfen geheult, mir demonstrativ einen großen Schluck aus meinem Glas hinter die Binde gekippt und es dann einfach viel länger als alle anderen nicht mehr angerührt. Keinem war es je aufgefallen. Im Lauf der Jahre hatte ich oft genuschelt und mich angeheitert benommen wie sonst wer, hatte aber noch nie einen echten Rausch gehabt – bis jetzt. Es war leichtsinnig von mir, ausgerechnet an meinem Geburtstag eine Ausnahme zu machen. Noch dazu unter der Woche. Am nächsten Morgen würde ich dafür büßen müssen – es fühlte sich jetzt schon ganz danach an, was ich irgendwie unfair fand. Der Abend verlangsamte sich und zog sich wie Gummi, und alles, selbst zur Toilette gehen, fiel mir schwer. Wie spät war es überhaupt? Es fühlte sich spät an, aber wir hatten schließlich früh angefangen. Bald würden wir alle nach Hause aufbrechen.

Während ich vor dem Spiegel Rouge auftrug, es mir mangels Schminkpinsel mit den Fingern ins Gesicht strich, sagte eine große junge Frau am Nebenspiegel – ich war so betrunken, dass ich sie fast übersehen hätte – mit etwas weinerlicher Stimme zu mir: »Was haben Sie bloß für ein Glück! Wenn *mir* einer so ein Ständchen bringen würde ...«

Während des Lieds waren ein paar Leute von außerhalb in den vorderen Bereich gekommen; sie mussten auf dem Weg in die Weinbar angehalten haben, um zu sehen, was das für ein Gesang war. Weil ich nicht wusste, was ich sagen sollte, gab ich ein zustimmendes Murmeln von mir, während ich in den Spiegel sah. Frisch nachgeschminkt, fand ich mich besser aussehend als wahrscheinlich in Wirklichkeit. Schließlich ist alles relativ. Ich bauschte mir die Haare auf. Die hochgewachsene junge Frau hatte eine große Nase, dichte Augenbrauen und sehr schwarz gefärbte Haare. Wie die natürliche Farbe wohl war? Ich sah mich mit ihren Augen: eine kleine Hübsche mit großem Freundeskreis und einem festen

Freund, der ihr vor allen anderen ein Ständchen bringt, eine Frau, die Torte bekommt. Unsere Spiegelbilder standen nebeneinander, starrten sich an und verglichen sich miteinander. Mit einem kurzen Kopfschütteln wandte sich die große Frau ab.

Als wir in dieser Nacht wieder in meiner Wohnung waren, hielt Matthew mich im Nacken fest und drückte mir das Gesicht ins weiße, fest über die Matratze gespannte Baumwolllaken. Ich musste den Kopf zur Seite drehen, um Luft zu bekommen. Mittendrin beugte er sich mit dem Kopf zu meinem Hinterkopf runter und gab Belllaute von sich, und ich sagte: »Matthew, das ist nicht komisch.« Offenbar brauchte er lange. Betrunken war er bestimmt nicht, er hatte uns ja nach Hause gefahren. Mir war immer noch schlecht – diesen Rosé vertrug ich nicht, dachte ich, oder vielleicht war es das ganze frittierte Zeug. Ich überesse mich immer, wenn ich betrunken bin. Ich war müde, es war ein Donnerstag, und ich hatte einen vollen nächsten Unterrichtstag vor mir. Matthew schwieg, atmete schwer und angestrengt. Ich wollte ihn bitten aufzuhören, aber er war in einem so schnellen Rhythmus, dass es mir vorkam wie kurz vor dem Abschluss, albern, ihn auf der Zielgeraden zu stoppen. Nach gefühlt sehr langer Zeit ließ er sich auf mich fallen und lag still – was mir eher so vorkam, als hätte er aufgegeben, nicht als wäre er gekommen. Ich rührte mich nicht. Er kam von mir runter und blieb auf dem Rücken liegen, halb auf dem Laken, halb auf dem Federbett.

Ich verhielt mich eine Weile still und horchte nach Hinweisen. Schließlich schnarchte er. Vorsichtig rutschte ich vom Bett, schlich mich auf Zehenspitzen ins Bad und schloss leise die Tür hinter mir. Ich war noch in dem Kleid, das ich an dem Abend angehabt hatte – Matthew hatte mir Strumpfhose und Höschen vom Leib gerissen, kaum dass wir zur Tür herein waren. Nachdem ich auf der Toilette war – ohne zu spülen, um ihn nicht zu stören –, ging ich zum Waschbecken und klatschte mir Wasser ins Gesicht. Ich nahm die Zahnbürsten aus dem Becher, spülte ihn ein paarmal aus, ließ kaltes Wasser hineinlaufen, trank in einem langen Zug daraus, dachte dabei an meinen Wecker, der auf sieben Uhr gestellt war, und wusste, dass ich mehr Wasser und dazu Tee und Toastbrot brauchen würde, bevor ich aus dem Haus ging. Matty musste nicht früh raus, er hatte Spätschicht. Es kam mir ein wenig ungerecht vor, dass er derjenige war, der nach meinem Geburtstagsbesäufnis ausschlafen durfte, aber er würde mich später dafür entschädigen, also konnte ich schlecht etwas dagegen sagen.

Nachdem ich zwei Gläser Wasser getrunken hatte, steckte ich die Zahnbürsten zurück und sah erst da in den Spiegel über dem Waschbecken. Mein Haar war zerzaust, die langen Strähnen kreuz und quer durcheinander, mit aufwärts gebogenen Spitzen – zu solch einem Erscheinungsbild hätte meine Mutter *rückwärts durch eine Hecke geschleift* gesagt. Mit den verschmierten Mascara-Ringen darunter sahen beide Augen aus wie blau geschlagen, und quer über eine Wange lief ein schwarzer Strich – an dem Abend hatte ich viel zu viel Augen-Make-up aufgetragen, dachte ich. Noch etwas, das sonst nicht meine Art ist. Im unerbittlichen Badezimmerlicht aus einer kleinen Neonröhre über dem Spiegel sah das Weiße in meinen Augen blutunterlaufen aus. Das ließ nichts Gutes ahnen, wie es mir am nächsten Morgen gehen würde.

Mit einer Mischung aus Erschöpfung und Selbstekel sah ich mir ins Gesicht und überlegte, warum ich an meinem Geburtstag nicht glücklicher gewesen war. Was stimmte nicht mit mir? In den Augen dieser großen Frau auf der Toilette der Weinbar hatte ich alles, das hatte ich ihr angesehen. Warum konnte ich mein eigenes Glück nicht genießen?

Wenn ich an den Abend zurückdachte, hatte sich in meinem Kopf nicht das Bild davon festgesetzt, wie alle mir zulächelten und klatschten. Es war nicht Matty, der mit ausgebreiteten Armen sang, oder Rosaria, die über mich lachte, weil ich das mit den Kerzen nicht begriffen hatte. Das Bild, das sich bei mir festsetzte, war Jasmine, ihre glatten braunen Schultern, wie Matty ihr den Kopf zuneigte, um sie besser zu verstehen, während sie sich eine Haarsträhne aus dem Gesicht strich.

Es war ein Uhr siebenundvierzig, genau genommen nicht mehr mein Geburtstag. Vielleicht war es das. Vielleicht hatte ich mich eigentlich köstlich amüsiert, spürte es nur jetzt nicht mehr, weil es schon der Tag danach war. Ich dachte an Elena, die vom Sofa aufstand – was an ihr kam mir so wissend, so selbstständig vor? Ich dachte an die Frau mit der großen Nase und den schwarz gefärbten Haaren, wie ihr Spiegelbild meins gemustert hatte. *Dein Aug zeigt mein und meines dein Gesicht.* Was sie wohl von mir und meinem ach so glücklichen Leben hielte, wenn sie mich jetzt sähe?

Als ich aus dem Bad ging, schloss ich ganz leise die Tür hinter mir, tapste ans Bett und schlug die Decke an einer Ecke zurück. Ich zog mir das Kleid über den Kopf, öffnete den BH und hob ein schmutziges T-Shirt auf, das günstigerweise in Reichweite lag. Ich kroch behutsam ins Bett, konnte mich aber nicht ganz zudecken, weil Matthew halb auf der Decke schlief. Ich nahm an, so betrunken zu sein, dass ich auf der Stelle einschlafen würde, blieb aber stattdessen lange wach und horchte, von ihm abgewandt, in Seitenlage, einen Arm unter dem Kopf, auf sein Schnarchen, sah den Zahlen der Digitaluhr auf meiner Bettseite beim Umspringen zu und versuchte, mein Unbehagen zu ergründen.

Am Morgen stellte ich schleunigst den Wecker aus und stieß mich hoch, ließ Matty im Bett liegen. Praktisch geräuschlos öffnete ich die Schranktür und holte ein Kleid heraus, zog langsam und vorsichtig die oberste Kommodenschublade auf und griff nach Wäsche und Strumpfhose. Neben der Kommode stand eine Tüte mit meinen Geschenken und Karten vom Vorabend. Die würde ich später durchsehen, die Karten aufstellen müssen. Ich fühlte mich elend und erschöpft, war aber wenigstens noch rechtzeitig für Tee und Toast aufgestanden. Bevor ich zur Arbeit ging, brachte ich Matty eine Tasse Tee und stellte sie sanft an seiner Bettseite ab. Dabei regte er sich, schlug kurz die Augen auf, runzelte die Stirn und drehte sich auf die andere Seite. Ich bückte mich, küsste ihn auf den Kopf und flüsterte: »Bis später.« Ich ging leise.

Mit einiger Mühe schaffte ich es durch den Arbeitstag, aber zum Glück hatte auch Adrian einen Kater, und wir warfen uns im Lehrerzimmer mit verdrehten Augen Blicke zu. Ich hatte nicht allzu viele Arbeitskollegen eingeladen – sonst wäre es unübersichtlich geworden –, daher jammerten wir uns nicht gegenseitig etwas vor, aber ich genoss unser verschwörerisches Einverständnis. Ich konnte es nicht erwarten, nach Schulschluss nach Hause zu kommen.

Ich hatte angenommen, dass Matthew bei meiner Rückkehr nicht mehr da wäre, doch stattdessen saß er an unserem kleinen Küchentisch, den *Peterborough Telegraph* vor sich ausgebreitet.

»Ach, hallo«, sagte ich beim Reinkommen. »Ich dachte, du hast Spätschicht.«

»Hallo«, sagte er, ohne aufzuschauen.

Er blätterte die Zeitungsseiten weiter um, während ich Mantel und Schuhe ablegte und den Wasserkocher befüllte. Ich warf ihm immer mal wieder einen Blick zu, suchte sein Schweigen zu ergründen. Als der Tee fertig war, brachte ich beide Tassen und setzte mich an den Tisch.

»Hey«, sagte ich sanft und neigte den Kopf etwas, um ihm ins Gesicht sehen zu können.

Er schlug die Zeitung zu, lehnte sich mit einem Seufzer zurück, nahm einen Schluck aus der Tasse. Ich ließ ihn nicht aus den Augen.

»Alles okay mit dir?«, fragte ich schließlich in dem zwiespältigen Gefühl, dass es nett gewesen wäre, wenn er mich das gefragt hätte, nachdem ich schließlich den ganzen Tag in der Arbeit gewesen war.

»Nett, dass du fragst«, sagte er.

Plötzlich reichte es mir. Rasch stand ich vom Stuhl auf, er abrupt im selben Moment, und dann baute er sich auf Tuchfühlung vor mir auf, obwohl ich instinktiv an die Küchentheke zurückgewichen war. »Meinst du nicht«, fauchte er, mit dem Gesicht dicht an meinem, »du könntest dich zu einem kleinen Dankeschön aufraffen? Ist das wirklich zu viel verlangt?« Ich hatte keine Ahnung, was er meinte. »Du und deine angeschickerten Mädels«, sagte er, »mit eurem ewigen Feixen und Kichern, wie scheißpubertäre Schulmädchen.«

»Tut mir leid …«, sagte ich.

»Ja, jetzt tut es dir scheißleid.« Er stieß mir einen Finger in die Brust, gegen das Brustbein. »Immer tut es dir scheißleid.«

Er wandte sich ab, griff sich dann plötzlich mit beiden Händen in die Schläfenhaare und gab einen frustrierten »Aargh«-Laut von sich.

Ich war baff. »Matthew …«, sagte ich und streckte eine Hand nach ihm aus, legte sie ihm an den Oberarm, auf die Wölbung seines Bizeps, und näherte mich ihm.

Er schüttelte die Hand ab, so heftig, dass ich ins Schwanken geriet und gegen die Küchentheke zurücktaumelte, ging ins Schlafzimmer und knallte die Tür hinter sich zu.

Ich ging ihm ins Schlafzimmer nach. Da saß er auf der Bettkante, den Kopf in beiden Händen. Ich kniete mich vor ihn, griff mit einer Hand nach seinen Haaren, um sie zu berühren, traute mich aber nicht.

»Liebling …«, sagte ich. Das Kosewort benutzte ich erst seit Kurzem. Auf der Zunge fühlte es sich immer noch gewagt an. »Liebling, es tut mir leid, aber ich versteh das nicht. Du musst es mir erklären.«

Seufzend richtete er sich ein wenig auf, sah mich an und sagte: »Dann hat es dir also nicht gefallen. Meinst du nicht, du hättest wenigstens ehrlich sein können?«

»Was nicht gefallen?«

Er hob beide Hände in die Luft und ließ sie wieder fallen. »Ach du Scheiße, sie muss mich das echt fragen.«

Endlich ging es mir auf. Kurz bevor wir zum Treffen mit den anderen im New Place gegangen waren, hatte Matty mir mein Geburtstagsgeschenk gegeben – ein Silberkettchen mit Anhänger aus Kunstschmiedesilber in gewundener Form mit einem roten Stein, der im Metallkäfig steckte. Es war nicht unbedingt nach meinem Geschmack, aber ich war gerührt, dass er so viel Aufwand betrieben hatte – zu einem schwarzen Pulli würde es gut aussehen, hatte ich gedacht, oder vielleicht zu einem weißen Top im Sommer. Doch ich trug bereits eine Perlenkette, die zu einer Farbe in meinem Kleid passte. Ich hatte »oh, wie schön« gesagt, ihm einen Kuss gegeben und es in die Schachtel zurückgelegt.

»Ach, Matty«, sagte ich, gerührt, wie sehr es ihn traf, »natürlich mag ich die Halskette, ich finde sie toll. Ich hab sie nur deshalb nicht gleich sofort angelegt, weil sie nicht zu meinem Kleid gepasst hat, ich hätte mich umziehen müssen, das war alles. Ich finde sie toll. Ich werde sie andauernd tragen.«

Ich fand es eigentlich ganz süß, dass er so ein Bedürfnis nach Bestätigung hatte. Ich wollte beide Arme um ihn legen, doch er schubste mich weg. »Du legst meine Kette nicht um, wir kommen hin, und du verbringst den ganzen Abend mit deinen Mädels auf dem Sofa und lässt mich links liegen, ich bleib allein mir überlassen, während du dir einen ansäufst und deinen Spaß hast. Ich bleib nüchtern, um dich nach Hause fahren zu können, und du sagst nicht mal Danke.«

Ich dachte kurz nach. Vielleicht hatte er recht. Auf der Rückfahrt war ich sehr betrunken gewesen. Befragt, hätte ich nicht mal sagen können, welche Strecke er fuhr oder wer unsere Haustür aufgeschlossen hatte. Es war gut möglich, dass ich mich bei ihm nicht fürs Fahren bedankt hatte.

»Tja, sorry …«, sagte ich, konnte mir aber anschließend die Bemerkung nicht verkneifen: »Aber du warst ja wohl kaum den ganzen Abend allein, Jasmine und du, ihr habt euch doch allem Anschein nach blendend verstanden.«

Seine Miene verfinsterte sich. »Was soll das heißen?«

Ich lehnte mich auf den Fersen zurück, stand dann auf und wandte mich ab.

»Nein, ganz im Ernst«, sagte er und griff nach meinem Handgelenk, um mich festzuhalten. »Worauf willst du damit hinaus?«

Später am Abend, als ich kochte, bekam ich eine SMS von Rosaria. *Hey, was macht der Kater? Mann, geht's mir heute dreckig! Dein Partyboy kann ja wohl die Finger nicht von dir lassen. Höre ich da etwa Hochzeitsglocken läuten??? Hahaha war nurn Witz lol. Echt jetzt, hoffentl hast du kein so schlimmes Kopfweh wie ich. Küsschen Rosie*

Etwa zehn Minuten später kam noch eine SMS für mich an, von Mum. *Alles Gute zum Tag nach deinem Geburtstag, Schätzchen. Dad und ich freuen uns sehr auf euch beide am Wochenende. Matthew hat gesagt, ihr habt alles im Griff, aber melde dich, wenn ich mit irgendwas helfen kann, meine schöne sechsunddreißigjährige Tochter! Hab dich sehr lieb, Küsse, Mum*

Matthew und ich aßen schweigend. Mein Handy lag auf dem Küchentisch, zwischen uns, und als es wieder vibrierte, zögerte ich, es in die Hand zu nehmen, obwohl er während unseres Essens zwei SMS verschickt hatte.

Gillian. *Vielen Dank für die Party, hab dich in der Pause gesucht, aber nicht gefunden. Hoffentlich hast du die ganzen Karten, Geschenke und Blumen gut nach Hause verfrachtet, das Auto muss pickepackevoll gewesen sein! Was für eine tolle Stimme dein Freund hat! Hatte ein gutes Gespräch mit ihm über mein Eierstockproblem, und er hat mir so nett geholfen, bitte richte ihm meinen Dank aus und dass ich auf ein baldiges Wiedersehen hoffe. Danke noch mal, liebe Grüße, Gillian.* Ich legte das Handy vorsichtig wieder hin.

Matty aß auf und legte sein Besteck ordentlich auf dem Teller ab. Ich hatte meine Portion erst halb geschafft.

Er griff nach meiner Hand und bedeckte sie mit seiner. »Hey …«, sagte er sanft.

Ich brach in Tränen aus. Dick und heiß kullerten sie mir über die Wangen.

»Hey«, wiederholte er. »Du hast ja kaum was gegessen … Komm schon … Davon wird der Kater aber nicht besser, was?«

Er nahm die Gabel von meinem Teller und führte mir ein Stück Teigkruste an den Mund. Ich schüttelte zwar den Kopf, aber weil er mir damit die Lippen anstupste, tat ich ihm den Gefallen und öffnete den Mund. Er schob mir die Gabel zwischen die Zähne und schwenkte sie. Ich weinte weiter, während ich aß; der Teigbissen wurde zäh in meinem Mund. »Hey«, sagte er wieder und streichelte mir übers Haar. »Schon gut, du warst halt blau. Wenn das alte Mädchen sich an ihrem Geburtstag keinen antrinken kann, wann dann? Jeder benimmt sich daneben, wenn er einen sitzen hat. Es macht nichts, okay? Kein Ding.«

Er hielt mir wieder die Gabel hin. Ich schüttelte wieder

den Kopf. Wieder ließ er sich nicht abwimmeln. »Also wirklich, Lisa«, sagte er beim Füttern. »Manchmal bist du eine richtige Dramaqueen ... Es war doch bloß eine feuchtfröhliche Party, wirklich keine so große Sache ...«

Ich weinte noch ein wenig weiter, und er gab seine Fütterungsversuche auf. Er stand auf, stellte sich neben mich, bückte sich und küsste mich auf den Kopf. »Geh und setz dich aufs Sofa«, sagte er. »Ich räum ab.«

Ich nickte, noch unter Tränen. Er half mir wie einer Gehbehinderten zum Sofa, hob meine Füße darauf. Ich legte mir eine Hand aufs Gesicht. »Ich bin halt bloß so müde ...«, schluchzte ich.

Er holte mir ein Glas Wasser aus der Küche. »Austrinken. Auf ex.«

Er ging gleich weiter ins Bad, und ich hörte, wie das Wasser angestellt wurde. Dann, wie er im Schlafzimmer rumorte, wieder herauskam, zur Küche zurückging, eine Schublade aufzog und wieder ins Bad ging.

»Was machst du?«, fragte ich und richtete mich etwas auf. Ich hatte mit Weinen aufgehört.

»Ich lass dir ein Bad ein«, sagte er, als er wieder ins Nebenzimmer ging. Er blieb eine Weile dort, bis ich hörte, wie er das Wasser abdrehte, das schwerfällige Quietschen der Armatur. Diese Wanne war immer ziemlich schnell voll. Es war eine kleine Wanne.

Er kam raus, ging in die Küche zurück und begann, den Tisch abzuräumen. »Ab mit dir«, sagte er sanft, »den Abwasch übernehme ich, geh du nur und steig in die Wanne.«

Im Bad waren das Licht und die Belüftung ausgeschaltet, und im kleinen Raum stand der Dampf, von über einem Dutzend Kerzen beschienen, den alten und den neuen, die ich am Vorabend geschenkt bekommen hatte; er hatte sie aus ihren Schachteln genommen. Einige mit Duft, andere ohne, die einen kurz und dick, die anderen mit langen dünnen Flammen. Mit leisem Knistern verbreiterten sich bei den alten Kerzen die Pfützen aus geschmolzenem Wachs um ihre Dochte und saugten den Staub auf, der sich oben abgesetzt hatte. Er hatte eine Badekugel ins Wasser geworfen, die sich schon aufgelöst hatte – oben auf dem milchigen Wasser schwammen noch gepresste rosa Blütenblätter. Der Raum war wie mit Weichzeichner unscharf gestellt, der Spiegel beschlagen. Mit dem Finger hatte er ein Herz darauf gezeichnet.

16

»Ich komm nachher im Krankenhaus vorbei«, teilte ich Matty eines Morgens fröhlich mit.

»Warum?«, fragte er.

Es war in den Winterferien im Februar. Alle dachten, das Beste am Lehrerdasein wären die langen Sommerferien, doch das war es gar nicht – sie waren natürlich toll, abgesehen davon, dass ich mir in dem Zeitraum überhaupt keine Flüge leisten konnte, weil dank all der vielen ätzenden Leute mit Kindern Hochsaison war –, aber tatsächlich waren es weder die Sommer- noch die Weihnachts- oder Osterferien, sondern die Winterferien, die einwöchige Gnadenfrist mitten in einem arbeitsreichen Halbjahr. Natürlich bestand sie nicht aus Freizeit, sondern war vollgepackt mit Weiterbildung, jeder Menge Korrekturen und Unterrichtsvorbereitungen, all dem Papierkram, der erledigt werden musste – aber fünf ganze Arbeitstage lang fiel mir beim Aufwachen am Morgen ein, dass ich mich nicht seelisch dagegen wappnen musste, mich vor eine Klasse zu stellen.

Nicht dass ich meinen Beruf nicht mochte – ich brannte sogar dafür und sah mich als eine, die etwas ziemlich Schwieriges recht gut hinbekam –, aber jeden Morgen hatte ich beim Aufstehen und Anziehen dieses Gefühl, eine Rüstung anzulegen. Bestimmte Kleidungsstücke waren ausgeschlossen, alles, was zu kurz war, alles, was auch nur ansatzweise Dekolleté zeigte, wenn man sich nicht gnadenlosem Spott aussetzen wollte. Selbst die gewöhnlichsten Dinge – »O mein Gott, habt ihr ihre *Ohrringe* gesehen!«, hörte ich eine Gruppe Zehntklässlerinnen kreischen, die aus einem Biologielabor strömte. Im Lehrerzimmer sah ich mir Mrs. Carraways Ohrringe an – pennygroße runde Zinnscheiben als Stecker an ihren Ohrläppchen. In meinen Augen sahen sie völlig harmlos aus, passten gut zu ihrem frechen Kurzhaarschnitt.

Entgegen meiner Befürchtung, mit den Jahren würde es schlimmer werden – schließlich wurde ich von Schuljahr zu Schuljahr älter, während meine Klassen gleich alt blieben –, sprangen die Mädchen mit den älteren Lehrerinnen nachsichtiger um, besonders wenn diese auf den Ruhestand zugingen. Frauen in dem Alter waren wie ihre Großmütter, so weit von ihnen entfernte Menschenwesen, dass sie sich unmöglich vorstellen konnten, jemals selbst so wie sie zu werden. Mit den Kolleginnen um die zwanzig, dreißig gingen sie viel härter ins Gericht – wir waren zeitlich zu nahe an ihnen dran, als dass sie sich vor uns sicher fühlen konnten. Wir waren wandelnde Vorboten, was mal aus ihnen werden könnte.

Und so kam es, dass ich an jedem Morgen das Gefühl hatte, ich bereitete mich darauf vor, mich der Lächerlichkeit preiszugeben. Nicht bloß meine Kleidung, meine Frisur oder meinen Schmuck, sondern auch meine Art zu reden, meinen Gang – jegliche körperlichen Macken oder Angewohnheiten. Keine Lehrerin, kein Lehrer ist je absolut selbstsicher, weil sie täglich sechs Stunden lang von der strengsten Jury der Welt angestarrt werden. Wie sehr man seinen Beruf auch liebt, hat man doch jeden Morgen beim Anziehen, auf dem Weg zur Arbeit, vor dem Schultor das Gefühl, sich zusammenreißen, sich für die Schlacht wappnen zu müssen.

Daher bedeuten die Winterferien – kein frühes Weckerklingeln, ganze Vormittage im Schlafanzug –, ganz gleich, wie viel Korrigieren und Papierkram zu erledigen ist, eine volle Woche Unbeobachtetsein. Schieres Glück.

Wie die meisten Lehrer musste ich in dieser Woche auch all das schaffen, was andere Leute in ihrer Arbeitswoche erledigen können – Zahnarzttermine, vormittags unter der Woche shoppen gehen, wenn es in den Läden nicht so voll ist. Und in diesen Winterferien stand die jährliche Kontrolluntersuchung bei meiner Neurologin an.

»Termin bei Frau Dr. Barnard«, sagte ich zu Matty. »Ich wollte schon vorschlagen, dass wir zusammen zu Mittag essen, hab mir dann aber gedacht, du wirst wahrscheinlich keine Zeit haben.«

Frau Dr. Barnard mochte ich sehr gern, eine dünne Frau vom Typ Professorin, die mich ernst nahm, obwohl ich nur einmal im Jahr zu ihr kam, seitdem ich kein Natriumvalproat mehr nahm. Ich brauchte das Medikament seit fast zehn Jahren nicht mehr, doch da ich noch im »gebärfähigen Alter« war – den Ausdruck benutzten sie, seit ich fünfzehn war –, kam ich weiterhin zu Kontrolluntersuchungen. Sie gab mir nie das Gefühl, dass ich auch aus meinen Sorgen wegen Epilepsie herauswachsen müsste, weil ich aus der Epilepsie herausgewachsen war. Ich hatte noch nie in der Arbeit einen Anfall gehabt, und obwohl das Kollegium wusste, dass ich eine Vorerkrankung hatte, brauchte man keine besonderen Rücksichten auf mich zu nehmen. Ich brauchte nicht wie manche anderen Lehrer Sanktionen anzuwenden – aber Frau Dr. Barnard verstand, dass es nicht ausgeschlossen war und ich das Gefühl hatte, mich in Acht nehmen zu müssen.

Ich merkte, dass Matty von etwas abgelenkt war. Wir waren im Schlafzimmer. Noch feucht von der Dusche, knöpfte er sich das Hemd zu, ein bisschen spät dran für die Arbeit. Ich saß im Bett mit einer Tasse Tee neben mir und einem Stapel Klausuren auf dem Schoß – die, die ich schon korrigiert hatte, aufgefächert auf der Decke. Wenn ich mit allen dreißig durch war, musste ich noch den Notenspiegel für die ganze Lerngruppe erstellen, wegen der Vergleichbarkeit. »Keine Ahnung, warum sie dich immer noch einbestellen«, sagte er.

Das ärgerte mich. Als wäre das Krankenhaus sein Revier, in das ich eindrang, obwohl es mein gutes Recht war.

»Sie hat vor einiger Zeit eine Knochendichtemessung vorgeschlagen.«

»So was brauchst du nicht!«, schnaubte er.

»Also mein Vitamin-D-Spiegel war mal ziemlich niedrig. Kann ja nicht schaden, was?« Das stimmte nicht – die Möglichkeit wurde zwar mal erwähnt, aber Probleme mit der Knochendichte waren keine besonders typische Nebenwirkung. Wenn ich das Gefühl hatte, auf einem medizinischen Gebiet mit Matty mithalten zu können, dann, was meine eigene Medikation anging. Ich wollte von ihm ernst genommen werden.

»Wenn du nicht wieder auf ein Antiepileptikum gesetzt wirst, sehe ich den Sinn nicht.«

»Ich kann es doch aber nicht ausschließen, oder? Was die Zukunft angeht?«

Matty nahm sein Jackett vom Bett, schlüpfte geschmeidig mit den Schultern in die Ärmel und ließ sie mit einem kurzen Schütteln herabgleiten.

»Schatz«, sagte er, während er zu meiner Bettseite herüberkam und sich bückte, um mir zum Abschied rasch einen Kuss auf den Scheitel zu geben. »Du brauchst kein

Medikament mehr wegen dieser sehr seltenen pseudoepileptischen Anfälle. Mach dir einen gemütlichen Ferientag.«

Der medizinische Fachausdruck »pseudoepileptisch« zur Beschreibung von Anfällen, die nicht unbedingt in einem EEG auftauchen, ist nicht mehr allgemein gebräuchlich. Als ich mit vierzehn meine erste Epilepsie-Diagnose bekam, konnten sie Anfälle auslösen, indem sie mich hyperventilieren ließen, während ich an den Monitor angeschlossen war, doch das ging mit der Pubertät vorbei. So wie viele andere wuchs ich aus der Epilepsie heraus, aber weil meine Mutter sie ihr Leben lang hatte, überwachten sie mich weiter per EEG, und ab und an hatte ich noch nichtepileptische, oder dissoziative, Anfälle, die dort nicht angezeigt wurden. Meine Mutter hatte sie auch. Die beiden Arten von Anfällen gingen oft miteinander einher. »Pseudo« bedeutete nicht, dass es kein richtiger Anfall war, nur, dass im Hirn keine messbaren elektrischen Spuren davon zurückblieben. Allerdings war das Gewicht des Wortes »pseudo«, so wie Matty es betonte, nicht zu überhören.

Ich wollte sagen: *Es kränkt mich, dass du dieses Wort gebrauchst, auch wenn es fachlich zutreffend ist*, wusste aber, dass es dann damit weitergehen würde, wie lächerlich es von mir war, gekränkt zu sein. Er würde sagen: *Du bist so überempfindlich*.

»Du solltest jetzt wirklich mal den Führerschein machen«, sagte er auf dem Weg zur Tür. »In der Klinik hab ich eine zweifach Beinamputierte, die unbedingt Auto fahren will. Denk nur, was für Hindernisse die zu überwinden hat.« Er ging aus dem Schlafzimmer, und ein, zwei Minuten später hörte ich die Wohnungstür zuknallen.

Als ich mit Korrigieren fertig und angezogen war, war es zu spät für den Fußweg zum Krankenhaus, also rief ich ein Kleintaxi, mit schlechtem Gewissen, so viel Geld auszugeben. In Frau Dr. Barnards Ambulanz ging es erstaunlich pünktlich zu, sodass ich die Klausuren gar nicht brauchte, die ich mir vorsorglich für eine lange Wartezeit eingesteckt hatte. Als die Schwester mit den Routineuntersuchungen fertig war, bat die Ärztin mich zu sich, und ich erzählte ihr von dem nichtepileptischen Anfall, den ich im Weinrestaurant gehabt hatte, kurz nachdem ich Matty kennengelernt hatte.

Mit uns im Raum war ein Assistenzarzt, Dr. Adebayo. Er hörte zu, wie Frau Dr. Barnard mich befragte, und machte sich Notizen, und danach sagte sie: »Sind Sie damit einverstanden, dass mein Kollege Ihnen ein paar zusätzliche Fragen stellt? Er führt eine Studie durch.«

»Natürlich.«

Dr. Adebayo sagte: »Ich habe Ihre Krankenakte gelesen. Kann ich Sie nur noch etwas zu Ihrer Familiengeschichte fragen?« Er fragte mich nach den Anfällen meiner Mutter und ihrem allgemeinen Gesundheitszustand. Ich erzählte ihm von ihren Fehlgeburten, vor und nach mir. Er fragte nach der Krankengeschichte meines Vaters. Nach ein paar Minuten lehnte er sich zurück, sah mich nachdenklich an und sagte: »Und was würden Sie sagen, wie sehr Sie dieses Leiden beeinträchtigt, also psychisch? Ich meine in der Vergangenheit, ich weiß, dass Sie eigentlich keine Epileptikerin mehr sind.«

Ich zögerte. »Na ja, ich bin mir nie so ganz sicher, inwiefern das eine mit dem anderen zusammenhängt. Schwer zu sagen. Wahrscheinlich bin ich ein bisschen, tja, sagen wir zurückhaltend, was körperliche Aktivitäten angeht, also normale Tätigkeiten wie Autofahren, das ist für mich eine ziemliche Herausforderung, und ich würde wohl …«

Interessant, nicht wahr, was für ein Selbstbild wir anderen präsentieren, wenn man uns fragt? »Man könnte wohl sagen, dass ich nicht, tja, ich weiß nicht, wie ich … ich traue mir wohl selbst nicht so recht über den Weg.«

Beide schwiegen interessiert.

Ich kam allmählich in Fahrt. »Worauf ich hinauswill, also ich meine, wenn einem die Vorstellung vertraut ist, dass man sich früher durch Bewusstseinsverlust selbst aufgegeben, im Stich gelassen hat, kann man sich nie ganz sicher sein, dass so eine Absenz nicht wieder vorkommt.«

Dr. Adebayo lächelte nachsichtig. »Sie wissen ja aber …«, setzte er an.

Ich fiel ihm ins Wort. »Ja, klar, das weiß ich alles. Es ist kein moralisches Urteil. Es ist bloß, da bleibt so ein Gefühl zurück, und ich weiß nicht, inwieweit man je aufhören kann, sich als Epileptikerin zu *fühlen*, selbst wenn man keine Medikamente mehr braucht. Man hat halt erlebt, dass alles Mögliche passieren kann, und verlässt sich nicht drauf, dass man gut genug mit sich selbst klarkommt. Heute Morgen hat mein Freund Matthew sogar den Ausdruck pseudoepileptische Anfälle verwendet …«

Beide sahen mich an.

»Er ist Arzt«, erklärte ich. »Er arbeitet sogar hier.«

»Ach, wo denn?«, fragte Dr. Adebayo. Ich schätzte ihn auf etwa Mattys Alter.

»Unfallchirurgie. Er ist leitender Assistenzarzt.«

Dr. Adebayo schlug sich aufs Knie. »Ach, Matthew Goodison, klar, den kenne ich, toller Typ! Der ist Ihr

Freund, echt? Wir haben zusammen in der Notaufnahme gearbeitet …« Lächelnd schüttelte er den Kopf, als erinnerte er sich an eine besonders turbulente Schicht. »Matty! Hey, grüßen Sie ihn bitte von mir!«

»In Anbetracht des jüngsten Anfalls«, sagte Dr. Barnard, »sollten wir die nächste Kontrolluntersuchung in einem halben Jahr ansetzen, okay?« Sie sagte nicht, ob sie Matty kannte oder nicht, schien aber die Nachricht von unserer Beziehung etwas kühler aufzunehmen.

Ich hatte Matty keine SMS geschickt, als ich im Gebäude angekommen war – nach unserem Streit an dem Morgen war ich noch sauer auf ihn gewesen. Er war nicht im Entferntesten begeistert gewesen, dass ich ins Krankenhaus kam. Er hatte nicht gesagt: »Toll, komm rauf und sag kurz Hallo, ich kann dich meinen Kollegen vorstellen.« Er hatte nicht einmal gesagt: »Zu schade, in der Klinik wird so viel los sein, dass ich keine Zeit haben werde, dich zu treffen.«

Aber als ich durch die große, weitläufige Vorhalle hinausging, blieb ich stehen, überlegte, mir an der Costa-Filiale einen Kaffee zu holen, und dachte an das breite Lächeln in Dr. Adebayos Gesicht, als ich Mattys Namen erwähnt hatte. Ich drückte mich noch etwas herum, überlegte, ob ich in seine Station hochgehen sollte, verwarf die Idee wieder, zog aber mein Handy aus der Tasche und schrieb, nur um ihn daran zu erinnern, dass ich da gewesen war: *Elvis verlässt das Gebäude, Küsse*

Ein Kaffee zum Mitnehmen war unnötiger Luxus. Ich würde mir zu Hause etwas machen. Als Belohnung für den Fußweg.

Als ich die Krankenhausauffahrt halb runtergegangen

war, vibrierte das Handy in meiner Tasche. Matty musste zwischen Patiententerminen auf seins gesehen haben.

You ain't nothing but a hound dog. Küsse

Ich ließ mein Handy lächelnd in die Tasche zurückgleiten.

Der Nachhauseweg dauerte fünfundvierzig Minuten: Bretton Gate runter, dann in die Atherstone Avenue. Als ich die Grange Road halb geschafft hatte, blieb ich ein paar Minuten an eine niedrige Backsteinmauer gelehnt stehen. Die Luft war mild und angenehm, die Straße sehr ruhig. Gegenüber setzte ein Mann mit seinem Auto aus einer Auffahrt zurück und fuhr los. Keine anderen Wagen fuhren vorbei. Ich schloss die Augen und wandte das Gesicht gen Himmel. Als ich sie wieder öffnete, sah ich Sternchen vor meinen Augen, diese stecknadelkopfgroßen weißen Lichtpunkte, die manchmal auftauchen und wieder verschwinden, und mir kam ein seltsamer Gedanke: wie vollkommen es wäre zu sterben, genau jetzt, genau hier, in diesem Moment, weil alles so schön und still war auf dieser Straße, mitten unter der Woche; dann würde dieser schöne stille Moment nie enden.

Wenn sich alle Geschichten in drei Akten ereignen – Anfang, Mitte und Ende –, dann spielte sich meine Beziehung mit Matty in drei Besuchen bei Spaghettini ab: dem ersten, als er mich mit seinem Essen gefüttert, sich vorgebeugt und mein Gesicht beim Reden haarscharf beobachtet hatte; dem zweiten, als er mich nach Ian ausfragte; und dem dritten.

Es war unser allerletztes Mal dort, auch wenn wir das damals beide nicht wussten.

Es war an einem Samstagabend in der Woche nach den Winterferien, einen knappen Monat nach meinem Geburtstag. Früher an dem Tag hatte Matty mir gesagt, er habe sich meine Kritik zu Herzen genommen, dass er langweilig sei, und uns im Spaghettini einen Tisch reserviert. Ich hatte mich schick gemacht, ein schulterfreies Top und Creolen, und die Kette umgelegt, die er mir zum Geburtstag geschenkt hatte. Das Essen war nett gewesen, auch wenn er etwas müde und unkonzentriert gewirkt hatte; wir hatten zwar angeregt geplaudert, aber seine Antworten kamen mir irgendwie ein wenig bemüht vor. Vielleicht wäre er lieber zu Hause, dachte ich.

Der Kellner trug unsere Teller ab. Ich sagte Matty, ich müsse zur Toilette, wischte mir beim Aufstehen mit der Serviette den Mund und hängte mir meine Handtasche um.

Als ich wiederkam, telefonierte er mit ernstem Gesichtsausdruck. Ich nahm wieder Platz und warf ihm einen Blick zu, den er geflissentlich ignorierte. Als ich ihn mit hochgezogenen Augenbrauen weiter ansah, streckte er mir in einer »Moment bitte«-Geste eine Hand mit erhobenem Zeigefinger entgegen, immer noch mit abweisendem Gesichtsausdruck.

Er nickte und schenkte der Person am anderen Ende ein mitfühlendes Murmeln. Irgendwann sagte er: »Haben sie eine Lumbalpunktion gemacht?«

Oh, dachte ich, ein dienstlicher Anruf, und schämte mich, weil ich mich geärgert hatte, auch wenn der Ärger nicht nachließ – schließlich war es ein Samstagabend.

Eine Zeit lang ging es so weiter mit Nicken und teilnahmsvollen Lauten. Ich zog mein eigenes Handy aus der Tasche und scrollte durch Instagram. Dann hörte ich ihn mit leiser, sanfter Stimme sagen: »Na, na, nicht doch, ist ja schon gut ... Das ist total menschlich, natürlich bist du ... Ach herrje, wirklich?«

Es war etwas mit seinem Tonfall. Für mich hörte er sich ganz anders an als unter Kollegen.

»Nein, natürlich nicht, sei nicht albern«, kam da von ihm. »Nein, das macht ihr gar nichts. Natürlich, klar, lass uns einfach mal zusammen zu Mittag essen ... Nein, spinn doch nicht ... Okay, okay. Pass auf dich auf, Problembär.«

Ich beobachtete sein Gesicht. Der bekümmerte Ausdruck war verschwunden und hatte etwas Sanfterem, Seligerem Platz gemacht, das nach Freude aussah, wie man sie empfindet, wenn einem ein überschwängliches Kompliment gemacht wird.

Er beendete den Anruf, steckte das Handy wieder ein, sah mich an und sagte: »Dessert?«

Ich ärgerte mich, dass ich fragen musste, aber noch schlimmer fand ich, dass er es mir überließ, anstatt es mir einfach von sich aus mitzuteilen.

»Wer war das?«

Er hatte eine unverbindliche Miene aufgesetzt. »Jasmine.«

»Was, *die* Jasmine?« Meine Überraschung war nicht gespielt. »Warum ruft sie an?«

»Sie war wegen einer Sache aufgewühlt ...«

Das fand ich einen ziemlich harten Brocken: Die jüngere Schwester einer Freundin, die meinem Freund meines Wissens erst ein Mal begegnet war, auf meiner Geburtstagsfeier, rief ihn an, weil sie aufgewühlt war. »Wieso hat sie deine Nummer?«

Eine gewisse Vorsicht – war es das, oder Verärgerung? –

schlich sich in seine Stimme ein. »Ich hab sie ihr an dem Abend gegeben, an deinem Geburtstag.«

»Wann?«

»Ich weiß nicht, wann, wahrscheinlich, als du mich in deinem Suff quer durch den ganzen Raum ignoriert hast. Scheiße, verdammte, krieg ich einen Kaffee, wenn wir mit dem Verhör fertig sind?«

»Es ist nur, weil du nichts davon gesagt hast.«

»Mir war nicht klar, dass das von mir verlangt wird.«

Ich dachte wieder an den Abend zurück und an unseren Streit am Abend darauf, über mein schlechtes Benehmen und meine Undankbarkeit, und seinen Gesichtsausdruck, als er gesagt hatte: »Worauf willst du damit hinaus?«, und wie ich eine Stunde lang darauf bestanden hatte, dass ich ihm nichts unterstellte, und er mir heftig widersprochen hatte. Weder damals noch später hatte er je erwähnt, dass er Jasmine seine Telefonnummer gegeben hatte.

»Warum ruft sie dich an einem Samstagabend an?«

Seufzend und mit zusammengekniffenen Lippen wandte er den Blick ab. Genau da tauchte die Kellnerin an unserem Tisch auf. Es war kein gutes Timing. »Kann ich Ihnen irgendwas zum Nachtisch bringen oder einen Kaffee?«

»Einen schwarzen Americano«, sagte Matty mit schmallippigem Lächeln.

»Haben Sie Minztee?«, fragte ich in übertrieben anbiederndem Ton, als wetteiferte ich mit Matty um ihre Gunst.

Die Kellnerin witterte meine Heuchelei. Sie war an die fünfzehn Jahre jünger als ich, was mich in ihren Augen zur Greisin machte. Sie hatte die Kaltschnäuzigkeit einer jungen Frau, die annahm, sie würde es nie nötig haben, einen Mann zu beschwichtigen. Ich fragte mich, ob sie wohl ganze Abende lang Frauen bemitleidete, die von ihren Freunden über einem Teller Pappardelle fertiggemacht worden waren.

»Frische Minze oder Beutel?«

»Hm, schwer zu sagen. Frisch. Danke.«

Die Kellnerin schwenkte ab.

Aus Stolz schwieg ich weiter. Eine ganze Weile saßen wir stumm da. Ich dachte, o nein, sind wir jetzt so ein schweigendes Pärchen am Restauranttisch, und alle anderen Gäste rätseln, was mit uns nicht stimmt?

Wir schwiegen so lange, dass der jungen Kellnerin Zeit blieb, mit unseren Getränken wiederzukommen: Mattys Kaffee in einer kleinen dickwandigen Tasse; noch eine Tasse und eine gedrungene Glaskanne mit Minztee. Ich griff zum Löffelchen auf der Untertasse, hob den Kannendeckel an und drückte die Blätter nach unten. Wir wussten beide, dass ich damit nur Zeit schinden wollte.

»Wenn du es unbedingt wissen musst«, sagte Matty schließlich mit einem genervten Seufzer, während er sich über den Tisch vorbeugte und leise sprach, »sie hat mich angerufen, weil ein Baby gestorben ist. Ein Baby ist auf Station gestorben, und der Chefarzt wurde gerufen, um den Totenschein auszustellen. Die Eltern wollten dabei sein, und weil die Oberschwester woanders zu tun hatte, wurde Jasmine gerufen, um den Eltern Beistand zu leisten. Als die Proben entnommen wurden, hat ihnen das furchtbar zugesetzt. Jasmine musste die Mutter stützen. Für sie ist es der erste neonatale Todesfall, und es hat sie sehr mitgenommen.« Er nahm einen Schluck Kaffee und warf mir einen unterkühlten Blick zu. »Nun zufrieden?«

»Wie furchtbar …«, brachte ich heraus.

»Ja, genau«, entgegnete Matty.

Ich griff zur Minzteekanne, schenkte mir in dünnem gelbem Strahl ein und senkte den Blick auf meine Tasse, alle weiteren Fragen beiseitegefegt vom expliziten Schrecken eines Kindstodes. Wann war es passiert? Warum rief sie ihn an, auch noch an einem Samstagabend? War es nicht ein seltsamer Zufall, dass sie gerade anrief, als ich zur Toilette ging? Und wie hatte sie es geschafft, ihm das alles zu erzählen, denn ich hatte nicht lange gebraucht – war auf die Behindertentoilette ganz in der Nähe gegangen, weil ich mir mit meinen High Heels die Treppe ins Untergeschoss sparen wollte. War das ihr erstes Telefonat? Danach hatte es sich nicht angehört. Konnte sie nicht jemand anderem erzählen, wie sehr es sie mitnahm? Würde man nicht lieber mit seiner besten Freundin als mit dem Freund einer Freundin seiner Schwester reden wollen, dem man erst einmal begegnet war?

Das Baby, der Schmerz der Eltern, Jasmines eigener Schmerz und ihre schwere Arbeit als Krankenschwester – all das ließ meine Fragen schäbig aussehen, egoistisch. Anstandshalber musste ich damit etwas abwarten.

Obwohl wir nicht darum gebeten hatten, brachte die junge Kellnerin die Rechnung, das weiße Stück Papier beschwert von zwei Schokostückchen in Goldfolie. Für Matty war es ein freier Samstagabend, er verdiente es abzuschalten, und bis eben erst war alles vollkommen angenehm gelaufen; doch seit Jasmines Anruf war er mit den Gedanken ganz woanders.

Ich dachte über die zeitlichen Abläufe während meines Toilettengangs nach. Hatte sie ihn angerufen oder er sie? Vielleicht hatte sie ihm eine SMS geschickt. *Mich macht hier etwas total fertig, können wir reden?* Wenn er es war, der angerufen hatte, musste er gewusst haben, dass ich wiederkommen würde, während er noch mit ihr sprach. Warum dann sagen, sie hätte ihn angerufen? Statt einfach: Sie hat mir geschrieben, es ging ihr nicht gut, da hab ich mir gedacht, besser, ich rufe sie an? Ich wollte eins der Schokoladenstückchen, fühlte mich aber zu unbedeutend.

Jasmine wurde zum Thema zwischen uns. Ich hätte es einfach auf sich beruhen lassen und sie nie wieder erwähnen sollen, was auch immer geschah oder nicht geschah seinen Lauf nehmen, sich von selbst erledigen lassen sollen. Stattdessen rutschte mir wenige Tage später, als wir uns im Schlafzimmer auszogen, die Frage raus: »Wie geht es Jasmine, schon besser?«

»Ja, viel besser sogar«, erwiderte er. »Das ist für jeden Mediziner so eine Art Initiationsritus. Ich kann das gut nachvollziehen. Ich hab etwas Ähnliches durchgemacht, hab ich ihr gesagt, das geht jedem so. Der erste Kindstod geht einem furchtbar an die Nieren.« Er zog sich das Hemd über den Kopf und schüttelte es einmal kurz, wie ein Stierkämpfer, ehe er es zwischen den Fäusten zerknüllte und mit einer raschen, präzisen Bewegung in den Wäschekorb schleuderte.

»Wann hast du mit ihr geredet?«

Das ging zu weit: Ich provozierte den kühlen Blick. »Ich habe überhaupt nicht mir ihr geredet, wir schreiben uns. Genehmigt? Frag deine beste Freundin Rosie, wenn du mir nicht glaubst.«

»Nein, red keinen Unsinn, ich hab bloß überlegt, weiter nichts.« *Wir schreiben uns*: im Präsens.

»Ach so, du hast ›bloß überlegt‹, ja?«

Ich schwenkte ab Richtung Bad, um mir die Zähne zu putzen. Für einen Abend hatte ich mich genug blamiert.

Während ich mit der Zahnbürste unnötig auf und ab schrubbte, kam Matty an und lehnte sich mit verschränkten Armen an den Türrahmen. Er sah mir eine Weile zu. Ich hatte zu viel Zahnpasta auf die Bürste gequetscht und schäumte um den Mund. Ich spuckte ins Waschbecken aus.

»Wovor hast du Angst?«, fragte er.

Ich spuckte noch mal. »Vor nichts«, sagte ich. Auf einmal bereute ich, dass ich es angesprochen hatte. Ich wollte wirklich alles, nur nicht dieses Gespräch.

»Denkst du, ich schlafe mit ihr?«

»Nein!« Ich wandte mich ihm zu. Was sollte das denn? Natürlich nicht.

»Na also«, sagte er und wandte sich erst ab, dann wieder mir zu. »Nur dass das klar ist, sie ist sehr süß. Noch dazu sehr hilfsbedürftig und etwas unreif. Glaubst du wirklich, das wäre mein Typ?«

»Nein … ich hab nie gesagt …«

»Na also«, wiederholte er.

»Ich werf dir nicht vor, dass du auf sie abfährst«, sagte ich, »überhaupt nicht. Sie hat was, sie ist jung und … nicht direkt hübsch, aber sie hat was …«

»Was!«, platzte es aus ihm heraus. »Ich fahr *nicht* auf sie ab!«

»Na, also sie aber schon auf dich, sag mir nicht, du hättest es nicht bemerkt, und es hat ganz danach ausgesehen, dass dir das ziemlich gefällt.«

»Also wirklich, du musst paranoid sein, wenn du das glaubst. Wahrscheinlich denkst du, dass jede Frau, die mich ansieht, scharf auf mich ist.«

»Bin ich nicht, ich …« Ich konnte es ihm nicht erklären. Ich hatte sie an meinem Geburtstag im Gespräch miteinander gesehen, wie sie die Köpfe zusammensteckten. Natürlich gab es da eine Anziehung. Mehr meinte ich nicht. Ich meinte nicht, ich hätte gedacht, dass sie *scharf* aufeinander waren und es hinter meinem Rücken miteinander trieben. Sie hatten nur etwas füreinander übrig. Es war eine nüchterne Feststellung. »Ich hab euch gesehen. Also ich bin doch nicht blind, ich hab es euch halt angesehen, das ist alles.«

»Du warst an dem Abend besoffen«, sagte er. »Ich an deiner Stelle würde mich nicht auf mein Gedächtnis verlassen.« Auf dem Rückweg ins Schlafzimmer fuhr er fort: »Ganz ehrlich, Lisa, das Krankenhaus ist gestopft voll mit hübschen jungen Schwestern, mit denen ich tagtäglich zu tun hab, glaub mir, wenn ich eine von denen wollte, hätte ich ja wohl noch so viel Menschenverstand, mir nicht ausgerechnet die kleine Schwester deiner besten Freundin auszusuchen.«

Die Neue stellt die Alte immer in ein mieses Licht, ganz gleich, ob die Alte besser aussieht, intelligenter, interessanter ist. Die Neue hat etwas, wogegen die Alte niemals ankommen kann: eine Eigenschaft, die jedem Blick, jedem Lächeln, jeder noch so kleine Geste Zauberglanz verleiht – selbst auf der Straße straucheln und hinfallen wirkt damit bezaubernd und urkomisch. Man nennt es den Reiz des Neuen.

Am nächsten Wochenende war es eiskalt mit strahlendem Sonnenschein, und wir gingen zu einem Spaziergang an den Fluss hinunter. An der steilen Böschung über dem

Fußweg setzten wir uns auf ein unebenes Stück Boden. Hin und wieder kamen Leute vorbei, die ihre Hunde ausführten. Es war kalt, und ich wollte nicht lange sitzen bleiben, aber der überraschende Sonnenschein fühlte sich wie ein großartiges Geschenk an, das wir alle Ende Februar kaum noch erwarten konnten. Matty hob zwei braune Steine vom verdorrten Stück Gras zwischen uns auf. »Gib mir deine Tasche«, sagte er.

»Warum?«, fragte ich.

Er hielt mir die Handfläche hin. »Guck mal«, sagte er. »Ein Lisa-Kiesel und ein Matthew-Kiesel. Wir können sie auf den Kaminsims legen.«

»Wir haben keinen Kaminsims.«

»Mensch, Mädchen!«, sagte er und schubste mich gegen die Schulter. »Du verdirbst die ganze Romantik. Okay, Frau Oberlehrerin, wir legen sie aufs Fensterbrett im Schlafzimmer.« Er griff nach meiner Hand und legte die Steine hinein, schloss meine Finger darum und umfasste meine Hand mit seiner. »Und Jahre später …« Ich schaute ihn an. Er sah mir in die Augen: Dieses atemberaubende Gefühl hatte ich schon länger nicht mehr gehabt. »Jahre später, Lisa Evans, werden wir den Lisa-Kiesel und den Matty-Kiesel nebeneinander liegen sehen und vielleicht noch ein paar Baby-Kiesel daneben und uns an unseren Spaziergang am Fluss erinnern, und selbst wenn du genau dann eine ziemliche Nervensäge bist und mir voll auf den Senkel gehst, werden sie uns glücklich machen.«

Er zog seine Hand weg. Ich öffnete meine. Die zwei Kieselsteine lagen auf meiner Handfläche. Es waren ganz gewöhnliche Steine, braun und grau, einer größer als der andere und nierenförmig, der andere ein glatteres, flacheres Oval. »Bin ich der dicke oder der dünne?«, fragte ich.

»Was glaubst du wohl?«, sagte er. »Komm schon, Oma!« Er sprang auf und hielt mir die Hand hin, um mich hochzuziehen. Ich steckte die Steine in ein Seitenfach meiner Handtasche.

Auf dem Rückweg machten wir einen Umweg quer durch den Park. Die Sonne war diesig geworden, wie das im Winter selbst an wolkenlosen Tagen so sein kann, und im Spielplatzbereich hielt sich nur eine Familie auf – ein Vater mit zwei Kindern. Sie gingen, als wir näher kamen.

»Super!«, rief Matty aus. »Lass uns schaukeln gehen. Los, Evans! Mal sehen, wie hoch du kommst!« Er rannte zu den Schaukeln, sprang auf eine und stieß sich sofort mit seinen langen Beinen ab. »Wetten, ich kann höher?«

Natürlich gewann er haushoch, nicht nur, weil er stärker war – jemand hatte die Ketten der Schaukeln gekürzt, damit Jugendliche sie nicht besetzten –, sondern auch wegen der Waghalsigkeit, mit der er den Körper von einer gefahrvollen Horizontalen zur nächsten schwang, sodass der Sitz hüpfte und bebte.

»Na los«, rief er fröhlich, »was ist das denn für ein schwaches Bild! Schmeiß dich rein, wovor hast du Angst?«

Vielleicht war es, weil er mich schwach nannte – oder vielleicht lag es auch nur an dem Ausdruck, den er genauso bei unserem Streit im Schlafzimmer verwendet hatte, *wovor hast du Angst*? Warum auch immer, ich antwortete ihm mit einem Lachen in der Stimme, ich schwör's, ich wollte ihn nur aufziehen, nicht reizen – oder wenigstens dachte ich es mir damals so.

»Wovor ich Angst hab? Na, jedenfalls mehr vor dir und Jasmine als davor, hoch zu schaukeln!«

Matthew sprang am höchsten Punkt seines Vorwärtsschwungs von der Schaukel und landete elegant auf beiden Beinen. Er machte ein paar Schritte zur Seite und wandte sich zu mir um, und erst dachte ich schon, er käme auf mich zu, um seiner zurückschwingenden Schaukel auszuweichen, bis ich seinen Gesichtsausdruck sah. Sofort ließ ich meine Füße zu Boden sinken, und die Sohlen meiner Turnschuhe schleiften quietschend über den verletzungshemmenden Gummibelag unter den Schaukeln. Unbeholfen ruckelnd hielt ich an.

Er baute sich vor mir auf. »Warum musst du alles kaputt machen?«, fragte er.

Ich bereute es sofort und versuchte, es herunterzuspielen. »Sei nicht albern, ich wollte nicht, ich meine, ich hab dich nicht …«

»Doch, hast du.« Er drehte sich um und ging weg.

Ich stieß mich von der Schaukel. Dabei rutschte mir die Tasche von der Schulter, und die Schaukel führte ein Freudentänzchen auf. Matthew stapfte schon mit weit ausholenden Schritten den Weg entlang. Ich hinterher. »Matthew!«, rief ich in flehendem Ton.

Er blieb ruckhaft stehen, wandte sich aber nicht um. Ich war gezwungen, ihm nachzurennen, mich ihm in den Weg zu stellen, ihm ins Gesicht zu sehen und es nach Hinweisen abzusuchen. »Jetzt komm schon …«

»Komm schon was?«

»Es war nicht ernst gemeint.«

Er warf mir einen abschätzigen Blick zu. »Du hast keine allzu hohe Meinung von mir, was?«

»O doch, natürlich!«

»Aber so siehst du es nun mal. Ich kann mit keiner anderen Frau reden, ohne dass du denkst, ich wollte was von ihr. Ich darf keine Freundinnen oder Kolleginnen haben, richtig? Soll ich mit niemandem reden dürfen? Muss ich dich vor jeder SMS, die ich schicke, um Erlaubnis bitten?«

Von überwältigender Erschöpfung übermannt, ließ ich die Arme zu beiden Seiten herabhängen. »Nein, das sag ich ja gar nicht, hab ich nicht, ich finde es halt nur seltsam, einer jungen Frau zu schreiben, die dich so offensichtlich bewundert, mehr nicht …«

»Was, muss ich dir jetzt für jede meiner Taten Rechenschaft ablegen, ist es das? Und sie ›bewundert‹ mich nicht, wie du es so euphemistisch ausdrückst. Zu deiner Information, sie hat vor, sich auf Pädiatrie zu spezialisieren, und weil das eins meiner Spezialgebiete im ersten praktischen Jahr war, helfe ich ihr und berate sie. So bin ich nun mal, Lisa, ich helfe gern anderen Leuten. Jungen Männern ebenso wie jungen Frauen. Im Krankenhaus gibt es einen Arzt im zweiten Ausbildungsjahr, dessen Mentor ich war, weil er in der Notaufnahme unglücklich war, gegen den wirst du wohl keine Einwände haben. Der heißt Robert und wiegt fünfundneunzig Kilo. Aber weil Jasmine eine hübsche junge Frau ist, meint sie es in deinen Augen nicht ernst mit ihren beruflichen Ambitionen, stimmt's? Behandelst du so deine Schülerinnen? Die Hübschen dürfen nicht ehrgeizig oder intelligent sein?«

»Nein …« Mein Überdruss schwoll an und umfloss mich in einer Art schiefergrauem Schwall wie eine Flutwelle voller Schutt und Geröll. Wie war es dazu gekommen? Wir hatten einen netten gemeinsamen Nachmittag verbracht. Ich hatte bloß eine unbedachte Bemerkung fallen lassen – und schon war alles verdorben.

»Tut mir leid, ich …«

»Du machst dir keinen Begriff, wie verletzend deine Unterstellungen für mich sind. Wenn du mir so etwas zutraust, warum bist du dann mit mir zusammen, was soll das Ganze?«

Da befiel mich etwas wie Panik, ein Gefühl, dass diese ganze Sache lachhaft war. Vor nicht einmal einer halben Stunde hatte er den Ausdruck »Jahre später« verwendet, meine Hand mit seiner umschlossen und von »Baby-Kieseln« geredet. Wollte ich diese Beziehung wirklich wegen Jasmine rettungslos gegen die Wand fahren? Und noch ein Gedanke, der sich diesem direkt anschloss – wenn ich mit Matthew Schluss mache, weil er Jasmine schreibt, von wem wird er sich dann wohl trösten lassen? Ich konnte ihn mit Jasmine im New Place schon vor mir sehen. Ihn seufzen hören: »Aus der Sache mit Lisa hätte wirklich was werden können, wenn sie nur nicht so unsicher gewesen wäre, im Grunde richtig paranoid …« Und Jasmine verständnisvoll nicken sehen, wie sie ihn – ohne zu dick aufzutragen – davon zu überzeugen versuchte, dass sie im Vergleich mit mir absolut vernünftig war.

Wie hätte ich ihm erklären können, dass seine Besorgnis um sie schmerzhaft für mich war? Ich wäre nie auf den Gedanken gekommen, dass er womöglich mit ihr schlief, wenn er nicht diesen finsteren Gedankenwurm in irgendeinen versteckten Winkel meines Schädels eingeschleust hätte, als wir im Bad redeten. Für mich war es schwer, dass sie als Krankenschwester seinen Fachjargon sprach – die Kürzel, die sie ohne Erklärung verwenden konnten; irgendwie schmerzte mich das am meisten. Und dann dachte ich, wie lächerlich … lieber Himmel, Lisa, willst du ihm wirklich den Umgang mit Kolleginnen verbieten? Damit vertreibst du ihn doch bloß. Er wird es sattbekommen, so wie jeder Mann.

Bei vertauschten Rollen hätte Matthew an jenem Tag Ende Februar unter der kalten Wintersonne nichts weiter wissen wollen als: Wie weit seid ihr gegangen? Hast du mit ihm geschlafen? Hätten wir das eindeutig ausschließen können, hätte es nicht als Untreue gezählt. So geradlinig dachte er nun mal: Weil er nicht mit ihr geschlafen hatte, machte ich viel Lärm um nichts. Wie konnte ich ihm erklären, dass es nicht darum ging? Ich hatte es versucht, aber er kam ja doch immer auf sein *Da ist nichts passiert* zurück, und angesichts der unbestreitbaren – und wahren – Tatsache wirkte mein Schmerz irrational.

Doch verletzte Gefühle bleiben verletzte Gefühle, irrational hin oder her. Man kann sie ebenso wenig wegrationalisieren wie Kopfschmerzen. Nur die Argumentation ist dann eine andere. *Ganz gleich, ob du mit ihr geschlafen hast oder nicht, dein Verhalten verletzt mich. Ist dir das egal?* Ich suchte verzweifelt nach einer Möglichkeit, ihm das zu vermitteln. Immer wenn ich es in Gedanken durchspielte, kam es klammernd und quengelig heraus. Mit kindlicher Stimme.

Eine Weile standen wir so da und sahen uns ins Gesicht: er knallhart, ich immer verzweifelter. Schließlich fasste er mich mit beiden Händen an den Oberarmen und sagte in vorbildlich vernünftigem Tonfall: »Sieh mal, Lisa, du hast noch einen ganzen verdammten Monat bis zu den Osterferien. Reiß dich zusammen. Du drehst gegen Halbjahresende immer ein bisschen durch, und ich versteh's ja, dein Job ist stressig, aber meiner auch, und was, wenn ich, jedes Mal wenn ich überarbeitet bin, total die Paranoia schieben würde?«

»Ich bin nicht paranoid …«, sagte ich lahm.

»Glaubst du, es ist leicht für mich, mir all das anhören zu müssen, wenn man bedenkt, was ich den ganzen Tag über um die Ohren hab?«

»Das hab ich doch gar nicht …«

»Beantworte einfach die Frage. Glaubst du, ich hätte ein leichtes, stressfreies Leben?«

»Ich hab nie gesagt …«

»Beantworte die Frage, ja oder nein. Habe ich ein leichtes Leben oder nicht? Speis mich nicht mit Ausweichmanövern ab, sondern beantworte die Frage, ist mein Leben leicht, ja oder nein?«

»Nein.«

Er seufzte tief auf und ließ die Schultern etwas sacken, als hätte ich ihm soeben ein enormes Zugeständnis gemacht. »Danke.«

Wir blieben noch etwas so stehen, seine Hände an meinen Armen, bis er sie wegnahm und mir fest auf die Schultern legte. Sanft und versöhnlich sagte er: »Sieh mich an.«

Bei der Aufforderung blickte ich zu Boden.

»Lisa, ich hab gesagt, sieh mich an.«

Ich sah ihm in die Augen.

Langsam schüttelte er mit zusammengepressten Lippen den Kopf; seine Miene verriet eher Kummer als Zorn. »Überleg doch nur mal kurz: Wer von uns beiden muss den ganzen Tag Probleme lösen, priorisieren, vernünftig sein, und wer von uns lebt im Reich der Fantasie? In deinem Unterricht geht es um Romane, um Theaterstücke und Gedichte, bestimmt alles gut und schön, aber du verbringst dein Leben mit erfundenen Geschichten. Glaub mir, wenn du Chemie oder Erdkunde unterrichten würdest, wärst du nicht so, oder wenn du eine Arbeit wie meine hättest, in der man Tag für Tag aufs Neue Wichtiges von Unwichtigem unterscheiden und in eine Reihenfolge bringen muss. Dann würdest du nämlich erkennen, dass Jasmine nichts zu bedeuten hat. Können wir bitte auf dem Teppich bleiben?«

Ich wusste nicht, wie ich auf diese Ausführungen reagieren sollte. Alles, was ich sagte, würde sich wie ein Aufstand wider die Vernunft anhören.

Wieder schüttelte er den Kopf. »Du bist zu kopflastig, nicht wahr?«

»Ich …«

Er fasste mir mit einer Hand unters Kinn und blickte mich ausgesprochen liebevoll aus seinen grauen Augen an, randvoll mit Mitgefühl und Verständnis. »Nicht *wahr*? Ich weiß, du bist ein Dickschädel, Lisa, aber denk mal ernsthaft drüber nach, tu mir den einen Gefallen. Dein ganzes Leben, so als Einzelkind und all das – wetten, dass du auch Fantasiefreunde hattest? Du hast immer in deiner Fantasiewelt gelebt und zu viel über alles nachgedacht, die Dinge überanalysiert. Stimmt's oder hab ich recht?«

Dazu fiel mir kein Gegenargument ein.

»Vergiss nicht, ich kenne dich.« Er küsste mich flüchtig auf den Kopf und sagte: »Na komm, es ist kalt, bringen wir dich nach Hause.«

17

Ich schlief schlecht. Ich sagte Matty nichts davon, dachte mir aber, dass ich eventuell zu meinem Hausarzt musste, wenn das so weiterging. Ich begann, meinen Arztbesuch zu planen, und wo ich die Tabletten vor Matty verstecken wollte, damit er mir nicht weismachen konnte, ich würde nicht klar denken, weil ich müde und durcheinander sei.

Anfang März hatte ich eine Eingebung. Ich ging im Nieselregen von der Arbeit nach Hause, das Laub an den Bäumen triefnass und der Boden feucht und schwammig, als mir auf einmal dämmerte: Das mit mir und Matty lief nicht gut. Ich war unglücklich. Ich würde ihn vor die Tür setzen.

Und zwar noch am selben Abend, beschloss ich, nach dem Essen. Ich wollte ruhig und freundlich mit ihm reden – rücksichtsvoll. Ich wollte alles aufzählen, was ich an ihm bewunderte, und sagen, wie traurig ich war, weil so vieles an ihm so toll war, aber es sah nun mal so aus, dass wir zu rasch zusammengezogen waren, alles etwas Hals über Kopf, und uns so rasch miteinander einzurichten, sei ein Fehler gewesen. Natürlich würde er dagegenhalten. Im Streit hatte er schon öfter gedroht, wenn es mir wirklich so damit ginge, sollten wir uns trennen, aber ich nie, weshalb er merken musste, dass es mir ernst damit war. Vielleicht würde er wütend werden und mir vorwerfen, albern, überempfindlich, paranoid zu sein. Mich fragen, ob ich zu viel getrunken hätte oder professionelle Hilfe brauchte. Bei all dem würde ich ruhig bleiben. Ich würde sagen, dass ich allen Grund hatte, unglücklich zu sein, ganz gleich, ob er mir zustimmte oder nicht – Tatsache war nun mal, dass ich unglücklich *war*. Und ich brauchte etwas Zeit, um herauszufinden, ob sich das beheben ließ. Ich würde nicht sagen, dass es zwischen uns aus war, nur verlangen, dass er auszog und mir etwas Freiraum ließ.

Darauf würde er natürlich entgegnen, er denke ja gar nicht dran, mir »etwas Freiraum« zu geben. Wenn ich so dämlich wäre, hätte ich seine Geduld nicht verdient – und eins müsse mir klar sein: Wenn er ging, dann sei es das gewesen. Wenn er zu dieser Tür hinaus sei, dann endgültig. Er würde sich von mir nicht an der Nase herumführen lassen.

Diese Erklärung würde mich in leichte Panik versetzen. Ich müsste jedes Quäntchen Selbstbeherrschung, das ich besaß, aufbieten, um zu sagen: So leid es mir täte, wolle ich trotzdem, dass er ging.

Auf meinem Weg die Thorpe Road entlang spürte ich, wie sich eine düstere Wolke lichtete. Warum war ich nicht schon früher darauf gekommen? Hatte nicht daran gedacht, meine eigenen Entscheidungen zu treffen, anstatt auf seine Worte, oft genug panikartig, zu reagieren? Ich hatte so viel Zeit damit verbracht, auf Matty und seine Wünsche einzugehen, dass ich mir keine Atempause gegönnt hatte, um zu überlegen, was ich eigentlich wollte.

Ich steckte den Schlüssel ins Schloss meiner Tür – *meiner* Tür – und dachte, ja, dieses Gespräch werden wir heute Abend führen.

Eine Stunde später kam Matty nach Hause. Er hopste wie ein Welpe zur Tür herein und verkündete: »Ich hab was beschlossen!«

Ich sah ihn an, das breite Grinsen auf seinem Gesicht, das Funkeln in den dunklen Sternen seiner Pupillen. Was auch immer er beschlossen hatte, das Gleiche wie ich jedenfalls nicht.

»Komm schon, komm schon, altes Haus …«, er packte mich am Arm und zerrte mich zum Sofa. Sein Laptop lag auf dem Couchtisch. Er hatte noch nicht mal Schuhe und Mantel abgelegt.

Er hatte damit angefangen, mich alte Dame, seine Olle, armes liebes Alterchen zu nennen. Ich war zwar nur vier Jahre älter als er, aber er ritt gerne darauf herum.

Er klappte seinen Laptop auf, während er sich den großen grauen Parka von den Schultern streifte. »Hol deinen Pass«, sagte er. »Meinen auch, er ist in der Schublade mit meinen Boxershorts.«

So aufgeregt hatte ich ihn lange nicht mehr erlebt – plötzlich war sein Enthusiasmus aus den ersten Tagen unserer Beziehung wieder voll da.

Als ich aus dem Schlafzimmer zurückkam, scrollte er durch Google nach Flügen.

»Was machst du?«, fragte ich, obwohl es augenfällig war.

Er reckte eine Hand nach oben und nahm die Pässe an sich, packte mich mit der anderen und zog mich neben sich. Er umfasste meinen Hinterkopf, schob mein Gesicht an seins, drückte mir einen stürmischen Kuss auf den Mund und schob mich wieder weg. »Du wirst schon sehen.«

Er sah sich Flüge nach Venedig an.

Ich sah ihn an und wollte sagen: *Das können wir uns nicht leisten*, oder: *Ich bin Lehrerin, wir müssen zu Ostern oder in den Winterferien fliegen, denk nur, wie teuer das wird*, doch er war schlecht aus seiner Seifenblase herauszuholen – so nett war es, ihn glücklich zu sehen, ganz der alte Matty.

»Ich weiß, was du denkst«, sagte er, während er durch die Flüge scrollte, »aber mal sehen, wenn wir zum Beispiel am Ostersamstag hinfliegen, ist vielleicht gar kein so großer Andrang, oder wir gucken in den Winterferien, wenn Ostern schon zu teuer ist.«

»Wo übernachten wir?«, fragte ich.

»Erst die Flüge, dann das Hotel«, sagte er. »Na los, ran an die einzig wahre Pasta, Oma, und wir nehmen eine Fähre auf die Insel, wo sie das Buntglas machen. Auf so was stehst du doch!«

Die Entschlossenheit, die mich auf dem Heimweg gepackt hatte, schmolz dahin wie Schnee in der Sonne.

Rosaria hatte sich schon seit geraumer Zeit nicht mehr gemeldet – eigentlich hatten wir uns seit meinem Geburtstag nicht mehr richtig getroffen. Aber es war Winter, da war es so viel leichter, sich zu Hause einzuigeln, und jetzt sparten wir auf Venedig. Matty hatte erklärt, dass wir die Flugkosten wieder hereinbekämen, wenn wir ein paarmal aufs Essengehen verzichteten. Von daher schien es vernünftig, so viel wie möglich einzusparen, bis wir unsere Reise hinter uns hatten.

Eines Montags bekam ich eine SMS von ihr. *Hey fremde Frau, wie wär's mit 'nem Drink diese Woche, viell Mi oder Do? Lange nicht gesehen. Küsse*

Matty und ich sahen uns auf dem Sofa einen Polizeifilm an. Ich antwortete Rosaria: *Ja klar tolle Idee! Besser Do, aber ich muss das noch mit Matty klären. Sorry war so viel los bei mir, du weißt ja wie's ist. Küsschen*

»Wem schreibst du?«, fragte Matty.

»Rosie«, sagte ich, legte mein Handy weg und kuschelte mich an ihn. »Sie beschwert sich, dass sie mich seit meinem Geburtstag nicht mehr gesehen hat.«

Er legte den Arm um mich, zog mich an sich, küsste mich auf den Kopf. »Du weißt ja, dass sie mich nicht besonders mag, oder?«

Ich richtete mich etwas auf. »Wie meinst du das?«

»Keine Ahnung, sie war halt bloß immer so etwas kühl zu mir. Weiß halt nicht, ob sie mich abkann.«

Nach allem, was ich wusste, konnte nichts weiter weg von der Wahrheit sein – all die vielen Hochzeitsglockenläuten- und Halt-dir-den-bloß-warm-Witzchen. Wenn überhaupt, reichte es eher mir mit den vielen Zukünftigen-Scherzen.

»Nein, im Ernst, das sehe ich überhaupt nicht so, weißt du. Sie findet dich toll.«

Im Fernsehen stürmten zwei Polizeibeamte, ein Mann und eine Frau, beide in kugelsicheren schwarzen Anzügen, hinten aus einem Kleinbus, schwenkten dicke Kanonen und riefen: »Hände hoch, Polizei!«

»Bin ich ja auch.« Matty nahm einen Schluck aus der Bierflasche in seiner anderen Hand. »Trotzdem mag sie mich nicht.«

Aus dem Fernseher ertönte Kugelhagel – er hatte den Ton so laut eingestellt, dass ich ihn schon fast überschreien musste. »Nein, ehrlich, da musst du was in den falschen Hals gekriegt haben. Sie hat nie irgendwas in der Art gesagt.«

Er schaute auf mich runter, wie ich mich an ihn kuschelte. »Sagen wir so: Wie oft hast du dich mit ihr getroffen, bevor ich auf der Bildfläche erschienen bin?«

»Einmal die Woche, mindestens«, erwiderte ich.

»Gut, und wie oft triffst du sie jetzt?«

»Na ja, okay, stimmt schon. Vielleicht sollte ich mich mehr kümmern.«

Er stand rasch vom Sofa auf, so rasch, dass ich fast vornüberkippte. »So ein Blödsinn«, sagte er schroff und ging in die Küche. Im Fernsehen hielt die Polizistin ihre Waffe im Anschlag und zielte auf jemanden außer Sichtweite. Man sah ihr Gesicht in Nahaufnahme, mit offenem Mund und weit aufgerissenen Augen, ihr Atem ging schnell und stoßweise.

Rosaria hatte gefragt, ob wir einen Drink nehmen wollten, aber ich schlug ihr ein Café vor, das Nero am Long Causeway. Von meiner Seite war das ein Kompromiss. Matty mochte es nicht, wenn ich ohne ihn etwas trinken ging; er machte sich Sorgen, ob ich sicher nach Hause kam. Was, wenn ich in einem Pub oder einer Bar einen Anfall bekam und die Leute dachten, ich wäre nur betrunken? Und donnerstags war ich mit Kochen dran. Matty hatte sich beschwert, dass es unfair sei, wenn er so viel kochte, und wir uns abwechseln sollten, obwohl er – ein Scherz – bei meinen Kochkünsten darauf achten wollte, im Krankenhaus reichlich zu Mittag zu essen.

Wir verabredeten uns für sechs Uhr, die früheste Zeit, die sie nach ihrer Arbeit schaffte – das Nero machte um sieben zu, sodass ich eine Ausrede hatte, nach Hause zu verschwinden. Als ich ankam, war sie schon da, in einem großen knallroten Pulli mit weitem Kragen, die schwarzen Locken aufgetürmt. Ach, Rosie, dachte ich, als ich sie sah. Seltsam, dass sie mir in den letzten Wochen nicht gefehlt hatte, aber kaum sah ich sie, packte mich die Sehnsucht.

Sie stand zur Begrüßung auf, und ihr Lächeln kam mir ein wenig gezwungen vor – aber wir hatten beide Feierabend, waren müde und wahrscheinlich hungrig. Ich dachte, wie gern ich jetzt ein Panini mit Hähnchen und Pesto verdrücken würde, aber ich wollte ja später mit Matty essen.

»Was möchtest du?«, fragte sie. Sie hatte schon einen großen Latte vor sich stehen.

»Lass nur, ich geh schon«, sagte ich. »Ich lass nur meinen Mantel hier, okay?«

Was war das denn für eine seltsame Bemerkung, dachte ich, während ich mich zum Bestellen an der Theke anstellte. Als ob es ihr etwas ausmachte, wenn ich meinen Mantel bei ihr ließ. War nur ich es, oder waren wir beide nervös? Hinten im Café saß ein Mann allein und murmelte vor sich hin. »Man weiß es nicht, oder?«, wiederholte er in einem fort. »Man weiß es nicht. Woher soll man es wissen? Man weiß überhaupt nichts.«

Zwei junge Frauen an dem Tisch in Thekennähe schauten immer mal wieder zu ihm rüber und redeten dann leise miteinander in einer osteuropäischen Sprache, die ich nicht erkannte.

Als ich mich wieder setzte, unterhielten Rosaria und ich uns etwas über meinen Geburtstag und über eine andere Party, die anstand, ehe sie in Schweigen verfiel.

»Ich hab das Gefühl, ich kriege dich in letzter Zeit kaum noch zu Gesicht …«, sagte sie schließlich.

»Tja, ich weiß, ich war ziemlich beschäftigt …«, antwortete ich und führte vorsichtig meine Kaffeetasse zum Mund. Sie war noch bedenklich voll.

Eine Pause kam auf, in der wir beide aus unseren Tassen tranken. Dann ging es weiter: »Du schreibst mir auch kaum noch. Selbst wenn wir viel um die Ohren hatten, haben wir uns immer geschrieben.«

Tja, jetzt war es also Thema zwischen uns. Es stimmte, ich hatte sie in letzter Zeit vernachlässigt. Und das lag nicht nur an der Arbeit oder dem Winter, keins von beiden konnte voll umfänglich als Ausrede herhalten. Matty und ich waren in so einen häuslichen Trott verfallen. Er sagte, dass er es toll fand, mich daheim anzutreffen, wenn er von der Arbeit wiederkam; zu mir nach Hause zukommen, bedeutete für ihn Feierabend. Er kam gar nicht gern in eine leere Wohnung, und er aß nicht gern allein. Ich kannte all die Regeln, dass man seine Freundinnen nicht aufgeben sollte, wenn ein Mann auf der Bildfläche erschien, aber ehrlich, Matty und ich waren erst vor wenigen Monaten zusammengezogen – musste es da nicht notgedrungen zu einer Phase der Umstellung kommen? Und ich hatte entdeckt, dass nicht alles eitel Sonnenschein war. Zu zweit zusammenleben – auf Außenstehende mag das ja beneidenswert wirken. Doch mir kam es so vor, als stellte ich eben erst fest, wie schwierig es sein konnte, wie viele Zugeständnisse man machen musste. Erst ganz vor Kurzem war ich drauf und dran gewesen, ihn vor die Tür zu setzen, aber in den letzten paar Wochen war er ein Schatz gewesen. Schließlich hatten wir beide einiges zu lernen, das kostete Zeit und Anstrengung – und ließ sich einer Freundin schlecht erklären.

In unserer Gesprächspause zog ich mein Handy aus der Tasche und suchte nach neuen Nachrichten, hauptsächlich als Verzögerungstaktik, während ich mir meine nächsten Worte überlegte. Ich konnte mich Rosie nicht mehr offen anvertrauen – die Zeiten waren vorbei, in denen ich ihr alles gesagt hatte.

»Halte ich dich auf?«, sagte sie.

Hörte ich da einen trockenen Unterton heraus? »Nein, natürlich nicht«, sagte ich fröhlich.

Die nächste Pause.

»Lis«, sagte sie. »Ist alles in Ordnung, bei dir zu Hause meine ich, mit dir und Matty?«

»Ja, natürlich«, sagte ich, »warum fragst du?«

»Ich weiß auch nicht, es ist bloß, du wirkst ein bisschen nervös, weißt du? Früher warst du mit mir immer voll entspannt, aber jetzt kommst du mir einfach die ganze Zeit so gereizt und angespannt vor.«

»Ach was ...«, erwiderte ich lächelnd. »Nein, das ist bloß der Stress in der Arbeit, und Matty hat auch so viel Stress. Er arbeitet Tag und Nacht, meistens auch die ganze Mittagspause durch, und muss sich dann immer noch lange nach der Sprechstunde um Patienten kümmern, er kann sie ja nicht einfach wegschicken, wenn sie den ganzen Nachmittag auf ihren Termin gewartet haben, ach, du weißt ja, wie es ist.«

»Ja, ich weiß«, sagte sie und hörte sich immer noch ein wenig kühl an. »Ich weiß es von Jasmine. Sie sagt, dass Matthew ein toller Arzt ist, alle im Krankenhaus schwärmen für ihn. Er wird sehr bald seinen Facharzt machen.«

Ich wollte sagen: *Musst du Jasmines Namen ins Gespräch bringen? Warum sagst du nicht einfach, was du zu sagen hast?*

»Es ist nämlich so«, fuhr sie fort und sah in ihren halb ausgetrunkenen Latte, »dass Jasmine ihn ziemlich bewundert, was ja nur normal ist, schätze ich, wenn der andere ein Vorgesetzter ist, ein paar Jahre älter. Bei denen geht es ziemlich statusorientiert zu, findest du nicht? Nicht viel anders als in einer Schüler-Lehrer-Beziehung, sozusagen. Ich mein ja nur …« Sie schöpfte Atem. »Es ist nicht verboten oder so, das sag ich ja nicht, aber …«

Ich sah sie an.

»Aber?«, sagte ich kühl.

»Aber«, sagte Rosie und holte tief Luft, während sie meinen Blick erwiderte. »Es wäre echt nicht richtig, wenn jemand das ausnutzen würde, oder?«

Ich stand auf. Ich mochte Rosaria, wir waren seit Jahren befreundet. Ich musste sofort weg. Ich musste weg, bevor ich ihr sagte: *Scheiße, wie kannst du es wagen? Deine kleine Schwester macht meinen Freund an, und er gehört zurechtgewiesen? Ich hab gesehen, wie sie ihn auf meiner Geburtstagsfeier angehimmelt hat, das ganze aufreizende Haar-Zurückstreichen, na und, sie wirft sich ihm an den Hals, und wenn er sich genauso benimmt, wie von ihr provoziert, ist alles seine Schuld?*

Weil ich so etwas nicht sagen wollte, sagte ich beiläufig: »Tja, na ja, ich hab gehört, dass Jasmine ihm ziemlich viel schreibt, ihn in beruflichen Dingen und all so was um Rat bittet, offenbar ständig. Er beschreibt sie als hilfsbedürftig und unreif. Hat sie dir erzählt, dass sie ihn an einem Samstagabend angerufen hat, als er mit mir essen war, oder hat sie diese Kleinigkeit weggelassen?«

Rosie reagierte wütend auf den Vorwurf, ihre kleine Schwester könnte sich danebenbenommen haben. »Wart's nur ab, du wirst schon sehen, dass es genau umgekehrt läuft.«

Unser Gespräch geriet ins Stocken. Sie saß noch auf ihrem niedrigen Sessel, ich stand. Entweder war es an mir, mich wieder zu setzen, oder an ihr aufzustehen. Mich wieder zu setzen, hätte mich zu viel Überwindung gekostet.

»Also, ich muss allmählich los …«, sagte ich und griff nach meinem Mantel. »Ich ruf dich an, okay?«

Sie warf mir einen traurigen und besorgten Blick zu. »Okay.«

Zu Hause angekommen, ließ ich die Tür hinter mir ins Schloss fallen, stieg aus Mantel und Schuhen, wusch mir die Hände und machte mich eifrig ans Kochen. Matty kam so gegen halb acht und sagte nichts dazu, dass ich schon wieder da war. Wir aßen zusammen und unterhielten uns flüchtig über seine Arbeit. Er räumte den Tisch ab, und ich blieb sitzen, während er unseren kleinen schmalen Geschirrspüler belud und den Rest spülte. Irgendwann sagte er über die Schulter: »Und wie war's mit Rosaria?«

Ich seufzte schwer. Es nützte nichts, drum herumzureden.

»Na ja, bisschen verquer, ehrlich gesagt. Wir haben uns etwas gestritten, sozusagen, also nicht richtig.« Ich holte Luft, redete in beiläufigem Ton weiter. »Sie sagt, dass du Jasmine mit SMS eindeckst.«

Er wandte mir den Rücken zu. Er hielt kurz inne, ehe er einen Topf weiterspülte. »Und glaubst du ihr das?« Seine Stimme klang vollkommen beherrscht.

»Stimmt es denn, also dass du ihr oft schreibst?«, sagte ich. Noch einen Streit ertrug ich nicht. Warum hatte er nach Rosaria gefragt? Er musste wissen, dass ich meine Gründe hatte, ihm nichts von unserem Kaffeetrinken zu erzählen. Warum konnte er es nicht auf sich beruhen lassen?

»Du glaubst ihr also«, sagte er schlicht und einfach.

»Sie sagt, dass du es Jasmine ziemlich angetan hast.«

»Ja, na ja, ich wollte nichts sagen, aber sie scheint sich wohl etwas in mich verknallt zu haben. Es wurde ein bisschen heftig, da hab ich ihr die kalte Schulter gezeigt. Sie hatte sich falsche Hoffnungen gemacht.«

»Du hast gesagt, sie wollte nur über medizinische Fachfragen reden, über Berufliches …«, sagte ich. Wenigstens war es kein Streit – noch nicht. Er kam mir überraschend ruhig vor.

Er stand noch mit dem Rücken zu mir, beide Hände im Spülbecken. »Na ja, mir wurde klar, dass sie ein wenig verknallt war, und als es aus dem Ruder lief, hab ich die Notbremse gezogen. Tut mir leid, das sagen zu müssen, aber bei den Schwestern kommt das gar nicht so selten vor, weißt du. Die kommen oft aus Unterschicht-Elternhäusern, Arbeiterklasse. Ärzte, na ja, sehen sie als ihr Aufstiegsticket, das ist ja ein bekanntes Phänomen. Sie ist nicht die erste Schwester, die mir deutlich genug zu verstehen gegeben hat, dass sie zu allem bereit wäre, wenn ich nur wollte.«

Er hörte sich immer noch ganz locker an. Er hob einen Topf aus dem Wasser, spülte ihn ab und stellte ihn zum Trocknen umgekehrt aufs Abtropfbrett. Ich schmolz immer dahin, wenn ich ihn mit Spülhandschuhen an den Händen sah. Er wandte sich zu mir um. »Schon als ich zur Tür herein bin, wusste ich, dass so etwas passiert ist. Ich lese in dir wie in einem offenen Buch. Und es war eben doch Rosaria; sag nicht, ich hätte dich nicht gewarnt.«

»Ich wollte nicht davon anfangen.«

Er lächelte mich an. »Ich hab's gleich gewusst, als ich reinkam! Du kannst über alles mit mir reden, weißt du.« Er drehte sich wieder zur Spüle um. »Vielleicht solltest du mal drüber nachdenken, was für ein Motiv bei Rosaria dahinterstecken könnte. Wenn sie es schafft, einen Keil zwischen uns zu treiben, kriegt sie ihre beste Freundin wieder, nicht?«

»Ich glaub wirklich nicht, dass sie uns auseinanderbringen will, Matthew. Sie ist nicht so hinterhältig, sie hat es immer nur gut mit mir gemeint.«

»Und du hast es immer nur gut mit ihr gemeint, und vielleicht kommt sie nicht gut damit klar, dass du jetzt andere Prioritäten setzt und sie das fünfte Rad am Wagen ist? Na ja, bei Frauen in deinem Alter, du weißt schon, die biologische Uhr und so weiter. Wann war sie das letzte Mal in einer richtigen Beziehung?«

»Weiß nicht«, sagte ich und überlegte. »Vor ein paar Jahren hatte sie das eine oder andere Ding am Laufen.«

»Na bitte.«

Ein langes Schweigen kam auf, in dem ich über all das nachdachte. Rosaria hatte nie so auf mich gewirkt, aber vielleicht hatte er ja doch recht. Vielleicht hatte all diese Frauensolidarität, der wir beide gefrönt hatten – über Männer lästern, uns gegenseitig den Rücken stärken –, dazu gedient, eine Art Panik zu verschleiern, ein Bedürfnis? Aber sie und ich, wir hatten uns immer so gut verstanden – selbst wenn wir im Lauf der Jahre mal kurz aneinandergerasselt waren, war sie der einzige Mensch, bei dem ich immer das Gefühl gehabt hatte, ihm alles anvertrauen zu können.

»Ich …«, setzte ich zögernd an, »ich bin mir nicht sicher, weißt du, gar nicht sicher, ob du sie überhaupt je so besonders gemocht hast.«

Er stand immer noch mit dem Rücken zu mir. »Daran liegt's nicht …«, sagte er langsam. »Ich hab kein Problem mit Rosaria. Klar, sie ist ein Klatschmaul, das schon, und vielleicht solltest du darüber mal nachdenken. Wenn sie mit dir über andere Leute tratscht, wer weiß, was sie denen dann über dich erzählt.« Nach noch einer Pause fuhr er fort: »Vielleicht solltest du dir mal darüber Gedanken machen, wie sie wirklich ist ... wenn sie dir vorlügt, ich würde Jasmine mit SMS zuballern, dann könnte sie dir ja auch noch andere Lügen auftischen?«

»Sie könnte sich täuschen, weißt du, sich ehrlich täuschen, oder Jasmine war nicht ehrlich zu ihr. Glaubst du wirklich, sie lügt ...?«

»Tja, die Sache ist ganz einfach, entweder sie lügt oder ich, und ich tu's nicht. Also ist sie es. Sie ist eine Lügnerin.«

Seine Stimmlage hatte sich kaum merklich verändert, nur eine Spur – er redete ein winziges bisschen langsamer. Ich hielt inne und überlegte, ob ich mit dieser Beobachtung recht hatte oder ob ich überreagierte. Vielleicht war alles in Ordnung. Schließlich plauderten wir nur. Ich nahm keinerlei Anzeichen hochkochenden Ärgers an ihm wahr. Ich dachte an meinen Vorsatz vor einigen Wochen, ihn vor die Tür zu setzen, und wie wundervoll das Zusammensein mit ihm in den letzten zwei Wochen gewesen war, was aber nichts an dem zuvor Geschehenen änderte; diese Probleme mussten wir früher oder später angehen. Vielleicht war jetzt der richtige Zeitpunkt, sie anzusprechen, wo wir uns gerade so offen und gelassen miteinander austauschten.

»Ich halte sie nicht für eine *Lügnerin*«, sagte ich. Wie leicht und weich sich das Wort ausspricht, ein Wort, geflüstert wie ein Seidenschal, und doch so hart und scharf in seiner Wirkung – eine Stricknadel von einem Wort. Wir übertreiben alle, besonders im Streit, sagen etwas nur um des Effekts willen – man kann getrost sagen, dass wir alle hin und wieder lügen. Zu sagen, jemand habe übertrieben, etwas Überzogenes gesagt oder sogar gelogen – selbst das war kein so schlimmer Vorwurf, je nach Kontext. Aber jemanden als einen Lügner oder eine Lügnerin zu bezeichnen, das war eine Anschuldigung ganz anderen Ausmaßes.

»Tja«, sagte er leichthin, »eine Lügnerin ist per definitionem eine, die Lügen erzählt, nicht? Und ich denke, wir sind uns einig, dass sie lügt.«

Ich zögerte kurz, so wie ich gezögert hätte, eine wackelige Hängebrücke über einer sehr tiefen Schlucht zu betreten.

»Manchmal ...«, setzte ich an und geriet ins Stocken.

Er hörte meiner Stimme etwas an – eine winzige Änderung des Tonfalls. Er unterbrach sich bei dem, was er tat, pausierte, aber ohne sich umzudrehen.

»Und weiter?« Er hielt vollkommen still, redete leise.

Ich sah beim Reden vor mir auf den Tisch. »Ich weiß nicht, manchmal machst du mir ein wenig Angst.«

Da drehte er sich mit entsetztem Gesichtsausdruck um. »*Was?* Scheiße, wie sind wir davon, dass deine beste Freundin eine Lügnerin ist, hierhergekommen?!«

Sofort ruderte ich zurück. »Ich mein ja bloß, manchmal kommst du mir ...«

»Was? Ich komm dir wie vor? Lisa, um Himmels willen, ich und angsteinflößend, soll das ein Witz sein?!« Er nahm beide Hände aus der Spülschüssel und hielt sie hoch. »Wie kannst du so was sagen?« Er zog die Spülhandschuhe aus und ließ sie auf die Arbeitsplatte fallen.

Es lief entsetzlich schief, aber ich musste es versuchen. »Manchmal hab ich einfach das Gefühl ...«

»Na los, nenn mir ein Beispiel.«

»Na ja, weißt du, manchmal, wenn du mich kneifst, auf der Straße oder ...« Manchmal kniff er mich von hinten, wenn ich am Geldautomaten anstand und er auf mich wartete, oder richtig fest in den Oberschenkel, wenn wir zusammen in einem Pub waren, bis ich laut *au* schrie und die Leute uns ansahen. Einmal war er zurückgefallen, als wir spazieren gingen, und hatte mich so in die Hacken getreten, dass ich stolperte. Wenn ich dagegen protestierte, stellte er mich immer als lächerlich hin, und das Seltsame daran war, dass mir erst in dem Augenblick, als ich ihm zu erklären versuchte, warum ich so ein ungutes Gefühl hatte, aufging, dass es auch daran lag. Unter uns war mein körperliches Ungeschick, meine Unbeholfenheit zu einem Witz geworden – aber er verschlimmerte es. Es machte ihm Spaß, es zu verschlimmern.

Da lachte er sogar, warf mit blitzenden Zähnen den Kopf in den Nacken, ein hartes, bellendes Lachen. »Ach du lieber Himmel, meine Freundin will sich nicht von mir in den Po kneifen lassen! Okay, okay, gut, dann nehmen wir diese Geste der Anerkennung halt aus dem Repertoire, ha, meine Güte! Sorry, ich finde deinen Arsch nun mal unglaublich sexy, und es ist nur so was wie ein ironischer Scherz, so ein Höhlenmensch bin ich nun auch wieder nicht, aber sorry, echt jetzt!« Wieder hielt er beide Handflächen hoch.

»Ich hab dir gesagt, dass ich es nicht mag ...«

»Tja, na ja, mir war nicht klar, wie ernst es dir damit ist. Lieber Himmel, du bist aber schon auch ein bisschen eine Mimose, was? Warum kommst du ausgerechnet jetzt damit an? Ich hab gedacht, wir reden über deine unglaubwürdige Klatschbase von einer besten Freundin. Scheiße, wo kommt das auf einmal alles her?«

»Und dann, als …« Da geriet ich ins Stocken, weil ich wusste, es würde das Gespräch umkippen lassen. Bis dahin war ich noch eben so damit durchgekommen. Er lachte, aber ich wusste, wenn ich eine Umdrehung zulegte, würde das Gespräch in einer ganz anderen Art von Konflikt gipfeln.

Einen Moment lang hing der Abend in der Schwebe, und ich hätte etwas wie »Also weißt du, dir würd's auch nicht besonders gefallen!«, sagen, ihn kneifen oder irgendeinen Witz machen können, und wir hätten dem nun Folgenden entgehen können. Ich sah das alles klar und deutlich vor mir. Aber ich sah auch, dass sich ein Spalt aufgetan hatte, in den ich vorstoßen musste. Der Kipppunkt: Vielleicht wusste ich, wenn ich es zu der Zeit ließe, würde ich es später nachholen müssen. Mein ungutes Gefühl hatte sich schon zu lange aufgestaut.

»Damals, weißt du, als du mein Gesicht gepackt hast.«

Er rümpfte die Nase, verzog die Oberlippe und schüttelte kurz den Kopf. »Wann?« Er hob die Handschuhe von der Arbeitsfläche, schüttelte das Wasser von ihnen ab, zog den Stöpsel aus der Spüle, legte die Handschuhe über dem Beckenrand ab, wandte sich wieder zu mir um und lehnte sich mit verschränkten Armen an die Küchentheke.

»Du weißt schon, an diesem Sonntag, nach dem Mittagessen bei meinen Eltern.«

»Was für ein Sonntagsessen? Wir waren schon ewig nicht mehr sonntagmittags bei deinen Eltern zum Essen.«

»Nein, ich meine vor Weihnachten. Ich war allein da, du weißt schon, du hast gearbeitet, und ich bin richtig schlecht gelaunt wiedergekommen, und du hast mich am Gesicht gepackt.«

Er kratzte sich am Hinterkopf. »Lisa, ich weiß wirklich nicht, ob ich mich so weit zurückerinnere, großes Indianerehrenwort, ich hab nicht die leiseste Ahnung, wovon du da redest … Was genau soll ich gemacht haben?«

Er konnte es doch sicher nicht vergessen haben? »Wir haben uns gestritten, wer den Tee macht, und du hast mich am Gesicht gepackt. Du hast mir von dem Mädchen erzählt, von dem, das du an einem Sonntagvormittag nähen musstest. Sie war auf einen Heizkörper gefallen.«

Er überlegte kurz mit starrem Gesichtsausdruck, bis es ihm dämmerte und er in ungläubiges Lachen ausbrach. »Lisa, ganz ehrlich, jetzt übertreibst du aber. Ich hab dich nicht am Gesicht *gepackt*. Sondern ich hab dir gezeigt, wo ich sie genäht hatte, ich hab's dir erklärt, wirklich, ehrlich …«

»Du hast mich fest am Gesicht gepackt.«

»Tut mir leid, aber Lisa, so war es einfach nicht.«

»Es war richtig unangenehm.«

»Tja, na ja, wahrscheinlich war es für das arme Kind ziemlich unangenehm, das Gesicht genäht zu kriegen, und, Ehrenwort, Lisa, ich hätte nie mehr gemacht, als es dir zu zeigen. Echt jetzt, manchmal frag ich mich wirklich …«

»So, was denn?«

»Ich weiß wirklich nicht, Lisa …« Da ließ er den Kopf sinken und sagte mit leiser Stimme, während er sich erst ab-, dann wieder mir zuwandte und mir beide offenen Hände mit langen Armen entgegenreckte »Ganz ehrlich, was? Was denkst du von mir? Denk doch nur mal kurz nach, was du mir da vorwirfst. Misshandle ich dich etwa? Hab ich dich jemals geschlagen, jetzt sag schon?«

»Ich sag ja nicht …«

»Beantworte nur die Frage.«

»Matty, ich hab nie gesagt …«

»Hab ich dich jemals geschlagen, na?«

»Nein.«

»Hab ich dich je in die Magengrube geboxt, dich geohrfeigt, die Treppe runtergeschubst oder dir ein Messer an die Kehle gehalten, hm?«

»Ich versuch doch nur zu erklären …«

»Und, stimmt's oder nicht? Wir müssen da Klarheit reinbringen, denn ich frag mich ganz im Ernst, ob du total verrückt bist oder ich, jetzt hast du mich so weit, dass ich an mir selbst zweifle, hab ich dich *jemals* geschlagen oder sonst irgendwie Gewalt gegen dich angewendet, in welcher Form auch immer, jemals, ja oder nein?«

»Nein, nein, ich sag ja nicht …«

»Hab ich das? Hab ich? Ich brauche eine klare Antwort.«

»Ich hab doch schon Nein gesagt, ich hab gesagt, dass ich nicht …«

Jetzt sah er mir direkt ins Gesicht, mit versteinerter Miene über mir aufragend. »Denn du weißt, ich habe Opfer häuslicher Gewalt gesehen, hab über die Jahre ein paar von denen zusammengeflickt. Einmal hab ich einer Siebzehnjährigen ein gebrochenes Schienbein gerichtet. Ihr Freund hatte sie niedergeschlagen und war auf dem Pflaster auf sie draufgesprungen, direkt vor einem Tesco Metro Supermarkt, während seine Kumpels danebenstanden und zusahen. Du hast ja keine Ahnung, wozu manche Männer fähig sind, du würdest es nicht glauben, wenn ich's dir erzählte, aber ich hab's gesehen, und wenn du mich mit denen in einen Topf wirfst ...« Er schnappte keuchend nach Luft und schlug sich kopfschüttelnd eine Hand vors Gesicht. »Gott im Himmel, einfach unfassbar, dass ich mir so was anhören muss.«

Ich stand vom Stuhl auf und machte einen Schritt auf ihn zu, doch er hielt mich mit der ausgestreckten anderen Hand auf Distanz. Als er etwas sagte, klang er den Tränen nahe, mit leiser, gebrochener Stimme.

»Wenn du mir so ein Verhalten zutraust, nur weil ich dir die Hand aufs Gesicht lege, um dir zu zeigen, wo ich ein Kind genäht habe, und meinst, dass mich das zu irgend so einem Gewalttäter macht ... Echt jetzt, wenn du so von mir denkst, warum bist du dann überhaupt noch mit mir zusammen?« Er nahm die Hand vom Gesicht und sah mich mit tief verletztem Gesichtsausdruck lange an. »Du hast wirklich keine sehr hohe Meinung von mir, was? Du sagst ja, dass ich eine richtig schreckliche Person bin.«

»Natürlich nicht, ich liebe dich, ich bewundere, was du machst, ich finde dich toll.«

Er gab ein halbherziges verbittertes Lachen von sich. »Den Eindruck habe ich nicht.«

»O doch ...« Da ging ich zu ihm, legte ihm die Hände auf die Arme.

Er wandte das Gesicht ab. »Ehrlich, Lisa, ich hatte gehofft, ich hatte sogar gedacht, das mit uns hätte Zukunft, du weißt schon, aber wenn du so eine schlechte Meinung von mir hast, was soll dann das Ganze?«

Da stieg die bekannte Panik in mir auf – Panik, gemischt mit etwas wie einer kuriosen Hoffnung. Konnte es sein, dass ihm wirklich nicht klar war, wie grob er mein Gesicht gepackt hatte? Schließlich hatte es keine blauen Flecken gegeben. Übertrieb ich das Ganze? Wenn ich ihm nur klarmachen könnte, wie es für mich gewesen war, könnten wir vielleicht mit dieser ganzen Geschichte abschließen.

»Du hast mir am nächsten Tag Blumen geschickt …«, sagte ich. Der Strauß war eine Entschuldigung gewesen. Das würde er doch sicher einräumen? Wenn es für ihn keinen Entschuldigungsgrund gegeben hätte, warum hätte er ihn mir dann geschickt?

Da drehte er sich heftig weg und schüttelte meine Hände von seinen Armen ab. »Jetzt wird also auch das schon gegen mich verwendet? Na dann, besten Dank auch, den Fehler mache ich nicht noch mal.«

Ich griff unbeholfen nach seinen Händen, drückte seine Finger mit meinen, hielt sie linkisch umklammert und kreischte ihn mit hoher schriller Stimme wie noch nie an – es verschaffte mir etwas wie unbändige Freiheit; auch wenn ich wusste, es hieß, dass ich die Selbstbeherrschung verloren hatte, machte es mir eine gewisse Freude zu wissen, dass ich jemanden so anschreien, dass meine Kehle sogar solche Laute hervorbringen konnte. »Bitte, bitte hör mir *zu*! Hör mir nur einmal *zu*! Du musst es *verstehen*!«

Mit der rechten Hand packte er mich an der Kehle und schob mich quer durch die Küche, bis er meinen Rücken gegen den Türrahmen des Schlafzimmers stieß. Alles ging so schnell. Eben hatte ich noch nach seinen Händen gegriffen und um Verständnis gefleht, und schon rang ich um Luft, weil er mich gegen den Türrahmen presste, dessen Kante sich mir scharf in den Rücken bohrte. Seine

Fäuste schoben mein Kinn nach oben und raubten mir den Atem. Er knallte meinen Kopf gegen das Holz, nur einmal, fest und wie zur Betonung, oder als wollte er mir einen Gedanken aus dem Schädel hämmern. Sein Gesicht kam meinem sehr nahe. »Hör auf ...«, sagte er mit wutverzerrter Miene »Hör auf ...«

Er ließ mich los, und ich sank zu Boden.

Er stürmte ins Schlafzimmer und knallte die Tür hinter sich zu. Ich saß eine Zeit lang auf dem Boden, um Atem ringend, ehe ich mit großen, lauten hicksenden Schluchzern in Tränen ausbrach. So blieb ich lange sitzen und weinte, die Hände vor dem Gesicht, bis das Geheul abebbte. Ich zog die Knie hoch, umschlang sie mit beiden Armen und schluchzte in sanfter Verzweiflung weiter, bis keine Tränen mehr kamen; dann blieb ich, wo ich war, zu einem Knäuel zusammengerollt.

Schließlich kam Matty aus dem Schlafzimmer. Mit verschränkten Armen baute er sich vor mir auf. Ich wollte nur, dass er mich festhielt und tröstete, aber er bückte sich nicht einmal.

»Also weißt du, wenn das so weitergeht, solltest du dir vielleicht professionelle Hilfe holen? Es ist ja nicht nur die Müdigkeit, oder? Schau mal, tut mir leid, dass ich dich fester weggeschubst hab als nötig, aber dieser Angriff von dir hat mir wirklich verdammt Angst gemacht. Echt jetzt, bei dir im Kopf stimmt doch eindeutig etwas nicht. Ich weiß, dass du Schlafstörungen hast. Glaubst du, ich merke nicht, dass du die halbe Nacht wach liegst? Das wird sich auf dein Urteilsvermögen auswirken, also das tut es ja schon, aber auch noch auf andere Art, meine ich. Du hast eine Vollzeitstelle, wie lange noch, bis die darunter leidet, wenn es nicht schon so weit ist? Ganz im Ernst, so geht es nicht weiter.«

Er hockte sich vor mich hin, aber ohne mich anzufassen. »Ist dir so etwas schon in der Arbeit passiert, also dass du so ausgerastet bist? Bist du vor deinen Schülerinnen ausgetickt?«

Ich hielt den Kopf weiter gesenkt. Ich war so erschöpft. In mir war kein Funken Kampfgeist übrig. »Das heißt ja wohl, dass du auch wach liegst, wenn du weißt, dass ich wach bin. Wecke ich dich auf?«

Er streckte eine Hand aus – endlich eine tröstliche Geste –, legte sie mir auf den Kopf und streichelte mir übers Haar. »Mach dir um mich keine Gedanken, mir geht's gut. Aber bitte versprich mir, dass du dir Hilfe suchst, uns beiden, aber vor allem dir zuliebe, ich mach mir solche Sorgen um dich. Bitte.«

In dieser Nacht wachte ich wieder auf. Ich war so erschöpft ins Bett gefallen, dass ich annahm, ich würde durchschlafen, aber da lag ich, diesmal um 3.25 Uhr. Anstatt liegen zu bleiben und seufzend an die Decke zu starren, stand ich rasch auf, schnappte mir die Hose, die ich am Vorabend getragen hatte, und verließ so rasch wie möglich das Schlafzimmer.

Ich weiß nicht, was ich mir dabei dachte. Was?, wollten sie alle wissen. »Was haben Sie sich dabei gedacht?«, fragte mich die junge Polizistin zwei Stunden später.

»Liebes, was hast du dir dabei gedacht?«, fragte Matty mit vor Sorge sanfter Stimme, als die Polizei mich nach Hause brachte.

Ich zog mir die Hose an. Matty hatte ein Kapuzenshirt

hinten auf dem Sofa liegen gelassen, und ich zog es mir übers Nachthemd, die Daunenjacke drüber, die er zum Sport trug, die wärmste Winterjacke im Haus. Ich schnürte meine Turnschuhe zu – dabei, mir Socken aus dem Schlafzimmer zu holen, hätte ich ihn womöglich gestört, also musste es ohne gehen. Meine Handtasche lag auf der Küchentheke. Ich fand Portemonnaie und Schlüssel. Mein Handy war auf meiner Bettseite eingestöpselt, aber das machte nichts, ich brauchte es nicht. Ich ging. Ich wollte nur noch weg.

Eine Weile stand ich mitten in der Nacht in der dunklen Küche, etwas hin und her schwankend in einer seltsamen Mischung aus Erschöpfung und Hochgefühl. Diesmal würde ich etwas unternehmen, statt nur im Bett liegen zu bleiben und an die Decke zu starren.

Am anderen Ende der Küchentheke lag ein Notizblock, ein altmodischer mit Spiralbindung, den ich für Einkaufszettel verwendete. In der alten Tasse daneben, einem Lieblingsstück, das seinen Henkel in der Spülmaschine verloren hatte und mir jetzt als Stiftehalter diente, fand ich einen Stift. Die Tasse war ein Geschenk von Rosaria, mit einer Eule drauf. Ich nahm einen schwarzen Fineliner und schrieb auf den Block. Davor hielt ich den Stift eine Zeit lang zögernd in der Luft, weil ich selbst in meinem seltsam halluzinatorischen Zustand wusste, dass dies ein Punkt sein konnte, von dem es kein Zurück gab. Ich hätte mich vor vierzehn Tagen von ihm trennen sollen, bevor wir die Flüge nach Venedig gebucht hatten, aber wenn uns dieses Geld verloren ging, dann war das eben so. Ich war nicht verrückt, wenn er mich nicht verrückt machte. Es ging nicht um Jasmine – wenn nicht sie, wäre es eine andere gewesen, und in der Zukunft würde es hundert andere Jasmines geben. Ich war nicht eifersüchtig oder unvernünftig; das Problem war, wie er mich behandelte, darum ging es. Ihm musste klar werden, dass er gehen musste, wenn er sich so benahm.

Ich kritzelte schnell einen einzigen Satz hin, einfach und direkt – die Wahrheit. Auch wenn die Buchstaben schluderig hingeworfen waren, musste er sehen, dass es die Wahrheit über unsere Beziehung war.

Tut mir leid, ich kann so nicht weitermachen.

Ich verließ die Wohnung.

Das dunkle Treppenhaus – die Beleuchtung funktionierte immer noch nicht, ich musste mich an die Hausverwaltung wenden –, die Gummiläufer auf den Betonstufen, die Kälte des gestrichenen Metallhandlaufs: nicht lange, und ich würde draußen sein. Ich rannte die Treppe hinunter.

Im Erdgeschoss wurde der Hausflur vom Schein der Straßenlaterne beleuchtet, die nachts brannte, weil Autos hier im Dunkeln um eine scharfe Kurve mussten. In meinem Triumphgefühl war ich zu aufgeregt, um Rücksicht auf die Nachbarin unter uns zu nehmen, und ließ die Tür hinter mir zuknallen. Ich trat ins Freie, und die Nachtluft schlug über mir zusammen, als wäre ich in einen See gesprungen. Ich wandte mich nach rechts Richtung Hauptstraße und rannte los, herrlich lebendig.

Ich rannte zur Hauptstraße. In jedem Haus waren die Vorhänge zugezogen oder Jalousien geschlossen – jedes Gebäude wirkte unbewohnt. Ich hatte das Gefühl, alle anderen wären verschwunden oder untergetaucht. Wie schön die Nacht ist, dachte ich. Warum vergeuden wir sie stets aufs Neue, indem wir drinnen bleiben und schlafen? Wir lassen uns so von unseren Tagesgeschäften vereinnahmen, vom Alltagstrott auffressen, dass wir die Dunkelheit vergessen – wie wild und seltsam sie ist, wie grenzenlos der Himmel, selbst in so einer bewölkten, sternenlosen Nacht. Warum sagen wir zum frühen Morgen Morgengrauen? Nichts daran ist grauenvoll.

Es war so ein berauschendes Gefühl, als könnte ich die Menschen einschätzen, weil ich nicht mehr richtig menschlich war, sondern ein Wesen der Dunkelheit. Wie beruhigend und tröstlich sich das anfühlte, meinen Sonderstatus bestätigt zu bekommen. Wie klein und verängstigt mir diese gewöhnlichen Menschenwesen in dem Moment vorkamen, die sich unter ihren Bettdecken versteckten, alle Lichter aus, die Türen fest verschlossen, bis sie sich im Schutz des Tageslichts wieder hinauswagten – als wüssten sie, dass ich da draußen wie ein Säbelzahntiger die Nacht durchstreifte. Beim Laufen lachte ich über mich selbst. Ich hatte gute Lust zu brüllen.

Ich bog nach rechts in die Thorpe Road ein und beschloss, in die Stadt zu laufen – schließlich hatte ich meine Turnschuhe an. Während ich den leeren Bürgersteig entlangfegte, dachte ich, ich bin mordsschnell. So schnell bin ich noch nie im Leben gerannt.

Ich war noch nicht einmal am Bahnhof angekommen, da fingen meine Beine zu zittern und schlottern an, und ich musste mit Laufen aufhören. Mein Körper ließ mich wie so oft im Stich, aber ich war immer noch beschwingt, ja frohlockend, weil ich zu solch unchristlicher Zeit draußen war. Wenn auch nicht beschwingt genug, um die Unterführung zu nehmen – so durchgeknallt war ich dann doch noch nicht. Ich ging die Hauptstraße entlang. Ohne ein bestimmtes Ziel; ich wollte nur gehen. Die Luft war eiskalt, rein.

Ein oder zwei Stunden später fand ich mich irgendwo auf einer Holzbank wieder. Ich war lange an der Schnellstraße entlanggegangen, dann ein paarmal abgebogen und hatte eine Bank auf einer Böschung gesehen, etwas ab von der Straße. Obwohl ich wusste, dass mir sehr schnell kalt werden würde, setzte ich mich hin, mit angezogenen Knien, damit ich mir Mattys Daunenjacke behelfsmäßig um die Beine wickeln, mich in mir selbst verkriechen konnte. In Minutenschnelle wurde mir zu kalt, um mich zu bewegen und aus der Kauerhaltung zu lösen, also blieb ich, wo ich war, atmete die gute Nachtluft und harrte der Dinge, die da kommen würden.

Das Polizeiauto kam leise gleitend zum Stehen. Weder Sirene noch Blaulicht waren eingeschaltet, nur eine junge Frau mit stichfester Weste öffnete die Fahrertür und hievte sich mit den Knien voran an den Türrahmen gestützt zum Stehen hoch, während ihr bärtiger Kollege im Auto sitzen blieb. Die Polizistin ruckte ihre Hose am Bund hoch und schlenderte zu mir herüber. Sie ging vor mir in die Hocke und sagte: »Grüße Sie. Na, wie sieht's aus? Ziemlich kalt zum Rausgehen, die Nacht. Sie sind bestimmt am Erfrieren.«

Ich hatte die Füße noch auf der Bank, die Arme um die Knie geschlungen und das Kinn darauf abgelegt. Ich sah sie an und sagte: »Ich bin ein Geist.«

Sie lehnte sich zu mir vor, sah mich von Kopf bis Fuß an, legte mir eine Hand aufs Knie, wackelte sanft daran und sagte: »Sie sind halb erfroren. Wie ist es, bringen wir Sie nach Hause?«

»Sie wissen nicht, wo ich wohne.«

»O doch, Lisa«, sagte sie. »Wir bringen Sie jetzt nach Hause, in Ordnung? Kommen Sie, hier ist es viel zu kalt für Sie.«

Sie stand auf, und ich ließ sie meinen Arm nehmen und mich auspacken, mir von der Bank und auf den Autorücksitz helfen.

Am nächsten Morgen muss ich lange geschlafen haben. Gegen zehn wurde ich wach. Ich hörte Matty im Wohnzimmer telefonieren. Ich machte die Augen zu. Etwa zehn Minuten später brachte er mir eine Tasse Tee. Er stellte sie auf den Nachttisch neben mich. Ich schlug die Augen auf, ohne mich aufzurichten.

Er setzte sich auf die Bettkante. Nach kurzem Schweigen sagte er: »Ich hab mir letzte Nacht solche Sorgen gemacht. Die Polizei hat gefragt, ob es bei dir in der Vergangenheit psychische Probleme gab, und ganz ehrlich, Lisa, ich wusste nicht, was ich sagen sollte.«

Ich schwieg weiter.

Nach einer Weile legte er mir eine Hand auf die Schulter und sagte: »Hör mal, ich hab mit Adrian gesprochen und ihm alles erklärt, du brauchst ihn nicht anzurufen. Er wird für den Rest der Woche eine Vertretung organisieren.« Er stand auf. »Ich muss jetzt zur Arbeit, sie können nicht noch mehr Termine absagen. Ich ruf an, wenn ich eine Pause machen kann. Schalt dein Handy stumm, wenn du wieder einschläfst.«

»Danke«, sagte ich sehr leise, so leise, dass er es vielleicht nicht hörte.

Als ich am nächsten Montag zur Schule ging, rief Adrian mich in der Pause in sein Büro und bat mich, Platz zu nehmen. Er sah mich über den Schreibtisch hinweg an, und ich starrte auf die Reihe verschiedenfarbiger Kulis, die in der Brusttasche seines Hemdes steckten. Er fragte, was ich am Wochenende gemacht hätte, und als ich schwieg, erzählte er, er habe sich ein wunderschönes klassisches Konzert angehört und sei am Sonntag Vögel beobachten gewesen. Nach kurzer Pause fuhr er fort, wie leid es ihm täte, von meinen Problemen zu hören, und ob ich eine Überweisung zum Amtsarzt wolle oder vielleicht irgendeine andere Empfehlung?

Weil ich nicht wusste, was Matty ihm gesagt hatte, antwortete ich: »Nein, zurzeit nicht. Ich denk drüber nach.«

Als ich hinausging, sagte Adrian: »Lisa …«, und ich schaute zu ihm zurück. Er brachte ein hilfloses Lächeln mit zu fest zusammengepressten Lippen und zu traurigen Augen zuwege. »Du bist eine hervorragende Lehrerin, weißt du. Du machst deine Sache richtig gut.«

Völlig unerwartet spürte ich Tränen aufsteigen, und ich nickte und ging so schnell wie möglich aus seinem Büro, bevor sie fließen konnten.

Die restliche Woche machten wir mit unserem Leben weiter. Matthew ging sanft mit mir um, ruhig. Er kochte jeden Abend. Nach seiner Arbeit befragt, antwortete er mit Gemeinplätzen und äußerte sich so vage über seine Patienten, dass sie mir eher wie Fallstudien als wie Individuen vorkamen – ich wusste ja, dass er sich an die ärztliche Schweigepflicht halten musste, wurde aber das Gefühl nicht los, dass nichts von dem, was er mir erzählte, stimmte, dass alles frei erfunden war. Keiner von uns beiden erwähnte Venedig.

An diesem Samstag stand Matty auf, während ich noch im Bett lag. Ich hörte ihn in der Küche rumoren und wartete, dass er mich rief, aber wenige Minuten später kam er mit einer Tasse Tee und einer Scheibe Toast ins Schlafzimmer zurück. Er stellte beides neben mir ab und ging wieder.

Ich aß, zog mich an, und als ich aus dem Schlafzimmer trat, sah ich, dass die Kühlschranktür offen stand und er den ganzen Inhalt herausgenommen hatte – alles stand auf dem Küchentisch, und er putzte den Kühlschrank von innen. Ich nahm ein paar Gläser vom Tisch: eine sehr alte Orangenmarmelade mit Zuckerkristallen oben am Rand, ein dicker Glasbottich mit einem Zentimeter Senf darin. Ohne ein Wort drehte ich das heiße Wasser an der Spüle auf und gab Spülmittel dazu. Ich ging mit den alten Gläsern der Reihe nach zum Müll und kratzte den Inhalt mit einem Löffel aus, ehe ich sie zum Einweichen in den Spülmittelschaum legte.

Später ging ich mit dem Recyclingmüll die Treppe runter. In einem Karton trug ich die frisch gespülten Gläser, einen platt gedrückten Eierkarton und eine zusammengefaltete Porridge-Schachtel. Die Müllabfuhr kam dienstags, aber ich stellte den Recyclingmüll am Wochenende raus, weil ich ihn an Montagabenden immer vergaß.

Als ich ins Haus zurückkam, ging die Tür zur Erdgeschosswohnung auf, und Mrs. Abaza kam heraus. Sie war eine Frau mit fahlem Teint, die Englisch mit starkem Akzent sprach. Sie drehte sich um und stellte die Tür fest, indem sie mit einem Fuß einen dackelförmigen Zugluftstopper in den Spalt schob. Durch die Tür erhaschte ich einen Blick auf Kissen und bestickte Deckchen, eine Glasvitrine mit etlichen Figürchen.

»Lieeßa …«, sagte sie.

»Mrs. Abaza …«, antwortete ich. Gleich würde sie mit mir schimpfen, weil ich vergangene Nacht mit der Tür geknallt hatte. Ich fragte mich, ob sie gesehen hatte, wie mich das Polizeiauto zurückbrachte.

Mir gefiel nicht, wie sie mich taxierte. Ihre Katze, die dürre dreifarbige, drückte sich um die Wohnungstür, beschrieb eine liegende Acht um ihre Beine, setzte sich neben sie und starrte mich an, als urteilte auch sie über mich.

»Wissen Sie, es ist nicht nötig«, sagte sie. »Wirklich nicht.«

»Tut mir leid, ich hatte es eilig, hab nicht aufgepasst.«

Da kam sie auf mich zu. Ein leicht medizinischer Geruch, nach Kampfer oder Eukalyptus, umwehte sie. Sie legte mir eine Hand auf den Arm und schaute in mein Gesicht hoch – ich bin klein, aber sie war winzig. »Sie müssen es sich nicht gefallen lassen. Jetzt weiß ich es. Sie haben es mir gesagt.« Sie sah mir in die Augen.

Die Katze war ihr gefolgt. Um Worte verlegen, bückte ich mich mit ausgestreckter Hand nach dem Tier und bewegte die Finger wie auf Klaviertasten. Mrs. Abaza senkte den Blick und stieß einen heftigen Zischlaut zwischen den Zähnen hervor. Die Katze schoss in die Wohnung zurück.

Sie sah wieder zu mir hoch und nahm die Hand von meinem Arm. »Ich heiße Leyla«, zischte sie mich an, ging in ihre Wohnung zurück und zog die Tür hinter sich zu.

Drei Wochen vor meinem Tod passierte es: Ich hatte eine Vorahnung – nein, das ist ein zu starkes Wort. Es würde bedeuten, dass ich zumindest ansatzweise vorausgeahnt hätte, was kam, und wenn ich meinen Tod vorausgeahnt hätte, hätte ich natürlich etwas dagegen unternommen. Niemand würde freiwillig in ein Schicksal wie meins abdriften, wenn einem die Macht gegeben wäre, es abzuwenden. Hätte ich vorhergesehen, was mich am Bahnhof von Peterborough erwartete, ich hätte meine Tasche gepackt und mich schleunigst zum Busbahnhof aufgemacht – oder hätte mich sogar als Anhalterin an die Straße gestellt oder mir ein Taxi in eine andere Stadt genommen. Ich hätte zum East-Midlands- oder dem Norwich-Flughafen oder gar weiter südlich, nach Stansted oder Luton, fahren können. Mir einen Easyjet-Flug nehmen – Teufel auch, wenn ich gewusst hätte, dass es ums nackte Überleben ging, hätte ich womöglich sogar Ryanair riskiert. Da hätte ich dann im Flieger auf der Startbahn dem Abheben entgegengefiebert, so nervös wie nur je ein Unterwelt-Drogendealer auf der Flucht vor den Justizbehörden, und gewartet, dass mich die Räder von dieser kalten harten Erde wegbrachten, in dem Bewusstsein, dass ich nie wieder einen Fuß darauf setzen würde. Lissabon. Istanbul. Magaluf. Egal – wo auf der Welt ich auch war, wenn ich gewusst hätte, dass Gleis sieben mein Schicksal war, hätte ich mich nur weit genug davon entfernt halten müssen. Meinen Eltern hätte ich gefehlt, aber es gibt ja noch Skype.

Nein, ich hatte also keine eigentliche Vorahnung. In jener milden Märznacht, drei Wochen bevor mich mein Schicksal ereilte, wusste ich nicht, was tatsächlich geschehen würde. Aber es gab da doch etwas, einen kurzen

Moment, in dem mir der Ernst meiner Lage aufging. Ich spürte, wie mich das Kommende streifte – als stünde ich auf einem Felsvorsprung, und eine große Möwe stieße im Sturzflug tief über meinen Kopf herab, ohne mich zu berühren, sodass ich ihren Flügelschlag bloß durch den Lufthauch wahrnahm.

Es war Ende März. Matty und ich hatten uns sieben Monate zuvor kennengelernt und wohnten seit fünf zusammen. Ich war sechsunddreißig Jahre alt. Ich war Englischlehrerin an einer großen weiterführenden Mädchenschule, fußläufig zwanzig Minuten von meiner Wohnung. Ich war bei meinen Schülerinnen beliebt und beruflich erfolgreich. Ich rechnete mir Chancen auf die Stelle als Fachbereichsleiterin aus, die in einem Jahr frei werden würde, wenn der Stelleninhaber Adrian in Ruhestand ging. Ich war bei guter Gesundheit, bis auf die nichtepileptischen Anfälle, unter denen ich litt, die in meiner Kindheit als Epilepsie diagnostiziert worden und medikamentös unter Kontrolle gekommen waren und deren Ursache mittlerweile offiziell ungeklärt war. Aus dem Grund wollte ich keinen Führerschein und betrachtete mich selbst als körperlich unbeholfen. Doch abgesehen davon, und von gelegentlichen Phasen mit Schlafstörungen und leichter Depression, hätte ich die Frage, ob ich vor Matty ein gutes Leben hatte, mit Ja beantwortet – nicht aufregend, aber angenehm. Ich hatte einen tollen Freundeskreis, meine eigene Wohnung. Ich war das einzige Kind eines Rentnerehepaars, das es kaum erwarten konnte, dass ich mit einem netten jungen Mann eine Familie gründete, doch bis auf vage Zukunftssorgen machte mir mein Singledasein wenig aus. Offenbar weniger als anderen Leuten. Gut, ich wollte wissen, wie meine Zukunft aussehen würde, und dachte mir, dass ich vielleicht Kinder wollte, konnte mir aber im Stillen auch gut ein Leben vorstellen, in dem ich in meinem Beruf richtig, richtig gut war und so meinen Beitrag leistete und in dem ich mich mit fortschreitendem Alter darüber ärgern würde, von anderen Leuten als tapfere, aber ein wenig triste Person gesehen zu werden. Ich spielte mit dem Gedanken, Französisch zu lernen und so eine Weinreise zu machen, auf der man alles über Wein lernte, blütenweiße Blusen mit dekorativen Silberohrringen trug und kultiviert und elegant aussah, obwohl ich auch Pasta mochte und noch nie in Italien gewesen war.

Mit anderen Worten: Bevor Matty auf der Bildfläche erschien, hatte ich ein Leben.

Es war in einer Mittwochnacht. Ich wurde ruckartig wach, riss die Augen auf, jäh aus dem Tiefschlaf zu klarem Bewusstsein gekommen. Morgens ging es mir nie so, ganz gleich, wie laut und schrill der Wecker klingelte. Am Morgen richtig wach zu werden, brauchte immer seine Zeit.

Ich lag mit weit offenen Augen im Dunkeln auf dem Rücken und wusste sofort, dass Matty nicht neben mir war. War es das, was mich geweckt hatte, dieses Wissen? Auf seiner Seite war das Federbett zurückgeschlagen. Das Zifferblatt des Digitalweckers zeigte 4.22 Uhr an. Über mir breiteten sich von der Straßenlaterne draußen drei Lichtstreifen auf der Decke aus, eine Art Nachtregenbogen, aber einfarbig. Mir fiel wieder ein, wie ich in der ersten Nacht in meiner eigenen Wohnung wach gelegen und darauf gestarrt hatte. Erst hatte ich als Kind bei meinen Eltern gewohnt, dann in einem Studentenwohnheim, einer Wohngemeinschaft, dann wieder bei meinen Eltern und in noch einer Gemeinschaftswohnung – bis ich schließlich genug gespart hatte, um mir diese kleine Bleibe in einem modernen Wohnblock in Zentrumsnähe zu kaufen, nicht weit von der Schule. Die Küche war nur eine Kochnische im Wohnzimmer. Der Teppichboden, den die Baufirma gestellt hatte, hatte einen glänzenden Touch, synthetisch, und die Gemeinschaftsflächen der Anlage waren schofel, aber ich zehrte monatelang vom Reiz des Neuen, meinen eigenen Schlüssel in meine eigene Tür zu stecken. Und die allererste Nacht, die ich hier verbrachte, inmitten von Umzugskisten und Müllsäcken mit Kleidern – in dieser allerersten Nacht war einzig das Bett schon aufgestellt, und ich lag wach, starrte an die Decke und sah mir den Regenbogen in verschiedenen Weiß- und Grautönen an. In den seltenen einsamen Stunden während der Zeit, die ich in dieser Wohnung verbracht hatte, hatte er mir Gesellschaft geleistet und mich daran erinnert, dass ich nicht allein war: dass es draußen eine Welt gab. Ich sah ihn mir immer an wie ein Geheimnis, von dem niemand außer mir wusste.

Da lag ich eine Weile auf dem Rücken, betrachtete den Regenbogen aus grauem und weißem Lichtschein und horchte, befragte die Stille. Auf der Straße unten fuhr ein Auto vorbei, sein leises Brummen lauter werdend und wieder verklingend, einen Nachhall zurücklassend. Das einzige andere Geräusch war mein eigener Atem. Wie auch sonst manchmal gab ich mich der Illusion hin, als einziger Mensch auf der ganzen weiten Welt wach zu sein und dass das etwas ganz Besonderes wäre, ein Geheimnis.

Wo war Matthew?

Da kam mir der Gedanke, dass es Matty womöglich gar nicht gab und alle Ereignisse der letzten paar Monate eine Art Traum waren, aus dem ich eben erwacht war; dass ich in Wirklichkeit Single war und allein lebte, genau wie vor meiner Begegnung mit ihm an der städtischen Poliklinik, als ich mich am Knöchel verletzt hatte, und dass die Intensität meiner Gefühle, meine Liebe, meine Unsicherheit, der Sex, all die Aufregung, das Geschrei und Geheule, das kaputte Wesen, das aus mir geworden war – dass all das verschwunden wäre und ich atmend daläge und dächte: *Was für ein merkwürdiger Traum, was war da los?*

Auch das ging vorbei. Ich hob den Kopf und horchte wieder, auf beide Ellenbogen gestützt. Nichts. Nirgendwo in der Wohnung ein Laut. Ich stand auf, hob eine seiner Kapuzenjacken vom Boden auf, steckte die Arme in die Ärmel und zog den Reißverschluss zu. Ich öffnete leise die Schlafzimmertür und blieb kurz stehen. Immer noch nichts zu hören. Er konnte weg sein – aber das hätte ich doch sicher mitbekommen, es hätte mich gestört. Und überhaupt hatte ich das Gefühl, dass er da war, spürte irgendwie seine Nähe. Ich wusste es, weil ich aufpasste.

Ich ging ins Wohnzimmer durch, wo die Dunkelheit von unterschiedlich aussehenden Lichtquellen diverser elektrischer Geräte beleuchtet war und die Küchentheke in eckigem Winkel vorragte. Erst als ich an der Kochnische vorbei und im eigentlichen Wohnbereich angekommen war, wurde mir klar, warum die Luft so kalt war. Am anderen Ende des Wohnzimmers standen die Flügel der Tür offen, die auf den winzigen Balkon führte. Der Balkon war so schmal, dass man mit den Zehen an den vorderen Rand kam, wenn man darauf stand, während die Absätze noch den Türrahmen hinter einem berührten. Er ging auf die Gemeinschaftsgrünanlage des Wohnblocks hinaus, auch wenn »Grünanlage« eine etwas euphemistische Bezeichnung für die von einem rechteckigen Holzzaun und ein paar Bänken eingefasste Grasfläche war.

Auf dem Boden, mit den Beinen über dem Türrahmen und den bloßen Füßen auf dem Balkon, saß Matty und blickte auf die Grünfläche hinaus. Er hatte die Knie angezogen und die Unterarme locker darauf abgelegt, in Denkerpose. Er rührte sich nicht. Er musste gehört haben, wie ich aus dem Schlafzimmer kam, sagte aber kein Wort und drehte sich nicht um.

Ich näherte mich ihm, barfuß und lautlos auf dem Teppichboden. Hinter ihm blieb ich in knapp einem Meter Abstand stehen und blickte auf ihn runter. Aus meiner Perspektive konnte ich den weißen Dachsstreifen an seiner Schläfe nicht sehen, aber mir fielen zum ersten Mal vage Anzeichen schütter werdenden Haars oben an seinem Hinterkopf auf. Es war, als legte sich da gerade und in dieser Haltung sein viel älteres Ich über sein Gegenwarts-Ich. Immer noch reglos, kam er mir vor wie ein alter Mann und kleiner Junge zugleich, wie er da auf dem Boden sitzend nachdachte und auf etwas wartete. Im heutigen Matthew konnte ich Matthew als Kind und als alten Mann sehen, sein ganzes Ich in dieser einen aussagekräftigen Pose verschlossen.

Ich machte einen weiteren Schritt in seine Richtung. Er wandte sich immer noch nicht um, obwohl ich jetzt so nahe war, dass er meinen Atem hören konnte. Was ist bloß los mit uns – mit uns Frauen, meine ich –, dass wir so weich werden, wenn Männer, und sei es auch noch so kurz, mal die Rüstung ablegen und zeigen, dass sie auch schwach sein können? Ist es irgendein tief sitzender Mutterinstinkt? Oder nur die Erleichterung, einen Blick auf ihre Empfindsamkeit zu erhaschen und zu wissen, dass sich der Spieß in dem Moment umgedreht hat? Auf Matthew hinabzublicken und sein junges und altes Ich gleichzeitig beisammen zu sehen, weckte in mir den Wunsch, mich neben ihn hinzuknien und ihn in die Arme zu nehmen, ihm beide Arme von hinten um die Brust zu schlingen, meinen Kopf seitlich an seinen zu schmiegen und ihn zu wiegen, zu trösten. Vielleicht würde er dann ein bisschen weinen und sich mir zuwenden. Vielleicht würde alles gut werden.

Das hätte passieren können. Doch bevor es dazu kam, redete er. Er verharrte reglos, aber seine Stimme war klar und deutlich im Dunkeln. Sie war schlicht und kalt.

»Ich bin nicht gut für dich.«

Die Schlichtheit, mit der er sprach, war überzeugend: keine Spielchen, kein Provozieren, nur die Feststellung einer simplen Tatsache. Die Wahrheit darin flößte mir Furcht ein, ein so reales körperliches Gefühl, als quetschte jemand mein Herz in seiner Faust aus. Ich wusste nicht, was ich sagen sollte. Wenn ich ihm zustimmte, bedeutete es jetzt sofort das Ende unserer Beziehung, und doch wäre jeder Protest gegen seine Aussage eine Lüge, das wussten wir beide. Als ich dastand, gefangen in dem Moment, konnte ich meine eigene Furcht nicht einmal mir selbst erklären, die Hitze, die mir ins Gesicht stieg – denn es war natürlich mehr als nur Furcht, es war eine Vorahnung. Ich wusste, was auch immer von nun an zwischen Matthew Goodison und mir vorfallen würde, es würde ein Ende geben, und zwar kein gutes. Es gab keinen Ausweg, der nichts Unangenehmes mit sich brachte – fraglich war nur, in welcher Form und wie schlimm es kommen würde.

Ich blieb lange dort stehen. Er saß schweigend da, mir den Rücken zugekehrt, und sah auf die Grünfläche hinaus. Draußen war nichts, keine Bewegung, kein Laut, nur Dunkelheit – das einfache Rasenviereck, die leeren Bänke, die strenge, unerbittliche Nacht.

SECHSTER TEIL

18

Eine Frau liegt schlafend im Bett. Sie wacht auf. Öffnet die Augen, bleibt aber ruhig liegen, zusammengerollt auf der Seite. Sie braucht noch etwas, um sich damit abzufinden, dass sie bei Bewusstsein ist, als nötige ihr das Eingeständnis dieser Tatsache so viel Energie ab, dass es wirklich zu viel verlangt wäre, sich obendrein auch noch zu bewegen.

Die roten Ziffern auf der digitalen Nachttischuhr – genau in ihrem Gesichtsfeld – zeigen 9.36 Uhr an. Sie hat nachts wach gelegen, wieder einmal, und daher verschlafen. Halb zehn an einem grauen Morgen mitten unter der Woche. Sie ist allein. So wie immer. Das Licht im Zimmer ist milchig. Es ist Tageslicht, und die Vorhänge sind dünn und hellgrau, weshalb das Licht immer trüb ist, egal, ob es draußen finster oder sonnig ist.

Das ist immer der schwerste Augenblick, der der Einsicht. Er kommt binnen ein, zwei Sekunden: Sie erwacht, schlägt die Augen auf, registriert das fahle Licht – und weiß Bescheid.

Es geht nur darum, den Tag zu überstehen, wie einen Marathonlauf, an dem sie teilnehmen muss, immer und immer wieder, so anstrengend fühlt es sich an; deshalb braucht sie stets ein Weilchen. Es geht um das allmorgendliche Aufwachen im Bett, ums Daliegen, während sie sich mit der Tatsache abfindet, dass sie wieder bei Bewusstsein ist. Mit einer Hand greift sie nach dem kleinen Kofferradio neben der Uhr und stellt es an, um sich von etwas Geplauder oder einer eingängigen Melodie von der nackten Tatsache ablenken zu lassen, dass sie bei

Bewusstsein ist. Nach ein paar Minuten erlaubt ihr diese Ablenkung, sich aufzusetzen und die Beine über die Bettkante zu schwingen. Mit um die Hüfte hochgerutschtem Baumwollnachthemd sieht sie kurz an sich runter. Sie betrachtet die körnige Haut auf ihren Knien, die Verästelungen der Besenreiser, die ihre Schenkel entlanglaufen, die geballten, knubbeligen Zehen, die sich in den Teppichboden krallen – die vielen körperlichen Attribute einer Frau, die auf die siebzig zugeht: momentan im Vordergrund das Bedürfnis aufzustehen, weil sie zur Toilette muss.

Beim Aufstehen am Morgen hat sie sich noch nie so recht auf ihre Beine verlassen. Sie schiebt sich hoch, kommt schwankend zum Stehen. Zaghaft richtet sie sich auf – in ihrem Alter braucht das Blut offenbar etwas länger für seine Reise zum Hirn, so als wäre die Schwerkraft über Nacht belastender geworden. Sie hatte jetzt schon seit Jahrzehnten keinen Absence-Anfall mehr – offenbar können sie mit der Menopause oder im Alter wiederkehren, sind aber bislang ausgeblieben. Manchmal stellt sie sich die philosophische Frage, ob sie ihr fehlen. Absence – das klingt jetzt zwar verlockend, doch so verlockend es auch klingen mag, sie weiß, dass ein unerwarteter solcher Anfall auf einem ganz anderen Blatt geschrieben steht.

Sie bleibt eine Minute so, um sich von der eigenen Standfestigkeit zu überzeugen, ehe sie nach dem Bademantel greift, der neben dem Bett auf dem Boden liegt. Abends vor dem Einschlafen legt sie ihn dort ab, weil die Zeitschaltuhr an ihrem Thermostat nicht funktioniert und ihre Wohnung morgens immer kalt ist. Sowie sie sich aus der weichen Masse des Federbetts geschält hat, braucht sie ihren Bademantel. Selbst nachdem sie die

Heizung angestellt hat, bleibt das Schlafzimmer der kälteste Raum in der Wohnung, mit nur einem kleinen Heizkörper unter einem einfach verglasten Fenster.

Vorsichtig einen Fuß vor den anderen setzend, tastet sie sich langsam durch den Flur. Sie schließt die Badezimmertür hinter sich ab – obwohl niemand außer ihr in der Wohnung ist, kann sie die Gewohnheit nicht ablegen. Während sie sich die Hände wäscht – sehr gründlich, wie immer –, wird sie ihr Spiegelbild über dem Waschbecken meiden. Noch ist sie nicht stark genug, sich selbst ins Gesicht zu sehen.

Warum träume ich weiter von einem zukünftigen Ich, obwohl ich mein Schicksal jetzt kenne? Dieses Ich wird es nie geben. Ich verstehe es nicht. Vielleicht ist es eine Botschaft aus der Zukunft: Das hätte dich erwartet. Keine Familie, keine Kinder – du endest als pensionierte Lehrerin allein in einer Wohnung, hager und ausgelaugt. Es ist eine bescheidene, schlecht beheizte Wohnung. Du leidest immer noch unter Schlafstörungen, fühlst dich wie eh und je benommen, nachdem du zum Ausgleich bis in die Puppen geschlafen hast. Du stehst jeden Morgen zögerlich auf, musst dich überwinden, dem Tag ins Gesicht zu sehen. Pass bloß auf, was du dir wünschst, wenn du dir Leben wünschst, Lisa, denn wer weiß, was das Leben bereithält?

Wenn das die Botschaft meiner eigenen Zukunft ist, kommt sie mir ziemlich abschreckend vor.

Statt eine alternde Frau mit lila Adern zu sein, irgendwo – weiß der Himmel, wo – einsam und allein in einer Wohnung, halte ich mich in Gesellschaft Tausender von Leuten im Bahnhof von Peterborough auf, auch wenn sie in der Regel nur durchziehen und ich mich mit keinem von ihnen verständigen kann.

Außer Mitarbeitern und Fahrgästen sind da noch die anderen – das weiß ich jetzt genau. Sie sind nicht nur im Bahnhof und seiner unmittelbaren Umgebung, sondern auch über ganz Peterborough verteilt. Manche von ihnen treten sichtbar in Erscheinung – etwa der Obdachlose mit der über den ganzen Kopf gezogenen Kapuze; vielleicht gar nicht so wenige von denen, die ich durchs Queensgate Shoppingcenter bummeln sah. Andere kommen mir mehr wie ein Flimmern vor, Bilder in Endlosschleife – die Frau im orangen Hosenanzug, die Filmszene, in der sie dieselben paar Schritte geht, mit lose zwischen den Fingern herabbaumelnder Zigarette, ein Lächeln im Gesicht. Ich habe sie schon öfter außerhalb des Bahnhofs gesehen. Ich glaube nicht, dass sie irgendeine Art von Bewusstsein hat – sie ist nur ein Zufallsbild, das hängen geblieben ist. Sie flimmert ins Leben und wieder ins Nichts zurück, dieselben paar Sekunden auf ewig an den Zeitpunkt gebunden, als sie diese Schritte durch diese spezielle Zeit- und Raumeinheit gemacht hat. Vielleicht ist das Bild hängen geblieben, weil die Frau so ein besonderer Anblick war; vielleicht ist es purer Zufall. Wir beide haben lediglich miteinander gemein, dass wir nicht lebendig sind.

Nur eins von den anderen macht mir Angst: der graue Fleck, den ich ganz oben im Parkhaus gesehen habe – der, der mir nicht ganz tot zu sein scheint. Der hat ein Bewusstsein, da bin ich mir sicher: möglicherweise verschwommen, wie eine verloren geglaubte Erinnerung oder eine vage Vorahnung, doch es ist beängstigend und feindselig. Es ist so wie ich und doch auch wieder nicht. Wir sind vom selben Stoff, aber verschieden.

Der ewige Wechsel von Tag und Nacht, dahingleitend und ineinander übergehend, *kreist in der Erde Wanderschaft.* Der Himmel wird allmählich dunkler, während sich der nächtliche Bluterguss ausbreitet und vertieft. Bei Tagesanbruch hellt der Himmel auf, als würde der blaue Fleck verblassen und mit der Hautfarbe verschmelzen; wieder und wieder geschieht es. Früher habe ich das Morgengrauen verflucht: Geht das schon wieder los, ein einziges Grauen. Diese eingebildete Morgendämmerung – für wen hält die sich eigentlich?

Aber jetzt bin ich anders. Ich weiß, was mir zugestoßen ist. Ich war nicht selbst für meinen Tod verantwortlich – nicht so wie dieser Mann.

Ah, der Mann ist auch noch da.

Ich habe ihn seit seinem Tod öfter in und um den Bahnhof gesehen. Manchmal ist er am Fuß der Treppe zur Fußgängerüberführung und macht sich an den schleppenden Aufstieg, wie an dem Tag, als er mich ansprach und mir sagte, dass ich Lisa heiße. Das nächste Mal, als ich ihn sah, fing er von vorn an, nur zehn Minuten später, ganz von vorn, immer fest entschlossen, immer allein.

Auf dem Übergang habe ihn auch gesehen, mit leicht gesenktem Kopf, im Schleichtempo, aber zielstrebig. Ich war gerade auf Gleis eins, unweit von Melissas Büro, und schaute nach rechts oben, und da war er, überquerte in gleichbleibend eintönigem Schritt die Gleise, geradeswegs durch sämtliche Fahrgäste durch, die ihm entgegeneilten. Ich sah erst weg, dann wieder hin, und da war er wieder am Anfang des Überwegs, stur weiterstapfend. Wo im Bahnhof er auch ist, es zieht ihn unbeirrbar zu Gleis sieben.

Einen Tag nachdem ich Dalmar in seinem schäbigen möblierten Zimmer besucht habe, sehe ich den Mann wieder, am Anfang des Übergangs, wo er sich auf seinen Trott begibt, und beschließe, ihm zu folgen. Oben an der Treppe, die zu Gleis sieben führt, zögere ich: So viele schlimme Assoziationen sind für mich mit dem Ort verknüpft.

Ich gehe runter und den Bahnsteig entlang und sehe ihn gleich am anderen Ende, den Mann. Natürlich sitzt er auf der Metallbank.

Es ist helllichter Tag, und doch hockt er in der gleichen krummen Haltung da wie um vier Uhr morgens, als ich ihn vergeblich davon abzuhalten versuchte, sich vor den Güterzug zu werfen; die kauernde Körperhaltung soll die der Kälte ausgesetzte Körperfläche möglichst verkleinern, doch die Kälte in seinem Inneren wirkt dem entgegen. Die blasse Wintersonne über uns entgeht ihm. Für ihn ist es vier Uhr morgens und stockdunkel, stets aufs Neue. Er ist nicht frei schwebend, so wie ich, sondern durchlebt in Endlosschleife seine letzten Minuten. Er ist immer im Bahnhof, kommt immer rein, geht die Treppe hoch, trottet über die Gleise, kauert sich stets auf dieselbe Bank.

Ermutigt von diesem Gedanken, gehe ich auf ihn zu. Er hat die schwere Jacke an, die Donkeyjacke. Die Mütze hat er genau wie damals tief ins Gesicht gezogen, und in der Sekunde, bevor er sich zu mir umdreht, weiß ich, dass der meergrüne Schal direkt unter der Knollennase und den großen wässrigen Augen seine untere Gesichtshälfte bedecken wird. Er wendet sich ohne Kraftaufwand um, schwenkt im Sitzen herum. Die wässrigen Augen starren mich an. Ohne den meergrünen Schal runterzuziehen oder irgendeinen Gesichtsmuskel zu bewegen, spricht er. Ich höre ihn ganz deutlich. Seine Stimme klingt weich, fast – aber nicht ganz – spöttisch, so als täte ich ihm leid. Mir war noch nie so kalt wie jetzt.

»Du glaubst, dass alles aufhören wird, stimmt's?«, sagt er mit vor Schmerz bleierner Stimme. »Du glaubst, alles wird vorüber und vergessen sein, aber für solche wie dich und mich gibt's kein Vergessen.«

Ich ahne ein verbissenes Lächeln unter dem Schal, Freude an meinem Entsetzen. »Bist du da etwa noch nicht von allein drauf gekommen? Deine kleinen Fantastereien werden nichts dran ändern, Mädchen.« Er kann meine Gedanken lesen genau wie ich die der Lebenden. Obwohl er reglos auf der Bank sitzt, ist es, als dehnte er sich aus. Mir ist so kalt.

»Es geht einfach immer und immer weiter … Das gilt nicht bloß für uns oder für sie, sondern für alle und jeden.«

Er kann die anderen also auch sehen. Ich weiche zurück, und er schrumpft etwas.

»Ich bin nicht wie du.« Ich sage es leise, weiß aber, dass er mich hören kann, und meine Stimme ist kristallklar, wie Glockengeläut. »Ich bin anders. Ich hab nicht das Gleiche wie du getan. Ich bin nicht genauso.«

Die Augen über dem Schal blicken immer noch starr und kalt. »Ach wirklich? Glaubst du das wirklich? Warum steckst du dann hier fest?«

Darauf weiß ich keine Antwort. Ich weiß nur, dass er mich abstößt. Ich bin nicht wie er.

Mehr kann ich nicht sagen, doch schon als ich es ausspreche, höre ich in meinem Kopf, wie lahm sich meine Erwiderung anhört, wie fadenscheinig ich meine Existenz damit rechtfertige. »Ich weiß, dass ich nicht so bin wie du.« Neun einsilbige Wörter aneinandergereiht, und sie sind meine einzige Gewissheit.

»Bist du dir sicher?« Er hat sich mir wieder genähert, ist wieder gewachsen. »Ich überbring dir ja nur ungern die schlechten Nachrichten, aber wir haben sehr wohl was gemeinsam.«

Jetzt ist es mir sehr nahe, das aufgeschwemmte Gesicht, die großen wässrigen Augen. »Mit fünf oder sechs warst du bestimmt ein süßes kleines Ding«, sagt er. »Wetten, du hast dich so nuttig aufgeführt wie ihr alle, einen mit großen Unschuldsaugen ansehen, als ob ihr nicht wüsstet, was ihr tut.«

Und da errate ich es.

Akash Lockhart sitzt im Bahnpolizeigebäude, schräg gegenüber vom Bahnhof, an einem kleinen Schreibtisch vor dem Computer. Er stellt die Erkenntnisse zu Thomas Warren zusammen. Normalerweise wäre das Aufgabe ihrer Verbindungsbeamtin im Untersuchungsgericht, doch die fällt längerfristig wegen Rückenschmerzen aus. Es ist zusätzliche Arbeit, doch das macht ihm nichts. Er kann es in seinem Lebenslauf anbringen, was ihm bei seiner Bewerbung um einen Online-Masterstudienplatz nützen wird.

Die Polizei von Cambridgeshire hat ihm die Akte gegen Warren geschickt. Er empfindet weniger Abscheu als blanke Verblüffung. Etwas in seinem Kopf sträubt sich gegen das, was er liest – dass ein Mann seiner eigenen Tochter so etwas antun konnte! Er liest die Aussage der jungen Frau. Es fing an, als sie fünf war. Fünf, denkt er. Wie kann so etwas sein? Thomas Warren und seine Frau ließen sich scheiden, als das Mädchen acht war, und sie und ihr Bruder kamen jedes zweite Wochenende zum Vater. Danach wurde es viel schlimmer. Das Mädchen vertraute sich ihrer Mutter an, als sie elf war, doch es wurde nichts unternommen. Sie bekam eine Essstörung und weitere psychische Probleme, Selbstverletzungen etc., und brach mit fünfzehn die Schule ab. Zeitweise kam sie bei Pflegefamilien unter. Verurteilungen wegen Ladendiebstahls und Besitzes von Drogen, mit siebzehn eine Abtreibung. Mit Ende zwanzig sah es so aus, als habe sich das Blatt aus welchem Grund auch immer für sie gewendet; sie ließ sich zur Bürokauffrau ausbilden und arbeitet jetzt als Sprechstundenhilfe in einer Tierarztpraxis in Parnwell. Mit einunddreißig betrat sie schließlich das Polizeirevier in Thorpe Wood und erstattete Anzeige gegen ihren Vater.

Ab da wurde es komplizierter. Thomas Warren wurde als Verdächtiger polizeilich vernommen. Er bestritt alle Vorwürfe, entsetzt, dass jemand ihn solcher Taten bezichtigen konnte; bekanntlich habe seine Tochter schon immer psychische Probleme gehabt. Die Mutter war zu der Zeit bereits verstorben, aber der Bruder wurde befragt und wusste von nichts.

Ein weit zurückliegendes Verbrechen, Warrens Aussage gegen diejenige seiner Tochter, keine stichhaltigen Beweise – alles hing von der Glaubwürdigkeit der Zeugin ab, und damit sah es nicht allzu gut aus. Sie hatte ihre Krankengeschichte mit psychischen Problemen und Drogenmissbrauch. Eines Samstagabends war sie wegen Trunkenheit und Ruhestörung festgenommen worden – die Kollegen hatten ihr eine Spuckhaube überziehen müssen. In ihrer ersten Aussage hatte sie sich bei ein paar wichtigen Daten geirrt, etwa auch, wann ihr Vater von zu

Hause ausgezogen war, keine ganz unerhebliche Angabe. Thomas Warren ging seit geraumer Zeit einer geregelten Arbeit als Auslieferer nach. Er hatte nach seiner Scheidung regelmäßig Unterhaltszahlungen geleistet. Es lagen keine weiteren Beschuldigungen gegen ihn vor. (Hier denkt Lockhart, wenn es nach ihm ginge, hätte er sich Warrens Computer gerne einmal näher angesehen, doch das geht nicht ohne Durchsuchungsbeschluss, den man nur dann von einem Haftrichter bekommt, wenn ihm die Begründung einleuchtet.) Die Ermittlungen gerieten ins Stocken, und danach befragt, hätte jeder Beteiligte wahrscheinlich gesagt, dass sie im Sande verliefen.

Dann betrat die junge Frau im Oktober erneut das Revier, aber diesmal mit ihrem Bruder im Schlepptau. Wie sich herausstellte, hatte der Drecksack ihm das Gleiche angetan. Thomas Warren wurde vorläufig festgenommen und über die zusätzliche Anschuldigung unterrichtet. Eine Woche darauf betrat er um vier Uhr morgens den Bahnhof von Peterborough und ersparte seinen Kindern die Qual, vor Gericht aussagen zu müssen, sowie den Steuerzahlern eine schöne Stange Geld.

Ich drücke mich seitlich an eine Wand und schaue Lockhart beim Lesen am Computermonitor über die Schulter.

Das Ding ist, denkt er, bis zur Bekräftigung hätte auch er gewisse Zweifel an dieser Geschichte gehabt – nicht weil er zur Phalanx der Zyniker oder Zweifler gehört, sondern weil Thomas Warren wie ein stinknormaler Durchschnittstyp daherkommt. Lockhart denkt an seine kleine Nichte, die er vergöttert; an die Zwillinge, die seine Cousine in Ruislip Anfang des Jahres bekam, elf Monate sind die schon, und auf einem Foto von ihnen in der Familien-Facebookgruppe sitzen sie sich auf Hochstühlen gegenüber, Plastiklöffel in den drallen Fäustchen, und versuchen, sich gegenseitig zu füttern. Die Vorstellung, irgendwer könnte einem Kind so etwas antun, geschweige denn seinem eigenen Kind ... Sträubt sich da nicht jede Faser des eigenen Körpers dagegen? Wie soll es überhaupt rein *physisch* möglich sein? Lockhart sitzt da und kann nur den Kopf schütteln.

Es ist einfach unvorstellbar, ein Mann, der aussieht wie sein Onkel oder Cousin oder sein Lieblingslehrer in der Schule – so viel einfacher wäre zu glauben gewesen, dass eine labile junge Frau ein bisschen durchgedreht ist. Davon kann er schließlich ein Liedchen singen – wie die meisten Polizisten schlägt sich Lockhart die Hälfte seiner Zeit mit den psychischen Problemen der Leute rum. Und dabei ist Warren nicht mal ein Promi oder so, von denen bestimmt etliche bloß als Mitläufer bei der Regenbogenpresse abkassieren wollen – nein, Warren war ein Durchschnittstyp, das macht es ja so schwer zu glauben. Lockhart starrt Warrens Foto am Computer an, das von seinem Führerschein. Seufzend lehnt er sich auf dem Stuhl zurück, beugt sich dann wieder vor und greift zum Telefon.

Als sich jemand meldet, sagt er: »Kann ich die Pathologie-Assistentin sprechen?«

Er hat die Nummer des städtischen Krankenhauses von Peterborough gewählt, wo die sterblichen Überreste von Thomas Warren in der Kühlung aufbewahrt werden, während sein Geist in einem fort den Bahnhof betritt, die Treppe hochgeht, den Übergang über die Gleise und die Stufen hinab zu Gleis sieben nimmt und die Metallbank ansteuert.

»Guten Tag, hier ist PC Lockhart von der Britischen Bahnpolizei …« Lockhart erklärt, dass er anruft, um sich nach dem rechtsmedizinischen Bericht zu erkundigen, weil er seine Erkenntnisse zusammentragen und alles an das Büro des Untersuchungsrichters schicken muss.

Eine Frau erklärt Lockhart, dass der Bericht komplett fertig ist, nur noch ausgedruckt und in seine Aktenmappe gesteckt werden muss.

»Super. Nur eine Frage noch, hat irgendwer von der Cambridgeshire-Polizei Erkundigungen angestellt?«, sagt Lockhart. Inspector Barker hat ihn gebeten, dafür zu sorgen, dass der Fall zweifelsfrei in ihrem Zuständigkeitsbereich bleibt. Weil gegen Thomas Warren ermittelt wurde, könnte es sein, dass die Jungs von der Staatspolizei ihre Nase reinstecken wollen. Gelegentlich kann es bei Überschneidungen zu leichten Reibereien kommen, aber dieser Fall hat sich nun mal im Bahnhof ereignet: Er gehört definitiv in ihren Bereich.

»Nein, die Jungs nicht«, sagt die Frau, stockt und fährt dann mit einem Satz fort, bei dem jeder ermittelnde Beamte unweigerlich aufhorcht: »Wahrscheinlich hat es ja nichts zu bedeuten, aber …«

»Was?«, fragt Lockhart.

»Weiß auch nicht, komisch, aber einer unserer Ärzte scheint sich für den hier außergewöhnlich zu interessieren. Kam hier an und hat mir lauter Fragen gestellt, was genau passiert ist; ist dann nach ein paar Tagen noch mal wiedergekommen und wollte die Überreste sehen. Er war ziemlich, na ja, nicht direkt mitgenommen, mehr so …« Lockhart weiß, wann er den Mund halten und sein Gegenüber ausreden lassen muss. Diese Eigenschaft wird ihm später als Detective noch gute Dienste leisten. »Mehr so, ich weiß nicht, wie ich sagen soll, so fasziniert. Wenn ich es nicht besser wüsste, hätte ich gedacht, der hat was eingeworfen oder so.« Mit einem kurzen schnaubenden Lachen deutet sie an, dass das nur ein Witz war. Dieser Polizist soll nicht denken, ihre Assistenzärzte würden mutwillig zu Tabletten greifen oder sich Oxytocin spritzen.

»Stand er in irgendeiner Beziehung zum Verstorbenen?«

»Ich weiß nicht, hat er nicht gesagt, aber ich hab mir hinterher etwas Sorgen gemacht, vielleicht war es ja so, und ich hätte ihn nicht gewähren lassen sollen. Ist halt knifflig, bei einem Arzt nimmt man einfach an, dass es was Professionelles ist. Ich hätte aber wohl fragen sollen.«

»Wie hieß er?«

»Dr. Goodison, arbeitet in der Unfallchirurgie.«

Lockhart sagt der Name sofort etwas – er hat das rechtsmedizinische Gutachten zu Lisa Evans gelesen. Matthew Goodison war ihr Freund. Er hat bei der gerichtlichen Untersuchung der Todesursache ausgesagt.

»Also, äh, wenn der Bericht ausgedruckt wird, ob ich dann wohl heute Nachmittag vorbeischauen und ihn persönlich abholen könnte?«, fragt Lockhart da.

»Na klar«, antwortet die Pathologie-Assistentin. »Aber erst wenn ich aus der Mittagspause zurück bin, also nach halb zwei, dann passe ich auf, dass alles vollständig ist.«

»Super, danke.«

Lockhart druckt ein paar Seiten aus seinen Dateien aus und legt sie seitlich auf dem niedrigen Stapel ab, ehe er die oberste linke Schublade aufzieht. Sie enthält seine mattschwarzen Metallhandschellen, ein Halfter mit einer Dose Tränengasspray und einen halb gegessenen Haferriegel mit Schokoüberzug, den er herausnimmt. Im Büro ist es heiß, die Altbauheizung voll aufgedreht, unregulierbar. Die Schokolade bleibt an der Plastikhülle kleben und löst sich vom Riegel, als er ihn auswickelt; stirnrunzelnd beißt er ab. Der Haferriegel zerbröselt, was ihm nicht auffällt, weil er vollauf damit beschäftigt ist, die Schokolade mit den Schneidezähnen von der Plastikfolie zu schaben, als Barker reinkommt. Die Bürotür schwingt so plötzlich auf, dass Lockhart mit Schokolade an den Zähnen und Haferflocken auf dem Hemd erwischt wird.

»Igitt«, sagt Barker, »wieso essen Sie so viel von dem Mist?«

»Sir«, sagt Lockhart und schluckt.

»Warum gehen Sie um Himmels willen nicht rüber und holen sich eine gefüllte Teigtasche, die sind viel gesünder. Hoffentlich hat Ihre Mutter Ihnen beigebracht, sich regelmäßig die Zähne zu putzen.« Barker unterbricht sich, und sein Gesicht nimmt einen nachdenklichen Ausdruck an. »Genau genommen machen Zähne den Menschen überhaupt erst aus.«

Lockhart sieht Barker fragend an.

»Ja, überlegen Sie mal, junger Mann«, sagt Barker und kommt in Fahrt. »DNA zählt nicht, weil die in allem drin ist und unsichtbar, das ist bloß Naturwissenschaft, und klar, Fingerabdrücke gibt's auch noch, aber die halten ja nicht ewig – Verwesung und das alles.« Lockhart sieht Insekten vor sich, viele verschiedene Arten, aber hauptsächlich Schmeißfliegen, die sich in Augen, Mund und

Nasenlöchern verkriechen. Danke dafür, Sir, denkt er. »Also Fingerabdrücke beiseite«, fährt Barker fort, »im Grunde dreht sich alles um Zähne.« Barker bleckt sein eigenes Gebiss zu einem Grinsen, das nur entfernt mit Heiterkeit zu tun hat. »Zeigen Sie mir Ihre.«

»Sir?«

»Zeigen Sie mir Ihre Zähne.«

Lockhart fährt sich mit der Zunge über die Zähne und zieht die Lippen zurück.

»Hab ich mir's doch gedacht«, stellt Barker fest. »Sind auch nicht weißer als meine, bloß in stärkerem Kontrast zur Hautfarbe. Was habt ihr alle bloß für ein Glück, ihr spart euch einen Haufen Kosten für kosmetische Zahnbehandlungen.«

Lockhart möchte sagen, da meinen Sie wohl *Alle* großgeschrieben, nämlich uns alle, alle Asiaten und Halbasiaten auf der ganzen Welt, die wir unabhängig von Alter, Schichtzugehörigkeit oder Wohnort alle die gleichen Eigenschaften haben, weil es nun mal so ist. Diesen Gedanken verschweigt er seinem Vorgesetzten. Stattdessen sagt er verhalten: »Zugegeben, so habe ich mir das noch nie überlegt, Sir.«

Barker klopft Lockhart auf die Schulter. »Halten Sie sich an mich, junger Mann, dann können Sie einiges lernen, was Sie sich noch nie vorher so überlegt haben.« Jetzt nimmt er sich schon selbst ein wenig auf die Schippe. »Wie kommen Sie mit dem Bericht voran?«

Lockhart dreht sich mit dem Stuhl herum und tippt mit dem Zeigefinger auf den Papierstapel. »Fast fertig. Nur noch ins Krankenhaus, um das rechtsmedizinische Gutachten zu holen, dann haben wir's.«

Barker platziert die rechte Gesäßhälfte auf einem anderen Schreibtisch und verschränkt die Arme. »Und was ist mit dieser anderen, haben Sie da irgendwas rausgefunden?«

Lockhart freut sich über die Frage, weil er weiß, dass sein Chef sein Interesse an dem anderen Todesfall eher skeptisch betrachtet.

»Hab mit der Kripo telefoniert«, sagt Lockhart. »Die haben ihre Telefon-Verbindungsdaten überprüft. Sie hat niemanden kurz vorher angerufen, aber sie hat einen Abschiedsbrief hinterlassen, den der Freund zu spät gefunden hat.«

Barker sieht ihn an. »Und …?«

»Und irgendwas daran kommt mir immer noch nicht koscher vor.«

Leyla.

Barker starrt seinen jungen Mitarbeiter an. Ich sehe, wie er ihn ansieht, und weiß, dass er an sich selbst als jungen Mann zurückdenkt, daran, wie er als Wichtigstes gelernt hat, seinem Instinkt zu vertrauen, sich an seinen Riecher zu halten. Ein paar von den jungen Beamten, absolut anständige Kerle, wollen bloß reinkommen, ihre Zeit absitzen und ihr Gehalt kassieren, durchaus verständlich natürlich, und andere, die haben einen Riecher; nachdem er gerade über Lockharts Zähne nachgedacht hat, ist er jetzt also bei seiner Nase angelangt – äußerlich eine schmale, fast schon zierliche Nase. Ein gutes Näschen.

»Dann mal ran, tun Sie alles, was Sie tun müssen, und bloß nicht nachlassen«, sagt Barker im Brustton der Überzeugung.

Lockhart sieht ihn an, weiß, dass er sein Vertrauen hat, und erwidert: »Danke, Sir.«

Barker steht vom Schreibtisch auf. Bevor er rausgehen kann, fragt Lockhart: »Der Freund, der bei der Untersuchung ausgesagt hat, er war Arzt. Matthew Goodison, arbeitet im Krankenhaus. Sagt Ihnen der Name was, Sir?«

Barker schüttelt den Kopf. »Nee, noch nie gehört.«

Das städtische Krankenhaus von Peterborough gehört zu einem großen Komplex mit Sportanlagen und Betrieben am Stadtrand. Wegen all der vielen Leute, die darauf warten, privat oder von einem Taxi abgeholt zu werden, stauen sich die Autos immer vor dem Haupteingang – ich weiß noch, wie ich dort an dem Tag meines Termins bei Frau Dr. Barnard in die Schlange geriet, nicht lange vor meinem Tod.

Lockhart stellt den Wagen seitlich davon auf dem Lieferantenparkplatz ab und geht zur weitläufigen Haupteingangshalle mit Kuppeldach und einem runden Empfangstresen. Als er an der Costa-Filiale vorbeikommt, wo ich mir an jenem Tag keinen Kaffee geholt hatte, packt ihn plötzlich der überwältigende Wunsch nach einem Kokosmilch-Latte. Anders als ich gibt er dem Gelüst nach. Während des Trinkens steht er vor der Hallenwand und studiert die *A–Z Orientierungshilfe* – ansonsten auch als Lageplan geläufig. Die Pathologie wird nicht aufgeführt, aber er weiß, dass sie ganz hinten im Gebäude liegt. Die Unfallchirurgie ist im Erdgeschoss; sie gehört zur Notaufnahme. Es ist 13.15 Uhr. Für die Pathologie ist er etwas früh dran, da würde er nur herumsitzen.

Am Empfang der Unfallchirurgie fragt er nach Dr. Goodison. Die Sekretärin mustert ihn von Kopf bis Fuß und sagt, der Arzt behandle gerade einen Patienten, könne aber jeden Augenblick rauskommen. »Sagen Sie ihm, es ist nichts Dringendes«, erwidert Lockhart. Man kann nicht gut in Uniform bei jemandem am Arbeitsplatz aufkreuzen und nach ihm fragen, ohne für ein gewisses Aufsehen zu sorgen.

Er setzt sich auf einen der Plastikstühle, die im Wartezimmer in Reih und Glied an der Wand stehen. Es riecht nach Desinfektionsmittel, und der Stoff seiner Hose, der die Sitzfläche berührt, wird etwas feucht.

»Guten Tag.«

Ein großer junger Mann, blass und mit glattem schwarzem Haar, ragt unvermittelt vor Lockhart auf. Er muss sich geräuschlos genähert haben. Jetzt blickt er ganz aus der Nähe auf ihn herab, die grauen Augen taxieren ihn. Er trägt einen Arztkittel.

»Kann ich Ihnen helfen?« Lockhart schaut auf und wäre normalerweise aufgestanden, zögert aber, weil der Arzt ihm so nahe gekommen ist, fast Schuhkappe an Schuhkappe, dass sie dann Nase an Nase stünden, und das würde ihm merkwürdig spannungsgeladen vorkommen.

»Sind Sie der Polizist, der nach mir gefragt hat?« Als ob es im näheren Umkreis noch irgendwelche anderen Polizisten gäbe. Die vier anderen Patienten der Stuhlreihe starren sie allesamt an.

»Ja, genau.« Lockhart verrenkt sich beim Hochschauen den Hals und fühlt sich im Nachteil, also steht er auf, doch da weicht der Arzt einen Schritt zurück, und das Problem ist gelöst.

Der Arzt hat einen warmen, festen Händedruck. Er sieht Lockhart unverwandt in die Augen und sagt mit leisem Lächeln: »Was kann ich für Sie tun?« Er fährt sich mit einer Hand durch die leicht fettigen Haare, und

Lockhart fällt die weiße Strähne an seiner Schläfe auf. Er sieht sich um und geht die paar Schritte in den Gang hinaus, damit sie von den anderen im Wartezimmer nicht belauscht werden können. Der Arzt folgt ihm.

Lockhart sagt: »Ich bin hier, um ein rechtsmedizinisches Gutachten zu einem Thomas Warren abzuholen. Die Dame in der Pathologie hat gesagt, dass Sie sich nach ihm erkundigt haben. Ich frage mich nur, wo Ihr Interesse herrührt, haben Sie ihn gekannt? Ein ehemaliger Patient?«

Der Arzt atmet hörbar aus und entgegnet: »Ermitteln Sie? Es war Selbstmord, oder?«

»Haben Sie Mr. Warren gekannt?«

»Nein, überhaupt nicht, es ist bloß so, also ich interessiere mich für den Themenbereich.« Er zögert so kurz, dass es kaum auffällt. »Das war nämlich mein Forschungsthema, psychische Krankheiten. Ich hatte an die Facharztausbildung zum Psychiater gedacht, aber das kam mir zu verrückt vor. Sorry, geschmackloser Witz!«

Es ist weit mehr als geschmacklos: Es ist bizarr. Dr. Goodisons eigene Freundin ist so ums Leben gekommen – auch wenn er nicht weiß, dass Lockhart davon weiß, sticht die Bemerkung immer noch heraus. Die Jovialität, die Kumpanei dieses Mannes sind Lockhart einfach nicht ganz geheuer. Es ist dieser Gesprächston von Mann zu Mann, dieses *Wir sind zwei Profis, die ihren Job machen, da können wir unter uns auch mal einen Witz reißen*. Nicht mit ihm. »Das ist jetzt nicht amtlich, aber im Zusammenhang mit Mr. Warrens Tod suchen wir nicht nach Verdächtigen«, sagt er. »Aber selbstverständlich ist es Sache des Untersuchungsrichters, die näheren Umstände des Falles abschließend zu beurteilen.«

»Dann ist es also genau wie in dem anderen Fall, Selbstmord? Kein Glücksbringer, dieser Bahnhof.«

Lockhart muss hier kurz stutzen – kann Goodison wirklich so gefühllos sein, oder verstellt er sich nur, um seinen inneren Schmerz zu überspielen?

»Wir sind uns mit Selbstmord ziemlich sicher, ja.«

»Tja, interessant. Passen Sie auf, ich kann Sie in die Pathologie bringen, wenn Sie wollen, hier verläuft man sich leicht, das passiert manchmal sogar der Belegschaft.«

»Haben Sie denn dafür Zeit?«

»Eigentlich habe ich Mittagspause, obwohl die Vormittagssprechstunde natürlich noch Überhang hat, aber ich kann Sie rasch rüberbringen. Es gibt eine Abkürzung, hintenrum, raus und wieder rein, natürlich nur, wenn es draußen nicht regnet.« Der Arzt wendet sich zur Sekretärin und hält eine Hand mit gespreizten Fingern zur *Fünf-Minuten*-Geste hoch. Sie erwidert seinen Blick mit hochgezogenen Augenbrauen.

Sie gehen in Gegenrichtung zur Notaufnahme durch eine unbeschriftete Schwingtür mit zwei Flügeln. Nach ein paar Schritten den Gang entlang biegt Dr. Goodison links ab und drückt den waagrechten Hebel einer Notausgangstür, die sie auf einen betonierten Innenhof führt. Beim Durchqueren des Hofs fragt der Arzt Lockhart, wo er herkommt, der sagt: Westlondon, worauf der Arzt erwidert: »Hab ich mir's doch gedacht, das klingt nicht nach dem Akzent hier in der Gegend, ich erkenne doch einen, der auch aus dem Süden ist.« Und dann, er sei in Dorking aufgewachsen. Lockhart denkt sich, dass Dorking und Southall einander nicht ganz so ähnlich sind, wie der Arzt wohl andeuten will.

»Was hat Sie hierher verschlagen?«, fragt der Arzt.

»Der Job«, sagt Lockhart.

»Mich auch!«, erklärt der Arzt fröhlich, als seien sie auf eine überraschende oder seltene Gemeinsamkeit gestoßen, etwas wie ein Faible für die chinesische Oper oder dass sie beide keinen Koriander mögen.

Auf der anderen Hofseite drückt der Arzt ein paar senkrecht übereinander angebrachte Knöpfe, worauf sie Einlass in einen weiteren Gang bekommen, wo Schluss ist mit dem Imponiergehabe vor der Öffentlichkeit – lang, weiß, keine Bilder. Nach ein paar Schritten zeigt der Arzt plötzlich in noch einen langen Gang, der zur Linken abgeht, und sagt: »Immer geradeaus, am Ende links. Können Sie nicht verfehlen.«

»Danke«, sagt Lockhart.

Der Arzt schüttelt ihm abermals die Hand und sieht ihm in die Augen. »Jederzeit gerne, Wiedersehen!« Er macht auf dem Absatz kehrt und geht zurück, wie sie gekommen sind.

Lockhart muss kurz warten und diese Begegnung verdauen, ehe er den anderen Gang nimmt, sich nach links wendet und durch die Doppelschwingtür schiebt, über der das Schild PATHOLOGIE hängt.

Die Pathologie-Assistentin nimmt ihn in ihr kleines Büro mit. Sie ist viel jünger, als sie sich am Telefon anhörte, mollig, mit kurzem dunklem Haar und blauem Glitzernagellack. Lockhart kommt der unpassende Gedanke, dass er scharf auf sie wäre, wenn sie ein paar Pfund abnehmen würde. Sie heißt Bina.

Sie reicht ihm das rechtsmedizinische Gutachten in einer blauen Plastikmappe, etwa zehn Seiten. Es wird Fotos, Grafiken, ein Fazit enthalten. Er nimmt es und spürt, wie schmal es ist, wie rutschig zwischen seinen

Fingern. Das wird am Ende aus uns allen, denkt er, ein paar Seiten in schlanker Plastikhülle.

Als sich Lockhart zum Gehen wendet, sagt er zu Bina: »Ich hab mit dem Assistenzarzt gesprochen, den Sie erwähnt haben, Dr. Goodison. Was halten Sie von dem?«

»Ach, der ist voll der Traumtyp«, antwortet Bina mit strahlendem Lächeln. »So liebenswürdig, alle Schwestern stehen auf ihn, die Patienten auch. Deshalb ist mir das ja aufgefallen, als er vorbeikam und irgendwie so komisch war. Normalerweise ist er ein richtiger Charmebolzen, stellt einem jede Menge persönliche Fragen, wissen Sie, ist immer an einem interessiert.« Dabei lächelt Bina immer noch.

Lockhart bedankt sich bei ihr, verabschiedet sich und geht durch den Gang zurück, einfach den Ausgangsschildern nach, und ist sich immer noch nicht darüber im Klaren, wie er Goodisons Verhalten finden soll.

Ich sitze hinten in Lockharts Auto, als er zum Bahnhof zurückfährt, und sehe Peterborough vorüberziehen. Ab und an betrachte ich Lockharts Kopf und bemerke ein paar Pickelchen an seinem Hals – alles, um nur ja dieses Bild aus meinem Kopf zu kriegen. Matty. Mein Matty. Er war es wirklich – der kompetente Arzt, den ich mit Lockharts Augen gesehen habe, wegen seiner Größe leicht vorgebeugt, sein blasses Lächeln. Der feste Handschlag. Voll der Traumtyp – immer an einem interessiert: der Mann, der mich umgebracht hat, allseits beliebt.

Wieder am Schreibtisch, stellt Lockhart die Akte Thomas Warren fertig, ehe er etwas weiter nach mir recherchiert.

Die Suchmaschine des *Peterborough Telegraph* ist einfach gestrickt, und die vielen Werbe-Pop-ups erschweren die Suche erheblich. Die Eingabe meines Namens bringt kein Ergebnis. Als Nächstes versucht er es mit einer Google-Suche, die ihm Tausende von Lisa Evans ausspuckt: Fernsehserienstars, Fußballerinnen, Cheerleader, Sozialarbeiterinnen – sie sind auf Instagram, Twitter, LinkedIn, wohnen in London, East Kilbride und Alabama. Und das ist erst der Anfang. Aber schließlich findet er sie, ein paar kurze Meldungen im *Telegraph*: Am Tag nach dem Vorfall veröffentlicht die Polizei einen Zeugenaufruf; später in der Woche ermitteln sie ergebnisoffen, und drei Tage später suchen sie keine weiteren Personen im Zusammenhang mit dem Unglück. Die gerichtliche Untersuchung findet drei Monate später in Huntingdon statt, im Untersuchungsgericht. Es wird auf Selbstmord entschieden. Anschließend geben die Angehörigen eine Stellungnahme ab.

Mein Foto macht was her. Es war das gleiche, das die Schule an der Anschlagtafel in der Eingangshalle verwendet hat. Ich lächle mit Blick in die Kamera, sehe selbstbewusst und fröhlich aus. Lockhart findet den Artikel über die Untersuchung auf der Titelseite des *Telegraph*, das Foto in Farbe und vergrößert. Die Schlagzeile lautet *Nach tragischem Lehrerinnentod: Schule fordert Trauerhilfe an.* Reflexartig ärgere ich mich über die Formulierung – *nach tragischem Tod einer Lehrerin* hätte besser geklungen. Der Artikel betont, was für eine beliebte und geschätzte Lehrkraft ich war; niemand könne sich erklären, wie es dazu kommen konnte. Er schließt mit einem Zitat von Lisa Evans' Freund, der namentlich nicht genannt wird, da er die Medien um Schutz der Privatsphäre gebeten hat. Das erklärt, warum Bina im Krankenhaus den Zusammenhang nicht selbst erkannt hat, denkt Lockhart. Seine engsten Kollegen hätten es wahrscheinlich gewusst, entferntere nicht.

»Ich kann mich immer noch schwer damit abfinden«, wird der anonyme Freund zitiert. »Wie jedes Paar hatten wir gelegentlich so unsere Probleme, aber wir hatten an Familiengründung gedacht, und ich kann trotz ihrer problematischen Vorgeschichte immer noch nicht fassen, wie sie so weit gehen und ihren Angehörigen das antun konnte. Ich bin einfach untröstlich.«

Lockhart erinnert sich an Goodisons Gesicht, seine freundlichen Augen, und denkt: Wie konntest du eine flapsige Bemerkung über einen Schienensuizid machen, wenn deine eigene Freundin vor knapp zwei Jahren auf die Art gestorben ist? Und als er Goodison gesagt hatte, dass er wegen Thomas Warren da war, was hatte dieses geräuschvolle Ausatmen, das Aufblitzen in seinen Augen zu bedeuten gehabt? Vielleicht Erleichterung?

Lockhart hat das gleiche Gefühl wie früher als Kind, wenn sie in Midlothian auf Besuch waren, er und seine Eltern und seine große und kleine Schwester. Dann hatten sie bei Tante Meg und Onkel Richard gewohnt, Onkel Richard hatte mit ihm auf dem Teppich Ringen gespielt, und Tante Meg hatte kein Wort gesagt, und bei Tisch war es immer lustig und laut zugegangen, weil Nachbarn vorbeischauten, und seine Mutter war auf diesen Reisen immer sehr still gewesen. Seine Schwestern und er hatten in der kleinen Abstellkammer auf Luftmatratzen übernachtet, neben dem Schlafzimmer von Tante Meg und Onkel Richard, und spätnachts hatte er immer laute Stimmen gehört. Einmal hatte er seine Mutter auf der langen Rückfahrt gefragt: »Mum, fährst du gern nach Schottland?«

Er hatte gesehen, wie seine Eltern die Köpfe so drehten, als wechselten sie einen Blick, und dann hatte seine Mum gesagt: »Natürlich, Akash, ich mag Schottland, es ist wunderschön.« Danach war Schweigen aufgekommen, so als überlegten seine Eltern gemeinsam. Nach einer Weile hatte sein Vater gesagt: »Tante Meg und Onkel Richard hatten gewisse Probleme, Akash, deshalb kommt es einem bei ihnen manchmal etwas komisch vor. Das sind Dinge, die gehen nur Erwachsene etwas an.«

Im Jahr darauf hatte seine Mutter ihm gesagt, dass Tante Meg und Onkel Richard nicht mehr zusammenwohnten und dass Onkel Richard sehr gemein zu Tante Meg gewesen war, so gemein, dass es vor Gericht kam und der Richter ihm gesagt hatte, er könne von Glück reden, dass er nicht ins Gefängnis müsse.

Da hatte er das komische Gefühl gehabt, nicht die ganze Geschichte erzählt zu bekommen, es aber auch nicht wirklich wissen zu wollen, weil es finster und verwickelt und erwachsen war, und so gern er auch erwachsen sein wollte – hauptsächlich, um Auto fahren zu können –, gab es doch noch Dinge in der finsteren, verwickelten Erwachsenenwelt, von denen er instinktiv ahnte, dass er dafür noch nicht reif war.

Und diese Empfindung beschleicht ihn jetzt erneut: dass er gar nicht wirklich mehr wissen will, denn eine junge Frau ist tot, und davon, dass ein gewisser Lockhart von der Britischen Bahnpolizei mehr über ihre Todesursache herausfindet, wird sie schließlich auch nicht wieder lebendig. Sollte er sich nicht besser auf Verbrechensprävention konzentrieren, statt Gedanken an einen Fall zu verschwenden, den der Untersuchungsrichter nicht mal zum Verbrechen erklärt hat, sondern bloß zu einer schlimmen Tragödie wie all die anderen schlimmen Tragödien, die nun mal passieren? Die Sache weiterzuverfolgen, liegt keineswegs in seinem Interesse. Er hat halt nur das Gefühl, damit das Richtige zu tun.

19

Spukgeschichten sind Blödsinn, der letzte Quatsch, jedes einzelne Wort – Sie wissen schon, was für welche ich meine. Wir erscheinen nicht als wabernde Schemen oder blicken aus Spiegeln hervor. Wir retten unseren Lieben nicht das Leben, indem wir wie ein bellender Hund einen heldenhaften Vater zu einem ertrinkenden jüngeren Geschwisterchen lotsen. Poltergeister? Hören Sie mir damit auf. Könnte ich Gegenstände verrücken, hätte ich es längst getan; es ist jetzt gut anderthalb Jahre her, gefühlt wesentlich länger. Mit der Kraft, Dinge zu bewegen, hätte ich mich in finsterer Stimmung wenigstens damit unterhalten können, Leute von Bahnsteigen zu schubsen oder einem grummeligen Pendler im Pumpkin Café eine Tasse Tee über den Schoß zu kippen, falls ich mal zu Späßen aufgelegt wäre. Über diese oder sonst irgendeine Macht zu gebieten, muss ziemliche Ansprüche an einen stellen: Man müsste ein Finsterling oder ein Kobold sein, und glauben Sie mir, das ist beides nichts für mich.

Wie ich so bei Lockhart herumsitze, empfinde ich eher Bitterkeit. Besäße ich auch nur einen Bruchteil der übersinnlichen Kräfte eines Poltergeistes, könnte ich ihm die ganze Geschichte mitteilen – ich könnte die Buchstaben seiner Tastatur drücken, einen nach dem anderen, während er entgeistert die Augen aufreißen würde. Ich sehe es regelrecht vor mir – wie er den Stuhl zurückschiebt und sich an den Armlehnen festklammert, während auf dem Monitor erst wenige Wörter erscheinen, dann ein Satz nach dem anderen. Ich könnte ihm die ganze Geschichte erzählen. Blass und zitternd würde er mit hoher Stimme seinem Kollegen nebenan zurufen: »Äh, Sergeant, könnten Sie mal kurz rüberkommen?«

Ich kann nichts weiter tun, als mich traurig zurückzuziehen – also verlasse ich das Polizeigebäude, überquere die Straße und warte, dass Andrew von der Arbeit zurückkommt.

Ich sehe ihn sofort, wie er durch die offenen Bahnsteigsperren von den Gleisen kommt; einfach ein junger Mann in einem etwas zu weiten Anzug, von durchschnittlicher Größe, schlank, ein Büroangestellter unter all den anderen Pendlern in Anzügen und Regenmänteln. Genau wie beim ersten Mal folge ich ihm, bleibe ein paar Schritte zurück und sehe mir seinen Rücken an – etwas bedrückt ihn wieder, das sehe ich an den hängenden Schultern. Beim Gehen hält er den Kopf etwas schräg, als kämpfe er gegen starken Gegenwind an und müsse Schwung holen, um vorwärtszukommen.

Er tut mir so leid. Der Wunsch, ihn zu besitzen, hat sich verflüchtigt, an seine Stelle ist ein stiller Schmerz getreten. Ich denke daran, wie ich mit meiner Klasse die Dichter des Ersten Weltkriegs durchgenommen habe und wie alle dachten, es ginge um den vornehmen Rupert Brooke mit seinen blonden Locken und seinem Honig, aber mein Lieblingsdichter war Isaac Rosenberg, der junge Jude aus dem East End, der sich freiwillig meldete, weil seine Familie das Geld brauchte, und der wusste, was kommen würde. *Schnee, ein seltsames weißes Wort …* Dieses Jahr hat es noch nicht geschneit. Ob es wohl nach Weihnachten Schnee geben wird? Ich beobachte Andrew, den gewöhnlichen jungen Mann meiner Träume. *Dein Leib scheint wie ein Stern auf meine Gedanken …* Ich dachte, es wäre Lust gewesen, der Wunsch zu besitzen – schließlich ist Lust nichts anderes als Besitzdenken. *Ich hab dich*, hat Matty gerne gesagt. *Du gehörst mir.* Wie entzückt ich war, ohne mir klarzumachen, dass kein Besitzwunsch jemals von Dauer sein kann – wenn das Objekt der Begierde erobert ist, erlischt die Begierde. Liebe ist nicht besitzergreifend, und daher weiß ich, dass ich diesen sorgenvollen blonden Mann, dem ich folge, wirklich liebe. Ich will ihn immer noch lieben, aber wenn ich ihn nicht lieben kann, will ich, dass er geliebt wird.

Er geht die Stufen zur Cowgate hoch, doch statt auf seinen Nachhauseweg einzubiegen, geht er Richtung Stadtmitte und wendet sich nach links. Er kommt zu einem etwas von der Straße zurückgesetzten neuen Gebäude, einem schmucklosen roten Backsteinkasten mit Rollstuhlrampe und grauen Jalousien. Auf einer kleinen Tafel neben der Klingel steht: *The Branfield Centre.* Das kenne ich. Manche meiner schwierigeren Schülerinnen wurden dorthin überwiesen. Was er wohl außerhalb der Bürozeiten hier sucht? Vielleicht vergeben sie Abendtermine an Erwachsene.

Er bleibt auf der Eingangsstufe stehen und schaut auf seine Uhr. Nachdem er sich umgesehen hat, macht er auf dem Absatz kehrt und biegt rasch um die Ecke, wo eine Gasse zu einer Flucht von niedrigen Reihenhäusern führt. Läden sind nicht zu sehen, aber ein paar Meter weiter liegt ein kleines Pub zwischen zwei Häusern. Drinnen ist es wie in einem Wohnzimmer, mit einer einfachen Bar und bleiverglasten Milchglasfenstern. In der Ecke sitzt ein alter Mann, der mit dicken Lippen Unverständliches vor sich hin murmelt, ein fast ausgetrunkenes Glas Starkbier vor sich. An der Theke stehen zwei junge Männer, vielleicht Polen oder Ukrainer, die Andrew kurz einen unbeteiligten Blick zuwerfen, ehe sie sich wieder in ihr Gespräch vertiefen.

Am Tresen bedient ein Mann mittleren Alters, der gelangweilt wirkt, der linke Arm von Tattoos wie von einem Ärmel bedeckt, das grüne T-Shirt eine Nummer zu klein. Er wirft Andrew einen unfreundlichen Blick zu.

Der sagt: »Einen Gin Tonic, bitte, und ein Tütchen Chili-Nüsse.«

Der Gesichtsausdruck des Mannes deutet an, dass er Gin Tonic zwar für einen Mädchendrink hält, sich deswegen aber nicht streiten wird. Einen Ellenbogen angehoben, setzt er mit scharfem Zischen den Öffner an der Tonicflasche an, ehe er die Nusstüte auf den Tresen wirft. Andrew geht in die dem alten Mann gegenüberliegende Ecke. Er trinkt einen Schluck, reißt die Nussverpackung auf, schüttet sich einen Haufen davon in die Hand und macht dann etwas, was nur Männer tun – zumindest habe ich noch nie eine Frau dabei beobachtet: Er führt die Handvoll Nüsse in einer raschen geschmeidigen Bewegung zum Mund und kippt sie sich alle auf einmal rein. Ich tippe darauf, dass er es eigentlich auf die Nüsse abgesehen hatte und der Gin Tonic ihm nur als Vorwand diente. Er lehnt sich im Sitzen zurück, während er die Nüsse geräuschvoll im Mund zerbeißt; den Kopf an die Wand gelehnt, schließt er die Augen.

Ich betrachte sein Gesicht. Er wirkt vorzeitig gealtert. Er ist hungrig, erschöpft – er will überall lieber als da sein, wo er ist, und alles lieber als das machen, was ihn jetzt erwartet.

Andrew, mein wundervoller junger Mann, du hast mein vollstes Mitgefühl.

Nach einer Weile vibriert das Handy in seiner Tasche, und er holt es hervor und liest eine SMS von Ruth. *Ich bin da. Draußen. Wann kommst du? Küsschen*

Er schreibt zurück: *Fast da. Geh schon rein. Ich komm gleich nach. Küsschen*

Die Therapeutin heißt Isobel. Sie begrüßt Ruth mit einem Nicken, stellt sich Andrew vor, gibt ihm die Hand und bittet beide mit einer Geste, auf den zwei Stühlen zu einer Seite eines niedrigen Couchtischs Platz zu nehmen. Auf dem Tisch eine Schachtel mit Papiertaschentüchern, eins halb herausgezogen, auf Benutzung wartend. Isobel sitzt auch auf einem Stuhl. Die Stühle von Andrew und Ruth stehen so weit auseinander, dass sie jeder an einer Ecke eines gleichschenkligen Dreiecks sitzen.

Isobel – schätzungsweise um die vierzig, klein, dunkelhaarig, Ruhe ausstrahlend – sagt, an Andrew gewandt: »Also, bevor wir anfangen, möchte ich mich bei Ihnen dafür bedanken, dass Sie gekommen sind, Andrew. Ich weiß, dass Sie gewisse Vorbehalte haben, und es ist nun mal ein heikles Thema, aber es ist ein sehr gutes Zeichen, dass Sie sich einbringen können, und Sie sollen wissen, dass Ruth und ich das zu schätzen wissen.«

Andrew nickt kurz. Er sieht aus, als wünschte er, er wäre der Igel ganz hinten in seinem Garten und könnte sich zu einer kleinen stachligen Kugel zusammenrollen.

Isobel wendet sich Ruth zu. »Ruth, vielleicht können Sie uns zunächst mal erzählen, was für ein Gefühl es für Sie ist, Andrew dabeizuhaben.«

Ruth antwortet langsam, aber selbstsicher. Schließlich macht sie schon einige Zeit mit. »Na ja, ich freue mich, weil ich weiß, dass er lange sauer auf mich war und dass eine Menge in ihm hochgekommen ist wegen dem, was war, deshalb hoffe ich, dass er es hier rauslassen kann und dass das, na ja, der Anfang von … ehrlich gesagt, ich freue mich einfach, dass wir wieder miteinander reden.«

Sie hält inne, und beide Frauen sehen Andrew an, der jetzt aussieht, als dächte er: *Vergesst das mit dem Igel, bringt mich einfach zurück zu Gleis sieben.*

Nach langem Schweigen sagt Isobel mit sanfter Stimme: »Andrew, manchmal fällt einem der Anfang schwer.«

Sie unterbricht sich erneut und wartet. Diese sanfte Taktik entlockt Andrew keine Reaktion; er hält den Blick starr auf die Schachtel mit Papiertaschentüchern gerichtet, als überlegte er, ob er sich wohl vorbeugen, eins rausziehen und die richtige Antwort mit Kuli drauf gekritzelt finden könnte.

Nach einer Schweigepause probiert Isobel es erneut. »Wenn Sie das nicht zu anmaßend von mir finden, möchte ich etwas für den Anfang vorschlagen. Vielleicht könnten Sie erst mal erzählen, warum Sie so wütend waren, als Ihre Schwester Ihnen gesagt hat, dass sie zur Polizei geht.«

Ruth mischt sich ein: »Sorry, Isobel, aber das stimmt nicht ganz, ich glaube nämlich, also ich hab es Andrew nicht gesagt, das heißt, ich war's nicht. Natürlich hätte ich es ihm sagen sollen, aber wir hatten schon seit Jahren gar keinen Kontakt mehr. Ich war einfach so sauer, weil er sich immer noch mit Dad getroffen hat, aber weil wir damals nicht mehr miteinander geredet haben, konnten wir auch darüber nicht sprechen, daher hatte er keine Ahnung, als ich zur Polizei gegangen bin, also das erste Mal. Wir hatten überhaupt keinen Kontakt, damals.«

Andrew steuert endlich etwas bei. »Aber du musst doch wohl gewusst haben, dass sie kommen und mit mir reden würden. Ich bin aus allen Wolken gefallen, als sie bei mir vor der Tür standen.«

Armer Andrew. Ich kann mir die ganze Szene vorstellen. Er in seinem kleinen Küchenrechteck, wie er sich gerade ein Sandwich macht oder vielleicht Nudeln kocht; wie es an der Tür klopft; seine Überraschung, als zwei Polizisten vor ihm stehen. Vielleicht dachte er sich, sie wollten Fragen zur letzten Einbruchserie stellen.

Er ist sehr höflich. Bestimmt hätte er ihnen Kaffee gemacht, und da es um ein schwieriges Thema ging, hätten sie das Angebot vermutlich angenommen, vielleicht sogar ein, zwei Bemerkungen über das nette Haus gemacht, ihn gefragt, wie lange er schon dort wohnte, die Fotos von Ruth und ihm am Kühlschrank bemerkt und dazu die Sauberkeit, die fehlende persönliche Note. Ich wüsste gern, ob es Uniformierte waren oder ob sie bei so etwas Detectives schicken – wahrscheinlich Letzteres, ein Mann und eine Frau, mit netten Umgangsformen, darin geschult, solch ein sensibles Thema behutsam anzugehen. Zuerst hätten sie ihm ein paar allgemeine Fragen über seine Kindheit gestellt, und er hätte ihnen gesagt, was er sich selbst immer gesagt hat, dass er im Großen und Ganzen glücklich war, trotz der Scheidung seiner Eltern, dass sein Leben immer ziemlich normal war.

Erst dann, nach den paar allgemeinen Fragen, hätten sie sich erkundigt, wann er seine Schwester Ruth zuletzt gesprochen habe. Und dann erst hätten sie gesagt: »Wir sind hier, weil Anzeige erstattet wurde …«

Der arme Andrew, auf dem falschen Fuß erwischt, von seiner lebenslangen Verleugnungstaktik eingeholt: Eben erst hat er ihnen erzählt, dass er eine vollkommen glückliche Kindheit hatte. Verstehe ich nicht mindestens so gut wie jeder andere Mensch, wie man die Wahrheit ignorieren und immer weiter ignorieren kann, selbst wenn sie so groß und unübersehbar wie ein steinzeitliches Mammut vor einem aufragt? Manchmal kostet es einen einfach zu viel Überwindung, zu viel Schmerz, es sich einzugestehen.

Was er den Polizisten wohl gesagt hat? Vielleicht war er im ersten Schock untypisch schroff. Vielleicht hat er gesagt: »Echt jetzt, sorry, aber ich hab keine Ahnung, wovon Sie da reden.«

»Es muss ein gewaltiger Schock für Sie gewesen sein ...«, versucht Isobel, ihm auf die Sprünge zu helfen, während sie unaufhörlich nickt, in so regelmäßigem Takt wie ein Metronom. Sie erinnert mich ein wenig an diese Wackeldackel auf der Hutablage hinten im Auto, die in Fernsehserien neben Männern mit Schlaghosen und Lederjacken ein Sechziger- oder Siebzigerjahre-Flair rüberbringen sollen.

»Haben Sie das Gefühl, dass Sie mir aus Ihrer Perspektive etwas mehr über Ihre Kindheit erzählen können?« An Andrews Stelle würde mich ihr sanfter Tonfall zu dem Wunsch verleiten, ihr eine reinzuhauen, aber er tut sein Bestes, ohne sich in Einzelheiten zu verlieren, hält sich an die konkreten Tatsachen.

Andrew und Ruth Warren sind Zwillinge, zweiunddreißig Jahre alt. Ihr Vater Thomas Warren hat erst nach der Scheidung mit dem Missbrauch an Andrew angefangen, als sie an Wochenenden zu ihm kamen. Das erste Mal passierte es, als Ruth bei ihrer Mutter zu Hause geblieben war, weil sie krank war – oder es vorschützte, wer weiß. Andrew sagte, er könne es ihr nicht verdenken, wenn sie sich drückte, aber natürlich bedeutete es, dass er allein hinmusste, ohne die geringste Ahnung, was ihn erwartete.

Niemand in der Familie sprach je darüber. Nicht ein einziges Wort. Erst von der Polizei erfuhr er, dass Ruth versucht hatte, es ihrer Mutter zu sagen. Da war sie elf und hatte schon Schulschwierigkeiten. Er wusste noch, dass sie einmal von zu Hause weglief und von der Polizei zurückgebracht wurde – ihre Mutter flippte schier aus: Was die Nachbarn denken würden, wenn sie ein Polizeiauto vor dem Haus stehen sahen. Es war kein besonders gut geplanter Fluchtversuch; sie war mit einem Rucksack aufgebrochen, der eine Wechselgarnitur Kleider, einen Kuschelpinguin und einen Sony-Walkman enthielt – den sie, wie sich herausstellte, einer Mitschülerin geklaut hatte. Damals bekam man zwar Ärger, wenn man von zu Hause weglief, aber nach dem Warum fragte niemand. Mit den Wochenendbesuchen ging es weiter, bis sie dreizehn war und sich strikt weigerte. Andrew stellte wenig später die Besuche ein.

Ruth redete nie wieder mit ihrem Vater. Als ihre Mutter an Darmkrebs starb, waren die Zwillinge sechsundzwanzig. Ruth erschien spindeldürr und geisterhaft in der Kirche, und alle beklagten, was für ein Jammer, dass sie durchgeknallt sei – sie saß auf Abstand von allen anderen ganz weit hinten und ging direkt nach dem Gottesdienst, weil ihr Vater da war. Andrew hielt nach dem Tod der Mutter Kontakt zum Vater, ging an seinem Geburtstag mit ihm auf ein Bier, rief ihn gelegentlich an, und beide taten dann so, als ob nichts gewesen wäre – und so wäre es bis zu Thomas Warrens Tod als alter Mann weitergegangen, wenn Ruth sich nicht an die Polizei gewandt hätte.

Der Tod ihrer Mutter war der Auslöser gewesen. Er hatte Ruth zur Therapie bewegt, die sie allerdings fünf Jahre lang mit Unterbrechungen machte, bis sie den Mut aufbrachte, Anzeige zu erstatten. Die arme Mrs. Warren hatte zeit ihres Lebens darin versagt, ihre Kinder zu beschützen, doch ihr Sterben hatte ihrer Tochter den Mut eingeflößt, sich den Tatsachen zu stellen.

Rein äußerlich hatte Andrew sein Leben viel besser im Griff, aber um welchen Preis – die Jahre des Schweigens, die ihn mit der Zeit wie Mauern umschlossen, in denen er sich sicher fühlen und sich sein ruhiges Leben einrichten konnte: All das war eingestürzt, als die Polizei ohne Vorwarnung bei ihm anklopfte.

»Nachdem sie an dem Tag gegangen sind«, sagt er zögernd zu Isobel, gerät dann ins Stocken.

Sie lässt ihm lange Zeit, ehe sie nachhakt. »Ja?«

»Nachdem sie weg waren …« Er bricht wieder ab und weiß nicht weiter. Was auch immer er gemacht hat, nachdem die Polizisten weg waren – geweint und sich ganz klein zusammengerollt, joggen gegangen, zetermordio Richtung Decke geschrien –, was auch immer, er bringt es nicht über die Lippen. Er kann sich nicht dazu überwinden, sich diesen Moment in Erinnerung zu rufen.

Selbst nachdem er sich selbst alles eingestanden hatte, brauchte er noch ein Jahr, bis er seine Schwester anrufen und ihr versprechen konnte, mit ihr zur Polizei zu gehen. Im Oktober waren Ruth und er auf dem Revier erschienen. Und drei Wochen später hatte ihr Vater, in einem letzten strafenden Racheakt, im Bahnhof von Peterborough Selbstmord begangen.

»Ich bin hin«, sagt Andrew gegen Ende ihrer Sitzung bei Isobel, »eine Woche nach seiner Tat, ich war da und hab auf demselben Bahnsteig gestanden. Ich hatte mich erkundigt, wusste genau, welche Stelle es war, und ich hab mich vorgebeugt, als ein Zug einfuhr, und, ich weiß auch nicht, hab versucht, mir vorzustellen, was ihm durch den Kopf ging, ob es ihm leidtat, aber ich glaub, er hat sich nur selber leidgetan. Er wollte nicht ins Gefängnis, das ist alles.«

»Ich war noch nicht da«, sagt Ruth und sieht Andrew an. »Ich will es wirklich. Ich hatte nicht den Mut.«

»Es hat geholfen, glaub ich, mir geholfen einzusehen, dass es das Egoistischste ist, was man machen kann. Jeder kann auf irgendeine Art einen Beitrag auf der Welt leisten, aber sich der Welt zu entziehen – deshalb sage ich, dass es ihm nicht leidgetan hat. Stimmt doch, oder? Sonst hätte er sich schuldig bekannt und seine Strafe auf sich genommen.«

Isobel presst die Lippen zusammen. »Tja«, sagt sie sehr sanft, »das werden wir wohl nie wirklich erfahren, oder?«

Zwischen den dreien kommt ein langes Schweigen auf.

Dann lehnt sich Isobel vor und sagt sachte: »Unsere Zeit ist um.«

Vor dem Branfield Centre bleiben Andrew und Ruth noch kurz am Eingang stehen. Eine Fremde nähert sich ihnen und drückt auf die Klingel, und sie warten, bis sie reingelassen wird, ehe sie sich einander zuwenden, und ich spüre, dass Ruth Andrew gern umarmen oder ihm vorschlagen würde, dass sie ein Häppchen essen gehen, sich aber nicht traut.

»Wie läuft's in der Arbeit?«, fragt er rasch, wie um sie abzulenken.

Sie nickt. »Ganz gut. Tolle Kollegen, es ist echt … keine Ahnung, alle sind voll freundlich, und die Kunden, die Haustierhalter … Komm doch mal vorbei. An einem Samstag, sieh es dir an, samstags ist meistens ziemlich viel los.«

»Sind es hauptsächlich Katzen und Hunde?«, sagt er, steckt die Hände in die Taschen und sieht sie an.

»Und Wüstenrennmäuse. Eigentlich ziemlich viele Wüstenrennmäuse. Was hast du an Weihnachten vor?«

»Weiß nicht.«

Sie drehen ab und gehen zusammen die Straße lang, Bruder und Schwester, mit etwas Abstand, wie zwei, die sich eben erst kennengelernt haben und sich nicht sicher sind, wie viel Nähe sie vertragen. Wenn man sie ansehen würde, ohne sie zu kennen, könnte man meinen, sie wären ein Pärchen, aber nur wenn man so ein Schwachkopf wäre, der wilde Vermutungen anstellt.

Ich verfolge sie etwas, kehre dann um und überlasse sie ihrem Schicksal. Ich denke über Liebe nach, über all die verschiedenen Erscheinungsformen von Liebe und dass sich die einen leicht zum Ausdruck bringen lassen, die anderen nicht – die stillen Formen haben keine Lobby. Seit mein Gedächtnis zurückgekehrt ist, habe ich den Eindruck, dass ich mein ganzes kurzes Leben lang töricht war.

Als ich auf der Cowgate zurückgehe, quert eine Maus meinen Weg, verharrt mitten auf der Straße und sieht sich nach mir um. Aber es ist keine echte Maus. Wie zum Beweis schnuppert sie kurz und löst sich anschließend in Luft auf. Wenigstens erkenne ich ein Trugbild, wenn ich es sehe, denke ich – endlich. Jetzt bin ich klüger, als ich es zu Lebzeiten je war.

20

Ich kann mich nicht an meine Beerdigung erinnern. Darüber bin ich froh. Bestimmt wäre es unerträglich, meine Lieben leiden zu sehen, in ihre verhärmten Gesichter zu schauen, sie weinen zu hören und mich ihnen doch nicht mitteilen zu können. Man würde schreien wollen – was keinen Sinn hätte, weil man nicht gehört würde –, ausrufen, dass man nicht aus der Welt ist, sich nur unsichtbar in der Luft um sie her versteckt hält. Allmählich begreife ich, welchen Zweck es hatte, im Bahnhof gefangen zu sein: wie viel einfacher es war, mich unter Menschen aufzuhalten, die mich als Lebende nicht gekannt haben. Vielleicht hat mich nicht die Liebe befreit, oder selbst wenn, wurde ich zuvor von meiner eigenen Unfähigkeit festgehalten, mich meiner Vergangenheit zu stellen, ganz einfach von meiner Feigheit.

Ob Matty wohl zu meiner Beerdigung gekommen ist? Vermutlich. Wahrscheinlich saß er mit meinen Eltern in der vordersten Kirchenbank. Auf halber Höhe, auf der anderen Seite, wird Rosaria mit ihrer Cousine Elena gesessen haben, geradeaus schauend, mit tränenüberströmten Wangen und zornigem Unverständnis im Herzen.

Bestimmt bekam ich eine Urnenbeisetzung. Ich war zu jung, um ein Testament oder Anweisungen zu hinterlassen – aber meine Eltern sagten immer, dass sie das für sich wollten, und als mein Onkel Ted starb, der jüngere Bruder meines Vaters, entschieden sie das auch so für ihn. Onkel Ted war unverheiratet und kinderlos – heutzutage hätte man bei ihm wohl Lernschwierigkeiten oder das Asperger-Syndrom diagnostiziert, aber damals galt er einfach als Sonderling. Bei seiner Bestattung waren wir nur ein halbes Dutzend Trauernde. Mein Vater kaufte ein Urnengrab auf dem Eastfield Cemetery. Der liegt für uns alle günstig, daher werde sicher auch ich dort hingekommen sein.

Wenn man bedenkt, was mir zugestoßen ist, kann ich mir nicht vorstellen, dass meine Eltern meine Überreste beerdigen ließen. Beerdigungen sind für unversehrte Leichname – in dem Zustand, in dem ich war, wollten sie mich bestimmt nicht in einen Sarg legen lassen. Zu Asche geworden, konnte ich zu mir selbst zurückfinden. Eingeäschert sollte ich wieder ein Ganzes sein.

Am Tag nachdem ich mir die Therapiestunde von Andrew und Ruth angehört habe, mache ich mich auf der Eastfield Road aus dem Zentrum von Peterborough in Richtung Friedhof auf. Diesen Weg habe ich manchmal zu Fuß genommen, wenn ich meine Eltern besuchen ging, dann links ab in die Newark Avenue.

Die Tore stehen offen – der Friedhof ist lang und schmal, Besucher fahren oft mit dem Auto bis ans andere Ende. Es gibt eine Geschwindigkeitsbegrenzung auf zwanzig km/h, und überall warnen Schilder davor, Wertsachen im Auto zu lassen, weil so oft eingebrochen wurde. Im Winter werden die Tore um sechzehn Uhr geschlossen; bis dahin ist es nur noch eine Stunde. Noch ist es hell, der Himmel sieht fahl aus, aber nicht mehr lange. Links liegen die älteren Gräber unter den Bäumen, fleckige graue Steine, manche grün von Moos, alle schief, die Inschriften von hier aus nicht zu entziffern. Die neueren Gräber liegen auf der rechten Seite, schwarzer Granit, leuchtende Goldbuchstaben und bunte Plastikblumen, manchmal Spielzeug und Luftballons. Auf dieser Seite erstreckt sich eine leere Grasfläche über etwa hundert Meter, ehe man zu den Reihen mit frischen Gräbern kommt, aber der Friedhof ist fast voll belegt, so als würden die Gräber immer näher an das Eisengatter heranrücken. Ich sehe vor mir, wie sie überquellen, auf die Straße hinausdrängen, in die Welt der Lebenden.

Mein Vater ist in Wisbech aufgewachsen, aber seine Familie zog nach Peterborough, als er im jugendlichen Alter war. Meine Großeltern väterlicherseits sind irgendwo hier begraben, *in Frieden, wiedervereint*. Ich weiß noch, wie ich Dad half, einen neuen Grabstein für sie auszusuchen, nur etwa ein Jahr vor meinem eigenen Tod. Dad wollte den alten austauschen lassen, der Risse bekommen und sich verfärbt hatte. Das Grab würde ich jetzt nicht mehr finden, selbst wenn ich wollte, oder das von Onkel Ted, nicht ohne meinen Vater oder eine Karte – ich weiß ja, wie groß der Friedhof ist, wie weit er sich entlang der Eastern Avenue hinzieht. Man könnte stundenlang darin umhergehen.

Während ich so über die Gräber blicke, empfinde ich eine gewisse Trostlosigkeit, aber nicht so wie die Lebenden – nicht wegen dieser nahezu unendlichen Aneinanderreihung von Grabsteinen vor mir, die einem die Macht des Todes vor Augen führt. Sondern wegen der Sinnlosigkeit des Ganzen: ein Stück Stein anbeten, einen Flecken Erde. Wozu das alles?

Ich hatte daran gedacht, mein eigenes Grab zu suchen, um mir selbst eine Art letzte Ehre zu erweisen. Wenn ich eingeäschert wurde, müsste ich wohl nach einer dieser Wände mit Steintafeln suchen, hinter die sie die Urnen stellen – oder nach Reihen von kleineren Grabsteinen in der Erde. Aber mir fehlt die letzte Gewissheit, dass meine Eltern es so mit mir gemacht haben – vielleicht ließen sie meine Asche ganz woanders verstreuen: etwa auf diesem Feld, wo das Foto von uns dreien entstand, als ich ein Baby war. Oder sie haben an einen anderen Ferienort meiner Kindheit gedacht, an den ich mich zwar nicht erinnere, wo unsere kleine Dreiecksfamilie aber glücklich war. Von mir aus hatten sie alles Recht, mich zu verstreuen, wo immer es tröstlich für sie war – ob im Supermarkt bei ihnen um die Ecke oder bei den Osterglockenzwiebeln im Garten.

Ein älterer Mann kommt durch den Eingang und geht auf seinem Weg glatt durch mich hindurch. Er ist groß und gebeugt, trägt ein weißes Käppi und hält sich an einem kleinen Blumenstrauß fest. Er nimmt die erste Abzweigung nach rechts. Trotz des krummen Rückens hat er einen zügigen, leicht steifen Gang – zielstrebig. Er hat nicht mal einen Schauer gespürt, als er durch mich durchging. Die Leute meiden Friedhöfe, weil sie glauben, dort gäbe es Gespenster, aber hier stehe ich mitten auf dem Weg, und sie merken nicht das Geringste.

Was befindet sich hier? Darüber grübele ich kurz nach. Selbst wenn meine Asche hier zu finden ist, bin das nicht ich. Die Gebeine im Erdboden um mich her sind auch niemand. Unsere Leiber sind nur die Hüllen, in denen wir leben – sie bedeuten nichts, wenn wir sie verlassen haben, das weiß ich jetzt mit Bestimmtheit. Die Pietät, die die Lebenden den Toten entgegenbringen, ist bloße Gefühlsduselei – gewiss, es handelt sich um ehrerbietige, aller Ehren werte Gefühle, und ich verstehe die Notwendigkeit, aber sentimental sind sie doch.

In einem Baum über mir flattert ein Vogel. Ich schaue auf und sehe, wie sich die kleineren Zweige oben im

Baum vor dem hellen Himmel bewegen, nachdem der Vogel aufgeflogen ist. Hier gibt es keine Geister, da bin ich mir sicher; ich könnte sie wahrnehmen. Die Toten schenken es sich, auf Friedhöfen herumzuspuken – das sind die letzten Orte auf Erden, die sie heimsuchen müssten. Die Lebenden nehmen ihnen das schon ab mit ihrem Gemisch aus Trauer, Sehnsucht und Fantasievorstellungen. Auf diesem Friedhof ist nichts. Er ist nichts als ein leeres Feld.

Draußen vor dem Tor halte ich an. Ich war an diesem eiskalten Winternachmittag gar nicht wirklich zum Friedhof unterwegs, sondern habe mich selbst überlistet, den einen Weg zu nehmen, den ich nicht nehmen will, jetzt, da ich vom Bahnhof befreit bin. Ich bin keine Viertelstunde Fußweg von meinem alten Zuhause entfernt, in dem meine Eltern immer noch wohnen. Ich biege nach rechts ein.

Der große ausgedehnte Stadtteil Dogsthorpe mit seinen Flachbauten – dort ist es wie in so vielen Gegenden von Peterborough. Als Vororte kann man sie eigentlich nicht bezeichnen – zu weit draußen, um günstig gelegen zu sein, nicht weit genug, um nett zu sein. Diese Wohnbezirke setzen sich immer weiter fort, miteinander vernetzte Straßen, Doppelhaushälften, Bungalows, hie und da ein Einfamilienhaus, alles bunt zusammengewürfelt. Jedes Haus ist anders, aber alle fühlen sich gleich an: die einen mit Erkern und Sprossenfenstern, die anderen gedrungene kleine viktorianische Reihenhäuser – manche davon originalgetreu, mit diesen tulpenblattförmigen Buntglasscheiben in den Haustüren. Weil alle Auffahrten haben, in denen sich die Autos oder Lieferfahrzeuge drängen, sind kaum Autos am Straßenrand abgestellt – um diese Tageszeit, nach Schulschluss und Berufsverkehr, liegt über allem ein Gefühl von Offenheit und Leere. Meine Eltern bewohnen eine schmucke Doppelhaushälfte in einer Sackgasse am anderen Ende der Sycamore Avenue, einer netten kleinen halbkreisförmigen Straße, von der man nichts wüsste, hätte man dort keinen Besuch zu machen.

Mum. Dad. Zu Hause.

Meine Mutter hat mir mit der Schere den Pony geschnitten. »Mach die Augen zu«, hat sie geflüstert. Und dann, solange meine Augen noch geschlossen waren, hauchte sie mir aufs Gesicht, um die winzigen Härchen wegzupusten.

Als ich in die Sackgasse einbiege, verspüre ich – was? Ein reflexartiges Heimatgefühl, oder ist das ein zu starkes Wort? Oft war mir eher ungemütlich als heimatlich zumute, wenn ich nach Hause ging. Und doch nannte ich es mein Zuhause. Es war das Haus, in dem ich aufwuchs. Auf der Veranda blätterte immer die Farbe ab – dort lagen umgeworfene Gummistiefel, die älter waren als ich. Der lecke Wasserkocher wurde nie durch einen neuen ersetzt, weil sie sich nicht einigen konnten, ob sie einen neuen krugförmigen oder ein traditionelles Modell wollten. Immer stand daneben eine Haushaltsrolle, zum Aufwischen der Pfützen. Solange es diese kleinen Überschwemmungen gab – mindestens zwei oder drei Jahre –, gaben sie weiß Gott mehr Geld für Haushaltsrollen aus, als zwei neue Wasserkocher sie gekostet hätten, für jeden Geschmack einer.

Wieso nimmt man als erwachsenes Kind so leicht Anstoß? Schließlich können unsere Eltern nichts dafür, dass wir noch nicht selbst im Elternstadium angelangt sind. Nicht sie sind es, die uns klein halten. Ich wusste das ja alles, und doch konnte ich so wie bei diesem Sonntagsessen nicht dagegen an, dass es mich nervte, noch immer jemandes Kind zu sein. Ich bin sechsunddreißig – nein, nicht sechsunddreißig, sondern tot. Höchste Zeit, mich nicht mehr über meine Eltern aufzuregen.

Also nein, nicht heimatlich, das trifft es nicht – etwas anderes, vielleicht etwas so Einfaches wie Vertrautheit, das leichte, aber spürbare Nachlassen von Spannung in Muskeln, Knochen und Hirn, das eintritt, wenn man sich einem Ort nähert, den man bis ins kleinste i-Tüpfelchen kennt, und dazu jede Marotte und Gewohnheit der beiden Leutchen, die hier wohnen.

Ich biege in die Sackgasse ein und halte an.

Vor meinem alten Zuhause, Nummer achtundvierzig, steht ein ZU-VERKAUFEN-Schild von Wheetons, einem örtlichen Maklerbüro. Es ist an einen Pfosten genagelt, der etwas Schlagseite hat, als stünde er schon länger da.

In dem deutlichen Gefühl, dass ich gar nicht mehr wissen will und dieser ganze Ausflug ein Fehler war, bleibe ich vor dem Schild stehen. Was richte ich da an mit meinem Versuch, eine Vergangenheit auszugraben, die ich nicht mehr anfassen, an Leute heranzukommen, mit denen ich nicht mal reden kann? Was soll das Ganze?

Meine Eltern ziehen weg? Zeit meines Lebens haben sie nie gesagt, dass sie sich verkleinern wollen, obwohl ich seit zehn Jahren von zu Hause ausgezogen war. Das Haus ist eine kompakte Vierzimmer-Doppelhaushälfte, ehemals Gemeindeeigentum. In ihrem Schlafzimmer endet das Bett einen Meter vor den Schiebetüren des Einbauschranks; mein Zimmer ist gerade mal groß genug für ein Einzelbett und das dritte Zimmer nicht mehr als ein Abstellraum, der eine Kiste mit meinen Uni-Lehrbüchern, den Staubsauger und eine Nähmaschine enthält; mein Vater betonte ständig, dass er die reparieren wolle.

Ich gehe zu den Vorderfenstern. Die Rollos sind zugezogen, obwohl es mitten am Tag ist. Ich wende mich zur Vorderveranda und spähe durch das geriffelte Glas. Sie ist leer, der geflieste Boden gewischt und geschrubbt. Die alten Gummistiefel sind weg. Ich will nicht da rein, weiß aber, dass ich es muss, nur um mich selbst zu überzeugen.

Drinnen in der Diele ist es kalt. Die Heizung war länger nicht angestellt. Auf dem Fußabtreter liegen Wurfsendungen, ein paar amtlich aussehende Briefe, Flyer von Pizzalieferdiensten und Handwerkern aus der Gegend. Die Garderobenleiste links an der Wand ist leer.

Die Küche, ein quadratischer Raum ganz hinten, hat Ausblick auf einen unerwartet langen Garten. Auch hier sind die Rollos runtergelassen, und ich fühle mich eingesperrt – es ist mitten am Tag, das ist verkehrt.

Die Arbeitsflächen sind leer. Selbst der lecke Wasserkocher wurde schließlich entsorgt oder eingepackt und abtransportiert. Meine Eltern sind fort.

Zum ersten Mal, seit ich den Bahnhof verlassen kann, entferne ich mich von mir selbst. Dabei weiß ich nicht, wohin ich unterwegs bin, ebenso wenig, wie ich als Lebende bei meinen Absencen wusste, wohin es mich verschlug. Kurz vor meinen Anfällen wusste ich nur, dass mir mein Bewusstsein unerträglich schmerzhaft geworden war.

Ich bin zu spät dran, um mir meine Erinnerung zurückzuholen. Meine Eltern sind fort.

Als ich zu mir komme, bin ich noch in der Küche. Irgendwo höre ich es tropfen, und ich schaue mich um in der Hoffnung, dass es der Hahn an der Spüle ist – jede Regung in meinem Elternhaus wäre mir recht –, aber nein, es hat draußen angefangen zu regnen, einzelne fette Tropfen, und von einem Fensterbrett oben tropft Wasser auf den Sims vor dem Küchenfenster, wo meine Mutter manchmal versuchte, Kräuter in Töpfen zu ziehen – wenn sie solche Sets gekauft hatte oder geschenkt bekam, wie es sie in Gartencentern gibt. Irgendwie wurde nie was draus. Ich dachte mir dann, dass sie einen Garten in Südspanien brauchten, nicht einen Fenstersims in Peterborough.

Das Licht kommt mir anders vor – etwas heller, obwohl es regnet. Vielleicht ist es ein anderer Tag als bei meiner Ankunft, denke ich. Es fühlt sich mehr wie Morgen an, spätestens Mittag. Vielleicht werde ich jetzt hier wohnen statt im Bahnhof. Meine Eltern sind ausgezogen, aber man muss nicht tot sein, um seinen Geist zu hinterlassen – obwohl fast alle ihre Sachen fehlen, fühlt es sich so an, als ob dieses kalte, leere, jeglicher Spuren von ihnen entkleidete Haus noch von ihrem Wesen durchdrungen ist. Solange es leer steht, kann ich vielleicht ein Weilchen hier herumschweben und so tun, als wären sie bloß in einem anderen Zimmer.

Gerade frage ich mich, ob ich wohl einen Blick in den ersten Stock riskieren soll, da höre ich ein bekanntes Geräusch: ein Schlüssel im Türschloss. Ich sehe mich kurz um und suche nach einem Versteck, um nicht in meinem eigenen Zuhause erwischt zu werden – so ist das mit den Reflexen –, bis mir einfällt, dass mich niemand sehen kann, und jäh überflutet von Dankbarkeit und

Bedürftigkeit zugleich, denke ich ein einziges Wort: *Mum*. Vielleicht ist sie vorbeigekommen, um die Post zu holen. Dann kann ich ihr folgen und herausfinden, wo sie jetzt wohnen.

Ich verziehe mich rasch in den Flur – doch wer da drinnen vor der Tür steht und sich bückt, um die Reklamesendungen von der Matte aufzuheben, ist weder meine Mutter noch mein Vater, sondern ein junger Mann in dunklem Anzug. Das Gesicht scheint nur aus Wangenknochen und Hakennase zu bestehen. Er hat feines braunes Haar und verfrühte Geheimratsecken – das Haar trägt er trotzig zurückgebürstet, als wollte er die ganze Breite seiner Stirn zur Schau stellen. Ein bestimmtes Stilbewusstsein geht von ihm aus; auch wenn er jetzt im Anzug ist, kann ich ihn mir in Lederklamotten in einem Nachtclub vorstellen. Er hebt die Post auf und sortiert sie, trennt die Briefe von der Reklame. Die Briefe steckt er in das äußere Reißverschlussfach einer weichen Laptoptasche, die er über einer Schulter trägt, die Wurfsendungen lässt er in den kleinen geflochtenen Müllkorb unter den leeren Garderobenhaken fallen. Er tritt beide Schuhsohlen gründlich auf der Matte ab, ehe er nach links ins Wohnzimmer geht.

Ich folge ihm. Er geht zu den Rollos und zieht sie hoch – diese billige Plastikkette, die ständig kaputtging –, was hatten meine Eltern gegen Vorhänge? Licht durchflutet das Zimmer. Die Sitzgruppe ist noch da, wulstiges braunes Leder, ich weiß noch, dass es sich immer kalt anfühlte, sich auf die Polster zu setzen, bis die eigene Körperwärme das Leder aufwärmte. Alles fühlte sich immer verkehrt an – dass man dem Sofa Gemütlichkeit einflößen musste statt umgekehrt.

Der Fernseher ist weg, der Kaminsims leer. Wie im ganzen restlichen Haus herrscht im Wohnzimmer die Atmosphäre eines Zimmers, in dem ein, zwei Einrichtungsstücke dagelassen wurden, damit kein Eindruck von Trostlosigkeit entsteht, wobei die wenigen noch verbliebenen Dinge erst recht betonen, was alles fehlt.

In seiner Jacketttasche summt es, und der junge Mann zieht ein Handy hervor. Er schlägt einen Ton an, der sich anhört, als könne ihm nichts größere Freude bereiten, als diesen Anruf entgegenzunehmen.

»Ja, Martin! Ja … ja … ja, ich bin jetzt hier am Objekt … Ja, natürlich, kein Problem, kein Problem. Ich komm vorne raus und winke! Ja … ja … tschüs.«

Er geht in den Flur zurück, ich hinterher. Er öffnet die Haustür und läuft ein paar Schritte den Weg runter, bis er mit einer halben Drehung stehen bleibt, breitbeinig, stämmig, und die Straße entlangsieht. Bald darauf schwenkt er beide Arme weit ausholend in hohem Bogen und überkreuzt sie am höchsten Punkt, winkt wie ein Seemann, der auf seinem kieloben treibenden Boot einen vorüberziehenden Öltanker auf sich aufmerksam machen will. Nach ein paar Wiederholungen lässt er die Arme sinken und lächelt strahlend.

Ein Paar Anfang sechzig kommt den Weg hoch. Beide sind klein und moppelig, mit dicken Mänteln und Brillen. Der junge Mann geht ihnen entgegen und schüttelt ihnen so schwungvoll die Hände, dass sie nacheinander leicht ins Schwanken geraten. »Einen wunderschönen guten Tag!«, sagt er und zeigt mit großer Geste zum Haus zurück, dessen Tür offen steht.

»Also da wären wir«, stellt der junge Mann, der ein Makler sein muss, fest, als sie zur Tür hereinkommen.

Alle drei treten die Füße mit, wie es mir scheint, übertriebener Höflichkeit an der Matte ab. »Ich bin noch nicht dazu gekommen, oben die Vorhänge aufzuziehen«, sagt der Makler, »aber fangen wir doch erst mal unten an.«

Die Frau erschaudert demonstrativ in ihrem Mantel.

»Die Heizung ist vollständig betriebsbereit«, beeilt sich der Makler zu versichern. »Sie war nur etwas länger nicht angestellt.«

»Was für ein Typ Heizkessel ist es?«, fragt der Mann, der sich noch immer die Füße abtritt.

»Ah, danach muss ich mich noch erkundigen«, antwortet der junge Makler, und ich denke: *Es ist ein Kombiheizkessel, du Blödmann, der vor fünf Jahren eingebaut wurde, sehr leistungsfähig und sparsam im Betrieb, auch wenn man etwas warten muss, bis das Wasser heiß wird, und was zum Teufel wollt ihr alle im Haus meiner Eltern?*

»Wie lange steht es schon leer?«, fragt der Mann dann mit leicht aggressivem Unterton, der darauf hindeutet, dass er schon an Herunterhandeln denkt, wenn das Haus längere Zeit am Markt war, nur weil er es sich leisten kann. Irgendwas an ihm sagt mir, dass er wie der Typ Mann aussieht, dessen Hauptanliegen es ist, bei jeder Anschaffung, ob groß oder klein, ein Schnäppchen zu machen.

»Ach, noch keine sechs Monate«, antwortet der Makler, während er sie ins Wohnzimmer führt.

»Sind die Eigentümer noch vor Ort?«, fragt der Mann.

»Ja«, stimmt seine Frau ein, »das wäre praktisch.«

»Nein, leider nicht«, sagt der Makler, der es anscheinend kaum erwarten kann, mit großer Geste das Wohnzimmer zu präsentieren, anstatt all diese Fragen beantworten zu müssen. »Sie sind, ähm, getrennte Wege gegangen, glaube ich. Der Mann hat eine Stelle in Schottland angenommen, und die Frau ist wohl im Süden, in Hertfordshire. Wenn mich nicht alles täuscht.« Meine Mutter ist aus Welwyn Garden City. Ihre beiden Schwestern, meine Tanten, wohnen noch dort.

Meine Eltern sind weg. Sie haben sich getrennt. Ihre Trauer war zu übermächtig. Was mir geschehen ist, hat auch sie zerstört, und selbst jetzt, während ich mir ansehe, wie ein junger Makler ein Ehepaar zu überreden versucht, sich des Hauses anzunehmen, das meinen beiden Eltern ans Herz gewachsen war, sind sie irgendwo an verschiedenen Orten, in weit voneinander entfernten Landesteilen, und trauern jeder für sich allein. Der Ruhestand, den sie geplant hatten – gemeinsame Reisen, vielleicht die Hochzeit ihrer Tochter, etwa gar ein Enkelkind, alles, worauf sie gehofft hatten, ist weg.

Das ist unsagbar furchtbar: Dass ich vor meinen Eltern gestorben bin, ist so verkehrt, dass es sie erdrückt hat, wie es jetzt mich erdrückt.

Die beiden Interessenten sehen sich an, und ich frage mich, ob sie wie so viele Leute glauben, in einem Wohnsitz, in den man einzieht, würde sich etwas vom Geist der Vorbesitzer halten, und man könne das Unheil eines Hauses ebenso übernehmen wie einen fehlenden Dachziegel oder eine quietschende Tür.

Der junge Mann sieht den Blickwechsel und beeilt sich zu versichern: »Aber es gibt kein Problem mit der Eigentumsübertragung, das ist alles geklärt, das ist der Vorteil, wenn es schon eine Weile leer steht. Und natürlich ist es ein sehr guter Preis, das muss man wirklich sagen, sehr gut.«

Das Paar steht in der Wohnzimmermitte und dreht sich langsam im Kreis. Ihnen ist anzusehen, wie sie versuchen, sich selbst hier drin vorzustellen – wo ihre Möbel, ihre Bilder hinkämen. Beiden scheint die Vorstellung schwerzufallen. In der Nische für den Fernseher gibt es zwei Laminat-Regalböden, auf die meine Eltern Fotos in Silberrahmen gestellt hatten – eine etwas seltsame Stelle dafür, weil das Licht in der Ecke schlecht war und man sich über den Fernseher recken musste, um sie in die Hand zu nehmen, aber ich wusste, dass meine Mutter sich gedacht haben musste: *auf Sicherheitsabstand*. Ihr Hochzeitsfoto war dabei gewesen und ein ziemlich schlimmes von mir, auf dem ich in meinem Absolventinnen-Talar leichenblass aussehe. Dazwischen hatte der Urlaubsschnappschuss von uns seinen Ehrenplatz, zu dritt zeitlos in diesem besonderen Moment eingefangen, der zufällig unser gemeinsames Leben festhielt, unser gemeinsames Glück. Natürlich sind die Fotos jetzt alle weg.

Mann und Frau stehen nebeneinander und drehen sich immer noch langsam, der Mann im Uhrzeigersinn, die Frau entgegen, und inspizieren beide mit skeptischer Miene die Umgebung. *Wie könnt ihr es wagen?* Denke ich empört. *Wir könnt ihr es wagen, im Wohnzimmer meiner Eltern herumzustehen und darauf herabzuschauen? Sie waren gute Leute. Was auch immer der Makler euch da gerade erzählt hat, ihr seht euch kein unglückliches Zuhause an. Ihr solltet dankbar sein für die Chance, den Raum bewohnen zu dürfen, den sie bewohnt haben. Wir waren hier glücklich. Wagt es ja nicht, die Nase über sie zu rümpfen.*

All diese Zeit habe ich das, was mir zugestoßen ist, mir selbst vorgeworfen, die Schuld bei meiner eigenen

Dummheit gesucht. Wieso haben wir Frauen nur so eine unerschöpfliche Kapazität, uns an allen möglichen Situationen selbst die Schuld zu geben? Wird uns das als ein zusätzliches X-Chromosom vererbt? Verdammt, was stimmt nicht mit uns? Jetzt erst wird mir bewusst, was mein Tod meinen Eltern angetan hat, was sie meinetwegen durchmachen mussten – und in mir steigt die kalte Wut immer weiter hoch, bis ich aufgeschwemmt bin wie etwas Unbeschreibliches, wie Thomas Warren, voller Hass und Bitterkeit, und ich bin … Was bin ich? Ein Nichts, denn das tut man einer Person an, die man tötet: Man macht sie zunichte, zu einem Nichts. Sie wird aus der Welt genommen, und nichts, was sie denkt oder tut, ob gut oder böse, kann noch irgendwem helfen oder schaden. Es ist entsetzlich, unwiderruflich – monströs. Ich schieße im Sturzflug hinab und lasse dieses Haus hinter mir, während mich die Wut über mich hinauswachsen lässt, und jetzt weiß ich, wen ich aufsuchen werde.

SIEBTER TEIL

21

Als ich von meinem Besuch auf dem Friedhof und in meinem Elternhaus zurückkehre, ist es dunkel. Ich gehe schnurstracks am Bahnhof vorbei, über die Crescent Bridge, die Thorpe Road entlang und biege in die ruhigeren Nebenstraßen ein, die zu meiner Wohnung führen. Der Weg ist so fest in meinem Unterbewussten verankert, dass ich keinen Gedanken daran verschwenden muss. Und schon steht es vor mir, das Haus, in dem ich gewohnt habe: der kleine Kasten von einem Wohnblock aus billigen orangefarbenen Backsteinen und hellgrauem Mörtel; die schwere grüne Tür mit dicken Glasscheiben; der Hausflur in der Mitte und das schlichte weiße Treppenhaus; drei Wohnungen auf der einen, drei auf der anderen Seite.

Mein Zuhause. Die Haustür fiel immer viel zu laut ins Schloss – sehr zum Verdruss von Mrs. Abaza. Die Mülltonnen auf den Betonplatten, nicht groß genug für sechs Parteien, quollen regelmäßig über. Die Wohnungen selbst waren auch klein: Es war ein Haus für Singles, für Leute, die jung genug oder alt genug oder einfach alleinstehend genug waren, um nicht in die Paarnorm zu passen. Dort zu sein, hieß in meiner Erinnerung, sich ein wenig ausgemustert vorzukommen, ein wenig – unzulänglich.

Ich bleibe draußen und betrachte die schmucklose Fassade, beleuchtet von der einzelnen hohen Laterne neben den Mülltonnen. Jemand hat einen Haufen vollgestopfter Supermarkttüten mit verknoteten Griffen neben der Haustür abgelegt, obendrauf ein durchweichter Schuhkarton. Es ist nichts Besonderes, könnte man meinen, eine Wohnung in diesem Haus, wenn sie nicht alles ist, was man hat. Mattys Auto ist nicht in Sicht, aber er könnte sich ein anderes zugelegt haben oder damit weggefahren sein. Ich lungere noch etwas draußen herum und beobachte die Fenster. In den Wohnungen im Erdgeschoss und ersten Stock auf der rechten Seite brennen ein paar Lichter, aber die linke Seite, meine, scheint im Dunkeln zu liegen. Das Schlafzimmer geht nach vorne raus, und die Vorhänge sind aufgezogen, also wird wohl niemand da sein.

Die Vorstellung, dass Matty in meinem alten Bett schläft, allein oder zu zweit – ich weiß nicht, was von beidem ich widerlicher finde.

Meine Eltern müssten die Wohnung geerbt haben – ich bin ohne Testament gestorben, sie waren meine nächsten Angehörigen. Ich frage mich, ob sie zu gutmütig waren, um Matty vor die Tür zu setzen. Bestimmt war es das Letzte, woran sie in ihrer Trauer dachten, die Wohnung zu verkaufen und sich die zehn Prozent Anzahlung herauszuholen, die ich geleistet hatte. Nichts würde mich glücklicher machen, als zu wissen, dass sie einen kleinen Vorteil daraus ziehen, sich einen neuen Teppich im Flur, eine schöne Urlaubsreise leisten konnten: Ich hätte mich so für sie gefreut, wenn sie sich mit ihrem Mini-Erbe etwas Schönes gegönnt hätten. Jetzt, da ich weiß, dass sie sich scheiden ließen, überlege ich bedrückt, dass sie von dem Verkauf wahrscheinlich die Anwalts- und Umzugskosten bezahlen mussten, all die traurigen Ausgaben, wenn man einen Haushalt auflöst und zwei getrennte in verschiedenen Landesteilen gründet. Das Geld, das ich gespart hatte, um mir ein Zuhause, eine wohnliche Atmosphäre zu schaffen, half am Ende ihnen, ihres abzuschaffen. Was sie wohl mit meinen Sachen gemacht haben, meinen Kleidern und Büchern? Bestimmt wollten sie sie nicht wegwerfen. Garantiert steckt alles irgendwo in Kisten und Kasten und nimmt Platz weg, den sie beide nicht mehr haben.

Ich bin vor über anderthalb Jahren gestorben. Mit Sicherheit ist Matty nicht mehr hier. Während ich hinsehe, geht eine Lampe an, nicht im Schlafzimmer, sondern im Bad. Das Milchglasfenster lässt sich nicht mal öffnen, ebenso unnütz wie der Winzbalkon nach hinten raus – deshalb brauchte das Bad einen Sauglüfter.

Es fühlt sich wie eine Art Geste an, diese kleine Beleuchtung, das vom Glas gefilterte gelbe Rechteck. Ich habe das seltsame Gefühl, dass mir die Person in der Wohnung ein Signal sendet.

Ich betrachte das Licht und denke daran, wie ich am ersten Morgen nach meinem Einzug in der Wohnung aufgewacht und vor dem Aufstehen etwas im Bett liegen geblieben bin. In der Nische stapelten sich Kisten und Taschen, weil ich noch auf den bestellten Kleiderschrank wartete – das einzige fertig aufgebaute Möbelstück war das Bett, in dem ich schlief. Da lag ich also, starrte an die Decke und aalte mich im Reiz des Neuen, mein erster Morgen in meinem eigenen Reich, das mir zwar noch nicht ganz gehörte, aber die Hypothek lag einzig und allein in meiner Verantwortung, jede Tasse, jedes Handtuch hatte ich persönlich ausgesucht. Selbst wenn ich mich mit allem falsch entschieden hatte, waren es durch die Bank meine Entscheidungen.

Die Freude daran ging mir nie ganz verloren, auch nicht, als mir ab dem dreißigsten Lebensjahr alle Welt weismachen wollte, dass ich mich als alleinstehende Frau ein wenig einsam, ein wenig liebeshungrig fühlen müsste. Ich konnte ihnen nicht erklären, dass ich manchmal, wenn ich an einem Sonntag in aller Frühe die Türen zum Minibalkon öffnete, die Morgensonne ins Zimmer fluten ließ und mit meinem eigenen kleinen Kaffee aus der Cafetière und einem aufgebackenen Croissant frisch aus dem Ofen, mit Himbeermarmelade drauf, im Schneidersitz dasaß, den Blick über die anspruchslose Grünfläche schweifen ließ und die Vögel singen hörte, schlicht und ergreifend das Gefühl hatte, dass genau das, so mit meinen Gedanken und meinem Frühstück allein zu sein, ganz bestimmt mit das Romantischste war, was man mit sich anfangen konnte.

Ich richte den Blick auf das kleine beleuchtete Milchglasviereck und denke an die Person dahinter, ob junger Mann oder junge Frau, so gut wie sicher Single, und weiß, auch ohne die Wohnung zu betreten, dass Matty nicht da ist. Jemand anderes hat sie gekauft, vielleicht erst vor Kurzem: eine junge Person, die auf ihre erste eigene Bleibe gespart hat, sich womöglich Sorgen macht, auf was man sich da eingelassen hat, was wäre, wenn man arbeitslos wird; oder auch jemand frisch Geschiedenes, auf einen Neuanfang hoffend. Wer auch immer es sein mag, ich wünsche der Person guten Schlaf und ein glückliches Leben. Jedes Mal wenn sie eine Zeitung aufschlägt, den Fernseher einschaltet oder sich mit Freunden oder Verwandten unterhält, wird man ihr einreden wollen, was sie hat, sei nicht genug, sie solle mehr anstreben: eine schickere Bleibe, einen Partner oder eine Partnerin, eine Familie. Jedes Signal, das ihre Umwelt aussendet, wird sie anstacheln, nach Größerem, Besserem zu streben. Ich wünsche ihr die Kraft, das, was sie hat, zu genießen. Ich wünsche ihr nichts Aufregenderes oder Spektakuläreres als Zufriedenheit.

Wahrscheinlich könnte ich tagsüber ins Krankenhaus gehen, aber ich bin nicht daran interessiert, Matty bei der Arbeit zu sehen, wo er am glanzvollsten agiert, sich von seiner charmantesten Seite zeigt, am meisten bewundert wird. Ich weiß, wie er sich dort gibt, kenne sein Auftreten in der Öffentlichkeit. Ich will wissen, was er in seinem Privatleben treibt.

Es braucht seine Zeit, aber schließlich finde ich ihn da, wo ich ihn finden will: auf Achse. Freitagabend im Zentrum von Peterborough, und Dr. Matthew Goodison sitzt im warmen, schummrigen Dunst eines indischen Restaurants namens Bengal Tiger. Er geht mit einer Frau essen, die ich auf den ersten Blick als seine neue Freundin erkenne – relativ neu, wie ich gleich am Knistern zwischen ihnen merke, der leichten, aber flächendeckenden Elektrizität, wie man sie zu Beginn einer Beziehung spürt. Ich brauche die beiden nur anzusehen und kann mir denken, dass sie schon ein paar Dates hatten, aber noch nicht miteinander im Bett waren. Die Spannung zwischen zweien, die Sex wollen, aber noch nicht hatten, ist unverkennbar.

Sie sitzen in einer Nische, einander gegenüber auf gepolsterten Bänken mit dunkelrotem Samtbezug. Matty sieht sie unverwandt an, während sie redet. Er greift nach einem Stück Naan-Brot auf dem Tellerchen zwischen ihnen, reißt einen Streifen ab und legt ihn ihr auf den Tellerrand. »Ich bin so froh, dass du einen Inder ausgesucht hast«, sagt er. Mit der Gabel gestikuliert er in ihre

Richtung, kommt dabei ihrem Gesicht so nahe, dass sie zusammenzuckt. »Du«, sagt er mit Bestimmtheit, »hast ein Händchen dafür zu erraten, was ich mag.«

Sie wendet lächelnd den Blick ab, sieht sich dann das Stück Brot neben ihrem Teller an und schüttelt den Kopf. »Nein, schon gut, danke. Ich hab Reis.«

»Iss es. Du bist zu dünn«, erwidert er.

Mit noch einem kleinen schüchternen Lächeln nimmt sie den Naan-Streifen, tunkt ihn in eins der Currys auf ihrem Teller und isst.

Während sie herunterschluckt, sagt er mit ermunterndem Nicken: »Gut so. Du wolltest gerade sagen …«

»Nein«, sie schüttelt wieder den Kopf, »red du weiter.«

Er sieht ihr in die Augen, bis es ihr unangenehm wird und sie den Blick senkt.

»Was du mir noch nicht gesagt hast …«, murmelt er. Er fixiert sie weiter tief und fest mit diesem prüfenden Blick aus grauen Augen, ein Blick, der wirkt, als wolle er ihre Seele ergründen.

Sie schaut auf, und ich sehe, wie sie seinen Blick erwidert und wie es vor meinen Augen passiert, wie sie unter der Intensität, die er ihr widmet, dahinschmilzt. Sie hat ein sehr zierliches Äußeres, eine winzige Nase, braune Augen, glatte dunkle Haare mit schnurgeradem Pony. Sie könnte ein Model für die Kollektion einer französischen Modemarke sein, so schlank und hübsch, wie sie aussieht. Man kann sie förmlich in frisch gebügelter weißer Bluse mit dunkelblauem Trägerrock vor sich sehen. Ich schätze sie auf um die dreiundzwanzig, höchstens fünfundzwanzig.

»Du bist alleinerziehend.«

Kurzes verlegenes Lachen. »Ach herrje, nein, sieht

man mir das wirklich an? Wann bist du darauf gekommen?«

»Na ja, es musste etwas Wichtiges sein, sonst hättest du nicht gemeint, du hättest es mir gleich sagen sollen. Ich hab's eigentlich schon bei unserem ersten Date irgendwie erraten, aber ich hab mir gedacht, ich warte mal ab, bis du so weit bist, es mir zu sagen.«

»Im Ernst?«

Mit schiefem Grinsen häuft er ihr einen Nachschlag vom Currygericht auf den Teller, leuchtend weiße Fischstücke in oranger Soße; ein Grinsen, das besagt: *Natürlich, was denkst du denn?*

»Meine kleine Tochter, sie heißt Estella, kann ich sie dir zeigen? Sorry, wenn du keine Kinder hast, ist es megalangweilig, ich weiß …«

Noch bevor sie mit dem Satz fertig ist, hat sie ihr Handy aus der Handtasche gekramt. Ihre Augen strahlen vor Liebe, und während sie aufs Handy schaut, entgeht ihr Mattys Gesichtsausdruck, aber ich sehe ihn.

Sie hält ihm das Handy hin, und er setzt ein entwaffnendes Lächeln auf und nimmt ihr das Telefon aus der Hand, um sich das Foto besser ansehen zu können. »Meine Güte, sie ist großartig! Wie *frech* sie aussieht!«

»O ja, das kann man wohl sagen, die kleine Madame, keine Frage, wer hier der Boss ist …« Bei diesen Worten lächelt die junge Frau mit entspannt gesenkten Schultern über das ganze Gesicht. Sie streckt eine Hand nach ihrem Handy aus, aber Matthew gibt es nicht her, hält den Blick darauf gerichtet und beginnt zu wischen.

Nach vier Bildwechseln sagt er: »Und wer ist das?« Er dreht das Smartphone zu seinem Gegenüber um, ohne es aus der Hand zu lassen.

»Ach«, das Gesicht der jungen Frau sieht nicht mehr ganz so angeregt aus, »das ist Estellas Dad … Wir haben uns vor einem Jahr getrennt.«

»Aber du hast noch ein Foto von ihm auf deinem Handy.«

»Sie geht jeden Freitag nach der Kita zu ihm, kommt am Samstagnachmittag wieder, manchmal bleibt sie das ganze Wochenende oder übernachtet auch mal unter der Woche dort, wir haben keine festen Besuchszeiten. Ist schon okay, aber …« Sie schaut schulterzuckend auf ihren Teller, greift nach der Gabel und schiebt ein Spinatblatt im Kreis herum. »Du weißt schon, man hat's nicht leicht.«

»Warum hast du noch ein Foto von ihm auf deinem Handy?«

Ich kann ihre ganze Beziehung voraussehen. Die junge Frau heißt Shelley. Sie hat ein kleines Haus in Longthorpe – ihre Eltern haben ihr und ihrem Ex-Freund ausgeholfen, als sie schwanger war, mit der Abfindung ihres Vaters und etwas Geld von ihrer Oma. Sie arbeitet als persönliche Assistentin des Personalchefs der Cambridgeshire Energy Company, ein großer Arbeitgeber hier in der Region. Sie macht ihre Arbeit gut, lässt die kleine Estella aber nur ungern währenddessen den ganzen Tag in Betreuung. Viel lieber wäre es ihr, wenn sie mit ihren drei Jahren nur vormittags in den Kindergarten müsste, aber sie kann ihre Mutter nicht bitten, sie fünf Tage die Woche abzuholen und sich den ganzen Nachmittag um sie zu kümmern, die ist nicht bei bester Gesundheit, und was sollte sie während der Schließzeiten machen?

Matthew ist alles, was ihr Ex-Freund nicht war;

freundlich und aufmerksam, will er alles über sie wissen, ist ausnahmslos interessiert und erkundigt sich, wo sie abends ist und was sie anhat. Er mag es, wenn sie kurze Kleider trägt – sie ist winzig, manchmal sieht sogar ein Teil in Kleidergröße 34 etwas weit an ihr aus –, und als er von ihr verlangt, ihre Jeans und Leggings auszusortieren, weil ihr Kleider viel besser stehen, macht sie es. Als das neue Jahr erst sechs Wochen alt ist, zieht Matthew zu ihr und ihrer Tochter in die Doppelhaushälfte in Longthorpe.

Bald darauf geht es los, obwohl es natürlich schon lange vorher angefangen hat, als Matthew ihr Brot, das sie nicht essen will, auf den Teller legt und sie es trotzdem isst, weil es irgendwie süß ist, dass er sie dazu auffordert, und es ist doch nur nett gemeint von ihm, oder?

Von mir erzählt Matty Shelley das erste Mal – tja, als sie sich streiten. Einen Monat nachdem Matty bei ihr eingezogen ist. Es gibt ein Wiedersehenstreffen mit Kollegen von ihrer alten Arbeitsstelle, und sie kann ihr neues Glück noch kaum fassen, dass jemand außer ihr da ist und sie nicht jedes Mal ihre Mutter bitten oder einen Babysitter nehmen muss. Sie betrachtet das keineswegs als selbstverständlich, sondern fragt ihn rechtzeitig vorher: »Besteht vielleicht die Möglichkeit, dass du am Donnerstag auf Estella aufpasst, damit ich zu diesem Treffen kann?«

Und da, als sie ihn fragt, an dem Montag, nimmt er ihr Gesicht in beide Hände, küsst sie auf den Kopf und sagt: »Klar, kein Problem, ich pass auf, dass ich in der Arbeit pünktlich Schluss mache. Ist bestimmt gut für mich, sie ins Bett zu bringen, damit wir uns anfreunden.« Sie freut sich, das zu hören, weil sie sich Sorgen macht, dass Estella ihm manchmal etwas auf die Nerven geht – verständlich, so sind Dreijährige nun mal, und er hat noch nie zuvor mit einem Kind unter einem Dach gelebt, also hat sie Verständnis für ihn und erklärt Estella, warum es wichtig ist, dass sie sich in seiner Nähe brav benimmt.

An dem fraglichen Abend, dem Donnerstag, kommt Matthew später nach Hause als angekündigt, aber sie ist aufbruchsbereit, als er zur Tür hereinkommt, und hat Estella ihr Abendessen gegeben und sie in den Schlafanzug gesteckt, er muss die Kleine also nur um halb acht vom Fernseher loseisen und ihr vorlesen. Sie hat Estella eingeschärft, brav zu sein. Als sie zur Tür geht, kommt er zu ihr, nimmt ihr die Handtasche von der Schulter, macht sie auf und holt ihre Geldbörse raus.

»Was machst du da?«, fragt sie.

Er öffnet die Geldbörse, runzelt die Stirn, zieht einen Zwanzigpfundschein aus seiner Tasche, faltet ihn zu einem kleinen Quadrat und steckt ihn in ihre Börse. »Du nimmst nie genug Bargeld mit«, sagt er, »das ist eine schlechte Angewohnheit.«

Sie lacht. »Matty, sogar in Pubs kann man jetzt mit Karte zahlen, und ich bestell mir ein Uber nach Hause, wenn niemand mich mitnimmt.«

»Das ist nicht gut«, sagt er energisch, steckt die Geldbörse in ihre Handtasche zurück, hängt ihr die Handtasche wieder an die Schulter und bückt sich, um sie auf den Kopf zu küssen. »Mir gefällt nicht, dass du ohne Bargeld für Notfälle ausgehst. Und steig zu keinem ins Auto, der getrunken hat, ja? Versprochen?«

Was der sich immer für Sorgen macht, also wirklich. Noch nie war sie mit jemandem zusammen, der so um ihre Sicherheit bemüht war. »Versprochen«, sagt sie, legt ihm eine Hand an die Wange und lächelt nachsichtig. Nicht zum ersten Mal, denkt sie, kann sie ihr Glück kaum fassen.

Nach einer Stunde Zusammensein mit ihren alten Kollegen kommt die erste SMS von Matthew an. Estella gibt keine Ruhe. Er will wissen, wie lange sie noch bleibt.

Als sie sich am Wochenende, am Samstagmorgen, streiten, weil er sie so mit SMS bombardiert hat, dass sie ihren Abend früher abbrechen musste, gerät es dermaßen aus dem Ruder – es ist ihr erster richtig heftiger Streit mit Gebrüll –, dass sie zur Haustür geht, sich mit ihren Sneakern auf die unterste Treppenstufe setzt, die Füße hineinsteckt und sich zum Zubinden bückt. Er folgt ihr aus der Küche und will wissen: »Was machst du? Wo gehst du hin?«

»Raus!«, faucht sie. Estella ist bei ihrem Vater. Und sie selbst kann verdammt noch mal machen, was sie will.

Und da passiert es das erste Mal. Er bückt sich, zieht ihr die Schuhe von den Füßen und wirft sie der Reihe nach quer durch den Flur. Einer prallt von der Wand ab und fällt runter, der andere segelt durch die offene Tür ins Wohnzimmer. Er hackt mit einem Finger in der Luft vor ihrem Gesicht herum und brüllt mit verzerrter Miene: »Scheiße, du gehst nirgendshin, verstanden! Du verlässt dieses Kackhaus nicht, Shelley, verflucht noch mal!«

Sie weicht nach hinten aus Richtung Treppe, bloß weg von ihm.

Er wirbelt dorthin herum, wo ihre gemeinsame Schuhsammlung ordentlich im Schuhregal neben der Tür aufgereiht ist, bückt sich, packt das Regal von oben und hebt es hoch, schleudert es gegen eine Wand. Schuhe fliegen kreuz und quer durch die Gegend, und Shelley hält sich schützend einen Arm vors Gesicht. Mit metallischem Klacken stößt das Regal an einen Heizkörper, ehe es zu Boden fällt. Matthew geht ins Wohnzimmer, setzt sich aufs Sofa, schlägt sich die Hände vors Gesicht und schluchzt krampfartig.

Schwer atmend, bleibt sie eine Weile auf der Treppe sitzen, ehe sie schwankend auf die Beine kommt, sich in den Türrahmen des Wohnzimmers stellt, ihn ansieht und sich fragt, was zum Teufel da gerade passiert ist. Während seine Schluchzer verebben, bleibt sie, wo sie ist.

Er reibt sich wie wild mit beiden Händen das Gesicht, das rot und verzerrt ist, während er auf den Teppichboden vor sich starrt. Und da erzählt er ihr von mir.

»Eine Sache weißt du noch nicht …«, setzt er an, und ihr wird schlecht beim Gedanken, was jetzt wohl kommt. Ist er krank? Ist etwas Schlimmes passiert? Hat er etwas mit einer anderen angefangen und überlegt schon die ganze Zeit, wie er es ihr sagen soll?

»Erinnerst du dich an diese junge Frau, die im Bahnhof gestorben ist, vor etwa zwei Jahren?«, sagt er. »Es war in der Zeitung, ich weiß nicht, ob du es gesehen hast, regional wurde ziemlich viel drüber berichtet.«

Sie denkt kurz nach und sagt: »Ah ja, und dann hat ein Jahr später ein anderer das Gleiche gemacht, nicht? Dieselbe Stelle. Bei dem kam raus, dass er ein Pädophiler war oder so, sie hatten ihn festgenommen. Durchgeknallt, alle beide.«

»Die junge Frau war meine Freundin. Wir haben damals zusammengewohnt.«

Sie fühlt sich so furchtbar wie selten – wie herzlos ihre letzte Bemerkung war! Wir konnte sie nur so etwas Gemeines sagen.

»Sie hieß Lisa.«

Da erzählt er ihr von mir und von meinen psychischen Problemen: wie labil ich war, wie eifersüchtig und klettenhaft, wie ich manchmal mitten in der Nacht aufgestanden und weggelaufen bin und was für ein Albtraum das für ihn gewesen sei, weil er nie gewusst habe, wo und ob ich in Sicherheit gewesen sei. Und dann, eines Nachts, waren seine Befürchtungen eingetreten – es hatte geklingelt, und er war die Treppe runtergerannt und hatte mit mir gerechnet, aber als er die Tür aufmachte, war es die Polizei gewesen.

»Es ist bloß so«, sagte er, »wenn ich dich nicht erreiche, wenn ich nicht weiß, wo du bist und ob du in Sicherheit bist, ist das für mich einfach grauenvoll. Dann kommt das alles wieder hoch.«

Da schämt sie sich fürchterlich. Sie geht vor ihm in die Knie, nimmt ihn in die Arme und sagt ihm, wie leid es ihr tut. Sie verspricht ihm, nie im Streit von ihm fortzugehen. Beteuert ihm aus tiefster Überzeugung, dass sie ihn liebt. Kein Wunder, dass er manchmal ein bisschen überbehütend ist – sie hat vollstes Verständnis. Er tut ihr so leid – sie wünschte nur, er hätte ihr das alles schon viel früher erklärt.

Zwei Monate später ist sie schwanger, und auch wenn ihr bei diesem letzten Streit so gar nicht wohl war, wird das von Mattys flutwellenartiger Freude weggespült – und von ihrer eigenen. Ein richtiger Stiefvater für Estella, ein zweites Kind – genau die Kleinfamilie, die sie sich immer gewünscht hat.

Als Matthew anfängt, öfter auszugehen, wird es schwierig – er sagt, er mache nur auf Vorrat, was er nicht mehr tun könne, wenn das Baby da sei, und er habe mächtig Stress in der Arbeit, und überhaupt, Schwangere würden leicht mal paranoid, sagt er ihr, und als Arzt müsse er es ja wissen. Es sind die Hormone, erklärt er ihr. Mittlerweile hütet sie sich, ihm zu erwidern, sie habe schon ein Kind gekriegt und wisse Bescheid über Hormone.

Wenn er zu Hause ist, kocht er lauter gesundes Essen mit Brokkoli und Spinat, obwohl sie das Zeug nicht mag. Es wird zum Running Gag zwischen ihnen, mit wie vielen verschiedenen Methoden er es ihr versteckt unterjubeln kann. Er sagt, wenn sie es nicht isst, muss er ihr die Nase zuhalten und es ihr reinzwingen. Schließlich muss sie an das Wohl seines Sohnes denken, das geht jetzt vor – sie darf nicht egoistisch sein, sagt er, führt ihr die Gabel zum Mund und stupst ihre Lippen damit an. Und sollte sie Estella nicht ein besseres Beispiel geben und ihr Gemüse aufessen? Was ist sie bloß für eine Mutter? »Wir *zwingen* Mummy zum Essen, was?«, sagt er zu Estella und blinzelt ihr zu, und Estella, diese Miniaturausgabe ihrer Mutter mit ihrem kleinen Pony, schaut von Matty zu ihrer Mutter und wieder zurück und versucht herauszufinden, wie sie darauf wohl reagieren soll. Shelley sagt sich, auch wenn sie das nicht besonders lustig findet, ist es bloß ein Witz, und lächelt ihrer Tochter beruhigend zu.

Als Matty während ihrer Schwangerschaft das erste Mal ausrastet – da ist sie im dritten Monat –, sieht sie, dass er sie mit beiden Händen an den Oberarmen packen will, und sagt sofort instinktiv: »Tut mir leid, tut mir leid …«, denn sie weiß natürlich, dass er ihr nie etwas antun würde, solange sie sein Baby im Bauch hat; es ist nur ein Reflex. Sie sagt sich, dass sie es später ansprechen wird – im Moment hat sie so viel um die Ohren, da ist es einfacher, den Frieden zu wahren –, und irgendwo im Hinterkopf wird sie den Gedanken nicht los: Sie hat schon eine gescheiterte Beziehung hinter sich, will sie wirklich mit Mitte zwanzig als Alleinerziehende mit zwei Kindern von verschiedenen Vätern dastehen? Matty ist doch die meiste Zeit so toll, sie will wirklich, dass es diesmal gut geht. Das Wasser wird nur ganz allmählich heiß, und aus Sicht des Frosches gibt es keinen bestimmten Zeitpunkt, an dem es überdeutlich anders oder so schlimm wird, dass er raushüpfen müsste.

All das kommt noch. Fürs Erste sitzt Shelley an einem Freitagabend in einem indischen Restaurant. Ihre Tochter ist glücklich bei ihrem Vater und dessen neuer Freundin, und ein Mann, auf den sie total steht und der noch dazu Arzt ist, sitzt ihr gegenüber und schenkt ihr seine volle Aufmerksamkeit. Selbst nachdem sie Messer und Gabel auf ihrem Teller zusammengelegt und sich auf der Sitzbank zurückgelehnt hat, sagt er ihr, sie solle wenigstens ihr Saag Aloo aufessen. Die ganze Zeit kümmert sie sich allein um ein Kind, da tut es ihr richtig gut, dass jemand darauf achtet, was und wie viel sie isst. Als er sie fragt, woran ihre Beziehung zu Estellas Vater zerbrochen ist, erzählt sie ihm nur zu gern die ganze Geschichte.

Er lehnt sich vor und lässt ihr Gesicht nicht aus den Augen, während sie redet. Irgendwann wischt er ihr dabei mit seiner Serviette in der ausgestreckten Hand einen Tupfer orange Soße von der Unterlippe. Sie unterbricht ihren Redefluss, und sie sehen sich in die Augen. Mit langsamer, aber bestimmter Geste zieht er ein wenig an ihrer Lippe, und sie sieht ihn mit fragendem Blick aus großen Augen an. Im Grunde ihres Herzens weiß sie, dass sie der Situation nicht ganz gewachsen ist, doch das findet sie auch erregend. Schließlich ist das Wasser noch nicht heiß, nur verlockend warm, und einen wie Matthew Goodison hat sie noch nie in ihrem Leben kennengelernt.

Den meisten Auslegungen zufolge hängen Leute im Fegefeuer nur herum und läutern sich, indem sie ihre Sünden büßen, während sie auf den Einzug ins Himmelreich warten. In dem Verständnis kommt niemand aus diesem Warteraum in die Hölle – wer die Hölle verdient hat, der ist schon dort. Die Gemeinschaft der Seelen im Fegefeuer besteht aus solchen, die an und für sich in Ordnung waren, nur manches wiedergutmachen müssen, ehe sie aufsteigen können, um ihren ersehnten Lohn im Himmelreich zu empfangen. Sie mögen etwas Zeit auf Bahnsteig sieben verbringen, landen aber mitnichten am Ende auf dem Gleis. Sie schauen bloß auf ihre Uhr, wippen auf den Füßen und pfeifen vor sich hin, bis ihr Zug Einfahrt hat. Schließlich kommt es nicht darauf an, was man eigentlich im Purgatorium macht – sondern, wie lange man dortbleibt. Der Zug um 9.16 Uhr nach Doncaster fährt nicht eine Minute früher ein, und wenn man noch so viel Gutes getan hat.

Manche Leute halten Spukgestalten dafür: für Seelen im Fegefeuer, doch in dieser Sichtweise sind die Bahnsteige und Warteräume nicht nur von denjenigen bevölkert, die etwas zu sühnen haben, sondern auch von jenen, die vor ihrer Zeit gewaltsam und unrechtmäßig aus dem

Leben schieden, denen, die weder auf- noch absteigen können, solange sie auf Erden noch eine Rechnung offen haben. Manche glauben gar, wenn man für die Seele eines Toten betet oder ihr irgendein Opfer bringt, könne man sie etwas vorzeitig aus dem Purgatorium erlösen. Ihr Zug könnte früher einfahren. Daraus folgern wohl manche, dass ein Lebender, der sich die Mühe macht aufzuklären, was dem gewaltsam zu Tode Gekommenen zugestoßen ist, und den Schuldigen überführt, die gepeinigte Seele zu freiem Umherschweben erlösen kann.

Meines Wissens ist dies das erste Mal, dass ein Vergleich zwischen einem mittelalterlichen Mönch und einem Angehörigen der Britischen Bahnpolizei gezogen wurde.

Es ist der Tag, nachdem ich Matty mit seiner neuen Freundin entdeckt und ihr Schicksal vorausgesehen habe. Auf gewisse Weise ist es eine Erleichterung zu wissen, dass ich in der Menschenwelt machtlos bin – was für ein Dilemma, wenn ich die Zukunft ändern, der hübschen, zierlichen Shelley als *Geist der vergangenen Freundin* im Traum erscheinen und ihr erzählen könnte, was ihr bevorsteht. Vielleicht würde ich die Geburt ihres zweiten Kindes vereiteln, Matthews Sohn – und was, wenn dieser Sohn zu dem Wissenschaftler herangewachsen wäre, der ein Mittel gegen Krebs oder Alzheimer entdeckt hätte? An der Zukunft herumdoktern ist grober Unfug und daher auch völlig ausgeschlossen; die Zukunft vorauszusehen und nichts daran ändern zu können, ist ein Fluch.

Was hätte ich Shelley schon sagen können? Dass ihre Verwirrung normal ist. Jeder wäre verwirrt, wenn sich der Mann, der so auf einen versessen schien, als der

Mann entpuppt, der einem jedes Fitzelchen der eigenen Persönlichkeit miesmacht. Lass dich nicht unterkriegen, Shelley, würde ich ihr sagen. Zweifle nicht an dir selbst. Ein Mann soll dich nicht an den Armen packen oder mit Gegenständen schmeißen; ganz egal, wie aufgebracht er ist, es ist nun mal nicht in Ordnung. Wenn dir deine Intuition sagt, dass er dich anlügt, wo er war, dann lass dich nicht von seiner Wut ablenken. Und vor allen Dingen: Sobald er anfängt, dir einzureden, wie paranoid oder unsicher du bist, dass du dir zu sehr den Kopf zerbrichst, dich in etwas hineinsteigerst und dir Dinge einbildest – dann kannst du dir sicher sein, dass du absolut recht hast. Wenn der Augenblick da ist, Shelley: Geh nicht, sondern renn los!

Es ist der nächste Tag, und ich befinde mich im Gebäude der Britischen Bahnpolizei schräg gegenüber vom Bahnhof, in Inspector Barkers Büro im ersten Stock. Er sitzt an seinem Computer und hackt mit zwei wulstigen Zeigefingern so fest auf die Tastatur ein, dass es sich anhört, als ob zwei Spechte sich stritten. Zwischendrin unterbricht er sich immer mal wieder, nimmt die Finger von den Tasten und seufzt schwer. Ich schaue auf die Karte an der Wand hinter ihm. Um den ganzen Bahnhof wurde mit grünem Marker eine Grenzlinie gezogen. Die Station Road ist drinnen, das Great Northern Hotel draußen. Die Linie umfasst die Fahrradständer, aber nicht den Supermarkt Waitrose. Auf der Bahnhofsrückseite beschreibt sie einen Knick, um den Güterbahnhof einzuschließen. Etwas an dieser Umgrenzung erzeugt in mir ein zutiefst mulmiges Gefühl, so wie man sich fühlt, kurz bevor einem schlecht wird, eine unangenehme, noch unerklärliche Empfindung.

Und dann geht es mir auf. Ich starre ungläubig drauf, auch wenn ich eher mir selbst als der Linie nicht glauben kann. Um ganz sicherzugehen, ziehe ich die Linie noch mal mit dem Finger nach, beginnend am Bahnhofshaupteingang einmal im Kreis, und stelle mir die einzelnen, mir nach zwei Jahren so vertrauten Punkte vor, bis ich schließlich wieder am Anfang angelange, vor dem Haupteingang, auf halbem Wege zwischen Bahnhof und den Stufen zum Hotel. Kein Zweifel: Die Linie umfasst die ehemaligen Grenzen meines Bewegungsradius. Sie bildet auf den Meter genau die Zone ab, in der meine körperlose Gestalt umherschweben durfte, das unsichtbare Kraftfeld, das meine Welt begrenzte.

Nicht die Liebe hat mich befreit. Sondern Arbeitseifer. Es war PC Lockharts Pflichtgefühl, das ihn dazu brachte, sich den Tod einer jungen Frau näher anzusehen, ohne dass jemand ihn dazu aufgefordert hätte. Bis dahin war ich gefangen, innerhalb des eng umgrenzten Zuständigkeitsbereichs der Britischen Bahnpolizei, meiner eigenen Unwissenheit und der falschen Annahmen aller anderen, wer ich war und was mir zugestoßen war. Erst als sich dieser junge Mann weigerte, meine offizielle Todesursache zu akzeptieren, konnte ich die Grenze überschreiten.

Pflichtgefühl und Gewissenhaftigkeit haben mich befreit. Matty wollte mich für sich haben; ich wollte Andrew für mich haben; unser beider Verlangen war verzerrt und falsch. Liebe findet sich in der ruhigen Hingabe PC Lockharts an seine Arbeit. *Tun, was getan werden muss.* Selbst der autoritäre alte Inspector Barker glaubt ans Pflichtgefühl und weiß es an Lockhart zu schätzen. Die Lehre ist für uns alle nicht leicht, weil sie glanzlos ist. Sie ist grau und oft genug langweilig, und dazu gehört, morgens aufzustehen, sich die Schuhe anzuziehen und dorthin auf den Weg zu machen, wo man das Richtige tut. Kein Wunder, dass wir uns dagegen sträuben. Kein Wunder, dass uns strahlender Glanz lieber wäre.

Ich habe noch an dieser Neuigkeit zu knabbern, als PC Lockhart im oberen Stock erscheint, herbeigerufen von meiner Offenbarung, und mit den Knöcheln leicht an die halb offene Tür klopft.

Barker schwenkt auf seinem Stuhl herum und sagt in barschem Ton »Herein!«, auch wenn ich, weil ich sein Gesicht sehen kann, weiß, wie sehr er sich über die Unterbrechung freut.

Lockhart hat einen Aktenordner dabei. »Sir«, sagt er beim Reinkommen, »Thomas Warren, wollen Sie reinschauen?«

Barker rümpft die Nase. »Nur wenn ich muss.«

»Alles klar ...« Lockhart zögert, und ich denke, genau jetzt, wo die Warren-Akte für den Untersuchungsrichter fertig ist und in dem Fall keine weiteren Ermittlungen anstehen, könnte Lockhart sich so oder so entscheiden, was mich betrifft – schließlich hat er noch nichts Konkretes in der Hand.

Und dann fällt mir wieder ein, wie ich damals, als ich Andrew das erste Mal sah, in dem Café, und ihn für einen selbstmordgefährdeten jungen Mann hielt, in den ich mich verlieben könnte – wie ich ihn Caleb nannte und der Frau in der Schlange am Fahrkartenschalter *Caleb* ins Ohr flüsterte und sie sich umdrehte, und es kommt auf einen Versuch an: Denn auch wenn ich nichts unternehmen kann, um meinen Tod zu rächen, kann ich vielleicht doch dieses eine tun? Ein einziges, leidenschaftlich ausgesprochenes Wort, mehr braucht es nicht, um ihm den Gedanken einzuflüstern – vielleicht hört er es nicht, aber er wird es spüren.

Ich flitze neben Lockhart, und während er Inspector Barker gegenübersteht, die Akte in Händen, konzentriere ich mich so intensiv wie nur möglich und denke einen Namen in sein Ohr, seinen Kopf, sein Hirn.

Leyla.

Lockhart lässt sich nichts anmerken, doch eine kurze Pause kommt auf, so als sei ihm gerade etwas eingefallen. »Sir, zum anderen Fall. Ich hab die nationale Polizeidatenbank gecheckt und mit den Kollegen von der Cambridgeshire-Polizei gesprochen. Nur eine Sache war auffällig: dieser Arzt, Matthew Goodison, der die seltsame Bemerkung gemacht hat, als ich im Krankenhaus war. Vor drei Jahren wurden sie zu einer Adresse gerufen, wo er mit einer Helen Lovegrove gewohnt hat. Ein Nachbar hat Geschrei und Gepolter gemeldet. Die Freundin kommt zur Tür und schwört, dass es ihr gut geht und alles in Ordnung ist. Zurück auf dem Revier, haben sie es als häuslichen Zwischenfall, keine Straftat, protokolliert.«

Barker sieht Lockhart mit einer Miene an, die ausdrückt: *Und …?*

»Na ja, ich hab diese Lisa Evans schon so gut wie abgeschrieben, aber eins würde ich zuletzt doch gern noch probieren.«

Inspector Barker rümpft schniefend die Nase und denkt mit einem Blick auf PC Lockhart, sosehr er seine drei erwachsenen Töchter und vier Enkel auch liebt, hätte ihn doch nichts stolzer gemacht, als einen Sohn wie Lockhart zu haben, denn auch wenn der der schmale, kopflastige Typ ist, der andauernd ungesunden Süßkram futtert, hat er so was Ruhiges, Beharrliches, das auch mit Tapferkeit zu tun hat. Eine Eigenschaft, die leichter zu erkennen als zu umschreiben ist, was sie aber nicht minder wertvoll macht. Er verschränkt die Arme weit oben auf der Brust, vergisst kurz seinen Bericht und sieht Lockhart herausfordernd an, und der sieht zurück, auf Anweisungen wartend. Mit noch einem Schniefen und nichts als einem kurzen zustimmenden Nicken lässt er den jungen Mann gehen.

22

Ostern war nicht mehr weit. In einer Woche fingen die Ferien an. Unsere Venedigreise war für die Sommerferien gebucht. An diesen drei Tatsachen hielt ich mich fest wie an Seilen aus Lianen, an denen ich über einer Regenwaldschlucht baumelte.

Bloß bis zu den Osterferien durchhalten, sagte ich mir. Ich war erledigt, das war alles – Matty hatte recht, dass ich immer kurz vor Ferienbeginn völlig geschafft war, und am schlimmsten im Frühling, nach einem langen Winter. Ostern kam einem immer spät vor, auch wenn es früh im Jahr lag: der graue März, die Aussicht auf einen verregneten April. Ich kroch auf dem Zahnfleisch über die Ziellinie. Und dann das mit Venedig. Wir hatten jeweils den eigenen Flug und die Hälfte der Hotelkosten bezahlt, Kosten, die uns bei einer Stornierung nicht erstattet wurden. Ich hatte mir online Bilder von Muranoglas angesehen, und es kam mir vor, als warte ein Leben in der Zukunft auf mich, in dem Matty und ich wieder wie zu Beginn unserer Beziehung wären und in einem Haus mit weiß gestrichenen Wänden und einer wunderschönen mundgeblasenen Tropfenvase auf einer antiken Kommode, vielleicht vor einem Spiegel, zusammenlebten. Die Vase hätte Rot-, Lila- und Blautöne und würde das Licht reflektieren, wenn die Sonne zum Fenster hereinschien. Sie hätte einen winzigen Schönheitsfehler, eine längliche Blase in Bodennähe, von dem niemand außer mir wüsste.

»Was kann ich für deine Unsicherheit?!« Mittlerweile ging es fast jeden Abend so.

»Schon gut, ich hab's kapiert. Du bist Einzelkind. Teilen bist du halt nicht gewohnt, stimmt's? Du kannst nichts dafür, aber du solltest wirklich daran arbeiten.«

»Hast du nie genug davon, über dich zu reden?«

»Weißt du, was dein Problem ist? Du denkst zu viel.«

An dem Wochenende vor Ostern, am Samstag, stand Matty morgens auf und sagte: »Ich geh joggen, bin in einer halben Stunde wieder da.« Samstagsfrühstück, Samstagssex: Das war Geschichte.

Eine halbe Stunde verging, eine Stunde, zwei, drei. Wir hatten vorgehabt, shoppen zu gehen – im Kaufhaus John Lewis Küchengeschirr ansehen. Wir waren übereingekommen, früh aufzubrechen, um nicht in die Samstagsmenschenmassen zu geraten. Ich wusste nicht, ob ich allein losziehen und ihm einen Zettel dalassen sollte oder ob der Plan ganz abgesagt war. Allein losziehen, obwohl er eigentlich mitwollte, würde nicht gut ankommen. Ich duschte und zog mich an. Natürlich *konnte* ich allein gehen, dachte ich – war aber wie gelähmt vor Entscheidungsschwäche. Schließlich konnte er jeden Moment zur Tür hereinkommen. Ich wartete noch etwas auf ihn, damit wir zusammen frühstücken konnten, und aß dann eine Scheibe Toast. Ich schrieb ihm ein paarmal auf WhatsApp, aber obwohl die Nachrichten ankamen, wurden sie nicht gelesen. Ich wusste nicht, was ich machen sollte.

Es war nach halb zwölf, als ich seinen Schlüssel in der Tür hörte.

Ich entschied mich für die harmloseste Erkundigung, während ich so dastand und er sich bückte, um seine Laufschuhe aufzubinden. »Du hast lange gebraucht ...«

Er richtete sich auf und sah mich an. »Was soll das heißen?«

Ich blieb beim leichten, beiläufigen Tonfall und lächelte weiter, obwohl einem die Gesichtsmuskeln wehtun, wenn man entgegen innerer Überzeugung lächelt. »Nichts, es ist bloß, du hast gesagt, du bleibst eine halbe Stunde weg …«

»Stoppst du jetzt die Zeit, wenn ich joggen gehe? Hast du ein Problem damit, wie lange ich laufe?«

»Nein, natürlich nicht, du kannst den ganzen Tag joggen gehen, wenn du willst, es ist nur, weil du eine halbe Stunde gesagt hast, deshalb bin ich dageblieben, weil ich gedacht hab, wir wollten zu John Lewis, wenn du wiederkommst. Wenn du gesagt hättest, dass du fast vier Stunden wegbleibst, wär ich allein losgezogen.«

»Es sind nicht fast vier Stunden.«

»Du bist um zwanzig nach neun gegangen, und jetzt ist es kurz vor eins.«

»Es war nicht zwanzig nach neun, sondern kurz vor zehn, und jetzt ist es zwanzig vor eins, wenn du es ganz genau nehmen willst, längst noch nicht eins. Wir wissen ja wohl beide, wie wenig Verlass auf dein Zeitgefühl ist, oder? Da kannst du jede deiner Freundinnen fragen. Du hast es mir selbst mal gesagt, weißt du nicht mehr? Die schmunzeln doch nur noch drüber, dass du es mit der Zeit nicht so genau nimmst. Da kannst du jede fragen.«

Und so fing es an … während er seine Laufschuhe auf den Schuhstapel warf, von dem sie abprallten und auf den Seiten liegen blieben.

»Meine Güte, Lisa, du weißt, wie schwer ich die ganze Woche arbeite …«

»Das weiß ich doch.«

»Ach ja, weißt du das wirklich? Ich merke nämlich nichts davon. Da ackere ich mir die ganze Woche einen ab, und wenn ich samstagvormittags von dem ganzen Stress runterkommen will, brauche ich manchmal eine richtig lange Joggingrunde, sonst macht mich das alles noch total fertig, und mir war nicht klar, dass ich dir eine Erklärung schuldig bin oder mich dafür rechtfertigen muss …«

»Musst du nicht …«

»Offenbar doch.«

»Ich sag ja nur, wenn du mir Bescheid gesagt oder eine SMS geschickt hättest, wie lange du bleibst, hätte ich ausgehen und selber was unternehmen können. Ich bitte dich nur, dass du Rücksicht auf mich nimmst, Matthew.«

»Ach, jetzt bin ich also rücksichtslos, ja? Komisch, ich erinnere mich nicht, dass du dich über meine Rücksichtslosigkeit beschwert hättest, als ich gestern Abend gekocht *und* gespült hab. Na, jedenfalls hab ich nie gesagt, wie lange ich wegbleiben würde.«

»Doch, du hast gesagt …«

»O Gott, jetzt geht das schon wieder los, du mit deiner überreizten Fantasie.«

»Du hast gesagt: *Ich bin in einer halben Stunde wieder da.*«

»Das hab ich nie gesagt. Es kann gar nicht sein, weil ich nicht gewusst hab, wie lange ich wegbleiben würde, als ich gegangen bin, oder? Ich hatte mich noch nicht für eine bestimmte Strecke entschieden, also kann ich es gar nicht gesagt haben.«

Das hab ich nie gesagt gehörte zu Matthews Lieblingssätzen.

Er stelzte in die Küche und schenkte sich ein Glas Wasser ein. Er stürzte es in einem Zug runter, knallte es auf die Arbeitsfläche, wischte sich wütend mit dem Handrücken über den Mund und wandte sich kopfschüttelnd zu mir um. »Ganz ehrlich, Lisa, manchmal frag ich mich, ob mir was entgangen ist. Was haben wir noch mal letzten Sonntag gemacht?«

Ich wandte mich ab und bereute, dass ich überhaupt etwas zu seinem Lauf gesagt hatte, und noch viel mehr, dass ich nicht einfach allein shoppen gegangen war. Er durchquerte die Küche und packte mich am Oberarm.

»Na los, mach schon, sag's mir, was haben wir gemacht?«

»Du weißt, was wir gemacht haben …« Ich hielt den Blick gesenkt und hörte mich erledigt an.

»Los, sag schon. Was war es noch mal?«

»Wir haben meine Eltern besucht, sind vormittags hingefahren.«

»Ganz genau, und während du mit deiner Mutter im Garten warst, was haben dein Vater und ich gemacht?«

»Ihr wart oben im Haus …«

»Wo genau oben?«

Es war immer am besten, ihm gleich die Antwort zu geben, die er hören wollte. »Ihr wart im Bad, du hast dir mit Dad den Spülkasten angesehen. Du hast ihm auf deinem Handy dieses YouTube-Video gezeigt. Du hast ihm erklärt, dass er das nächste Mal, wenn er etwas reparieren muss und nicht genau weiß, wie, alles auf YouTube nachsehen kann. Er ist ganz beeindruckt runtergekommen, weil er nicht gewusst hatte, was man da alles rausfinden kann. Er hat gesagt, dass es viel besser funktioniert als Googeln, weil man so gute Videos über fast alles kriegt. Wenn das nächste Mal irgendwas kaputtgeht, will er es damit probieren.« Wenn ich nicht so müde gewesen wäre, hätte ich ergänzt: *Aber du hast diese ganzen Videos nicht selber gedreht, Matthew, du hast meinem Dad bloß gezeigt, wo man sie findet.*

»Ja, genau, und was haben wir dann gemacht?«

»Wir sind mit ihnen zu dem Buffet in dem einen Pub gegangen. Du hattest rausgefunden, dass es dort Sticky Toffee Pudding gab.«

»Genau, und warum hab ich mir die Mühe gemacht, ein Pub zu finden, das Dattel-Karamell-Küchlein im Angebot hat?«

Ich halte das nicht mehr aus, dachte ich. Ich drehe durch. »Weil Mum das letzte Mal, als wir mit ihnen essen waren, enttäuscht war, dass es keine Dattel-Karamell-Küchlein gab, die mag sie nämlich am liebsten.«

»Genau.« Das hörte sich nach einem Schlusspunkt an, Beweis erbracht. Matthew gab meinen Arm frei und ließ den Kopf hängen, als wäre er der Besiegte, nicht ich.

Versöhnliches Verhalten war immer am besten, wenn ich dem Spuk ein Ende machen wollte. Ich legte ihm sanft die Hände auf die Schultern. »Glaub mir, ich weiß, dass du eine Menge für meine Eltern tust. Du bist ihnen gegenüber sehr aufmerksam, das weiß ich wirklich zu schätzen.«

Er schnaufte. »Ach ja?«

»Ja, natürlich.«

Er seufzte erneut und schüttelte den Kopf.

»Schau mal, es tut mir leid, ich bin halt bloß ungeduldig geworden, mehr nicht, hatte mich aufs Shoppen mit dir gefreut. Hast du was gegessen? Ich mach dir ein Sandwich.« Meine Stimme klang jetzt übertrieben fröhlich und munter. »Jetzt geh schon unter die Dusche, du musst am Verhungern sein. Wir haben Schinken und Käse da, ich kann dir ein getoastetes Sandwich machen, wenn du magst.«

Normalerweise hätte ihn eine Entschuldigung besänftigt, wenigstens fürs Erste, aber er musste meiner Fröhlichkeit die Verstellung angemerkt haben. Er machte einen Schritt aufs Badezimmer zu, blieb stehen und sagte leise, mit dem Rücken zu mir: »Lisa, behandle mich nicht wie ein kleines Kind, das ertrag ich nicht mehr viel länger. Ich hab keine Zeit für deine Selbstsabotage-Spielchen.«

Kurz packte mich die übliche Panik, der reflexhafte Wunsch, alles wiedergutzumachen, bis plötzlich – und völlig unerwartet – die Wut in mir hochkochte und ich es nicht lassen konnte, ihm einen seiner eigenen Sprüche um die Ohren zu hauen, er ging mir glatt und geschmeidig von der Zunge: »Was soll das heißen?«

Da drehte er sich um, und seiner Miene war anzusehen, dass ich einen Riesenfehler gemacht hatte. Das Schimpfen und Streiten, die Rechthaberei – all das würde erst dann ein Ende haben, wenn ich am Boden lag.

In jener Nacht kamen wir um drei Uhr morgens ins Bett. Ich schlief nur ein paar Stunden. Mitten in der Nacht stand ich kurz auf und versuchte, am Küchentisch etwas zu korrigieren, aber die Worte meiner Schülerinnen verschwammen mir vor den Augen.

Den ganzen Sonntag über ging es weiter. Wir verfolgten einander von einem Zimmer ins andere, wie Wohnungskatzen, die nie hinausdürfen, und fielen uns abwechselnd an. Irgendwann sagte er mir, er sei so verzweifelt, dass sich mein Verhalten auf seine Arbeit auswirke. Jemand

Befreundetes habe ihm kürzlich gesagt, er sähe abgemagert und verhärmt aus; seine Kollegen würden ihn oft fragen, ob mit ihm alles in Ordnung sei.

»Was für ein Jemand?«, tappte ich unwillkürlich in die Falle.

»Jemand, den ich kenne«, antwortete er. »Darf ich jetzt keine Freunde mehr haben?«

Warum konnte ich mich nicht zurückhalten? »Ein männlicher oder ein weiblicher Jemand?«

»Ah, geht das jetzt schon wieder los …«

»Wenn du nicht wolltest, dass ich dich frage, warum hast du dann ›jemand Befreundetes‹ gesagt?«

»Weil sie eine Freundin ist, was soll ich sonst sagen?«

»Welche Freundin?«

»Du kennst sie nicht. Ich habe nun mal Freunde, die du nicht kennst, musst du wissen. Ich bin nicht dein Eigentum.«

»Wie heißt sie?«

»Geht dich nichts an, mein Gott, muss ich dir jetzt die Namen all meiner Freunde aufzählen, wie, und dir ihre Lebensläufe vorlegen?«

»Wie lange kennst du diese Freundin schon? Ist sie eine neue oder eine alte Freundin?«

Wir waren im Schlafzimmer. Er fegte seitlich ums Bett herum, und ich wich an die Wand zurück. Er kam mit dem Gesicht dicht an meins heran. »Ich sag dir, was für eine Freundin sie ist: eine, die sich dafür interessiert, ob es mir gut geht. Eine, die aufrichtig besorgt ist, wie unglücklich ich zurzeit bin, und kein von sich selbst eingenommenes kleines Fräulein Einzelkind; sie hat vier Brüder, sie weiß, dass sich nicht alles nur um sie dreht.« Er stieß mir einen Zeigefinger fest gegen das Brustbein.

»Und nein, um deine Frage vorwegzunehmen, ich steh nicht auf sie, sie ist bloß ein richtig netter, aufmerksamer Mensch.«

Ich wollte ihn so gern schlagen. Ich wollte spüren, wie mein Arm schwungvoll weit ausholte, und den Knall und das Klatschen hören, wenn meine Hand auf sein Gesicht traf. Ich hatte noch nie im Leben jemanden geschlagen.

Und dann geschah es, wie aus dem Nichts, das, was ich nur gedacht hatte, aber nie wirklich tun würde – meine Hand machte sich selbstständig.

Über sein Gesicht, das von der Wucht des Aufpralls kurz seitlich weggeschoben wurde, zogen verschiedene Ausdrücke in rascher Folge: Schrecken, Wut, Triumphgefühl. In einer einzigen katzenartigen Bewegung stieß er mich aufs Bett und presste mir mit einer Hand die Brust nach unten, während er mit der anderen weit ausholte. Mit einem wilden Schrei drehte ich das Gesicht zur Seite, drückte es ins Bett und schloss die Augen; selbst in dieser Sekunde roher Angst besaß ich noch die Geistesgegenwart zu denken: *Tu's dann hab ich endlich Gewissheit, dann hat das hier wenigstens endgültig ein Ende.*

Stattdessen kam er mit seinem Gesicht dicht an meins, kauerte über mir und fauchte mich an: »Du bist nicht mal den verdammten Ärger wert, den mir das einbringen würde, Lisa, denn weißt du, was, du bist ein Stück *Scheiße*!«

Später kehrt immer etwas wie Ruhe ein, nach solchen Szenen – eine Ruhe, die keineswegs mit Waffenstillstand zu verwechseln ist.

Matty stürmte aus der Wohnung und blieb den restlichen Sonntag weg. Nachdem ich geweint hatte, schlief ich ein wenig und lag dann lange im Bett, dachte über mein Leben nach und fühlte mich klein und elend. Es ging auf Ostern zu. Ob wir bis zur Venedigreise durchhalten würden? Wohl kaum. Ich war seit einer Menorcareise mit Rosaria vor zwei Jahren nicht mehr verreist und hatte es kaum erwarten können. Und den Verlust von Flug- und Hotelkosten konnte ich mir schlecht leisten. In meiner Vorstellung war Venedig zu dem Ort geworden, wo Matty und ich, fern von daheim und unserer stressigen Arbeit, zu dem zurückfänden, was wir früher einmal gehabt hatten; zu dem Ort, wo wir einknicken, uns gegenseitig entschuldigen und alles wiedergutmachen würden: Gondeln, gutes Essen und Buntglas gemeinsam genießen. Es brach mir das Herz, dass nichts davon wahr werden sollte.

Als Matty später an dem Abend wiederkam, ignorierten wir einander. Ich war die Sonntagszeitungen kaufen gegangen und blieb im Schlafzimmer, wo ich sie las. Er hockte am Küchentisch über seinem Laptop. Als ich rauskam und leise sagte: »Soll ich uns Nudeln kochen?«, stand er auf, nahm seinen Laptop, ging wortlos ins Schlafzimmer und machte die Tür hinter sich zu.

Ich machte Pasta mit Pesto – zwei Portionen. Seine ließ ich im Topf auf dem Herd stehen. Ich wusste, dass er jetzt ein paar Tage nicht mit mir reden würde. Es waren nur noch vier Schultage bis zu den Ferien, und dann konnte ich wenigstens wieder endlos lange schlafen. Ich brachte nur acht oder zehn Gabeln Fusilli runter, ehe ich den Teller wegschob. Danach blieb ich lange am Küchentisch sitzen. Ich musste es bloß bis zu den Ferien schaffen, dann hätte ich Zeit zum Nachdenken.

In dieser Nacht tat ich kein Auge zu. Ich wälzte mich im Bett. Matthew lag seufzend neben mir. Schließlich stand ich auf und rollte mich auf dem Sofa zusammen. Nicht das beste Möbel, um Schlaf zu finden: Zum Beineausstrecken war es zu klein, und weil die Extradecken zusammengefaltet im obersten Fach des Kleiderschranks im Schlafzimmer lagen, musste ich mich mit meinem Wintermantel behelfen. Ich lag wach und dachte: Ich bin eine Obdachlose in meinem eigenen Zuhause.

Sobald ich morgens hörte, dass Matty sich regte, stand ich auf und ging ins Bad. Als ich rauskam, war er in der Küche und machte zwei Tassen Tee. Ich befand mich in einem fast halluzinatorischen Zustand von Müdigkeit, so müde, dass mir alles um mich her kristallklar erschien. Matty machte wenigstens Tee. Es war ein winziges Zugeständnis, doch ich nahm, was ich kriegen konnte.

Er war angezogen und bereit für die Arbeit. Seine Tasche stand schon neben der Tür. Ich war noch im Schlafanzug. Ich würde mich bald anziehen und meinen ausgelaugten Körper zur Schule schleppen müssen, aber für eine Tasse Tee im Sitzen reichte die Zeit noch.

Er brachte den Tee und stellte ihn auf den Tisch. »Danke«, sagte ich mit leisem Stimmchen. Er wandte sich zur Theke um, nahm etwas in die Hand und ließ es vor mich fallen. Es war die Gratiszeitung, die sonntags durch die Haustür eingeworfen wurde, das *Weekend Journal*. Hauptsächlich mit Anzeigen von Gartencentern, aber auf den ersten paar Seiten bringen sie immer auch ein paar Artikel mit Neuigkeiten. Drei oder vier Exemplare wurden in den Hausflur eingeworfen, die fast nie jemand aufhob. Wenn sie auf einem Haufen lagen, warf sie jemand, meistens ich, direkt in die Papiertonne.

Mit einer Hand faltete Matty die Zeitung auf. Mit der anderen hob er seine Tasse an den Mund und nahm einen Schluck Tee. »Vielleicht solltest du das lesen«, sagte er.

Er nahm noch einen Schluck. »So, ich geh zur Arbeit, um den Rest des Tages kranken Leuten beim Gesundwerden zu helfen. Ob sie das wohl ist?« Er klopfte auf die Titelseite der Zeitung. Ich sah sie mir an: ein Frauengesicht auf einem verschwommenen Schwarz-Weiß-Foto.

»Weißt du«, machte er weiter, »die Frau, an der du damals im Sommer vorbeigegangen bist? Du weißt schon, welche. Du hast gesehen, dass sie misshandelt wurde, bist aber weitergegangen, weil du mit deiner Freundin ins Kino wolltest. Ich wollte erst nichts sagen, aber hey, vielleicht bringt es dich auf andere Gedanken als immer nur die, wie schwer dein Leben ist.«

Er drehte sich um, hob seine Tasche vom Boden neben der Tür auf, klopfte seine Jackentasche nach den Autoschlüsseln ab und ging. Ich hörte ihn runtergehen, der flotte Schritt hallte durchs Treppenhaus, die Haustür fiel schwer ins Schloss.

Im Aufmacher wurde von einem örtlichen Gerichtsprozess berichtet. Ein gewisser James Burton war wegen Totschlags an seiner Ex-Partnerin, der sechsundvierzigjährigen Donna Carlton, verurteilt worden. Die Leiche wies Anzeichen von Schlägen und Würgemale auf. Die Anklage wegen Mordes war aufgrund verminderter Schuldfähigkeit abgewiesen worden. Unter strafmildernder Berücksichtigung seiner Reue erhielt der Angeklagte eine vierjährige Gefängnisstrafe. Donna Carltons Schwester wurde mit den Worten zitiert, James Burton sei »von Grund auf böse«. Storys wie diese bringen die Zeitungen jeden Tag.

Ich saß am Küchentisch, den Kopf über den Zeitungsartikel gebeugt, und las ihn mir durch. Das Paar hatte an der Star Road gewohnt. Ich sah mir Donna Carltons Foto genau an, und obwohl es verschwommen war und ihr Gesicht teilweise von einer Stirnlocke verdeckt wurde, bestand für mich kein Zweifel. Das war die Frau, die ich am Fenster gesehen hatte, an dem Tag, als ich es so eilig gehabt hatte, ins Kino zu kommen, an dem sonnigen Tag.

Matty hatte mich durchschaut, hatte hinter die Fassade des kompetenten Ichs geblickt, die ich im Lauf der Jahre sorgfältig errichtet hatte; Jahre, in denen ich mein Leiden überwunden, mich zur Lehrerin ausgebildet, mir eine Eigentumswohnung gekauft und ein reges Sozialleben mit Freunden aufgebaut hatte, die mich mochten. In wenigen kurzen Monaten hatte er das alles durchschaut, weil er intelligent und engagiert war und härter arbeitete als jeder andere Mensch, den ich kannte. Er kannte die Wahrheit über mich. Er hatte den Panzer geliebt, hinter dem ich mich verschanzt hatte, ihn aber durchleuchtet, und jetzt verachtete er mich, weil er die volle und ganze Wahrheit wusste: dass ich der schlimmste Mensch der Welt war.

Ich kann mich nicht erinnern, was ich am restlichen Vormittag tat. Irgendwann am Nachmittag legte ich mich ins Bett, blieb liegen, starrte die Wand an und wartete darauf, dass Matty nach Hause kam. Mein Handy, das noch auf meiner Bettseite eingestöpselt war, klingelte unaufhörlich weiter. Ich ignorierte es.

Als Matty zu Hause war, ging er nicht ins Schlafzimmer. Ich hörte ihn in der Küche mit Geschirr klappern. Irgendwann ertönte leises Stimmengemurmel vom Fernseher, bis er ihn ausschaltete. Ich blieb liegen und weinte leise.

Später am Abend – mir war mittlerweile jegliches Zeitgefühl abhandengekommen – kam er ins Schlafzimmer und sagte: »Scheiße, was machst du im Dunkeln bei offenen Vorhängen?« Er knipste das Licht an, und die jäh auf mich einströmende Helligkeit ließ mich hochschrecken. »Meine Güte«, sagte er, »du siehst zum Fürchten aus.«

Er ging ans Fenster, zog die Vorhänge zu und blieb kurz stehen. »Bist du den ganzen Tag hier gewesen?«, fragte er. Ich nickte, konnte ihn nicht ansehen. »Hast du irgendwas gegessen?«

Er ging in die Küche zurück, und ich hörte das Pling der Mikrowelle. Bald darauf kam er mit der restlichen Portion Pasta vom Vortag wieder. Ich hatte sie in einer Tupperdose im Kühlschrank aufbewahrt, und er hatte sie in eine Schale geleert und etwas Käse drübergerieben.

Ich setzte mich im Bett auf, nahm ihm die Schüssel ab, hielt sie auf dem Schoß und schaute darauf runter.

Er setzte sich auf die Bettkante. Mit ruhiger, leiser Stimme sagte er: »Du brauchst nicht zu glauben, dein Angriff auf mich wäre vergeben und vergessen. So, wie du mich behandelt hast, das verlangt nach einer gewaltigen Entschuldigung!«

An dem Tag brauchte ich mich vor dem Schlafengehen nicht auszuziehen, weil ich mich nicht angezogen hatte. Als Matty ins Bett kam, stand ich auf, ging zur Toilette und putzte mir die Zähne, mehr brauchte es nicht. Zurück im Schlafzimmer, hatte er das Licht schon ausgeknipst.

Während ich ins Bett schlüpfte, dachte ich: Was wohl passiert, wenn ich morgen nicht zur Schule gehe – ist das der Anfang einer Entwicklung, an deren Ende ich meine Stelle verliere? Und alles andere auch? Matty hasst mich, er wird bald ausziehen. Wie soll ich ohne meine Arbeit die Hypothek abzahlen? Ist es unverantwortlich von einer Lehrerin, sich einfach nicht blicken zu lassen, ohne Erklärung, und nicht mal ans Telefon zu gehen? Das muss Adrian erhebliche Probleme bereitet haben. Aber so bin ich nun mal: eine, die alle enttäuscht. Zu meiner eigenen Überraschung schlief ich ein.

Ich wurde davon geweckt, dass Matty mich an der Schulter rüttelte und laut auf mich einredete. »Also, wo ist sie? Wo ist sie, Lisa? Scheiße, verdammte!«

Ich blinzelte heftig und stützte mich auf einen Ellenbogen auf. »Wo ist was?«, sagte ich schlaftrunken. Grundgütiger, ich war mitten im tiefsten Schlaf gewesen. Dem ersten Tiefschlaf seit ewigen Zeiten. Warum rüttelte Matty mich wach?

Er stand aus dem Bett auf und ging im Zimmer auf und ab. Nach wenigen Schritten musste er wenden, wie ein Tiger im Käfig.

»Es ist Ian, stimmt's?«, sagte er. »Ich bin drauf gekommen. Deshalb tust du mir das an. Du triffst dich mit Ian, und das hier ist alles eine einzige Intrige, mich wie den letzten Dreck zu behandeln, damit ich abhaue und du freie Bahn hast, oder etwa nicht? Stimmt's?«

»Nein, Matty.« Ich setzte mich auf und stützte den Kopf in beide Hände. Herrje, ich war gerade in so einem schönen Schlaf gewesen. »Nein … nein … ich hab Ian seit Monaten nicht mehr gesehen … Wo ist was?«

Er kam auf mich zu, packte mich mit beiden Fäusten oben am Schlafanzug und zog mich dicht an sich. »Wo. Ist. Meine. Entschuldigung? Wo ist sie, Lisa? Wo? So kannst du nicht mit mir umspringen!« Er stieß mich aufs Bett zurück, wandte sich ab und machte sich mit einem frustrierten Aufschrei wieder ans Auf- und Abgehen im Zimmer.

Da bekam ich es mit der Angst zu tun. Er hatte mich nie zuvor in der Nacht geweckt – damit trieb er es auf die Spitze, und ich erkannte, dass nicht nur er mich, sondern auch ich ihn verrückt gemacht hatte. Während er sich umdrehte, zog ich mein Handy vom Ladekabel und ließ es in die Tasche meiner Schlafanzughose gleiten. Mit erhobenen Händen sagte ich: »Matty, du weißt, dass ich dich liebe. Es tut mir leid, das weißt du doch. Schau mal, ich mach uns jetzt Tee, und dann setzen wir uns ins Bett und reden über das alles, ist ja schon gut. Es tut mir wirklich leid, weißt du …«

Da wandte er sich von mir ab und trat gegen die Schranktür, dreimal nacheinander. Krachend und splitternd erbebte sie in ihren Scharnieren.

Mit erhobenen Händen stand ich vom Bett auf. »Hör mal, ich mach uns jetzt Tee.«

Er ging in die Knie und umschlang seinen Kopf mit den Armen.

»Matty, ich bin gleich wieder da.«

Er war in Schranknähe. Ich schaffte es zur Tür. Im Wohnzimmer, von der Schlafzimmertür aus rechts, befanden sich die Garderobe und der Schuhstapel. Ich konnte es mir nicht leisten, mich mit dem Zuschnüren von Turnschuhen aufzuhalten, aber ein Paar Slipper, die ich selten trug, standen ordentlich daneben. Ich schlüpfte hinein und griff nach dem erstbesten Mantel, meinem Arbeitsregenmantel; der war zwar nicht warm genug, aber mir fehlte die Zeit, nach etwas Wärmerem zu wühlen.

Ich flitzte so schnell die Treppe runter, dass meine Füße die Stufen kaum zu berühren schienen. Hinter mir knallte die Haustür zu. Draußen wandte ich mich nach links zur Hauptstraße.

Während ich die Thorpe Road stadtauswärts entlangstapfte, begann mein Handy zu klingeln. Weit war ich nicht gekommen. Ich zog es aus der Tasche und sah es mir an, und das war ein Fehler. Sonst hätte ich es mit »Anruf abweisen« versuchen können, aber kaum sah ich, dass es Matty war, hatte ich zu viel Angst, den Anruf nicht anzunehmen – denn wenn er später gesagt hätte, *du hast gewusst, dass ich angerufen hab, und hast meinen Anruf abgelehnt*, hätte ich nicht lügen können.

Es war ein WhatsApp-Anruf. In meiner Wohnung war sein Netz so schwach, dass er dort normalerweise WhatsApp mit unserem WLAN verwendete.

»Scheiße, wo bist du? Wo steckst du? Scheiße, wo bist du diesmal?«

»Matty ...« Meine Stimme war ruhig, aber er ließ sich nicht unterbrechen.

»Du bist ein verlogenes Miststück, Lisa. Hast du eine Scheißahnung, wie es für mich ist, hä? Hast du auch nur die leiseste Ahnung, was du mir antust? Ich muss um sechs Uhr früh zu meiner Zwölf-Stunden-Schicht raus, ich hab Rufbereitschaft, und, verdammte Scheiße, es ist drei Uhr morgens! Macht es dir Spaß, mich fertigzumachen, jetzt mal ganz ehrlich, ist doch so?«

»Nein, lass mich einfach bloß in Ruhe ...« Hör auf, wollte ich sagen. Ich will nur, dass alles aufhört.

»O ja, als ob ich das könnte, wenn du mitten in der Scheißnacht draußen rumtobst und weiß der Teufel was für verrücktes Zeug treibst, echt jetzt, Lisa, ich hab den ganzen Tag nichts als Scheißdreck um die Ohren, und dann komm ich nach Hause und muss mir den gleichen Müll von dir bieten lassen ... Beleidige mich nicht. Wie kannst du es wagen, mich zu beleidigen? Du schuldest mir eine Scheißentschuldigung, und das weißt du.«

Er redete leiser.

»Bleib, wo du bist. Du gehst die Hauptstraße lang, ich hab dich vom Fenster aus gesehen. Ich komm und hol dich, ich komm genau jetzt und hol dich, verdammt, und dann kannst du dich auf was gefasst machen, denn es hat ja doch keinen Sinn mehr, wenn ich versuche, noch etwas Scheißschlaf abzukriegen, nicht wahr, wenn ich in drei Stunden wieder rausmuss, und es ist so verdammt typisch von dir, dass du keine ...«

Ich brach ab, steckte das Handy in die Manteltasche und sah mich um. Bestimmt war er schon aus der Wohnung, die Autoschlüssel in der Hand. Er würde aus unserer Seitenstraße in die Thorpe Road einbiegen, die breit und leer war, und auch wenn ich immer weitergegangen war, musste er mich klar und deutlich auf dem Bürgersteig sehen, wenn er von unserer Straße aus links einbog. Mir blieben Sekunden.

Ich überquerte die Straße. Rechts ging eine schmale Zufahrtsstraße ab, die steil nach unten zu einer Art Betriebshof hinter dem Bahnhof führte. Ein Eisentor versperrte Autos die Durchfahrt, aber der Fußweg daneben war nicht abgeriegelt. Dort unten war es dunkel, ich hätte Sichtschutz. Ich stand am oberen Ende der Zufahrtsstraße und sah mich zögernd um. *Warum tust du mir das an, Lisa?* Da spürte ich ihn, den Griff, mit dem er mich packen würde – mehr noch, die Macht in seinem Hass und Hohn, wie verächtlich seine leise Stimme klang, die schiere Wucht seiner Abscheu. Matthew hatte mich nie geschlagen und würde es vielleicht nie tun, doch unser Umgang miteinander konnte sich nur immer weiter verschlimmern. Worauf wartete ich, auf irgendein eindeutiges Signal? Ein Mann wie Matthew würde nie die Grenze überschreiten, das war mir jetzt klar, sondern lediglich dafür sorgen, dass es mir immer schlechter und schlechter ging, bis ich keinem einzigen Gedanken in meinem Kopf mehr traute. Wenn man einen Frosch kochen will, setzt man ihn in kaltes Wasser und stellt die Temperatur ganz langsam höher. Er wird sich nicht rühren. Sondern einfach sterben.

Ich sehnte mich nach meinen Eltern. Ich wollte nach Hause. Ich wollte mit Rosie und einer Flasche Prosecco in einer Kneipe sitzen und sagen: *Man sieht es nicht richtig, wenn man bis über beide Ohren drinsteckt, da fehlt einem einfach der Überblick, deshalb hab ich so lange gebraucht, um dahinterzusteigen …* Rosaria wohnte zu weit weg, als dass ich sie zu Fuß erreicht hätte. Ich musste nach Dogsthorpe.

Am schnellsten wäre es gewesen, die Thorpe Road zurückzugehen, doch da hätte ich an unserer Straße vorbeigemusst. Von da, wo ich war, sah ich schon die Lichter der Crescent Bridge – wenn ich die erst überquert hatte, konnte ich einfach links in den Bourges Boulevard einbiegen … oder über den Bahnhofsvorplatz abkürzen, direkt die Bright Street hoch … Lincoln Road, Dogsthorpe Road … Ich hatte zwar einen eigenen Schlüssel, aber was würden meine Eltern von mir denken, wenn ich ihnen um drei Uhr morgens ins Haus schneite? Klingeln wäre das Beste – wenn ich sie mit Geräuschen im Erdgeschoss weckte, würden sie sich zu Tode erschrecken. Dann fiel mir ein, dass ich meine Schlüssel nicht dabeihatte. Damit war das klar. Ich sah schon vor mir, wie sie die Treppe runterkamen, fest in ihre Morgenmäntel gewickelt, mit vor Sorge maskenhaft starren Gesichtern. *Mum, Dad, ich hab einen furchtbaren Fehler gemacht* … Meine Mutter würde – ihre erste Reaktion in jeder Krise – reflexartig Wasser aufsetzen, und gemeinsam würden wir uns um den Küchentisch setzen, während die Dunkelheit draußen blieb und die Uhr vor sich hin tickte, und Dad würde seine Hand auf dem Tisch auf meine legen und sagen: »Du bist durchgefroren, Liebes, soll ich die Heizung anmachen?« Wenn ich ihnen dann erklärte, was geschehen war, wie die letzten paar Monate seit Matthews Einzug gewesen waren, würden sie Blicke wechseln, und mir würden Tränen der Erleichterung über die Wangen laufen, und Mum würde von ihrem Stuhl aufstehen, einen Arm um mich legen, mir die Schultern rubbeln und sagen: »Schon gut, Schätzchen, ich wünschte nur, du hättest uns das alles schon viel eher gesagt.« Ich würde ihnen immer noch nicht die ganze Wahrheit sagen, sondern einen Ausdruck wie »springt manchmal etwas grob mit mir um« verwenden, und da würde mein Vater rot im Gesicht werden. »Da werde ich wohl morgen früh mal vorbeigehen und mir den Knaben vorknöpfen.« Worauf ich lächeln würde. Am nächsten Tag müsste ich mir etwas einfallen lassen, wie ich ein paar Sachen von mir aus der Wohnung herausbekäme – ich würde bei meinen Eltern bleiben, bis Matty auszog –, aber ich würde mir sagen, darüber kann ich mir morgen früh den Kopf zerbrechen.

Ich sah mich um. In unserer Nebenstraße leuchteten die Scheinwerfer eines einbiegenden Autos auf.

Ich wandte mich nach rechts und lief die Zufahrtsstraße runter. Matty würde mir im Auto nicht folgen können. Hier unten war ich noch nie gewesen, aber wenn der Weg für Fußgänger begehbar war, musste er irgendwo hinführen, vielleicht zum Wohnblock am anderen Ende des Güterbahnhofs. Ich wusste es nicht – nur, dass Matty mich auf jeden Fall sehen würde, wenn ich auf der Thorpe Road blieb oder über die Crescent Bridge zurückging.

Die Zufahrtsstraße beschrieb einen Bogen nach links. Erst als ich um die Ecke und von der Hauptstraße aus außer Sicht war, verlangsamte ich das Tempo, um mich umzusehen. Meine Seite des Wegs wurde von sehr hohen Laternenmasten mit kleinen hellen Glühlampen so ausgeleuchtet, dass ich gut zu sehen war; also wechselte ich auf die andere Seite, wo der Wegesrand mit Gestrüpp bewachsen war.

Ich ging vom Weg ab über unbefestigtes Terrain, damit mich auch wirklich niemand sah. Kurz blieb ich stehen, sog keuchend die kalte Luft in die Lungen und sah zum Himmelsgewölbe hoch, so weit entfernt und unermesslich. Ich dachte an all das, was dort oben in der ewigen Schwärze, der alles verschlingenden Dunkelheit war: Flugzeuge und Satelliten, die kleinen Sterne. Jenseits von meiner Umgebung lag eine ganze Welt, dachte ich, wenn ich nur anhalten, zu Atem kommen und mir sicher sein könnte, dass sie da war und auf mich wartete. Ich holte Luft.

Linkerhand standen große, verfallen wirkende Schuppen, mächtig, blassgrau, mit Satteldächern, eins am anderen. Geisterschuppen. Ich ging darauf zu, und als ich auf dem unebenen Boden stolperte, zog ich mein Handy raus, schaltete die Taschenlampe ein und richtete sie nach unten. Ich war über Schotterhaufen gestolpert, mit denen der Boden bedeckt war, Steine jeder Größe, von kleinen Kieseln bis zu faustgroßen Felsbrocken. Im Boden vor meinen Füßen sah ich zwei eiserne in die Erde eingebettete Schienen, die auf die grauen Schuppen zuführten – Originalgleise aus dem neunzehnten Jahrhundert. Es musste sich um die alten Schuppen handeln, in denen früher die Dampfloks abgestellt wurden. Ich dachte daran, wie gern mein Vater sich hier einmal gründlich umgesehen hätte. Ich steckte mein Handy weg und stand im Dunkeln. Jetzt, da ich von der Straße runter und versteckt war, legte ich eine kurze Atempause ein. Matty fuhr wahrscheinlich die Thorpe Road rauf und runter und suchte mich – wie lange noch, bis er aufgab und nach Hause fuhr? Bis ich ungefährdet wieder raufgehen konnte?

Hinter den alten Schuppen stand ein großer zweistöckiger Baucontainer. Die Türen und Fensterjalousien waren geschlossen, aber drinnen brannte Licht. Ich fragte mich, ob es nur Security-Lichter waren oder ob jemand da war, ob ich an die Tür klopfen und fragen sollte, wie ich von hier auf die andere Seite durchkäme, aber nichts deutete darauf hin, dass sich im Inneren etwas regte.

Rechts von mir ragte ein hoher Metallzaun auf, hinter dem gut sichtbar mehrere Eisenbahngleise verliefen. Jenseits der Gleise lag das Bahnhofsgebäude, zu dieser Zeit menschenleer, aber hell erleuchtet. Der Metallzaun war zu hoch und massiv, als dass eine so unbeholfene Person wie ich drüberklettern konnte – jemand Stärkeres und Mutigeres hätte es vielleicht versuchen können. Mist, dass dieser Zaun so unüberwindbar wirkt, dachte ich.

Sonst könnte ich einfach über das erste Gleis springen, die anderen auf der Fußgängerbrücke überqueren und locker zum Haupteingang rausspazieren. Schließlich fuhren jetzt keine Züge, es war mitten in der Nacht und der Bahnhof geschlossen. Ob dann wohl auch der Haupteingang zu war und ich, selbst wenn ich die Gleise überwand, auf der anderen Seite nicht wieder rauskäme?

Ich blieb dort im Dunkeln kurz stehen, schaute über die Straße und durch die stumpfen Silberstäbe des Zauns. Ich sah über die Gleise zum Bahnhof. Von meinem Standort aus war es ein seltsamer Anblick, einen Ort, an dem es tagsüber von Menschen nur so wimmelte, nachts so öde und verlassen zu sehen – ich spähte in das geheime Innenleben, wie es sich Nacht für Nacht dort abspielte. Wie verführerisch, Einblick in eine Welt zu bekommen, der ich nicht angehörte.

Dieses geheime Leben war immer hier, dachte ich, und ich habe nie auch nur einen Gedanken daran verschwendet. In der Luft hing ein Nebelschleier. Fröstelnd wickelte ich mich fester in den Regenmantel. Der nächstgelegene Bahnsteig, Gleis sieben, war der nagelneue, den sie erst vor knapp zwei Jahren gebaut hatten, zusammen mit dem gigantischen Waitrose-Supermarkt – die Störungen durch Bauarbeiten waren monatelang Gesprächsthema in Peterborough gewesen. Ich erinnerte mich noch an die Zeit, als es bloß fünf Bahnsteige gab, und wie unwirklich die glänzenden neuen bei der Eröffnung gewirkt hatten, als gehörten sie nicht richtig zum alten Bahnhof. Einfach durch den Zaun und über die Gleise schnürend, blieb mitten auf dem Bahnsteig ein Fuchs stehen, reglos, mir zugewandt. Obgleich ich zu weit weg und im Schutz der Dunkelheit war, hatte ich das Gefühl, von ihm gesehen zu werden. Mit erhobener Schnauze bellte er einmal wie zur Warnung.

Offenbar stand ich vor der Wahl, mich entweder weiter Richtung Wohnblock durchzuschlagen und zu sehen, ob es weiter oben an den Gleisen einen Durchgang zur Spital Bridge gab, oder umzukehren und ... Noch während ich das dachte, drehte ich mich um, und dort, am anderen Ende der Zufahrtsstraße, zeichnete sich genau in der Mitte vor dem Licht des Baucontainers der Umriss einer großen Gestalt in einem Parka mit Kapuze ab. Das Gesicht verschwand im Dunkeln, aber an der Statur erkannte ich Matty. Er stand stocksteif da, Beine etwas breit, Hände in den Taschen.

Ich hatte kalte Luft in den Lungen, und mein Atem ging so flach, als hätte ich gerade einen Mundvoll zerstoßenes Eis verschluckt. Da überkamen mich kurz Zweifel. Es lag an den Händen in den Taschen, der Reglosigkeit der Gestalt. War es Matty? Oder jemand, der aus dem Baucontainer gekommen war, um nachzusehen, was ich da trieb? Der Zweifel flackerte nur kurz auf, durchzog mich so rasch wie ein Hochgeschwindigkeitszug. Das Gesicht war im Dunkeln verborgen – doch ich wusste, wer auch immer es war, er hatte mich gesehen.

Ich machte kehrt, lief die Zufahrtsstraße weiter und kam Sekunden später ans Ende – im Zaun war ein Tor, das auf die Gleise rechts von mir führte, und ich rannte hin und fasste das kalte harte Metall an, wusste aber, noch bevor ich daran zog, dass es fest verschlossen sein würde. Links von mir lag ein Schrottplatz. Der Zaun drumherum bestand aus schlaffem Maschendraht, am oberen Rand gebogen und eingedellt, lose von alten Betonstützen gehalten – manche Mieter aus dem weiter entfernten Wohnblock hatten den Hof vermutlich als Abkürzung benutzt. Ich zog am Maschendraht, zerrte ihn zu mir heran und nach unten, und er ließ sich leicht absenken. Ich schwang ein Bein hinüber, und schon war ich auf dem Hof, ohne mich noch einmal nach der Straße umzusehen.

Rechterhand standen rostige gelbe Container aufgereiht; links von mir bauchige Stahlwannen voll lang und dünn geformter Betonbrocken. Dahinter ein Stapel alter Holzpaletten, daneben jede Menge Metallblech mit scharfigen Rändern, ein paar hochkant gestellte Holzpaneele und ein Haufen, der nach verrosteten Motorteilen aussah. Am anderen Ende musste es einen Durchgang nach draußen geben. Ich trat hinter einen Container, stolperte wieder auf dem unebenen Boden, hielt an und horchte.

Mein Atem stand wie Wolken in der Luft. Aus der Richtung des Baucontainers war das entfernte Summen irgendeines Generators zu hören. Vom Bahnhof her hörte ich den Fuchs nochmals bellen, danach nichts mehr. Auf dem steinigen Boden musste ich seine Schritte hören, falls er mir folgte. Würde er wirklich so weit hinter mir herkommen? Hatten mich seine Scheinwerfer erfasst, als ich von der Straße abbog und Richtung Güterbahnhof hinunterlief? Hatte ich wirklich ihn gesehen?

Ich beugte mich so weit vor, dass ich um den Container herumspähen konnte. Ich hatte die Zufahrtsstraße und den Fußweg daneben im Blick: Dort war niemand. Hatte ich mir etwa nur eingebildet, dass jemand dastand und mich anstarrte, die Hände in den Taschen seines großen grauen Parkas?

Ich hielt kurz inne, bis sich mein Atem beruhigte, obwohl mir das Herz so fest und hart in der Brust hämmerte, als gehörte es zu einem Räderwerk. Ich schloss kurz die Augen und dachte an den gequälten Klang seiner Stimme, als er mich angerufen hatte. Er war um mich besorgt. Ich dachte an sein Gesicht, als er die Venedigflüge gebucht hatte, wie glücklich und aufgeregt er gewesen war, wie er mich danach geküsst hatte. Ich kniff die Augen fest zusammen. Matty – hatte ich alles falsch verstanden? Er war immer nur um meine Sicherheit besorgt gewesen. Er wusste, wie labil ich war. *Was stimmt nicht mit dir? Warum bist du so paranoid?* Und in einem Moment der Klarheit wusste ich: Ich war so einiges, aber verrückt war ich nicht. Ich zweifelte nicht an mir.

Da hörte ich ein Geräusch, etwas wie das Knirschen einer Schuhsohle auf Schotter, auch wenn ich nicht feststellen konnte, ob es schon auf dem Hof oder noch außerhalb des schlaffen Maschendrahtzauns war. Es reichte.

Am anderen Ende des Hofs war noch ein Drahtzaun, der sich auch leicht runterzerren ließ. So rasch wie beim ersten Mal war ich hinüber. *Siehst du, nicht mal halb so unbeholfen, wie du immer gedacht hast, Matty.* Hohes Gestrüpp wuchs zwischen mir und dem Wohnblock, aber jetzt, nur wenige Meter weiter rechts, hatte ich Zugang zu den Gleisen. Wenn ich ein Stück weit an ihnen entlangginge, würde ich sie im Dunkeln überqueren können – und von dort, wo ich war, konnte ich eine Reihe von Zugangsstufen am Ende von Bahnsteig sieben erkennen, mit einer niedrigen Absperrung, die sich leicht überwinden ließ, um auf den Bahnsteig zu gelangen. Ich würde dort hinauf, dann die Rampe hoch und durch den Fußgängerübergang gehen können.

Drüben auf Bahnsteig eins, in weiter Ferne, sah ich einen einsamen Bahnhofswärter, einen Schwarzen in oranger Warnjacke, irgendein Nachtarbeiter. Er bewegte sich langsam von mir weg Richtung Ausgang. Ich konnte zu ihm rüberrennen. Dann wäre ich ihm zwar eine Erklärung schuldig, aber ich wollte ja aus dem Bahnhof raus, nicht rein und würde mir schon etwas einfallen lassen, eine Geschichte über meine kranke Mutter und dass ich auf schnellstem Wege nach Dogsthorpe musste. Falls irgendwer am Taxistand war, würde ich mir ein Taxi nehmen, aber um diese Zeit war das eher unwahrscheinlich – vielleicht könnte ich den Mann mit der orangen Jacke überreden, mir ein Taxi zu rufen, wenn er nett war, oder sonst würde ich einfach zu Fuß gehen, auch egal – wenn es sein musste, die ganze Lincoln Road entlang.

Der Mann verzog sich. Nicht weggehen, dachte ich, ich brauche dich. Ich warf einen Blick zurück, wo der Schrottplatz im Dunkeln verschwand, und überschritt die erste Schiene. Zwei Sekunden würde ich brauchen, mehr nicht.

Um mich herum explodierte Licht. Die Luft war voller Lärm.

23

Ich wüsste gern, wann genau Matty beschlossen hat, das Leben meiner Eltern, Rosarias, meiner Schulkollegen und dasjenige einiger meiner sensibelsten Schülerinnen zu zerstören, die mit ihrem schier unerschöpflichen Vorrat an Ichbezogenheit und Selbstvorwürfen durchaus in sich gegangen sein und überlegt haben können: *Ich war immer so gemein zu unserer Lehrerin. Ob sie es deshalb getan hat?* Die Nachwehen eines Selbstmords nehmen kein Ende, solange die Menschen, die sich etwas aus der Toten gemacht haben, am Leben sind; sie schlagen weithin Wellen. Selbst jemand, der die Tote nur vom Sehen kannte, kann sein Verhalten bereuen. Ein Selbstmord zerstört nicht nur das Leben des Opfers – aus dem Grund begehen Menschen ihn nur, wenn ihr Schmerz so übermächtig ist, dass er sie unempfänglich macht für den Schmerz, den sie ihren Liebsten zufügen.

Wann es wohl passiert ist? Vielleicht als die Polizei zu meiner Wohnung kam? Das Klopfen, die Beamten, die sich gefasst machen, sich die vorgegebenen Formeln durch den Kopf gehen lassen, die sie verwenden werden – sie nennen es die Todesnachricht. Jetzt weiß ich darüber Bescheid, seit ich die Gespräche in den Büros der Bahnpolizei belausche. Ich kann mir denken, was für Gesichter die Polizisten aufgesetzt hatten, als Matty zur Tür kam.

Ich sehe ihn vor mir, wie er in Schockstarre auf dem Sofa kauert, den Kopf in beiden Händen, und am ganzen Körper zittert vor echtem Gram – schließlich ist er kein Unmensch. Ich stelle mir vor, wie ein Beamter ihm versichert, dass es eine gründliche Untersuchung geben wird, wie ich zu dieser Nachtzeit auf den Schienen enden konnte. Schließlich wissen die Leute nicht über die Güterzüge Bescheid, sagt er, und um 3.15 Uhr morgens, na ja, da würden die meisten einfach annehmen, dass der Zugverkehr ruht.

Der Polizist wird wissen, dass ich einen Monat zuvor als vermisst gemeldet, von seinen Kollegen mitten in der Nacht in verstörter Verfassung aufgegriffen und nach Hause gebracht wurde, wird Matty aber zu diesem Zeitpunkt jede unnötige Aufregung ersparen wollen und ihm daher versichern, dass keine voreiligen Schlüsse gezogen werden. Dieser tragische Vorfall soll von allen Seiten gründlich durchleuchtet werden, sagt der Beamte. Und er meint es auch. Damit kennen sie sich aus bei der Polizei.

Bist du da auf den Gedanken gekommen, Matty? Kann das sein? Nicht einmal du kannst doch wohl dermaßen kalt und berechnend sein?

Wenn du es warst, der am Ende der Zufahrtsstraße zum Güterbahnhof stand, hättest du sehen müssen, wie ich das Gleis betrat. Du hättest den dröhnenden Lärm des Güterzugs hören müssen, der mit knapp hundert Stundenkilometern Geschwindigkeit durchbrauste. Vielleicht warst du sogar so nahe dran, dass dir der Luftzug die Haare aus dem Gesicht wehte. Wenn ja, bist du nicht geblieben, um dir anzusehen, was geschehen war – sondern zu deinem Auto zurückgerannt. Du bist zu unserer Wohnung geflüchtet und hast auf das Klopfen an der Tür gewartet.

Oder hast du dich vielleicht später entschieden? Am nächsten Morgen? Oder ein paar Tage danach, als du dir überlegt hast, wie viele Fragen nach meinem Geisteszustand gestellt werden würden und wie man von dir als meinem Lebensgefährten Antworten darauf erwarten würde? Oder vielleicht war es auch erst kurz vor der gerichtlichen Untersuchung in Huntingdon, während ich ziellos durch den Bahnhof irrte, ohne Erinnerung, was mit mir geschehen oder wer ich gewesen war.

Ich stelle mir vor, was für eine gute Figur du wohl im Zeugenstand vor Gericht abgegeben hast – groß und aufrecht, ein junger Assistenzarzt, um klares und gefasstes Auftreten ringend, trotz des schweren Kummers, der sich auf deinen Gesichtszügen abzeichnete.

Ob du wohl vom Untersuchungsrichter befragt worden wärst oder ob die Bahnpolizei oder Network Rail, die Betreibergesellschaft des Schienennetzes, einen Anwalt genommen hätte, nur für den Fall, dass ihnen irgendeine Beteiligung an der Schuld zugesprochen würde – wie gesagt, ich habe sie im Büro ganz allgemein davon reden hören, weiß aber nicht bis ins Detail, was in meinem Fall geschehen ist. Nehmen wir an, rein hypothetisch, dass es eine Gerichtsanwältin gab. Du stehst im Zeugenstand, und die Anwältin zeigt dir einen Zettel – er wird dir in einem durchsichtigen Plastikbeutel gereicht. Die Anwältin fragt, mit demonstrativ taktvoll gesenktem Blick: »Dr. Goodison, erkennen Sie den Zettel, der Ihnen jetzt gezeigt wird?«

Du nickst. »Ich habe ihn selbst der Polizei gegeben.«

»Und können Sie bestätigen, dass dieser Zettel in Lisa Evans' Handschrift verfasst ist?«

Du nickst, und sie blickt auf und sagt sanft: »Wenn Sie bitte nur fürs Protokoll Ja sagen könnten, Dr. Goodison.«

»Ja«, sagst du laut und deutlich, wobei ich mir vorstelle, meine Mutter, die neben meinem Vater sitzt, könnte kurz verzweifelt aufschluchzen, eine unbeabsichtigte Lautäußerung, die sie gleich darauf unterdrückt. Man hatte sie vor dem Anblick gewarnt, und natürlich sind die forensischen Beweise dessen, was mir zugestoßen ist, grauenvoll – doch während alldem hat sie sich beherrscht. Erst der Zettel hat sie aus der Fassung gebracht, die Vorstellung, dass ihre Tochter diese wenigen Worte gekritzelt hat, die bestätigen, in welcher psychischen Verfassung sie war. Sie wird sich nie verzeihen, dass sie nicht gemerkt hat, wie unglücklich ich war.

»Euer Ehren, wenn Sie gestatten, werde ich zur Schonung des Zeugen den Zettel vorlesen«, sagt die Anwältin, hebt ihre Kopie davon hoch und trägt mit fester Stimme vor: *»›Tut mir leid, ich kann so nicht weitermachen.‹«*

Da hältst du dir eine Hand vors Gesicht, die langen blassen Finger gespreizt. Im Gerichtssaal wird es still. Dann sagt die Anwältin, wiederum sanft: »Dr. Goodison, ich habe nur noch eine Frage an Sie. Verzeihung, aber könnten Sie dem Gericht bezeugen, wo und wann genau Sie diesen Zettel gefunden haben?«

Matty hebt und senkt ein paarmal die Schultern. Er nimmt die Hand vom Gesicht und holt tief Luft. Auf seinen Wangen sind keine Tränen zu sehen, aber die Züge wirken starr, wie gemeißelt, und sehr blass, wie aus gehärtetem Gips. »Ich habe den Zettel gefunden, nachdem die Polizisten weg waren, also später am selben Vormittag, als sie gekommen sind, um mir die Todesnachricht zu überbringen«, sagt er. »Er war auf der Küchentheke neben dem Wasserkocher, hinten in der Ecke, seitlich hinter dem Kocher, deshalb hatte ich ihn vorher übersehen, als sie da waren. Wenn Lisa ihn an auffälligerer Stelle hingelegt hätte, hätte ich ihn gesehen und rechtzeitig etwas unternehmen, ihr vielleicht hinterhergehen können.«

»Sie haben den Zettel gefunden, nachdem die Polizisten an dem Vormittag gegangen waren, die Ihnen die Nachricht von Lisa Evans' tragischem Tod überbracht haben?«

Er nickt.

Oh, Matty, Matty. Selbst bei deiner Lüge mit dem Zettel musst du noch so ein entlastendes Detail dazuerfinden – wenn ich ihn auffälliger platziert hätte, hättest du ihn rechtzeitig gesehen. Du musst dafür sorgen, dass niemand auch nur ein Fünkchen Verantwortung bei dir sieht, und wenn es nur darum geht, einen Zettel zu übersehen.

In der Nacht, in der ich diesen Zettel wirklich geschrieben hatte, einen Monat zuvor, hatte ich ihn tatsächlich gut sichtbar am Ende der Theke liegen lassen. Als ich wiederkam, war er weg, und ich habe nie danach gefragt – mit diesem Zettel hatte ich unsere Beziehung beendet. Ich hatte keine Ahnung, dass Matty ihn aufbewahrte. Warum hast du ihn behalten, Matty? Nur für den Fall, dass du mal ein Beweisstück brauchen würdest, wie verrückt ich war?

Wenn der Zettel nicht gewesen wäre, hätte der Untersuchungsrichter einen Unfalltod oder ein offenes Ergebnis feststellen können – meine Eltern und all die anderen, die mich liebten, hätten ebenso sehr um mich getrauert, aber wenigstens glauben können, dass es ein sinnloser und furchtbarer Unfall gewesen war, ein Augenblick verhängnisvoller Unkenntnis, als ich die Gleise überquerte.

Doch dann hätten sie, und die Behörden, fragen können, warum ich mitten in der Nacht aus meiner eigenen

Wohnung geflüchtet war. Warum war ich so verzweifelt, dass ich auf die Gleise lief, und warum war ich überhaupt auf dem Güterbahnhof? Mrs. Abaza hätte befragt werden können. Sie hätte von dem Geschrei berichten können, das sie mehr als einmal gehört hatte. Es hätte neue Fragen aufgeworfen – und das konnte Matty nicht zulassen. Er kann keine Spur von Schuld an sich oder sein Verhalten geknüpft sehen, denn er muss der Arzt sein, der immer allen hilft, den alle bewundern, und zur Verteidigung seines Rufs wirft er meine Eltern, Rosaria und alle anderen, die sich etwas aus mir machten, mit mir vor den Zug. Ob er mich getötet hat oder nicht, mag dahingestellt sein, aber sie hat er auf jeden Fall umgebracht.

Ich habe Matthew Goodison nie gekannt, das weiß ich jetzt, viel zu spät. Hat er sich versteckt, oder habe ich etwas in ihn hineinprojiziert? Vielleicht war es eine Kombination von beidem: achtzig Prozent seine Manipulation und zwanzig Prozent meine Blindheit – doch den Preis dafür habe ich zu hundert Prozent gezahlt.

Einmal muss es einen Augenblick gegeben haben, in dem ich ihn sah, einen Moment, da ihm aus welchem Grund auch immer – vielleicht die reine Erschöpfung – die nötige Energie verloren ging, um sein Versteckspiel weiter zu betreiben und die Fassade aufrechtzuerhalten. Das war in jener Nacht, als er sich in der alles einhüllenden, lähmenden Dunkelheit auf den Balkon gesetzt hatte, ich mich ihm leise, geisterhaft von hinten näherte und er wusste, dass ich da war.

»Ich bin nicht gut für dich.«

Ich glaube nicht, dass er mir das ins Gesicht gesagt hätte: Die Dunkelheit machte es möglich – fast so, als hätte er in einem einfachen ehrlichen Moment mit sich selbst gesprochen. Ich stelle mir gern vor, dass sich da eine kleine Tür in seinem Inneren auftat und Matthew die Wahrheit über sein eigenes Verhalten erkannte.

In jener Nacht habe ich nicht mit ihm gesprochen, bin nicht zu ihm hingegangen, habe ihn nicht von hinten umarmt und wie ein Kind in den Armen gewiegt. Und wenn ich es getan hätte? Ob er sich mir dann offenbart, zu mir umgedreht und vielleicht ein wenig geweint hätte? Der Glaube an solche Fantasien ist verlockend – verlangt es uns nicht alle nach Glauben –, doch allzu viel nüchternes Tageslicht vertragen sie nicht.

Am nächsten Morgen stand Matty so auf wie immer: schlüpfte aus dem Bett, ging in die Küche und kippte sich Frühstücksflocken in eine Schale. Er kam und gab mir einen Kuss, bevor er ins Krankenhaus ging. Ich war angezogen, meine Haare noch feucht von der Dusche, und er legte mir eine Hand an den Hinterkopf und sagte: »Mit langen Haaren hast du mir besser gefallen.«

Keiner von uns beiden sprach je diesen Moment mitten in der Nacht an, als ich hinter ihm gestanden und er die Wahrheit ins Dunkel hinaus gesprochen hatte; doch selbst jetzt, da ich tot bin und sich so vieles nicht ungeschehen machen lässt, denke ich mit einer gewissen Sehnsucht daran zurück – wonach wohl? Dass alles anders wäre, dass die tröstliche Fantasie wahr wäre. Selbst jetzt, da ich nicht mehr als ein Gedanke bin, kann ich zeitweise von diesem gewissen Verlangen nicht lassen, das für mein früheres Ich so verhängnisvoll war. Schließlich haben wir alle unsere schwachen Stunden. Die traurige, ernüchternde und glanzlose Wahrheit ist die: Ich habe den gleichen Fehler gemacht, den Frauen, ob jung oder alt, über die Jahrhunderte und Kontinente hinweg so oft gemacht haben, der so leicht und verführerisch ist, weil er uns so schmeichelt: Besitzdenken mit Liebe zu verwechseln. Als mir die Tragweite dieses Irrtums aufging, hatte ich zu viel darin investiert, um mich loszueisen, also musste ich ihn immer weiter schönreden, um mich dafür zu rechtfertigen, dass ich ihn überhaupt begangen hatte. Der Irrtum war zu groß und kompliziert, als dass ich ihn zugeben konnte – und wie hätte ich Freunden und Verwandten erklären können, dass ich einen Fehler gemacht hatte, wenn ich nicht einmal selbst verstand, wie mir das hatte passieren können?

Eine Frau ist krank, deprimiert, steht unter Stress, ist Alkoholikerin oder auf tausenderlei andere Arten unzuverlässig ... Das zu glauben, fällt einem Mann so viel leichter, ist so viel angenehmer, als sich für sein eigenes Verhalten rechtfertigen zu müssen. So manipulativ solche Männer in ruhiger Verfassung auch sein mögen, im Erregungszustand meinen sie es absolut ehrlich. Zweifelsohne war Matty nach meinem Tod am Boden zerstört. Weder seine Schluchzer, als die Polizei ihn aufsuchte, noch seine Qualen im Zeugenstand waren gespielt. Er hielt sich für einen Mann, der ohne eigenes Zutun einen schweren Verlust erlitten hatte.

Nachdem der Chef sein Vorhaben abgenickt hat, geht PC Lockhart von der Bahnhofspolizeiwache zu Lisa Evans' alter Adresse. Was für ein gutes Gefühl, im Alltagstrubel draußen zu sein: Dezember, kahle Bäume, matschige Seitenstreifen. Irgendwie mag er das, mitten im Winter, ordentlich kalt. Zu Weihnachten will er heim nach Southall – das erste Weihnachten seit drei Jahren, an dem er dienstfrei hat, denn die kinderlosen Polizisten melden sich meist netterweise freiwillig. Er freut sich auf das Wiedersehen mit seinen Cousins – und sein Dad kriegt den Braten spitzenmäßig hin. Allerdings bloß drei Tage, zu Neujahr schiebt er wieder Dienst.

Als er an meinem alten Wohnblock ankommt, hält er an, schaut in sein Notizbuch und drückt auf eine Klingel am Schild zu seiner Linken.

Ich beobachte, wie Leyla Abaza die Haustür öffnet, und ich sehe die dunklen Ringe unter ihren Augen. Ich denke, was du wohl für eine Geschichte hast? Da habe ich jahrelang in der Wohnung über ihr gewohnt, bin ihr zigmal im Treppenhaus oder auf der Straße begegnet und habe sie doch nie danach gefragt. Habe nur eine etwas verkniffene Frau mittleren Alters gesehen, die, wie ich annahm, gewisse Probleme in ihrem Leben gehabt hatte. Ich dachte an unser kurzes Gespräch im Hausflur, an dem Morgen, nachdem ich das erste Mal nachts vor Matty weggelaufen war. *Sie müssen es sich nicht gefallen lassen. Jetzt weiß ich es. Sie haben es mir gesagt.*

Ich dachte an sie nur als an eine Frau, die müde aussah. *Die verrückte Katzenfrau.* Sie hatte sich über uns beschwert. Ihr Englisch war schlecht.

Leyla reißt vor Schreck die Augen auf, als sie Lockharts Uniform sieht, und er sagt mit erhobener Hand: »Es tut mir sehr leid, Sie zu stören, Mrs. Abaza, es ist nichts Dringendes, nur eine Routinebefragung. In Ordnung, wenn ich kurz reinkomme?«

Leyla lässt ihn in ihre Wohnung, die überheizt und mit Polstermöbeln vollgestopft ist. Er nimmt ihr Angebot eines Getränks an – wobei ihm etwas mulmig ist, denn er hat im Lauf der Jahre so einige einigermaßen ungenießbare Tassen Tee vorgesetzt bekommen, aber dieser hier wird ihm in einem kleinen Glas gereicht, stark, schwarz und kochend heiß, mit zwei Zuckerstückchen auf der Untertasse, die er hineinwirft, um ihnen beim Schmelzen zuzusehen. Sie setzen sich jeder an den Rand eines weichen Sofas, und dann fragt er nach Lisa Evans und Matthew Goodison. Sie erzählt ihm von dem vielen Geschrei, das sie ständig über sich gehört hat, dem Gepolter, dem Türenknallen. Und dass sie mich mehr als einmal aus der Wohnung laufen sah, oft überstürzt und in unpassender Kleidung. Manchmal hat sie mich weinen gehört.

Sie sagt ihm, dass es sie gewundert hat, seit sie von der gerichtlichen Untersuchung gelesen hat, dass sie nie gefragt wurde, was sie gesehen und gehört hat und sie also nie irgendwem erzählen konnte, dass sie in dieser Nacht wach war, der Nacht, in der ich starb. Sie war von dem Geschrei und Gepolter wach geworden – als sie das sagt, denke ich daran, wie Matty gegen die Schranktür trat, was für einen Krach das machte. Sie hörte mich die Treppe runterlaufen und wie die Haustür zuknallte – er wird ja gesehen haben, dass die im Hausflur direkt neben ihrer Wohnungstür ist, das Zuknallen kann sie also gar nicht überhören, wie sie Lockhart erklärt. Dann, nicht viel später, hörte sie nochmals die Tür knallen. Sie ging zu ihrem vorderen Fenster, schaute raus und sah den Mann, den von oben, mit wütendem Gesicht an den Mülltonnen vorbeistiefeln und zu seinem Auto marschieren – sein Gesicht konnte sie im Licht der Laterne ziemlich gut erkennen. Er sprang ins Auto, knallte die Fahrertür zu und fuhr mit quietschenden Reifen davon.

Das alles regte sie so auf, dass sie nicht wieder einschlafen konnte, weshalb sie noch wach lag, als sie hörte, wie das Auto keine halbe Stunde später wiederkam. Sie schaute wieder aus dem Fenster und sah ihn aussteigen, die Fahrertür diesmal viel leiser hinter sich zuziehen und sich nach beiden Seiten umschauen, während er in den Wohnblock zurückging. Diesmal schloss er die Haustür äußerst behutsam hinter sich, ließ sie erst ganz zum Schluss los. Trotzdem hörte sie sie leise einrasten. Sie stand an ihrer Wohnungstür und horchte. Sie fragte sich, wo ich wohl war. Von alldem war sie so aufgewühlt, dass sie nicht schlafen konnte, und als sie etwa eine Stunde später wieder jemanden an der Haustür hörte, blieb sie im Bett. Erst ein paar Tage später wurde ihr klar, dass das die Polizei gewesen sein musste.

Also war es Matty am Ende der Zufahrtsstraße gewesen, die Silhouette im grauen Parka, wie er, die Hände in den Taschen, über sein weiteres Vorgehen nachgrübelte. Ich hatte es mir nicht eingebildet.

Eine Frau liegt im Bett. Sie wacht auf. Ihre Augen öffnen sich, aber sie bleibt still liegen, zusammengerollt auf der Seite, und braucht noch etwas, um sich damit abzufinden, dass sie bei Bewusstsein ist – als würde die Einsicht dieser Tatsache so viel Energie verbrauchen, dass es eindeutig zu viel von ihr verlangt wäre, sich außerdem auch noch zu bewegen.

In ihrer Liegeposition, auf der Seite, sieht sie den Nachttisch, die Schachtel mit Papiertaschentüchern – sie kauft immer noch Kleenex für Männer, weil ihr Mann die Sorte verwendet hat, obwohl sie seit über einem Jahr geschieden sind –, ihre Schachtel Atorvastatin und das Wasserglas, das sie sich immer vor dem Schlafengehen hinstellt, falls sie nachts von ihrem Husten geweckt wird.

Und daneben, an der bettnahen Kante, ein Foto von ihnen dreien: sie, George und Lisa. Lisa ist noch ein Baby – das war ihr erster Urlaub mit Kind, und ihr Gesicht ist von der Sonne beschienen. Mit offenem Mund reckt sie eine Hand nach dem Gesicht ihrer Mutter.

Nach seinem Gespräch mit Leyla Abaza stellt Lockhart ein Dossier über meinen Tod zusammen, das er Inspector Barker vorlegt, und der ist einverstanden, mit der zuständigen Kollegin in der Polizei von Cambridgeshire zu reden.

Inspector Janet Lively im Thorpe-Wood-Revier, Peterborough, ist aufgeschlossen, aber Lockharts Dossier reicht nicht. Zur Wiederaufnahme einer gerichtlichen Untersuchung kann es nach Paragraf 13 der Untersuchungsgerichts-Verordnung nur dann kommen, wenn ein Ermittlungsfehler vorliegt. Und sie hat den Bericht ihrer Kriminalpolizisten gelesen und ist davon überzeugt, dass sie gründliche Arbeit geleistet haben – selbst Lisa Evans' Vorgesetzter hat ausgesagt, dass sie zu der Zeit enorm unter Druck stand. Sie hatte eine Vorgeschichte mit gesundheitlichen Problemen, stand unter medikamentöser Therapie, war aufgrund ihrer psychischen Verfassung der Arbeit ferngeblieben – und war mindestens einmal zuvor nachts als vermisst gemeldet worden; es gab also einschlägige Hinweise, was zu der Tragödie führte. Und ihr Partner war schließlich Arzt.

PC Lockhart ist geknickt, als Barker ihm das mitteilt. Lisa Evans' Tod ist ihm nicht aus dem Kopf gegangen, als er die Akte von Thomas Warren mit rechtsmedizinischem Gutachten für den Untersuchungsrichter zusammenstellte – der eine Fall hatte so glasklar ausgesehen, der andere überhaupt nicht, und seine Portion Ehrgeiz ließ ihn an dem Gedanken festhalten, was für Lorbeeren er eingeheimst hätte, wenn er etwas entdeckt hätte, das der Kriminalpolizei entgangen wäre – aber ihm ist auch klar, dass es so Sachen wie Machbarkeit, Kapazitäten und Vorschriften gibt, was er natürlich auch vorher wusste, aber ganz tief drin hatte er eben doch irgendwie gehofft, mit seiner leidenschaftlichen Überzeugung all das übertrumpfen zu können. Er ist noch jung.

Nachdem PC Lockhart das Büro von Inspector Barker mit der Auskunft verlassen hat, dass der Fall nicht neu aufgerollt wird, fragt er sich, wozu er sich eigentlich die Mühe gemacht hat. Er geht nach unten und setzt sich ernüchtert hin. Und überlegt, ob Polizeiarbeit wirklich das Richtige für ihn ist – schließlich ist die Bezahlung ziemlich mies. Es muss doch leichtere Möglichkeiten geben, seinen Lebensunterhalt zu verdienen.

Dann sieht er auf die Uhr und springt auf.

Ich folge Lockhart rüber zum Bahnhof. Er bleibt in der Halle stehen, unter den Hinweistafeln, sieht wieder auf seine Uhr. Während er wartet, schaue ich nach rechts hinüber zum Cafébereich, wo ich Andrew das erste Mal gesehen habe. Stacey ist heute nirgends zu sehen, und Milada schmeißt den Laden allein – na ja, es sind nur zwei Kunden da, die zusammengehören. Sie bringt dem Paar zwei Tassen Milchkaffee, und ich beobachte ihr Gesicht, wie sie ein Lächeln aufsetzt und sagt: »Zucker und Löffel sind dort drüben«, und: »Kann ich Ihnen sonst noch etwas bringen?« Als sich die beiden mit ihren Getränken von ihr abwenden, wird ihr Gesicht wieder ausdruckslos – nicht direkt traurig, aber leer. Was die

Zukunft wohl für sie bereithält? So, wie es aussieht, fragt sie sich das auch gerade.

Melissa kommt durch die Bahnsteigsperren auf uns zu, mit weit ausholenden Schritten, und wendet sich zum Infostand, lehnt sich vor, um dem Angestellten dort etwas zu sagen, nickt, dreht sich wieder um. Mir fällt ein, dass mir mein Freund Dalmar fehlt. Nach dieser Sache werde ich ihn vielleicht suchen gehen. Ich weiß, dass er zurzeit Nachtschicht hat, da wird er jetzt mitten am Nachmittag, bei einsetzender Dämmerung, vielleicht noch schlafen. Vielleicht ist er auch schon aufgestanden und nimmt etwas zu sich, das so halbwegs als Frühstück durchgehen kann. Hoffentlich keine Kartoffelchips. Mit einem Mal verlangt es mich nach ihm, nach seiner Güte und Gediegenheit.

»Tagchen«, sagt Melissa zu Lockhart, der ihren Gruß mit einem Nicken erwidert. »Sie haben eben angerufen«, sagt sie, »sie werden gleich da sein. Danke, dass Sie rüberkommen.«

»Schon okay«, sagt Lockhart.

»Nicht weil ich annehme, dass wir Sie brauchen werden oder so«, sagt Melissa, »es ist einfach, weiß auch nicht, praktisch.«

»Schon okay«, wiederholt Lockhart. Alle Bahnhofspolizisten sind es gewohnt: Ihr Job besteht zur Hälfte daraus, sich zu zeigen, herumzustehen, nur für den Fall der Fälle.

Andrew und Ruth treten durch die Schiebetüren hinter uns, schauen sich um und sehen Melissa auf sie warten. Sie kommen und geben ihr die Hand. Melissa stellt sie Lockhart vor und sagt: »Er begleitet uns nach drüben.«

Das Grüppchen bricht auf und passiert die Bahnsteigsperren.

Auf Bahnsteig sieben drängen sich Andrew und seine Schwester dicht aneinander. Ruth umklammert mit einer Hand den Arm ihres Bruders, während beide in kurzem, stillem Gedenken in das Gleisbett hinabschauen.

Der Bahnsteig ist still, kein Zug angekündigt. Das Licht schwindet, der Himmel verdunkelt sich. Hinter dem Güterbahnhof und dem Schrottplatz, über der Reihe von Sozialblocks, ballen sich die Wolken zusammen, als suchten sie Trost vor der heraufziehenden Nacht. Bald wird sich die Abenddämmerung, die um diese Jahreszeit immerzu hinter der nächsten Ecke lauert, unaufhaltsam herabsenken.

Andrew versucht vergeblich, tapfer zu sein – ich kann ihn jetzt wie alle anderen Menschen im Bahnhof durchschauen. Er denkt, dass er ein Erwachsener ist und es deshalb aus Erwachsenenperspektive verstehen sollte – vielleicht sogar verzeihen. Aber Verzeihen bringt er nicht über sich. Ob das ein Fehler von ihm oder der Sache geschuldet ist, kann er nicht sagen. Er weiß nur, dass ihm lediglich etwas wie Loslassen gelingt. Es ist geschehen. Es ist ausgestanden.

So hilfsbedürftig Ruth sich auch an seinen Arm klammert, nimmt es sie doch weniger mit als ihn. Rein äußerlich betrachtet, hat sie den größten Schaden genommen, doch jetzt, hier auf Bahnsteig sieben, spürt sie tatsächlich irgendwie gar nichts, auch wenn sie das vor Andrew nicht zugeben würde. Sie wird ihren eigenen Pfad des Loslassens wählen, einen steinigeren Pfad, der mit Wut gepflastert ist – einer, der weniger gut für sie selbst ist als Andrews und der ihr, gut möglich, später im Leben Probleme bereiten wird. Doch das liegt in der Zukunft. Jetzt klammert sie sich noch an den Arm ihres Bruders, so fest, dass es ihm ein wenig unangenehm ist, als bestünde Absturzgefahr, und starrt aufs Gleis hinunter und denkt einfach nur: *Bin ich froh, dass du weg bist.* Nicht tot, sondern weg. Sie hat ihrem Vater nie den Tod gewünscht, nicht mal in ihren bittersten, rachsüchtigsten Stunden, aber dass er weg ist, verschafft ihr eine gewisse Erleichterung, denn jetzt haben sich alle Facetten von Bitterkeit und Vergeltung schließlich erledigt. Nur sie und ihr Bruder sind da, und sie sind wenigstens in diesem Augenblick vereint.

Die Zukunft der beiden kann ich nur erahnen. Ich denke daran, wie Andrew seinen Igel gefüttert hat, als ich ihm das erste Mal nach Hause gefolgt bin, wie er zuerst an den Igel und dann erst an sich dachte, obwohl er so hungrig war, dass er gleich nach dem Reinkommen eine Schale Cornflakes aß. Ich denke, mit Andrew wird es gut werden, weil er der Typ ist, der sich um einen Igel kümmert. Bei Ruth bin ich mir nicht so sicher ... Trotz all der vielen Jahre Therapie hat sie etwas Beschädigteres an sich. Ich bin mir nicht sicher, inwieweit sie zu Liebe fähig sein wird. Damit steht es noch unentschieden.

Links von ihnen, etwas außer Sichtweite, hält sich Melissa diskret im Hintergrund. Sie ist froh, dass sie diesen kurzen Besuch erlaubt hat, auch wenn ihr eiskalt ist und ein elender Haufen Arbeit auf sie wartet, weshalb sie hofft, dass sie nicht zu lange brauchen werden. *Letztes Mal hab ich es verbockt*, dabei denkt sie an die armen Eltern. *Diesmal will ich es richtig machen.* Ihre Mutter kocht an diesem Abend ihr Lieblingsessen, Rinderschmortopf mit Klößen. Sie gibt immer Kräuter in die Klöße und passt auf, dass sie oben schön braun und knusprig werden, nicht wie die Matschepampe, die man im Pub vorgesetzt bekommt. Melissa war sich nicht sicher, wie lange dieser Termin dauern würde und wie nahe sie bei Andrew und Ruth stehen sollte, daher hat sie PC Lockhart um Begleitung gebeten.

Weil sie nicht von Fahrgästen angesprochen werden wollte, hat sie ihre rote Dienstuniformjacke aus- und den guten Wollmantel angezogen, den langen dunkelblauen, und sich den apricotfarbenen Schal um den Hals geschlungen. Gegen die Kälte presst sie sich die verschränkten Arme eng an den Leib, die Hände zwischen Ärmel und Mantel gesteckt, weil sie ihre Handschuhe vergessen hat. Das glatte Haar hat sie zum Pferdeschwanz gebunden.

PC Akash Lockhart steht ein paar Meter von Melissa entfernt noch weiter hinten, sodass er auch bestimmt nicht in Andrews und Ruths Sichtfeld ist; er lässt ihnen etwas Freiraum. Auch wenn seine Anwesenheit nicht erforderlich ist, macht es ihn doch ein wenig nervös, die beiden so nah an der Bahnsteigkante stehen zu sehen. Er fragt sich, wann der nächste Zug Einfahrt hat, und denkt, *ob ich wohl etwas näher bei ihnen sein sollte, nur für alle Fälle*? Er beobachtet sie, lässt es sich aber nicht anmerken.

Dabei beobachtet er Melissa gleich mit, die dazwischensteht. Er hat sie noch nie zuvor ausführlich betrachtet, und jetzt sieht er sie zum ersten Mal in Zivil. Sie hat eine hübsche Nase, mit leichter Tendenz zur Himmelfahrt. Ihre Haare sind dünn, aber üppig, glänzend und straff gespannt über der Kopfhaut, das Pferdeschwanzgummi im Nacken festgezurrt, und gerade als sie ihm auffällt, sieht sie in seine Richtung und lächelt schüchtern, wie um ihm zu verstehen zu geben, dass sie etwas leicht Ungewöhnliches tun. Unwillkürlich erwidert er das Lächeln, während sich vor seinen Füßen die Erde auftut und ihm ist, als stürzte er kopfüber hinein, während er *o nein, bloß das nicht* denkt. Bestimmt nicht. Sie ist Mitte dreißig und eine Weiße. *Im Ernst?*

Lockhart ist Melissa auch aufgefallen – um genau zu sein, hat sie den Funken zwischen ihnen überspringen gespürt, als sie sich zulächelten, hat das winzige beiderseitige Aufblitzen in ihren Augen bemerkt. Sie denkt allerdings nicht *o nein*, sondern lächelt still in sich hinein und ist mit den Gedanken schon wieder ganz woanders. Melissa ist nicht auf der Suche. Sie freut sich, nach Hause zu ihrer Mutter und dem Rinderschmortopf zu kommen – sie beide sind jetzt zu zweit, obwohl ihre Brüder in Peterborough wohnen. Sie denkt, dass sie in zwei Jahren im Gebietsmanagement auf höchster Stufe angelangt sein kann, und dann, tja, steht ihr alles offen. Sie sieht sich im Bahnhof um und denkt, auch wenn es vielleicht keinen besonders spektakulären oder spaßigen Touch hat, arbeitet sie einfach gern hier. Ihre Aufgabe ist es, dafür zu sorgen, dass all die Tausende von Leuten, die Woche für Woche hier durchziehen, sie oder ihr Team kaum bemerken, weil sie ihre Arbeit so gut machen, dass sie unsichtbar sind. All diese Leute, Männer und Frauen, ob jung, ob alt, all die vielen Seelen – Melissa sorgt für ihre Sicherheit, und sie bekommen nichts davon mit, und ihr ist es ganz recht so. Ihr Team ist ihr auch recht, sie mag jeden Einzelnen, jede Einzelne. Sollte irgendetwas passieren, kann sie sich blind auf jede und jeden von ihnen verlassen. Sie würden allesamt ihr Bestes geben.

Dalmar sollte hier sein, denke ich. Aber er wurde nicht eingeladen. Niemand hat daran gedacht. Andrew und Ruth haben nicht einmal von Dalmar gehört. Sie wissen nicht, dass er der Letzte war, der ihren Vater lebend gesehen hat, dass er ihm in einem vergeblichen Rettungsversuch von jenseits der Gleise etwas zurief und dass er der Erste war, der auf Bahnsteig sieben lief: dass er gesehen hat, was sie krampfhaft aus ihren Köpfen verbannen wollen. Nur ich weiß, was der Anblick von Thomas Warrens Tod bei Dalmar angerichtet hat, welche Geister das in seinem Kopf losgelassen hat.

Nicht einmal Dalmar selbst weiß, dass er es war, den ich in jener Nacht, als ich starb, auf der anderen Seite der Gleise sah, aber ich weiß jetzt, mit wiedergekehrtem Erinnerungsvermögen, warum ich solch eine Sehnsucht nach ihm verspürt habe: Er hat mir den letzten Eindruck von Sicherheit vermittelt, den ich im Leben hatte. Ich bin froh, dass er es nicht weiß, so leicht, wie er sich selbst die Schuld gibt. Nichts war seine Schuld – es kam darauf an, wovor ich weglief, nicht, wo ich hinwollte –, aber ich weiß nicht, ob er es so sehen würde, wenn er Bescheid wüsste.

Es kommt mir nicht richtig vor, dass er an dem kurzen Gedenken heute Nachmittag nicht beteiligt war. Ich gehe die Rampe hoch, ein Stück weiter und aus dem Bahnhof und wende mich nach links in die schmalen Straßen, wo Dalmar wohnt.

24

Dalmar ist nicht in seinem Zimmer, und das Bett ist ordentlich gemacht: Wahrscheinlich ist er schon länger auf, erledigt vielleicht Besorgungen. Gerade will ich weiterziehen, als ich Stimmen hinter der Wand höre, die sein Zimmer von dem nach hinten rausgehenden trennt, das dumpfe Grollen seiner Stimme und eine höhere, die antwortet.

Dalmar ist in Angelas Zimmer, steht verlegen in der Mitte, während Angela, auf dem Boden kauernd, einen Wasserkocher ausstöpselt, der auf dem Teppichboden neben einer Steckdose steht. Etwas rot im Gesicht, richtet sie sich auf und bringt den Kocher, ohne Dalmar anzusehen, zu einem kleinen Waschbecken in der Ecke – einem winzigen Becken, so klein, dass der ganze Teppich, auf dem man steht, überschwemmt wird, wenn man sich bückt und sich Wasser ins Gesicht spritzt. Während sie den quietschenden Wasserhahn abdreht, sagt sie über die Schulter: »Setz dich.«

An der anderen Zimmerseite steht ein Holzstuhl an einem Tischchen, aber Angela hat hinter ihn gezeigt, auf das schmale Bett an der einen Wand. Dalmar sieht sich erst um und nimmt dann vorsichtig Platz. Er wirkt wie ein Mann, der vor zwei Minuten zugestimmt hat, auf eine Tasse Tee vorbeizukommen, und sich jetzt schon fragt, wann er mit Anstand wieder gehen kann.

Während Angela den Kocher zu seiner Steckdose zurückbringt und sich daneben auf den Boden kniet, neben sich zwei Tassen und eine offene Milchpackung, sieht er sich im Zimmer um. Es ist dunkler als seins, weil es nach hinten rausgeht, und etwas kleiner, aber sie hat es ganz nett hergerichtet. Auf dem Bett liegt eine wattierte Tagesdecke in Pink- und Lilatönen mit passendem lila Kissen, groß und eckig, das am Kopfende lehnt. So etwas wird wohl praktisch sein, denkt Dalmar, wenn es einem Vergnügen macht, Tee im Bett zu trinken, eine seltsame britische Sitte, die er sich nie angewöhnt hat. An der Wand im rechten Winkel von ihm hängt ein Schal, eine Art *Garbasaar*, nur mit Fransen, den sie mit Messingreißzwecken befestigt hat.

Sie schaut aus ihrer noch knienden Haltung auf, in der sie den Tee macht, merkt, dass er die Wand ansieht, und lacht kurz auf.

»In der Wand war Feuchtigkeit«, sagt sie. »Daher der Schal. Es sollte behoben werden, aber da ist ein Wasserfleck geblieben. Ich hab ihn überstrichen, aber die Farbe ist abgeblättert, vielleicht ist die Feuchtigkeit doch noch nicht ganz weg, wer weiß, der soll das also bloß verdecken. Ich hab ihn vom Markt.« Es ist ihr peinlich, aber Dalmar findet, dass sie das gut gemacht hat. Er denkt, auch wenn man noch so wenig hat – der Schal wird wohl zwei oder drei Pfund gekostet haben –, kann man sich jede Bleibe hübsch machen, sie sich zu eigen machen. Er denkt, das sind so Sachen, die Frauen gern tun, während ein Mann nur den feuchten Fleck anstarren und in Trübsinn verfallen würde. Die Gewohnheiten und Sachen von Frauen: Wie lange ist es her, dass er Frauensachen gesehen hat? Frauen hat er mehr als genug gesehen, in diesem Land sind sie einfach überall, mit mehr oder weniger Kleidern am Leib, aber ihre Sachen, ihre Schals und Kissen und kleinen – wie heißt noch mal das komische englische Wort? Ach ja, *knick-knacks*, *Kinkerlitz-*

chen. Diese putzige kleine Sammelleidenschaft, die sie haben …

Angela kommt mit dem Tee und reicht ihm eine Tasse, und er sieht den Tee an, der so gar keinen Braunton hat, wie er es gewohnt ist. »Ah, sorry«, sagt sie plötzlich. »Du nimmst wahrscheinlich Zucker, oder? Ich hab keinen da, hab ihn mir abgewöhnt.«

»Nein, ist schon gut so«, sagt Dalmar, auch wenn er den Sinn von Tee ohne Zucker nicht so recht einsieht. Er schafft es, davon zu trinken, ohne das Gesicht zu verziehen, und schmatzt sogar mit den Lippen, damit sie weiß, dass er ihn auch wirklich trinkt.

»Aber Kekse hab ich da.« Angela geht zum Hängeschrank über ihrem Tisch und holt ein unangebrochenes Päckchen Doppelkekse mit Vanillecremefüllung raus, die sie wahrscheinlich eigens zu diesem Anlass gekauft hat.

Er bedankt sich und nimmt einen, knabbert ihn am äußeren Rand an. Er muss zugeben, für ein Land mit so durchweg schauderhaftem Essen ist das Knabberzeug ziemlich lecker – er steht auf Kartoffelchips, verdrückt manchmal zwei Tüten am Tag. Trotzdem ermüdet ihn der ganze Aufwand, den Angela betreibt. Sie hat die Gasheizung voll aufgedreht, und weil ihr Zimmer ziemlich klein ist, wird er von der Heizungsluft schläfrig, obwohl er erst vor einer Stunde aufgestanden ist. Wenn er Nachtschicht hat, schafft er es nie, richtig wach zu werden, bevor er im Stockdunkeln am Bahnhof steht und es so kalt ist, dass sein Gemächt auf die Größe der weißen Larven schrumpft, die sein Onkel immer zu Beginn der Regenzeit um seine Zuckerrohrpflanzen ausgegraben hat. Er will höflich sein, aber nicht so freundlich, dass sie auf falsche Gedanken kommt, denn ihm geht jetzt erst auf, was schon lange sonnenklar war: dass Angela auf ein bisschen mehr als Freundschaft hofft.

Er hat sich besorgt gefragt, wo sie wohl sitzen wird, denn er hat sich auf die Bettmitte fallen lassen, und nicht zur Seite zu rutschen, um ihr Platz zu machen, wäre unhöflich, aber es zu tun würde, weitaus schlimmer, nach einer Einladung aussehen. Zum Glück rettet sie ihn aus der Bredouille, indem sie sich selbst zwei Kekse nimmt, das Päckchen aufs Bett neben ihn legt, sich umdreht und sich auf den spillerigen Stuhl vor ihrem Tischchen setzt. Sie sieht ihn an und fragt: »Was hast du beruflich gemacht, in deiner Heimat?«

Merkwürdig, ihm so schnell mit so einer Frage zu kommen: Bestimmt ist sie nervös. In bemüht sachlichem Tonfall antwortet er: »Ich war Forschungsingenieur. Habe in einem Wasserkraftwerk gearbeitet. Hab ein neues Kühlsystem entwickelt.« Als er bei ihr auf einen verständnislosen Blick trifft, ergänzt er: »Ich hab Pläne gezeichnet, weißt du, mit denen man die Anlagen bauen konnte, die Systeme.«

Während er Angela das erklärt, sieht er sie auf ihrem spillerigen, kippeligen Stuhl vor seinen Augen ein wenig kleiner werden. Sie lässt die Schultern kaum merklich sacken, ebenso das Kinn. Sie wird sich gedacht haben, er wäre wie sie, einer von der Schattenseite des Lebens, der es nie richtig auf die Reihe gekriegt hat, doch der Stolz und die Klarheit seiner Stimme haben sie eines Besseren belehrt – er ist überhaupt kein Loser, nur ein Mann, dem übel mitgespielt wurde, der aber genauso gut erfolgreich sein könnte, beruflich wie privat. Er könnte im Anzug zur Arbeit gehen und mit einer Frau und vielen Kindern in einem großen Haus wohnen. Auch wenn Angela und er angrenzende Zimmer in einer der ärmsten Gegenden von Peterborough in England bewohnen, gleichen sie einander überhaupt nicht.

Sie plaudern noch etwas weiter. Er berichtet ihr von seiner Ankunft in Großbritannien, lässt die Anreise aber weg. Als er ihr erzählt, wie er nach Peterborough gezogen ist, sagt sie: »Ich hab mich schon gefragt, warum du nicht in London lebst. Seid ihr nicht alle in London?«

Er entschließt sich, darüber hinwegzusehen, was sie allem Anschein nach unter »ihr alle« versteht, und sagt: »Stimmt schon, die meisten Somalis leben in London, in East London gibt es eine große Gemeinde, auch in Camden und in Cardiff, soweit ich weiß, aber ich war froh, von diesen Leuten wegzukommen, manche von denen …« Wo anfangen, um ihr das komplizierte System von Clans und Subclans zu erklären? »Manche von denen sind in Ordnung, aber andere waren nicht meine Leute.«

Sie fallen in Schweigen, bis er sagt: »Und wie ist es mit dir, Angela, wo sind deine Leute her?«

Da lächelt sie zaghaft, und er weiß, warum: weil es ihr gefallen hat, ihren Namen aus seinem Mund zu hören. »Bolton«, sagt sie, »in Lancashire. Der Vater von meiner Mutter war aus dem Iran, aber er ist als kleiner Junge hierhergekommen, und wir haben nie drüber geredet, wussten nicht wirklich was davon; wir sind halt einfach, na ja, normal.«

Er hat seinen Tee ausgetrunken. Demonstrativ leert er die Tasse bis zur Neige, ehe er aufsteht, und sie sagt rasch: »Noch eine Tasse? Nächstes Mal hab ich Zucker.«

Er schüttelt den Kopf. Wirklich, sie ist nett, aber sie wohnen im selben Haus, und das kann alles sehr peinlich werden, wenn er nicht für klare Verhältnisse sorgt. Er ist nicht interessiert. An weißen Frauen war er noch nie interessiert. In seinen Augen sehen sie immer kränklich aus. Selbst wenn sie fett sind, wie Susan in London, kommen sie ihm irgendwie kraftlos vor, und Angela ist klapperdürr.

»Ich muss …« Er wollte schon sagen »noch etwas putzen«, als ihm aufging, wie kränkend sich das anhören würde, »… meine Uniform in den Waschsalon bringen. Du weißt schon, die Zwanzig-Pence-Münzen …« Er macht mit der Hand eine kreisende Bewegung, die den Wäschetrockner andeuten soll, der einem für ein Zwanzig-Pence-Stück nur wenige Minuten zubilligt und die Kleider so elektrisch auflädt, dass sie beim Herausholen knistern.

»Muss schwer sein«, sagt sie traurig und leise, »ich mein, die Nachtschicht, da wirst du bestimmt hundemüde. Bist du heute wieder dran?«

»Ach, nicht so schlimm, ich schlafe tagsüber. Nein, heute nicht, heute muss ich mich wieder umstellen, auf die Tagschicht.« Es ist der Wechsel, der ihm zu schaffen macht.

Das Zimmer ist so klein, dass er sich vom Bett aus im Seitwärtsgang zur Tür schieben muss. Angela steht auch auf und macht einen Schritt auf ihn zu, stellt sich so vor ihn hin, dass sie ihm fast den Weg versperrt. Er müsste sich an ihr vorbeiquetschen, um zur Tür zu gelangen, also hält er an und verharrt reglos, wartet ab, was sie als Nächstes sagen oder tun wird. Sie schaut kurz auf seine Brust, ehe sie eine Hand anhebt und sie ihm wortlos flach auf die Brust legt, auf das alte T-Shirt, das er trägt. Sie lässt ihre Hand da und steht ganz still, als warte sie darauf, dass seine Körperwärme durch das Kleidungsstück sickert, wie um sich davon zu überzeugen, dass es ihn wirklich gibt.

Da steht er nun und weiß nicht, was er sagen oder tun soll, ihre flache Hand mit gespreizten Fingern auf seinem T-Shirt. Mit leichtem Stirnrunzeln betrachtet sie die Hand auf seiner Brust, als habe sie da gerade einen Fleck auf seiner Kleidung bemerkt.

Und dann macht seine Hand etwas ebenso Unerwartetes. Sie wandert nach oben, seine Rechte, und bedeckt ihre.

Sie schaut auf und sieht ihm ins Gesicht. Keiner von beiden sagt etwas. *Ich kann dich nicht küssen*, denkt er, *nicht weil ich nicht mehr wüsste, wie das geht, es läuft ja ziemlich automatisch ab, wenn ich mich recht entsinne, sondern weil ich nicht mehr weiß, wie man es will.*

Da lächelt sie, als hätte er es laut gesagt. Sie nickt kurz. »Schon gut«, sagt sie. Sie sieht seine große Hand an, die ihre kleine knochige bedeckt, immer noch auf seiner Brust, und es ist, als genüge ihr das, jedenfalls vorerst, als würde ihr das ausreichend Halt geben, bis es so weit ist, und als verstünde sie, dass es bis dahin sehr lange dauern oder nie dazu kommen könnte.

»Nächstes Mal hab ich Zucker da«, sagt sie, und beide nehmen ihre Hände runter, auch wenn er ihren Handabdruck noch weiter spürt. Zum ersten Mal in zwölf Jahren kommt Dalmar in den Sinn, dass er den Dingen einfach ihren Lauf lassen könnte, anstatt alles selbst in die Hand nehmen zu müssen, dass jemand anderes etwas geschehen lassen könnte und dass diesmal dieses Etwas, das jemand anderes geschehen lässt, etwas Gutes, Freundliches oder zumindest das Risiko wert sein könnte.

Und dann fällt ihm ein, wie wenig sie über ihn weiß,

und er wendet sich so brüsk ab, dass Angela mit erschrockenem Gesicht einen Schritt zurückweicht.

»Ich mag keinen Zucker«, sagt er laut. Die Echokammer seiner Brust verleiht seiner Stimme einen beängstigend tiefen Klang, wenn er laut wird; da tönt sie um eine ganze Oktav tiefer, als wenn er leise redet.

Er sieht sie an und merkt, sie durchschaut seine Lüge und dass er das nur gesagt hat, um ihr zu widersprechen, ihr zu zeigen, dass sie im Irrtum ist.

Er wendet sich zur Tür und öffnet sie, ohne sich nach ihr umzusehen, und macht sie nicht hinter sich zu, als er geht. Mit wenigen großen Schritten ist er bei seiner Tür und schließt sie fest hinter sich, ohne sie zuzuknallen, betont damit nur den Schlusspunkt hinter dieser Begegnung. Wie oft muss er noch die Tür hinter sich zumachen, bis die Botschaft bei dieser Frau ankommt?

In seinem Zimmer geht Dalmar auf dem Boden in die Knie und hält sich beide Hände zu Fäusten geballt an den Kopf, drückt fest auf beide Schläfen, so fest, dass die Knöchel Abdrücke hinterlassen werden. Da ist er, allein in seinem Zimmer, in Sicherheit, und nebenan will diese Frau etwas von ihm, aber versteht sie denn nicht? Er war verantwortlich für den Tod einer Frau, einer wie sie.

Da sehe ich das Bild in Dalmars Kopf, das er sein ganzes Leben lang aus seinen Gedanken zu verbannen versucht: die anderen Männer, die sich streiten, die Frau, die wimmernd auf dem Boden des Bootes kauert, ihr Jilbab dunkel vom Meerwasser, weil sie unten in der Mitte gesessen hat, wo es schmutzig und nass war, und Dalmars Freund Abshir sitzt neben ihm. Vier andere Männer sind aufgestanden und rufen, und einer von ihnen packt die Frau am Oberarm und zerrt sie hoch – sie stößt einen

Schmerzensschrei aus, sackt unter seinem Griff zusammen, zu schwach zum Stehen, und als der Mann sie zur Bootskante stößt, schreit sie auf und betet, und Dalmars Freund Abshir richtet sich auf, doch bevor er protestieren kann, greift Dalmar mit seiner großen Hand nach oben, zieht ihn wieder runter und zischt ihm ins Ohr: »Setz dich, du Dummkopf, sonst gehst du als Nächster über Bord!« Im Boot müssen zwanzig Männer sein, es ist hoher Seegang, und die Nussschale liegt tief im Wasser und schnellt auf und ab – vom Streit hin und her geworfen. Kein Land ist in Sicht. Ein junger Mann, eigentlich noch ein Junge, höchstens vierzehn, der Dalmar gegenübersitzt, hält die Augen geschlossen, während ihm Tränen über die Wangen laufen. Die Männer rechts und links von ihm murmeln Gebete. Dalmar denkt: Wir werden alle sterben. Es macht keinen Unterschied, ob wir eingreifen oder nicht, dieser Streit wird das Boot zum Kentern bringen, und dann sterben wir alle.

Die Frau kreischt und fleht um ihr Leben, während die stehenden Männer sie grob über Bord werfen.

Und mir geht etwas auf. Nicht dass Dalmar nichts unternommen hat, um die Frau vor dem Wurf ins Wasser zu retten, sondern dass er seinen Freund daran gehindert hat: Das verfolgt ihn. Manche von uns werden von dem verfolgt, was uns angetan wurde, andere von dem, was wir getan haben, und bei manchen von uns Unglückseligen kommt beides zusammen. Wir werden in einem Boot, so klein, dass es unser Unglück kaum fasst, auf den Wellen unserer Erinnerungen hin und her geworfen.

Wenn Abshir oder Dalmar eingegriffen hätten, wären sie als Nächste über Bord gegangen – sie hätten so gut wie sicher für nichts und wieder nichts ihr Leben gelassen. Wenn nicht die dabei entstehende Rangelei das seeuntüchtige Boot zum Kentern gebracht hätte und alle ertrunken wären, einschließlich der Frau und des ihm gegenübersitzenden weinenden Jungen. Doch das denkt Dalmar nicht, während er auf dem Boden seines Zimmers kauert, die Knöchel an den Schläfen, weil ihn die Freundlichkeit einer Frau, ihr Tee und ihre Vanillekekse in die Knie gehen ließen – nein, er denkt, dass er ein schrecklicher Mensch ist, der eine Frau ertrinken ließ, und ganz gleich, wie viele Somalis auch immer ihm freundlich eine helfende Hand gereicht haben, seit er auf diese graue, eiskalte, beengte kleine Insel von einem Land gekommen ist – ganz gleich, wie viele Einladungen in die Moschee er bekommt oder wie viele Frauen ihn trösten wollen, wenn sie den versehrten Ausdruck in seinen Augen sehen –, was stimmt nicht mit diesen Frauen? Was haben sie von ihrem ewigen Verständnisvollsein? Macht es ihnen einfach Spaß, sich als richtig guter Mensch zu fühlen? Jedenfalls ist das alles unerheblich, weil Dalmar, auch wenn er nie der gläubige Mensch war, zu dem er erzogen wurde und der er daher, wie er wohl weiß, sein sollte, doch gläubig genug ist, um zu spüren, dass wir zu Lebzeiten für unsere Missetaten gestraft werden oder dafür, dass wir es unterlassen haben, gegen Missetaten einzuschreiten. Wer weiß, wenn er sich in jener Nacht, als diese junge Frau starb, nicht krank vom Dienst abgemeldet hätte, hätte er es vielleicht verhindern können? Das ist noch so etwas, wobei er versagt hat. Diese Augenblicke des Versagens: Wir werden dadurch gestraft, dass wir zeitlebens in diesen Augenblicken stecken bleiben, darin gefangen, und die Bilder nicht aus dem Kopf bekommen; die stehenden Männer im Boot, den Blick, den Abshir ihm zuwarf, nachdem er ihn wieder runtergezogen hatte. Und dann der Kopf der Frau, auf den Wellen schaukelnd, ein schwarzer Punkt, der sich immer weiter entfernte … Und er hatte einen Männerkopf auf den Gleisen im Bahnhof von Peterborough gesehen, der einfach im Gleisbett lag und nach oben sah. Wenige Minuten zuvor hatte er noch mit Tom im Büro des Serviceteams auf Bahnsteig eins Tee getrunken, über eine Ausbildung im Kundenservice nachgedacht und sich zum ersten Mal vorgestellt, dass er alles andere hinter sich lassen und es in diesem Land zu etwas bringen könnte, weil Tom freundlich und hilfsbereit war, ohne danach zu fragen, woher er kam oder was er getan hatte – und genau deshalb war der Mann geschickt worden, um Dalmar daran zu erinnern, was für ein schrecklicher Mensch er war. So wird man bestraft, mit Bildern. Deshalb sollte man nie hinsehen.

Ich gehe raus auf die Straße, so niedergeschlagen wie noch was, den Kopf voll mit Dalmars Leid, seiner Unfähigkeit, sich zu verzeihen, und meiner Unfähigkeit, ihm mitzuteilen, dass nichts davon seine Schuld ist – am allerwenigsten das, was mir zugestoßen ist. Ich wünschte, ich hätte mich nie an irgendwas aus meiner Vergangenheit erinnert und wüsste nichts von derjenigen Dalmars. In einer Welt zu leben, in der solche Dinge geschehen – da bin ich froh, dass ich tot bin. Dalmar tut gut daran, sich zu verkriechen. Jetzt ist alles herausgekommen; alles hat ein Ende. Matty hat meinen Tod verursacht und hat sich mit Lügen herauslaviert. Er wohnt mit seiner neuen Freundin, die ein Kind von ihm erwartet, in Longthorpe. Andrew und Ruth haben ihrem Vater auf Gleis sieben die letzte Ehre erwiesen und versuchen jetzt jeder für sich, mit ihrem Leben voranzukommen. PC Lockhart hat seine Ermittlungen eingestellt und hat gewisse Zweifel, ob die Kriminalpolizei wirklich das Richtige für ihn wäre. Er versucht, sich selbst einzureden, dass er sich nicht in Melissa verliebt hat, weil er die nächste unerreichbare Schöne in seinen Gedanken so überflüssig findet wie einen Kropf. Dalmar macht sich Vorwürfe wegen Angela, und Angela macht sich noch viel mehr Vorwürfe wegen Dalmar. Inspector Barker hat seine neue Ukulele immer noch nicht zur Probe mitgebracht, trotz Toms wiederholten Anfragen, ebenso wenig, wie er seiner Frau den Kauf gebeichtet hat. Alles ist Mist. Die ganze Welt ist ein einziger Misthaufen. Ich wünschte, ich wäre noch ohne Erinnerung im Bahnhof gefangen, im Halbschlaf, in seliger, nicht enden wollender Unwissenheit.

Weil ich es nicht ertragen würde, jetzt an meine Basis zurückzukehren, biege ich in die Bright Street ein und peile das Zentrum an – die Innenstadt von Peterborough mit ihren vereinzelten schönen alten Backsteinbauten, die sich inmitten all des Schrotts aus den Siebziger- und Achtzigerjahren halten, ein Schrott, der früher einmal nicht ins Bild passte, aber jetzt ist überall der gleiche Schrott, nur die schönen alten Häuser passen nicht mehr ins Bild. Das Ganze nennt sich dann Fortschritt.

Es ist Dezember. Das Licht schwindet, und die Rot-, Orange- und Gelbtöne der Weihnachtsbeleuchtung kommen zur Geltung. Es ist die Zeit der Betriebsweihnachtsfeiern, und auf der Straße sehen manche Leute aus, als hätten sie schon den ganzen Nachmittag tüchtig mitgehalten. Männer mit einfältigem Grinsen im Gesicht haben sich Lametta um die Stirn gewickelt. Frauen, die sich das Jahr über nie und nimmer in einem roten Kleid zeigen würden, haben ihren inneren Weihnachtsmann entdeckt. Alles ist ein letztes verzweifeltes Grapschen nach aufgesetztem Spaß und maßlosem Konsum und so sinnlos, denke ich: die Ausgaben, die pseudogute Laune, die Verschwendung – im Grunde ihres Herzens wissen die Leute, dass es sinnlos ist. Und für mich hat es nur mehr Dunkelheit in petto.

Verbittert wende ich mich in Richtung des Fußgängerstroms, und da sehe ich sie.

Sie sitzt im Fenster von einem Nudelimbiss, der Chop Chop heißt. Ich bemerke sie nur, weil ich mich nach einem Streit im Eingangsbereich umsehe. Der Geschäftsführer, ein junger Chinese, versucht, eine Gruppe betrunkener weißer Männer mittleren Alters in sperrigen Arbeitsjacken am Betreten des Ladens zu hindern. Er wedelt mit den Armen, als wollte er ein paar Fliegen verscheuchen, und ein Betrunkener ballt schon die Fäuste, kurz davor zuzuschlagen, aber der andere nimmt seinen Kumpel beiseite, sagt: »Komm schon, die frittieren hier Scheißratten …«, und zieht ihn am Arm weg.

Als sie am Fenster vorbeikommen, bleiben sie stehen, um eine am Tisch sitzende Frau mit obszönen Gesten zu belästigen: Der eine schneidet eine Grimasse, der andere fasst sich in den Schritt und schüttelt seine Weichteile – und mit langsamem verächtlichem Lidschlag wendet sie das Gesicht ab.

Die Männer sind weg, und an ihrer Stelle bin ich da und schaue zu ihr hinein.

Sie hat sich zum Ausgehen aufgebrezelt, die Augenbrauen dick nachgezogen, der Aufwärtsschwung ein Mix aus Ironie und Entschlossenheit. Das Haar ist voll, die Lippen glänzen. Sie trägt einen gelben Pulli mit eingewirktem Goldfaden. Auf dem Hocker neben ihr liegt ein schwarzer Wollmantel mit Schalkragen. Ich war dabei, als sie den im TK Maxx gekauft hat. Es ist ein Designerstück, die Marke habe ich vergessen. Mit großen Goldknöpfen. Rosaria, meine Freundin, wie geht es dir?

Sie sieht kurz mit leerem Blick in die Nacht hinaus und dann auf ihre Nudeln runter. Diese Frau war schon immer verrückt nach Asiapfanne. Sie würde es zum Frühstück essen, wenn ihr vor der Arbeit genügend Zeit zum Frühstücken bliebe. Die Stäbchen in ihrer rechten Hand fahren hinein und führen einen viel zu großen Bissen zum Mund. Wie oft ich ihr das schon gesagt habe! Sie schiebt ihn sich rein und muss die Nudeln, die sie erst halb im Mund hat, schließlich abbeißen, den Kopf tief gebeugt, damit die Reste in den Karton zurückfallen, aber eine Nudel rutscht unterdessen ihr Kinn entlang, eine Sojaspur hinter sich herziehend. Lieber Himmel, musst du dich ständig bekleckern?

Sie steckt die Stäbchen in den Karton zurück – so tief rein, dass sie aufrecht stehen bleiben – und überprüft ihr Handy. Ich wüsste gern, ob sie auf jemanden wartet, eine Freundin oder einen Kerl. Wenn es ein Kerl ist, habe ich nicht den Eindruck, dass sie sich besonders auf ihn freut. In dem Blick, mit dem sie wieder auf die Straße sieht, liegt keine gespannte Erwartung oder gar Vorfreude. Sie isst noch ein bisschen was, spielt auf ihrem Handy herum, bis es ihr langweilig wird, schaut sich um, dann wieder auf das Handy. Bis sie schließlich zur Ruhe kommt und einfach nur dasitzt. Bestimmt sind die Nudeln ihre Vorbereitung auf einen feuchtfröhlichen Abend, vielleicht in einer Gruppe. Sie hatte es immer damit, sich vorher eine gute Grundlage zu schaffen.

Ich sehe sie durchs Fensterglas an, meine schöne Freundin, und einen Moment lang ist es fast, als träfen sich unsere Blicke, als sähe sie nicht ihr eigenes Spiegelbild, sondern meins, so wie Andrew damals an dem Abend, als ich ihm nach Hause gefolgt war und mich draußen vor seiner Küchentür aufhielt. Natürlich kann sie mich nicht sehen, nur die Reflexion ihres eigenen Blicks, aber ich bin mir sicher, dass sie genau jetzt spürt, dass sie mich nicht sehen kann. Weil ich da bin, spürt sie meine Abwesenheit – mein Fehlen ist eine mehr oder weniger feste Größe.

Seufzend nimmt sie die Papierserviette von der Theke und wischt sich das Kinn. Die Schachtel mit Nudeln ist noch halb voll, aber ihr ist der Appetit vergangen. Sie schiebt sie beiseite und wendet sich ihrer Handtasche zu, die sie auf dem Mantel abgelegt hat. Sie zieht ein fleckiges Kosmetiktäschchen hervor, knallt es auf die Tischplatte und kramt einen Schminkspiegel und Lipgloss raus. Ich lächle in mich hinein. Den Spiegel habe ich ihr geschenkt. Ich hatte ihn gebraucht auf einem Flohmarkt entdeckt, vergoldet, muschelförmig, mit etwas angerosteter Schließe. Aber der Spiegel innen war völlig in Ordnung. Er hat uns dazu inspiriert, uns einen verregneten Samstagnachmittag lang Audrey-Hepburn-Filme anzusehen. Sie sagte, zu ihrem nächsten Geburtstag würde sie sich eine Federboa und eine Zigarettenspitze wünschen, aber als es dann so weit war, muss ich es wohl vergessen haben.

Sie reibt die Lippen aneinander, hält dann inne, den Spiegel immer noch hochhaltend – sie denkt an mich. Auf ihrem Gesicht macht sich ein Lächeln breit. Immer noch lächelnd, lässt sie den Spiegel sinken, und ich sehe die Bilder in ihrem Kopf. Wie wir damals beide im Verwaltungsbüro eines Weiterbildungscolleges gearbeitet haben, ein Ferienjob: Immatrikulationsformulare in die Datenbank einspeisen – so haben wir uns kennengelernt. Der kleine Glatzkopf mit Namen Gilbert, der ihr nachstieg und ihr immerzu Vollmilchschokoladetafeln auf den Schreibtisch legte – anonyme Schokolade –, und erst nach einer Woche wurde uns klar, dass er ja *bloß der Scheißschulleiter* war. Unser Urlaub auf Korfu, der eine mittlere Katastrophe war, weil ich auf meine Wohnung gespart und uns also etwas gebucht hatte, das *Super-Spar-Spaß* hieß – worunter, wie sich zeigen sollte, das allerbilligste Apartment in der lautesten Ferienanlage der Welt zu verstehen war, sodass wir türmten und in das nächste Dorf zogen und am letzten Abend in der Dorftaverne bei etwas mitmachten, das *Tanz in einem Feuerkreis* hieß. Die Kellner zündeten um uns herum Kerzen an, und ich konnte beim Tanzen an nichts anderes denken, als dass ich ein Neckholder-Top trug, von Rosaria geliehen, mit so einem Etikett, auf dem *Von Feuer fernhalten* stand. Auf dem Rückflug stritten wir uns um irgendwelches Geld, das sie mir schuldete, und redeten danach vier Monate nicht mehr miteinander – fürchterlich!

Eines Tages rief ich sie in Tränen aufgelöst an, wegen eines grausigen Samstagsjobs in einem Sofageschäft, wo meine bebrillte Chefin grässlich gemein zu mir war, und Rosaria sagte, sie käme in den Laden, und wir würden ins Büro der Frau gehen und ihr zusammen sagen, wo sie sich ihre gepolsterten Ledersessel hinstecken könnte, und das war nicht nur so dahingesagt.

Ich fehle Rosaria schrecklich, aber sie ist froh über alles, was wir gemeinsam unternommen haben, wie viel Spaß wir hatten, unsere Gespräche – ohne dass es etwas von ihrer Trauer oder Verwirrung nehmen würde, aber sie hat sich entschieden, an welche Bilder sie sich erinnern will. Jetzt, während sie mit ihren halb aufgegessenen Asianudeln mit Krabben im Chop-Chop-Fenster sitzt, erinnert sie sich daran, wie sie mal die Grippe hatte und ich ihr eine Torte gebacken und vorbeigebracht habe, und weil ich die Buttercremeglasur drauf gepackt hatte, bevor der Biskuitboden ganz ausgekühlt war, war sie geschmolzen und von oben an den Seiten runtergeflossen. Als ich ihr die Dose überreichte, pfriemelte sie den Deckel auf, schaute rein und sagte, »Oho, Lis, Pfützentorte, mein Lieblingskuchen!« Wir saßen auf ihrem Bett, mit benutzten Papiertaschentüchern auf dem Nachttisch, jede mit einer heißen Zitrone, weil ich mich auch etwas angeschlagen fühlte, und löffelten die Pfützentorte. *Danke*, sage ich vor mich hin, und auch wenn sie mich weder sehen noch hören kann, legt sie dennoch den Kopf schief, kratzt sich am Scheitel, reibt die Lippen aneinander, seufzt und lächelt.

Danke, Rosie, oh, ich danke dir dafür, dass du den Mut aufbringst, dich ans Glück zu erinnern.

Es ist Zeit, Abschied zu nehmen.

25

Zunächst einmal will ich mich von einigen Leuten verabschieden, die ich noch gar nicht begrüßt habe: den anderen.

Die Frau im orangen Hosenanzug kann mich nicht hören – ich schwebe neben ihr her und rede auf sie ein, während sie lächelnd raucht. Ich stelle mich vor sie hin, und sie schreitet einfach durch mich hindurch. Ich hatte recht, sie war nur eine Zufallsprojektion, ganz ohne Bewusstsein.

Der Obdachlose auf der Priestgate hockt immer noch auf der Bordsteinkante. Er hebt den Kopf, als ich ihn anspreche, behält die Kapuze aber auf und starrt mich mit hohlem Blick an. »Entschuldigen Sie die Störung«, setze ich an, »aber was ist Ihnen zugestoßen?« Er sieht mich an. »Drogen plus Unterernährung und unbehandelte Lungenentzündung. Ohne festen Wohnsitz bekommt man keinen Arzt, und überhaupt, ich hab Probleme mit Autoritätsfiguren.« Ich hatte mich schon gefragt, ob er ein Geflüchteter oder Asylant war, aber seine Stimme klingt ziemlich vornehm. Vermutlich elitäre Privatschule, hat hinter dem Sportplatz mit weichen Drogen angefangen und sich auf der Universität vielleicht zum harten Zeug vorgearbeitet.

»War es genau hier?«, frage ich, und er nickt.

»Möchten Sie wissen, wie viele Leute an mir vorübergegangen sind, bevor jemand einen Krankenwagen gerufen hat?«, sagt er.

Ich schüttele den Kopf, aber er sagt es mir trotzdem: »Dreiundzwanzig.«

Wenn ich Peterborough danach absuchen würde, würde ich bestimmt eine Menge andere finden – den Bahnhof lasse ich weg, in dem Thomas Warren noch feststeckt, und das Parkhaus mit seinem böswilligen grauen Phantom. Das immer noch verschwommen ist, formlos – klingt komisch, aber ich bin mir nicht sicher, ob es tot ist. Wahrscheinlich gibt es Hunderte verschiedener anderer Typen, um die Wahrheit zu sagen. Bestimmt spazieren die lebenden Einwohner von Peterborough ohne die geringste Ahnung davon umher, dass ein Paralleluniversum direkt neben ihrem existiert, dessen Bewohner durch sie hindurchschreiten. Na ja, manche wissen es vielleicht doch.

Ich will mich auch von den Lebenden verabschieden, so gut ich kann, doch zuvor habe ich eine besondere Reise zu machen. Hoffentlich wird sie nicht da sein, aber ich weiß, dass ich vergebens hoffe – deshalb muss ich den Versuch wagen. Wenn Lockhart es für mich getan hat, kann ich es vielleicht für sie tun.

Ich bin nicht in Eile, so wie damals an dem Sommertag, als ich unterwegs zum Treffen mit Katie am Showcase-Kino war. Gemächlich schwebe ich die Star Road entlang, lasse mir Zeit, weil ich aus der Gegenrichtung komme, im Dunkeln, und das Haus nicht übersehen will. Sie sehen eins wie das andere aus, aber ich weiß noch, dass vor dem gesuchten ein Betonpflanzkübel im Vorgarten stand, breit und voller Unkraut, einer von denen, die man jahrelang in seinem Vorgarten stehen lässt, stets in der Absicht, ihn zu bepflanzen.

Er ist noch da, und im Dunkeln leuchtet der runde graue Pflanzkübel hell. Ich schaue zum einfachen Schiebefenster hoch, ohne Vorhänge oder Jalousien. Alles sieht unbewohnt aus, was es auch ist – aber da ist sie, am Fenster: Donna Carlton.

Es ist fast so, als habe sie auf mich gewartet. Sie ist nicht am unteren Fensterrand, wie früher, starrt mich nicht aus verzweifelt aufgerissenen Augen an. Nein, sie steht aufrecht mitten im Fensterrahmen, als wäre es der Rahmen eines Ölporträts. Sie trägt ein weites beigefarbenes Kleid – oder Nachthemd, da bin ich mir nicht sicher. Ihr braunes Haar ist ungewaschen, das kann ich von hier aus sehen, sie hat es lose zum Pferdeschwanz gebunden. Ihrem Foto im *Weekend Journal* sieht sie nicht besonders ähnlich, das muss eine ältere Aufnahme gewesen sein – aber immerhin ähnlich genug für mich, sie zu erkennen, als Matty dafür sorgte, dass ich den Artikel sah. Es ist was mit den Augen.

Ich nähere mich dem Fenster und sehe genauer hin – das ging letztes Mal nicht. Sie beobachtet, wie ich hochschwebe.

Als ich vor dem Fenster angelangt bin, hebt sie eine Hand und legt sie flach an die Scheibe. Ich mache das Gleiche von meiner Seite, sodass sich unsere Handflächen gegenüberliegen. Sie ist so in dem Zimmer gefangen, wie ich im Bahnhof von Peterborough gefangen war. Ich sehe, wie verwahrlost und leer es hinter ihr ist, keine Möbel bis auf ein altes Sideboard an einer Wand, der Teppichboden so abgetreten, dass der Boden darunter stellenweise zum Vorschein kommt. Es gibt zwei Nischen, in denen früher bestimmt Regalbretter befestigt waren, davon zeugen Schmutz- und Farbränder und leere Dübellöcher. Was für ein trostloses Gefängnis! Ich konnte wenigstens das Bahnpersonal und die Reisenden beobachten. Sie kann nur aus dem Fenster die Passanten ansehen, die ihr nie geholfen haben und es nie tun werden.

»Es tut mir leid«, sage ich.

»Wieso, was denn?«, erwidert sie.

»Ich hab dich damals im Fenster gesehen. Wenn ich die Polizei gerufen hätte, könntest du jetzt noch am Leben sein.«

Langsam und traurig schüttelt sie den Kopf. »Schon gut, meine Liebe. Nein, du warst nicht die Einzige, und ich hätte die sowieso bloß weggeschickt, wie so oft.«

Unsagbar traurig sehe ich sie an. Wir wollen so dringend glauben, dass wir im Unrecht sind, und sie liefern uns gerade genug Beweise dafür.

»Was ist mit dir passiert?«, fragt sie. »Hat dich wer umgebracht?«

»Ja«, sage ich, »aber nicht so, wie es bei dir war, nicht so, dass sie ihn dafür verurteilen konnten.«

Sie nickt. »Meiner hat vier Jahre gekriegt. Der Richter hat gemeint, dass er offensichtlich aufrichtige Reue gezeigt hätte. Bei richtig guter Führung kommt er bald raus. Ich hab die Putzleute gehört, die die Hausverwaltung geschickt hat. Wie eine gesagt hat, sie muss ja wohl der reinste Albtraum gewesen sein. Also so was, die kann mich mal! Der würd ich Albträume schicken, wenn ich könnte.«

Beide bleiben wir ein Weilchen, wo wir sind. »Ich hab gedacht, die Liebe hätte mich befreit«, sage ich, »aber es war gar nicht Liebe, jedenfalls nicht die, an die ich gedacht hatte.«

Sie nickt und sagt: »Ich hatte lauter Freundinnen, als ich ihn kennengelernt hab. Hab ich alle aufgegeben. Ich hatte einen Cousin, mit dem ich mich richtig gut verstanden hab, er war schwul, aber er war trotzdem gegen diese Beziehung.«

»Ich hätte damals etwas unternehmen sollen.«

Mit schräg gelegtem Kopf lächelt sie ein wenig. »Ich hab dir doch gesagt, dass es okay ist. Es hätte keinen Unterschied gemacht, da nicht mehr. Weißt du, es ist schwer zu erklären, aber hinterher hat es ihm immer so leidgetan, dass es manchmal fast der Mühe wert schien, wegen der Nähe, die wir danach hatten, und wenn es nur kurz war; wie fest er mich da umarmt und mir gesagt hat, wie toll ich war, etwas ganz Besonderes. Da hat es sich angefühlt, als ob nichts und niemand mir wehtun könnte. Das Ding ist, der Richter hatte recht. Es war immer aufrichtig. Was ihn bloß nächstes Mal nicht davon abgehalten hat. Und jedes Mal wurde es ein bisschen schlimmer, von Mal zu Mal bloß ein winziges bisschen, bis es eines Tages nicht mehr schlimmer werden konnte.«

»Tja, na ja, ich hab daraus gelernt«, sage ich. »Als ich dich damals gesehen hab, war es nicht bloß eine Prüfung, die ich nicht bestanden hab, sondern eine Vorwarnung.«

Und dann greife ich ins Zimmer hinein, so mutig wie sonst was, direkt durch die Fensterscheibe, packe sie, lehne mich zurück und schwebe fast in der Waagerechten, mit erhobenem Kopf, wie eine Rettungsschwimmerin, die in Rückenlage jemanden aus einem Schwimmbecken rettet, und ich ziehe die Frau einfach durchs Fenster aus dem Haus, bis wir über dem Bürgersteig schweben, und sie sperrt vor Überraschung den Mund auf, lächelt strahlend übers ganze Gesicht, und ich weiß, dass ich es geschafft habe – ich habe es zwar unterlassen, ihr Hilfe zu leisten, aber ich habe sie befreit.

»Heißt das, ich kann einfach überallhin?« Voll Staunen sieht sie sich um, die Star Road rauf und runter, auf der ein paar Fußgänger im Dunkeln nach Hause unterwegs sind und ein paar andere in die Gegenrichtung streben, ins Zentrum: eine Frau mit Hijab und zwei kleinen Kindern; zwei Jugendliche in Ausgehmontur, die sich gegenseitig anrempeln; ein älterer Herr mit Stock.

»Ja«, sage ich, »es gibt noch mehr, die wie wir sind, die meisten sind in Ordnung, du kannst mit ihnen reden. Halt dich bloß fern von dem Parkhaus an der Queensgate, da ist was Fieses drin.«

»Geht klar«, sagt sie, »ich mag eh keine Parkhäuser.«

»Geh zum Waitrose-Supermarkt«, sage ich, als ich mich zum Entschweben über die Star Road wende, »die Donuts sehen fantastisch aus.«

»Wo willst du hin?«, ruft sie mir nach.

»Ich muss nach ein paar Lebenden sehen«, sage ich, »mich von ihnen verabschieden.«

Schließlich habe ich nicht bloß sie befreit. Sondern mich gleich mit.

Ich will mir ein letztes Mal ansehen, was sie alle machen.

Inspector Barker hole ich ein, als er ins schummrig gelbe Licht des niedrigen Gemeinschaftsraums im Bull-and-Sparrow-Pub tritt. Er stößt gleich mit Tom zusammen, der direkt vor der Tür stehen geblieben ist, um seine Taschen abzustellen und sich den Mantel aufzuknöpfen. Barker macht Tom auf sich aufmerksam, indem er ihm ein Knie von hinten ins Bein rammt, aber Tom ist zu klein und stämmig, um einzuknicken. »Aua, du Saftsack«, sagt Tom, der beim Umdrehen weiß, dass Barker hinter ihm ist. In der Band reden sie ganz anders miteinander, als wenn sie sich in der Arbeit begegnen. Mit albernem Grinsen drückt sich Barker die neue Instrumententasche an die Brust, wiegt sie wie ein Baby, tätschelt ihre Unterseite.

»Das ist doch nicht etwa …?«, fragt Tom.

Barker strahlt.

»Die wollen wir uns jetzt mal näher ansehen, was?«, sagt Tom.

Barker zögert. Auf diesen Moment hat er sich gefreut, ihn aber auch gefürchtet. Wer, wenn nicht Tom, kann die Schönheit einer Uluru gebührend würdigen. Was durchaus nicht jedem anderen gegeben ist – nicht mal allen anderen Bandmitgliedern. Schließlich sind nicht alle Ukulele-Spieler Sammler – kaum zu glauben, manche Bandmitglieder besitzen nur eine einzige, nicht mal eine Mandoline nebenher –, während viele andere so wie er am UAS leiden, dem Ukulele-Anschaffungs-Syndrom. Tom hat es noch schlimmer erwischt als ihn – der hat ganze elf Instrumente, nicht bloß sechs, so wie Barker. Er möchte, dass Tom die Uluru bewundert, aber er will sie ihm nicht überreichen und ihn ein paar Takte darauf spielen lassen, nicht wenn er sie das erste Mal ausführt. Das wäre so, als würde er Tom ein paar nagelneue, frisch gekaufte Schuhe überreichen und ihn einladen, ohne Socken damit herumzuspazieren.

Er entscheidet sich für die naheliegendste Verzögerungstaktik. »Was trinkst du?«, mit einem Nicken Richtung Tresen.

»Heut Abend hat er Jaipur da, ein Pint wär super, danke sehr«, antwortet Tom.

»Echt, Jaipur?« Barker hatte sich eigentlich auf ein Citra gefreut, aber Jaipur von der Thornbridge Brewery hat es hier seit dem letzten Bierfestival nicht mehr gegeben.

Barker besetzt seinen Stuhl am Tisch, indem er die Uluru hochkant drauf stellt, noch in ihrer Tasche – niemand wird sie anrühren, solange der Reißverschluss zu ist.

Am Tresen drängen sich schon ein halbes Dutzend Leute, die sich vor Probenbeginn ihr Bierchen holen, während Bob, ihr Dirigent, ungeduldig wartet, dass alle beisammen sind. Barker bringt zwei Gläser Jaipur zu seinem Platz zurück, legt die Uluru vor sich auf den Tisch, setzt sich, holt sein iPad hervor und legt es auf den Notenständer.

Während sie abwarten, bis alle in der Band ihre Plätze einnehmen, streckt Peter Barker, Inspector der Britischen Bahnpolizei am Bahnhof von Peterborough, nicht gerade bekannt für übermäßige Großzügigkeit anderen Männern gegenüber, die Hand nach der Tasche vor ihm aus, zieht den Reißverschluss auf, holt die Uluru hervor, wendet sich an Tom und reicht sie ihm mit einem leisen »Hier, bitte, Kumpel«.

Tom sieht ihn an, nimmt ihm die Ukulele ab und sagt gerührt: »Kumpel … danke dir …« Er hält sie hoch, und seine und Barkers Sitznachbarn bewundern sie mit anerkennendem Gemurmel. Es ist eine Konzert-Ukulele, rein akustisch, vietnamesische Handarbeit, kein einziger Bestandteil aus chinesischer Fließbandproduktion. Tom untersucht die Vorder- und Rückseite, den feinen Seidenglanz, die Blumenintarsie an der Kopfplatte. So samtig, wie sie aussieht, wird auch ihr Klang sein. Sie wird ihnen etwas vorsingen. Vor Ehrfurcht schlägt Tom auch nicht einen Akkord an, hält die Ukulele nur hoch und haucht:

»Sie ist wunderschön, Peter … wunderschön …«, und Barker spürt, so deutlich, wie er nur je etwas empfunden hat, was für ein tolles Gefühl es ist, wenn jemand die eigene Liebhaberei versteht und nachempfindet, jawoll ja.

Bob klopft an seinen Notenständer. Er hat keinen richtigen Taktstock, sondern bringt ein Essstäbchen von zu Hause mit. Darüber müssen alle jedes Mal schmunzeln.

»Okay, alle mal herhören«, sagt er fröhlich. »Da wären wir, genug geplaudert, jetzt fangen wir gleich richtig an, okay? ›The Story of My Life‹.« Diejenigen, die ihre iPads noch nicht geöffnet haben, beugen sich vor und wischen über das Display, um den Anfang der Playlist zu finden.

Als Tom Barker die Uluru zurückgibt, beugt er sich zu ihm rüber und flüstert: »Du weißt ja, dass er sich selbst umgebracht hat, oder? Mit achtunddreißig. Blödmann. Stell dir vor, du wärst der britische Bing Crosby und würdest einfach mit allem Schluss machen.« Barker legt sich seine neue Ukulele in korrekter Haltung in die Arme. »Ich hab da mal eine philosophische Frage für dich«, murmelt Tom. »Was wär besser gewesen: Michael Holliday hätte ein normal langes Leben gehabt und nie diese ganzen Songs gesungen, oder er hatte diesen Riesenerfolg, hat den Leuten Freude gemacht und mit achtunddreißig den Löffel abgegeben, was meinst du?«

Blöde Frage, denkt Barker. Das britische Publikum würde sich fraglos für die Songs entscheiden, aber als Michael Hollidays Mutter, Frau oder Freundin würde man auf die andere Antwort setzen. Glücklicherweise kann er sich eine Antwort sparen, denn Bob klopft wieder an seinen Notenständer und hebt beide Arme, das Essstäbchen mahnend angewinkelt.

»Los geht's«, sagt Bob, »jetzt mal 'n bisschen mit Schmackes. Beim Pfeifen sind bitte alle so laut wie Peter.«

Alle am Tisch lächeln Barker zu, und als sie mit dem Song loslegen, er zum ersten Mal vor anderen Leuten auf der Uluru, kann er ein stolzes Strahlen nicht unterdrücken. Mag sein, dass lautes Pfeifen keine besonders überwältigende Kunstfertigkeit ist, und vor die Wahl gestellt, wäre er lieber ein virtuoser Musiker, doch an diesem Abend ist er einfach zutiefst im Herzen glücklich.

Nach der Probe pfeift Barker auf der Fahrt nach Hause vor sich hin. Er fragt sich, ob heute der richtige Abend wäre, um seiner besseren Hälfte das mit der Uluru zu gestehen. Vielleicht nicht. Sie hat ihm in letzter Zeit etwas die kalte Schulter gezeigt. Er weiß noch nicht, was da zu machen ist.

Er fährt in die Auffahrt seines Hauses und stellt das Auto seitlich von der Küchentür ab. Es ist dunkel, aber Janey hat die Küchenrollos noch nicht zugezogen, und er sieht sie an der Spüle stehen. Sie trägt Gummihandschuhe und hat die Stirn etwas gerunzelt. Sie hebt eine Hand vom Spülbecken zu ihrem Pony, der geschnitten gehört und sie stört, aber wegen der Handschuhe kann sie ihn sich nur mit dem Handrücken aus dem Gesicht schieben. Sie rümpft die Nase. Da fällt ihm wieder ein, wie es war, als sie sich mit siebzehn kennengelernt haben: Da rümpfte sie die Nase, wenn sie anderer Meinung als er war, und wartete kurz, ehe sie redete, so als zeigte das Naserümpfen ihr Nachdenken an. Damals hatte sie lange Locken. Jetzt ist ihr Haar kürzer, aber immer noch lockig und mit grauen Strähnen versetzt. Sie streiten nicht viel – außer um Geld, wie die meisten Paare. Er muss zugeben, dass er nicht so sparsam ist wie sie, auch wenn er sich nicht als über alle Maßen verschwenderisch bezeichnen würde.

Peter Barker, Inspector der Britischen Bahnpolizei, steigt aus dem Auto und holt seine beiden Ukulelen aus dem Beifahrerfußraum. Er schließt das Auto ab, öffnet die Küchentür und geht rein. Janey wendet sich zur Begrüßung um, doch er stoppt sie mit erhobenem Zeigefinger. Er legt die Luna Pearl auf der Arbeitsfläche ab und zieht die Uluru aus ihrer Tasche. Janey sieht ihn mit hochgehaltenen schaumigen Spülhandschuh-Händen an. Er weiß, jetzt dämmert ihr, dass sie diese spezielle Ukulele noch nie zuvor gesehen hat.

Peter Barker singt seiner Frau »The Story of My Life« vor, gespielt auf seiner funkelnagelneuen Uluru-Konzert-Ukulele. Janey hält immer noch die Hände hoch, und der Schaum ist ihr von den Spülhandschuhen die Unterarme entlanggelaufen und tropft von ihren Ellenbogen auf den Boden, aber er hält den Blick beim Singen und Pfeifen so fest auf sie gerichtet, dass sie ihn erwidern muss, denn es ist ihm ernst.

Langsam schüttelt sie den Kopf über ihn, doch er macht weiter. Noch eine Strophe. Er kann das. Es kommt ihm auf einmal wahnsinnig wichtig vor.

Mit schwungvoller Geste beendet er sein Spiel, hebt die Ukulele hoch in die Luft und bleibt kurz in der Pose, ehe er sich rasch verneigt.

Da steht er nun und sieht sie an. Ein bisschen dünn ist sie ja geworden, oder, aber was für ein herzerwärmendes Lächeln sie hat. Sie hatte schon immer so ein schönes Lächeln.

»Weichei«, sagt Janey.

Da lächelt er zurück.

Es ist mein zweiter Besuch bei Andrew, und als ich in seine Straße einbiege, muss ich unwillkürlich daran denken, wie viel ich beim letzten Mal gemutmaßt und wie wenig ich gewusst habe.

Erst frage ich mich, ob er wohl ausgegangen ist, weil vorne kein Licht brennt, aber ein Lichtschein hinter dem Haus bringt mich darauf, im Garten nachzusehen, und dort finde ich ihn mit Ruth – zurück von ihrem Pilgergang zum Bahnhof. Beide haben Bierdosen und Fleecedecken um die Schultern, und sie verbrennen etwas in einer alten Blechtonne, die Andrew mitten auf sein einfaches Stück Rasen gestellt hat. Ich wünschte, ich wäre rechtzeitig da gewesen, um zu sehen, was sie verbrennen – Familienfotos? Alte Schulbücher? Oder vielleicht haben sie sich einfach gedacht, an so einem klaren Dezemberabend könnten sie ein Lagerfeuer machen. Bestimmt verdienen beide nicht viel, sodass es sie kaum verlockt haben wird, kurz vor Weihnachten in die Stadt auszugehen.

Sie sitzen am Terrassenrand, vor der Schiebetür, und blicken aufs Feuer vor dem Nachthimmel. Orange Funken stieben auf, dünn, eckig flattern und drehen sie sich wie kurios geformte Glühwürmchen ziemlich weit aufwärts, ehe sie im Nachtdunkel verschwinden. Der Garten ist so klein, dass die beiden nahe genug am Feuer sitzen, um sich vorne schon fast angebrannt zu fühlen, aber am Rücken frieren sie noch. »Ich mach uns gleich einen Kaffee«, sagt Andrew, rührt sich aber nicht vom Fleck.

»Hast du vielleicht auch Kakao da?«, fragt Ruth nach einer Weile.

»Weiß nicht. Ich muss nachsehen.« Um dann übergangslos hinzuzufügen: »Er hat sich auf dem Zettel nicht mal entschuldigt, meinst du nicht, das wäre angesagt gewesen? Wenn er sich nach dem, was er getan hat, umbringen wollte, meinst du nicht, da hätte jeder andere sagen wollen, dass es ihm leidtut?«

Aha, sie verbrennen also die Vergangenheit. Gut für euch, denke ich. Meinen Segen habt ihr.

»Na ja, er war nicht jeder andere, oder?«, sagt Ruth rasch, so als wollte sie lieber nicht darüber reden.

»Man hätte doch wohl …«, setzt Andrew an, bevor ihm die Stimme versagt, und mit einem Mal ist es, als seien ihre Rollen vertauscht, und Ruth sei die Stärkere von beiden.

Sie fasst mit einer Hand nach seinem rechten Knie, wackelt etwas daran und lässt wieder los. Eine normale Umarmung oder irgendwas Gefühlsduseliges würde er nicht ertragen, aber so eine raue Geste mit einem Beigeschmack von Ermahnung kann er gerade noch tolerieren. Sie kennt ihren Bruder gut genug, um gleich wieder loszulassen.

»Sieh dir den Funkenflug an«, sagt sie.

»Wenn du gleich sagst, dass seine Seele darin in den Himmel aufsteigt, geh ich jetzt rein«, sagt Andrew, und obwohl er es so zu sagen versucht, dass es sich wie ein Scherz anhört, wissen beide, dass es keiner ist.

»Nein, das wollte ich nicht sagen«, entgegnet sie. »Er war ein Arsch. Wenn überhaupt irgendwo, dann steckt er dort unten oder, weiß auch nicht, irgendwo bis in alle Ewigkeit fest. Aber ich glaub, es war gut, das Zeug zu verbrennen, also für uns, denn so kann es schließlich die Vergangenheit sein, oder, was da verbrennt und zu Funken und Asche wird?«

»Kommt jetzt die Stelle, wo du mir sagst, dass wir die Wahl haben?«, sagt Andrew, und ich bin überrascht, wie verbittert er sich anhört. »Dass wir nicht kontrollieren konnten, was uns als Kindern passiert ist, aber jetzt sind wir erwachsen und haben die Wahl, und dass heute der erste Tag vom Rest unseres Lebens ist oder morgen auch noch ein Tag oder sonst irgend so 'n Blabla? Wie läuft's übrigens mit Yoga? Hast du schon gelernt, deine eigene Falafel zu stricken?«

Ruth ist verständig genug, über diesen Ausbruch hinwegzusehen. »Es stimmt aber«, sagt sie rasch. »Das weißt du doch, wir entscheiden uns jeden Tag hundertmal.«

»Das ist was anderes.«

»Nicht unbedingt.«

»Ach, na ja«, sagt er. Die Bitterkeit in seiner Stimme ist noch nicht abgeklungen. »Ich entscheide mich, die Vergangenheit *nicht* Vergangenheit sein zu lassen und zu denken, dass wir jetzt mit dem Rest unseres Lebens weiterkommen und ich das alles hinter mir lassen könnte und den ganzen Scheiß. Na, wie gefällt dir das?«

»Ich mein ja bloß ...«

»Und er ist damit fein raus, oder? Das hat er nicht verdient, er hätte im Gefängnis verrotten und Angst vorm Duschen haben sollen.« Da hat er nicht ganz unrecht.

»Er ist tot, er weiß nichts davon ...«

»Weiß ich doch! Das ärgert mich ja so, verdammte Scheiße. Er hat's nicht verdient, so leicht davonzukommen.«

Eine kurze Schweigepause entsteht. Die flackernden orangen Funken fliegen vom Feuer auf, in dessen Mitte etwas, vielleicht ein Holzscheit, mit lautem Knacken auf die Asche darunter kippt. Ruth redet wieder, mit so leiser Stimme, dass ich sie kaum hören kann: »Glaubst du wirklich, dass er es sich leicht gemacht hat? Glaubst du, er hätte das getan, hätte es tun können, meine ich, was er getan hat, wenn er leicht davongekommen wäre?«

Andrew ist eine Zeit lang still.

Ruth sagt leise: »Wir waren dort, und jetzt danach ist mir eins klar: Er hat es nicht getan, um sich vor der Strafe zu drücken, sondern weil er Höllenqualen gelitten hat. Er hat seine Strafe gekriegt. Das sag ich nicht nur, damit wir uns besser fühlen, echt jetzt. Verdammter Mist, hast du 'ne Zigarette?«

»Drinnen.« Er rührt sich immer noch nicht. Als er wieder spricht, geht er zwar nicht auf sie ein, aber sein Ton klingt etwas abgemildert. Er hört auf sie, auch wenn er es nie zugeben würde. Schließlich war immer Ruth das Problemkind, nicht er. Es fällt ihm schwer, die Rolle des starken Geschwisters aufzugeben. Selbst in einem Gespräch am Lagerfeuer im Dunkeln. »Na ja, gut, aber fang bloß nicht mit dem Vergebungsscheiß bei mir an, okay? Er hat's nicht verdient.«

»Nein«, sagt sie, »aber wir.«

Ich warte auf Andrews nächsten sarkastischen Kommentar, doch stattdessen legt er ihr einen Arm um die Schultern, und sie lehnt einen Moment lang den Kopf an ihn, nur kurz, ehe sie wieder voneinander abrücken – sie haben es beide nicht so mit Körperkontakt jedweder Art, so viel steht fest, und werden sich mit Sicherheit immer wie zwei Streithähne kabbeln.

Nach einer weiteren Schweigeminute fragt Ruth: »Triffst du dich noch mit Danny?«

»Nee«, kommt von ihm zurück. »Schon ewig nicht mehr.«

»Weißt du, was«, sagt sie, »letztens auf dem Weg zur Arbeit, an der Eye Road, bin ich an zwei Frauen vorbeigekommen, und da sagt die eine zur anderen: Sie haben sich einen Namen ausgesucht, nämlich Soundso, und genau an der Stelle ist ein Laster vorbeigefahren, sodass ich den Namen nicht mitgekriegt hab, es muss sich wohl um ein Baby gehandelt haben, hätte zwar auch ein Hund sein können, aber ich tippe eher auf Baby. Sie hat also gesagt, sie haben einen Namen ausgesucht, und dann, als ich an ihnen vorbeigegangen bin: Aber sie sagen kurz Ella zu ihr.«

Das Feuer knistert laut, und sie sehen in die Flammen.

»Das Ding ist, von was könnte Ella wohl die Abkürzung sein?«

Andrew kneift mit gerunzelter Stirn die Lippen zusammen, blickt gen Himmel hoch. »Keine Ahnung, was glaubst du?«

»Element?«, schlägt Ruth vor.

Stirnrunzelnd legt Andrew den Kopf schief und überlegt. »Elefant?«

Die Flammen flackern ein letztes Mal auf und sacken in sich zusammen, die Asche glimmt noch. Dann sagt Ruth energisch, wie um die Frage ein für alle Mal klarzustellen: »Propeller.«

Einen Besuch habe ich noch vor mir, bevor ich zum Bahnhof zurückkehre.

Angela ist in ihrem Zimmer und schreibt einen Zettel. Sie hat sich dazu durchgerungen, einen letzten Versuch mit Dalmar zu wagen. Er war grob zu ihr, als er früher am Tag aus ihrem Zimmer getürmt ist, aber sie weiß, das war nur, weil sie zu weit gegangen ist, als sie ihm ihre Hand auf die Brust legte. Dabei hat sie es getan, weil sie es von ihm wollte. Wenn sie angenommen hätte, damit durchzukommen, hätte sie eine seiner großen weichen Hände genommen und auf die harte knochige Stelle unter ihrer Kehle gelegt, bloß um seine Wärme dort zu spüren und damit er den Knochen über ihrem Herzen ertasten könnte. Sie schämt sich jetzt ein wenig, weil sie weiß: Obwohl es für sie in Ordnung war, ihn zuerst anzufassen, wäre es andersherum nicht in Ordnung gewesen, und das findet sie ungerecht, jedenfalls in dieser besonderen Situation. Sie will es tun, aber noch mehr will sie, dass er es tun will und dass er sich traut. Wenn das für sie schon alles so verwirrend ist, dann ja wohl für ihn noch viel mehr, das weiß sie.

Nicht jede Liebe ist körperliche Liebe, auch das weiß sie. Und nicht zu jeder körperlichen Liebe kommt es, nur weil zwei einander berühren möchten. Zwischen zwei Körpern herrscht oft dicke Luft. Angela fragt sich jetzt schon seit Monaten, wie es wohl wäre, neben Dalmar im Bett zu liegen – er ist viel schwerer als sie, und sein Gewicht würde in jede ihrer beider einfachen Matratzen eine Kuhle eingraben, sodass es wohl zu einigem Hin- und Hergewälze und Rutschen kommen würde, aber das würde schon gehen, wenn er auf dem Rücken läge und sie sich in der Lücke zwischen seinem Oberkörper und Arm einrichten könnte. Sie wäre zufrieden, wenn sie dabei komplett angezogen wären und sich nicht einmal streicheln oder küssen würden. Sie wüsste nur gerne, wie es sich anfühlt, sich mit ihm hinzulegen. Sie will den Platz zwischen seinem Arm und Oberkörper erkunden und von ihm umschlossen werden. Das würde ihr reichen.

Also fasst Angela sich ein Herz und schiebt Dalmar den Zettel unter der Tür durch. Darauf steht: *Hoffentlich war es dir nicht peinlich mit mir oder so, aber wenn du später heute Abend bei mir anklopfen magst, etwa in einer Stunde, bin ich vom Einkaufen zurück, und wir könnten Nudeln essen, die ich dahab. Frische Pasta. Vegetarisch, nur für alle Fälle. Grüße. Angela.* Sie hat keinen Kuss dahintergesetzt.

Dalmar hängt in seinem Zimmer ein Handtuch an den Türhaken, als der Zettel mit einem leisen Schabegeräusch auf seine Füße zugleitet. Er starrt nach unten, ungefähr so, wie er eine Maus anstarren würde, die sich gerade unter der Tür durchgequetscht hätte. Er bückt sich und hebt ihn auf, und nachdem er ihn gelesen hat, setzt er sich aufs Bett und sagt sich: Eine Menge Männer würden es schließlich tun. Es ist so lange her, er zweifelt nicht daran, dass die Haut-an-Haut-Berührung reichen würde – und überhaupt, was ist er für ein Dummkopf, einem geschenkten Gaul ins Maul zu schauen, lautet so nicht die Redewendung? (Die er noch nie verstanden hat – bei den meisten englischen Redewendungen hat er nach dem Ursprung gefragt und sie zu begreifen versucht, aber diese kommt ihm so offensichtlich bescheuert vor, dass er es gelassen hat.) Vielleicht wenn es der Sache ein Ende machen würde, wenn er sich ganz sicher sein könnte, würde er sich dazu verleiten lassen. Ein Mann hat schließlich Bedürfnisse. Doch dann zwingt er sich, an den ganzen Rattenschwanz zu denken, der hinterherkäme: sich darum kümmern zu müssen, dass es ihr danach gut ginge, und wenn man sich dann im Flur begegnete …

Einer seiner Londoner Freunde, Raage, hat zu ihm gesagt: »Dalmar, du wirst wissen, dass du wiederhergestellt bist, wenn du merkst, dass du in diesem Land nicht mehr an alles denkst, was du verloren hast, sondern dich um jemanden oder etwas kümmern willst. Egal was. Pflanz etwas in die Erde. Streich einem alten Mann die Haustür. Aber am allerbesten, jetzt hör gut zu, mein Freund, am allerbesten, du findest eine Frau, um die du dich kümmern kannst. Dann wirst du wissen, dass du deine Kräfte wiederhast. Du wirst wieder ein Mann sein.«

Den Sinn dieser Worte hat er begriffen. Dalmar hat schon immer die Wahrheit gewusst: dass die große Suche des Lebens nicht darin besteht, die Person zu finden, die einen lieben wird, sondern die Person, die man selbst lieben wird. Aber es gibt einen Unterschied zwischen etwas wissen und etwas fühlen.

Eine Stunde später zieht er sein T-Shirt aus und ein sauberes an, geht zu Angelas Tür und klopft leise an – eigentlich hauptsächlich deshalb, weil er sonst nichts zu tun hat und sich der Abend nach einer Reihe von Nachtschichten immer seltsam und leer anfühlt.

Sie bittet ihn, den Stuhl aus seinem Zimmer zu holen, damit sie beide am Tisch sitzen können, und sie hat sich offenbar überlegt, dass es ihre Aufgabe ist, für gute Stimmung zu sorgen, weshalb sie das ganze Reden übernimmt, während sie die Nudeln kocht. Sie setzen sich und essen. Er mag die Pasta sehr; die bleiche Masse ist überraschend tröstlich. Essen, das jemand für einen gekocht hat, was auch immer es ist, schmeckt immer so viel besser als Essen, das man für sich selbst gekocht hat. Eine Zeit lang ist er glücklich und zufrieden damit, einfach bloß zu essen und ihr zuzuhören. Er ist froh, dass sie ihm die Peinlichkeit erspart hat, ihm Alkohol anzubieten, offenbar die britische Lösung für alle Arten von Unsicherheit.

Nach der Pasta macht sie Kaffee und bringt wortlos eine Zuckerschale, hellbraune Kristalle in einer kleinen blauen Schale, mit einem Teelöffel darin, und er weiß, dass er sich irgendwie bei ihr entschuldigt, ohne sein Benehmen früher am Tag anzusprechen, indem er drei Teelöffel in seine Tasse schippt. Sie ist extra am frühen Abend einkaufen gegangen, damit sie auch ja Zucker dahat – und er hat ihn angenommen. Sie sieht ihm beim Umrühren zu.

Während Angela ihn beobachtet, behält er seinen Kaffee im Blick. Er sieht zu, wie der Löffel ununterbrochen Kreise darin dreht, als mache der sich von seiner Hand selbstständig. Zwischen ihnen kommt Schweigen auf, und nach dem relativ entspannten und angenehmen Essen fürchtet er, dass dies oder das passieren könnte, wenn er aufschaut: Entweder er sieht ihr in die Augen und dann wieder weg, was peinlich wäre, oder er sieht ihr lange in die Augen, was noch peinlicher wäre. Er hält es für besser, ihrem Blick ganz auszuweichen. Aber er spürt ihn auf sich, so klar wie die runde weiße Glühbirne im Lampenschirm über ihnen.

Während er den Kaffee umrührt, klackert der Löffel gegen die Tasse, und ihm kommt der Gedanke, dass er sich vielleicht einen Ruck geben, ihr in die Augen sehen und sich auf alles einlassen sollte, was danach auch kommen mag. Innerlich seufzt er, während er im vollen Lichtschein von Angelas Bedürfnis weiterrührt, weil er weiß, dass er nicht stark genug ist. Ihre Aufmerksamkeiten machen ihm Angst; und wegen seiner Angst verachtet er sich, dabei reicht es ihm wirklich mit Selbstverachtung. Auch wenn er Angela jetzt lieber mag, will er wirklich nur, dass sie ihn in Ruhe lässt.

Das wird er aber nicht laut sagen müssen – so etwas sollte man besser nicht aussprechen. Er wird einfach nicht aufsehen. Weder jetzt noch irgendein anderes Mal, wenn sie zusammen essen oder Tee trinken werden, und er wird ihrem Blick ausweichen, wenn sie im Hausflur aneinander vorbeigehen, und irgendwann wird sie es kapieren. Sie wird nicht gekränkt sein, das weiß er, sondern es nur auf ihre eigene Unzulänglichkeit schieben. Er wird nichts sagen müssen.

»Dalmar«, sagt sie da, sanft, und der Klang seines Namens in ihrem Mund lässt etwas in ihm aufbrechen: sein Name, von einer Frau ausgesprochen, so sanft, wie freundlich das klingt.

»Ja«, sagt er und rührt weiter in seinem Kaffee – den er jetzt schon so lange umrührt, dass sich der Zucker ohne jeden Zweifel komplett aufgelöst hat, aber um ganz sicherzugehen, sieht er genau hin.

»Sieh mich an.«

Ich lasse die beiden machen.

Weil ich nicht weiß, wo PC Lockhart wohnt, hoffe ich auf meinem Rückweg zum Bahnhof, dass er im Dienst ist. Ich habe Glück. Er fängt gerade eine Nachtschicht an, und ich finde ihn im Büro, wo er sich den Dienstplan ansieht.

Er sitzt zusammengesackt auf seinem Stuhl. Schlecht für den Rücken, die Haltung, denke ich. Er hat das Dienstplanbuch auf dem Schoß, starrt aber Löcher in die Luft, und ich erkenne sofort, dass er an Veena denkt, die bald seinen Cousin heiraten und dadurch auch seine Cousine werden wird. Melissa erinnert ihn in mancher Hinsicht an Veena – vielleicht ging es nur darum. Er ist vierundzwanzig. Er hatte drei Freundinnen, mit einer davon war es zeitweilig etwas Ernstes. Der sanfte Druck fängt schon an, die Fragerei von Tanten, schottischen wie indischen, nach seinen Plänen. Er nimmt an, dass er irgendwann vor seinem dreißigsten Geburtstag heiraten und Kinder kriegen wird, ist sich aber jetzt schon sicher, dass seine Ehe eine Vernunftehe sein wird. Er kann sich nicht vorstellen, dass ihn jemals solch ein hilfloses Verlangen, wie er es nach Veena empfindet, für irgendeine andere erfassen könnte. So unerfahren er auch ist, weiß er doch, dass es sich um eine Leidenschaft handelt, bei der Lust und Schmerz verschwistert sind: die Lust, die er bei ihrem bloßen Anblick empfindet, der Schmerz der Gewissheit, dass ihm nie mehr als das vergönnt sein wird. Außerdem weiß er, dass es ein Zirkelschluss ist: Nicht nur wird der Schmerz durch die Lust verstärkt, sondern umgekehrt ebenso. Seine Liebe zu Veena hat nie – und wird nie – den Realitätstest bestehen müssen. Das verleiht ihr ihre Würze. Er weiß bereits in seinen jungen Jahren, dass die reinste Form romantischer Liebe diejenige ist, die nicht durch Vollzug getrübt wird.

Vielleicht sollte er sich die Mühe machen, etwas mehr über Bina in Erfahrung zu bringen, die Pathologie-Assistentin, die viel passender wäre als Melissa. Er mochte ihr pausbackiges Lächeln – dass sie Humor hat, steht für ihn fest –, aber jetzt ist er müde, hundemüde.

Sein Handy liegt vor ihm auf dem Tisch, und er hört das dumpfe Summen einer ankommenden SMS. Sie ist von Inspector Barker, der die letzten beiden Tage Frühdienst hatte, sodass sie sich nicht begegnet sind: *Hab mit Lively gesprochen, sie ist einverstanden, einen von der Kripo zu Leyla Abaza zu schicken, ihre Zeugenaussage für die Akte aufzunehmen. Bei weiteren Beschwerden gegen den guten Arzt ist das aktenkundig. Gut gemacht.*

Da regt sich etwas in Akash Lockharts Brust, sie füllt sich mit etwas, das herauswill wie Freude, aber nicht Freude ist, sondern etwas Festeres und Zufriedenstellenderes als das. Viel ist es nicht, aber besser als gar nichts. Er hat seine Arbeit gemacht, so gut er konnte. Eine Wahrheit, die sonst vergraben geblieben wäre, wurde ausgegraben, und PC Lockhart weiß in dem Moment, dass die reine Liebe zu Veena nur eine Spielart von Liebe ist, und obwohl er Inspector Barker gar nicht so besonders mag, gibt er seinem Telefon einen laut schmatzenden Kuss, kurz bevor sein Kollege PC Mitchell zur Tür hereinplatzt, mit den schmetternd gerufenen Worten: »Na also, da WÄREN wir wieder, frohe WEIHNACHTEN und viel SPASS, alle MITEINANDER! Auf geht's in die nächste hammergeile Freitagnacht, was, Kashi-Boy?!«

Ich will nicht, habe aber das Gefühl, dass ich wirklich sollte.

Ich überquere die Station Road. Passiere die Bahnsteigsperren. Wende mich nach rechts und gehe die Treppe zur Fußgängerüberführung hoch.

Thomas Warren sitzt auf der Metallbank am Ende von Bahnsteig sieben. Als ich mich ihm nähere, dreht er sich nicht um oder sieht in meine Richtung, und ich denke, er kann mich nicht mehr sehen, seitdem ich mich entschieden habe, was ich tun werde. Jetzt, da ich frei bin, bin ich schon weg.

Ich betrachte ihn eine Zeit lang. Er rührt sich nicht. Sein Bewusstsein steckt hier fest und durchlebt immer und immer wieder die Zeitspanne vor seinem Tod. Während die Uhr weitertickt, wird er nichts anderes tun als den Bahnhof betreten, den Übergang nehmen, immer und immer wieder, aber niemand wird in seinem Fall weiter ermitteln, weder Liebe noch Pflichtbewusstsein werden ihn befreien. Stattdessen ist er dazu verdammt, immerzu hier auf Bahnsteig sieben zu enden und zu wissen, dass er allein ist, dass er furchtbare Angst und nichts anderes verdient hat.

Seinen sterblichen Überresten wird es nicht viel besser ergehen. Sie werden sehr, sehr lange in der Pathologie des städtischen Krankenhauses von Peterborough bleiben. Im neuen Jahr wird die Untersuchung in Huntingdon stattfinden, wonach der Leichnam üblicherweise an die Familie zur Bestattung freigegeben würde, aber niemand wird Thomas Warren haben wollen, nicht einmal als Toten. Seine zerfetzten Überreste werden noch weitere lange Monate im Pathologie-Kühlschrank bleiben, bis schließlich die Assistentin Bina, die hin und wieder an diesen netten Bahnpolizisten denkt, den Krankenhausgeistlichen verständigen wird. Der wird ihr zustimmen, dass Thomas Warrens Überreste auf angemessene und pietätvolle Weise entsorgt werden sollten, und seine Hilfe anbieten. Er wird fragen, was passender wäre, ein katholisches Begräbnis in St. Jude the Apostle oder in der Pfingstkirche, und Bina wird sagen: »Keine Ahnung, ich weiß nicht mal, ob er irgendeine Religion hatte. Er ist weiß, das ist alles. Keine Ahnung, was er sonst war.« Sie werden noch ein paar Monate herumtelefonieren, bis Thomas Warrens sterbliche Überreste schließlich, so wie sie sind, in einer zehnminütigen Zeremonie mit dem Geistlichen als einzigem Teilnehmer in ein anonymes Grab von St. Jude gelegt werden. Während Thomas Warren auf Bahnsteig sieben sitzt und sich immer und immer wieder zurechtlegt, was er gleich tun wird, wird sein

Leichnam die letzten Monate vor seinem Begräbnis als lästiger Sack verbringen, der zu viel Platz in einem Kühlschrank wegnimmt.

Ich wende mich von ihm ab und wieder der Treppe zu, lasse Thomas Warren auf der Bank zurück und verlasse Gleis sieben zum letzten Mal.

Ich begebe mich hinüber auf Bahnsteig drei. Wenn ich den Zug um 22.39 Uhr erwische, muss ich in Stevenage umsteigen, durchaus machbar; zwar mit einer halben Stunde Wartezeit, aber ab da sind es nur noch elf Minuten.

Um diese Uhrzeit sind nicht viele Leute Richtung Süden unterwegs. Über den ganzen Bahnsteig verteilt, einzeln oder zu zweit, mummeln sich Männer und Frauen gegen die Kälte tiefer in ihre zugeknöpften Mäntel ein. Während ich dasitze und warte, ertönt rechts von mir ein entferntes Rumpeln, das immer lauter wird, und urplötzlich hat ein Güterzug Einfahrt – die Größe und der Lärm! Riesig und überwältigend, rast er mit Gedonner und Gekreisch durch – und ist im nächsten Augenblick schon wieder weg. Als einziges Zeichen seiner Durchfahrt bleibt eine weiße Plastiktüte zurück, die etwa einen Meter über den Gleisen in der Luft tanzt. Da begreife ich, was an der Unausweichlichkeit des Todes so gut ist – dass wir seiner eingedenk weitermachen. Jeder einzelne Mensch trägt dieses Wissen mit sich herum, tief im Inneren, wie einen Klumpen Blei, und doch stehen wir morgens auf, umarmen unsere Lebensgefährten und Kinder und gehen forschen Schrittes zur Arbeit, jedes Klacken könnte von unserem nahenden Ende künden, wir könnten alle jederzeit mit einem Herzinfarkt tot umfallen oder zum falschen Zeitpunkt die Straße überqueren, aber nein, es ist ein hoffnungsvolles Geräusch. Angesichts all dessen tragen wir unsere Köpfe hoch: Und obwohl ich tot und begraben bin, wird jedes Lächeln, das ich geschenkt habe, in jemand anderem weiterleben, und so und nicht anders wirst du besiegt, Tod. Fort mit dir, Güterzug. Du wirst von unseren schieren Massen besiegt und von jeder Kleinigkeit, die wir füreinander tun.

Nächster Zug hat Einfahrt auf Bahnsteig DREI, Abfahrt ZEHN UHR NEUNUNDDREISSIG nach LONDON, King's Cross. Mit Halt in: Stevenage.

Da ist er. Schon fast da. Bin ich aufgeregt.

Meine Asche liegt auf dem Eastfield-Friedhof, aber das sind nur meine sterblichen Überreste. Ich bin hier. Ohne Fleisch und Knochen, aber bei Bewusstsein, und ich kann noch Liebe empfinden – ich kann mich selbst lieben und die Liebe anderer spüren. Die Liebe der anderen hält mich bei Bewusstsein – nicht die Liebestollheit, mit der ich Matty anhimmelte, oder die eigennützige Begierde, die er nach mir empfand; nicht einmal das primitive Bedürfnis, das ich nach Andrew verspürt habe, oder meine Sehnsucht nach Dalmar. Die Liebe, die mich trägt, ist die alltägliche, gewöhnliche Liebe, die Melissa, Tom, Dalmar und all die anderen im Bahnhof füreinander und für ihre Angehörigen empfinden; die Liebe, die Inspector Barker zu seinen Mit-Ukulele-Spielern hegt; das Pflichtgefühl und der Wunsch, der Allgemeinheit zu dienen, der PC Akash Lockharts Richtschnur ist – das ist die Liebe, die mich befreit hat.

Ich habe mich auf den Weg zu meiner Mutter gemacht. Ich will nach Welwyn Garden City, um bei ihr zu sein. Ich möchte sie spüren lassen, dass so, wie sie mit mir verwoben ist, ich mit ihr verwoben bin. Das Bild der Frau, das mir so oft vor Augen kam, war nie mein zukünftiges Ich – es war immer sie. Und ich werde da sein, wenn sie morgen früh aufwacht, sich vorsichtig auf der Bettkante aufrichtet und mit einer Hand nach dem gerahmten Foto greift, das sie immer noch in ihrer Nähe behält.

Der Zug fährt ein. Ich muss nicht so wie die anderen Fahrgäste warten, bis sich die Türen öffnen. Es gibt keinen Grund, warum ich mich nicht in die erste Klasse setzen sollte, aber die Macht der Gewohnheit siegt. Ich suche mir einen halb leeren Wagen weiter hinten aus, ergattere, oh, Wunder!, einen Tisch für mich allein und setze mich in Fahrtrichtung ans Fenster.

Die Zugtüren knallen zu. Die Pfeife schrillt. Was für wunderschöne Geräusche. Und dann, wie angenehm und langsam der Zug allmählich aus dem Bahnhof rollt, während sich im Vibrieren unter uns die Verheißung dessen, was da kommen mag, immer weiter aufbaut.

Als wir am Ende des Bahnsteigs angelangt sind, sehe ich nach links, wo das Parkhochhaus gut sichtbar über dem Gebäude der Bahnhofspolizei aufragt. Das graue Geschöpf ist dort, und ich weiß, was es ist. Es ist Matthew in seinem Kapuzenparka – oder vielmehr seine Zukunft. Diese Zukunft sehe ich glasklar vor mir, während der Zug Geschwindigkeit aufnimmt. Ich sehe, dass er eines Samstagvormittags in etwa einem Jahr zu seinem Auto zurückkehren wird, das er auf Ebene sechs geparkt hat, mit Blick auf den Bahnhof. Sein kleiner Sohn Jason sitzt in einem Buggy, und seine Frau Shelley hat seine Stieftochter Estella an der Hand. Estella ist schon fast fünf und hat mit der Vorschule angefangen. Sie kommen gerade von einer anstrengenden Tour durch das Queensgate Shoppingcenter, und sie quengelt. Der kleine Jason hat sich auf die Seite gedreht und quakt leise vor sich hin, wie Kleinkinder es tun, wenn zwar nichts richtig verkehrt läuft, sie aber aller Welt kundtun wollen, dass es ihnen offen gesagt reicht.

Vor dem Parkhaus fällt grauer Nieselregen. Matty und Shelley streiten sich, und als sie am Auto ankommen, packt er sie am Jackenrevers, stößt sie so heftig gegen das gelbe Geländer, dass sie hintenübergebeugt ist, und brüllt ihr ins Gesicht. Estella neben ihnen beginnt zu schreien.

Da kommt ein Paar vorbei. Der Mann ist klein, ein Asiate, in abgetragener Kleidung und schon etwas älter – und doch stapft er auf Matthew zu, stellt sich neben ihn und fuchtelt drohend mit einem Finger vor seinem Gesicht herum. Matthew lässt Shelley los, und sie sieht sich nach Estella um, die weint und von der Frau getröstet wird, und nach Jason, der inzwischen in seinem Buggy neben dem Auto schreit.

Mit erhobenen Händen beschwichtigt Matty den Mann, und schließlich geht das Paar nach einem letzten langen Blick auf Matty über Shelley zu den Kindern und wieder zurück. Die Lage beruhigt sich. Shelley nimmt Jason aus dem Buggy, den Matty zusammenklappt und in den Kofferraum legt. Doch als sie einsteigen, bricht sich etwas in Shelley Bahn. Zu Hause hat es schon reichlich solcher Szenen gegeben, aber jetzt hat er es das erste Mal in der Öffentlichkeit gemacht, und etwas daran ist so erniedrigend. Auch wenn es ihr noch nicht bewusst ist, ist das der Zeitpunkt, an dem sie ihre eigenen Pläne zu schmieden beginnt.

Das ältere Paar ist zwar gegangen, hat aber nicht vor, die Dinge auf sich beruhen zu lassen. Während sich der

Mann mit Matty abgab, hat die Frau verstohlen mit ihrem Handy das Nummernschild seines Autos fotografiert.

Zwei Tage später gehen sie zur Polizeiwache an der Thorpe Road. Der junge Polizist, der mit ihnen redet, nimmt etwas unwillig das Protokoll auf – für ihn hört es sich nach einer Bagatelle an. Als das Paar gegangen ist, kehrt er an seinen Schreibtisch zurück, sucht nach dem Nummernschild und findet zwei Berichte über Dr. Matthew Goodison in der Polizeidatenbank gespeichert: der Einsatz bei Helen Lovegrove, nicht angezeigte häusliche Gewalt, und die Zeugenaussage einer Mrs. Leyla Abaza im Zusammenhang mit dem Tod von Lisa Evans. Der junge Polizist bespricht sich mit seiner Vorgesetzten, die dafür sorgt, dass zwei Polizisten bei Matthew Goodison vorbeischauen, während er nicht da ist, um sich mit seiner Frau zu unterhalten.

Dieser Polizeibesuch gibt Shelley den Mut, ihren eigenen Gefühlen zu vertrauen, die sie schon lange hat. Es braucht seine Zeit, aber nach einem knappen Jahr schmeißt sie Matty raus. Er kommt natürlich immer wieder, hämmert gegen die Tür und muss erst zweimal verhaftet werden, bis er damit aufhört. Schließlich klappt es mit der einstweiligen Verfügung, aber Shelley fühlt sich erst wieder richtig sicher, als sie eine Stelle in Norwich bekommt und mit den Kindern wegzieht. Dort richten sie sich zu dritt ein, und es ist schwer, aber sie hat wenigstens den Absprung geschafft, solange sie noch jung war.

Matthew Goodison wird nie ins Gefängnis kommen. Nach Shelley wird es andere Freundinnen geben – und jeder von ihnen erzählt er dieselbe Geschichte: wie eifersüchtig und unvernünftig sich seine Frau aufgeführt hat, dass sie ihm sogar die Kinder weggenommen hat und dass er nie drüber wegkommen wird.

Eines Tages, da ist er zweiundfünfzig, wird er betrunken auf der obersten Parkhausetage gefunden, ein Bein über dem gelben Geländer, mitten am Nachmittag. Leider Gottes wird ein Mitbürger ihn rechtzeitig entdecken und die Polizei rufen, und ein Vermittler wird ihn überreden runterzukommen. Danach ist er bloß noch ein Fleck, ein schemenhafter grauer Fleck.

Der Zug hat Fahrt aufgenommen, und wir haben die Vororte von Peterborough hinter uns gelassen und fahren durch offenes Land. In ihrer kleinen Wohnung in Welwyn Garden City wird meine Mutter sich fürs Bett fertig machen, sich langsam und gründlich wie jeden Abend die Zähne putzen, sich das Haar aus dem Gesicht kämmen. Das fand ich immer so rührend – meine Mutter hat sich allabendlich vor dem Zubettgehen die kurzen Locken gekämmt, genau wie jeden Morgen. Sie wollte im Schlaf ordentlich sein. Kurz bevor sie das Licht ausmacht, wird sie sich noch mal das gerahmte Foto ansehen.

Vor den Zugfenstern ist es jetzt stockdunkel: Nacht, in ihrer ganzen Undurchdringlichkeit. Ich habe natürlich kein Spiegelbild, sehe also nichts als Schwärze. Schräg gegenüber sitzt ein etwa neunzehn- oder zwanzigjähriger Mann, der sich mit Ohrhörern etwas auf seinem Handy ansieht, sich mit offenem Mund vor lautlosem Lachen auf seinem Sitz wiegt. Auf dem Sitz hinter ihm trinkt ein Geschäftsmann im Anzug einen fertig gemixten Gin Tonic aus der Dose und starrt mit leerem Blick vor sich hin. Hinter ihm redet eine Frau mit ihrem Sitznachbarn, den ich nicht sehen kann. Ich beobachte all diese Leute und weiß, was ich schon immer wusste, ein Wissen, das wie ein Grundpfeiler unter all meinen anderen Wissensschichten liegt: Die Liebe erscheint uns in so vielen Formen.

Ich habe meine Eltern geliebt; meine Freundinnen und Freunde. Ich habe meine Schülerinnen geliebt, wirklich und wahrhaftig – selbst die, die ich nicht so besonders mochte. Natürlich hat nichts davon die Liebe zu einem Partner ausgeschlossen – wenn ich die gehabt hätte, hätte das zu Kindern und einer ganz neuen Welt von Liebe führen können. Nichts davon stelle ich infrage. Ich wünschte nur, ich hätte mehr Augenmaß besessen.

Und jetzt sitze ich in einem Zug. Ich fahre nach Hertfordshire, nach Welwyn Garden City. Ich werde meine Mutter aufsuchen. Ich habe keine Spukkompetenzen und werde nie welche haben, aber irgendwie werde ich sie davon überzeugen – dass all die Liebe, die sie mir all die Jahre geschenkt hat, die vielen Male, die sie die Waschmaschine vollgeladen und mir Brotkrusten abgeschnitten hat –, dass nichts davon umsonst war. Ich war nicht unglücklich. Ich wusste, dass ich geliebt wurde, und ich habe geliebt. Mein Leben war kurz, aber es war ein gutes Leben, und ich bin froh, dass ich es gelebt habe.

Mit der Zeit werde ich sie vielleicht dazu bringen, an das Gute zu denken, etwa den Urlaub, in dem wir alle auf einer Wiese standen, mit dem Wind in unseren Haaren, und ich ein Patschehändchen nach ihrem Gesicht ausstreckte. Sie wird sich daran erinnern, dass wir glücklich waren, und wissen, dass ich, auch wenn ich keinen Körper mehr habe, in ihr bin; ich lebe in ihrem Herzen weiter. Sie ist nicht allein. Sie war es nie.

Draußen ist es dunkel, aber es ist eine wundervolle Dunkelheit, voller Freiheit und Verheißungen, und der Zug donnert weiter, uner*bitt*lich drehen sich die Räder, immer weiter uner*bitt*lich, denn das ist das Wunderbare daran, dass es immer weitergeht. Ein Schaffner kämpft sich hin und her schwankend durch den Wagen vor und ruft in seinem Singsang: »*Alle* Fahrscheine und *Bahn-Cards, bitte*!« Er prallt gegen die Kante des leeren Platzes neben mir, bleibt aber nicht stehen, weil er mich nicht sieht. Ich bin weder hier noch im Zugfenster reflektiert, besitze weder Anwesenheit noch Spiegelung, doch für die Menschen, die sich etwas aus mir machten, gibt es mich, denn ich lebe in ihren Herzen weiter. Ich bin nicht allein. Ich war es nie.

DANKSAGUNG

Beim Schreiben dieses meines neunten Romans war ich – wie immer – all den Menschen mit richtigen Berufen unendlich dankbar, die sich bereitwillig auf den Wunsch einer Autorin einließen, in ihrem Leben herumzuschnüffeln. Danke an: Inspector Andrew Pickles von der British Transport Police, der mir den Löwenanteil meiner Recherche enorm erleichtert hat; die Chief Superintendents Jeff Boothe und Allan Gregory; Gemma Harris; Roopa Farooki; Sean Enright; Jodie Slater, Mark Johnson und viele andere Mitarbeiter der damaligen Virgin Trains East Coast, die mich Tag und Nacht mit ihnen verbringen ließen, trotz ihrer nur zu verständlichen Verwunderung, dass jemand einen Roman im Bahnhof von Peterborough ansiedeln wollte.

Bedanken möchte ich mich auch bei dem Team des Great Northern Hotel, das mich bereits bei meinem zweiten von vielen Aufenthalten wie eine alte Freundin begrüßte. Jedem und jeder von der schreibenden Zunft, der oder die sich den Bahnhof von Peterborough als Hauptschauplatz eines Buches aussucht, kann ich nur Zimmer 132 empfehlen, mit Blick auf die Bahnsteige, das Gebäude der Bahnpolizei und das Parkhaus: Bei offenem Fenster sind sogar die Ansagen zu hören. Nicht bei jedem Roman kann man seine Hauptrecherche erledigen, während man ein hervorragendes englisches Frühstück im Bett genießt.

Außerdem danke ich Mandy Chasney und jedem Einzelnen in der Palmy Ukulele Band dafür, dass sie mich bei den Proben dabei sein und mitsingen ließen. Eigentlich bin ich allen Einwohnern von Peterborough zu Dank verpflichtet, und für meinen Seitenhieb auf Schnellstraßen möchte ich mich hiermit entschuldigen.

Auch diesmal haben mir befreundete Adleraugen unschätzbare Dienste am Manuskript geleistet: Raj Kohli, Jacqui Lofthouse, Brigid Sheppard, Bob Gilbert, Jane Hodges, Nathalie Weatherald. Jill Dawson sorgte für Koffein, Cocktails und unverzichtbare moralische Unterstützung.

Mein Agent Antony Harwood und meine Verlegerin Louisa Joyner haben sich von Anfang an ganz außerordentlich für dieses Buch eingesetzt, selbst als ich es ihnen erklärt habe und sich das ziemlich seltsam anhörte. Vielen Dank ihnen beiden, meiner Lektorin Eleanor Rees sowie Anne Owen, Sophie Portas und allen anderen bei Faber & Faber für ihre nie versiegende Nachsicht.

Doch der allergrößte Dank gebührt meinen Peterborougher Verwandten, allen voran meiner Cousine Maria Blyzinski, unserer Ria, die unzählige kleine Details zurechtgerückt hat. Jetzt, da meine Eltern tot und meine Kinder erwachsen sind, weiß ich den erweiterten Familienkreis mehr denn je zu schätzen. Neben den zuvor erwähnten Personengruppen haben sie mir viel Großzügigkeit und Freundlichkeit erwiesen – wohl die reinste Form von Liebe.

ZITATNACHWEISE

Das Übersetzung einer Strophe aus dem Gedicht »Song« von Isaac Rosenberg auf S. 7 sowie der Zeile auf S. 362 aus dem Gedicht »On Receiving News of the War« ist von Astrid Arz.

Die Gedichtzeile auf S. 128 ist von John Donne, »The Good Morrow«. In: John Donne, *Hier lieg ich von der Lieb erschlagen. Songs and Sonnets/ Lieder und Gedichte.* Übersetzt von Wolfgang Breitwieser, Verlag Neue Kritik, Frankfurt am Main 1994.

Die Gedichtzeile »kreist in der Erde Wanderschaft« auf S. 339 stammt aus: *Gedichte von Shakespeare bis Ezra Pound. Einführungen, Urtexte und Übertragungen*, hrsg. u. übers. von Hans Hennecke, Limes, Wiesbaden 1955.